U0917058

淮安诗征

第六册

《淮安诗征》编委会　编
荀德麟　主编

中州古籍出版社
·郑州·

第六册目录

卷十一　附编一·词曲

卷上　本土作家词曲

卷下　过往作家咏淮词曲

卷十一　附编一·词曲

卷上　本土作家词曲

张夫人

张夫人，唐楚州山阳县吉中孚妻。

拜新月咏

拜新月，拜月画堂前。暗魄初笼桂，虚弓未引弦。

拜新月，拜月妆楼上。鸾镜始安台，蛾眉已相向。

拜新月，拜月不胜情。庭前风露清，月临人自老，人望月常明。东家阿母亦拜月，一拜一悲声断绝。昔年拜月逞容仪，如今拜月双泪垂。回看众女拜新月，却忆闺中年少时。

按：《拜新月咏》，早期词作。

徐　积

徐积（1028～1103），字仲车，宋楚州山阳（今江苏淮安）人。治平四年（1067）进士，历官扬州司户参军，楚州教授，和州防御推官、宣德郎。三岁父殁，因父名石，终身不用石器，行遇石，避而勿践。事母至孝，母亡，庐墓三年。谥节孝。存《节孝先生文集》30卷，清人段朝端编有《宋徐节孝先生年谱》1卷。

渔父乐

其　一

水曲山限四五家，夕阳烟火隔芦花。渔唱歇，醉眠斜，纶竿蓑笠是生涯。

其　二

见说红尘罩九衢，贪名逐利各区区。论得失，问荣枯，争似侬家占五湖？

其　三

讨得鱼竿买得船，归休何必待高年？深浪里，乱云边，只有逍遥是水仙。

其　四

饱则高歌醉则眠，只知头白不知年。江绕屋，水随船，买得风光不着钱。

其　五

管得江湖占得山，白云同散学云闲。清旦出，夕阳还，不知身在画图间。

其　六

一酌村醪一曲歌，回看尘世足风波。忧患大，是非多，纵得荣华有几何？

张　耒

张耒（1054～1114），字文潜，号柯山，宋楚州淮阴人，苏门四学士之一。20岁中进士，历主簿、县尉、起居舍人。迭知润、兖、颍、汝等州。晚监南岳庙，主管崇福宫。著有《柯山集》等。《宋史》有传。

风流子

亭皋木叶下，重阳近，又是捣衣秋。奈愁入庾肠，老侵潘鬓，漫簪黄菊，花也应羞。楚天晚，白蘋烟尽处，红蓼水边头。芳草有情，夕阳无语，雁横南浦，人倚西楼。

玉容，知安否？香笺共锦字，两处悠悠。空恨碧云离合，青鸟沉浮。向风前懊恼，芳心一点，寸眉两叶，禁甚闲愁。情到不堪言处，分付东流。

减字木兰花

个人风味，只有江梅些子似。每到开时，满眼清愁只自知。
霞裾仙珮，姑射神人风露态。蜂蝶休忙，不与春风一点香。

鹧鸪天

倾盖相逢汝水滨，须知见面过闻名。马头虽去无千里，酒盏才倾且百分。
嗟得失，一微尘，莫教冰炭损精神。北扉西禁须公等，金榜当年第一人。

满庭芳

裂楮裁[illegible]，虚明潇洒，制成方丈屠苏。草蒲团坐，中置一山炉。拙似春林鸠宿，易于□秋野鹑居。谁相对，时烦孟妇，石鼎煮寒蔬。　嗟吁。人生随分足，风云际会，漫付伸舒。且偷取闲时，向此踌躇。谩取黄金建厦，繁华梦、毕竟空虚。争如，且寒村厨火，汤饼一斋盂。

按：原缺一字。

淮上女

淮上女，南宋与金国以淮河为界，淮河两岸的人民遭受的苦难最深。宋嘉定十四年（1221），金兵南侵掳走了大批淮上良家妇女。该词即作于此时。

减字木兰花

淮山隐隐，千里云峰千里恨。淮水悠悠，万顷烟波万顷愁。
山长水远，遮断行人东望眼。恨旧愁新，有泪无言对晚春。

郑意娘

郑意娘，又作郑义娘，韩思厚妻。宋亡时，元将撒八太尉自盱眙掠去，不屈而死。

好事近

往事与谁论？无语暗弹清血。何处最堪肠断，是黄昏时节。　　倚楼凝望又徘徊，谁解此情切？何计可同归雁，趁江南春色。

高　云

高云，字静斋，号从龙。明淮安府山阳县人，成化辛丑年（1481）进士。授行人，擢南京礼部郎中。著有《静斋集》《香奁百咏》。

绿头鸭　春思

倚危楼，云山不断相思。问春红、年年一度，几个曾会芳时。叹朝昏、迅如去箭，算胜负、空对枯棋。清炼吟魂，暖融醉梦，炉烟一味共谁知？向独坐、莺声一啭，红雨隔帘飞。良宵静，风依虚幌，月浸清池。　　望清尘，佳人隔远，对景空惜芳菲。断魂随。鳞鸿杳渺，望眼迷。云树参差。未拟何年，风流相遇，碧桃花下笑相携。意恋恋，词翻白雪，一曲对琼卮。情缘在，东君做主，不负佳期！

风入松　春闺

其　一

画楼朱箔卷春晴，望断远山青。东风特地撩蓬鬓，凭谁写，绿意红情。半壁斜阳门掩，一湾流水桥横。　　彩云低过凤箫声，幽恨转难平。柳丝移影金塘畔，鱼波冷，闲荡浮萍。正是寸心千里，归鞭未报兼程。

其　二

绿窗清晓卷梳云，脂水冷金盆。游丝天远春谁挽？秾华梦，几会东君。芳径翠烟草色，幽庭红雨苔痕。　　沉沉心事掩重门，独自续炉薰。秋千架上银钩月，乘人静，早送黄昏。问道塞鸿知否？玉梅合断冰魂。

王　磐

王磐（约1470～1530），字鸿渐，江苏高邮湖西人。明代散曲家、画家，亦通医学，称为南曲之冠。一生未仕，筑楼于城西，日与文人雅士歌吹吟咏，自号“西楼”。正德年间，宦官当权，船行漕河，辄吹喇叭，骚扰军民，作《朝天子·咏喇叭》一首以讽。其散曲存小令65首、套曲9首。著有《王西楼乐府》《野菜谱》《西楼律诗》等。

[中吕　朝天子]　咏喇叭

喇叭，锁哪，曲儿小腔儿大。官船来往乱如麻，全仗你抬声价。军听了军愁，民听了民怕。哪里去辨甚么真共假？眼见的吹翻了这家，吹伤了那家，只吹的水尽鹅飞罢！

[中吕　朝天子]　瓶杏为鼠所啮

斜插，杏花，当一幅横披画。毛诗中谁道鼠无牙，却怎生咬倒了金瓶架？水流向床头，春拖在墙下，这情理宁甘罢！哪里去告他？何处去诉他？也只索细数着猫儿骂。

[中吕　满庭芳]　失鸡

平生淡薄，鸡儿不见，童子休焦。家家都有闲锅灶，任意烹炮。煮汤的贴他三枚火烧，穿炒的助他一把胡椒，倒省了我开东道。免终朝报晓，直睡到日头高。

[沉醉东风]　携酒过石亭会友

顶半笠黄梅细雨，携一篮红蓼鲜鱼。正青山酒熟时，逢绿水花开处。借樵夫紫翠山居，请几个明月清风旧钓徒，谈一会羲皇上古。

[双调　沉醉东风]　蝶拍

庄子梦轻轻按醒，谢公诗句句敲成。箪断的燕舞娇，供亲的莺歌应。俏知音千载韩凭，独占了梨园板色名，难怪那滕王阁图形画影。

吴承恩

吴承恩(1506~1580),字汝忠,号射阳居士,明淮安府山阳县人。小说家,名著《西游记》作者。自幼敏慧,又好学习,博览群书,以文名著于乡里。嘉靖中补贡生。曾任浙江长兴县丞、荆府纪善,晚年专心著述。著有《禹鼎志》(已佚)、《射阳先生存稿》4卷。吴承恩也是词赋高手。

卜算子 题水仙

玉立小娉婷,默默含情素。出格风标入骨香,只恐梅花妒。

云旗洛水妃,罗袜凌波步。梦破江天月满窗,暗诵陈王赋。

如梦令

其 一

明月晓霜铺地,压树乱鸦飞起。遥忆画楼中,今夜峭寒知未?鸳被,鸳被,香拥玉人娇睡。

其 二

柳外数声啼鸩,风舞隔帘香雪。睡起没心情,又过牡丹时节。伤别,伤别,碧草暖烟飞蝶。

其 三

楼外碧波千顷,正对客心孤迥。远树断云横,帘卷紫金山影。秋暝,秋暝,渔笛一声烟艇。

其 四

何处玉箫声咽,欹枕暗惊离别。檐外鹤归巢,松顶踏翻晴雪。重叠,重叠,梅影满窗横月。

如梦令 题海棠

微雨澹烟芳径,帘外一枝斜映。银烛照残妆,钩引粉情脂性。如梦,如梦,红湿锦官愁重。

如梦令 题栀子

报道小斋禅友,开遍南风香透。插向凤头钗,一朵折来纤手。中酒,中酒,频傍绿云轻嗅。

生查子　题芙蓉

春风艳百花，春晚花惆怅。独有一枝红，秋晚花才放。

烟明蜀锦机，波冷鲛绡障。试问倚云栽，何似秋江上。

点绛唇

其　一

小小楼居，琐窗暖觉东风早。数声啼鸟，报到花开了。　沉水飞烟，细逐游丝袅。闲凝眺，碧波云渺，天际连芳草。

其　二

小小楼居，出檐蕉叶新如沐。嫩篁奇木，帘影齐含绿。　婎簟琉璃，寒映冰盘玉。高眠足，倚风横竹，三弄潇湘曲。

其　三

小小楼居，客来正值黄花放。落英新酿，坐有陶元亮。　醉抚阑干，笑对冰轮望。金风飏，桂香飘荡，疑在瑶台上。

其　四

小小楼居，开窗晓起惊奇绝。粉明城堞，云霁连山雪。　净扫琼瑶，细碾龙团泼。银瓶热，一瓯香啜，坐待梅梢月。

其　五

拜月亭前，年年欠下相思债。好无聊赖，斜倚阑干待。　待月心情，只恐红儿解。阑干外，乘他不在，小语深深拜。

浣溪沙

其　一

一枕余香绿绾丝，樱桃犹带宿胭脂。小窗睡起泥人时。

无处可藏羞态度，十分倦动弱腰肢。凝眸花影入帘枝。

其　二

紫笋成竿遇粉墙，碧梧垂叶盖银床。朱楼倒影入金塘。

鹊尾闲添龙脑润，兔毫新泼凤团香。画屏欹枕看潇湘。

其　三

双凤慳红印落花，金蝉垂绿闪飞鸦。翠痕分黛月初牙。

春恨暗消蝴蝶粉，梦魂偏怯守宫砂。要知心事问琵琶。

其　四

纨扇泥金画凤凰，宝钗簪玉刻螳螂。绣罗垂带结鸳鸯。

几点落花闲伫立，一双戏蝶细端详。心头暗有好思量。

其 五

愁入春痕淡拂蛾，香堆夜枕绿盘螺。娇含笑脸俏生涡。
已是不禁人似玉，况经曾调眼传波。隔花又送一声歌。

其 六

粉沁芙蓉衬额黄，金盘翡翠贴钗梁。新来偏学内家妆。
忽地见人刚匿笑，回身帘下半遮藏。好风吹过绣裙香。

浣溪沙 题百合

昨夜懵腾入醉乡，觉来微月射藤床。小斋怪底忽闻香。
阵阵鼻端来旖旎，森森心地也清凉。一枝元在枕屏旁。

浣溪沙 题石榴

密叶深藏柰轸房，高枝乱缀绛纱囊。休言饶色不饶香。
试看秋成催结果，一苞玛瑙贮天浆。请君白马寺中尝。

菩萨蛮

其 一

阑干曲曲明金碧，佳人楼上凭阑立。楼下忽闻声，芳心悄自惊。 院深人不到，莺度花枝袅。默默俯花枝，黄昏将雨时。

其 二

罗文玉茧泥金渍，彩毫刚写相思字。搁笔掩香襦，轻轻弹泪珠。 衡阳云雨暗，筝柱空排雁。金锁下葳蕤，书成知附谁？

其 三

玉台捧出团圞月，回灯照见胸前雪。红锦绣鸳鸯，深深抹软香。 芙蓉双掩扣，彩线松金豆。试问为谁松，低头蹙远峰。

菩萨蛮 题桃花

人人尽道钱塘好，西湖堤上春光早。杨柳袅青丝，浓妆间柳枝。 六桥香不断，处处东风面。十里锦霞天，多情映画船。

菩萨蛮 题黄菊

金钱买断三秋景，素屏银烛铺灯影。似醉要人扶，陶家有此无？ 夜深香绕袖，偏爱寒英瘦。日日是重阳，高歌锦瑟傍。

清平乐

粉香云绿，多少春拘束。被掩鲛绡金六幅，露出两钩红玉。　　夜深雨僽云僝，朝来一枕春酣。余味犹甜梦觉，新娇早透眉山。

鹧鸪天　题玉兰

楚客争夸九畹方，天宫图上素娥妆。仙姿绰约知谁种，酒性温柔别有乡。
明月珮，白云裳，夜凉小阁对清扬。羡他已是无瑕玉，又占花中第一香。

西江月

其　一

玉杵玄霜粉腻，冰轮金粟香幽。孩儿心性最温柔，雅称谈余酒后。　　一缕才飘旖旎，通身尽是风流。丁香吐出广寒秋，滋味要人消受。（上茶香）

其　二

古岸垂杨钓艇，小桥流水疏篱。杏花茅屋舞青旗，人道他家好醉。　　日暖黄鹂共劝，雨余紫蟹偏肥。归时拼个典春衣，抱着瑶琴且睡。

其　三

昨夜神游何处，翛然与鹤俱升。天风吹碎佩环声，两翼晴云稳控。　　俯视乾坤一气，归来星斗三更。梅花纸帐月笼明，鹤与先生同梦。（右为梦鹤道士作）

其　四

恨杀湘江斑竹，谁教织作垂帘。绿杨门下有婵娟，无意被他遮断。　　隐隐如闻佩响，些些只见鞋尖。何当得地被风掀，露出嫦娥半面。

浪淘沙

驾个小湖船，放入湖天。月轮今夜十分圆。看得嫦娥才仔细，恁的婵娟。
醉叩小船舷，信口成篇。满身风露桂花烟。不纵诗狂并酒兴，不是神仙。

临江仙　题红梅

春气着花如醉酒，寒枝吹出秾芳。罗浮仙子素霓裳。丹砂先换骨，朱粉旋凝妆。
颜色虽殊风格在，一痕水月昏黄。百花头上占排场。问他桃与李，谁敢雪中香？

雨中花

槛外芭蕉初过雨，又帘卷、夕阳奇树。见万顷琉璃，残霞散尽，白鸟双双去。
客到瓦垆烹日注，渐坐久、相看无语。正一片松风，满轮萝月，都在泉飞处。

踏莎行

其　一

绣颈眠鸳，红襟舞燕，锦鳞戏水吹花片。夭桃开遍小池东，　春深锁秋千院。

银蒜帘栊，玉葱针线，沉烟不出围屏扇。扬州镜子有何缘？时时长与他相面。

其　二

小婢煎茶，小僮磨墨，老郎暂到华胥国。午槐风外咽新蝉，觉来帘影摇轻绿。

墨渖初调，茶铛已熟，一瓯徐引行扪腹。兔毫闲后鼠须忙，南窗试与生绡幅。

临江仙

寿图翁

几载含香光省署，隼旟出拥朱轮。一丸灵药寿斯民。胸中真雨露，散作凤城春。

宝带内家新刻玉，殷勤留待功臣。他年事业在经纶。锦袍围戏蟒，偏称画麒麟。

七　夕

世传七夕星家节，斗牛以此为期。又言桥外雨霏霏。是他离别苦，相见亦悲啼。

此事有无君莫问，古今多少分离。与君开抱且衔杯。其间怀恨处，唯我最能知。

秋海棠

本是锦官城里住，杜陵欲赋难工。却匀颜色嫁西风。嫌他秋冷淡，试为点春容。

好似妆台相遇处，玉纤脂粉香浓。偎人一捻俏心通。萧郎罗袖上，印下断肠红。

玉　簪

尝怪西风无意绪，为何摇落千山。天工不放地灵闲。才教金作粟，又遣玉为簪。

好似画楼相送处，柳丝斜月雕阑。牵衣无奈语喃喃。赠郎郎记取，拔向绿云鬟。

小字讳九

屈指重阳将近也，五更四壁寒蛩。佳期十遍一无成。胡笳空拨尽，半是断肠声。

一寸芳心些子欠，相思点在丸中。银河曲曲漫斜横。何时当七夕，云雨会双星。

蝶恋花

红粉围墙开小院，杨柳垂檐，齐罩黄金线。斜倚门儿遥望见，见人笑闪芙蓉面。

兽啮铜环扃一扇，香雪娇云，苦被闲遮断。忽地一声闻宝钏，隔帘弹出飞花片。

千秋岁

柳条金软，霁雨轻烟暖。楼独倚，帘亲卷。归鸿乡信隔，芳草闲愁远。情依约，寸心刚被春拘管。　　别来风景换，屡见银蟾满。忆共饮，蔷薇馆。欲行频目送，未语先眉敛。登临处，春江偏照春山浅。

风入松

牡　丹

妖红腻白映霓裳，富贵说明皇。沉香亭畔春如画，清平调，占断风光。妃子太真歌舞，侍臣李白词章。　　温柔到骨是天香，金粉内家妆。凭阑不恨开时晚，天留意、殿取群芳。试问上林桃李，不知谁是花王。

和文衡山石湖夜泛

洞箫一曲倚声歌，狂杀老东坡。画船占断湖心月，杯中绿，先酌嫦娥。试问沧洲宝镜，何如鸡鹊金波。　　笔端万象困搜罗，无奈此翁何。玉堂回首惊残梦，无心记、往日南柯。想见午来江上，桃花乱点渔蓑。

阙　题

东华尘土扑朝衫，车马闹长安。先生个里元无分，黄绸暖，稳睡茅庵。书几庄生秋水，画屏米老春山。　　侬家官府寄林间，居士系头衔。经常自有闲功课，煎茶具、药笼花篮。旧管园蔬数亩，新收野竹千竿。

满江红

其　一

瑞雪华云，酝酿出、素容幽性。记折取、一枝春色，醉中吟弄。莫道东风开过了，尽后来红紫难相并。看淡烟、微月细生香，冰心映。　　玉手颤，风流兴。翠羽唤，相思梦。百花中先占却，粉清烟净。载酒寻芳谁不赏，算知音只有林和靖。待归时、饱玩寿阳妆，临清镜。（上赋梅寄人）

其　二

穷眼摩挲，知见过、几多兴灭。红尘内、翻翻覆覆，孰为豪杰！傀儡排场才一出，要知关目须听彻。纵饶君、局面十分赢，须防劫。　　身渐重，头颇别。手可炙，门庭热。旋安排乔面孔，冷如冰铁。尽着机关连夜使，一锹一个黄金穴。被天公、赚得鬼般忙，头先雪。

百字令　贺章承庵视高邮卫篆障词

地雄淮楚金汤国，自古秦邮名镇。手握兵符大都看，淮上选来英俊。旗满春风，剑悬秋水，号令雷霆迅。精神鼓舞，一军勇气齐奋。　　况是奕叶蝉联，家传文共武，服膺遗训。快着新鞭，算工夫不负，镜中青鬓。授钺登坛，丈夫天壤内，自然之分。铜章指日，三台换取银印。

原注：承庵名汝隆，黼之子。

醉蓬莱 寿金月艇六十障词

正绿蕉新雨，画阁明虹，火云初卷。梧竹深深簇，凤笙龙管。翡翠帘栊，鸳鸯池沼，见绣筵高展。玉盏齐飞，斑衣起舞，绛河微转。 诗礼家声，江湖气味，谢家门户，凤麟将显。庆泽穰穰，名与楚云俱远。席上频挥寿爵，欢笑里，共拼无算。从此相期，年年六月，桂轮常满！

归朝欢 贺周兰墩升都督障词

花外绣旗翻海月，河桥画戟森成列。望中一片玉京云，东风窈窕歌三叠。丈夫心自别阴符，囊里看勋业。碧天空，雄风万里，正是好时节。 平生文武双奇绝，此去功名真伟烈。油幢亲掌羽林军，玉珂时值苍龙阙。玉函闲宝铗，一挥白羽强胡灭。画麒麟，印悬金斗，须信有豪杰。

[南吕 一枝花] 寿丁忍庵七十

唐时万柳池，晋代烧丹灶，六朝招隐地，宋室等仙桥。城压金鳌，最好是淮阴道，引黄河一水遥。爱你个天生来地上神仙，住居在画不就人间蓬岛。

[梁州] 有时价载春水斜阳荡桨，有时价倚西风夜月吹箫。今年七十刚来到，朱颜未改，白发相饶。花间翠羽，洞口清霞，下天风一派云璈。有一个丁野鹤，笑迷喜亲捧灵芝；有一个丁令威，舞翩跹闲寻华表；和你个丁忍庵，醉模糊戏弄蟠桃。绮寮绛绡，梅花十月东风绕。彩袖翻，玉樽倒。等待寒香月满梢，拼取酕醄。

[骂玉郎] 青山不用丹书诏，也不要金带重，紫骝骄。芒鞋竹杖闲行乐，一任他 鸥鹭狎，燕莺嘲，渔樵笑。

[感皇恩] 呀！虽则是万贯缠腰，也有那乌帽罗袍。心只愿跨青牛，挥玉麈，伴黄鹤，说甚么心灵性巧，说甚么位重官高。见了些蚁排兵，听了些鸡报晓，叹了些燕争巢。

[采茶歌] 见如今庭下有桂香飘，麒麟种，凤凰毛，待桃花鼓动禹门涛。密匝匝门迎驷马，那时节五花官诰下丹霄。

[尾声] 任从他眼前人海风波恶，都在你心上经纶忍字包，不惹事的先生得玄妙。哪怕你桑田几遭，再饶个华山千觉，我只是静养大和，不肯教老。

刘一临

刘一临，号星楼，明淮安府山阳县河下人。万历己丑年(1589)进士，与董其昌同榜且为至交。历任常山、长兴、信丰知县，均有惠政。不事权贵，年四十，卒于官。

水龙吟　漂母祠

曾看秦鹿纷争，英雄崛起万人表。荒台露冷，寒波月坠，钓竿轻眇。策马遥追，登坛大拜，一军绝倒。问泽中隆准，城边老妇，辨国士，谁分晓？　　义压乾坤低小。报琼瑶、千金还少。三齐富贵，算来只是，饥时一饱。鸟尽弓藏，桑移海变，血祠未了。叹亭前依旧，茸茸烟雨，王孙芳草。

刘一炤

刘一炤，字天烛，号带湖，明淮安府山阳县人，刘一临兄弟。天启中诸生。著有《编年诗摘》。

水龙吟　韩淮阴

王孙名震淮阴，逐秦鹿并夸三杰。登坛片语，将重瞳渺，高皇惊悦。万卒囊沙，木罂潜渡，由来奇绝。虽英彭羞伍，何知绛灌，这旗鼓，千秋烈。　　休把钓竿轻也，忍凄风、疏疏寒月。当年辱胯，而今首出，尘埃难别。走狗咸烹，良弓高置，汉家恩阙。羡河干老妪，千金辞报，三齐何屑！

张养重

张养重（1617～1684），字斗瞻，号虞山，明末清初淮安府山阳县人。崇祯十六年（1643）诸生，明亡落籍。时为淮安诗坛魁首。他以其坚贞的人格与高洁的诗品赢得了当世名流如王士祯、阎尔梅等人的极口称道。著有《古调堂集》。

巫山一段云　雨过访王玉暎吴山宜楼值移居

黄叶飞朝雨，红楼散午烟。蝇头小楷觅涛笺，粉壁贴依然。
举案偕鸿隐，吹箫跨凤仙。晚寒袖薄倚谁边，只在此山前。

忆江南　留别张圯师孺怀

江南忆，最忆是秋花。十里红莲垂露冷，满山丹桂带风斜。回首失天涯。

七娘子　嘲萧九娘

萧家娘子风情好，倚炉自叹红颜老。髻挽云山，裙拖芳草，垂杨系马门前少。

冷泉亭子飞来绕，伤心夜夜闻啼鸟。朝卷珠帘，暮依寒箓，私心暗把流年恼。

卜算子　早起望山头雪色有感

青山白了头，昨夜白多少？怪得江南恨别人，哪不增烦恼？
举酒劝山翁，为汝开怀抱。飞出金乌白尽消，人老真常老。

踏莎行　平望舟夜煎茶

舟小村荒，滩高夜静，砚池细落灯花影。红炉火活起秋涛，篷窗一阵松风冷。
手碾龙团，汤沉凤饼，酒喉渴解诗脾醒。山童无语各垂头，瓯香独向寒江领。

如梦令　烟湖

峰压翠湖千叠，浪皱绿裙几折。一舫出湖心，天影水光明灭。红叶，红叶，飞过夕阳山缺。

嵇宗孟

嵇宗孟（1613～？），字子震，号淑子，明末清初淮安府安东县（今涟水）人，家居山阳。嵇钢六世孙，与顾炎武等为好友。崇祯九年（1636）举人。清初任温州司李，时人将他比作包公。康熙二年（1663）进士，任武昌府丞，升杭州知府。因病辞官归里，又举博学鸿词，辞未就。有《立命堂初集》《立命堂二集》《楚江蠡史》《瓯乐行田录》《座右铭》等。

蝶恋花　挂瓢

洗耳先生尢长物，与俗推移，犹记悬瓢日。半夜神明窥尔室，携将帝渚尝琼液。
百首新诗藏月窟，顾盼春风，屋角无人识。五石从来多弃质，胡庐掩口甘沦诎。

宝鼎现　看儿子饮岁酒

羊灯凫篆一缕，人面春风共喜。计今夕、等闲难放，榾柮火红鹦鹉嘴。椒花已熟，冰壶玉润，东道唯邀儿子。笑拱手、牵衣语我曰，五更随我起。盘铃日月真游戏。叹人生，牛马迤逦。　便亿万、居诸不老，能得多时大可意。没巴鼻、金张同许史，请看历头有几。但教酒星常守命，头白种花可耳。烂醉呼儿，拥败絮，无惭征士。更如坡仙，愿慧少痴多为是。忆老杜，誉儿堪鄙。宗武诗谁纪？

杜首昌

杜首昌,字湘草,明末清初淮安府山阳县人,出生盐商之家。嗜书史,不计生业,家有绾秀园,水石花草,胜甲一郡。善行草书,工诗词,卓绝一时。因“黄鹂养就娇情性,骂得桃花没处飞”之句,被艳称为“杜黄鹂”。崇祯十七年(1644)春,福王避难居其园中,见杜妹极美,能琴能棋,遂订婚约。杜首昌入清不仕,游历他乡,家遂败落。有《杜稿编年》《绾秀园诗选》等。

南歌子　泛东湖游化城诸庵

秋水连天碧,霜风隔岸红。扁舟一叶几庵通,却与二二僧在画图中。
错落排初地,萧疏入化工。蒹葭遥带蓼花丛,有个不衫不履半衰翁。

鱼游春水　黄大宗招同诸子东湖泛舟

縠绉波纹缋,一寸斜阳浮鸟背。摇来轻舫,人在荆关图内。榴火燃樽,琥珀融荷,风跌盖,珍珠碎。锦卧鸳鸯,碧栖翡翠。　　滴滴丝娇竹媚,挽着行云难进退。忽来明月窥人,清光纷坠,树当影静层无数,山到更阑深几倍。听其所之,醒而复醉。

南柯子　金远水归自北平诸同人集崔重倚幕斋

月冷蛩低叫,杯香蚁细浮。倦游人醉不禁秋,莫放两条红烛泪交流。
自顾蛾眉在,谁知骏骨求。黄云白草漫回头,生怕雪霜欺压黑貂裘。

沁园春　观海陵俞水文舍人女乐

群玉山头,我又非仙,女何竟来?正碧箫婉转,玉戛金断;霓裳飘忽,月镂云裁。又莺递新声,蝶朝娇舞,十二珠帘次第开。观场上,是有情红蜡,都不成灰。　　玲珑罨画瑶台。抬醉眼,惊看半醒才。恐临风难立,掌中曳定;化云易去,空里牵回。杨柳轻盈,樱桃滴溜,香腻轻柔搅一堆。分明是,在桃花扇底,还要疑猜。

忆旧游　重阳日同金远水登止园梅花岭哭黄大宗

名园当令节,若黄郎在世兴如何?诗筒兼酒盏,花时竹夕,生怕蹉跎。今朝菊含惨怆,开也不能多。办几点红冰,一瓢清酭,浇洒岩阿。　　回思炉畔饮,虽视此非遥,邈若山河。把从前绮语,尽翻为薤露,感慨悲歌。况是夷门知己,生死肯消磨。莫认作羊昙西州,忍恸特来过。

忆旧游　十八日追寻重阳梅花岭之哭

枫林都是血,渍鹃醒一一出心窝。风流和伉爽,一朝顿失,尽付东波。从兹孔尊郑驿,料理有谁么?望晓岫、春星,卧龙何在?空自嵯峨。　　中秋前月间,犹折柬相招,忽抱沉疴。奈皇天不吊,竟兰摧玉折,断送吟哦。惨得山憔林悴,猿鹤泣烟萝。恨笔绝芙蓉,将他瓣瓣扯来搓!

原注:晓岫,阁名;春星,楼名。

减字木兰花　秋日同黄虞谐坐如如室和韵

也知秋好,花径不曾缘客扫。想到君来,日向蓬门立几回。

但能闲坐,一任浮云头上过。哪有仙人,是处桃源好结邻。

辘轳金井　坐吴楚源天竺居适蒋荆名金远来同过如如室小酌

春寒犹峭,怪春光、不肯放人怀抱。欲待寻花,又梅开还早。风欺雨搅,着不得许多烦恼。散闷延陵,却逢访我,二三朋好。　　高阳声唤杜老。将瓶甭拔出,邻酒赊到。谁主谁宾,便沉酣倾倒。频年会少。把良晤莫看轻了。柳渐浮青,草将引绿,常来听鸟。

五彩结同心　秋日蒋荆名诸子集绾秀园

树刚蝉静,天乍飞虹,满庭秋色浮杯。风日殊晴美,林苍翠,一叶不让霜摧。碧空云净浑如拭,三峰削,直插崔巍。亭高旷,帆来鸟去,俨然画里登台。　　一时骋怀游目,正紫薇乱落,兰菊争开。钵击诗成,觞飞花到,酒龙文虎惊才。竹林千载同今日,形骸放,坐卧莓苔。想天气秋深更好,不妨乘兴还来。

春从天上来　湘佩弟招同蒋荆名诸子集挥麈亭

欲破愁城,拼倾倒壶觞,快说生平。半老兄弟,都怕逢迎。学成闭户先生,放开双眼孔,看千古一局楸枰。任逍遥,却春光正好,水碧山青。　　留得荒园破屋,经百十余年,更觉多情。李杜诗歌,柳秦词曲,满堂金石同声。遇欢场耳热,不知有身外功名。纸窗明,是梅花枝上,月挂三更。

一寸金　徐山琢司马招同邱曙戒诸子宴华平园

曲沼涟漪,雨歇宾来,递香吹。看碧筒珠走,乱抛鹦鹉;红衣粉褪,轻沾翡翠。蘋唼金鱼碎。朱栏引,桥廊婉转画楼接。雉堞参差,别有仙源在人世。　　手把鱼竿,矶头闲钓,可思旧封事。在台中殿上,柏霜凛凛;水边林下,荷风细细。小草情何淡,只耽着东山滋味。恐东山、丝竹难留,不暇丘壑计。

邱象随

邱象随(1631~1701),字季贞,号西轩,清淮安府山阳县河下人,邱象升弟。拔贡,康熙十八年(1679)博学鸿词,授翰林院检讨,历司经局洗马。著有《西轩诗集》《西山纪年集》《淮安诗城》。

浣溪沙　和王阮亭宴游红桥

清浅雷塘水不流,几声残笛画城秋。红桥犹自倚扬州。
五夜香消残月梦,六宫钗落晓风愁。多情烟树恋迷楼。

李时震

李时震,字雷中,号恂庵,清淮安府山阳县河下人。顺治十八年(1661)进士,授内阁中书,二载告归,筑且园,养亲自娱。著有《去来吟诗集》。

眼儿媚　东湖赏荷

满湖绿水飐红莲,分韵合题笺。双鸳戏水,或增人妒,又使人怜。
开樽且与醉花前,雪酒泻珠圆。亭亭弄影,香风拂袖,正好流连。

眼儿媚　咏梅

清幽深院敞虚檐,日暖乍晴天。花开玉蝶,最饶丰韵,妆点春妍。
暗香浮动透疏帘,兴致自翩跹。待邀良友,羽觞飞递,拼醉花前。

如梦令　怀友

筛影横窗月透,隔院相思谁构?灯烬梦迟迟,可到高唐巫岫。听漏,听漏,方信断魂时候。

如梦令　叹梅

不审狂奴何故,打落梅花无数。摧折雪冰心,也算春风一度。回顾,回顾,忍把芳菲辜负?

临江仙　红花铺步壁间韵

野店山村驻马,遍尝红杏朱樱。官迟且让一身轻。家乡虽渐近,时序却频更。

回首半生劳顿，扶摇枉计云程。归来正值浴荷青。歌翻新唱曲，洗濯旧尘缨。

按：红花铺，即红花埠。

长相思 旅邸步韵

思无穷，睡朦胧，身在萧萧野店中。将凌六翮风。
日初融，踏芳丛，柳媚桃娇绿映红。铺排属化工。

长相思 怀友

忆多才，爱多才，倚遍雕栏不见回。芙蓉花正开。
风信催，花信催，懒向花前独把杯。君偏不早来。

浣溪沙 咏梅

小院闲窗春色赊，檐牙香雪影笼纱。凭栏无那对南衙。
镜里须怜新瘦损，愁中和梦落谁家？懒将心事问流霞。

醉春风 马厂看桃花

信步浑忘倦，望里红英茜。慢夸九曲小桃源，倩，倩，倩！点染春光，输他结子，惯撩人面。 密蕊珊瑚串，掩映垂杨线。杏前梅后逗芳菲，艳，艳，艳！东阁题诗，曲江走马，也应留恋。

花犯 石塘看牡丹

问东郊姚黄魏紫，朝来可全放？举头一望，喜疏叶繁花，娉婷难状。绿绯摇曳金盘飐，丰神更雅畅。试高赋谪仙旧调，掀髯同拍掌。 巡檐欲酿，不禁妖娆蜂蝶往。向芳丛扰攘，总驱逐无尘锦障。风厂。且相与觥筹交错，拼领略荣华刚半晌。比当日、沉香亭畔，别有倾城玩赏。

锁窗寒 芭蕉

乔影参差，翻风上下，绿阴成幕。疏疏密密，遮遍窗前墙角。枕书眠，满庭暑气，顿然对尔浑消却。愁心独抱，乍开还卷，更饶含着。 霜落秋云薄，便蛛丝斜挂，含情如昨。题笺人远，鹿梦酣谁觉？写相思，方展彩毫，疏雨飞来声不恶。待题完、记汝清风，层层须领略。

虞美人 本意

群英落尽青梅小，又听莺声老。凭栏细细问韶华，无计留春，剩有美人花。

风翻蝶舞真难辨，一样枝头颤。深红浅白粉多娇，逸韵天然，妒煞小蛮腰。

惜秋光　本意

玉漏停催天欲晓，金风拂槛秋容早。小院昼沉沉，报道海棠开了。　疏篱慢掩，空庭不扫。辜负梧桐人渐老，此际愁多少。

满江红　和方遇安扇头《九日登高》韵

爽气晴空，正依依、斜阳初下。停板处、分题作赋，争看倚马。远水渐收蘋渚绿，轻霜乍着枫林赭。才出缸、脱帽泛茱萸，凭挥洒。　心上累，休教惹；满城社，争名者。辜负了紫蟹黄花盈把。隐隐归鸿天外度，频频漏鼓城头打。笑闲身、此外总浮云，谁知假？

解珮令　舟中新月

几声虫语，数行雁度，早推篷、又见纤纤月。老去情怀浑不管，怕圆还缺。挂新钩，才来一捻。　任他班马，任他沈宋，逞才华、不分优劣。鼓楫扬歌，休辜负、秋光融澈。碧痕天，照人离别。

按：捻，通捏(nie)。

南楼令　午日泛舟

佳节值天中，榴花照眼红。侭龙舟、沸水翻风。也泛轻舠携酒榼，听笑语，隔帘栊。
归棹且从容，良辰不易逢。叹三闾、一去无踪。角黍乱投成底事，空怅望，吊孤忠。

鹊桥仙　七夕

穿针乞巧，浮瓜沉李，尽道今宵差别。银河虽是隔东西，究竟与双星何涉？
只应把盏，偶然觅句，消受清凉时节。若令会少怨离多，天上事有谁传说？

点绛唇　寻菊

醉访东篱，晓霜不顾黄花瘦。短垣依旧，弄影娟娟秀。　一片幽香，暗扑骚人袖。雕栏后，几枝斜逗，点染秋光透。

好事近　九日登高

扶杖去登高，一任风吹落帽。望里茱萸堪采，趁疏林斜照。　钵池山近炼丹台，往迹须寻到。回首三城雉堞，总暮烟笼罩。

摸鱼儿 闺中闻砧

奈疏林，一声声动，双提咽霜凄切。秋蛩旅雁偏无赖，抵死何曾休歇。灯半灭。任绣被、香温征梦频飞越。柔肠百结。想丹凤城南，白狼河北，泪点都成血。　　披衣看，堆集满庭落叶。试将帘幕偷揭。开一钩斜月星三点，暗惜影形抛撇。音问绝。便织就、回文待诉愁千叠。怜伊周折。合阻却当时，侯封远觅，不作这般别。

簇水 苦雨

夜夜朝朝，冻云凑合浑如许。柳烟桃雾，全不放红轮做主。哪见侵衣扑面，飞絮空中举。真辜负淡荡时序。　　待唤渡。泛　个绿蓑小艇，缓棹入浓阴去。泥粘袖湿，早退缩，无情绪。纵有寻春幽梦，难得阳桥路。只应拨兽炭，将茶煮。

无闷 喜晴

古寺烟开，高城日上，放出晴光千片。真可恼连阴，密云低锁，减却春愁一半。柳𨱔花殷俱冉冉。闲挥麈尾，满斟雀舌，恣情消遣。　　端爱韶华蒨。正远掷莺梭，高翻燕剪。看解组何人，坦怀如练。一任车尘马足，问载笔、清班诸亲串。见此际，晴爽林峦，可动十分眷恋。

李嶟瑞

李嶟瑞(?～约1716)，字苍存，清盱眙人。康熙八年(1669)以拔贡中副榜，入国学，盛文名。由教习议叙知县，历任唐县知县、安州知州。著有《后圃编年稿》《归来诗稿》等。

虞美人 春日过戚缄子无闷园

春风料峭吹人面，马足行如箭。故人家在绿溪东，门外一池流水杏花红。
啼莺引入垂杨路，是我题诗处。脱冠呼酒共倾杯，不到杯空酒尽不归来。

钗头凤

枝头萼，巢边雀，韶光满眼人离索。舒红袖，拈红豆，眉峰正是，愁来时候。皱，皱，皱。　　垂风幕，悬风铎，江头啰唝心情恶。听春漏，挨春昼，腰围休问，可还如旧？瘦，瘦，瘦。

徐麟吉

徐麟吉，字日驭，号北山，清淮安府山阳县人。康熙中诸生。刻有《北山诗存》。

春从天上来　人日黄大宗招同诸子止园登高

犹是新年，却堤软沙明，柳暗梅鲜。着一双屐，信步随缘。杖头可否携钱？憩黄家亭子，看白石细泻清泉。怨东风、放游蜂相见，燕子萧然。　　入望春波皱碧，似幅《辋川图》，挂向樽前。影彻冰壶，歌翻金谷，倩云扶醉登巅。倘流连小倦，一枕高眠。懒周旋，尽人人唤我，烟火神仙。

齐天乐　端阳前一日同嵇留山集黄园河亭

珠湖水学湘流碧，就近黄家书室。修竹青摇，勾阑赤绕，砌点玲珑宣石。端阳近也，便沉醉何妨，独醒无益。可惜佳辰，哀平吊贾伤今昔。　　丝篝画舫喧阗，一帘才放下，尘凡迥隔。快泛蒲觞，饱餐角黍，今日争输明日。坐中豪客，都万里胸襟，洞庭犹窄。这卷骚经，何劳深太息！

边寿民

边寿民（1684～1752），初名维祺，字颐公，号苇间居士、绰绰老人。清淮安府山阳县人。康熙四十三年（1704）诸生。善画花鸟、山水，尤以画芦雁驰名，有“边芦雁”之称。工诗词、精书法。和郑板桥、金农等人齐名。著有《苇间老人题画集》等。

忆江南　苇间好

苇间好，明浦豁西窗。两岸荇芦侵阔水，半天紫绿挂斜阳。新月到回廊。

苇间好，最好是新晴。寺后菜畦春雨足，城头帆影夕阳明。人傍女墙行。

苇间好，初夏最关情。浅水半篙荷叶出，深芦一带水禽鸣。雨后杂蛙声。

苇间好，重九雨霏霏。古寺客穿红叶出，小舟人载菊花归。酒熟蟹螯肥。

凤凰台上忆吹箫　将营苇间书屋作

城畔荒原，宅边余地，周遭一望蒹葭。似芙蓉江上，浅渚平沙。此地尽堪茅屋，门开处、斜对渔家。垂杨里，几畦菊圃，半截篱笆。　　嗟嗟！赵囊空矣，徒年年虚愿，耽搁烟霞。笑半生鸠拙，技止涂鸦。纵是诛茅插竹，也凭仗、数笔芦花。点染过，三春将尽，十丈溪沙。

满江红 苇间书屋

万里归来，就宅畔、诛茅结屋。柴扉外，沙明水碧，荇青蒲绿。安稳不愁风浪险，寂寥却喜烟霞足。更三城、婉转一舟通，人来熟。 泉水冽，手堪掬；瓮酒美，巾堪漉。只有情有韵，无拘无束。壮志已随流水去，旷怀不与浮云逐。笑吾庐、气味似僧寮，享清福。

沁园春 苇间书屋

三叠青城，一水通流，到我屋边。爱蒲风波影，都无尘俗；鱼庄蟹舍，尽有溪鲜。又劚地栽松，编篱架豆，饫我山厨不费钱。消长昼，唯清茶浊酒，静坐闲眠。 幽栖已谢尘缘。久不见剡溪访戴船。忽苇边林外，咿哑柔橹；依稀渐近，笑语喧阗。步出柴扉，柳阴凝望，旧雨扁舟共晚烟。南村叟，与一癯一胖，黄面苍髯。

沁园春 前题

自笑鲰生，五十年来，究竟何如？只诗囊画箧，客装萧瑟；瘦驴疲马，道路驰驱。大海长江，惊风骇浪，冒险轻身廿载余。真奇事，却公然不死，归到田庐。 苇间老屋堪娱，纵三径全荒手自锄。爱纸窗木榻，平临水曲；豆棚瓜架，紧靠山厨。卖画闲钱，都充酒价，词客骚人日过余。余何望，尽余年颓放，牛马凭呼。

买陂塘

丁卯正月二十八日，程蓴江学长招同人集晚甘园，彭丈暨蒋、钱二君赋诗，余谱此调。

其 一

荡轻舟、绿杨阴里，晚甘门对渔浦。梅边竹外盘回径，略约斜通蓉渚。凝望处，有几个诗翁，小立疏篱语。须眉最古。是槜李豪英，楚襄耆旧，奎宿五星聚。 拈霜管，都是黄钟大吕。太平歌咏和许。候虫时鸟音声小，惭愧唧啾奚补？坐起舞。欣此日，他乡故国多俦侣。丁宁旧雨。愿岁岁年年，名园文酒，容我小词谱。

原注：槜李豪英，谓蒋、钱二君。楚襄耆旧，谓彭丈。

其 二

暮云沉、凄凄花陌，荒苔青润鸳甃。娇红一捻不胜春，苦雨酸风僝僽。从别后，但暗忆娉婷，几把垂杨蹂。香销韩袖。念莺燕悲吟，凤鸾仙去，空负摘花手。 铜铺掩，窥见文窗依旧。筝琶尘暗弦绉。欲圆春梦今犹未，怪得西飞太骤。凝伫久。拟待倩、鸿都羽客寻仙偶。青衫湿透。叹玉骨沉埋，芳魂缥缈，何处酹尊酒？

长亭怨慢　自题画雁

又弹指、初寒时序。结伴随阳，几多辛苦。湘浦烟深，衡阳沙远且延伫。回汀枉渚，便认作，家乡住。荻尾响秋风，知菰米、稻粱何处。　　同予。念平生落拓，地北天南羁旅。挥毫状物，也只算、自抒心绪。况苇屋，雁汉门迎，正粉本、当前无数。写不了相思，白石新词填谱。

按：词见上海有正书局印《中国名画》第十四集《常子襄藏芦雁十二幅合景题句题画集》，缺“又”字；“同”作“问”；“念平生”三字作“廿年”二字；“苇屋”作“苇间”；“白石”作“又把”。夹注八字亦无，似未见原迹也。

西溪子　自题画雁

荻港蘋洲归雁，此景老夫图惯。爱双飞，依水曲，沙际宿。写到江天寥廓。动秋思，又题词。

渔父　前题

湘云湘水映空明，宿雾新霜阴复晴。杨柳岸，蓼花汀。接翅飞来不住声。

转应曲　前题

芦荻芦荻，影动半江斜日。旅鸿着意随阳，健翮岂嗟路长。长路，长路，回首塞垣何处？

谒金门　前题

云幕幕，一抹江南江北。玉屑霏霏疏又密，滩头知几尺。地老天荒奚适？且就芦边休息。转眼西风开霁色，青霄看健翮。

按：以上四阕，见邵松年著《古缘萃录》卷十四，戊辰八月作《芦雁》册。

采桑子　自题画蟹

夜篝松炬明如昼，公子无肠。满篰盈筐，姜米醯盐擘嫩黄。
菊花吐蕊枫林艳，时节重阳。酝酒新尝，醉倒篱边也不妨。

按：词见方浚颐著《梦园书画录》卷二十二，丁卯九月作画册。

程嗣立

程嗣立（1688～1744），字风衣，号水南，一号篁村，清淮安府安东人。出生盐商之家，世居山阳。乾隆中廪贡生，举博学鸿词不就。工诗文，善书画。著有《水南集》。常与家乡文士唱和，与边维祺、周振采、刘培元、刘培风、王家贲、邱谨、邱重慕、吴宁谧、戴大纯并称为“曲江十子”。

满江红　珠湖春之间周纬苍赋

傍水楼台，莺花里、年年游熟。正□□、雨余风细，红销翠续。野竹桥边尘外寺，垂杨堤畔花间屋。趁斜阳、携客上轻桡，春波绿。　芦尚短，抽青玉，天欲暝，摇轻縠。记当年裙屐，风流争逐。良夜灯明宾既醉，隔帘犹唱伊凉曲。叹旧来、燕子也难寻，光阴速。

沁园春　春暮曲江楼晚眺同杜太史云川赋调寄《沁园春》一阕

上巳才过，何意逢君，共上曲江。正花间竹里，蜂须蝶粉；楼前槛外，燕织莺簧。向晚风吹，白沙堤柳，帆影遥遥乘夕阳。吾生懒，悔良辰虚度，负了清狂。　虽然入道何妨，对烂漫风光真道场。看清波照影，随流不去；落花沾袖，脱蒂犹香。尽好林亭，黄昏渐近，莫便匆匆归去忙。且小住、再从容半晌，可否商量？

薛　怀

薛怀，字竹居，号小凤，边寿民外甥。清淮安府桃源县人，长居淮安府城。乾隆间曾举孝廉。工诗词，精六书，善绘事，尤工芦雁。年87卒。

百字令

采莲人返，恁携来，玉腕一般香洁。素手金刀才落处，道是蛟宫镂雪。回首西风，香飘红乱，冷彻相思骨。玲珑片片，问谁捣破瑶月？　只为几缕柔丝，牵情南浦，种闲根节。秋水凝精花葬魄，一片空明撰结。皓齿初尝，数声清脆，早解相如渴。移来玉井，为君重长新茁。

任　瑗

任瑗(1693~1774)，字恕庵，号东涧，清淮安府山阳县人。经学家、诗词家。乾隆元年(1736)举博学鸿词。著有《六溪山房》《小寒泉精舍》《六有轩》等。《清史稿》有传。

传言玉女　送古文叔赴徽

几幅蒲帆，呕轧半江风雪。猿溪渔驿，淡疏梅罩月。山川似画，何处六朝宫阙。凄迷烟草,兴亡谁说? 阿大中郎,这门阑最超越。痴顽小子,愧封胡末羯。黄山碑砚,道是神仙窟宅。放扁舟约,莺花时节。

真珠帘 春日

流光坐看鳞相接。雪如梅后,又见梅如雪。最好韶华是,上巳清明节。借柳枝春晖系住,只怕听花时鹍鴂。堪惜。这许多心事,书空咄咄。 且喜儒冠抛掷。着渔蓑早钓、满江风月。收万古兴亡,笑指芦花白。悲昔人烟消响断,使竖子声名煊赫。休说。载满船春酒,好消华发。

念奴娇 赠别会诏叔赴京

芙蓉楼上,半阴晴,镇日凭栏袖手。人比梅花清更瘦。欲问啼莺知否?咄咄心情,不因春老,又哪曾伤酒。稍知我意,除非合抱江柳。 最喜骨肉团圞,夜游秉烛,笑开樽前口。忽挂帆长安直北,不肯落归鸿后。且住为佳,永和节序,莫把春光负。画楼十二,空劳山外回首。

金 坦

金坦,字爱吾,号易斋,清淮安府山阳县人。乾隆五年(1740)诸生,岁贡。

浣溪沙 和王渔洋宴游红桥词

水近雷塘呜咽流,繁华人逝几经秋。二分明月在扬州。

玉树歌成犹有恨,锦帆牵去已无愁。平山堂下是迷楼。

按:词见《楚台见闻录》。

汪廷珍

汪廷珍(1757~1827),字玉粲,号瑟庵,清淮安府山阳县河下人。乾隆五十四年(1789)第二名进士,授编修,历官礼部侍郎、翰林院掌院学士,协办大学士兼礼部尚书,赠太子太师,谥文端,入乡贤祠。著有《实事求是斋诗文集》。《清史稿》有传。

望江南 为泾县吴柳门文炳题家山图

北游好,底事忆乡关。何处亭台烟霭里,几株杨柳水云间。家在敬亭山。

吾衰矣!自问合投闲。红树满林堪觅句,夕阳千顷好投竿。早晚别长安。

李宗昉

李宗昉(1779～1846),字芝龄,号靖远,清淮安府山阳人。嘉庆七年(1802)进士第二名,官至礼部尚书。著有《闻妙香室诗文集》24卷、词1卷,《黔记》4卷,《致用丛书》17卷。

齐天乐　题李茝轩《长发家庆图》

人生乐事无过此,团圞大家欢喜。举案风清,颂椒口小,庭下各生杖履。凤毛继起,看芥子桐孙,争芳兰芷。白发苕华,绿阴如幔晚晴里。　江乡又添梦想,故人犹健在,情味何似?泮水芹香,蟾宫桂满,曾共吟坛徙倚。披图宛尔,愧廿载长安,心期若水。只有莱衣,正斑斓竞美。

原注:是日椿堂八十八生日。

望远行　题《陇树瞻思图》

秋林一幅孤云寄,无限关山遐思。南图空尔,西笑依然,万里壮游何息。博得功名入手,莱衣罢著,添了数行乡泪。倩同心描写,难明此意。　即次。梦境无非孺恋,纵掩卷、倍劳寻记。陇树连天,归鸦带日,都是伤心时地。却喜琼林早到,金梯同致,自有平生可遂。况郁葱佳气,年年无异。

瑞鹤仙　林旸谷《封翁饲鹤图》少穆方伯属题

海天游倦后,长松下,道骨仙风依旧。科头倚岩岫,看凌云双翮,飞鸣时候。幽阶独守。忆长年、潇洒永昼。九皋声远,恰其和在阴,燕雀知否?　原是孤山清胄。水石盟心,骛霞成友。蕊寒干瘦,花溪畔、重回首。喜翩跹毛翱翔寥廓,芝田玉树共秀。饲吾民,旧德先畴,遍传万口。

按:少穆,林则徐的字。

沁园春　盘香

香爇铜盘,影矗浮图,印上鲛绡。似龙门悬溜,黄萦九曲;螺峰斜径,青入层霄。珠磨星旋,牙樯灯挂,半榻晴烟篆未消。联吟日,记墨痕轻划,好句催敲。　辘轳金井秋高,只片缕柔情暮复朝。笑脂粘蚁线,回肠曲折;风生羊角,极目扶摇。卍字图成,回文织罢,一寸相思路转遥。深闺里,忆碧筒瑶草,刺绣慵描。

诉衷情　奎玉庭以黄紫朱笔画菊雁来红于闱中

梦沉松下与篱东,开遍小园中。辜负晚秋天气,抹紫又批红。　怀雁讯,数花丛,莫匆匆。指头匀染，不买胭脂，画出天工。

木兰花慢　袁江雨舟独坐明日上巳矣

扁舟冲雨急，春渐去，怎寻他？但支枕迷离，浑忘是、客梦转衾窝。搜罗故园旧事，正芳郊、明日踏青多。厌听人呼滑滑，频惊鸟唤哥哥。　蹉跎岁月几番过，双鬓已先皤。对如画青山，夸人眼福，可抵愁么？回波暗生远浦，问沅湘芳草信如何？转尽江流九曲，凭栏细数盘涡。

一剪梅

苇滨见余案头千石谷、钱江画卷，辄动乡思。既赋长歌，又赓短调，戏次其韵。

万叠青山两面窗，朝也双江，暮也双江。怎生酬答好时光？宾也千觞，主也千觞。

赚客题诗作计忙，诗也钱塘，画也钱塘。教君撇不下余杭。黔也思乡，楚也思乡。

折红梅　题赵象庵中书《爱冬轩图》

爱南荣承暖，一椽茈得，高人容膝。正料量茗碗，竹炉醅成，瓮底香秫。幽栖纸帐，算只有寒梅吾匹。眼际纵是，万紫千红，但抱得冬心，不妨藏密。　后雕几树，看环绕易涞，撑空奇质。此间是赵家旧宅。人思冬日之日我，来看春半，肯坐我爱冬轩室。相见不改，畴昔容颜，又贞元递衍，玉森兰茁。

按："折红梅"词，正格押平声韵，芝龄先生反用之也。

贺新凉　李耀堂明经花烛重逢填此代寿

偕老诗人语。数年华、鹿车共挽，咒桃仙侣。八秩筵开齐眉案，重语团圞时序。想其旧结褵情绪。烛影摇红双白发，笑催妆，不似痴儿女。琴瑟好，任容与。　从知此福凭天许。早传来、耳闻阴德，安居古处。自有真机明藏用，不管人间毁誉。□廿载青衫老去。赢得同心还黾勉，喜鹿鸣、刚向秋风举。绳武者，况翘楚！

按："廿载"前疑缺一字。

黄　钰

黄钰，字秋舲，清淮安府山阳县人。主要活动于清嘉、道年间。

满江红　题金陵《马鞠邨士图》《莫愁湖志》时嘉庆乙亥秉铎宣城

作赋雄才，笔如椽、声逾金石。抽余绪、幽寻湖上，志成双册。近与栖霞分胜境，远同明圣争名迹。问传真、辨误底多情，扬巾帼。　搜珠玉，皆诗伯；披锦绣，饶词客。证山围潮打，周遭故国。绛帐马融书易著，北楼王璨愁难释。最称奇、感梦郁金堂，神先格。

原注：陈古渔著《摄山志》。

郭　瑗

郭瑗（？～1822），字芋田，号蘧蘧。清淮安府山阳县车桥人，嘉庆五年（1800）诸生。与同里潘德舆友善。著有《寓庸室遗草》。

望海潮　帆影

江天空碧，危栏遥睇，蒲帆十幅攲斜。斜日半船，波光不动，翩翩影度平沙。陡入树阴遮。喜断崖一转，飞出丛花。忽暗柴门，带烟低掠过渔家。　　凑来沙嘴交乂，似灯摇碎叶，潭点归鸦。明月与偕，浪花激散，凭空乱扑蒹葭。鼍鼓忽停挝。见倚楼衔了，俍让窗纱。不是行云，分明南浦怎天涯？

如梦令　题清上人扇面山水

识得源头何处，颠倒乱峰无数。楼外是红尘，只恐清泉流去。非误，非误，自有松阴围住。

菩萨蛮　题画

寒生草阁山笼雾，绿阴遮断门前路。睡起鼓瑶琴，沉沉山雨深。　　水环山脚去，渔钓知何处？雨歇晚窗开，轻舟来不来？

山花子　题画

古木阴浓黯绿莎，蹇驴不管路平颇。但过板桥三四豁，夕阳多。　　人世近来荆棘满，闲身只爱水云过。我作画图，专为我展眉窝。

汉宫春　题画

要隔红尘，怕乱山深处，尚有人行。飞泉也会人意，垂下帘旌。争时燕子又飞来，报说春深。却不道，山中岁月炎凉，从不关情。　　寄语世人知道，莫轻移筇杖，来踏花阴。此中绝无佳处，一味风清。者般淡泊，便入林、谁结鸥盟？只许作，遥天画本，烟云几点秋晴。

百字令　看云

奇情横溢，觉胸次、多少峰峦腾起。纵步危桥，搜眼界、平日尘氛一洗。绝壁何来，光摇目眩，落日蒸云耳。凭空飞动，天人心境如此。　　遥想江上秋清，万山经雨后，林峦都美。况此时、云岚酝彩，全注幽人心里。雕盼晴空，山灵休笑我，屐间双齿。明年秋到，一帆烟月来矣。

风蝶令　桥上

淡月高楼柝，垂杨画舸阴。板桥流水寂无人。自把新词歌与，大鱼听。

渐觉罗衣冷，方知雾气深。倚栏今夜过三更。赚得梦魂还似，醒时清。

水调歌头　和四农赠别二首

其　一

别似不成别，欢又不成欢。但觉吾侪踪迹，去住总漫漫。况是阴阴天气，直似厌厌病酒，儿女别情般。我自用我法，一例水云看。　　纵留着，无过是，学偷闲。不若置之闲处，素食老河干。想到荒烟大漠，居然逐臣谪宦，风味又新翻。麦饭饱河北，春雨隔江南。

其　二

伸屈不在数，泥辱便非龙。任是鹰愁莺笑，天处不痴聋。可惜世人欲杀，自问绝无才思，抚剑愧诸公。去矣勿复怒，同类可怜虫。　　讵尔我，别有策，出樊笼。惟是养生缮性，操舵乱流中。我去嵇康懒癖，君保休文病体，随处总春风。言语浅术耳，此意罄匆匆。

点绛唇　杨柳词

杨柳轻柔，本来不是松杉古。也非花树，作态调眉妩。　　腰不禁风，瘦影闲闲舞。春无主。玉楼何处，浓淡随烟雨。

水调歌头　冬日渡河

日色冻不起，莽莽荡风烟。黄河十月飞雪，我正上楼船。气肃不容奔放，直欲掀翻地脉，水力抵山坚。朔风半渡截，飞浪上樯颠。　　始而恐，继而乐，转超然。拓开平日眼界，衣带藐星躔。未到玉门紫塞，满目黄沙白草，彼岸似穷边。我非瑟缩者，夷险一由天。

水调歌头　冬日读史

抛卷蹶然起，冻日半窗明。往事不禁懊恼，昂首望苍冥。剑匣酒杯无用，只有狂歌激烈，能怂不平人。霜雪谁畏尔？热血满腔春。　　门以外，是何事？不堪论。全仗天公一怒，凛凛朔风鸣。扫尽人间拉杂，让出梅花地步，才是到头清。鸠雀为谁苦？扰扰竞喧腾。

水调歌头 冬夜独坐

斗室契万古，静夜耿寥寥。屋角大星几点，霜耸碧天高。脱却利名缰锁，便觉肝肠冰雪，一色印澄霄。冻饿是吾分，不复计来朝。　为谁迫，不得已，自煎熬？辛苦窃来腐鼠，只吓得鹓雏。若道高牙大纛，才称丈夫事业，竹马看儿曹。世态不忍见，灯暗怕重挑。

潘四农先生云："冬日读史、冬夜独坐二词，清雄激越。屋角十一字尤为绝唱。十余年前，仆所极赏心者。丁亥(1827)冬日，偶捡故纸，得原稿及仆评语，反复吟诵，泪落满怀。盖蘧蘧之殁已五年矣。因另书一纸，复以《卜算子》词缀其后：霜雪困梅花，只有幽人喜。海内无人识此才，陋巷饥寒死。断墨忽搜来，涤我胸中滓。老屋残灯唱百回，月黑天如水。"

水调歌头

己卯秋日，仆将卖琴为南游计，仓猝不得售。潘四农、黄少霞慨然作词，予亦和焉。

时世合一调，何处用成连？拼付樵苏拉杂，随分当薪然。怎奈六街唤遍，竟日难邀一顾，作爨亦无缘。况说《广陵散》，珍重取人怜。　持冷具，投热客，总天渊。多事登山涉水，闹里鼓冰弦。莫把牙生不遇，当做吴箫乞食，激楚问苍天。无酒我能佛，有酒我能仙。

水调歌头 鹰

俊骨不终忍，得意是秋风。广漠脱鞲径去，双翮出晴空。只仗金眸一转，摄尽么么胆魄，不爪已成功。后来碌碌耳，黄犬与花骢。　雪驱沓，云惨淡，石巃嵸。最怕锦绦牢落，埋没此英雄。满眼丰狐狡兔，妄想凭城依社，待尔击昏蒙。莫恋鞲上肉，无意到苍穹。

虞美人 山游

其一

半生不作华胥梦，四度秋帆送。杖头用尽那空归，赚得万重山翠上人衣。

一肩行李琴书少，童仆都轻俏。蕉衫箬笠出城来，一路山花驿递逐人开。

其二

涂丹果熟先霜采，珠串当门卖。小羊日夕唤声声，但领晚凉风味齿牙清。

清凉不觉征途远，暝色山山变。钗横老桧影蓬松，认得湿云如髻最高峰。

浪淘沙 秋江

秋思落天涯，草阁平沙。倚栏凝眺日西斜。多少壮年江海意，瑟瑟芦花。

此便是渔家，不泛灵槎。笔床茶灶隐窗纱。侭放诗怀烟水外，风雨凭他。

水调歌头　送卢餐仙之涟水

偏值别离候，一叶下霜天。转疑天与人事，攒并扼酸寒。眼看故人去也，想到黄河落日，古戍一帆悬。回首望乡处，谈笑是云烟。　　大都是，寄尘耳，莫凄然。守株似我，论心曾得几人怜？雪里袁安谁问，庑下梁鸿堪托，且有信天缘。鬼车与狐穴，搜待雨窗眠。

原注：餐仙善说狐鬼。

满江红　别四农

其　一

可笑匆匆，关莲转、一双棒足。谁膺着、紫绶金龟，高牙大纛。蓬荜君方归旧垒，稻粱我又谋新谷。忆年来、歌啸醉中天，何其促。　　关不住，闲庭屋；诉不尽，闲衷曲。但片时离别，便生忧郁。蝴蝶飞飞浓处恋，蜻蜓款款闲相逐。当春秋、恣意纵谈时，知非福。

其　二

可笑匆匆，又入了、这场春梦。计半生、琴剑依人，竟成何用？壁上梭飞知孰是，杯中蝇醉随人弄。似剥肤、痛定已多时，方思痛。　　聚时节，樽常共；别时节，行谁送？只一领青毡，禁人浮动。贫贱本来欢会少，缠绵莫把相思种。怕鬓丝、因恨早星星，霜添重。

菩萨蛮　题画

溪烟匝树阴阴绿，水光寒浸山隈屋。晴日晚云开，双帆剪翠来。　　水程鸥并宿，秋气清如玉。此外尽红尘，渔翁冷笑人。

满江红　题画

大地清凉，被世态、熏蒸遍了。何况是、暑氛助虐，更添热恼。劈面哪来飞瀑下，凡襟不用秋风扫。只此间、安个小茅亭，听泉好。　　泉石趣，人人晓；尘世事，营营老。让山僧坐卧，岩阿树杪。我欲扶筇最深处，行踪只许云知道。奈画山、不值买山钱，空怀抱。

满江红　丙子乡试前录送失名戏作

带得秋来，本不愿、热场生色。况一路、云岚淘洗，俗氛都息。时世新妆工错彩，白描还是龙眠笔。向胭脂、队里写梨花，疏狂极。　　如分与，原非厄；翻放散，游人屐。看山川清绝，仗谁粉饰？攒穴万人灯火艳，点空一鹤烟霄碧。莫漫将、摆脱赞闲身，非吾力。

潘四农先生云：由写梨花句，同人遂争呼蘧蘧为"郭梨花"，亦一时可传事，非失名乃得名矣。然较录送文者，旋即续出，蘧蘧复入闱。后此戊寅(1818)、己卯(1819)、壬午(1822)，又三应乡试不中。癸未(1823)即试热场，终未生色也。重览此阕，为之掩卷唏嘘云。

郭　莹

郭莹，字石镜，瑗女弟，清淮安府山阳县人。嘉庆中诸生陆宝临室，怀生、瑞生昆弟之母。著有《烬余零稿》。

满江红　偶成

短梦谁惊，一转眼、幽明路隔。剩一缕、残魂断魄，几根瘦骨。人病难偿儿女债，天荒怎脱饥寒厄。更两场、小梦搅肝肠，无宁刻。　　旧繁华，何处觅？新恨恼，常堆积。搜昔日香奁镜匣，空空无物。泉下长眠人不醒，他生来世言难必。待两儿、重振旧家声，团圆日。

黄以炳

黄以炳，字蔚雯，号少霞，一字退坪。淮安府山阳县人，嘉庆十三年(1808)举人，官泰兴、金匮训导。著有《茗香亭诗集》《茗香亭词》。

扫花游　登城望万柳池和王静山寿年

屐苔微滑，正社雨初晴，去寻春意。者般滋味。看画桥零落，断虹沙嘴。密缕疏条，也只淡妆浓睡。夕阳里，剩几个渔舟，弄皱烟水。　　幽赏谁复忆？曾草绿些些，蒲青细细。一壶倒地，便揽月和云，一齐都醉。梦软风亭，衣上几痕凉翠。还能未？输他玉鞭骄辔。

按："输他"前疑缺一字。

百字令　题潘彦辅德舆《海外梦游记》

苏奴瀚海，怪廿年，腐史东游不到。一枕乾坤开径走，不许扶桑嚣晓。琉火孤红，蓬山四碧，春点瑶华岛。月明起舞，满身都是花鸟。　　便拟烧烛鸿天，擘笺鸡塞，总在华胥道。万里词曹星使出，豪杰也须压倒。龙女开筵，神君捧袂，好看连鳌钓。海风笔底，陆才翻做潘藻。

祝英台近　送别静山

辋川人，剡溪路，烟柳六年渡。草草春游，悔不留君住。红笺绿酒无多，时节清明，又一曲、骊歌催去。　　君记取，翩翩短棹重来，黄梅那时雨。东道湖山，只合吾为主。但看画榻延风，诗筒贮月，早夜夜金尊重补。

宴山亭　题胡蘧庄棠止止斋

笑我门前，十顷鳞波，独占春城翠。今日裴王，两个人家，争并一条烟水。花柳商量，替分了夕阳沙嘴。半里。把酒国诗天，都移这里。　　收拾茅屋三间，便消受、渔汀六时风味。浮蛆小瓮，梦蝶闲床，人与绿杨俱醉。说止偏行，问芳草、王孙归未？料理。看来往东风一苇。

原注：拟同买小舟以便来往。

浣溪沙　万柳池纳凉

柔橹分开碧玉流，轻衫穿破晚烟稠。弯弯篱落到桥头。

万顷绿摇风里树，一天昏入雨中楼。心凉揽得几分秋。

渡江云　夏月苦雨

骊珠三万斛，乖龙一怒，倾倒墨云天。潮头喧乍歇，依旧横飞，弩箭急离弦。醍醐灌冷，溅青衫，不放黄棉。争变做、秋风庭院，寒水响涓涓。　　堪嫌。玉绳倒挂，银汉低流，便甲兵洗净，禁不得、天粘漏屋，海立枯田。诗床画榻人何处？满山城、一片渔烟。我愿捧、金乌飞出云颠。

行香子　病起

病日青黄，困雨苍凉。带朦胧，怕绕垂杨。且呼橘婢，去扫松床。好理诗筒，理画箧，理琴囊。　　开了画窗，放好茶铛。喜故人，访入西堂。莫惊瘦骨，且道离肠。趁一帘月，一壶酒，一炉香。

南楼令　登城

斜日拥荒蹊，高帆挂乱溪。正万家烟火初齐。一片秋心收不住，输与那，绿蓑低。

蜡屐酒人稀，寒蛩满路啼。柳枝青落尽长堤。唯有宴花楼畔水，犹自上，板桥西。

醉花间　友人有试行不韪者感赋

深深院，团团扇。软步花枝颤。偷影出窥人，早被人窥见。　　金筒一缕烟，屏角轻轻咽。谁知隔缝来，吹上侬儿面。

买陂塘　入村

望秋林，几行烟绿，蓬庐藏在深树。狮儿犬吠弯环径，迎出断桥前渡。桥尾路。带片水揉蓝，流到门前住。好云无数。向矮竹墙头，野花棚角，做个耦耕侣。　　田家客，指我垄头桑苎。荷锄争说田谱。莼羹麦酒村亭饭，今日又酬一度。重想去。算晓渌城隅，信美非吾土。不知此处。构短木支床，重茅结屋，来听稻花雨。

南浦月　村居

万木酣风，肃肃落叶和烟滚。归休未肯。饭熟青精粳。　　十笏茅斋，饱嚼蔬和笋。闲愁省。藜床竹枕，睡得无边稳。

于中好　村晚

断霞红入空潭翠，不许闲心不醉。渔篙戏促蘋波里，又打得鳞鳞碎。
一条秋在鱼天尾，明月来窥沙嘴。今宵领略烟和水，也不脱蓑衣睡。

清平乐　夏夜

空庭人悄，广月无边照。跣足科头都学到，不怕嫦娥来笑。　　自唱小红一曲，重招太白三人。带着醺儿睡了，还他天地闲身。

水调歌头　接邱勤子广业安东书却寄二首

其　一

又过小端午，一片石榴红。与君寒食携手，踪迹已飘蓬。何事娇儿脆女，也吃风波滋味，狼狈小船中。世路直如此，况我辈冬烘。　　斜阳外，望烟岛，浩无穷。海天人迹不到，最好学痴聋。万事都由他去，但把一竿在手，做个绿蓑翁。赏我别来句，高唱大江东。

其　二

此别亦无几，只是太匆匆。劝君一杯春酒，抵死不相从。今日停云落月，想起石泉槐火，梦里小思依。才悔那时误，惆怅觅归鸿。　　故乡事，争蛮触，斗鸡虫。我于其间坐视，一笑万缘空。安得云梯关口，更拓海怀遐想，洒落一天风。醉看小儿女，花烛闹而翁。

原注：勤子将为子娶妇。

水调歌头　公车北上东平旅次作

碎石大如斗，诘屈走双轮。任君骨耸神紧，颠扑几何存？两日惊风飒面，只恐文章肠胃，到处匝黄尘。何似碧云底，闲作闭门人。　　况此地，山不秀，月犹昏。道旁官柳初绿，绿也不成春。只合寒灯古驿，斟出江南银酿，淘洗旧吟身。得失等闲事，双耳怕重闻。

买陂塘　赵北口遇雨

听汹汹，两涯激荡，春波直打桥面。手揭车帘才一望，蹴起浪花重碾。风略倦。又乱洒骊珠，漏入孤篷溅。团团飞霰。还做水妆，泥欺轮困辙，逼到马蹄战。　　长堤畔，烟水迷漫一片。不知波底深浅。百般游子忧疑,到树顶残阳初见。云渐远。可也向、数椽亲舍低横遍。临溪村店。把湿履侵炉,濡衣展架,认得手中线。

惜秋华　汉宫秋和毛子乔松龄

秋满秦川,偏亭台低处,花开锦石。瘦里红多,向着画栏斜日。当年春晓繁华,可有汝、者般艳质?埋没。怪画师、无意写来丰格。　佳伴总凄恻。算何曾有分,见东皇颜色。昨夜空庭冷对,月轮高出。新妆抵过昭阳,也只剩、零脂萧瑟。赢得。绕西风、暗流香泽。

百字令　赴省雨住沙漫洲

飘然一舸,指怒涛百尺,中间飞渡。窈窕青山犹识我,怕受鲤鱼风妒。带暝湔鬟,连空泼黛,留我沙头住。蛟龙欲起,浪花高裂无数。　回看远树斜曛,遥天淡霭,冉冉江空处。霹雳腾车鞭雾走,对面眉峰又露。三尺孤篷,一杯浊酒,高唱迦陵句。来朝准备,飞登燕子矶去。

百字令　题梁口武孝廉《横琴看雪图》

北风吹遍,拼寒深野屋,知音者寡。记得少年投笔去,臂铁有谁堪把。满月张弧,轻风堕翮,鹰爪犹鞲架。仰天一笑,雕鞍捧到金斝。　谁说老去廉颇,不临金鼓,冷坐荒云下。要把焦桐弹出塞,奇气郁于生马。蜀锦貂裘,吴钩宝剑,想见英雄价。酒酣斫地,雪花如掌而下。

满江红　过赵北口

滚滚黄尘,被雨后、风吹断了。早认出、霜中老柏,参天合抱。两水劈分飞浪阔,半桥缺落行人少。走天涯、莽荡古关河,层虹表。　选形势,幽燕好;比河洛,雄而老。笑当时,划断几多潦草。百丈盘盘山势远,我来日出雄州道。看苍然、气象拥皇都,晴云绕。

原注:地有"碧汉层虹"牌额。

水调歌头

郭蘧蘧瑗卖琴,乡试购者以贱值要之,赋寄蘧蘧,用广其意。

一片俗眼白,何处觅成连?任是秦徽汉轸,能值几铢钱?惹起一腔幽愤,不若投之爨下,烧断七条弦。不则绿阴里,还自抱琴眠。　南游计,穷绝处,转无前。拌着吹箫乞食,潦倒出江天。只要秋风万壑,听彻喧啾百鸟,孤凤一声圆。忍遣古时月,坐对别家筵。

沁园春 北道出富庄驿作

浑水千波，岩山万嶂，胡为乎来？况油云乱起，雨随车骤；雄风夜吼，雪代花开。破屋难栖，征裘易敝，昏晓轮蹄取次捱。偏无奈，把一鞭春影，绕遍天涯。　　道旁官柳初胎。问青眼谁寄此日怀？看江南旧迹，泥书在簏；辽东小妇，沙袖扶钗。红粉飘零，青衫迟暮，不听琵琶亦可哀。成何用？又千金骏骨，欲上燕台。

原注：时黄河决河南，袤延至德州。自江南至此，迂道二百余里。

长相思 舟赴泰兴高邮道中作

湖水清，河水清，雨水分流一片明。离人如此情。

雨三更，月三更，昨夜依然梦不成。愁随轻浪生。

满江红 游王氏园

山势低盘，映带着、一天楼阁。有多少、梧烟桂月，可怜萧索。石径半随芳草断，纱窗总被游丝络。水弯弯、燕子不归来，杨花落。　　珠有媚，今安托；花有对，和谁酌？料当时，艳海无边欢乐。五十年前雕玉珮，六千里外黄金橐。阅兴衰、犹有旧官衙，携来鹤。

原注：珠媚，园名。花对，堂名。艳海，池名。园落成于乾隆乙酉（1765年）。主人曾任广州知府。

水调歌头 寄彦辅即用其《荻庄小集》韵

人世不称意，南北又东西。笑我三年浪迹，打棹入荒溪。闲到一双蝴蝶，冷到一盘苜蓿，翻压百僚低。琐琐任余子，莫向耳边题。　　盼庭树，夕月挂，晓烟迷。独自追凉遣暑，潇洒大江堤。一夜秋风怒起，准备木兰舟上，去听子规啼。迟我四桥畔，尊酒话鸿泥。

原注：归期约在秋杪。

满江红 八月十三日月下怀彦辅即用其《己卯闱中题壁》韵

月不成轮，又和着、松枝挂屋。料此时、风檐归去，酒巾亲漉。肘后银瓶斟不断，笔头金薤垂能缩。听画船、箫鼓入秦淮，云都绿。　　算此处，生平熟；谁要把，科名卜。向江山消受，六朝余福。两桨惯飞桃叶渡，三场更剪莲花烛。问可曾、忆到破衙中，人如玉。

凤栖梧 访蘧庄

水阁春城烟色暮，翦翦轻寒，软雪梅花路。酒面迎风吹不顾，一湖皓月幽人住。

湖畔分开垂柳树，灯火渔家，笑语和窗露。一点晚来云水趣，书声更把渔歌和。

水调歌头

春晚同人荻庄补禊，小雨旋晴，余诗后填此调，兼答朱亦侨纻，叠彦辅《荻庄小集》韵。

天影渐潭底，人影骤潭西。新晴野色一片，醉眼到前溪。照向小桥边去，欲学游山双屐，踏住乱云低。脱帽复觞咏，催遍锦笺题。　谁说到，景物换，意凄迷。低回身世，何以高唱出长堤。不则鹅溪一幅，便画斜阳两岸，草长乱莺啼。并此酒狂事，点缀入鸿泥。

买陂塘　闰三月一日次彦辅《荻庄补禊》词韵代柬

蘸黄昏，一川云树，故人那日别处。画桥春色生留恋，遮上落红如雨。桥已度，但芳草连天，口日铺浓露。春城拥户。算擘柳寻诗，搜云读画，东能尚能主。　难得事，两度重，三日遇。兰亭还可续序。有情再展城西集，尽汝嬉春吊古。前日句，直写到，西风芦荻萧萧舞。春来秋去，有几日欢游。花明酒酽，联坐接烟浦。

原注：彦辅补禊诗有句云："西风荻又花"。按：东能，误，当为东君。

满庭芳　夏日晓入二帝祠

杨柳笼堤，菰蒲匝岸，小红桥到山门。愔愔水殿，天影浸篱根。捧出芙蓉几柄，露华湿，晓翠流芬。又何处，烧残睡鸭，香隔假山闻。　良辰。应此地，随花掇座，就月移尊。况人间热到，雨黑云昏。好向微波照去，清凉界，返得诗魂。凭栏久，天风骤起，鹤侣下昆仑。

原注：祠供吕仙像。

感皇恩　中元月下饯弟斗南以贤省试

向着宴花楼，碧云微拥。佛海光明舞鸾凤。连枝金粟，影在自家玉瓮。今宵蟾窟里，香先动。　摩空笔阵，凌风酒盏，准备来朝片帆送。江天一色，弹指桂轮又涌。万花都放了，凭君弄。

百字令　出扬子江过金焦二山

大江来也，涌轻舟一瞬，山如蓬岛。滚滚洪流能屹立，精彩弥多照耀。云日辉煌，蛟虬静谧，天半楼台好。摄衣难上，波涛空自回绕。　也觉漭漾源深，浑沦气足，此境人间少。谁傍海门高结屋，脚底沧溟浩浩。处士襟怀，诗人才思，兜纳乾坤小。劈天翠壁，吟魂又早飞了。

原注：焦山石刻诗最多。

百字令 题盛子履《大士诗集》

人生到处不诗囊，画箧江山不韵。辗转轮蹄春梦醒，别是吾庐三径。寂寞疏杈，萧骚瘦竹，气与嵩衡峻。文章拈得，清风明月都隽。 亦有宝砚频磨，金壶细注，缓缓神功迅。一笑蛮笺挥洒遍，酒盏擎来立尽。绝壑蛟虬，半天雷雨，涌出闲心境。梅花又放，灞桥歆到吟鬓。

原注：现为山阳教谕。

百字令 金匮衙斋题安生诗《飞香圃诗集》

功名虮虱，笑者番，游戏九龙山脚。蝴蝶不来三径冷，唯有檐花细落。采月当门，呼云入卧，独自吟哦着。诗人到也，飞香飞满帘幕。 为把雪乳龙涎，浓浇缓炷，意味同咀嚼。松影一窗和日上，春在麝煤边觉。百采光明，五云盘绕，弹指生楼阁。摩挲秃管，今番真欲焚却。

原注：用原集《磨盘墩》诗中语。

貂裘换酒 与李畹松杰王雨苍霖秦纯甫大治游惠山

唤个吴船出。醮轻波，嫩晴烘雨，柳丝犹湿。穿过红桥刚泊岸，岸上酒旗飘拂。对天半浓青一色，远听帘泉摄衣去，古松根、醉踏粼粼石。绕佛阁，到山侧。 千盘路转苔花涩。几人爱，茶烟细袅，老僧留客。我向崖门高处立，拓尽人间胸膈。云气涌半湖纯黑。劈裂山腰风又吼，苦吟身、险被乖龙得。才煞脚，普陀室。

原注：山半见太湖。

水调歌头 谒高忠宪祠

十载读公传，古墨写千行。残碑重剔苔藓，一棹倚山塘。正值清明赛社，来供佛前花柳，风爇野炉香。白日淡松径，独拜古祠堂。 黄门狱，罗织焰，几何伤。到今一勺止水，对照满天苍。招取贞魂毅魄，便拟美人香草，长绕汨罗江。为谢五人墓，莫断古今肠。

卜算子 春暮

昨夜雨声稠，晓日天容淡。庭草无人绿又多，风度杨花幔。
折叠理春衫，暖见盆荷绽。雪碗疏窗午梦醒，一缕茶烟散。

风蝶令 渡江

江水平揩镜，江纹细蹙鳞。篙师懒挂破帆行。顺着芦花浅水到前津。
斗劈霜涛去，遥冲雪岸奔。斜阳犹在摄山根。已挟半天风雨下雷门。

祝才江

祝才江。清淮安府山阳县人,主要活动于清嘉、道年间。

清平乐　和陶灼芙昀用原韵

其　一

茶烟乍熟,预把才人卜。落花休扫还留绿,倒屣迎宾来屋。　　枯肠薄似冰清,羡君胜概豪情。读得琳琅雅韵,他年定入诗评。

其　二

鼎开丹熟,会向姮娥卜。相看金粟垂垂绿,香到风檐矮屋。　　那时月朗天清,云程步步移情。折得一枝微笑,拈来共听乡评。

原注:词见陶灼芙道光辛卯年(1831)五月二十九日日记。灼芙称:才江夫子且朝夕往还。似其时犹馆土家楼陶氏村中者,或其村老辈也。

王敬之

王敬之(1778～1856),字仲恪,号宽甫。清高邮湖西人。王念孙之子,王引之之弟。以贡生赠官户部主事,屏迹里门,以诸生老。勤于寻访遗闻轶事,精通小学,尤善倚声。有《小言集》25卷。以下诗词录自《小言集》。

洞仙歌

陆放翁诗自注:"乡人植竹取蟹,谓之蟹椴。"即《天随子渔具录》中所谓"列竹于海澨曰沪(吴人今谓之簖)者。吾乡甓社湖亦有之。

蓑边风雨,仗茅茨低苫。夜影芦花一灯闪。看树来、栅短编比帘疏,排水口,一样莎儿能占。　　稻芒输已罢,小作勾留,故态横行料应敛。远响过乌篷,载酒持螯,定何处、斜阳系缆。又涨落、渔梁试寒时,白粘千点。

西湖月　陈曼生书甓湖村舍额今在槿村

何年过客停舟,卷一帧湖云,悄留题笔。水天宽处,萧疏岸苇。数家寒色结邻,渔子舍、有宛在伊人未识。便移赠,催人装池,横钉矮檐新额。　　有无蚌口珠游,照竹里窗开,满摊书策。后来诗事,前缘印爪,认真鸿迹。尘中林屋老,只欠我、笺光生素壁。觅闲得,待兴涂鸦,冻毫枯墨。

周 济

周济(1781～1839)，字保绪，一字介存，号未斋，晚号止庵。清江苏荆溪(今江苏宜兴)人。词论家。嘉庆十年(1805)进士，官淮安府学教授，因与知府王毂不合，于嘉庆十三年(1808)辞职。

蝶恋花

柳絮年年三月暮，断送鹦花，十里湖边路。万转千回无落处，随侬只恁低低去。

满眼颓垣欹病树，纵有余英，不直封姨妒。烟里黄沙遮不住，河流日夜东南去。

苏 穆

苏穆，女，字佩蘘。系嘉庆十年至十三年(1805～1808)任淮安府学教授、荆溪周济侧室。著有《贮素楼词》。

芳草 送夫子薄游皖上

海棠酣，丁香还结，空教屋角亭亭。绣帘高卷处，暗香萦袖，怎逐江程？莺声啼满树，想遥遥远隔烟汀。待乘风，随他帆势，梦里逢迎。 清明。池塘水碧，新月影乱惹波轻。竹阴间，素鹤落花千片里，倦舞还停。新来双语燕，忆年时，梁上经营。喜旧巢，依然画阁，不负初盟。

梦芙蓉 来沤馆芙蓉忽不发主人谱此以吊之命余同作

西风吹绿碎。正潇潇秋影，向人憔悴。年时曲径，香靥倚浓翠。怨魂和露坠。问他何处飘寄？绣阁重帘，但凭将画稿，留得靓妆在。 香发芳园晓桂。小院无人，弱柳还萦系。霜华易结，空揾素蛾泪。蝉声犹自嘒。砌虫啾唧相对。那是凄凉，替招同艳魄，不信验罗袂。

湘春夜月 《春水园填词图》

惜秋来，萧萧瑟瑟花残。剩有篱菊丛丛，还耐碧天寒。待诉落红离绪，奈蕉心难展，竹泪空弹。漫伤秋老去，窗前有月，且自吟看。 楼头夜永，西风又送，青女骖鸾。盼到回春，彩笔共，蘋洲片玉，分样裁笺。怜他燕子，写栖香，旧梦刚圆。掩绣阁，对流离研匣，绿云红雨，都付遥天。

瑞鹤仙　题汤节母杨太夫人《吟钗图》

璚台凋鹤羽。念万种凄凉，小窗倦旅。秋风无处所。折一枝钗玉，燕随秋去。双飞俊侣。早碧化，鲸飙鲎雨。更间关，千里征程，还恐旧巢难住。　　凝伫。思亲一夜，掩泪相看，白云红树。愁题秀句。清镜里，断肠谱。羡轻裘叔子，朱弦彩笔，争识旧家风度。忆春晖，长似依依，膝前絮语。

一萼红　题雨生都督双湖夫人《画梅楼双照》

唤春魂。倩罗浮枝上，翠羽下仙云。陶谷苍虬，古香曾识，寻常不数江村。傍清沼、亭亭袅袅，两三枝、留与客温存。竹外篱边，松风桧雨，旧梦无尘。　　不道西湖当日，早浓香疏影，立尽黄昏。彩笔闲题，家山重到，况禁雪护柴门。定记得，晓寒楼上，擘鸾笺，芳忆蔼朝暾。待到花梢月转，再赋新痕。

按：一作“三两枝”。

梦横塘

雨生都督有《剑人缘传奇》，读竟即题“十二古琴书屋填词图”，呈双湖夫人。

西窗风劲，弄影寒梅，向人无限萧散。月朗湖空，记对把红牙低按。鸦髻蝉鬟，黛眉丹靥，海棠春绽。唤罗浮旧梦，共蝶醒来，朱弦冷，尘衫换。　　人间侠骨仙才，借杯浇块垒，都作秋叹。恁好芳华，总付与、紫箫声婉。送凄楚，斜阳一抹，照到伤心画楼畔。海国涛生，更飞仙剑，斩鲸鲵教看。

湘春夜月

夫子为友人写《绿阴清昼图》赠杜季翾，题词以讽，倚声作此。杜名小燕。

小屏山，闲看绣幕春融。一翦拂柳穿花，来睇画楼东。那识离情离绪，会捎莺趁蝶，占断香浓。奈韶光弹指，朝朝暮暮，又舞残红。　　池荷倚恨，东篱送酒，雁影横空。漫道魂销，长笛甚，倾巢雀鼠，恼乱娇慵。诉尽伤心，倩佳人，彩笔玲珑。便好去，觅青山茅屋，星前月底，静对霜枫。

疏影　题王润如夫人《天寒有鹤守梅花图》

疏林瘦竹。作万种凄凉，寒梦难续。漫立阑干，遥揽春晖，天涯空自盈目。红消翠减凭谁记，且傍者、小窗横幅。任秋来，落叶无情，送尽玉蝉哀曲。　　犹喜庭前素羽，碧云明月里，顾影忘独。料得融融，彩胜椒盘，仙骨露华香熟。帘前阵阵南来雁，莫寄与、离愁枨触。算世间，一例春空，只有萼华凝绿。

春云怨　题《梨花白燕图》为柔吉夫人作

韶华暗换，见数枝冰艳，盈盈深院。瘦骨偏宜妆淡，万叶暮云春思远。暖日生香，轻阴送影，半掩离愁半清怨。帘外从它，无言桃李，闲立画廊遍。　斜阳一抹空遗叹。写生绡素幅，幽怀谁浣？永夜姮娥易魂断。输与梁间，对语呢喃，旧巢依恋。动是天涯，惜春人老，柳絮趁风弄晚。

一枝春

人日题玉戏园同人取梅花枝上积雪印糕，相饷遗夫子，戏作此图。

乱积梅枝，压檐低、欲折琼花清玩。东风乍起，不是飞绵香软。纤纤素手，谩摇向、翠盘零乱。但洗出、一片红芳，袅袅占春一半。　装成羡他星灿。染脂痕、却是佳人曾惯。草堂寄兴，莫道春情犹浅。春留甚处，想此夕柳眉应展。消几许、帘外湘云，伴人深院。

探春令　题明鸳湖女士史黄皆令自画小影

宝奁开处，嫦娥应识，愁眉春绽。自怜靥瘦损秋风面。浑不是、寻常见。　韶光几度阴晴换，剩幽兰相伴。任人间、老尽芳菲万种，只恁湘波远。

苏幕遮　寄赠耕畹夫人谢惠墨兰

写幽兰，香不断。试问何人，替得东风怨？素手纤毫千万转，一幅冰绡，九曲湘波远。
凭朱栏，抬望眼。绣阁帘垂，细袅沉烟篆。见说春归将一半，寄兴春云，拟托双双燕。

探春慢

夫子夜宴集园，归为少海先生作“孤山雪霁”第二图，命题其上。

江上新堂，乍开春宴，幻出琼花玉树。不借东风，吹他红萼，似怕韶光嫉妒。但得好春回，谩问道、何人分付？谁疑只欠幽香，冷装偏耐深处？　曲曲阑干凝伫，忆万点寒声，小窗曾赋。绣幕低垂，钿筝龙笛，唤起湖山烟雾。不尽苍茫，忆乍销、向翠鬟红舞。五马重来，六桥芳草无数。

季碧梧

季碧梧，清淮安府山阳县人。主要活动于清嘉、道年间。

百字令　题王少愚树藩《竹帘词》

弄人造化，古今来、惯使奇才抑塞。天壤王郎真不幸，赢得此身困厄。对酒当歌，问天不语，那怪青衫湿。玉楼赴召，满腔忧愤都毕。　　况是鹣翼偕飞，凤雏失荫，剩稿无人辑。赖有朱家饶侠气，传播肯遗余力。戛竹风来，窥帘月落，仿佛吟魂入。九原心感，知音如此难得。

原注：词见《高邮州志》。树藩，高邮人，上舍生，志《文苑》有传。

潘德舆

潘德舆（1785～1839），字彦辅，号四农，别号艮庭居士、三录居士、念重学人、念石人，清淮安府山阳县车桥人。道光八年（1828）解元，为清嘉、道间著名学者、诗文家。著有《养一斋全集》传世，包括诗10卷，文14卷，《念石子》1卷，《丧礼正俗》1卷，《诗话》13卷，《词集》3卷，《札记》9卷，《示儿长语》1卷，《金壶浪墨》1卷。《清史稿》有传。

买陂塘　题胡蘧庄止止斋

望城根，春波一片，青天翻作波底。渔家三五藏烟树，新柳贯来鱼美。桥外水。问水北桥南，何处幽人里？渔郎笑指。有拍手歌声，提壶醉客，便是此家里。　　蓬门下、土锉柴帘木几。带些村景农意。红尘客说行行好，主说不如止止。皆梦耳。只个里、蘧蘧真蝶真庄子。请从今始。逢百盏花时，一床雨夜，招我便来矣。

满江红　郭景蘧寓庸室饯席

溪上茅堂，只相隔、十余里尔。奈负此、月窗清榻，山炉净几。小屋半间刚断手，新花几种都如意。看琴琶、左右客当中，闲游戏。　　歌一曲，巫云腻；敲一句，风花绮。算人生行乐，但须如此。醉客杯中春酒色，美人屏上秋波泪。怕君当、风雨抱孤衾，思量起。

卜算子　村桥晴雪同景蘧

残雪照溪东，路断村桥静。冰上寒禽啄雪飞，惊见双人影。
鸟去客无言，此境堪深省。携取归来满屋清，树色天光冷。

念奴娇　元夕集商相巫宅

年年此夕，拣黄柑绿酒，招邀明月。不是主人依定例，旧约嫦娥会说。月涌天心，春来天上，一夕双佳节。①十分痛饮，平生酒胆如铁。　　不信雨湿中秋，今宵楼外，七宝堆霜雪。②联臂踏歌谁禁夜，宝马嗤佗蹀躞。玉宇银盘，朱栏碧水，醉面春风热。归来小阁，茶香灯影清绝。

原注：①是夕立春。②俗云：中秋雨，次年元宵必雨。

高阳台　题相巫新筑

烂醉狂歌，正无著处，君家忽辟高斋。棐几盆花，都如为我安排。画桥流水长酣荡，况新添、曲室闲阶。尽徘徊。竹户休关，谈客频来。　　朱门驱沓停尘鞅，纵商量水石，有甚亭台。我欲狂游，儿家称我青鞋？君知绿雪含真色，耐青寒、共我衔杯。净无埃。和月和身，醉卧苍苔。

原注：相巫自题绿雪山房。

水调歌头

景蘧词来，夸其寓舍里余，有三丘焉。回环陂陀，颇有山意，命曰"聊乐邱"。仆十五六岁尝过此，未有歌咏，或者三丘埋没久之，今始彰彻欤？因和其词，订后约焉。

万愿不需足，所缺是良游。河南河北屈指，天下几名丘。可恨无冬无夏，闭户钻研文字，篆壁作蜗牛。眼底不嵩华，培塿亦勾留。　　用卿法，开异境，解吾愁。哪知廿载，驴背来去老朋俦。久别竹窗梦里，忽入邮筒诗里，新旧不相谋。及早互携锸，尔我此菟裘。

水调歌头　景蘧卖琴南游书此送之

沧海入胸府，何境不成连。一琴还觉多事，快绝胜无弦。况把枯桐数尺，换得云岚万叠，破浪作飞仙。何必绿阴里，寂寂但闲眠。　　刺船去，怀旧物，转凄然。壑松、秋籁，床上依倚几何年。若到珠帘棐几，应忆柴门破壁，凉月锁疏烟。万事等闲耳，且听远林蝉。

原注：壑松、秋籁，二琴名。

浪淘沙　太平庵新筑水榭将成戏题其壁

野水碧于罗，水织风梭。楼台草树入窗多。莫把中间安佛座，碍了烟波。
总角兴如何？今日重过。昔时杨柳已婆娑。檐外日斜休便去，且听渔歌。

水调歌头　荻庄与勤子景蘧小集

昨日坐城北，今日又城西。柳边闲唤孤艇，游遍白蘋溪。人到水窗深处，一带烟波竹树，云气压天低。小住为佳耳，苔石劝留题。　　指亭沼，谈旧事，总凄迷。向来欢笑，浑似潮水蚀河堤。请听林风怒起，翻尽一池荷叶，野鸟也慵啼。万态自萧瑟，我醉已如泥。

长相思　召伯埭怀景蘧

云重重，水重重，两岸芦花打北风。孤帆入雨中。
愁匆匆，梦匆匆，来鹤寺前烟柳浓。情人隔暮钟。

浣溪沙　三汊河晚泊

三面波光半折风，一枝塔影数声钟。诗情催紧客愁松。
林暗渐知多□□，潮来未可打孤篷。柁楼晚饭乱霞中。

按：原缺二字。

水调歌头　春晚与朱亦侨丈杨露滋邱勤子泛舟荻庄用前岁韵

醉眼不须洗，插脚信东西。半川风雨如昨，芳草已沿溪。还到荒凉池馆，坐看小楼落照，无语入林低。春水照丝鬓，旧句续新题。　雨丝断，纤月上，晚烟迷。咏春归去，童子折柳下遥堤。又是清明近也，肯把此间云水，付与鸟空啼。不见碧栏外，花落渐成泥。

原注：去年集此，大醉，冲雨而归。

意难忘　送蔚雯任金匮训导

才气如君。向溪山冷署，寂寞藏身。残梅江外郭，新柳岸边村。晴雪化，绿波春。好去莫销魂。一路中，清泉甲乙，供汝评论。　荒溪我闭柴门。怅城南饯席，未供芳尊。草堂人日句，兰桨宦游人。三百里，海陵云。别绪旧翻新。问几时，龙山亭子，歇马论文。

原注：蔚雯前为泰兴训导。

风入松　题任浦还新居

绿杨半老蓼花初。秋意渐萧疏。夕阳流水柴门敞，远风起，凉透琴书。灌罢桑阴小圃，得闲还弄鸦锄。　红尘触热走高车。清福让蓬庐。竹床蒲扇安诗梦，晚烟上，麦饭园蔬。我欲寻君一醉，只需添得溪鱼。

买陂塘

与盛子履学博、亦侨丈、蓉湖舅、勤子蔚雯荻庄补禊，子履、亦侨各为图，余诗后更缀以词。

荡晴波，小楼芳树，酒场宜此佳处。园亭昨日清明过，剩下二分烟雨。春几度。指乱草池塘，谁吸芙蓉露？蛛丝罥户。只流水诗情，垂杨画意，游客自宾主。　流觞事，何必重三日遇。兰亭才有佳序。春余几日花犹艳，小集也堪千古。裁秀句。还点缀丹青，一一神飞舞。衔愁别去。到花落闲阶，灯挑静夜，孤梦绕南浦。

原注：园主人程寿补太史养疴园中，尝于夏日清晨荡舟莲塘，采露而饮。

临江仙　自题《莲塘晚棹图》

天水空蒙吾太乙，前生海上乘莲。藕塘一棹旧因缘。花间风展卷，杯底月浮天。

抛却红尘多少事，溪山晚景清妍。夜深何必棹归船。烟波香世界，醉梦老神仙。

原注：余生年月皆值乙。

伤春怨　题少白蛩窗冷语卷端

莎径虫低诉，占瓦漫敲凉雨。夜久一灯微，此屋萧条如许。　残漏应人语，一霎纱窗曙。鸡唱海霞高，有雄剑，君当舞。

水调歌头　游海淀和相废园

一径四山合，上相旧园亭。绕山十二三里，烟草为谁青？昔日花堆锦绣，今日龛余香火[①]，忏悔付园丁，绿野一弹指[②]，宾客久飘零。　坏墙下，是绮阁，是云屏。朱楼半卸，晓钟催不起娉婷[③]。谁弄扁舟一笛[④]，斗把卅余年外，绮梦总吹醒。悟彻人间事，渔唱合长听。

原注：①园有花神庙。②绿野亭亦存。③园中有楼，向贮自鸣钟极巨，晨鸣则群姬理妆。④园池为渔人利，适有荡舟横笛者。

水龙吟　与王琴仙驾部尘定轩夜坐

纤尘不上湘帘，烟开片月衔窗满。碧苔夜静，画栏深坐，茶余诗半。卷尽轻纱，琼花幻作，珍珠千串。更如梅山杏，冰瓯冷浸，试排着，玻璃碗。　等是吴愁沈瘦，遇高谈，不知漏短。嫩凉如水，满身花露，半廊斜汉。哪用雏伶，深杯高烛，玉箫银管。待吾侪乐府，何堪唱出，做清宵伴。

原注：轩外海棠初谢，珍珠梅大开。

满江红　出都和丁俭卿作

慷慨悲歌，燕赵地、最多英杰。谁使我、匆匆归去，乱愁萦结。尘压金台污马骨，匣封宝剑啼人血。独高歌、易水叫荆卿，三更月。　人万态，虚飘瞥；天一定，难磨灭。笑雷同誉毁，诸公饶舌。此例都宜胸似海，再来未必头如雪。况平生、酒胆与诗心，坚于铁。

扫花游　自题木果轩

绕门涧水，算第四桥边，今番重住。年华如许。但经营小筑，规模老圃，拓屋开窗，还是伯鸾赁庑。扫群虑。对茶灶笔床，商略诗句。　吟罢时独步。问关河霜雪，马蹄倦否？平心自语。也莫思高隐，莫谈行路。闲里光阴，姑坐者般闲处。添闲趣。趁春晴，好栽花树。

原注：十年前自题养一斋诗，草堂还是旧第，四板桥边，谓余幼时宅也。

郑 蕙

郑蕙(1812~1853),女,字茗仙,号怀苏,郑蕙字茗仙,扬州儒宦女。工书画,善诗词。适涟水程振,世居山阳。程本徽籍中落鹾商,郑卖画自给。后归母家,癸丑二月,广陵城破,陷围城中。自作日记,述艰危困瘁之状。六月末,又自经遇救,乃绝粒而死。

满庭芳　用朱烈妇徐君宝妻原韵留诀作人外子

三月桃花,二分明月,香车陌上如流。变来今日,犀甲带兵钩。何日王师雨洗,长驱入,汛扫貔貅。危城里,天荆地棘,不是等闲愁。　　长淮三百里,回头一笑,梦也休休。幸分飞两地,翻谢河洲。自顾此生安寄,问前生,著甚来由。只余得,青磷碧血,何处十三楼?

按:此词为太平军攻克扬州时留给丈夫程振之绝命词。作人应为程振的字或号。

胡玉山

胡玉山,字云樵,清淮安府山阳县人。主要活动于嘉、道年间。

金缕曲　题陈雨峰《投械归农图》

投械归农矣。把从前,鸱张枭聚,再休提起。三面网开衔大德,个个死心踏地。却不是,免而无耻。回首朐山蚊负处,看白杨萧瑟清磷紫,贷吾生,系谁赐?　　循良政绩传丹史。阿谁是,反侧相安,宽严互济。帏幄谋成锋镝靖,剑戟胥为农器。岂泽被,一隅而已?宠锡恩纶欣特沛,将勋图麟阁今伊始。珥笔者,盖观此。

周 寅

周寅,字木斋,别署双鱼主人。清淮安府山阳县人。主要活动于清嘉道年间。工书,著有《耳鸣山人剩稿》。

满江红　有感用宋昭仪王清惠原韵

降谪瑶姬,便带得、天生颜色。况衬着、蓬壶雨露,金银宫阙。燕质轻尘一顾邀,春宵刻漏千金值。待羊车、望幸赋长门,君恩歇。　　彩云散,青鸾绝;芙蓉帐,凭谁说?更那堪,西山杜宇,声声啼血。红蜡烧残涓滴泪,碧天蚀尽团圞月。蓦然间、掷地作金声,菱花缺。

蝶恋花　忆鱼馆作

白露蒹葭秋渐冷，江上风波、浪迹同浮梗。底事绣衾眠不稳，十年离合仍孤枕。两鬓星星嗟瘦损，凋却朱颜、愁对菱花影。一茧营成刚一寸，老蚕僵卧丝都尽。

许汝衡

许汝衡，字苹农，清淮安府山阳县人。嘉庆十一年(1806)诸生，道光五年(1825)拔贡，廷试授知县，改教职，选金匮训道，未任卒。能诗文，有《素位堂诗存》。

满江红　赠盛笑筠

君是愁肠，问诗债、何时得了？想昨夜、漫天风雪，又添诗稿。如此风流曾有几，抛却心力谁知道？待从今、我也学词人，真堪笑。　　叹此地，才人少；诵佳句，心倾倒。惜枚皋宅古，倚楼人渺。明月长淮空楚塞，残荷衰柳迷烟岛。细思量、风景让苏州，家乡好！

满江红　赠盛笑筠

淮水东流，凭吊处、荒烟梦草。君不见、枚亭寂寞，韩亭潦倒。才子穷年余涕泪，英雄末路涂肝脑。倒不如、携酒醉湖滨，江山老。　　文字债，何年了；岁月趣，从君讨。况一般愁绪，一般怀抱。驴背风流湖上客，孤舟冷落寒江钓。脱敝膻、同着绿蓑衣，乾坤小。

徐登鳌

徐登鳌，字子切，一字墨南，号海峰，清淮安府山阳县人，嘉庆十七年(1812)诸生，道光二年(1822)举人，江浦教谕。有《海峰诗抄》《虚白室诗草》《惜间剩稿》等。

满江红　丙午初冬自题《松菊犹存图》

不是渊明，怎唐突、便怀松菊。也只为、半亩荒园，数椽老屋。当日久留陈迹在，而今且把归期卜。待他时、风月满吾庐，听儿读。　　寒暑易，何其速；闲冷惯，庸非福。笑鸡肋生涯，龙钟面目。鸟倦云还都莫管，离愁别梦偏相触。问去来、试展画图看，思量熟。

坤按：此图乃道光丙午(1846)九月，先生将自江浦返里时作也。绘者谷锦(字丽生)，首页先生自题此词。其后有邓嘉乐(字味腴)、马留(字盼士)、及门弟子许开泰(字莲峰)、万锦光、石涛(字洒尘)、石枰、田翼等题咏，盖当时祖饯之作，颇恋恋也。

王效成

王效成(1791～约1846)，字子颐，号雪腴，清盱眙人。弱冠以辞赋受业于学使，并留心当世之务。道光十一年(1831)举人。与王豫、王荫槐有“江左三王”之称。有《伊蒿室集》。

买陂塘

去城南三里许有山坞，极幽邃，居人数百家，皆业园圃。黄花散金，间以桃柳。暇时偕二三友人，由溪口放棹而入，觞咏极酣，颇适幽趣。赋此曲以志买山之约。

隔山家、绿杨千顷，蒙蒙溪口遮遍。离城共说无多路，春色自分深浅。风信转，荡一叶蜻蛉，来趁桃花便。清游未倦，更萍岸维桡，菘畦觅径，吟思几回遣。　　深宵雨，翠韭何人共翦。乡园情味堪恋。傍湖多少闲风月，只有软红少远。酬冷愿，待抱鹤携梅，移住逋翁眷。奚囊检点，算老屋三间，幽邻许质，怎似浊醪贱？

齐天乐　清心亭看月

此箫吹遍凉云醒，娟娟桂华飘景。露石怡秋，泉亭沁醉，看月还留峰顶。危栏试凭，早冷彻吟怀，二更风紧。极目冰壶，此身疑在广寒境。　　江山如许逸兴。笑欢游底事，兰烛愁烬，碧海长流，青天不老，但少闲人销领。何时更省？且照我归来，纸窗幽寝。晓漏沉沉，梦回银汉迥。

壶中天　宿栖云庵

繁尘吹净，任蓬壶深锁，闲天沉绿。烟外孤筇人惯到，野鹤相看都熟。萝蔓摇风，松花堕雨，径古通幽曲。山童惊，叩门声乱飞瀑。　　底事别院重寻，羽衣不见，药鼎生秋馥。磬响黄昏坛更静，冷伴归云栖宿。棋倦灯吹，酒寒窗闭，梦听萧萧竹。海天鸡唱，石樵招过崖屋。

征招　遣怀

西窗一枕槐阴梦，恹恹又还惊醒。几日雨兼风，已苔荒门径。水流花事冷。更人泥、情愁成病。浊酒浮残，素弦敲彻，此情谁省？　　荏苒十年时，空负了湖山许多佳兴。生计笑杨花，总依人不定。一灯青欲烬。只长向、夜深锁领。展蓉镜、凄悄相看，怕早添霜景。

梅子黄时雨　晓寒

蕉雨听残，问窗晕嫩红，曾否晴意。却剩梦才醒，暖云销被。待卷湘帘花事老，碧阴酿作闲庭水。莺知未？已似早秋，新起情味。　　门闭。茶香烟细，只微凉最好，赢得清致。奈瘦过春光，病怀须忌。翠袖姗姗修竹外，不黄昏也愁孤倚。梅风起，换将一番天气。

探春　春感

窗韵莺风，帘霏鸠雨，漠漠梨雪惊冷。芹涧羹香，杏帘酒熟，恰好泥人幽饮。便换轻衫去，奈花底、余寒成阵。一春已过清明，何时逍遣游兴。　　苦被黄鹂催引。只如此溪山，怎堪枯听。桥涨晴波，柳吹艳雪，不似骑驴风景。算几番吟趣，合输与、屐痕裙影。镇日闲愁药栏，还伴孤凭。

玉漏迟　秋翁约过九峰草堂夜话至三鼓始归

漏迟深巷窈。幽眠熟否？弹扉人到。重剪疏灯，共话尊前怀抱。几许风烟往事，却话到、凄凉都少。情暗恼，窗边竹外，秋声来早。　　白发两两相看，甚磊落王郎，而今年少。青眼高歌，怕负浣花诗老。衫袖年时倦舞，且漫听、荒鸡催晓。归路悄，依依素娥留照。

浪淘沙　听九峰老人谈蜀道旧游

风月老游仙，南国羁眠。英游无限话当年。马上栈云看不断，搔首青天。

十载思茫然，殢我寒毡。梦魂都化锦城烟。烟路蒙蒙惊又醒，多少啼鹃。

长亭怨　夕阳

记曾入、隔花深坞。一片花光，总无花处。剩有晴痕，柳阴阴外渐销度。玉颜何许，算怎向、鸦边认取？草色凄迷，应不似、前番庭宇。　　试住。听声声风里，玉笛又还吹暮。明烟淡雨，尽描出、可怜情绪。怪生涯、直恁匆忙，偏日日、黄昏归去。还怕见新娥，化作愁红千缕。

台城路　晚钟

林边催散斜阳景，悠悠数声初动。径古无人，庵荒甚处，惯是西风吹送。黄昏乍弄。正繁鸟争枝，倦云栖洞。悄隔澄湖，一番清应晚山众。　　山僧未应解领，和晨鱼午板，都是清供。冷韵延霜，疏音逗月，敲破几人醒梦。尘怀种种。问何日禅床，暗灯销共。无奈凄听，夜深衾更拥。

长亭怨　重过九峰草堂有怀昔游

看长日，抱琴眠处。满径桐阴，翠深深护。梅子黄时，小窗吹过嫩凉雨。春光何许，听隔柳、黄鹂语。莫负老怀孤，且共领、此间幽趣。　　凝伫。怅零星壁粉，半渍酒痕诗句。欢游如晤，总回首、梦华难据。门外绕、一曲烟波，剩三两、野鸥来去。待重倚危栏，早是斜阳催暮。

摸鱼儿

去秋放棹城南，遇花舶载杜鹃一本，为晴村封君买得。今春盛开，烂漫如雪。余访之，则残英满地，临风怅然。

记扁舟、五湖秋色，风流还载西子。鸳鸯好梦知多少，压损半篙凉水。愁望帝，剩一点春心，托与盈盈里。雕栏倦倚。唤双桨迎来，纸窗竹屋，留半老怀醉。　　东风信，开到繁枝第几。月明帘外香细。多情欲问销魂事，一抹但余清泪。还怕是、抱幽恨年年，故把明妆洗。重门自闭。更载酒空寻，不如归去，惆怅鸟声起。

南浦　春水用玉田韵

天上画船来，望空蒙、一片绿云沉晓。晓日乍晴时，窥奁影、谁把纤尘齐扫？残红数点，桃花涨比前番小。觅取仙源浑不似，眼底都迷芳草。　　分明流去春光，却春愁似水，何时才了。消尽别离筵，斜阳外、惯是催人频到。鱼茫雁渺，白鸥无语东风悄。剩有相思才几日，添得蘋花多少？

望梅　蜻蜓

晚红盈陌，算蜂边蝶外，更谁相识？几树正、纤翼飞飞，似剪就冰绡，翠痕犹湿。小缀梢头，悄不许、花心知得。甚游丝半缕，檐角低飏，惯碍芳迹。　　斜阳渐醺草色，早浓添醉兴，去来如织。看钓港、已歇蘋风，还爱向丝边，伴人孤立。款款心情，怕点破、一奁澄碧。问何处、小舟唤取，柳阴误觅。

绮罗香

子和贮艳江乡，遽赴春试，报罢。后复为淮壖之游，都梁香草忽忽泥人，爰赋此调之。

鬓景搔尘，衫痕浣酒，千里征鞍初卸。胜侣闲携，重访玉楼春价。看一笑、掌上还逢，多管是、云英羞嫁。算今番、输与灵心，蛾眉自仿浅深画。　　幽琶别恨几许，总向绿窗细诉，锦笺交写。凤字飞来，惯被游丝萦惹。还记否、桃叶江边，甚情绪、会初离乍。待依依、晓梦寻郎，枇杷花影下。

一萼红

子和于二月自京口始来，流连未几，以事夺复去。同人饯于九峰草堂，各赋律诗为送。余赠之："共是王郎拔剑歌，尊前风雨怅如何。曾逢春暮歌游少，生隔江天别梦多。"子和读之，怆恨而去。时余馆于借绿轩，即子和读书处也。月夕花晨，尤不胜室迩人遐之感，因赋此阕寄之。

冷花梢，看春光褪尽，莺伴总无聊。柳港哦烟，松畦醉月，旧游何日重招？怅夜夜、江南梦远，隔相思、人也似金焦。天末孤篷，云边双鲤，空盼回潮。　欢聚前番才几，只枯琴瘦研，剩伴疏寮。旅味谙君，荒经误我，年时都是蘋漂。算纵有、人生绿鬓，向风前禁得几回搔？待到巴山夜话，依旧魂销。

清平乐

绿杨庭户，过阵黄昏雨。曲曲栏干人怕抚，寻遍东风没处。　记从听得啼鹃，断肠消受年年。自是桃花太艳，不教留过春天。

疏影　吊玉娘墓为梦棠作

寒尊酹月，怅烟痕玉景，几时消歇？寂寞荒崖，浑是啼鸦，幽梦而今应怯。仙裙剩有春风迹。莫再化、人间痴蝶。但年年、香草丛生，镇日为谁愁结？　回首可怜旧院，碧车自去后，松下凄绝。几许欢游，曾伴多情，北燕来时犹说。生成便是多幽怨，总不肯、琵琶弹彻。看杜郎、眼底重寻，哪有绿阴时节。

绿意　芭蕉

山窗昼寂，怪参差弄景，匀纸成碧。缥渺青鸾，几度凌风，修尾自还怜惜。仙姿不受人间暑，更化作、凉云蒙密。看午余、覆遍栏阴，梦里许谁偷觅？　犹认天寒倦倚，翠绡恰爱向，庭院清立。奈恁幽妍，冷雪空知，莫问画图消息。秋心镇日浑难展，剩一纸、相思无迹。但夜深、凄泪潜潜，雨过荒阶闻滴。

南楼令

残梦笛吹醒，楼头倚醉听。听梅花、诉尽飘零。懊恼病怀禁不得，抵多少，雨淋铃。　何处想凄清，孤舟宿洞庭。和风前、冷雁无情。一曲未终山月上，人不见，楚峰青。

一萼红　秋海棠画帧

泥人娇。怪秋娘镜里，情绪太无聊。锦屋幽藏，素屏倦倚，何时吹上生绡。只都是，愁脂恨粉，把断肠、一一替重描。烛影沉时，月痕上处，留并春宵。　触拨婵娟旧梦，记画栏阴护，那曲曾遭。翠袖禁寒，红冰怯午，好春八月犹饶。奈眼底、相思空切，任是花是泪总魂销。添与案旁清洒，判尽香醪。

原注：一名八月春。

丁晏

丁晏(1794～1875)，字俭卿，号柘堂，清淮安府山阳县人。著名经学家。道光元年(1821)举人，官至内阁中书。晚年主讲丽正书院。著有《尚书余论》2卷、《石亭纪事续编》2卷。编有《颐志斋丛书》《山阳诗征》等20余种。又刊刻骆腾凤数学著作《艺游录》，"遗稿凡十余万言，俱手自缮写"。《清史稿》有传。

满江红　出都

莽莽西山，都似我、离愁万叠。只今朝、置酒都门，阳关唱彻。沙砾迷人吹似雨，杨花扑面飞如雪。问此时、若个不魂销，旗亭别。　　回首望，空凄咽；和氏泣，荆生刖。访燕台何处，黄金歇绝。怀内灭将书刺字，道旁蚀尽轮蹄铁。伴行人、夜夜照愁心，关山月。

满庭芳　和郑烈妇蕙原韵

琼树琳宫，桃花兰若，一朝似水东流。雷塘篝火，冷月峭如钩。堪叹空城荡荡，何曾见，虎旅貔貅。采薇女，天无鹿佑，绝粒不胜愁。　　蜀岗炎火劫，池台俱尽，歌吹齐休。看川流碧血，腥满江洲。山上藁砧何在？隔长淮，诀别无由。香魂返，露筋祠畔，三十六湖楼。

按：郑蕙，扬州儒官女，安东程振室。太平军攻克扬州时受辱，遂作绝命词自尽。详见前。

陶昀

陶昀，字灼芙，清淮安府山阳县人。与祝才江友善。主要活动于嘉、道年间。

浪淘沙　陆小岩先生招饮不果往

几日雨潇潇，诗思清寥。别来两地各魂销。一幅花笺书未达，咫尺迢遥。
独酌懒持螯，孤负相邀。几回搔首望晴霄。留取郇厨风味在，醉饱终朝。

清平乐　偶占呈才江先生

黄梅半熟，难把阴晴卜。试看苍苔随意绿，护住几间茅屋。　　待他月白风清，与君畅叙友情。不管奇书僻典，道来只当闲评。

贺圣朝　六月初九日雷雨中寄朱双之

满天雷雨留君住，莫匆匆归去。一番相见一番欢，更一番风趣。　手谈拇战，何关胜负。却消愁无数。待他新月上东山，再纵弹前度。

原注：双之名百珏，宝应人，临潼知县。

满江红　道光辛卯七月淫雨成灾悯念灾民感作

亿万苍生，问谁不、长吁短叹。空怅望、家山何处，汪洋一片。淮水东流天堑险，夕阳西下炊烟断。料此时、沧海更无边，桑田变！　悲天意，难筹算；痛黔首，多离散。但伤心惨目，鹄形鸠面。端底蓄清非善策，自来养虎成遗患。望君门、何日达微忱，民情见。

程虞卿

程虞卿，字禹山，清安徽天长人。嘉庆十二年(1807)举人，长期寓居淮安府山阳县版闸，主文津书院讲席。与淮关监督李如枚等友善。有《水西间馆诗》及《淮雨剩编》《雪鸿集》各1卷。

沁园春

高旧山归自东亭，招同蒋望庭，萧梅生、梅江，郑铁珊，田梅溪小集文津讲舍。

萍梗飘零，作客年华，鬓发暗催。叹花前寥阒，林边萧索；吟坛久冷，旧雨难来。水国闲寻，天涯遥睇，岂意相逢忽快哉！争携手，见扁舟系泊，尊酒徘徊。　轩开自扫尘埃，况更是此时风日佳。看呼童折柬，临风设几；招邀杖履，洗涤金罍。前梦同参，新词按拍，犹数当时屈宋才。从今后，怕书遥鱼雁，迹感岑苔。

傅　桐

傅桐(1808～1872)，字梧生，号味琴，清盱眙人。道光十七年(1837)拔贡。工骈体文，著有《梧生骈体文钞》《梧生诗钞》。

满江红

立秋日窗含雨意，室有病姬，情味凄凉，命酒独酌。因用白石平韵，赋呈春亭老仙。

隙里驹尘，背人去、忙于掷梭。又蝉噪、西风消息，先到凉柯。庭角笼阴花似雾，帘纹荡冷月如波。更野芜、蛩语伴销凝，秋意多。　迓青女，颦翠蛾。浩烟露，浸衫罗。惜玉人清瘦，怕见银河。针线幽窗闲未理，诗囊同社醉能歌。命酒尊、泪滴自徐倾，谁我过？

锁窗寒

孟棠丈丧归，予留旧馆，难为襄抱，适稚松以东昌舟次中秋见怀之作寄示，感而和之：

秋色无谬，莲斋岑寂，有人怜我。语带酸辛，渌水情深真个。说团圞，月总凄凉，高天况又微尝襄。止栏杆几曲，黄昏凭遍，看飞萤火。　孤坐，如何可。问旧日苔綦，碧去深锁。凉花照径，空自妍争纤朵。凭迢迢，渔梦寻伊，恐情重梦来偏左。却愁闻、邻笛西头，又教凄泪堕。

祝英台近

误登匪船，风水阻滞。自发济宁，二十八日始抵宿迁。适遇顺风，按程而进，将泊杨庄，喜赋。

石尤吹，水程阻，樵爨傍沙渚。朔雁相逢，云外半寒侣。日夕渺渺予怀，水荇牵丝，又无故、引人愁绪。　榜人语。说道廿日帆樯，才挝顺风鼓。但遂兰期，未可怨迟暮。况逢霞绮飞红，涛文拕素，最好是，夕阳前路。

金缕曲

快雨初晴，绿阴如水，吴子蕴山将与秋赋，枉过话别，因招同人命觞祖道，即席倚赠。

夏绿庭阴厚。炙瓶笙、茶烟润渍，欢寻长昼。除是湖天同放棹，眼底风光不负。甚草草，交新离又。且引深杯拌醉倒，听旗亭、惜别莺啼瘦。须郑重，好身手。　卅年愧说名场走。剩萧萧、新霜两鬓，雨僝风僽。翠水瀛壶秋色迥，仙桂满轮香嗅。只羡汝，霓裳笛奏。平步银桥年正少，况修云、玉斧家传旧。应惜我，远昂首。

红情　笏亭九丈出荷花便面牵题

涓涓露堕，正晓妆粉拭，纤裳云弹。欲语娇含，双影凌波笑颜瑳。忆否乘潮十五，楚腰细、艳羞花朵。菱唱散、暗惜年华，眉翠定深锁。　星火，木兰柁。奈一曲鉴湖，归欤何可。鸥边梦破，愁向凉宵绪无那。便令吴舲载得，恐茜袖，啼痕红涴。待露下，新结子，采莲汝和。

一萼红　自题《酒匄图》戏呈幼莲治中

翠帘飘，飒西风帘角，吹裂一声箫。饮里潜身，瓮边就梦，深杯磊块全浇。倩夕照、扶归醉影，逞酡颜、利市说今朝。唱落莲花，分来箸下，浑个酕醄。　绝倒葫芦学士，道穷途酣兴，乞相偏豪。托足荣阶，低头热势，较来若辈空劳。到圣处、扛壶直入，扪腹笑、照命酒星高。便愿时寻酩酊，邻壁松醪。

一萼红

燕南店壁和李舜卿，乡举曾题此牌。前尘枨触，忽忽八年，闻舜卿已厌世矣。新秋宣南重晤，游大梅溪，读其新著，见有和章，并知词人王子武已先历和。穷途劳唱，幸遇同声，再次韵和之，并示梅弟并柬子武。

白沤天，记一陂春水，晓渡画轮圆。縠绉微波，词通屑玉，尘生罗袜真仙。已兜率宫中归去，盼岳云、书素断鸿前。古驿来过，饶它冷癖，再拂吟鞭。　偻指劳歌八载，又渝关策马，寒路烟绵。剩有颠毛，苍华满镜，翠颦羞倚延娟。留怨句、酒中继我，谱新声、如意缺壶边。且喜联踪隔巷，抵足同眠。

满庭芳

五月十一日饮云阶太守寓斋，爱其花竹幽妍，极雅人之深至，倚赠。

艳养朝丛，娇凝午韵，院落宜雨宜晴。笼香觅醉，花气扑人清。新绿阴阴昼静，双雏燕、飞蹴红英。风廊外，通泉甃石，鹦语与闲评。　娱情擅幽事，窗分竹翠，几凭兰馨。任吟鞋踏处，蜂蝶纷迎。道是河阳一县，观为政，池水皆平。行春去，他年颍上，桑野劝烟耕。

龙山会

入伏第三日，定宇刺史招饮，厨馔精洁，轩槛森爽，言笑晏晏，取足沈顿，报以浩歌，用志嘉会。

暑雨晴催骤，众绿亭林，莫遣风光负。相逢宜饮酒，提壶劝、鸟语花间听久。玉麈析兰言，顿兰气、清人襟袖。问张颠、三杯草圣，墨真濡首。　狂来请尽君欢，呼侣高阳，白发还谁某。笑周郎兴减，倚瑶瑟、底事懒开歌口。休放羽觞空，有华月、当筵似旧。况饶它、新凉一味，醉中消受。

紫萸香慢　同治戊辰七夕寿李四都转

荡金飙、新收残暑，葛襟羽扇凉生。却天邀云去，捧眉月，上梧楹。自觉真襟冲淡，正乾坤秋洗，岫逸江明。整荷衣、菊佩玉手按瑶笙。道劝饮，酒须满倾。　云軿，彼美盈盈。膺郭祉，晋仙醽。想山高鹤啸，桥长凤翥，均此豪情。二分细斟牛斗，喜今夕、祝双星。展嘉辰、许偕鸥鹭，叩舷寻到，海西千里波平。烟水续盟。

玉珑璁

红桥口，三眠柳，冶条攀入寻芳手。风怀恶，情缘薄。少欢饶恨，闷来弹雀。错，错，错。　佳时候，眉常皱，啼痕怕见罗巾透。宵衾作，春愁削。鸟飞思止，枝枯难托。各！各！各！

望海潮

钱茗甫观察转饷袁浦，凯旋告别，入都展觐，先取道武昌，倚此赠之。

饱腾戎旅，欢旋凯唱，羊公众爱盱讴。蛮触戾消，鲸鲵观筑，中原烽火都收。转饷杖英谋。信发踪指示，事集貔貅。揽辔澄清，笑他碌碌也封侯。　孝廉慷慨拏舟。看明灯草檄，胜算先筹。气振执冰，雄生缩甲，珥貂功出兜牟。黄鹤倚高楼。怅秦雍近事，远告辰猷。只我苍凉旧分，惜别起闲愁。

水调歌头　咏湖嘴城河船（间用四仄韵遵坡公体）

苇际一篙点，绿水泛红船。招招渡口唤渡，六出数青钱。一剪轻风吹汝，载得斜阳归去，婉转画桥穿。莫笑小于叶，却爱两三间。　寓庐外，丛沿碧，漾清涟。依依柳下，舟子邀客满溪喧。款语回头错应，解缆才离水径，人影去鸥边。好待月明夜，携酒酹婵娟。

水调歌头

同治己巳四月十一日移居湖上，悦甫重过旧居，慨然念我，赋此报之。

自我去湖上，愁咏巷无人。知交海内，偻计情重孰如君。但惜光阴虚掷，正是将离时候，婪尾负余春。独有旧时月，对影劝金尊。　水荭外，烟柳下，辟柴门。兰舟同载，蝉鬓携有小桃根。占却无边风景，好向沤波偕隐，啸傲信乾坤。得暇倘相觅，鱼鸟狎淮村。

水调歌头　《长江秋泛图》为周达斋作

霁宇湛虚碧，螺黛点金焦。呼秋风笛，声裂惊鹘起危巢。万顷澄澜空阔，一叶扁舟容与，沤梦海天遥。古抱贮冰洁，陈迹付波涛。　感灰劫，追昔诺，问云涛。吸江酌斗，身外尘物渺秋毫。载忆烟岚佳处，如此溪山无恙，相约放兰桡。我欲就君醉，百斛尽松醪。

水调歌头　题路观察《沧浪濯足图》

拟策六鳌去，天外任昂头。滔滔眼底皆是，何处是清流。浊世耻从插脚，只待沧浪孺子，问水狎驯鸥。吹垢向风际，啸傲对芳洲。　被兰露，邀桂月，小山幽。深杯迟客，偏恨离席未勾留。忆到琼花池阁，领取林泉况味，烟月洗新秋。万里濯吾足，老矣且狂讴。

高阳台　题蕙衫大令《西湖残梦图》

为景牵情，因情忆梦，波香岫翠亲题。几日新晴，好花开到苏堤。暖风十里垂杨路，看丽人、宝马骄嘶。羡郎邪、磊落才华，觞咏宾携。　杜郎老没寻春分，怕愁罗恨绮，影事重提。鸥雨鱼烟，醉中付与凄迷。酒魂酸些谁招我，搅孤眠、恼煞莺啼。纵重游，绿叶成阴，俊赏输伊。

壶中天 养珊招饮庭有唐槐倚此赋赠

翠森森处，指唐槐下有，数间诗屋。车马红尘，飞不到，窈窕相寻巷曲。跌宕图书，夷犹金石，人淡真如菊。纸窗灯火，莹然光透寒绿。　　因忆李杜当年，琴尊历下，海右珍吟躅。此树婆娑，生意古、诗老盘桓应足。只我重来，正逢摇落。望古愁怀掬。开襟呼酒，不辞斟满醽醁。

满江红 冬日过历下亭感赋

历下亭前，看萧飒、黄茅白苇。空想像、闻莺酒劝，就花船舣。听水坐温磐石上，爱山立尽斜阳里。剩吴霜、两鬓安愁新，重过此。　　驻皂盖，偕名士，寻北渚，泛莲子。纵向戡歌好，折弦难理。城指芙蓉遗洛佩，衣披薜荔逢山鬼。把从前、闲绪与闲情，抛流水。

贺新郎 代人有寄

室静书疑馥。淡匀妆、天寒翠袖，悄依修竹。最忆秋蟾空明夜，曾伴无眠剪烛。羡玉树、文禽双宿。笑指黄花须耐冷，问佳期、屡把簪花卜。知甚日、贮金屋。　　浮云快婿温如玉，定关心、新醅醉卧，梦痕同熟。孤负香衾无限思，怨入兰缸影独。便觅得、封侯宁足。于役时多欢聚少，纵寻消问息徒愁续。须早计，占湖渌。

沁园春 小除夕题张子安《太行立马图》

小队红旗，飒爽英姿，拥出太行。讶爆竹声中，桃花蹑影；簿书丛里，细柳生香。一顾群空，三边火静，拨剌威弧方略长。男儿健，看兴来酣战，蓟北无双。　　毛霜伏枥昂藏，要款段、春归到故乡。笑驹奔未驻，劳尘隙景；驷追难及，游水年光。东郡趋庭，南军投笔，丌道风云羡骕骦。君亲报，好从新事业，手种甘棠。

满江红 送春日感赋

梦蝶啼鹃，又怅惘、春归去了。只追忆、吾庐吾爱，竹围泉绕。袖染齐奴三斛泪，装虚陆贾千金钞。恨无心、鸟语隔窗闻，催归叫。　　山行雨，蒙僧帽；溪呼渡，划渔棹。且开眠琴荐，倩安茶灶。黯惨人间瘗碧葬，妖娆意外迎红笑。把残诗、数卷送余生，谁同调？

齐天乐 咏蝉呈李四提刑

一腔幽恨凉槐碧，斜阳况逢西下。雨浥飞难，风多响咽，幸有瑶林枝借。秋惊恨惹，问得气何先，善鸣天假。嘒嘒吟成，是谁为尔赏音者。　　年来鬓影如许，羞相看镜里，吴霜满把。狡狯童心，胶丝祸避，何处乔柯荒社。清襟自写。向绿荫眠琴，和余非寡。一曲游仙，蜕痕同羽化。

南浦　春水用玉田韵

一舸荡晴漪，豁杨烟、十里明湖春晓。晓色展空波，涵山影，眉翠奁中新扫。芦芽碧浅，圆沙暖睡凫雏小。离恨年年流不尽，渡口又生青草。　　风吹波绉池塘，问干卿、甚事闲愁未了。涨满武陵源，桃花岸、好访故人重到。汪伦去渺，澄潭千尺余情悄。溪上喧声归浣女，留下香痕多少。

大江东去　题钱苕甫《长风万里图》

大江东去，寇氛缠龛暴，钱丹师乞。先泽甘棠三楚感，楚士锋棱无敌。驾驭英雄，飞扬楼橹，此段饶赢得。手平乡宇，新亭对泣何物。　　笑语专阃元戎，中兴伟业，助尔封侯觅。破浪乘风轻万里，杀贼刀光如雪。徯我来苏，事成有志，世乱异人出。待歼谠丑，凯歌应满浮白。

桂枝香　惜别

斜阳路曲，正飞减片红，惨凝新绿。凤子翩来宛宛，助春忙足。践春怕问鸳鸯渡，恨余欢、几时重续。画桥分手，旗亭转处，翠峰如簇。　　又何况、烽烟满目。剩杜陵野老，悲歌同谷。花卸花开俄顷，老催何速。短檐巢定香泥稳，荫朱炎、榆阴留覆。卷帘归燕，呢喃软语，慰予幽独。

一萼红　三叠前韵

镜中天，晕绛唇一点，淡注内家圆。白雪裁衣，碧霞剪帔，风驭裙褶留仙。记蓬阆、分明影事，期笑语、妙会指凉年。一角银河，三生瑶想，真个题鞭。　　笑靥初逢月殿，正天香桂拂，眉语嬛绵。凉印千潭，秋澄万里，素心双斗婵娟。花簌簌、珊来休怨，慰绮怀、禅榻鬓丝边。侥幸相思不枉，欢聚无眠。

高阳台　题《雨窗校诗图》

帘委香留，研凹墨润，枕溪庭院沉沉。一剪甘蕉，绿云瞑作秋阴。阑干倦倚萧闲甚，正悠然、真想弥襟。却先教，疏滴梧梢，疑和幽吟。　　阶横荇藻都清绝，信冰瓯涤笔，不受尘侵。冷格商量，未妨调合韦岑。行间虚响泠泠汛，早分明、润上瑶琴。尽饶它，山水方滋，诗杂仙心。

齐天乐　秋江雨泛

呼秋一笛西风飏，鳞鳞素波吹起。酒络青丝，船张乌幔，划过红桥第几。中流摇曳。甚泼墨云浓，浮来杯底。有约嫦娥，隔河凝望渺千里。　　探奇自饶情味，望金焦缥缈，楼阁烟里。点急抛珠，潮明滚雪，眼洗空明天水。清游如此。又听唱莲讴，弯弯未已。并入骚怀，冷香霏十指。

壶中天 宽翁索题《苔岑秀绿图》

方壶长闭，看闲云悠寂，繁尘都净。鹤唳一声凉翠合，瘦杖松边孤凭。雨洗阶荒，烟铺石滑，太古春犹凝。足音空谷，个人来访深隐。 闻说胜日相羊，酡颜散去，醉里扶花影。屐印来过应更熟，风叶萧萧满径。料得题诗，山光秀夺，绿映须眉冷。此中滋味，有谁能解消领！

征招 题白石小像依王宽翁调

暗香疏影新腔肄，风流那时能几。载得小红归，弄垂虹烟水。冰天箫自倚，已凄绝、寒云吹起。落拓江关，暮年萧瑟，子山还似。 曩使乐书褒，夔咨汝、虞廷凤仪如是。谪去古今，怜甚纤儿多忌。马塍花堕泪，倩妍手、写真花底。月明夜、远酹骚魂，为飞觞邀醉。

原注：白石尝自镌“凤仪虞廷”印。

忆旧游慢

周雨窗《寒林感旧图》，雨翁与王宽甫、夏瘦生辑《甓社幽光集》，故词中及之。

正凄凄紧紧，飒飒萧萧，秋老空村。急阵寒鸦掠，却风酸月苦，啼近黄昏。老怀无端枨触，往事已如尘。看满院荒苔，苍然古意，总是愁痕。 霜辰。耿相忆，怅秦郎去后，几辈扶轮。甓社生明月，酌寒泉荐菊，唤起骚魂。和歌小海舷叩，风雅辋川邻。载酒榼诗瓢，文游莫负修禊春。

高阳台 王秀厓《竹篱茅舍图》

云净图峰，水明藤料，参差近带渔庄。小舫鸥波，到门但认修篁。风光如此轻抛却，溯江波、空与愁长。笑生涯，左计依人，辜负年光。 萍漂多少青衫客，算宵来醒枕，同此悲凉。鹤唳猿啼，故山望断斜阳。五湖三亩平生志，几蹉跎、梦也难偿。诉羁栖，雨歇邮亭，四壁寒螀。

原注：藤料，江洲名。

西子妆 惜花图

柳亸莺娇，红鲜绿湿，云淡雨香时候。小鬟三五正盈盈，出纤尖、兰风搓手。雏春并秀。异倚竹、天寒翠袖。画楼阴，却点屐声小，苔痕印透。 新妆斗。飞燕身材，只一般裁就。潇湘天远梦初圆，解春愁、镜申眉瘦。轻阴乞后。护棠睡、娉容如旧。满衣香，试倩阿侬销受。

紫萸香慢　道光戊申十一月十五夜对月和夏慈仲刺史

问婵娟、当头今夕，世间照几闲身。穆金波千里，共皓宇，感高尘。一豆幽灯凄碧，却天风萝屋，梦也清真。伴行吟、影淡古径欲生云。任诉恨、泪弹翠筠。　　觞宾，笑语朱门。怨遥夜、对清尊。看滔滔世界，休嗤我懒，尽有人贫。一枝幸容鹤寄，且长啸，大淮渍。愿闲庭、达梅移到，雪晴三九，香暗浮动黄昏，还聚冷人。

祝英台近　众兴晓发

水东流，雁北去，一样少停住。草草征鞍，我问驿亭路。凄凉旧日琵琶，都无人在，只行李、野栖风露。　　驮铃语，似道世乱途艰，入听剧酸楚。残梦依稀，忆着小儿女。怜他月子弯弯，愁颜照我，照不到、愁肠深处。

生查子

梯倚绿桑稠，葚紫罗巾污。酒醒午刚晴，携手听鸠语。
鸠语又斜阳，一碧无情树。曲折小亭藏，草没前游路。

青玉案　朱兰卿同知太夫人松筠图遗像

凌霜劲节森寒绿。染凄泪、丛筠蔌。栖棘栖桑雏并鞠。遭家鸱毁，用心鸠淑，烟雨安萝屋。　　涕洟我亦寒泉匊。输与题舆扬荻画，况是管彤徽懿录。湖天祠宇，素风清穆，月白池莲馥。

青玉案

清愁不许尊边到。春绿遍、淮壖草。文杏梢头窥浅笑。袖红衫碧，莺雏燕小，哪管秋风早。　　花溪曲折春知道，百盏和春同醉倒。且试陶嘉休负了。菊丛烟瘦，石林霜老，怎似华年好。

南乡子　《梦春图》崇海秋进士索题

窄地拂罗香，放下流苏绮梦长。剪剪春风花气透，方床。信是温柔即此乡。
月色上昏黄，红浸文纱六扇窗。一枕游仙云卧稳，中央。却化翩翩粉蝶翔。

眉峰碧　淮海词社咏秋花分得秋葵

苔砌围纹石，凉影亭亭直。净洗花光淡粉黄，露几点、含情色。
隔着玲珑碧，秋意刚寻得。裂破云痕翠爪长，分明醉把金卮侧。

雨中花 淮海词社分得送秋

一掬凄怀谁省，凄戾霜风寒紧。杨柳多情，依依怨别，瘦尽夕阳影。 略似河梁孤棹等，维驻去踪还肯。九辨已难招，楚天雁远，更落枫吹冷。

高毓烈

高毓烈（1812～1892），字承谟，号星桥，清淮安府山阳马厂（今属淮安经济技术开发区）人。晚清诗人、医生，高美鹤曾祖父。五品保荐，赠武德骑尉。著有医案集验，诗集若干卷藏于家，惜皆毁于战乱。存《养心斋诗草》手稿一卷。

叹淮北

古有词名哀江南，我作叹淮北，将前诗歌依南北九宫声调，总括一曲以阕之。

黍禾荒废，满目蓬蒿，望乾坤泪痕多少。江南遗余孽，淮北遭腥臊。东泊西飘，留下这几行离乱稿。

新水令

落日清淮长堤道，夕阳曾晚照。见流离骨肉抛，叹几劫红羊，歌几回朱鸟。挥涕太无聊。坐闻窗，写出伤心调。

步步娇

但只见长堤短道，告捷走卒红旗抱。敬拈心香一瓣虔烧，恨不识将军貌。唯见那押角红泥把姓氏标。

落雁儿

休提起昔日将校，可笑徒夸汗马劳。有几个功翻与怨相招，有几个北山又被移文诮。削武夫粗豪，续文士风骚。依然衣冠楚楚乐圣朝。

叨叨令

晴空日色浮云罩，西风净扫。依然万里明朗，千秋照耀。野鸟声声催布谷，庄农处处忙秧稻。几个蓬头稚子，种瓜桑荫闹。 推明窗，作古调；感往事，凭诗吊。不唱晓风残月，夕阳返照。旧恨休提大帽山，新辞写出孟城坳。空悲昔人，有谁来和长声箫。

贺太平

想当初酒三杯，浇来义胆豪。舍残身力把孤垒保。寨外贼骑空鼓噪，寨内哪有个惊慌貌。安然石桥，声接练湖道。耳闻那上将挂宝刀，带领着健儿三千炮。留不得小丑儿一半牢，大家齐笑。这回有移来东节岳少保，大家莫焦。管灭得鄱湖贼杨幺。

吴棠

吴棠(1813~1876)，字仲宣，号棣华，清盱眙三界人。道光十五年(1835)举人，大挑补授淮安府桃源知县，历官清河、邳州，署徐州府，署淮海道、徐州道，旋任漕运总督、江苏巡抚、闽浙总督、四川总督。谥勤惠，清江浦有敕建吴勤惠公祠。有《望三益斋诗文集》，刻有《望三益斋丛书》。

满江红　题《飞鸿图》

咸丰戊午，家居，集练御寇。粤匪环逼，家毁于寇。内子黄夫人，率家属渡淮而东。余戎马仓皇，莫之顾也。嘱李小淮鹾尹作《飞鸿图》用以志乱离，欲后人无忘患难也。

呜咽悲笳，蓦惊起、飞鸿满野。痛一炬、柴桑旧宅，枌榆古社。匝地惊风家似叶，漫天劫火山成赭。记仓皇、相倚脱危机，嘶悲马。　倾欲尽，鸬鹚斝；飘欲堕，鸳鸯瓦。问醉翁亭北，环滁山下。拯溺谁为援手侣，衔碑我是伤心者。听怒涛、犹作不平鸣，哀湍写。

沁园春　题《归鸿图》

同治甲子，皖寇荡平，乡人渐能归耕。内子率子侄辈归垦荒莱，理耕读旧业，复作《归鸿图》。欣幸之余，益增悲慨已。

璧合珠联，甲子昌期，海内休嘉。看乾坤整顿，功成貔虎；川原底定，孽靖龙蛇。结苇成庐，依山作屋，更借千重云树遮。相将去，须山深林密，访问烟霞。　者番痛定嗟呀。最难忘、兵燹相寻患难加。记青山分手，儿能拥树；黄尘扑面，女不簪花。幸蒙天恩，兼赖祖德，还我都梁处士家。勤耕读，有一庭诗礼，千亩桑麻。

按："兵燹相寻患难加"句，相寻疑衍耶？变体耶？

沁园春　漳浦东门外谒黄忠端公讲舍并拜公遗像作词以志景仰

四围山翠，一角孤亭，讲舍仍留。溯周易宵编，玑图静绘；孝经晨写，泪血横流。读圣贤书，完仁义事，有宋文山兴匹俦。钦公节，比华峰西峙，海日东浮。　我来凭吊荒陬。看支柱乾坤土一丘。慨剑津柄失，势分蛟鳄；霞关旅弱，士少貔貅。陵拜高皇，恩酬隆武,薄暮东皋郁古愁。来游者,记纲常万古,节义千秋。

原注:陈卧子诗:“带血晨兴写孝经,裹疮夜读编周易。”为公咏“东皋公讲舍名纲常”八字,公绝命句。见《蔡文勤集》公传。

贺新凉 题刘工叔词集次集中贺新凉原韵

华发催人急。瞥十年,胥江一棹,荻枫瑟瑟。忆到莎厅勤课读[1],回首已非畴昔。喜入眼、花腾五色。二陆双丁争炫映[2],谱云和,幸有江郎笔。休惆怅,桓伊笛。　　飘零我是无家客。问故庐,而今安在?劫灰凄恻[3]。猿鹤虫沙成幻梦,填海冤禽何益。叹窈渺,天心莫必。起舞中宵鸡腷膊,拨铜琶,呜咽江声涩。缄愁思,素书尺。

原注:①己酉曾题吾师莎厅课经图。②谓令兄泖生主政。③秋杪遭逆之难,万卷荡然。

熊裕棠

熊裕棠,字兰坡。清淮安府山阳县人。

无俗念 自题《碧梧金井图》

披襟独坐,问本来、面目大都如是。几许情丝消未得,香草美人而已。老我三生,赏心一卷,此境良非易。嫩凉时候,沁人多少清气。　　最怜一曲栏杆,一湾烟水,一鹤来天际。几净窗明帘半卷,到处秋光如洗。目极行云,手挥玉麈,长啸西风里。碧梧金井,此中雅有诗意。

江城梅花引 舟次津门

长亭黄叶晚萧萧。听秋潮,望秋潮。不断暮烟,丝柳一条条。怕到碧窗风露下,笛声静,漏声长,坐半宵。　　半宵半宵最无聊。绛蜡烧,香篆销。梦也梦也梦悄悄。凉月楼高。犹记秋闺,清绪怨芭蕉。梦醒钟残添怅惘,人远也,忆江南,一水遥。

满江红 自题词集

其　一

落拓江湖,最堪惜、年华虚度。更说甚、蝇头蜗角,引人耽误。万甲乘风今有几?十年磨剑仍如故。把平生、涕泪入豪吟,随云去。　　也不说,风尘苦;也不怨,关山路。爱旗亭樽酒,小红歌舞。摘粉搓酥情自遣,栽花缕絮春将暮。伴空斋、明月尚亲人,穿窗户。

其　二

笺襞乌丝,谱新曲、玉田相近。犹记忆、晓风残月,绮筵红粉。窗外啼莺惊午梦,楼头晴日怜清影。只一般、离绪满关河，孤怀永。　　长短句，声谐韵；丝竹感，情连景。是骚人风趣，苦吟低咏。蛱蝶成行春院静，琵琶一曲秋江冷。更芳堤、杨柳袅千丝，萦方寸。

满江红　题李仲衡孝廉词集

铁板铜琶，浑不愧、苏辛高格。羡一曲、明湖妙句，千秋著述。数阕消寒帘共砚，三杯遣兴笙和笛。更长吟、灞岸与函关，真佳作。　　春远岫，浮秀色；秋暮霭，照斜日。把元人图画，挥笔绘出。一片性情工啸咏，十年心血谐金石。讶谪仙、词藻著芳名，旗亭壁。

百字令　题李芳谷学博《岁余读书图》

先生情性，爱寒窗吟诵，典坟丘索。啸傲烟霞无俗韵，只合餐梅调鹤。一盏青灯，一炉兽炭，几点荒城柝。岁余勤读，此中书味偏乐。　　遥忆卧雪袁安，一般风致，茅舍闲篱落。占尽名山清福好，不断河桥林壑。万卷心娱，百城坐拥，松竹围芸阁。抚今怀古，几声腊鼓将作。

黄　霆

黄霆，字月清，清淮安府山阳县人。著有《棣华馆剩稿》。

买陂塘　题姜墨卿《鸿泥小草》

其　一

并江山，也都如寄，游人何有宾主。扁舟泛泛横塘里，催尽浮踪无数。情万缕，卷不断，一帘秋水吴淞雨。萍飘梗聚。又指点沙鸥，从头想起，风景总堪数。　　西泠路，隔断烽烟戍鼓。当时曾与歌舞。两朝少保千秋在，苏小小知何许？听我语。我道是、英雄不碍闻儿女。吟情自苦。将过眼云烟，空中留住，当作卧游谱。

其　二

细思量，旧时踪迹，知他风月奚似。吟魂重认天涯路，何处断汀荒沚？心未死，偏碎剪，茫茫半幅寒江水。何曾不是。但波逐鸥流，梦随泡散，身世总如此。　　胸中事，欲说从何说起。无非情幻而已。悲欢都要寻陈迹，转眼年华有几？愁急洗。那更向、遥遥吴楚分头尾。先生休矣。怎知我牢骚，借人诗卷，洒出万行涕！

山亭宴　题墨卿《卧云图》

漫空缥缈终何事？不如他倚人为计。人果有情时，云已缠绵欲醉。空山休笑冷衣裳，正絮絮、团成清睡。明月入怀来，又浅照、菱花媚。　　鱼鳞草莽无成例。幻奇峰、黛眉螺髻。天外早归来，抵多少、高楼翠被。只堪怡悦赠君难，可真是、有心也未？一语告天孙:□锦样,须时世。

按:锦样前疑缺一字。

木兰花慢

甲寅二月,自皖归里,王南卿招饮怡园。座中有歌者兰娘,风尘流落,老大自伤,并言其近受欺凌,不能自主之状。同人颇加怜悯。余因赋此,索和南卿,盖不徒感其色艺而已。

其 一

恁琵琶诉尽,总不是,少年场。又杨柳楼头,风风雨雨,无限昏黄。尊前有千种意,惨无言,尽已断人肠。争奈红销翠减,曲终还顾周郎。　　周郎两鬓新霜。都不作,次公狂。但说是而今,门前车马,海内文章。知音果然易得,算春风、何处不他乡。筵外飞花落尽,一声檀板凄凉。

其 二

且从头劝汝,更休与,系悲怀。问三月莺花,六朝烟雨,何处楼台。今宵尚容我辈,有珠喉,一串酒千杯。比似江南旧曲,阿谁亲带愁来?　　徘徊月满苍苔,红烛灺,绿醅开。看锦肖春缠,罗经绣簇,扇带欢裁。金铃细加爱护,道司香、心事更怜才。我亦龙吟鹤唳,未妨惆怅天涯。

洞庭春色　横岫阁饮酒

小阁三层,秋心四座,浅醉一遭。奈金莼玉脍,难名滋味;白云黄叶,作意萧骚。酒也原来、浇不得,有块垒填平山半腰。如何见?见斜阳不语,秋水平潮。　　而今酒和梦醒,怎知道醒更无聊?想万家烟火,瞢腾依旧;千重梯级,颠倒谁高?此阁便能容我辈,已三百年来空寂寥。休回首,又樽前人去,江外山遥。

湘江静　屈子池秋荷

已被西风欺遍了。屈灵均可曾知道?凭他生就,亭亭楚楚,总凉深秋杪。芳艳冷潇湘,偕兰芷、一般怀抱。前宵雨过,池塘浅深,微波又起多少?　　欲唤起,泽畔老。待从头、诉君懊恼。奈伊还有,自家幽怨,要诉将芳草。持语寄红妆,权调护、空房娇小。人间如此,园亭有主,蹇修定好。

一丛花　随园秋海棠

花光处处惹人愁。无此可怜秋。若除此地藏幽艳,怎禁得、雨细风柔。风雨有情,教人且住,相对两勾留。　　主人何事太风流?栽近小红楼。玻璃不隔娇颜色,抵多少,相见含羞?又怕芙蓉,撩他妒意,无语暗低头。

沁园春　游莫愁湖

毕竟何年，又是何人，撰此画图？看茫茫祠树，六朝烟雨；沉沉水阁，一例菰蒲。草色含凄，波心叠怨，今日何曾尚姓卢？萧条甚，剩鸿泥爪印，尘壁模糊。　描摹翠羽明珠。者一幅生绡看得无。问连天秋水，怎侵香鬓？随风弱柳，怎效柔躯？说是无愁，愁还了得，怕再勾留是此湖。勾留处，有中山寝殿，依样荒芜。

隔帘听　登雨花台

小小荒台遗址，说法何人见？当年痴梦争堪羡。笑瓦砾堆中，天花几片。游已倦。有山房小亭，前面深深院。　丹炉谁炼？火细秋无扇。仙居佛地从新变。世人多少，供他消遣。快归去，江流一条如线。

南楼令　望燕子矶

何处忽飞来？临江生面开。锁斜阳、隐隐楼台。无限轻帆皆北去，问何事、不衔回。　撒手有悬崖，天心费剪裁。待登临、水浸云阶。想是怕嫌机局小，未容我、此徘徊。

满江红　过黄天荡

放眼乾坤，者境界、还嫌逼仄。但我辈、笙歌文酒，为他所隔。万古天生真界限，一条抵死分南北。怎又将、六代旧豪华，年年涤。　楼船渡，飞来急；桴鼓战，威声寂。剩惊涛骇浪，对人僵立。出没蛟龙休怒鼓，孤舟我是燃犀客。猛回头、别了暮山青，寒芦白。

按：自《洞庭春色》起十阕，原题《金陵十印词》，小序云：庚子秋，薄游白门诸胜，归里后犹难恝置，制《金陵十印词》，聊以寄意。

邱禄来

邱禄来，字善夫，清淮安府山阳县人。咸丰九年(1859)浙闱副榜举人。著有《依草书屋诗词钞》。

满江红　感事

人世鸿泥，笑底事、纷争蛮触。况又值、妖氛焰炽，生灵荼毒。万姓身家累卵势，九州疆宇残棋局。莫等闲、倚势苦凌人，风前烛。　罗雀鼠，何荣辱；肆枭獍，徒残酷。想当初蹶蹶，也撄桎梏。漏网幸无三木下，转圜为有千锾赎。愿从今、爝火熄余磷，迎朝旭。

按："无"字补。

西江月 篆香楼赏玉兰

前日踏青小步，今春拾翠重来。回头往事总成灰。只有玉兰长在。
解语应怜满树，浇愁更进三杯。多情岁月喜追陪。惆怅盛筵难再。

王锡元

王锡元(1824～1911)，字兰生，清盱眙人。同治三年(1864)举人，次年进士。曾任吏部文选司主事、淮安府里河同知、光绪府志提调。晚年寓居宝应。著有梦影词》6卷。

东风第一枝

燕外寻愁，莺边说恨，欲送微雨。新杨渐袅柔丝，飞英已添别绪。长箫短笛，早吹出，千般凄楚。念昔时，锦帐春深，此日红销泪聚。　　怆极目，万重云树。萦远思，一庭花雾。最怜睡鸭犹温，未觉明蟾暗度。回文字，问赪鲤，寄将何处？待唤回，蝴蝶盈盈，莫便梦中飞去。

天仙子

新目修明烟约鬓，猩红微注唇边晕。玲[illegible]翠袖不胜寒，风一阵，尘一寸，满地梨花春欲尽。　　迢递关河迟无讯，雨覆云翻愁未准。愿君常似锦鸳鸯，飞相趁，栖相近，消尽人间离别恨。

戚　氏

又秋宵，月明如水漏迢迢。崖桂飘馨，水荇摇影，飐寒潮。无聊。境萧寥，玉人何处正吹箫。当时卍字阑畔，媚鬟双袅翠云翘。攀柳下携手，风前整袂，未愁睡鸭熏焦。自睽离几许，肠断鲛绡。迢递水国山椒。　　船唇马背，历碌暮还朝。见多少，长亭短驿，仄径危桥。黯魂销。寂寞旅馆，寒灯坐守，苦柝听敲。暗思甚事，风拆鸾分，绮帐鸳枕轻抛。　　何日方归去，重斟玉斝，共饮香醪。长是云窗雾阁，看花芳，月满素琴调。相将似驱如蛩，并鹣比鲽，两两情颠倒。奈此情，空自萦怀抱。徒怅望，碧宇丹霄。海燕归，无复栖巢。清镜里，雪鬓逐时凋。对潇湘昼，沅兰澧芷，痛读《离骚》。

鱼游春水

东风吹罗幕，春睡醒来人未觉。差池雏燕，故故暗窥妆阁，莺语不离杨柳堤，蝶梦犹恋秋千索。池漾翠萍，阶翻红药。　　怨雨愁云似昨。断简零笺凭谁托，从教数遍征途，佳音误鹊。抚弦犹怯葱纤冷，倚竹应怜罗袖薄。辜负昔时，后期前约。

安公子

柳外霏丝雨，送春归向长堤路。吹彻玉笙寒未减，渐斜阳催暮。问花落花开，可是鹃啼处？漫重把，廿四番风数。料曲槛回廊，仍听流莺低诉。　南浦江郎句。伤心却为何人赋？恨碧啼红浑不省，恐流波难驻。念桃叶江边，应有人呼渡。见一带，曾系离舟树。迢迢双鲤，不将愁去。

早梅芳

寒食烟，清明雨，春到销魂处。梨花院落，杨柳楼台漫延伫。鬓缘香絮乱，粉被珠啼污。叹娇莺破梦，顿作断肠雨。　燕停飞，蝶罢舞，人去不知何许。愁侵带眼，恨满琴心倩谁诉？苦思迷昼夜，远望空云树。愿天涯，万山饶杜宇。

唐多令

纱影降如熠，流苏著意怜。见双双，鸳枕灯前。不是恼人春色残，残暑退、乍凉天。
情景忆当年，明蟾到晓悬。伴花枝、分外增妍。娇困不胜微醉后，会记得、那人眠。

忆王孙

怜花细雨妒花风，江上芙蓉镜里容，不断生香一路通。梦魂同。知在巫云第几峰？

苏幕遮

蓼吹红，芦扬白。滄沱秋光，水国疏还密。昨夜西风惊瑟瑟，寥寂兰闺，一枕轻寒入。
绣裙宽，罗带急。人在天涯，心在单衾侧。起向江楼吹玉笛，笛里关山，不管征人泣。

虞美人

西风萧瑟催人瘦，凉意罗衫逗。一番微雨一番秋，又是一番离意送扁舟。
无聊起傍栏杆立，露重双鸳栖。昨宵明月到妆台，不似前宵满照合欢杯。

云仙引

窗密藏春，帘疏漏日，东风唤醒花魂。红璀璨，绿缤纷。流莺似曾省识，柳曲阴中来结邻。妆晚乍成，自然体格，超出风尘。　当时携手频频。有月里、嫦娥证夙因。解带量情，觅笺传意，尚剩啼痕。梦断愁添，香留恨在，岂料双鸳一旦分。倩娲皇补，觅鸾胶续，欲问灵氛。

江城子　清明有忆

一湾流水墓田西。夕阳低，晚烟迷。冷落荒郊，凄插绿杨枝。泪湿纸钱灰不烬，风旋处，杜鹃啼。　　当年身与玉梅齐。惜春艳，问春姿。扫却铅华，不用买胭脂。一种丰神疑尚在，空想象，梦来迟。

金缕曲　汪藕裳女史《子虚记》题词

似此生花笔，分应居，蓬山阆苑，摹天绘日。纵说兰闺难奋起，尚有词坛片席。与咏絮、吟椒为敌。底事雕虫耽小技，俾闺娃无故添歌泣。吾甚为，此才惜。　　寻思别有超群识。叹从来名章隽句，几人动色。未若兹编通雅俗，好语穿珠一一。宛云锦、织来无迹。在昔才人多作达，谱弹词同此劳心力。披读竟，异香袭。

更漏子

镜分鸾，衾拆凤，只有相思无缝。明月地，落花天，一春宵可怜。
擘愁笺，书恨字，雁去关山谁寄？频望远，屡登楼，绿波空自流。

黄钧宰

黄钧宰（1826～1895），字天河，原名振均，清淮安府山阳县板闸人。道光甲辰（1844）诸生，己酉（1849）拔贡，奉贤教谕。著有《比玉楼传奇四种》《寰海新闻》等。其代表作有戏曲《十二红》，以及收入《笔记小说大观》的《金壶七墨》。

一剪梅　闻警

越水吴山不解愁，舞也轻柔，歌也温柔。逐人新月影如钩，昨日山头，今日城头。
银筝檀板对沧洲，撇了歌喉，剩了诗喉。满天风雨下西楼，一梦苏州，一醉杭州。

百字令　秋花赠歌者王月仙

丰姿袅袅，况西风添上，几分清瘦。无限幽思争诉得，总要芳心禁受。急雨凋颜，斜阳送影，真个魂消透。春阴过尽，绿章更有谁奏。　　此去怜惜无人，夜深回想，酒醒繁华候。我亦未经寥落者，竟到孤灯残漏。梦阻江关，霜横庭院，一样情迤逗。好留晚艳，重来消遣长昼。

百字令　秋月赠瑶雪

清光如此，问天涯今夜，离人几个。珍重良宵迟不寐，借说添香夜课。玉宇高寒，银河寂寞，旧曲商量和。明宵有梦，只应各自孤作。　　只道万叠云山，眼光穿透，遥见人清坐。便欲将身同化蝶，和暖和香而卧。画舫烟迷，琼楼浪隔，孤影风摇破。月明如昨，天香何处吹过。

百字令

风尘老矣，问前身何处，龙门百尺。漫说明堂清庙器，一例萍踪浪迹。破锦韬真，流泉秘响，光气长腾掷。红尘泛泛，谁能禁此怜惜。　　难得六诏词人，三吴仙吏，气吐长空碧。要补情天千古恨，那觅娲皇剩石。碧海秋高，银河浪静，唤醒痴龙魄。绿阴且住，素心相与晨夕。

百字令　闱中题壁

漏声几下，看月轮如洗，雨丝初歇。万里山河同照影，总是一般清彻。歌舞楼台，萧条庭院，恩怨相生灭。是谁分与，一家一个明月。　　便道碧落因缘，红尘福分，尔我相殊绝。曾记当时身受处，也是一般清彻。短梦烟销，华年水逝，争又悲欢别。是谁换却，一时一个明月。

百字令　六月十五日京闱题壁

几何日月，记秋风江上，分明此地。矮屋依然乡树远，真个人生如寄。旧境何常，虚名未必，莫再牵人意。槐清锁院，一时风景重记。　　可叹百尺高枝，风尘困折，变作柔条细。多买胭脂学涂抹，也要妆成妩媚。千古文章，百年事业，愧煞雕虫技。低头为此，消磨多少豪气。

浪淘沙　题嘉定江伊人《海天吟啸图》

千古几词雄，把卷临风。铜琶铁板大江东。只恐夜深星斗落，惊却蛟龙。
我亦喜雕虫，莫问穷通。仙人招手碧云中。十二万年心不死，海阔天空。

浪淘沙　赠常熟张仁卿

君以客为家，我亦匏瓜。十年孤系作生涯。同是饥驱归不得，冰雪莺花。
犹幸斗牛槎，不被云遮。一回相见一年赊。纵使年年都见得，几度春华。

解连环　题斜倚熏笼卷子

铜壶静数。正霜浓鸳瓦，花停羯鼓。倦星眸，轻拨沉香，愿娜双烟，化成一缕。脉脉春融，晕玉体，红侵眉妩。待蒙又怕，梦里这情，露与鹦鹉。　　平阳有人歌舞。觉鬟低袖亸，纤手慵举。天付与，绝世花颜，便倚玉无人，冰心自许。甚事低徊，尽一晌，温香领取。莫思量，隔楼弦管，遥天笑语。

醉花阴　题少楼《披书坐花图》

万里浮云看不破，今古闲闲过。莫为落花愁，花也修来，配得诗人坐。
琴床石几安排妥，欲语知谁可。书味密于春，春化诗魂，魂梦香花里。

眼儿媚　放钩声

铜壶催漏鸭炉温，窗月正黄昏。金敲络索，玉鸣条脱，别样销魂。
流苏低缀银缸转，馀韵入琴尊。枕屏微逗，帐文轻掠，准备温存。

相见欢　卜钱声

镫前祝，语盈盈，掷来轻。笑向旁人佯说，问阴晴。
心中事，眼前字，是佳音。却有一圜旋转，未分明。

金缕曲　题包子梁《美人屏幅》

士女传清照。古人中，张萱周昉，并称名妙。数十年来京兆笔，谁画朝云最好。有越国，词人包老。燕瘦环肥游戏耳，尽秋波，一点神光到。金粉俗，笔尖扫。　如今霜压苏台草。忆匆匆，飘零书剑，移家洲岛。几幅生绡人似玉，闲倚屏风秋晓。似甚处，相逢一笑。纸上琴心挑未得，况茂陵，司马非年少。醇酒愿，此生了。

金缕曲　题王竹安《拈花微笑图》

慧业当空照。是浮尘，是烟是梦，菩提微妙。转绿回黄无定相，万事不堪一笑。任大地，蜂喧蝶闹。窗外行云江底月，正清凉，一晌庄生觉。寻野鹤，伴啼鸟。　当时误解真如奥。十年来，忏除绮语，凡心未了。放眼空明皆幻影，莫羡东风花好。问花又，争春多少。福命何曾输锦障，薄纷华，翻为聪明早。山色静，水光渺。

金缕曲　辛未秋夜感怀

万卉都销歇。奈何人，凄凄冷冷，清清时节。记得轮蹄燕冀道，魂梦飞悬京阙。留不住，春风蝴蝶。悔煞拈花成一笑，堕红尘，永历昆明劫。号尽了，子规血。　年来诗味寒于雪。更沉沉，心如古井，身如秋叶。手制幺弦弹羽调，苦诉衷怀凄切。有谁听，悲歌激烈。从此空山耕石老，遍人闲，不见瑶台月。真错铸，六州铁。

金缕曲

近海无奇味。喜诸公，霜天清宴，高歌烂醉。自笑馋涎揩未了，携得奚童寻至。早动了,几回食指。为倩写生清妙手,向图中,添个支离子。饕餮客,惯如此。　　平生怀抱春如绮。十年来,销磨挫折,颓然秋气。公等青云腾达去,留此鸿泥小记。知可有,后人藏皮。谁最牢骚谁旷达,更谁人,庄语谁游戏。尘世梦,一而已。

金缕曲

恻恻离帆动。尽前途,云悲月吊,花迎鸟送。抛却擘笺分咏客,自去闲吟冷讽。非昔日,豪情浪涌。细觅金焦山石底,有古人,遗泪和苔冻。谁解得,醒耶梦。　　少年逸气难羁控。半生来,零缣退笔,埋成荒冢。万事输人时命舛,那值鸿毛轻重。也不为,琴弦悲痛。安得飞身瑶阙上,踏空冥,手把双丸弄。千古恨,与君共。

金缕曲　题汤龙门《仿颠图》

不愿家居老。一扁舟,一书一画,凭君游眺。怕与人闲共征逐,万事学颠最好。知省却,闲愁多少。料得骊珠探在手,笑纷纷,余子皆鳞爪。波浪阔,梦魂绕。　　浮生无计驱烦恼。怪先生,能知海岳,当时怀抱。二十年来尘世驻,厌绝名场扰扰。把笔砚,应都焚了。气吐长虹挥手去,好从君,共打沧江棹。放眼界,九州小。

金缕曲　同人集饮小斋用香海词人韵并调少葵

万里沧溟气。被西风,吹来诗思,盘旋胸底。海上钟期今不作,魂梦无端悲喜。直要把,古人唤起。身后浮名谁得失,看床头,美酒能余几。粳稻熟,蟹肥矣。　　团脐九日真腴美。任人闲,江瑶海错,无斯风味。展转不辞煎炙苦,枉负横行一世。问谁是,此生知己。独有清狂莲幕客,手双螯,赞得香生齿。应值得,为伊死。

金缕曲　题滇南杨稚虹《投笔图》

万事须年少。问人闲,奇才几辈,儒冠误了。今日披图思壮志,莫讶轻年玉貌。信别有,英雄怀抱。万里关河撄世变,愿长缨,请得论功早。班定远,众倾倒。　　中原久幸欃枪扫。忆当时,江南营垒,马腾士饱。同学几人矜捷足,鹰隼高凌秋昊。剩铩羽,归飞倦鸟。生恨毛锥成底事,尽十年,低首云闲道。头秃也,中书老。

意难忘　和少楼岁暮感怀韵

大笑苍天。任劳劳磨转,十万余年。愚公山石烂,王母鬓华添。况我辈,俗情牵。一觉小游仙。从今后,落花茵混,莫道因缘。　　闲庭莎草如毡。问扁舟何处,海上成连。寒梅霜后健,群鸟日高眠。除绮语,养清恬。身世莫凄然。倩天孙,银河汲水,净浣云笺。

齐天乐

生平惯作牢骚语，今朝自知过矣。对酒当歌，登高作赋，何处不堪游戏。童心未已。况胜侣良朋，豪情乐意。散作春风，普天花鸟大欢喜。　　鲰生几多私计。要元坛老将，青眸垂契。钓猾功名，封汾福泽，我辈还加倍蓰。推来星纪。愿此似彭铿，年还胜几。万斛闲愁，从今收拾起。

望江南　题嘉定章小琴女史《拜月图》

其　一

拜春月，春月几回圆。清露滴残蟾有泪，宝香焚尽鸭无烟。情语达诸天。

其　二

拜秋月，秋月浸秋魂。一点灵犀通碧落，半行征雁去黄昏。风露立无痕。

忆旧游

记裁诗索和，买酒浇愁，泥倚妆台。此日华灯侧，料画屏独背，暗卜金钗。不堪旧时鸿爪，转盼已天涯。更冷冷凄凄，孤孤寂寂，没个人来。　　安排。断肠处，是绣被寒侵，宝鼎香埋。今夜能眠否？但痴心盼望，梦到清淮。绿窗暗移凉月，虫语咽空阶。剩愁绪无端，闲中料理消闷怀。

虞美人　送春闱苏常告警作

山塘七里春如锦，残鸟啼花暝。轻帆微雨别金尊，却恨浮云生长本无根。

如今消息长安路，望断江干树。楼台歌舞是谁家，门外春风飞絮满天涯。

菩萨蛮

寒宵寄到平安字，心头一寸添离思。萝月黯孤灯，个人眠未曾。　　小鬟偷眼顾，指与娘行误。不看字平安，奈何闲处看。

误佳期　癸卯扬州

一晌红楼风景，却好垂杨烟暝。倩魂深怕不分明，双指湖山影。　　未到彩云残，忽被疏钟警。月痕花韵转迷离，冷梦和香醒。

沁园春　眉

何处描来，盈盈淡淡，柳叶轻柔。似花浓春晓，远山著黛；天凉秋爽，新月如钩。镜里颦添，灯前翠锁，多少情思在上头。人前看，却浑如娇小，不解闲愁。　　有时临去回头。认纤影，还从鬓侧留。趁闲时细看，未描也好；有人替说，欲画翻羞。生小香闺，并无人见，暗里如何对镜修。私心想，知谁人擅得，京兆风流。

满江红　滩上与少泉紫垣步月作

满目河山，问何处、悲歌激烈。望平原、空思丰沛，当年豪杰。关塞已非刘氏土，沙场犹照秦时月。正闲云、如马过山来，长空灭。　持杯酒，心争热；埋尺土，眦还裂。笑人生一例，如斯了结。事后纵翻成败案，生前毕竟悲欢别。最不平、终古大河流，声凄咽。

水调歌头　用稚虹韵题《青城送别图》为山阴胡伯华作

人海散花雨，一雨一分春。聚来天上，春色飞作马头尘。我辈萍踪浪迹，除却屠沽市僧，相见几天真。今日浦江尾，明日越江漘。　水中月，风里絮，池面苹。安得金模，丝绣不坏众吟身。写出飞鸿爪印，留得灵犀心迹，挥手莫伤神。万国近同轨，尔我一家人。

水调歌头　秋夜过柳衣园旧址

老树作人立，半晌恰无言。应是怕人，愁听不敢说从前。剩有一轮明月，照著一湾流水，终夜守空园。千古幻尘耳，相念莫凄然。　静思想，未来事，已过缘。都是无因，自造消息不由天。料得当时歌舞，已分将来零落，留博后人怜。搔首独归去，孤棹冷苍烟。

水调歌头　将别珠湖答桐城刘季英

此日复何日，梦梦百年身。不及云霄，鸡犬低首逐风尘。天上仙人不远，地下陈人未死，唤起倒金樽。鱼鸟亦吾友，庭户小乾坤。　江南梦，海东路，淮北春。十载船唇马背，回首亦伤神。今夕湖天坐月，知道明年此夕，孤月照谁人。尔我定何处，复此共冰轮。

大江东去　答稚虹

萧斋秋静，甚飞来、词句毫端露洁。惜少红牙低按拍，令我诗情飞越。和靖梅花，廉夫铁笛，雅韵秋潮咽。伊人宛在，一尊遥对清樾。　回忆海国船唇，山城马背，胜友浮云灭。二十年来文字会，谁擅郑虔三绝。绮岁惊才，停云按谱，未许豪情歇。知音可作，千秋共此明月。

陈　筠

陈筠（？～1897），字湘衫，清江浦人。少年家贫，勤学不倦。拟续编《词综》未果。著有《银砾词》1卷。

水调歌头

王青士三十初度，与梁饮真、田倜生、刘汝梅、刘少溥、研农兄弟觞于四宜草堂，酒酣谱此赠之。

醉后发狂语，搔首问天公。茫茫今古，底事我辈可怜虫？刬尔锋芒锐气，学个模糊睡汉，妙技擅痴聋。三叹各无赖，失意怅梁鸿。　便屠狗，便射虎，便攀龙。人生事业，大抵成败论英雄。如许骎骎岁月，从此再添卌载，白发老诗翁。行乐及时耳，莫负酒颜红。

台城路　赠乡人顾伯谟

也经白塔寻邻里，晴晖映些芳草。矮屋谁家，秾桃不语，小立者回春晓。金樽翠醥。已没那专诸，识人潦倒。走向天涯，一家团聚赖欢笑。　诗楼还在鹤市，在袁公路浦，三径新扫。一领青衫，一枝秃笔，相遇侬非年少。枫江缥缈。问毕竟莼鲈，如何佳妙？约过红桥，访君闲话好。

菩萨蛮　拟王渔洋青溪画册

乍　遇

梨花亭榭春云热，越罗衫子绯桃色。蓦弹髻叉丫，当风强整花。　窥人星眼掠，却也防人觉。毕竟被人知，掀帘归去迟。

迷　藏

蒙笼竹树昏黄月，中庭嬉戏防苔滑。小伏傍眠鹅，秋波暗里睃。　轻轻移画屧，细抱裙儿捻。婢子突匆忙，回身错抱郎。

念奴娇　寄赠郭湘蕖先生

宝刀骏马，莽书生，甲帐归来时节。皓鬓苍颜词笔在，谁听悲歌凄绝？宋艳班香，雕龙绣虎，胸次纷罗列。悠悠千载，误人何限英杰？　闻道李广残年，南山射虎，料也无筋力。侧耳涛声从地起，可似满腔热血？柳树重生，琼花已谢，乡国荒凉极。昂头天外，二分羞见明月。

踏莎行　普应寺感旧

邃殿昏灯，凉苔破础。似闻铃铎风中语。经声佛号耐凄迷，当年曾伴闲歌舞。

驯犬牵衣，饥禽啄羽。老僧眠起花阴午。问他弥勒笑何人？交缨飞盖迟尊俎。

锁窗寒　怀吴温叟

笑态惊花，吟声泛酒，烛光泛峭。罗衣侠骨，忍别当筵年少。送伊家、紫燕刚归，况催捎雁征人棹。剩醉窥南北，几多衰草，一般晴照。　　波渺。隋堤绕。奈逆水赪鳞，絮些潦倒。柔肠九曲，九曲只教愁饱。怪西风，连数几番，倚云也并松翠老。伴谁何，种秫山田，学取苏门啸。

卜算子

天也忒无情，不放愁人躲。今夜蟾光昨夜灯，照尽凄凉我。
消受到黄昏，容易黄昏过。日日黄昏日日愁，心绪真无那。

顾云臣

顾云臣（1830～1899），字子青，号持白，清淮安府山阳（今淮安）人。少贫苦，从舅范光壁学。同治四年（1865）进士。授翰林院编修。十二年任湖南学政。任满，以母老乞归，辟勺湖书塾，聚诸生讲习其中。著有《抱拙斋集》，包括诗卷上、卷下，词1卷，文8卷。

卜算子　题黄叶村先生《凿池得石案图》

局脚切云根，千载谁相遗？应恐淮南老画师，压损佳儿背。
自写古须眉，曾任禅黎世。赏月吟风此一凭，依约三生事。

高阳台　题汪冰臣太守《城北联句图》

筹酒传花，行歌串月，天涯小集芳俦。万里烟尘，海滨剩有闲鸥。贞元诗老，风流在抱，城南清事重修。侭夷犹，红药箫声，莫唱扬州。　　卅年旧侣飘如叶，便西溪春好，付与渔讴。一翦吴淞，能描几斛新愁。锦袍仙子归何处，更泪和、潭水双流。忍孤游，不似当时，话雨僧楼。

八归　题段笏林《秋林习隐图》

空斋抱月，高柯听雨，吟瘦暗觉秋早。斯人岂是蓬蒿侣？谁遣乱枫相对，著书将老。只道鬌苏情味减，有解事朝云双笑。任闭户，问字谈禅，积藓翠慵扫。　　雄剑当年手把，西风吹泪，策马孤游燕赵。六朝烟景六桥烟，也付奚囊零稿。叹而今倦矣！买得蓑衣事耕钓。须容我，画图分占，一卧淮南，云山长梦绕。

好事近　题杨俊三藏叶小鸾眉子砚拓本

月子印弯弯，认取彩鸾书格。小影素娥羞见，向人间收拾。　　别留禅藻紫云痕，何惜斛珠易。持伴玉山诗卷，慰十年相忆。

原注:俊山始得一拓本,甚宝爱,后失之。越十年,某友于肆中别得一本赠之。俊三喜甚,因征题。

朝中措　丙戌九秋泛小秦淮至平山堂次欧公韵

人生莫放酒杯空,岁月几闲中。惆怅平山杨柳,蝎来瘦损西风。　红莲围坐,当年相见,此老情钟。且把黄花簪取,白头莫似凫翁。

隔溪梅令　题徐鸿士《鹤梅遗影图》

痕遗蜕翩跹,问前缘。缟袂无声,常伴老词仙。梦醒香满肩。　碧天飞去渺何年,怨冰弦。纸上芳魂,还恐化秋烟。素蟾空自圆。

原注:时鸿士方悼亡。

黄海安

黄海安,字小艾,长白人,寓淮安河下多年。主要活动于清道、咸间。著有《听秋馆诗存》。

望江南　秋日寄家书

记春暮,倏尔又秋初。半载离思千里梦,十分客意一分书。心已到乡闾。

书已罢,无限客情浓。深恐欲言言未尽,临封几度又开封。言尽意无穷。

如梦令　闺怨

其　一

最是无情夫婿,为觅封侯远去。也不念闺中,寂寞楼头凝睇。此际,此际,惟愿青云早第。

其　二

树底乱啼黄鸟,砌畔新添碧草。独坐没心情,勾起伤春怀抱。怎好,怎好,且试闲翻词稿。

其　三

烟向金炉缭绕,灯隐罗帷静悄。欲睡不安眠,一任寒衾颠倒。懊恼,懊恼,枕上啼痕多少。

其　四

窗外鸡儿叫了,一夜何曾睡倒?自恨太情深,未必那人知道。春晓,春晓,懒把双眉淡扫。

其　五

莫纵寻春游骑，莫作随风荡絮。轻暖薄寒天，珍重花间草际。切记，切记，时把书儿远寄。

南浦月　晋庭以小词留别索和勉强效颦

风风雨雨，秦邮同送春光暮。药栏香度，正好寻佳句。　　萍聚无多，又听骊歌赋。深情注、绿波红树，谁可留云住？

长相思　富庄驿

山遥遥，水迢迢，难把深情问碧霄。离魂几度销。
闷无聊，恨无聊，旅馆青灯伴寂寥。凄凉是此宵。

陈毓璨

陈毓璨，字叔琪，号琴生，别号酒荪，台孙七世孙，清淮安府山阳县人。附贡生，候选中书，重游泮水。著有《后鹦笑斋诗文词集》。

金缕曲　湖心寺雅集柬慧之和尚

粥鼓斋鱼外。有前贤，笔花墨采，瑶章具在。嗟我风尘行脚老，衣钵先人竟改。卖词赋，沽难价待。八十衰年千里客①，似打包踏却芒鞋坏。饥驱去，卌余载。　　高僧有道传宗派。幸留存、佛堂宝镜，慈云法界。圣境沧桑重整顿，慧远庐山攸赖。肯自把、烟霞浪卖。小李将军风雅续②，镇名山宝作苏公带。贡芜词，当膜拜。

原注：①璨至七十八岁，方倦游返里。②李伯延鸿年辑《湖上留题录续编》。

按：慧之和尚，清末民初湖心寺住持。

傅　卓

傅卓，原名福增，字介清，淮安府山阳县人。

浪淘沙　客颍川

其　一

良夜正迢迢，孤馆灯挑。隔墙谁弄一枝箫？听到曲终人不见，月上花梢。
四野暮砧敲，黯黯魂消。断肠人坐可怜宵。欲抱孤衾眠不稳，雨洒窗蕉。

其　二

岸曲树横斜，几点寒鸦。一帆送我返天涯。料得故园松菊在，早盼梅花。回首别情遐，秋水蒹葭。三年客鬓满霜华。巢燕依人轻去驻，明岁谁家？

段朝端

段朝端（1844～1925），近代诗文家。字笏林，号蔗叟，蔗湖退叟，贡生，江苏淮安人。近代诗文家。清光绪五年（1879）起，署仪征教谕、日泉训导、兴化教谕、海州学正、仪征训导等。还曾应聘为《江苏通志》分纂、《淮安府志》分纂、《续纂山阳县志》《山阳艺文志》总纂。后归里以诗文自适，从事淮安地方文献资料搜集、整理、研究，著作甚丰，是《楚州丛书》的主要撰述人和资料提供者。其诗词收入《椿花阁诗集》。

鹧鸪天　赠歌者

三十当头春欲残，惜春无那意阑珊。花前零落相思曲，门外凄凉送客鞍。杯罢捧，瑟休弹，绕床风雨梦魂寒。人间春色有时改，眼底酒痕何日干？

刘　鹗

刘鹗（1857～1909），名振远，字云抟，又字铁云。祖籍江苏丹徒，寄籍山阳（今淮安）。他学识博杂，被海内外学者誉为“小说家、诗人、哲学家、音乐家、医生、企业家、数学家、藏书家、古董收藏家、水利专家、慈善家”。著述颇丰，所著《老残游记》是十大古典白话长篇小说、晚清四大谴责小说之一。

八声甘州

叹人生终岁苦尘劳，何以悦吾生？趁朱颜犹在，黄金未尽，风月陶情。长得红偎翠倚，身世听升沉。莫把佳期误，今夜销魂。　　门外雪深盈尺，正锦衾人暖，宝帐香温。恣昨宵梦好，相抱不容醒。看天际琼飞玉舞，拥貂裘，推枕倚云屏。梳妆罢，郎歌白雪，妾和阳春。

菩萨蛮

丁酉七月由燕赴晋，风尘竟日，苦不胜言。每夕必以弦歌解之。

其　一

燕姬赵女颜如玉，莺喉燕舌歌新曲。挟瑟上高堂，娥娥红粉妆。　　倚窗娇不语，漫道郎辛苦。弦拨两三声，问郎听不听？

其　二

客心正自悲寥廓，那堪更听莲花落！同是走天涯，相逢且吃茶。　　芳年今几许，报道刚三五。作妓在邯郸，于今第七年。

其　三

朝来照镜看颜色，青春易去谁怜惜。挟瑟走沿门，何如托钵人！　　行云无定处，夜夜蒙霜露。难得有情郎，鸡鸣又束装！

其　四

狐悲兔死伤同类，荒村共掩伤心泪。红袖对青衫，飘零总一般！　　有家归不得，岁岁常为客。被褐走江湖，谁人问价沽？

原注：右调菩萨蛮，皆纪实也。男子以才媚人，妇人以色媚人，其理则一。含垢忍耻，以求生活，良可悲已！况媚人而贯用不售，不更可悲乎？白香山云："同是天涯沦落人。"汤临川云："百计思量，没个为欢处！"我亦云然。

汪承庆

汪承庆，字稚泉，汪廷珍孙辈，江苏淮安人。著有《墨寿阁诗词》。

寿楼春　吊绛云楼故址

寻高楼铜镮，记烟云小劫，一炬灰残。甚处珠零疏箔，粉凋回阑。留几点，啼痕殷忍，断垣苔钱。斑斑。怅梦蝶消香，栖鸟弄暝，钟磬咽松关。　　斜阳去，流泉潺。见花还似笑，柳不堪攀。最恨牙签都散，素琴难弹。人寂寞，春阑珊。剩远峰、蛾眉弯环。奈红豆、相思靡芜，怕歌山上山。

满江红　三十生日酒酣放歌有触于怀不自知言之杂沓也

三十头颅，一弹指、岁华非故。惊满眼、狂花妖鸟，痴云毒雾。京洛何时分笔札，关河到处听鼙鼓。试铜弦铁拨唱江东，公无渡。　　谁杀尽，中山兔；谁射尽，南山虎。想美人佳侠，英雄广武。病马原无鞭可著，饥蚕尚有丝能吐。看寒星、照壁烛花红，婆娑舞。

满江红

海上键关，消磨尽、药罐茗碗。搔短鬓、不堪揽镜，朱颜都换。片刻楼台嘘白蜃，频年音信乖黄犬。问青山、真个可埋愁，侬书券。　　且莫耻，杨云贱；也莫讳，嵇康懒。有心人如潭，月眼如(岩)电。蕙带荷衣居士服，菊齑藕鲊骚人膳。向宵深、一卷自长吟，神仙传。

按:岩疑衍字。

满江红

人世功名,拼抛却、随身竿木。更说甚、祢衡工骂,唐衢善哭。入市聊从驺卒饮,应官耻饱侏儒粟。只赢来、玉骨瘦崚嶒,秋山绿。　　招不到,看鸿鹄;梦不见,隍中鹿。尽才量八斗,愁深万斛。太史马牛奔走惯,刘安鸡犬飞升速。叹文章、价不抵黄金,书空读。

满江红

跌宕词场,凭交遍、迂辛短李。数不了、樽前岸帻,花间倒屣。尘柄清谈寻墨客,羊灯小宴围筝妓。总输他、侠少五陵豪,联车骑。　　才名也,羞龙尾;世事也,轻虫臂。便怀铅握椠,但供游戏。案上芸编红蠹蚀,匣中莲锷青虹闭。怪年来、下笔带商声,幽并气。

佘　蓥

佘蓥,又名廷钧,字子衡,安徽休宁人,诸生。世居淮安。

忆旧游　题程袖峰先生《萧湖游览记》

览珠湖烟景,忆旧游时,消尽吟魂。瑟瑟秋风冷,搅萧萧芦荻,相和寒砧。送尽两三归艇,无语又黄昏。问几处园亭,谁家楼阁,总化烟云。　　游人归去也,剩十顷晴波,渐长新痕。何处钟声起,奈普光庵古,往事难论。惟伊一株藤树,犹是昔时根。幸旧主重来,斜阳故址,依绿名园。

坤按:先生久寓吾淮,予幼时犹及见之。白发盈颠,一编在手,殆将七十,尚孜孜不倦也。

浪淘沙　季夏久阴雨声不息旦夕闻之遂成此牌

几日未曾晴,雨挟风鸣。乱敲窗纸裂纵横。凉湿荷枝焦叶重,无力支撑。
础润绿苔生,涎腻蜗行。闷听屋漏梦难成。点点声声还滴滴,直到天明。

按:旦误作但。

陆　昉

陆昉(?~约1916),字松斋,淮安人,民国初年曾卜居涟水东乡。清同光间曾在如皋、邳州等地军旅参幕,所著《云根书屋吟稿》《云根书屋诗文集》由其子陆际云整理,于民国20年(1931)铅印。

长亭怨　题《江皋话别图》

算归计，今番决了。欲去还留，小停征棹。冷燕寻巢，客怀慵似倦飞鸟。五年羁旅，浑不觉、愁中老。急雨又催秋，更助我，离情萦绕。　一笑。趁西风涨水，料理布帆归早。轻装束也，漫赢得，几编诗草。濡别泪，写入琴丝，只难舍，知音多少。问此去相思，后约何时重到？

自注云：客游雉皋，忽忽五载，今将携眷回里。所难忘者，知己之感耳。顾念依依，殆不忍去。填此志别，不自其词之抑郁也。

长亭怨

看帘外，凉蟾圆了。逗我乡心，桂阴停棹。倦羽栖栖，奋飞空自羡归鸟。倚楼人悄，偏约共、鸥波老。对月忆家山，只梦与，淮流环绕。　堪笑。负楼船旧约，似怯戍笳秋早。尘缘难料，尽留恋，江云溪草。计五载，迤洒游踪，枉耽得，愁多欢少。叹身世萍飘，一霎西风吹到。

金缕曲

丁亥秋在通州发审时，因事愤激后作此以自慨。

血性奇男子。被风尘，肮脏沉埋至此。百战余生归未得，遁迹淮阴古市。剩血染、征衫凝紫。匣剑囊琴消壮志，尽无聊，绿泛芙蕖水。一支笔，是知己。　无端逃入资囊里。问茫茫宦海，知音有几？自古衙官悲屈宋，吟到寒郊鬼李。应自笑、复堪自耻。游宦年来观得失，悔从前信口评青史。天下事，可知矣！

按：上阕疑脱一字。

周　铨

周铨，字次衡，号惺庵。淮安府山阳县人。

满庭芳　题汪澄伯《勺湖放棹图》

淮郡城隅，陆家疃畔，盈盈一水莲塘。柳风萍雨，容与泛轻航。携得纶竿蓑笠，共老渔、高咏沧浪。舟过处、波声拍拍，惊起两鸳鸯。　沧桑经浩劫，湖流一勺，风景如常。环草堂四面，尽是垂杨。八十老翁海上，发种种、满点吴霜。悔不早、束装归去，一舸水云乡。

何福恒

何福恒,字侣邠。淮安府山阳县人。

金缕曲 挽郝彦翘

怅望长淮畔。惊霎时,哲人仙去,同声悼叹。仰问苍天天不语,何事星移物换?况甫逾五旬寿算。梓舍兰阶悲欲绝,哭秋风,雨打蕉窗乱。怀遗范,几肠断。 德才洵是枌乡冠。数年来,拯灾捍患,多资翊赞。义举原难指数,尤堪佩、一钱不爱,任劳任怨无欺谩。宗族交游群痛惜,更兼士农商旅齐称赞。名不朽,永巍焕!

许宝云

许宝云,字晓迟。淮安府山阳县人。工诗词,精绘事。著有《足园类稿》《石城秋梦录》《幽兰梦传奇》《历代诗征》《国朝词综续集》。

水调歌头

甲午(1894)长至日,立雪斋,举消寒第一会,醉填二解。

兀坐北窗里,虫竟类寒号。故人折柬相迓,共把岁寒消。道是干戈扰攘,我辈且宜饮酒,尘俗漫相鏖。我本古狂者,白眼看儿曹。 饮千盏,歌一曲,莫辞劳。兴酣长啸,不觉清响入云霄。记得此斋立雪,小子曾陪末座,诸老著风标。今此集群彦,高会兴犹豪!

水调歌头

领袖者谁子?板筑老诗翁。走也忝然居次,霜鬓剧蓬松。联艺邺中子建,一幅图开雅集,醉墨泼来浓。叱咤一声起,善战让重瞳。 谁访戴,子猷子,巧相逢。谁工铁笛,令人苦忆铁崖公。莫道小乔嫁了,却喜周郎年少,请尔辨雌雄。酒罢出门去,哪惜醉颜红?

清平乐 抵粤宿旅舍感作时辛卯中秋节日

六千海道,五日飘然到。最是天高凉月小,照彻羁愁人老。 愁人已到天涯,嫦娥自在侬家。料得团圞儿女,思亲卜遍灯花。

唐多令 七夕

缺月漾衾窝,流云掠梦过。幻长空,桥影婆娑。便遇天孙休乞巧,算巧事,本无多。

碧落耐蹉跎，红尘唤奈何。甚泉刀，种下风波。我欲代偿钱十万，儿女恨，任消磨。

减字木兰花　秋思

秋光草草，催得愁人头白早。秋色匆匆，惹得愁人泪点浓。
生憎冷月，照彻离人欢又别。欲乞西风，吹转离人别又逢。

浪淘沙　秋闺

璧月漾衾窠，绮思谁如？美人一笑手牙梭。嗔道经旬忘栉发，侬替郎梳。
浣罢步庭除，煮茗鬟呼。诗成偏值字生疏。磨得墨浓低说与，郎替侬书。

徐家骏

徐家骏(1868～1946)，字旌门，号笨云，别号驼峰居士，江苏淮阴人。十六岁成秀才，后五试秋闱，皆不售。遂弃儒从医，设私室应诊数十年。能诗词，著有《知不足轩类稿》。

一剪梅　清明

细雨斜风薄暮天。春意缠绵，人意缠绵。夭桃红湿可人怜。娇煞啼鹃，恼煞啼鹃。
碧草芊芊又一年。蜂蝶翩跹，裙屐翩跹。柳丝无力絮如烟。牵入情边，扑入愁边。

满江红

当头月夜遇雪，漱泉先生招饮，作此谢之。

地老天荒，惟依旧、长空明月。况又是、一年容易，再逢佳节。北海尊中清酒满，余香室里群仙列。问嫦娥、底事锁罗帷，空难觅？　驱不净，天遮碧；扫不净，浮云密。看寒鸦飞处，乱翻银屑。时世不堪愁里语，全民奋御东邻敌。趁归来、扶醉踏琼瑶，无尘迹。

水调歌头　送赵君蕖裳至江都

三载宰袁浦，整治肃群邪。黎民戴德歌福，龙吠寂无哗。入境弦歌盈耳，临野桑麻满目，教养万千家。明镜挂虚室，朗耀烛纤瑕。　饬官度，重廉洁，仰才华。公余暇日，闲饮诗兴两无涯。名士信为良吏，兰友兼罗莲幕，宾主尽臧嘉。花月讼庭静，分韵斗尖叉。

凄凉犯　题《二盲对语图》

乾坤似漆，圆鸡子、茫茫乃尔昏黑。任他世界，红红紫紫，万千颜色。扪睛太息，浑然似屯蒙未辟。更何人道旁絮语，此恨向谁述！　余亦怜同病，猝遇无端，似曾相识。可叹尘寰，乱哄哄多半魔蜮。午夜凝思，也还算聪强幸得。比心盲若辈，笑尔我杰出。

扬州慢　和盛君世弼春日感怀原韵

南指吴皋，北瞻辽沈，腥风血染山河。怪天心往复，遂世事蹉跎。恨无限、蛮烟瘴雾，白沙荒草，埋煞明驼。叹桑榆迟暮，何来老兴婆娑？　　嫩寒尽矣，笑春山、装点眉蛾。奈弱柳含情，夭桃献媚，难解愁何！拄杖禹王台上，凭临处、一曲悲歌。看苍茫云霭，无言空下层坡。

西河（并序）

苇间老人，淮安边寿民别字也，原名维祺。诗书画三艺俱精，而芦雁尤著。卜居城之东隅，四面芦苇，筑室其间，张图于壁，名流题咏几遍。清乾隆南巡时，老人年近九旬，以耆老诏见，并呈画帙。清帝嘉之曰：可称寿民。遂以寿民名焉。二百余年来，半已荒芜，转徙他氏。至七世云孙先生，善诗歌，风流绝俗。慨念先世故居，不忍弃置，如价购回，茅茨不饰，结构天然。原图已失所在，画而补之，并撰诗词若干首，征题咏焉。予嘉云孙擅风雅，且不忘本也，作此解以应之。

披卷阅，倾心此老三绝。蒹葭秋水溯伊人，夕阳明灭。断鸿起伏乱芦花，神传今古名哲。　　长寿相，年耄耋，画图进呈圣阅。煌煌天语极称嘉，地灵人杰。几经世变历沧桑，苇蒲犹映寒雪。　　㧑呵几费造化爕？赖贤孙题补陈设。不坠乃翁遗钵。现重赓韵事，缅怀意切。再集群贤留游辙。

钗头凤

花事阑珊，春光已老，啼鹃断续，恻恻动人。爰作一阕，既成，扣笔而歌，若与鹃声相酬答也。

山如睡，波含翠，隔林惊起莺声脆。寻芳约，鱼书托。无奈愁怀，几番耽搁。错，错，错！　　杨花坠，桃花媚，杜鹃那管柔肠碎。春萧索，憎轻薄。不如归去，尽情催著。恶，恶，恶！

百字令　重九有感寄怀故人

露香篱菊，蓦匆匆、又到重阳时节。破晓扶筇，闲眺望、三径霜凝苔滑。鸿雁初来，茱萸独把，故友终年别。西风吹起，新愁离恨千叠。　　呼仆游屐携来，登高遥祝，人健常欢悦。北望关山东望海，惊煞烽烟明灭。唤醒雄狮，精神抖擞，毋使金瓯缺。杞忧何补，频搔垂老华发。

大江东去　丁丑夏历十一月十五日之月当头

问天搔首，是谁造、苍莽九州悲切？势极燎原，终不解、星火殊难消灭。变起芦花，兵疑草木，六月惊飞雪。兴亡何恨，古今依旧明月。　回溯今夕年年，称觞欢会，吟兴情狂越。景物都非，抬望眼、晶镜璇宫凄绝。不照华筵，姮娥应恨，照战场磷血。停杯休饮，怕闻哀雁呜咽。

贺新郎　戊寅除夕和盛君世弼原韵

爆竹街衢寂。蓦惊看、窗前户外，雪飞绵密。淡比梨花稠比絮，飘舞侵晨达夕。更谁把、晶盐抛掷。狮子抟成须巩固，振神威、力抗朝阳日。村学究，素怀积。　欢颜强作谁能识？系金钱、童孙项颈，拜呼犹昔。小拨泥炉煨榾柮，温取新醅砚北。我亦是、袁江羁客。应念家山离乱后，惨风云、两地同怜惜。终胜利，漫悲泣！

徐钟恂

徐钟恂，字绍泉，别号书佣，又晚号花隐。江苏淮安人。光绪甲辰(1904)科翰林。著有《花隐诗存》等。

水龙吟　《彩云吟社诗钟汇编》题辞

射阳风雅犹存，佛场吟社惊重见。纷纷裙屐，一花一月，也曾吟遍。韵斗尖义，声成金石，宫商一片。纵鲸鱼大叩，铿锵时作，奚似此，短兵战。　争说飞花庭院，助新声、莺歌百啭。南屏老佛，频传击钵，词坛独占。品得群芳，珠联璧合，新诗一卷。兴集云旗鼓双张，问谁是、开生面。

原评：节拍深稳，雅有宋人气息。

桃园忆故人　怀杨默庵

凉风天末人何处？酒盏诗瓢如故。闲煞一庭花露，香透纱窗曙。
罗云倒绊征鸿住，分付新诗将去。淮上青山红树，记取归时路。

满江红　楚州怀古

千古兴亡，消磨了、几多豪杰。且莫道、韩侯旗鼓，蕲王旄钺。是一般百战河山，几曾见千秋宫阙。只游人、荆棘抚铜驼，资谈屑。　谁鉴古，前车辙？谁铸错，九州铁？愿长江天堑，祸机消灭。饮马不来淮浦水，看花长照春宵月。正万家、杨柳又青青，清明节。

如此江山　花魂和朱亦奇原韵

柳边阑槛梅边路，风掀玉箫声断。醋醋红裙，那回翻酒，待把云罗轻剪。云来又去，剩燕婉莺娇，权时游伴。欲诉春情，隔花人影天涯远。　春衫兜住百怨。任啼红唾碧，採香袖卷。地冷金莲，庭空玉树，依旧游丝一缕，宜春禁苑。恐环珮朝天，凤城春满。锁住芙蓉，夜来门又掩。

锁窗寒　岁朝雪

爆竹轰天，飞花扑地，冷衣如铁。开窗四顾，道是大明瑞雪。好河山、将银铸成，腻红虚掩苍生血。更劫尘、低压中原，腥秽一般消灭。　清洁冰花结。趁橘叟弹棋，输来玉屑。寒光四照，去得人心狂热。愿从今、春色万方，太平再见新岁月。待安排，雪夜花灯，点缀元宵节。

原注：丁卯人日作。按：此丁卯年应为民国十六年，即公元1927年。

许楚秋

许楚秋，别号楚鸠，淮安县淮南乡许圩人。

满江红　拜岳武穆王墓步武穆词韵

浩气精魂，亘千古，余风未歇。浇浊酒、抠衣膜拜，追思遗烈。忠骨长埋南宋土，英光争耀西湖月。听海风、怒激去来潮，声凄切。　愿悲愤，临风雪；愿索虏，和烟灭。拥霓旌驻马，栖霞峰缺。老柏枝头猿守夜，银瓶井畔鹃啼血。恨无人、矫诏阻归鞍，箴余阙。

按：该词见彩云吟社甲子(1924)年春季诗选。原评：竟体秀适，后阕尤佳。

薛临安

薛临安，字问潮，别署扫叶生，江苏淮安人。精医。

满江红　拜岳武穆王墓步武穆词韵

芳草青青，争上冢，清明雨歇。苍茫处，灵旗乱卷，英风烈烈。忠愤化成烟几缕，虔诚奠趁春三月。听墓门、松吼向南枝，声凄切。　怜二帝，吞冰雪；臣构立，功俱灭。捧椒浆祭飨，四时无缺。三字冤埋名将狱，十年泪洒功臣血。剩荒坟、隐隐矗长空，如伊阙。

按：该词见彩云吟社甲子(1924)年春季诗选。原评：亦谐适，亦悲壮，美人细意熨帖平。

叶尔龄

叶尔龄，字鹤亭，一字罍亭。江苏淮安人。

满江红　拜岳武穆王墓步武穆词韵

凭吊英魂，烧香女、车轮乍歇。回首那、一心报国，十分功烈。惆怅偏安南渡日，酸辛独对西湖月。痛两宫、沙漠不归来，关情切。　　奸相恨，何时雪？胡虏扰，何人灭？料英灵来往，南屏山缺。纸白化灰飞蝶影，泪红染土啼鹃血。认崔嵬、庙宇又辉煌，新宫阙。

按：该词见彩云吟社甲子(1924)年春季诗选。原评：后阕谐适，血韵秀丽可喜，前半尘俗未化。

郝乃鼎

郝乃鼎，江苏淮安人。

满江红　拜岳武穆王墓步武穆词韵

一棹西湖，凝望处、芳华未歇。且展拜、鄂王坟下，孤忠遗烈。三字冤沉南国恨，一怀魂浸西泠月。怪松楸、谡谡弄风涛，声凄切！　　南枝怨，何时雪？东窗事，关兴灭。叹临安求活，金瓯终缺。警跸不归皇帝骨，冲冠空泣英雄血。剩湖滨、一块宋江山，悲金阙。

按：该词见彩云吟社甲子(1924)年春季诗选。原评：前阕肌理清匀，词旨谐适，后未尽妥。

郝囿仁

郝囿仁，江苏淮安人。

满江红　拜岳武穆王墓，步武穆词韵

郁郁松楸，忠愤气、千年未歇。到此日、馨香展拜，唏嘘遗烈。孱主偷安金粉地，孤臣誓射胡天月。恸两宫、消息断龙城，仇雠切！　　三字狱，冤谁雪？十年绩，烟同灭！惹骚人凭吊，唾壶敲缺。七尺铁摹奸桧相，一抔土葬苌弘血。望晴空、南北两高峰，排双阙。

按：该词见彩云吟社甲子(1924)年春季诗选。以上五阕《满江红》，系彩云吟社社课作品选也。原评：后半流利深稳，押灭字、阙字，尤得意外巧妙。前亦可。

汪九成

汪九成(1871～1947),字仪廷,号子韶,一字筱川,江苏淮安人。工书画,精篆刻,善医术。山阳医派后期代表人物。著有《梅竹山房词剩》。

水调歌头　贺陈叟万安重偕花烛

枚里风光好,人瑞出东方。唐公题赠回字,千古永流芳。室近三汊曲水,门对曹家山下,宛是小村庄。地利得灵秀,余庆自绵长。　夫康壮,妻强健,子孙昌。承欢绕膝,堪喜儿辈总成行。屈指齐眉周甲,准备重偕花烛,梦稳旧鸳鸯。待一二年后,五世又同堂。

原注:任、马、骆三家之百寿坊及钉铁巷汪氏五世同堂皆在镇东隅。唐学使景崇题"花烛重偕"匾额,里人为建"世瑞亭"。

毛乃庸

毛乃庸(1875～1931),字伯时,后字元征,别号剑客,江苏淮安人。近代文学家、史学家。清光绪十一年(1885)入县学,曾任江北师范教务长、江南高等学校教授、江苏通志局分纂等。曾参加《淮安县志》编纂。辛亥革命后,返淮著书立说。著有《十国杂事诗》《十六国杂事诗》《后梁书》《北辽书》《辽进士考》《季明封爵考》《檀香山岛国志》《勺湖志》等百余卷。

贺新郎　梅花岭吊古

风雪芜城路。是谁向、罗浮移种梅千树?铁骨冰心甘挫折,受尽烟欺霜妒。肯更乞、东皇雨露。似此清姿难作伴,正孤臣、合葬衣冠处。断碣外,觅遗墓。　当年草草成南渡。好中原,付之闯、献,听人割据。马阮高刘同醉梦,半壁赖公支拄。恨大错、从天而错。一死犹存干净土,倩芳林留得忠魂柱。展拜毕,作词去。

水调歌头　中秋日闱中题壁

可惜好明月,又向此中看。姮娥笑我何事,岁岁走长干。惆怅大江南北,多少云鬟雾鬓,照影怯孤鸾。何不御风去,佳节各团圞。　停斑管,灺银烛,梦雕阑。楼前鼓吹,重作惊醒意阑珊。纵使天香能染,无那空闺冷落,今夕遣愁难。夜久玉绳转,矮屋逗秋寒。

浪淘沙　秋日感怀

凉意逼帘钩,络纬吟秋。梦回惆怅五更头。起看梧桐穿月影,照我生愁。

廿载卧沧州，药裹茶瓯。豪情依旧压层楼。何日短衣骑快马，射虎山陬。

醉花阴　七月十五夜望月

罗云卷尽银河渺，月影如人好。月若再圆时，又是中簪，渐渐寒深了。
阑干四角蛩声绕，独坐空庭悄。止为惜清晖，看到天明，不怕西风峭。

丑奴儿　中秋雨后见月

一生几见团圞月，盼到中秋。雨意绸缪，我比姮娥百倍愁。
姮娥却解愁人意，才到中秋。雨脚全收，我谢姮娥酒一瓯。

减字木兰花　题南清河王渭孙词本

愁来何许，唤作春人情便苦。况近中年，哀乐相关倍惘然。
心肝欧尽，好梦如云难再认。请忏维摩，狼藉芳华莫管佗。

踏莎行　题南清河陈筠湘衫《银砾词遗稿》

荡气回肠，引商刻羽，丝丝吐出情千缕。可怜彩笔促华年，愁销不去魂销去。
我亦无聊，公真大误，一生尝尽春心苦。北邙自古好埋忧，君今正到埋忧处。

殷汝金

殷汝金，字砺甫，号髯九，江苏淮安人。

洞仙歌　己未补题汪捷三姻兄30遗照

钵池南麓，有驻颜丹术。除是君身有玉骨。况阴阳，橐签婴姹机关。又都被，狡狯东方偷得。　　沧桑新换劫，手把芙蓉，直上瑶京脱尘厄。遗像在人间，挥麈携琴，犹认取，华年三十。愿葆此天风，步虚图，等化鹤归来，雪泥重识。

按：此己未年当为民国8年，即公元1919年。

浪淘沙　乙卯除夕

羞涩阮囊钱，茅屋安眠。嘉禾文虎换貂蝉。梦里繁华都不羡，我羡渔船。
春信远梅边，谢绝尘缘。桃符醉写乐陶然。今日岁除仍乙卯，明日新年。

鹧鸪天　丙辰元旦

换帖桃符纸色鲜，筒花爆竹闹声喧。老妻泥饮屠苏酒，稚子娇争压岁钱。

松折子，耕盆然，观云望气卜丰年。隔溪索共邻翁笑，未还胜□去语先。

按：此丙辰当为1916年。“胜”后原缺一字。

过龙门

张生剑雄名同铸，凤谷村教员，张友萍之子，八岁聪慧冠其曹，能缀百字文，有意致余，为倚《过龙门》小词，为张生勉。

总角富文心，压倒朋簪。横渠家学远探寻。自是君家一雏凤，不比凡禽。　　情竭为知音，苦口良箴。古人分寸惜光阴。莫把青春虚度了，一刻千金。

桃源忆故人

人菊述，有人以“雨丝风片，烟波画船”，八字嵌句首征词者，戏仿为之。

雨窗秋冷蕉声碎，丝竹一般繁脆。风劲搅人无寐，片铁森筕吹。

烟云过眼添愁味，波漾簟痕慵睡。画帧似憎侬醉，船载人憔悴。

按：人菊，指周人菊，乃辛亥烈士周实宗兄，亦淮上光复之参加者。

贺新郎　题徐合六世丈《一经教子图》

底事籝金遗。古今来、传家至宝，一经相异。吏事本由经术润，格物致知初地。极天下、尽胜平治。礼立诗言垂圣则，便过庭、私教闻何异，笔与实，养根俟。　　棋枰劫换人间世。莽乾坤、西欧东至，仓颉文字。鞮寄四通民智辟，新政渐调沆瀣。要无不折衷经义。好为儿曹图远大，策君家、千里人中骥。才不负，授经意。

水调歌头　汉族光复志喜

汉上国旗影，飞电逐江潮。一时豪杰乡音，名篝缚狐妖。先是东南半壁，更及关西陇右，争起赋同袍。老大病夫国，国耻雪今朝。　　黑奴劫，红种绝，廑非遥。耻为奴转牛马，光复一肩挑。拼却牺牲生命，挨得星旗照耀，热血卫同胞。莫启外人侮，同室戒戈操。

八　归

河下园亭，久经劫化。萧湖风景一别念余年，昨岁返故庐时，复泛舟于湖上，感而赋此。

珠湖烟水，旧游钓处，重泛无限怅触。劫后名园迷胜迹，唯有豆棚蔬圃，几株乔木。佛院普光亭慧照，指点认荻庄、菰曲。转赚得、风景天然，平面画图幅。　　艳说勺湖西畔，闹红一舸，热恼场中征逐。何如郭外，柳风葭霞，妙剂清凉一服。结庐鸥梦里，补种林梅艺陶菊。沧桑事，问天无语，且理渔竿，沧浪歌濯足。

季逢元

季逢元，字凤书，别署萧湖老渔，江苏淮安人。太学生，精于医。著有《面湖草堂诗词》。

鹊仙桥　题梁溪张静盦先生《鹤与琴书共一船图》

绮筵剧饮，华灯纵博，屏却少年豪举。钓徒家世爱烟波，且一任扁舟容与。
牙签插架，冰弦横几，更得仙禽为侣。香山居士剑南翁，把风味让君分取。

水调歌头　题江澄伯《勺湖放棹图》

一簇好楼台，宛在水中央。被君收入图画，底用买陂塘。背倚高城一角，飞跨长桥十丈，四面有垂杨。孰视忽长啸，曾此屡追凉。　风淡淡，波渺渺，荻苍苍。谁坐瓜皮艇子，消受芰荷香？试述斯湖名称，恰称清时太史，先后筑书堂，余韵渺难继，题句感沧桑。

原注：太史，指阮裴园、顾持白两先生。

贺新凉　自题《湖村偕隐图》

干净中原土。经者番、沧桑变后，更能寻否？剩好水乡堪匿影，拣取鸥汀凫渚。从此学为老圃。稚子蓬头嗟未得，只山妻椎髻相依汝。乐晨夕，共甘苦。　即今大地多豺虎。漫说他、英雄气短，情长儿女。茅屋数椽新筑就，聊避秋风秋雨。争忍忆、故宫禾黍。榆柳萧疏芦荻老，小窗前、更种梅花补。又何暇、慕簪组。

原注：徐花侬所编《淮山遗旧诗存》。

百字令　挽郝砚樵

大材难用，已令人叹息，况裁中寿。一片热心磨不灭，急雨惊飙太骤。献策匡时，散财纾难，肯落群公后？平生肝胆，无出其右。　即今国沸蜩螗，巢危燕雀，蛮触纷争斗。满眼苍生丁浩劫，沟壑赖君营救。梓里粗安，薤歌忽动，谁把天阊叩？招魂谱曲，潸然双泪沾袖。

原注：先生近佐蒿叟(冯煦)赈事。

齐天乐　络纬

凄凄切切秋声起，凉宵井阑西畔。梧叶敲风，豆花着雨，添助十分幽怨。黄昏深院。想织罢鸳机，停梭人倦。听到销魂，碧纱窗底独愁叹。　丝娘名字记否？谱成新曲子，歌板先按。月黑庭心，露凉篱角，几度呼灯寻遍。小鬟瞥见。便悄曳罗衫轻纨扇。蓦地惊飞，抱花双翅颤。

蝶恋花

过雨单衣寒恻恻，垂柳丝丝、搭在纱窗槅。南陌春泥行不得，谁将歌管酬寒食？
漫说东风无气力，吹瘦梨云、惹起伤春癖。葬罢落花帘外立，鹦儿似劝人将息。

秦遇赓

秦遇赓（1880～1959），字湘渔，号襄虞，别署南野，晚号悲翁。江苏淮安人。光绪二十七年（1901）诸生，省立第六师范学校、淮安中学、南京第三女子中学教员。著有《南野文存》《南野诗存》《靡施词》等书，编《先世遗著辑》《抱遗堂丛辑》。

清平乐　雨窗

冷烟凄雨，芳信迟如许。薄暖侵人天破午。还羃愁云几缕。　丝丝飞上纱窗，晚来独对银灯，添得几重春恨，疏钟何处轻撞？

南歌子　新柳

楚驿荒亭角，秦淮古渡头。和烟和雨织成愁，却把千丝遮遍小红楼。
只解谜高下，无因绾去留。春恨一抹弄轻柔，识得别离滋味更绸缪。

点绛唇　步月

皎月横空，参差碧瓦明宫阙。风花漂瞥，万古争圆缺。　对此茫茫，不觉雄心歇。铜壶咽，一声羌铁，吹起千门雪。

蝶恋花　题汪澄伯《勺湖图》

衰柳荒蒲舟一叶，万事蹉跎、又到秋时节。红藕花残香暗灭，断桥约水云横堞。
为惜风流容易歇，写上齐纨、不许风飘瞥。从此风光添秀洁，千秋万岁明于雪。

水龙吟　段蔗叟属题《六友堂诗残叶》

《六友堂诗》，为张兼庵先生应锡著。先生登崇祯癸未武科，弘光朝官南日寨参将。唐王监国，迁潮州营参将，未抵任，而唐王覆亡。先生遂弃官归县。《志·隐逸》有传。吴山夫先生犹及见《六友堂全集》，谓自明崇祯至国朝康熙乙丑，凡五十一年，备载其生平仕隐大节，以及舟车南北游踪，所至皆可扪索而得之。又谓：先生鼎革后不缁不素，时怀黍离故国之思。性极严重，乡人皆敬畏之。没，而传其为神云云。丁柘唐先生辑《山阳诗征》，选登六十余首，约合全集十分之二，原集遂不可复睹。去年，蔗叟先生偶于裹钱故纸中得残帙四页，急向市肆中求之，已不可复得。凤毛麟角，曷胜珍秘。爰属丁君新甫抄《诗征》中之六十余首，都为一册，自题二律句并其首，广征和作。余应命成此阕云。时丙辰(1916)四月。

夕阳一片河山，宫商剩有孤臣谱。当时走马，功名嗟付，离离禾黍。长短亭边，东西瀼畔，哀吟凄楚。恨人间零乱，天风吹散，向何处？寻遗著。　　休问熏天铜臭，认些些水痕虫蠹。碎缣断壁，模糊依约，犹存残楮。紫凤天吴影，缝纫就，不随尘土。愿水香村里，书城百岁歌韶护。

原注：水香村，蔗老斋名。

沁园春　东城眺远

莽荡云容，日暮天寒，华年暗伤。看奔腾岁月，渐更裘葛；漂摇身世，莫问行藏。西北高楼，浮云依黯，不见佳人云锦裳。登临意，问夕阳乔木，衰草牛羊。　　荒唐酒霸诗狂。算旧约、年时不愿尝。叹谢翱泪尽，衫将染血；杜陵愁老，鬓渐侵霜。世界微尘，故人如梦，此恨年年殊未央。指一片、山残水剩，草白云黄。

沁园春　题段蔗老《秋林习隐图》用陈琴生文韵

秋色苍然，转绿回黄，浮生大难。怅心期千劫，山丘零落*；天留一老，鬓发凋残。锦瑟蹉跎，箜篌呜厄，白日长饥吝一餐。博日日藤舆拥膝，竹箨裁冠。　　西风如许荒寒。好打叠诗怀对酒宽。听萧萧万木，怆然往事；沉沉落照，何处长安？骏骨空台，蛾眉远冢，不羡重黄侍御銮。任高卧、白云红叶，容与盘桓。

原注：*谓宾华师。按："宾华师"即清末淮上名儒徐嘉，于民国2年(1913)逝世。嘉字宾华。

长亭怨慢　再题何子吉藏《符山堂诗书画卷子》

播前贤、金壶余沈。桐叶裁笺①，佛花拈韵。大涤烟岚染翰，更貌翠微影。寸金尺璧，喜二到双丁并。手泽细摩挲，倘亲炙符山芳讯。　　端审。忆吴头楚尾，想见秋霜吹鬓②。山胶海绢二百载，幸逃煨烬。算亲留押角红泥，许共认蟠螭残印。照插架清芬，长伴梅花小隐③。

原注：①笺为桐叶式。②渔洋赠诗："吴山楚水探奇遍，不觉秋霜点鬓丝。"③子吉自号梅花小隐。

御街行　吊明故宫

野棠花发春无主，怆旧恨心头注。烟莎鬖碧柳萦纡，珠辇当时宸路。孝陵日落，煤山风冷，遗迹凭谁数？　金床玉儿无寻处，剩双燕，呢喃语。渐渐燕麦秀堆墟，更见离离禾黍。兴亡如梦，劫灰又换，万点溟蒙雨。

凄凉犯　再吊明故宫

颓垣半堵台花涩，霓旌缥瓦何处？空壕瘦马，颓阳败道，野花零落，钟山暮雨。更萦带、炊烟几缕。纵当时、飞来燕语，犹是自家土。　重觅临朝地，南内汤池，东陵辇路。消磨容易付游人，低回芒屦。兴亡看饱鹿流莺，叮咛细数。怕情怀触拨，掩泪过仙籞。

满江红　重游雨花台

山绕名城，莽翘首、秣陵秋色。试记取、当年蜡屐，忽焉轻别。花外旌旗严壁垒，山根泉水寒心骨。恨玄黄、血战幻兴亡，空陈迹。　草芊芊，无情碧；好光阴，轻一掷。叹缤纷花雨，飘空难觅。万祀江山天不许，刹那风景诗能说。剩一丸、冷月照秦淮，长圆缺。

原注：山南有兵屯戍。

满江红　重游燕子矶

浩浩江声，看拍岸、惊涛忽起。白皑皑、雷轰石骨，雪翻硙齿。江草离离亡国恨，浪花滚滚忧时泪。指中流、击楫更何人，人心死。　江山破，遗民思；功名壮，英雄饵。恨六朝如梦，都成流水。钟阜烟云飘忽过，秣陵花月迷茫忆。算兴亡、千古总如斯，浮泡耳。

减字木兰花　题顾竹侯《商旧社谜存》

灯窗射虎，十五年前思旧侣。绿鬓如烟，箫鼓声中作上元。
春明梦醒，垂老心情风絮定。各有千秋，矮纸低檐话曩游。

大江东去

为韦生少泉题其先德《丽泽觞咏图》。时予方客海上蟫隐庐也。

仓桥如画，展遗墨，前辈风流如许。裙屐招携佳子弟，诗酒文章今古。樽俎匆匆，胜游如梦，韵事晞朝露。毫端轻染，空留三尺缣素。　当年杖履须眉，揩眸重细认，依稀能数。又换人间杨柳色，老我羁楼坐雨。故纸枯蟫，孤怀冥想，日日曾游处。披图怅触，天南徒感迟暮。

原注：丽泽堂旧址地名“小沧州”，水木明瑟，为邑人游赏胜地。有桥名仓桥也。

长亭怨慢　题鲍花潭先生《鸠江送别图》卷子

鲍执之君出示其祖庭花潭中丞官翰林时朋好赠行所画《鸠江送别图》索题，已题者皆一时名流，如况夔笙、陈三立、朱疆邨、章一山，宝应则冯蒿叟一人，余不记忆。可想见其矜重矣！予惶悚久之，乃成。此阕缅怀前哲，弥念清时，不觉有“怅望千秋”“萧条异代”之感云。

莽何限，晴波烟树。刚送春归，又催人去。白纻青山，万樯如织见南浦。片帆初挂，好指点还朝路。襟佩各依依，要记取离悰欢绪。　　何处？怅沾天碧草，都付漫天风絮。恩波太液，更狼藉、乱红无数。算剩有画里山河，共范砚摩挲珍护。看爪印留痕，来辨前贤眉字。

按：序中，“庭”乃衍字。

忆春晖

自度腔也，题蔡瞻堂大姻丈《一乐园图》为刘皖生作，瞻堂丈名觐云，溧水教谕，皖生之外王父也。

人生难得，春晖长在，白首莱衣笑舞。怆廿年魂断松楸，心惊霜露。正低回无据。又谁怜、先垄荒寒[①]，故庐灰烬[②]，欲觅已无觅处。恁东风似虎。颠簸。非花非絮，哀笳豪鼓。夕阳剩有凄凉语。　　蓦披图，一番哀草。指椿荫当檐，萱花拂庑。日日平安，触我孤儿泪如雨。凝眸细数。认潇洒金徽，葱茏玉树。槛外青山，想见绿深门户。太平何许？盼桴鼓凝埃，传神也学先生步。只华发已嫌迟暮，韶颜无处驻。

原注：①正月先垄松楸斩伐殆尽。②四月张庙先宅焚毁。

浣溪沙　寿田鲁玙先生八十

癸未(1943)，嘉平鲁玙先生八十之年，赋《大耋吟》，邮速和章。因忆先生度七十时，方婆娑里闾，予则橐笔春申江上，曾赋小诗驰祝冈陵，今十年矣。予既憔悴江北，先生亦偃蹇江南。南北千里，海氛蔽天，相见未知何日。时儿子祖训亦侨沪渎，手写《梅花小帧》为先生寿，予因题《浣溪沙》二阕于其上，以将意藉代和章。

其　一

玉照堂开日仲冬，冰霜凌杂好从容。酡颜长共晚霞红。

万态荒芜春冉冉，一枝冷睇世匆匆。十年踪迹各萍蓬。

其　二

自向江春觅好春，素衣珍重到缁尘。癯仙原是百年身。

树老著花人耄耋，天寒有鹤月精神。独怜憔悴陇头人。

减字木兰花

甲申(1944)春日，训儿为其弟佑画梅花立幅。女夫郝澹吾又为补草石、山茶。三人盖同客春申江上也。四月，训儿归省，携呈老人，乞为题句。老人喜其怡怡有致，赋减兰小词勖勉之。

南天春早，开向鸰原春更好。笑指山茶，不似人家富贵花。

心肠铁石，好向冰壶同濯魄。爱惜春晖，莫点缁尘上素衣。

沁园春 田鲁玙先生重宴鹿鸣

岁戊子(1948)，距昔老己丑(1889)登贤书恰六十年。例得重宴鹿鸣，有诗征和。予迟之又久，乃倚此阕。照野欃枪，喧市轮啼，杳不知人间何世矣。投笔一叹！

秋意萧寥，落木刁骚，予怀信芳。慨迷离桑海，山河乱眼；婆娑一老，凄恋胶庠。回首前尘，鹿鸣重听，三百年来此擅场。蟾宫远，记贤书初献，观国之光。 而今万事苍黄，又枨触科名草味香。羡名山大业，商量铅椠[①]；淮壖佳话，流播维扬[②]。夕照芜城，旅庐寂寞，遗事开天可自伤。只愧我，秣陵冷卧，低咏繁霜。

原注：①君近亟于刻诗文集。②君流寓扬州大草巷。

摸鱼儿 戊子重九通济门外晚眺

莽苍苍，云黄草白，年时又到重九。山城萧瑟雁南飞，做尽春妍秋魏。凭眺久，觉一点新凉，来袭人衫袖。几行衰柳，伴野水孤湾，荒鸦叫晚，只觉西风陡。 朋簪会，往日风流忆否？秋霜吹老丹柚。人民城郭依然好，幻尽白云苍狗。君不见，江山旧，星移物换荣衰逗。斜阳消瘦。看白日无情，黄花照眼，莫浅金尊酒。

周 实

周实(1885～1911)，字实丹，一字剑灵，号无尽，自号山阳酒徒。清淮安府山阳县车桥人。南社成员、同盟会会员，就读于两江师范学堂。宣统三年(1911)六月，组织建立南社分社淮南社，以诗文鼓吹革命。辛亥革命爆发后，返乡领导山阳光复，为山阳县令姚荣泽诱杀，壮烈殉国。著有《无尽庵遗集》等。

满江红 寄仁菊宗兄

郁郁肝肠，难禁得、怀人惜别。君记否？互相标榜，周郎俊发。酣醉狂歌名士气，挽强压骏英雄骨。到如今、憔悴在江潭，歌薇蕨。 古今事，云变灭；家国恨，鹃呜咽。好光阴付与，马蹄车辙。汉室畴能存伏腊，晋人自解谈风月。叹吾侪、磨剑十年心，凭谁说？

按：郁郁，又作寸寸。

水龙吟 题天梅《听秋图》

江山如此苍凉，惹人无限离骚意。春光一梦，柳衰梧老，西风容易。木叶敲窗，芙蕖泣雨，凄清滋味。任红桥箫管，华堂歌吹，也难唤，春情起。　　况是蛩吟蝉咽，一声声、使人肠碎。灯前枕畔，更无休息。今宵难寐。宋玉词哀，欧阳赋苦，古今同慨。更床头、长剑悲鸣，蓦地堕英雄泪。

十六字令　咏香奁八幻和漱石生八首

娇，一幅春容不易描。闲行处，衣带怕风飘。
憨，含笑无言酒正酣。向郎问，春意可曾探？
羞，欲解罗裙故逗留。红灯里，拈带只低头。
慵，草草春宵好梦侬。支颐坐，云鬓任蓬松。
颦，故蹙双蛾送暮春。心中事，聊示画眉人。
痴，日日思郎十二时。天涯恨，有泪恐人知。
啼，春风春雨总凄凄。莺啼处，有梦阻辽西。
愁，百般心事锁眉头。寒衾里，谁与话绸缪。

卜算子

风峭雨霏霏，人可凄凉否？似喜还嗔启绛唇，道是相离久。
侬自误佳期，熬得芳卿守。代折花枝压鬓云，一笑低头受。

醉太平

星明月明，钟声漏声。欢娱嗔恼相并，是云情雨情。
魂轻梦轻，秋清夜清。还持软语叮咛，莫南征北征。

昭君怨

游子仗谁调护，缘遍天涯归路。几辈踏青来，甚情怀？葬送齐梁金粉，牵惹古今愁愤。日日雨和烟，是今年。

如梦令

其　一

东兔西乌如电，怎把韶光看贱。日日盼归期，盼到杨花飞遍。庭院，庭院，闲煞春来莺燕。

其　二

江北江南烟树，惆怅年华虚度。梅瘦杏花肥，漏却春光无数。归去，归去，莫任那人孤住。

长相思

情缠绵，语缠绵，枕畔喁喁未忍眠。郎心曾否怜？
衫影妍，鬟影妍，双宿双飞忒胜仙。月娥犹未圆。

菩萨蛮

春寒自拥重衾睡，问郎可解相思未？郎若解相思，如何轻别离？　平安偷祷祝，更掷金钱卜。风送客帆飞，几时重送归？

天仙子

杏花含雨雨如酥，浅草城头半有无。任游子，酒频沽。供玩赏，惹踌躇。又向江南听鹧鸪。

天仙子

春风十里路迢迢，夜尽犹闻几度箫。谁能免，艳魂销。脂共粉，泛成潮。忆煞扬州廿四桥。

浣溪沙二首

其　一

玉勒金鞭取次过，惹人春意上心窝。相亲相远待如何？
私语爱从眉上递，热潮流向颊边多。暂留暂去且由他。

其　二

艳绝杨妃出浴图，海棠面目雪肌肤。惺忪娇弹要人扶。
金钏戛时声琐琐，玉钗堕后梦蘧蘧。艳遥魂有问消无。

浣溪沙三首

其　一

桥可凭依石可蹲，女桑人柳绿初匀。便须柑酒醉湖滨。
白给却宜挑菜节，绣鞋端为踏青辰。最难消遣是游人。

其　二

浅草欲波日欲斜，且凭诗画作生涯。可怜涂抹费才华。
寄语文禽防打鸭，关心彩凤恐随鸦。与卿身世总飞花。

其　三

千顷湖波绕石城，每于休日踏歌行。山灵村女总多情。

三月风光归社燕，六朝春恨付宫莺。明朝能否得晴明？

端正好

待驱遣情魔什法？懒去折、花枝斜插。春宵陡地恼孤眠，几次把香衾压。

屏风昨日瞒人立，窥见那、少年冤业。爱他又恐被他知，禁不住心头怯。

惜分钗

其　一

侬心热，侬心怯，闭门故故偎郎立。眉峰长，口脂香。冀郎今夜，略减猖狂。央，央！

其　二

眼波涩，汗珠湿，微愁衾角轻寒入。态娇羞，味温柔。约略邻家，又报更筹。休，休！

蝶恋花

其　一

草色连天花委地，欲遣双鱼、报个相思字。纵说封侯容易事，侯封到手华年逝。

紫燕黄莺争自媚，非醉非痴、索去昏昏睡。安得郎知离别味，饮郎一掬珍珠泪。

其　二

云鬓蓬松眉淡扫，杨柳楼头、望里关山杳。刚喜昨宵春睡早，今朝又被黄莺恼。

绕过清明时节好，一树梨花、莫任飘零了。闻道小青年尚小，人间恨事知多少？

一剪梅

其　一

百年岁月去如流，劝不遨游，索性遨游。谁家并辔骋骅骝？侬怕登楼，郎可登楼？

鹧鸪声里柳花稠，盼煞归舟，故缓归舟。双双燕子解温柔，争说无愁，若个无愁？

其　二

丝丝垂柳路三叉，风也欹斜，日也欹斜。波光草色绿无涯，春到儿家，郎住谁家？

天南地北事舟车，抛尽年华，消尽才华。自弹哀怨入琵琶，人瘦梨花，命薄桃花。

喝火令

鹣鲽相依久，鸳鸯小别离，茜窗并坐怕春寒。那料风风雨雨，玉树遽摧残。　泪染襟成血，琴焚曲罢弹。　　几生重睹佩珊珊。记得旧时，记得旧时欢，记得杏花天气，红袖倚栏干。

琴调相思引

敛手低头月二更，相思豆子是前生。柔肠断尽，胜得断肠名。
洒上灵芸红泪点，模糊处认不分明。朱颜何限？薄命总轮卿。

杏花天

杨妃体态潘妃步，正瓜字年华初度。纵教日夜金铃护，犹怕春光难驻。
几曾见落花飞絮，禁得起风欺雨妒。苍天莫把红颜误，我代红颜细诉。

虞美人

落尽桃花飞尽絮，春去无寻处。园丁那解惜残红，只有杜鹃啼血唤东风。
此愁此恨难消受，酒冷烟残后。且钩帘幕问嫦娥，却笑嫦娥不语奈他何。

采桑子

春光陡地瞒人去，凄煞莺啼。恼煞莺啼，绿叶成阴覆古堤。
江南江北相思苦，云也凄迷。水也凄迷，绕一凭栏日又西。

一叶花

扬箫吹遍石城限，瘦煞几枝梅。王谢风流安在也，燕双双、依旧飞来。孙楚楼边，莫愁湖畔，愁与水潆洄。　　悲他六代好楼台，都化劫余灰。才子佳人应不少，曾何共野马尘埃。梁苑苔深，隋宫草没，耕出古瑶钗。

满江红

四海茫茫，畴不是、波平风絮。况又作、海边精卫，枝头杜宇。白璧无瑕惟自宝，黄金筑屋何时贮？叹萧娘、一纸断肠书，婵娟误。　　盼不到，郎归路。恨不剪，天涯树。又秋愁渺渺，雁来燕去。眼见兰摧谁不惜，心甘梧槁痴如许？劝伊人、十斛早量珠，休轻负！

八声甘州

叹人间无数可怜虫，凄凉伤谁知？想花皆薄命，树稀连理，草长相思。一样西风憔悴，惆怅我怜伊。叹酒边镜里，减却冰肌。　　一片酸心谁诉？比笼中鹦语，茧里蚕丝。况思郎十二，长是断肠时。算百岁、风驰电掣，向情场、苦苦作情痴。要到那、黄尘白草，才是归期。

念奴娇　向花私问

向花私问，问生前此物，谁曾流竭。袖底胭脂襟上酒，一例模糊难灭。壮士穷途，深闺春尽，况值临歧别。千丝万缕，愿风吹赠湘月。　　全是人世酸辛，此中滋味，消尽肠如铁。何惜一倾千万斛，情债尤难完结。粒粒穿珠，斑斑湿竹，一霎凝成血。恐生红豆，又教儿女呜咽。

念奴娇　十年奔走风尘

十年奔走风尘，竟无位置英雄地。花光璀璨，剑光腾跃，豪情难闭。狐兔猖狂，鲸鲵吞噬，青锋谁试？任嫣红姹紫，娇娆开遍，风月事，休提起。　　聂政、专诸而后，有何人、更精此技？横磨十万，纵横摧剪，那时狂醉。四座皆惊，群芳欲笑，谈何容易？算风流雄俊无双，问詹落花神未？

念奴娇　题钝剑《听秋图》

江山如此苍凉，惹人无限《离骚》意。春光一梦，柳衰梧老，西风容易。木叶敲窗，芙蕖泣雨，凄凉滋味。任红桥箫管，华堂歌吹，也难唤、春情起。　　况是虫吟蝉咽，一声声、使人肠碎。灯前枕畔，更无休息，今宵难寐。宋玉词哀，欧阳赋苦，古今同慨。更床头雄剑悲鸣，蓦地堕南冠泪。

满庭芳

不尽牢骚，如闻叹息，残更独对残灯。酒阑人散，呜咽复分明。几辈欢场垂涕，况王孙本住愁城。算终夜、微吟低诉，总是不平鸣。　　凭他千载内，劳人逐客，孽子孤臣。积重重悲愤，何事干卿？抵死凄凄切切，把乾坤、贮满哀情。嘱今后，西风残月，休作断肠声。

沁园春

玉骨冰肌，明眸皓齿，艳煞芳卿。况窄窄双钩，迎风欲却；纤纤一拈，落地无声。洛水仙踪，莲花软步，更觉蛮腰画不成。娇柔处，为檀郎误蹴，眉上愁生。　　石榴裙子鲜明，兼罗袜绫鞋著力轻。看芍药栏边，无人独去；合欢枝畔，倚婢闲行。心事重重，脚跟传出，微露深藏总有情。恁谁诉，记搓磨五夜，含泪盈盈。

金缕曲

心绪繁如此。况又是，流萤银烛，夜凉于水。尝尽人天离别恨，我亦银河牛女。算薄命、从来如纸。谁把沈腰潘鬓惜，向花前、闷对双星睡。累累恨，细思起。　　零欢随梦无些子,只胜得、哀情热泪,千年难已。红粉怜才非易易,难得钟情如是。直拼个、鸳鸯双死。骨化情消甘泯灭,怕他生、又随情坑里。肠断处,夜阑矣。

秦选之

秦选之(1885~1971),谱名国铨,字选之,更名铸华,王营镇人。毕业于两江师范,南社成员。长期执教于江苏省第六师范学校,后至清江中学、市教育局教研室。著有《匡谬正俗校注》《评注词比》等。

点绛唇　应征龙爪树师范校歌

敌寇纵横,弦歌毕竟声犹作。树人救国,吾校龙江寓。　何必层楼,茅舍足风雨。休耽误!大家齐赴,踏上光明路。

如梦令　题80寿辰全家福合影

回忆平生颜赧,没有丝毫贡献。八十已临头,仍少一长专擅。贫贱,贫贱,且喜儿孙无怨。

孙为垣

孙为垣(1887~1971),字耀黄,号紫庭,又号雨渟,淮安经济技术开发区马厂人。父步熙,祖太雍。清末曾应试两次,1911年,毕业于两江法政大学。曾任淮安县政协委员。

齐天乐　题《淮阴风土记》

韩侯犹剩荒城在,年年翠笼丛树。云黯三亭,草迷双冢,更有伤心无数。袁公旧浦,访前约烟萝,不堪回顾。一角残阳,淮天谁为记风土?　清游佳日莫误。趁烟窗遣兴,还试毫素。指点河山,评量人物,写出沧桑几度。心期暗数,总寂寞当时,酒筹花谱。漫惜红泥,世间留寸楮。

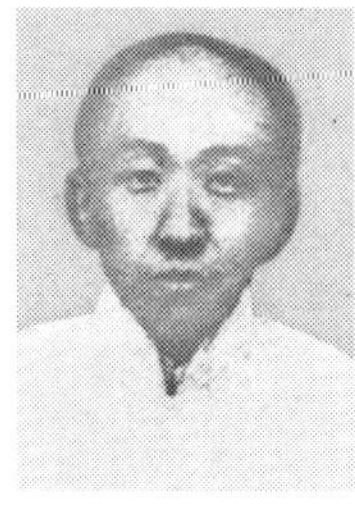

阮　式

阮式(1889~1911),字梦桃,号翰轩,清淮安府山阳县人,南社成员、同盟会会员。在两江师范学堂与周实相识。宣统三年(1911)六月,与周实共同组织建立淮南社,以诗文鼓吹革命。辛亥革命爆发后,参与领导山阳光复,被山阳县令姚荣泽杀害。

齐天乐

华筵绮席欢相聚，那堪更闻凄语。清怨当秋，繁声遍野，偏是岩栖谷处。有怀欲诉，似缄默难甘，隐含机杼。月白风清，良宵处处惹愁绪。　　凄凉如听苦雨。更助他幽咽、砧声几许？别有深情，辄嫌聒耳，枉自伤心无数。滔滔谁与？笑漫托知音，可怜儿女。大地茫茫，叹君徒自苦。

原注：丙午年得稿于柳亚子先生处。

醉太平

更残夜深，灯昏月明。凄凉四壁虫声，诉秋怀怕听。
雄心忽惊，闲愁顿生。泥他软语轻轻，最难胜此情。

原注：丙午年得稿于柳亚子先生处。

满庭芳　咏蝶

舞入杨花，飞随柳絮，迎风争逐香尘。郁金堂里，相与话前身。一自唐宫放罢，向园林、各逞精神。东风紧，花枝过午，庭院渐黄昏。　　殷勤。穿曲径，便无人扑，也怕莺嗔。剩南园草碧，莫误重茵。阅尽绿肥红瘦，浑无赖、一晌销魂。销魂处，柳眠花瞑，空自送残春。

原注：丙午年得稿于柳亚子先生处。

小桃红

百忧万感萃心头，家国不堪回首。欲去问东皇，甚因缘、不吊我神州？想将来结果堪愁，谁替咱做奴隶，应牛马，蹈烈火，填深沟？这热泪怎的不奔流？听近日、噩耗纷纷，溯从前、盛事悠悠。已倒狂澜谁砥柱？将倾大厦费支持。伤心怕读波兰史，来轸前车一样危。

按：阮式此调不拘格律，恣意挥洒，大有一吐为快之感也！

邢耐寒

邢耐寒（1889～1968），名立竖，号耐寒，江苏淮阴人。清末加入同盟会。民国初毕业于江苏法政学堂淮阴分校，就职于高等法院淮阴分院。抗战期间任军校教官，胜利后至上海任律师。著有《复庐诗草》《小南华馆丛谭》《辛亥民初淮阴见闻录》《复庐随笔》等。

如此江山

廿年多少闲情绪，前尘那堪回顾。北渚烟岚，南国月舫，消却芳华如许。花飞似雨。一片韶光，看等闲辜负。子夜偎灯，戍楼寂寂浑无语。 清笳几声破曙。问衡阳旅雁，归思何处？风雨怀人，江山吊古，尽有劫痕无数。凭谁诉与？便收拾行囊，写将诗句，试过雷门，一声声布鼓。

范耕研

范耕研（1894～1960），名厨曾，字冠东，自号耕研退士，江苏淮阴人。南京国立高等师范毕业，任教于江苏扬州中学、上海暨南大学、芜湖师范学院等。著名学者、诗人，著有《墨辨疏证》《管子集证》《吕氏春秋补注》《庄子诂义》《灵砚斋诗文残稿》等。

忆江南

烽燧急，桐叶正惊秋。萧瑟卢沟桥上月，漂流呜咽水中沤。云物使人愁。

采桑子

轻车桑橹人行后，万斛闲愁。不觉回眸，料应伤心正倚楼。
颓云细雨湖光黯，此去悠悠。恁也难留，匝地烽烟不自由。

点绛唇

国是漂摇，艰难饱历重欢聚。亭湖古渡。暂作弦歌处。 拼掷残书，长啸从军去。休怅沮，龙江云树，回首光明路。

锦缠道

何处胡笳，落日孤城烽堠。怅披襟、风吹愁绪，万家灯火黄昏后。断续砧声，遥听空回首。 想当年啸歌，闲行携手。遍长街、恣人游走。惊烟尘、迷乱难重到，何时明月，照我共樽酒。

钗头凤

思泉属作抗战曲，授生徒歌之。感其意，为谱一阕。

卢沟水，春江市，白门烟柳彭城垒。曾几月，全沦没，河山粉碎。国仇阗溢。雪，雪，雪。
家虽毁，气不馁，吾侪忍洒新亭泪。胸中血，手中铁，满怀冤愤。死中求活。杀，杀，杀。

洞仙歌

坡公感蜀主摩诃池事,作洞仙歌,情词艳绝,千古独步。余村居数月,间闻人读绮怀轶事,虽与古人有仙凡之别,而用情则一。辄谱此阕,勿哂效颦。

参差鬓影,似翩翩桐凤。翠袖高揎挽筠笼。向疏篱碎步、轻摘园蔬,几顾盼、心惜履痕露重。　几时曾促坐,习习幽香,案有寒梅伴清供。仿佛揽芳襟,欲诉闲情,湘帘下、一灯相共。却不道枝头闹莺簧,又惊醒羁魂,小窗绮梦。

菩萨蛮

烟波渺渺人西去,云天黑墨何时曙。风雨逼潇湘,雁声秋夜长。　天涯怜坠絮,目断还乡路。霞外是君家,纷纷低乱鸦。

念奴娇　七夕

传烽万里,度秋风两载,烟尘未息。海上波涛连朔漠,太息堂庑日蹙。荒城欲堕,惊雷乱迸,多少冤人血。灵均天问,几回洒泪呵壁。　翘首岷蜀山高,云遮霄汉,中有杜鹃魄。累出祁山征北虏,费尽武乡策擘。重整金瓯,长驱铁骑,踏破扶桑月。凯歌高唱,明年更度重七。

张煦侯

张煦侯(1895～1968),原名震南,笔名张须,斋名秋怀室,江苏淮阴人。毕业于江苏法政专门学校,先后执教于省立第六师范学校、省立扬州中学、震旦大学、合肥师范学院。学者、方志专家。著有《通鉴学》《王家营志》《淮阴风土记》等。

点绛唇　应征龙爪树师范校歌

如此江山,吾曹忍作风中絮。甓湖小驻,涛共书声吐。　漫说三迁,百折终东注。齐奔赴!须为时雨,洒遍光明路。

徐家谦

徐家谦,字吉甫,江苏淮安人。

夜行船　题汪澄伯《勺湖放棹图》次其自题原韵

其　一

湖障西城城障水。镇湖心、梵王宫起。十丈虹桥，声声贝叶，造化鱼龙潜味。

往事思量如酒醉。感沧桑、劫终抑未。大好斯乡，拿音逐浪，仿佛桃源洞里。

其　二

吾友汪伦情胜水。剪吴绫、呼朋图起。一霎涛声，涓涓入手，写出倪迂神味。

景物催人人意醉。促维新、大同尚未。堪叹浮生，槐尘若寄，百岁黄粱梦里。

汪澄伯云：吉甫外家李氏，世居岔河。篴楼先生之裔。吉甫幼读书未入泮，王学使先谦取佾生，游幕多年，晚襄冯蒿叟皖北淮北赈事。归里住文通寺，卒年七十外。

邵崇灿

邵崇灿，字仲明，著有《亦乐轩诗草》。江苏淮安人。

蝶恋花　游商园

当年细草垂杨路，异鸟奇花、换却春无数。费尽金铃难遍护，桃梨零落芳期误。

车马纷纷天又暮，几许尘劳、莫截愁怀住。小径迂回人不遇，昏鸦几点拳高树。

青玉案　望月有怀

月轮碾起愁无数，隔千里，明如许。几度清嬉风雨误。灯歌市远，楼台夜迴，何处相思诉。　斜阳芳草淮阴路，料得吟坛帜先树。高怀奚事伤春暮？小亭花影，深宵琴韵，迸入新诗句。

贺新郎　题张石斋小影

素抱宣城略。便优游弦管，自含真乐。世事洞观今古局，兴败围棋一着。况沧海、鲲鲸跃跃。岛国东西波竞涌，只静中、乂手心商度。赖坚力、砥柱作。　江山底事嗟寥落？奈连年、风尘飘拂，星云淡漠。那识寰区纷浊里，别有英姿绰绰。虽也向、林泉插脚。顶立乾坤肩日月，还将践、霖雨苍生约。谢公屐，怡然着。

念奴娇　题襄虞《荒城远眺图》用漱泉词韵

索居正苦，更烽尘，屡睹愁云难拨。料得酒诗甘市隐，辗转心仍如缬。古戍沉烟，危城酿雾，秋老霜摧叶。海田易变，暗惊几缕华发。　还念滞迹江乡，舟南车北，惆怅和谁说？八表鹏鲸腾踔甚，哪管鼎瓯完缺？底事新亭，感今悲昔，振袂空呜咽。荒村遥睇，飞鸦点点天末。

按：啼误，应为睇。

刘占春

刘占春，江苏淮安人。

长相思　挽芷江先生

吐功昂，纳功昂，吐纳功兼君体强。矍铄身犹康。

山苍苍，水茫茫，山水无言独自伤。伤君辞世长。

曹昌麟

曹昌麟，字明甫，号民父，别署麟角，江苏淮安人。著有《冷巢集羽集》及续集。

点绛唇

多谢词仙，栽花郑重看花约。轻寒漠漠，冷煞闲官阁。　　半霎凭栏，一片花枝湿。听还裂，吹笙聘月，江北江南雪。

卜算子

如此六朝山，愁绝不能赋。双负箫心与剑名，怎笑狂如许？

重到曲栏干，曲到无凭据。楼外文波曲曲通，没个销魂处。

清平乐

宾朋辞赋，六六峰头路。今雨不来来旧雨，依旧能狂只汝。　　玉阶良夜愔愔，重重阁住春阴。不是前生夙世，此生有约难寻。

金缕曲　答严琴隐写视《东山赏梅词》兼柬剑庐及灵箫馆主

千万依分付。算平生、微歌说剑，吹箫仙侣。无数蛾眉深院里，各是才人无数。但怨道，天寒如许。愿得黄金三百万，悔黄金，何不教歌舞？芳讯杳，梦同处。　　落梅风急闲庭暮。数东南、千岩万壑，琴歌词赋。一抹春山螺子黛，小有逢迎今雨。制蜜意，绿愁红妒。唯有填词情思好，更何须弄入瑶琴柱。浑不似，无情绪。

金缕曲 自题《集羽词》兼柬笑拈

风雨飒然至。正沉沉、春深似海，情怀何似？安顿惜花心事处，渺渺予怀孤寄。更结尽，燕邯侠子。自古畸人*多性癖，策蝌文，融扁三千事。无恙也，人间世。 词人问我重来意。者溟蒙、江云岳雨，幽光灵气。怜我平生无好计，辜负江山清绮。拼略受，愁多风味。半晌怀人搔首伫，但凭栏送尽征鸿字。云水外，惊鸿起。

原注：* 笑拈视旧作《金缕曲》词数首，来笺自称“人外畸人”。

卢 裴

卢裴，字叔度。江苏淮安人。著有《绿萝山人词草》。

浣溪沙 钵池山怀古

古树苍苍碧荫浓，满山灵气有仙踪。昔年王子炼丹汞。
扫榻泉存今尚在，野花闲草白云封。烟霞一径月溶溶。

浣溪沙 老君殿怀古

太上行宫近北城，今邻蔬圃水盈盈。野花闲草映春晴。
记昔纱窗开面面，偶思翠柳舞轻轻。白莲花好玉蟾明。

天仙子 苇间书屋

碧水茫茫环似带，柳影依依茅屋外。荻花如雪蓼花红，邻菜圃，无尘碍，妙写飞鸿空眼界。 二百春秋遗迹在，三十六湾明月赛。野草荒城近东城，瞻古堞，虚钟呗，只有风云静万籁。

渔家傲 徐节孝先生祠

景仰先生高古派，南村故里流芳在。志逸情真才果迈，和且蔼，不随尘梦偏无怠。
奉母蒲轮千里外，谆谆守信诚狷介。今日巍然陈庙祀，名一代，长淮秀拔如天籁。

汪澄伯

汪澄伯（1887～1971），名纯清，汪廷珍后人。江苏淮安人。南京法政学院毕业。曾任职泰和县监狱、淮安县教育局、淮安县政协，曾陪同副县长王汝祥赴京，被周恩来总理接见。著有《粟庵》《勺湖诗集》《考古分类述存》等。

醉花阴　戊午夏日买棹勺湖姚君墨邨为绘《勺湖泛棹图》自题

天压荒城城压水，小艇冲鸥起香气。送荷风十里，平湖领略闲滋味。　　无聊且向花阴醉，此意人知未？万事总尘埃，古塔横桥，长在斜阳里。

按：此戊午年应为民国七年，即公元1918年。

李陈诗

李陈诗，字沧江，别署秋水伊人。江苏淮安人，精于奕。著有《惜阴书屋词存》。

金缕曲　题汪澄伯《勺湖图》

何地堪逃暑？刺轻舟，郭家湖上，藕花深处。四面云飞波上下，人在空明域住。涤尽了，尘心俗虑。十丈红桥通彼岸，听梵钟渔鼓更朝暮。邀皓月，盟鸥鹭。　　而今风景都非故。忍重游，荒祠阒寂，残碑孤露。幸有汪伦摹粉本，纸上烟云守护。又广集、名流歌赋。莫作等闲图画看，谱新词我愧无佳句。沧桑感，泪如雨。

满江红　题《荻庄图》为程杰人作

纵目萧湖，二百载、风流消歇。问荻庄、当时旧址，有谁能说？骚客文人觞咏地，曹仓邺架藏书窟。到而今、只剩鹭鸥飞，蒲芦茁。　　兴亡事，休凄咽；诗与画，千秋绝。宝生绡一幅，子孙天职。指上楼台看似梦，吟边花柳情犹热。我留题、记取壬辰年，嘉平月。

百字令　重游河下

枚皋故里二千年，扑地闾阎如旧。可惜风流人物少，辜负江山毓秀。时序推迁，沧桑递嬗，劫火横飞后。荒凉满目，昏鸦啼遍衰柳。　　回思昔日儿时，乘车来此，医疾随吾舅。岁月俄经六十载，往事不堪回首。夜色沉沉，前尘历历，缓步街头久。哑然一笑，心童形已成叟。

原注：淮地沦于寇者七年。按：由原注可知，此词作于抗战胜利后。

百字令

天寒岁暮又长空，密布彤云欲雪。茅舍竹篱尘自隔，一树梅花清绝。热客不来，冷香已透，诗兴悠然发。羊羔美酒，笑他太尉生活。　　居然七四高年，精神矍铄，步履强如昔。只叹膝前儿女远，朝夕承欢稍缺。跌宕图书，膏肓泉石，晚景堪怡悦。白头夫妇，平安同度年月。

李维馨

李维馨，字衍润，别署水云乡人。江苏淮安人。

眼儿媚　勺湖感旧

廿七年前，养疴故里，湖上流连。禅阁空灵，虹桥修丽，妙境清恬。　　劫余侥幸生全。凝眸处，时移景迁。眼底兴亡，心头哀怨，洒涕人天。

买陂塘　暮春访河下荻庄同秋水伊人

喜良朋、昨宵约定，访程家荻庄去。不劳车马并舟楫，缓缓莲花街步。春已暮。笑蛱蝶匆匆，还与人争路。正寻问处。有野老龙钟，倚门漫应，指一角荒圃。　　听说罢，惹我满腔愁绪。黯然半晌凝伫。哀今此际逾伤古，八载乱离尤苦。君细觑。铁翼下，几家门巷完如故？兴亡不与。只乱荻年年，眠鸥倚鹭，青遍旧烟渚。

按：秋水伊人，即李陈诗。

洞仙歌　万柳池晚眺

溪村佳处，小比江南可。一带人家水云锁。有蒲芦，四面种就良田，通来往，泊岸扁舟一个。　　夕阳无限好，如此烟波，却不能舒啸容我。剩旧日苔矶，认去依然，侭寒杵，频年敲破。遥寄语，同盟鹭鸥知，请等我些时，当来谢过。

望海潮　暮秋游鼋头渚

湖山佳丽，风尘荏苒，平生几此勾留。鼋渚莽苍，渔歌浩渺，闲鸥野鹭悠悠。故国怯凝眸。正枫凋荷悴，寥落残秋。徙倚危亭，澄波吊影独低头。　　彼都真个无愁。看红男绿女，结伴携俦。湖面荡桡，花间买醉，俨然忝附风流。懊恼甚来由？尽浮沉人海，素志难酬。侥幸鸱夷美人，一舸五湖游。

采桑子　幽居述兴

幽居吾爱吾庐好，花映窗明。草覆阶平，时有幽禽隔树鸣。
萧然环堵刚容膝，烟鼎茶铛。灯影书声，自定晨昏好课程。

忆秦娥　雨中过秋水伊人

门虽设，不关也自稀人迹。稀人迹，人嫌清冷，我耽幽寂。　　诗龛茶榻随罗列，客来大好无时节。无时节，最难风雨，高谈抵膝。

谒金门　秋日台山寺桥晚眺

胭脂洗，斜日半溪烟水。甚处吹来香细细，凉风蘋末起。　　羡煞居人这里，园圃自饶生计。何日扁舟容我倚，渔蓑重料理。

鹧鸪天　秋日述兴

滚滚韶光转毂车，西风吹影鬓丝斜。三秋薄袂霜初冷，九月疏篱菊正华。
诗偶作，酒慵赊，清茶淡饭足生涯。朅来稍觉吟怀异，小令词偏耐客夸。

踏莎行　题《渊明归隐图》

两袖清风，一篱瘦菊。千秋猛退先生独。门前车马向来无，结庐人境犹空谷。
南亩荷锄，北窗跂足。不求甚解书还读。斯人从古莫能多，展图缅我怀高躅。

韩家麟

韩家麟，字玉甫，号蝶痴，江苏淮安人。善书法，精篆刻，尤擅医术。

桃园忆故人

匆匆又是春归后，满眼叶肥花瘦。藏得一双红豆，刻骨相思透。
年来漂泊君知否？多少新愁如旧。客里最难消受，徒借杯中酒。

蝶恋花　重阳

又见黄芦吹落絮，夏去秋来，益感流光遽。一载无端湖垛住，谋生难计归期误。
客里重阳原惯度，准备愁肠，好把牢骚付。沦落天涯羞道故，萦怀最是长安路。

按：由“一载无端湖垛住”“沦落天涯”二句可知，此词当作于抗日战争期间淮安沦陷后的1940年。

唐多令

徒忆念奴娇，山遥水更遥。计归期尚是迢迢。几度楼头西北望，惟望见，碧天寥。
小立已魂消，梧桐叶尽凋。重阳景物不堪描。孰道秋声无处觅，有风雨，在芭蕉。

折新荷　忆勺湖

最忆当时，波心鬓影花光。翠盖摇空，几丛点破苍茫。冰肌无汗，暗香来，风送清凉。西城一角，为人遮住斜阳。　　此日他乡，前尘欲断愁肠。填就新词，自怜未改疏狂。昨宵有梦,梦偕同买棹,大悲阁畔,小舟轻系垂杨。

苏闰生

苏闰生,字蒽孝,别署天外飞鸿。江苏淮安人。

水龙吟　孤雁

谁怜踽踽凉凉,玉关万里枫林晚。沙明水碧,风酸露苦,行程好远。落拓天涯,飘零海角,凄凉无伴。但随风乱舞,孤高自赏,云山外,开娇眼。　　别有旅愁难展。念相思,柔肠还断。低飞无力,斜阳欲暮,萧然引散。弹瑟云中,鼓琴月下,风流疏懒。纵江南春色,年年也不作湘灵怨。

月上海棠　恨别

淮南木落声凄切。盼长途,踽踽还伤别。梦绕天涯,怅知音,千古难觅。销魂也,又是中元佳节。　　光阴似箭叹虚瞥。忆前尘,委顿更愁绝。误了秦嘉,叫樵青、牛衣相泣。人间事,炎凉感慨谁说!

锺锟年

锺锟年,字剑青,号憨佛。江苏淮安人。

一斛珠　题汪澄伯《勺湖放棹图》

暖风湖面,新蒲碧柳凌波颤。玲珑阁子空明殿。小咏涟漪,不许游人倦。　　休道江南风景擅,淮干一样寻幽茜。丹青写出深深念。看个扁舟,仿佛秋光遍。

刘云汉

刘云汉,字剑龙,盐城人,师范毕业,奖贡生。著有《吟花馆集》。

浪淘沙　辛未秋大水游湖心寺

水落寺门深,不染尘氛。名山却好住名僧。踏破倚舟堂外路,彼岸同登。

佛法渡群生,与世无争。风云变幻任浮沉。湖上烽烟飞不到,鼙鼓销声。

按:此辛未年,即民国20年(1931)。是年秋,淮河流域特大水灾。倚舟堂为湖心寺堂庑。

孙为霆

孙为霆,字雨亭,六合人,曾任江苏省立淮安中学校长。

菩萨蛮　题汪澄伯《勺湖放棹图》

楚城一角清涟水,长桥迤逦斜阳里。有客泛兰舣,荷风送晚凉。　我来湖上住,绿到湖边树。偶读《勺湖图》,清游兴不孤。

秦耀先

秦耀先,字似琉。江苏淮安人。

水调歌头　淮人词征题后

乡献日搜辑,遗憾补前贤。检取寸笺断简,收拾付鸿编。几许晓风残月,掷地金声可听,呕血费钻研。雕虫小技耳,姓字藉君传。　廿载别,思逾苦,梦常牵。同此未能谐俗,蹭蹬老寒毡。且喜闲中岁月,成汝名山事业,丰啬总由天。寄言好自重,小凤看腾骞。

原注:象庵吾甥正拍,秦耀先似琉倚声。

朱启坤

朱启坤(1909~1990),江苏涟水成集人。1979年重返故乡涟水填《鹧鸪天》一首,1990年3月15日逝世于安徽宿县符离集。

鹧鸪天　重返故乡

故里重临面目殊,故人难觅故时居。当年联袂上层塔,今日留心塔影无。
思往事,觅丘墟,吾侪正待踏新途。从今又是长征路,且把悲欢付溺浮。

朱　凡

朱凡(1909~1987),字一苇,笔名阿累,江苏涟水人。哲学家、小说家、散文家。早年毕业于上海艺术大学,曾任涟水县长兼县中校长、湖南大学校长、湖南省教育厅厅长。散文《一面》,曾被选入中学语文教科书。

词五首

妙通塔，叩晚钟，李煜何所有，袖挥两袖风。山河破碎家何在，满目胡儿且务农。一东二冬，人贱不如铜。

鱼唧唧，水澌澌，字花谜一现，骑靴早化泥。蟊贼有三三减二，狂风飙雨向东吹。三江四支，关羽是吾师。

张果老，倒骑驴，洛郑风云变，潼关草木枯。长沙太傅今何在，衡阳归雁几封书。五微六鱼，愁眉几时舒？

红顶戴，黑漆柩，念丝焦墨翟，歧途哭杨朱。一念之间决生死，千行珠泪卜雄雌。七虞八齐，残阳欲坠时。

天欲曙，东方白。廿八皎皎月，草将已式微。淮海徐扬谁做主？千军万马看雄伟，九佳十灰，王孙归不归？

按：这组词作于1943年初夏。

殷逸尘

殷逸尘（1911～1977），原名殷吉成，江苏淮安河下人。1949年前历任《淮报》《晓报》记者、新浦盐税局秘书等。中华人民共和国成立后任西李小学、板闸小学教师。与河下文士玛继宗、高鸣珂、高景唐、孙原非、姚春扬、汪继先等唱和诗词。

金缕曲

谁与论今古。溯年来、南帆北辙，徒增愁绪。幸得逢君兰臭合，握手隋堤春暮。讵瞬又魂销南浦。聚散人生常事耳，最惊心、白日堂堂去。何地是，遣愁处？　相思欲寄疑无路。都付与、来鸿去雁，暮云春树。记否西窗双剪烛，话到巴山夜雨？共道是浮槎仙侣。破浪乘风空有愿，恨儒冠、误我终何补。翘首立，痴凝伫。

按：作于1934年。

李竹平

李竹平（1912～1992），江苏涟水人。1929年加入中国共产主义青年团，1931年8月在狱中转为中共党员。1935年到日本留学，后回国抗战，离休前为国家纺织工业部副部长。

沁园春

昔日家乡，水旱年年，土劣专横。又贪官污吏，层层吸血；外降内战，年年抓丁。虎啸

狼嗥 ,天昏地暗,长夜漫漫总不明。西风咽,叹求生路窄,遍地悲声。　　三春霹雳雷鸣。救中国、坚持马列兴。看战场歼敌,千秋人杰;刑场取义,百代精英。推倒三山,振兴四化,血汗成河赤羽升。城乡变,使迟归辽鹤,无限欢欣。

宋洪仪

宋洪仪,江苏涟水人,20世纪末曾任涟水县诗协秘书长。

江城子　纪念涟水保卫战50周年

两淮烽火起烟尘,敌骄横,意忘形。其势汹汹,分路扑涟城。且看英雄驱虎豹,磨砺好,试刀锋。　　两周鏖战敌丧魂,日厮拼,夜冲营。勇将强兵,歼敌九千零。堪笑王牌衰不振,良崮下,了残生。

马　楼

马楼,江苏涟水人,与宋洪仪年龄相仿。

清平乐

东方欲晓,湖上游人早。白发媪翁相问好,击剑操拳舞蹈。　　群儿渔猎池东,纷争拾级猴宫,莫看童髫姣小,歌声响彻园中。

薛民希

薛民希,江苏涟水人,与马楼年龄相仿。

水调歌头

历代生无计,衣食难周全。当今引水灌溉,荒地变良田。遥望平原如画,万顷烟波叠翠,极目绿无边。桃李连阡陌,鱼鳖跃于渊。　　会乡友,谈形势,话当前。客中相问:县志伊始是何年?几任衙官清正,沧海桑田几度?往事若云烟。吾辈逢盛世,皓首乐尧天。

陈　阳

陈阳(1913~2001),江苏淮安人。新四军老战士,曾任淮安县图书馆馆长、老干部诗词协会副会长。与友人编著《当代诗人歌颂周总理》《巨星升起的地方》《陈阳诗词选》等。

醉太平 古顺河酒

醇香袭人,五粮酒真。顺河古井逢春,笑迎天下宾。
美酒强身,农工莅门。主人待客如亲,乘东风利民。

浣溪沙 庆改革花开

喜赞城乡大有年,万方欢庆笑声喧。民强国富凯旋天。
改革之花香遍地,承包责任喜空前。人民十亿大团圆。

临江仙 游西湖

春晓苏堤葱翠,三潭水绉浮鸥。莺啼柳浪任吟讴。月中寻桂子,枕上看潮头。
纵目孤山胜迹,岳王英气长留。佞臣贼子实堪羞。湖光山色美,佳话说春秋。

水调歌头 周恩来纪念馆破土奠基有感

全党楷模树,当代一伟人。中流砥柱功绩,雨露沐黎民。辅弼勋犹昭著,气度汪洋胸臆,立马在昆仑。夷险频尝胆,长策指征尘。　　继遗志,丰碑竖,祭英魂。破土桃花垠上,开馆敬恩亲。时值嘉宾咸集,瞻仰高风亮节,大地焕然新。启迪人长久,泽被暖如春。

水调歌头 赞淮安老年大学

古楚老人幸,入学乐陶然。须眉作雪欢聚,共沐党恩绵。陶冶情操韵事,余热生辉牢记,学业赖钻研。生活喜丰富,康健福源泉。　　立大志,争改革,耻疏闲。豪情逸致,诗韵书画竞争先。颜柳欧苏勤练,描绘山川画卷,好学不难全。知识贵增长,益寿且延年。

袁 虹

袁虹(1913~2003),江苏金湖人。黄埔军校毕业,参加过抗日战争。1950年8月参加工作。在金湖县黎城镇任小学教师至退休。

西江月 春游

丽日林中鹊噪,和风水上香飘。公园花卉正妍娇,一片春光媚好。
鹤发纵情长啸,童心得意逍遥。年高乘兴去游郊,累却卧横芳草。

采桑子 做气功

钟声破梦天方晓,露白曦红,人似飞鸿,排列公园做气功。

柔姿伴乐翩翩舞，满面春风，吐纳花丛，潇洒归来笑语中。

邵伯安

邵伯安(1913～2001)，江苏宝应人。长期在金湖从教。江南诗词学会、江苏省诗词协会会员。著有《邵伯安诗文集》。

风入松　金湖朝雾

朦胧晓雾罩金湖，阴暗视模糊。迷离莫辨熹微上，遥遥挂、大幅烟图。百顷无垠浩浩，千波相激呼呼。　只因宿雨主沉浮，踏鞋湿沾濡。寒光习习侵行客，渔舫小、一叶漂如。景象浓浓淡淡，风情有有无无。

[越调　小桃红]　石港晨望

一湖春水一汪洋，数叶扁舟放。杨柳拖烟绿屏障。看遥苍，鸭鹅出入青纱帐。快船进港，乘风破浪，镜影映晨光。

朱　华

朱华(1913～?)，江苏盱眙人。原名朱维翰。早年参加革命，后在上海工作。

忆江南　念盱眙

盱眙好，山水令人迷。五月石榴华似火，当年抗日举红旗。怎不念盱眙？
盱眙好，淮水过城西。南北大桥通达后，新兴城市勃生机。故友寸心驰。

如梦令　访盱眙水冲港林总场

昔日荒山秃岭，今已绿林成荫。杉木早安家，毛竹过江居定。高兴！高兴！能不心中称庆？

高景唐

高景唐(1913～1992)，江苏淮安河下人。曾任清江市政协副主席、淮阴市人大副主任等。江苏省政协委员，淮阴市诗词协会名誉会长。

沁园春 纪念周恩来总理90诞辰缅怀光辉业绩填词以颂

滚滚长淮，一代完人，千古高风。为中华解放，国基奠定；励精图治，卓识纯忠。指点迷津，高悬灯塔，赤手搴旗大地红。当无愧，是人民领袖，华夏英雄。　而今怀念重重，赞典范光辉日月同。缅勤公忘我，先忧后乐；外交内政，伟绩丰功。改造河山，振兴文化，赢得神州春色浓。今献曲，歌言传身教，百世尊崇。

高鸣珂

高鸣珂（1914～2008），名之珪，号鹤影词人，江苏淮安河下人，名医高行素长子，1930年赴彭城随父临床实践。1938年春，徐州发生周棚惨案，日寇屠杀高家14口人，后又因有抗日倾向身陷囹圄。出狱后一直在徐州行医，1970年全家下放邳县石桥乡，1979年平反回城，任徐州市鼓楼医院副主任医师。擅长诗词，著有《哑钟余响》等。

金缕曲 闻淮安玛继宗老友病逝

一纸书传到。痛故人，骑鲸长逝，鹤归华表！多病年来少问讯，一任鱼沉雁杳。相忆那翩翩风貌。回首俊游豪侠侣，正纷纷、秀骨埋秋草。君又赴，玉楼召。　华年过眼如飞鸟。忆当年，花晨月夕，几番吟啸！枚里韩亭踪迹在，空有梦魂萦绕。叹我亦、鬓丝垂老。太息履綦成隔世，问雪泥、何处寻残爪。谱此曲，泪盈抱。

苏幕遮

被如冰，灯似穗。诗绪全无，诗绪全无味。月自窥人人自睡。睡又难成，睡又难成寐。
雁空来，书未寄。人在天涯，人在天涯里。怅望吴头兼楚尾。梦里还家，梦里还家未。

采桑子

阶前独步梅花月，才了相思。又起相思，如此良宵得几时？
东风不寄双红豆，燕子来迟。蝴蝶情痴，作茧春蚕自吐丝。

浣溪沙二首

一笑黄金脱手空，少年万恨泽心胸。消磨鬓绿与颜红。
良夜未央灯欲炧，薄寒如水酒初中。今生有梦恐难逢。

前　调

醉梦光阴逆旅身，华年哀乐半消沉。轮菌肝胆向谁论？

哭世早储三副泪，看花已负十年春。百无一可眼中人。

金缕曲 将之彭城留别淮安诗坛诸友

俯仰伤今古。叹人生、最难消受，别离情绪。衰草夕阳寒欲死，况对孤城日暮。陡画出江郎南浦。一担琴书三尺剑，竟昂头西笑长安去。望乡国，渺何处？　短长亭外销魂路。莽天涯、白云黄叶，青山红树。多少临歧新别泪，都作马前风雨。忍抛却俊游佳侣。樽酒论文何日再?更相期同把金瓯补。猛搔首，独延伫!

清平乐　秋日寄怀景唐大兄

冷清清地，庭院凉于洗。雨霁月华如堕水，人在孤灯影里。　别来梦更无多，甚时淮海重过?三十六陂秋色，轻舟一棹烟波。

点绛唇　淮安龙光阁题壁

重九后二日，偕聘之姊丈、维周内兄登淮安龙光阁。

高阁重登，夕阳红到无人处。渔舟三五，不载闲愁去。　四壁苍茫，多少留题句。江天暮，潇湘断浦，一带关山路。

点绛唇

柳外楼高，年时载酒寻春路。燕帘莺户，不见销魂侣。　十万狂花，红到伤心处。愁如许。遥天易暮，青了山无数。

虞美人　赋赠红君校书

别来罗带宽三寸，含笑低低问。牵衣重话旧时心，记否海棠红泪湿榴裙。

夜香烧罢人初倦，欲说声先颤。枕边絮语到天明，又恐隔帘有个月华听。

菩萨蛮　集句

曲阑干外天如水(晏几道)，一轮明月人千里(王同祖)。细草碧如烟(赵崇嶓)，清明寒食天(张炎)。　危楼愁独倚(赵长卿)，竟日空凝睇(柳永)。花胜去年红(晁补之)，春深杨柳风(刘学箕)。

按：高鸣珂有1934年所集《唐宋词集句》凡123首，涉及唐宋词家280人。今选其菩萨蛮一首，以见其功力。

喝火令

明月偷窥帐，梅花独倚栏。梦回挑尽一灯寒。越是要寻好梦，越是梦儿难。梦好愁偏起，愁多梦转残。　　今宵有梦阻屏山。半倩东风、吹梦到江南。半倩东流水，流梦到淮安。

八声甘州　纪念七七卢沟桥抗战

甚穷边急火羽书驰，防秋鼓鼙惊。念万方多难，弥天烽火，卷地烟尘。倦听萧萧班马，杨柳可怜生。草木含兵气，都作哀鸣。　　闻道三千铁弩，尽同仇敌忾，洒泪摩膺。指大旗云掩，犹是汉家营。恨长须虾夷肆虐，看刀光掠鬓血花凝。金瓯破，抱英雄志，重整三军。

念奴娇

唾壶击碎，问古来恨事、几人能说？入市渐无屠狗侠，谁是荆高俦匹？看剑心期，横刀身世，狂态今非昔。吴箫燕筑，等闲知己难觅。　　休忆红芍伤春，朱弦咽怨，独坐歌还泣。锦瑟芳年弹指过，辜负飘零花月。尘网劳人，匏瓜系我，去住悲难决。已灰千念，浮生如此何益！

浣溪沙　危城中赋示弟妹时戊寅四月十五日

风鹤人疑草木兵，危城旦夕数回惊。九天笳鼓递哀音。

生死两途谁可定，恩仇一念自难平。匣中何物作龙吟！

谒金门　徐州沦陷时作

刁斗咽，吹落城头夜月。十里斜阳红似血，健儿身裹铁。　　四处残烽断戟，磷火乍明还灭。故鬼吞声新鬼泣，万家生死别。

减字木兰花

命轻于纸，不道海枯桑已死。缺月还明，隔着衫儿映此心。

排愁破涕，只恐今生无分矣。纵有来生，又堕人间万劫尘。

满江红

破帽残衫，依旧是、当年故我。甚架上、万千书卷，百无一有。衰朽不堪怜老父，劬劳莫报悲慈母。奈攀天蹈海两俱难，如何可？　　心上志，徒相左；身外物，终难久。甚不堪回首，兰因絮果。交道谁能如管鲍，文章但欲追韩柳。甚区区、文字待流传，心如火。

金缕曲

再悼韵秋，留示苏女，他日读之，以知余心之痛也。

欲泣翻成叹。叹而今、有衫皆泪，无肠堪断。娇女索爷依旧笑，依旧苦将娘唤。问底事、痴聋不管。闻说夜台安且吉，百年身、竟尔摧恒干。君去也，我谁伴！　丝丝绿鬓搔还短。漫低徊、人间往事，寸心凄婉。碧落黄泉终不见，哪得天回地转。剩药饵、消磨昏旦。短病长愁支瘦骨，但殷勤、强自调寒暖。遗挂在，镜尘满。

金缕曲　赋寄弃子乔年

春去秋还到。望汀洲、白蘋开尽，芙蓉易老。碧树霜凋黄叶坠，添得闲愁多少。猛翘首，云停八表。寥落故人无恙否?剩梦中、携手寻欢笑。空醉把，玉山倒。　苍茫四顾乾坤小。倚危栏、耸肩独立，吟边侧帽。羁羽沉鳞吾共尔，歌哭如闻楚调。奈别有、伤心怀抱。断梗江湖飘未定，怅鸡鸣、风雨天难晓。身世恨，不堪告。

鹧鸪天

仍作新亭泣涕人，江湖十载浪游身。但令不饮长如醉，却为无花强说春。
魂易断，梦难成，眼前何物遣孤灯。只缘风雨宵来恶，赚得闲愁似海深。

金缕曲　寄怀逸尘原非绿桐淮上诸故人

三者皆七八年前淮安鸣社诗坛契友，近已久疏音问。

旷别音尘阻。十年来沧桑小劫，纷纭世故。出岫行云终不返，萍水几时重聚?算一样衣冠尘土。燕雀安知鸿鹄志，甚高飞、难振冲天羽。身世恨，不堪诉。　销魂风雨关山路。漫思量、花晨月夕，琴歌酒赋。回首旧游浑若梦，寥落素心俦侣。空剩得、断肠诗句。枚里韩亭凝望久，但寒鸦犹啄隋堤树。谁伴我，吊今古。

蝶恋花

一穗灯花红欲死，灯影迷离、幻出销魂字。多少难言心上事，拈毫自写桃花纸。
左右相看图与史，斗大乾坤、举目无余子。少小年华都水逝，不堪重屈伤心指。

金缕曲　有忆弃子乔年两故人重庆兼抒所感

挥尽平生涕。莽空山，牙琴独抱，赏音能几?说剑江湖回俊味，磨灭眉间英气。猛搔首，苍茫天地。孤抱沉沉谁可语，但闭门觅句思无已。写不尽，寸心意。　古人千载遥相契。漫低徊、阮狂嵇懒，屈醒陶醉。眼底不平多少事，都付东流逝水。待他日，旧狂重理。零落知交伤坠雨，奈尺书难向君边寄。且投笔，奋然起。

卜算子　再示秀庭

鸿雁几时来，一纸书难到。箧里空余片段诗，都是愁滋料。

蠖屈终须伸,欲泣翻成笑。醉便高歌死便埋,此意谁能告?

金缕曲 寄怀契友睢宁王冠军同志

一死知难免。剩无多、眼中人物,惟君可念。望断天涯鸿雁信,来去几曾相见。谱长笛、不胜哀怨。霜露竟摧兰蕙折,听秋风、飒飒吹肠断。身世恨,共谁遣? 蹉跎未了平生愿。莽男儿、十洲三岛,几曾踏遍。壮志未酬心未死,一片深情难剪。待收拾破琴孤剑,且整戎装重奋发,勇驰驱再向沙场战。会有日,志当展。

满江红 纪念岳飞逝世800周年

八百年来,正家国、危亡重演。想当日、挥戈跃马,履艰蹈险。怒发冲冠豪气壮,雄才盖世威名显。奈沉冤、三字害忠良,千秋憾。 今贼寇,来侵犯;抢劫掠,随处见。有中华儿女、雄心烈胆。豪杰英雄争奋起,中华光复终当现。甚兴亡、治乱系人心,今当勉。

塞下曲

城头铁笛吹欲裂,征人起舞看明月。刀光掠鬓冷于雪。昔见杨柳生,今见杨柳折。 回首关山怨离别。陇头水,长城窟;生人泪,死人血。

按:以上《八声甘州》至《塞下曲》均为1942年及以前所作。

眼儿媚 田间即景

青山郭外夕阳斜,芳草碧无涯。豆架瓜棚,竹篱茅舍,三五人家。
而今始识田间乐,场圃遍禾麻。割麦栽秧,负薪汲水,笑语喧哗。

减字木兰花

莺声婉转,瞥眼人间春色满。杨柳楼台,软语呢喃燕子来。
佳期已近,开遍芳园桃李杏。婀娜东风,蝴蝶翩然入梦中。

鹧鸪天

飒飒西风玉露初,爽怀时节爱幽居。秋生淮海千山冷,霜满关河万木枯。
乌绕树,鼠窥书,一灯人坐夜窗孤。残星三五天将曙,明月依然照我庐。

念奴娇

返城前夕,与内子秀庭闲话十年来人世沧桑之变,枨触余怀,漫填此解。

风驰电掣,莽人间、哪得天长地久。患难周旋俱老矣,箕帚惟君与我。颐养林泉,悠游杖履,兰桂盈阶秀。映窗梅月,琴书相伴为友。 莫笑与俗浮沉,随缘去住,一芥非吾有。物外逍遥殊自得,适意耽情诗酒。松菊犹存,桑榆自茂,息影今能否?躬耕为活,栖身聊寄田亩。

高阳台　湖滨晚眺

大海波沉,遥天雾起,关山一带苍茫。浩荡湖滨,携筇几度徜徉。云龙石狗依然在,付渔樵、闲话沧桑。听声声、蛙鼓蝉琴,如引笙簧。　　沙鸥三两浮烟渚,甚萍花聚暝,藕叶围凉。水榭风亭,旧游回首难忘。苏堤犹有前朝树,伴昏鸦、立尽斜阳。叹人生、东燕西飞,北雁南翔。

蝶恋花　放鹤亭即事

独鸟盘旋山下路,放鹤亭边、犹剩当年树。回首旧游觞咏处,崇楼杰阁都非故。
徙倚危阑闲觅句,瘦屐疏筇,伴我行吟去。一片残云收断雨,夕阳又照江天暮。

满江红　为纪念卢沟桥建桥800周年而作

八百年来,依旧是、卢沟晓月。甚一带、长林远树,空余陈迹。陵谷已随人世改,山川历尽沧桑劫。剩桥边、无数石狮存,翩然立。　　桥上柳,曾攀折;桥下水,犹呜咽。问国人记否?当年“七七”!大厦将倾风雨至,狂澜欲倒波涛急。喜而今、胜地展新姿,辉煌极。

满江红　八十岁新春信笔漫书

一夜东风,忽又送、人间春到。抬望眼、猛然消尽、冰山雪窖。梅萼微含方吐蕊,柳眉才展如含笑。正无边、烟景一时新,芳菲好。　　乍唤醒,枝头鸟;瞵绿遍,堤边草。看神州大地,光辉普照。科学昌明多创举,工农发展齐飞跃。愿老夫、白发复青丝,长年少。

鹧鸪天

陌上春来绿意稠,丝丝杨柳晓风柔。好花又满当年树,明月重临旧日楼。
思楚尾,望吴头,悔抛红豆种离愁。飘然一粟浮沧海,身世真如不系舟。

金缕曲　庆祝香港回归祖国

举国欢腾笑,庆回归,佳辰九七,欣然来到。失地回收归我有,传遍神州三岛。似赤子重投怀抱。薄海同胞闻讯至,庆团圆携幼还扶老。雄鸡唱,天下晓。　　百年奇耻今都扫。恨顽清昏庸腐愦,是非颠倒。割地丧权如许事,弱国外交渺渺。看今日共和缔造。改革花开胜利歌,愿遵循两治齐飞跃。为祖国、创新貌。

满江红 纪念岳飞诞辰900周年

九百年来,经多少、沧桑岁月。忆当时、戎装骏马,天生奇杰。威震中华豪气壮,名垂大宇英明立。况抗金意志最坚强,心如铁。　　家国耻,终须雪;今古恨,终难灭。幸山河还我、金瓯毋缺。斗学吕明争创造,英雄崛起多奇迹。看中华、灿烂放光辉,巍然立。

满江红 癸未90述怀

霜雪头颅,瞬已是、行年九十。叹我亦、丁时不偶,逢辰多厄。漫诩一毫都不苟,哪堪千虑常相失。甚一琴一剑伴行吟,飘零客。　　忆少壮,多佳日;悔不学,终无术。数茫茫知己,一人难得。富贵本为身外事,文章自是胸中物。向梅花深处寄孤踪,藏诗骨。

按:“眼儿媚”以下,皆1978年以后所作也。

周　珏

周珏(1915～?),江苏淮阴人,1946年在设于扬州的淮安中学毕业后,入北京大学读书。自上海乘海轮北上前,作《菩萨蛮》一阕告别淮中友人。中“雁归人未归”句,竟成预言。

菩萨蛮

淮扬话别倾情愫,烽烟弥漫中原路。万里涉波澜,魂销燕代间。　　弦歌凄欲绝,塞上云和月。木落雁南飞,雁归人未归。

金子平

金子平(1915～1997),江苏金湖人。曾任乡长、区长、区委书记,华东野战军第二纵队第四师司令部指导员。中华人民共和国成立后曾在宝应县任职至县长,后任扬州农校校长。为金湖建县后第一任县长。著有《淮上吟草》。

卜算子 湖边远眺

湖上少帆樯,野鸭栖无处。不见当年白浪翻,极目皆林树。
连片种油粮,来往新河路。满眼猪禽藕草鱼,航运工商富。

马达远

马达远(1916~2006),江苏淮安人。出生于农民家庭,毕生从事教育工作。著有《藕湖斋文稿》《国语故事选译》等。

好事近　忆淮上故友

南国正芳菲,莽莽长淮始绿。不目中原红遍,许片时踯躅?
有心领略百花香,难忘卿催促。错却周郎不顾,待何人正曲?

满江红　纪念抗日战争胜利50周年

抗日风云,翻腾起、仇倭情切。轰炸惨、铁蹄蹂躏,妇孺呜咽。浴血空拳精力壮,毁家靖难心潮烈。地雷战、奋起去强魔,灭蛇蝎。　神兵至,淮阴崛;驱鬼子,心如铁。看车桥一役,铲平虎穴。忍受牺牲图国盛,振兴民族惩顽劣。百年耻、八载靠全民,终于雪。

水调歌头　步施亚西编审《读毛泽东同志诗词》原韵

华夏乌云散,日出见青天。水清山翠娇雨,放眼纵横观。尽管金瓯暂缺,但看红旗所指,倭伪胆俱寒。万众一心意,全力拔三山。　美强暴,援朝急,起狼烟。"横刀立马",批逆鳞惯用长鞭。马上哼诗豪气,反映生活艰苦,雄健笔如椽。陈纸华章出,汩汩似喷泉。

王亦纯

王亦纯(1915~2012),江苏盱眙人。1930年参加革命,曾先后担任《皖东北日报》编辑、中共安徽皖南工委书记、辽宁省委工业部副部长、辽阳市委副书记、大连工学院党委副书记等职。

行香子

盱眙发现苏轼《行香子》摩崖,依其原韵并和杨巩。

不见平川,只见清湾。惊逝水,转瞬朱颜。铁马金戈,雾鬓云鬟。已历关山,骋江淮,换人间。　来者可畏,往者何攀?桑榆晚,且得安闲。有情风月,无限江山。况凤岭青,龙潭碧,莫空还。

桂枝香　长淮大桥远眺

平林漠漠，看日上云崖，水萦山郭。一路榴花麦浪，峰峦隐约。两岸绿杨风袅袅，引长淮、船连锦索。桥起长虹，水横白练，云飞碧落。　　故乡情，谁能领略？望樯毂纵横，洲汀交错。更有风岭多娇，龙泉可酌。邻里亲朋情似海，正春深，飞回辽鹤。灿烂山花，轻盈风柳，峥嵘楼阁。

水调歌头

远山接遥岭，云岚一色青。记得旧时明月，曾照水边城。到处碉群敌垒，豺狼狗鼠横行，烽火烛天明。长街余燧烬，风急夜深沉。　　旌旗奋，风雷迅，涤膻腥。波腾云涌，擒龙缚虎有长缨。此日青峦云树，分明瑶岛蓬瀛，花发柳摇金。琼楼连玉宇，雨霁一川晴。

定风波

桥上雕栏独自凭，远山隐隐水盈盈。云树风帆真似画，雨罢，一川晴霁练铺平。

风岭春深藏绿阴，小亭，行人指点是魁星。回首绿杨掩映处，成趣，长虹飞起入青云。

浪淘沙

其　一

淮水引征帆，激浪潺潺。水云深处渡关山。楚客心驰归梦绕，烟树晴岚。

破浪过长淮，岸柳风翻。碧空无际鸟飞还。一望故园春色满，风岭龙潭。

其　二

水上碧云深，伫立何人？徜徉且向画中行。柳色葱茏如碧玉，烟锁前汀。

龟隐远山青，洲浅沙明。风轻浪静毂纹平，杜宇声中归又去，帆影云程。

李庚秀

李庚秀(1916～1991)，字霭生，江苏盱眙人。幼从家学，成人后从事教育工作。能诗，有集《寻芳吟》。

天仙子　秋心乐

树到深秋金叶晔，虫在草中歌朗月。老人心底唱韶音，喜农业，大飞越。从此不愁穿与吃。　　亏的三中全会活。体制转型方略杰。选贤任政后天和，千秋业，重谋设。四化蓝图真烈烈。

汪继先

汪继先(1917～1968),名贤,江苏淮安人。汪筱川之孙,名中医。曾任江苏淮安人大代表。

江城梅花引

独立小园,寒月侵人。偶吟逋仙“暗香浮动”句,不禁有缟衣不来之感。枨触久之,欲吟不就,学填此阕。

一轮皓月照苍苔。暂徘徊,且徘徊。几度巡檐,不见美人来。倚遍阑干真寂寞,可有日,向尊前,劝一杯? 一杯一杯只新醅。漏又催,笛又哀。梦也梦也梦不到,春满瑶台。辜负今宵,纸帐著吟才。说与姮娥浑不省,谁许我,至罗浮,翠羽回?

山花子　秋暮勺湖晚眺

寻吟最爱小湖涯,日过黄昏景更佳。便有丹青描不出,水云赊。
苦雨残荷擎破盖,横堤秃柳系渔槎。不分居人消受得,此为家。

柳梢青　勺湖秋望

水抹烟描,勺湖依旧,只是人遥。秋水望穿,韶华容易,蒲悴荷凋。 十年浪打沙淘,休更说、元龙气豪。吊影澄波,风吹还乱,怕我魂消。

浣溪沙　万柳池晚步即景有作

一带人家四面塘,晚秋蒲柳不禁霜。冷烟斜日趁荒凉。
残荻花如词客鬓,败荷叶似老渔裳。此情此景耐思量。

浪淘沙　九日漫兴

佳节怎消他,别有生涯。醉怀宁溷酒毋赊。地烛冰壶天落水,霜叶栖茶。
香烛小炉加,满室烟霞。诗情怪比往年差。点检眼前还一笑,缺少黄花。

浣溪沙　对菊有感

瑟瑟西风昼掩门,疏篱冷伴苦吟身。怜他瘦似卷帘人。
俊赏谁如陶靖节,大招难起屈灵均。风衰骤歇二千春。

胡 坦

胡坦(1917～2000),曾用名胡本常,江苏盱眙人。中华人民共和国成立后,曾任安徽省粮食厅厅长、中共安徽省财贸部部长,池州、六安地委书记,安徽省财办主任、副省长、省人民政府顾问。

桂殿秋 悼念黄浩同志

湖里月,淮上风,艰难转战万山中。古城克敌建奇功,红旗映长空。 天欲晓,战未歇,哪容乡里重遭劫。身先士卒短兵接,男儿到死心如铁。

忆江南 故乡情

古都梁,游子梦难忘。都梁为我哺乳浆,都梁为我能成长。养育岂能忘?
屈指算,别离半纪长。少小不识家山美,老来犹念故土香。梦里似还乡。
悲浩劫,重得见天霞。最是南国春来早,东风吹到百姓家。芳草接天涯。
忆当年,山港最荒凉。今日坝上撒渔网,坝下家家是粮仓。户户万斤粮。
看今朝,一派好风光。万里东风吹麦浪,遍地都是菜花香。大地换新装。
读书房,负笈最难忘。到此书声犹在耳,孺子重登受益堂。桃李满庭芳。
曾记得,投笔几多春。半身戎马半书生,自知愚拙补须勤。甘做小学生。
为事业,追求如愿偿。古稀未觉桑榆晚,党的恩情永不忘。从头学党章。
念先贤,血泪化红晖。当年铁窗有铁骨,今日陵园拜崔巍。倚杖读新碑。
春浩荡,城乡齐开放。生意兴隆通四海,财源茂盛达三江。陶朱事业忙。

高家骅

高家骅(1917～2004),字天泽,号浔叟,江苏洪泽人。中华诗词学会会员、省诗协会员、市诗协常务理事、春涛诗社副社长。1980年离休。遗著有《浔河诗草》《浔河词草》。

浪淘沙 洪泽湖边

泽畔浣吟樽,笑语温存。斜阳一片灿桃源。忽见波心涟漪动,漾破渔村。
万物沐天恩,雨晕留痕。掠空鸿雁唳云根。远水迢迢山隐隐,锦绣乾坤。

蝶恋花　越城古银杏

曾忆乡关银杏树，千百年来，冷眼观来去。万里风云凭际遇，归田能不愁如许。多少离情萦别绪，词友诗朋，人曰琴难语。试看今朝新国度，乘风直上青云路。

沁园春　洪泽颂

洪泽风光，鱼米之乡，无尽宝藏。看龟山隐隐，曾留禹迹；淮流汩汩，直溯桐阳。苇白蓼红，鸥群雁阵，无数渔帆趁早航。如箭发，正乘风破浪，收获盈舱。　　耕云锄雾开荒，辟灌溉宏渠幸福长。更移山填海，天工巧夺；披星戴月，斗志昂扬。雪白银棉，金黄稻谷，鹅鸭成群粮满仓。歌四化，庆丽全人寿，国运繁昌。

吴延祺

吴延祺(1917～1999)，字子树，江苏淮阴县渔沟人，大夏大学法律系毕业。

锦缠道　访大连港

燕为云空，灿烂电光如昼。见通衢，楼高齐岫。车行似水人声凑。不夜繁华，北国疑真否？　　喜波涛未兴，不冰冬后。惹强邻鲸吞鱼肉。幸弟兄阋墙曾携手。八年征讨，终复河山旧。

御街行　旅顺口怀古

秋阳骄横辽东道，海浩荡，风烟绕。山围故港静无泽，虎尾迷离环抱。咽喉深锁，舰群林立，威武东疆耀。　　日俄争霸堪凭吊。闭港战，沉船暴。盘龙攻守血成河，异国冤魂谁醮？深怜弱小。何辜黎庶，陪葬知多少？

丁永华

丁永华，江苏淮阴人。移居美国。

江南春　伊利洛州怀诸弟

风习习，雨微微。近乡情怯怯，离国更依依。伊州花落春犹在，怕看征鸿结队飞。

浣溪沙　忆好友笑泉弟

剪烛西窗叹旧游，依稀往事倍增愁。落花流水两悠悠。

三径风寒聆杜宇，千帆深处见沙鸥。联床风雨意绸缪。

朝中措 感怀

闲来无事遍寻芳，箫管漫悠扬。眼看微风吹过，惹来柳絮颠狂。　　江湖墨客，天涯落拓，倚马闻香。抛却闲愁千斛，浅尝半日何妨！

秦楼月　忆往

思盈盈，我心愁听秋蝉鸣。秋蝉鸣，乡关路远，客梦频惊。　　几番无奈呼卿卿，落花流水情难平。情难平，拥衾斜倚，直到天明。

虞美人 触景有感

熙熙攘攘今犹昔，瞬忽空陈迹。去年双燕喜相逢，往事那堪回首画堂中。
桑田沧海寻常事，祸福难回避。是非成败转成空，历尽白云苍狗变无穷。

陈竹修

陈竹修（1918～2005），江苏盐城人。1941年加入中国共产党。曾任淮阴市委党校教员，淮阴市老干部诗词协会副理事长、市诗词协会副会长。

满江红　纪念建党65周年

风雨如磐，难明夜、神州无主。群魔舞、水深火热，此情谁诉。忽地钟声传马列，起来奴隶挣枷锁！举锤镰、星火誓燎原，谁能阻！　　三山铲，成沃土；除四害，批极左。谢高明，圣手将天而补。模创自家饶特色，国强民富前无古。应归功、六十五年来，擎天柱。

李　风

李风（1918～？），女，山东人。1940年开辟淮安抗日根据地，中共淮安县委第一任县委书记。曾任八路军陇海南进支队第一梯队教导队教导员，苏北淮海地委、盐阜地委宣传部长，淮安县委书记。1954年调北京，1983年于石油工业部炼化司副司长任上离休。

浣溪沙　祝贺淮安建政50周年

其　一

胜利会师五十年，忆随主力到淮盐。淮安建政换新天。
劳苦人民得解放，秧歌腰鼓舞蹁跹。同心抗日凯歌旋。

其　二

物换星移锦绣添，而今旧貌变新颜。文明双建史无前。
内改外开鼓干劲，工农生产重科研。小康社会奋争先。

张晶亚

张晶亚(1918～2001)，江苏盱眙人。自幼随父习中医，十八岁开始行医，直至退休。曾任盱眙县政协第一、二、三、四届委员。

西江月

乱世人民遭难，四方土匪猖狂。鸡鸣犬吠总惊慌，那得桃源向往。
富户因财惹祸，穷家野菜充肠。阎王恼了命还丧，绑架索钱兴旺。

长相思　送别

来匆匆，去匆匆，夜雨巴山难觅踪。相思惟梦中。
山重重，水重重，握别乡关西复东。离情两意浓。

张逸痕

张逸痕(1919～2005)，女，江苏盱眙人，1939年参加革命。

浪淘沙　自况

老去恨偏多，只为蹉跎。江山一统室操戈。罪字生涯二十载，却是因何？
秾艳尽消磨，只剩残柯。可怜春雨枉情多。滴滴甘霖皆化泪，汇入长河。

蝶恋花

其　一

潦倒穷愁偏不苟。井臼操劳，愧我甘株守。不惑之年成老朽，豪情逸兴归乌有。
泾渭谁分言也丑。堕甑难收，何必重回首。识破玄机当撒手，求生只索谋升斗。

其　二

憔悴京华谁与友。楚岫洪澜，无独偏成偶。廿载艰辛何所有，清风明月厮相守。
剩有双眸兼两手。拾草寻根，竟也能糊口。昔日梅花今作柳，风风雨雨凭枯朽。

菩萨蛮

断鸿零雁俱泡影，南柯一梦终须醒。旧事逐飞烟，枯毫怕再拈。　河山浑似锦，夙愿终难泯。泉壑歇吟肩，人间别有天。

浣溪沙

一碧淮流过万帆，松涛叠嶂护苍山。虹桥逶迤接花坛。
对峙楼台歌管细，琳琅商点市声繁。断鸿千里欲归难。

浣溪沙　水灾

其　一

苏皖洪灾巨浪侵，中央关注播纶音。救生抢险共奔临。
奋战大军无昼夜，全民义赈涌如云。友侨台港奋捐金。

其　二

物资不断马龙行，防病医疗鱼水情。共担休戚有明灯。
得道多助乃至理，图强奋发志成城。再从白底绘丹青。

临江仙　文革感怀

其　一

梅蕊香残春又至，江山无比清妍。吟魂寥落在天渊。南冠重覆额，面壁向谁言！
辗转思量皆自误，痴愚不学陶潜。夕阳将近怎流连。海深难见底，精卫怎能填！

其　二

人海浮沉浑似梦，征途历尽酸甜。崔宁错判枉含冤。重演十五贯，观者泪空涟。
寂寞空庭惆怅处，几番想后思前。英雄决策正纠偏。惊弓鸿羽折，难诉九重天。

临江仙

其　一

喜讯如春苏大地，人间盛况空前。百花怒放柳抛绵。笙歌繁响处，妙舞正回旋。
万众欢腾齐庆祝，只为饮水思源。扫除四害见青天。巨人善决策，大旱获甘泉。

其　二

全会庄严欣序幕，红旗映赤蓝天。长征继续再加鞭。航灯明照路，四化压双肩。
骨肉紧连人十亿，攻坚一往无前。尖兵深入重科研。英雄精战略，奇景在峰巅。

菩萨蛮　赠谈化文

云天雁断知何故，讯栏忽见酸辛句。静水突生波，人生曲折多。　文心偏铁骨，坚信灾能克。腊去看春回，身残志未颓。

菩萨蛮　都梁掠影

其　一

松屏密障峰峦秀，长淮浪卷机帆骤。匹练贯重滩，长桥竞往还。　亭园依势叠，人在花间歇。风物似无边，山城别有天。

其　二

楼台遍起笙歌细，靓妆雅扮盈朝气。闹市择琳琅，人流兴欲狂。　静中思桂五，就义观如堵。笑顾语从容，山河指日红。

其　三

玻璃泉涌清如故，苍苔石刻莹朝露。旧迹忆髫年，仙床屡试眠。　寇深匆促别，再返盈头雪。雁唳又南飞，嵩峰应赋归。

鹧鸪天　睡仙洞与碟大天

古洞幽深隐半山，洞中石罅滴清泉。晴光一束从何入？翘首惊窥碟大天。

云漠漠，雾绵绵，悠然独处不知年。清修福地曾遭劫，倭寇屠城血肉填。

菩萨蛮　中秋抒怀

其　一

一年一度清秋节。今宵又敬团圆月。盛世遍芳华，欢筵亿万家。　广寒人寂寞，可否牵红索？天壤结同心，人间最重情。

其　二

冰轮莹澈星河淡，漫天烟火琼花散。歌笑杂笙弦，人心似蜜甜。　小康欣在握，"三砸"催时速。把酒颂燕都，风流旷世无。

临江仙

人世几多遗憾事，空留浪影萍踪。天涯况是路千重。抚今休忆昔，花落水流红。

天意似知人意苦，玉容已入帘栊。云程鹏翅见雄风。德才堪重任，佳讯盼来鸿。

金缕曲

去雁归何急。蓦传来、泽畔离骚，都亭怨律[①]。客子游踪难预测，片楮几曾吝惜[②]。忍记取生花词笔。万叠阳关千点泪，挽春回、孰有回天力？空负尔，多情癖。　　梦残细雨空庭寂。竟依稀、月冷黄昏，临流呜泣。个里心情谁省得，锁向灵台绝密。枉凝眸、山高水碧。寂寞斜阳疏柳岸，应有人凄然寻故迹。余塔影，云中立。

注：①“泽畔离骚，都亭怨律”皆借代新的诗词。②片楮、纸片，指书信。

马一非

马一非（1919～？），江苏盱眙人，退休教师。淮安市诗词协会、盱眙县诗词学会会员。

风入松　登盱眙第一山

青峰十座锁山城，淮水傍西行。北瞻浩瀚洪湖水，烟波里疑雨疑晴。此地河山真美，南宫题刻犹存。　　古城今日变新容，马路绿荫浓。高楼大厦绕山半，似林立，工厂烟囱。更看城西淮上，横飞十里长虹。

清平乐　咏桑

春蚕待食，新叶任人摘。直到蚕茧白似雪，仅剩梢头几叶。　　献多一点无他，只为穿暖人家。李白桃红柳绿，几人爱看桑丫？

孔　化

孔化（1919～1998），原名祥鹏，江苏泰县人，中师文化。曾任金湖县农林局长、邮电局长等职。离休后任江苏省诗词协会理事，淮阴市诗词协会常务理事，金湖县诗词协会副会长兼《金湖诗词》主编。金湖县诗词协会创始人之一。

清平乐　金湖轮船码头

船桅林立，运送农资急。致富同心齐协力，夺取丰收热烈。　　三河水绿如蓝，渔舟隐现波间。远望浪头白鹭，横飞击水悠闲。

西江月　郊居之乐

试问新居何处？碧含芳圃清嘉。青松翠竹腊梅花，娇卧溪前幽雅。

喜伴儿孙晚课，练拳身浴晨霞。常和田父话桑麻，闲看荧屏武打。

朱应民

朱应民(1919～2003),灌南县人。1940年加入中国共产党。曾任中共淮阴地委宣传部副部长、淮阴市人大常委会科教文卫委员会主任、淮阴市诗词协会副会长。

一剪梅　纪念毛主席诞辰100周年

主席生辰一百冬。日出韶山,遍照寰中。遵行马列合真情,唤醒工农,威力无穷。
大略奇才盖世雄。扭转乾坤,伏虎降龙。光辉思想照神州,万代千秋,伟业丰功。

靳中人

靳中人(1919～2006),清江浦人。中医师。平生喜爱诗词,著有《晚晴诗草》一、二集。中华诗词协会会员,淮安市诗协常务理事。

人月圆　庆祝中国共产党成立80周年

红旗飘荡镰刀斧,放眼瞩天涯。回归港澳,星航宇宙,夕照松霞。　农机发达,粮油富饶,机电人家。从今只望,蟾圆两岸,一统中华。

蝶恋花　奉和兴化夏云景吟长金婚元玉

大笔龙虫皆宿构,五十年华、恩爱秦筝奏。戚里咸推称妙手,当前一似风流守。
兴泰淮扬依众口,蝶惹花香、情笃吟声久。两两期颐皆白首,金桃美酒家家够。

陈登科

陈登科(1919～1998),江苏涟水人。现代著名作家,著有《风雷》《活人塘》《淮河边上的儿女们》等小说多部。

纪念涟水保卫战

炮声激,七天七夜未停息。未停息,阴霾满天,鬼哭神泣。雄鹰展翅塔顶立,两翼神兵齐出击。齐出击,火龙吐焰,席卷残敌。

孙燮华

孙燮华(1920～2001),江苏涟水人。1940年参加工作,1941年加入中国共产党。曾任中共涟水县委书记、淮阴地区副专员、淮阴市人大副主任,淮阴市第一、二届诗词协会会长等职。有《孙燮华诗词集》。

沁园春　颂淮阴水利

昔日淮阴,四水横延,灾害万千。淹家乡大地,哀鸿遍野;平原失态,黎庶呼天。犹忆当年,泗州不见,洪泽悬湖隐患添。忍眼望,嗟茫茫一片,泪雨涟涟。　雄鸡一唱更迁,看勤奋人民敢斗天。先导沂整沭,疏淮入海;翻江北上,河网连绵。今日淮阴,无忧涝渍,四水低头旱魃潜。展前程,颂年丰物阜,业绩连篇。

徐则先

徐则先(1920～2005),江苏金湖人。江苏省名中医。曾任金湖县中医院副主任医师,金湖中医学会名誉理事长。金湖县第一届、第二届政协副主席。

相见欢　久别重逢

闲居况味悠悠,逛街头。邂逅相逢携手,共登楼。　难聚首,且沽酒,勿停瓯。莫让今宵虚度,醉方休。

喜迁莺　1988年春乔迁“风月轩”新居志喜

逢盛世,喜莺迁,晴朗艳阳天。菜花金灿柳如烟,春色漫无边。　余妪叟,诗书友,晚节保持休垢。为传清白子孙沿,风月志吾轩。

渔家傲　湖滨晚眺

高宝湖今风景异,水天连接茫无际。忽听歌声意婉利。芦荡里,轻舟出没相嬉戏。
盛世升平非昔比,渔家快乐心情霁。曲酒数瓶烹活鲤。蟠膝地,猜拳行令杯毋计。

高美鹤

高美鹤(1920～1994),号曲泉,淮安经济技术开发区马厂人,社会老中医。高毓烈嫡曾孙。因瘫痪拜师学艺，专攻岐黄，悬壶济世，饮誉乡里。酷爱古典诗词文学，且书法、绘画、音乐都曾冠绝一时。著有《高美鹤诗词拾遗》。

忆江南　西干渠

其　一

西渠水，夏涨一川平。曾记党召河网化，兴来工巨月期成。疏溉裕民生。
村史话，涝旱遁其形。冬算米鱼饶万户，秋题亩产越千斤。处处说君明。

其　二

西渠树，葱绿护堤平。道口多桥休艇渡，槐杨依岸茂林成。水暖鸭群生。
新旧世，甘苦异曾经。队队粳香炊粥饭，家家农隙贸豚斤。谁不念今明。

菩萨蛮

梅园侯应芳初报，宇阔冰封春临悄。炮竹一声惊，东风万户新。　　花彤图傧共，语录家馨诵。岁物阜江天，功丰祝瑞年。

忆秦娥　怀念周总理

评论处，襟怀坦白非过誉。非过誉，连年宵旰，饮风餐露。　　功高望重声名著，领先路线无讹误。无讹误，披肝沥胆，辟光明路。

忆秦娥　怀念朱德同志

怀元老，文韬武略人间少。人间少，沙场驰骋，北征南讨。　　生平事迹人人晓，老当益壮精神好。精神好，功勋盖世，史书堪表。

诉衷情　和宋振东

勺湖吟老拜安翁，花酒乐融融。新俦未结萍愿，旧雨畅怀衷。　　思往事，怅眉容，寿难穷。词依宋谱，诗述唐风，同畅襟胸。

西江月　和何龙飞欢迎淮安诗友莅宝

几日寒暄畅叙，喜吟晚景峥嵘。一湖春水载歌迎，只道客来有幸。
旧雨飞觞劝酒，新俦挽驾多情。烟波浩渺岸南平，别有洞天幽境。

桃园忆故人　寄友人

青灯黄卷何时了，来日愔愔渐少。不恨袍衫潦倒，只恨秋鸿杳。
枉却三春花事好，柳眼初舒袅袅。门径苔荒未扫，为待人归老。

浪淘沙 插秧

其 一

瘠土变良田,青绿无边。西渠自溉水环阡,长到籼畦低到粳,似伍联肩。
新岁口丰甜,米食连年。暑阳追植不知炎,少女匀工风格健,步步争先。

其 二

科插必丰田,如距如边。参差一色映东阡,喜看今秋高产稻,定着人肩。
岁饱更思甜,苦忆当年。新歌几阵干情炎,欲取粮纲达大上,应着鞭先。

浪淘沙 赠陈老吉人

老杜晚多谐,一代宗才。舍南春水浴鸥怀。品到茶经飞逸兴,花圃常开。
竹径几徘徊,宾主倾怀。樽前把袂宴呵陪。市远却添山海味,醉里扶归。

临江仙 题志周总理纪念馆

四化宏图新貌现,无边功德谁归?民心十亿印周碑,披肝沥胆,为国运筹帷。
天上人间何处现,高风万世长垂。而今改革开遗范,全球瞻仰,馆阁至仪威。

瑶台聚八仙 飘絮

燕子翩翩春去也,一任花事阑珊。雪吟童戏,谱进骚墨诗篇。日困篱梢晴待舞,风吹柳岸夜无眠。草绵芊,蜻猜水面,苔砌莎前。 那堪雨浴泥滞,尽汀傍巧逗,栖惯村烟。欲憩还飘,点入书砚谁怜?林噪吐约莺啭,早种得浮萍醉几千。西园下,共残英腻吻,叶妒枝牵。

绮罗香 飘絮

柳陌晴飞,烟溪暮舞,一片困人天气。粉白团虚,恐有燕泥啄戏。暂寻得,圃角偎香,也留足、阶前睡意。为春残,苦约行程,东西往复飘何寄? 午来绵绵细吐,却怪泥沾雨沐,蜂勾蝶腻。影下园梢,吻遍丝红满地。憩芳径,稳贴苔痕;最关情,花吟半谢。等收拾,风淡黄昏,扫窗栏几次。

念奴娇 和应约莅宝

莺娇柳弹,已过清明佳节。一席华筵杯未藉,争奈骊歌遽别。舞墨含觞,风华绰约,罚酒醉言烈。清新俊逸,携来诗俦词杰。 百家文艺争奇,银屏晚放,诗书画三绝。指点农村装貌变,改革声如火热。村园种梅,香飘四野,花落似飞雪。宾主赠言,依依留影相悦。

水龙吟　次韵宋章质夫《杨花》词

东风柳弱长堤，莺荒燕老春归去。轻狂万点，陋风飘住，都成诗思。水泊无踪，桃牵有恨，柴门午闭。怪溪头白鹭，眠知昼永，蛙吟乱，宿未起。　　稳憩小园芳径，印苍苔，青枝漫缀。莫教雨腻，风光三月，又余红碎。多怀者序，低迷烟草，轻匀粉蝶。让声声、杜宇叫落桃花，流几人泪。

三姝媚　春夜

诗萦方寸乱。耐低吟，那堪灯昏夜半。往事频嗟，但书零岁换，烟沉无算。枕榻同荒，消多少，泪痕梦断？试问当年，衣带留香，剩谁艳赞？　　锦瑟佳弹易断。纵豆蔻年迁，焉遽尽褪？十载缠绵，阅几番啼诉，几番妒绊。窗罅月移，未忍听，村头林畔。尚有声声杜宇，归前急唤。

金缕曲

悉吾乡被评为大市先进文化乡镇，纪之。

文誉标先进。数名流，才占今昔，声扬远近。千载淮郊饮马地，老集西存谁认。问沧桑，几经劫运。乍睹文明惊境异，看世情，礼俗革何迅？传乡约，执师训。　　图书万卷市嘉晋。赏耆宿，诗词歌赋，谐声叶韵。夜晚荧屏伴歌映，也知报刊佳讯。好丝竹，吹弹阵阵。壁上丹青花似染，有各家书法笔苍劲。棋局伙，赌风尽。

贺新郎　步宋老振东《己巳元旦》韵

爆竹春声到。望神州、寒空万里，雪霏人笑。心物文明臻郅治，国以诗名独傲。评牛耳、五洲共好。街巷邮箱兴举报，官老爷、莫敢营私倒。言可法，用惟妙。　　党风整治除顽暴。守清廉、雷锋典范，炳然高照。赏罚分明民纳物，海僻宁无匪盗。任全球、突飞猛跳。唤起炎黄急奋进，好河山、指日装新貌。台陆一，共馨祷。

周本淳

周本淳（1921－2002），安徽肥西人。1945年毕业于浙江大学中文系。1949年4月参加工作，是古典文学和古籍整理专家、教授。曾任国务院古籍整理领导小组成员、淮阴市政协副主席、淮阴师范专科学校副校长、淮阴市诗词协会名誉会长等职。著有《蹇斋诗录》。

踏莎行 赠止戈

白日悠悠，余怀渺渺，县南县北何时了。眼中时事几番新，朱颜镜里人长好。
满腹虫鱼，半生枯槁，荣名奴累休为宝。金刚不坏爱闲身，得钱沽酒今须早。

鲁家用按：据常龙告之，他和孙肃学兄先后调到淮安师范任教后，常邀请季、周二人前来相聚，故词中有“县南县北何时了”之句。

忆江南

虫语沸，零乱断墙边。照影檠孤寒柝静，乡愁如水梦如绵。残月一庭烟。

清平乐

乡愁织柳，叶叶和诗瘦。春退残红如病久，几片风前雨后。　殷勤折下南枝，深心诉了无疑。千嶂好遮流水，泪波莫过淝西。

踏莎行 晚晴江畔玩月作

素月初圆，碧天如洗。新波皱影凉生袂。细看应是故乡妍，为谁映彻蛮州里。
悄悄孤心，依依嫩嘴。春来九畹知何似。遣愁无计漫沉吟，空山幽响鸣归屐。

踏莎行 十二日大风与止戈久山访伯康兄因怀赵遂之

城旦新黔，竹林旧好。漫从初地参玄妙。同心但觉座生春，空庭莫讶终风暴。
画肚辛勤，镂冰工巧。青毡黄卷垂垂老。广文趣语典型存，令人长忆江南赵。

踏莎行 寄述和湄潭

才得闲来，顿看归去。离情脉脉凭谁诉？梦魂夜夜绕重山，相思却在山何许？
返照迎潮，轻烟拥树。孤吟又到经行处。鲦鱼依旧两从容，为谁消得分离苦！

踏莎行

乍暖还寒，才晴又雨。恼人春色凭谁主？窥园满眼欲开花，遮天竟日狂飞絮。
枕上莺啼，梁间燕语。惊残好梦无寻处。起登小阁看朝阳，曈曈可省消愁雾！

蝶恋花

何事闲庭连月雨，换取花来，依旧和春去。满眼离愁兼宿雾，深心向晚凭谁诉！
欲问悬蛛还解语，几片殷勤，留得春归路。幽意不遮人去处，梦魂空度山无数。

鹧鸪天

憔悴难堪别思侵，忍将清泪铸黄金。孤城残角秋多少，一枕新凉梦浅深。
溪畔柳，雾中岑，杖藜幽趣懒重寻。沉吟且共尊前月，莫向闲人说古今。

鹧鸪天　酒后戏书

谁道人间行路难，醒乡路狭醉乡宽。三杯大道谈方剧，一枕黄粱睡正酣。
扫愁帚，钓诗竿，还从霜鬓换朱颜。齐眉大胜刘伶妇，甘旨频添苜蓿盘。

玉楼春

沉沉断角吹清晓，屋上馋乌饥更闹。午窗几阵落梅风，红杏一枝开渐好。
多情莫怨红犹少，若待红稠春已老。眼前幽恨已黏天，那更斜阳醺细草！

临江仙　单人耘君见示新词赋以寄之

读罢鱼笺温旧梦，去年今日淮城。谈诗论史小窗明。看君盘礴裸，炎暑退无声。
自笑白头真没窍，痴人呓语谁听？半生尘饭共泥羹。世途今渐觉，南亩寄深情。

临江仙　林散老惠赐法书赋谢代笺

束发从师钦姓字，卅年空叹缘悭。草堂诗句梦吟边。春归牛渚月，江隔马鞍山。
落笔龙蛇惊海内，南天一纸遥颁。及门高第许追攀。芜词聊献贽，湖上拜芝颜。

临江仙

务兰与余别二十八年，今秋归省，盘桓廿日，用前韵赋此惜别，兼订后期。

二十八年常入梦，几回梦觉还非。者番真个见丰姿。摩颠评黑白，把臂较癯肥。
笑语兼旬还惜别，眼前莫负深卮。殷勤共约再归时。故园春更好，花甲手重携。

临江仙

单人耘君抄示二毋师寄林散老临江仙词，远明兄书告师已返乡，即用其韵赋呈。

避寇从师犹昨日，青毡黄卷慈眉。祁寒溽暑总无违。短檠花雨座，矮屋绛纱帷。
廿载风期难定准，花溪消息常非。白头喜得共春归。无因陪杖履，西望梦魂飞。

临江仙　喜读家萸新词走笔奉和

一曲新词惊旧梦，卅年尘迹茫茫。清才逸句未能忘。山为余簟枕，海乃汝家乡。
闻道双飞多快意，临风雏燕回翔。待看春色满平梁。逍遥津树下，把酒话沧桑。

临江仙　寄千帆前辈乞涉江词

久服涉江诗思好，共传漱玉前身。断肠彩笔恸胡尘。汉皋伤佩女，南海泣珠人。天妒白头摧比翼，他生再续前因。暂凭梨枣寿千春。不嫌唐突甚，乞我一编新。

临江仙

用务兰家莫唱和韵，务兰词及今秋合肥之聚，感慨系之。

一举十觞真不醉，谁言世事茫茫。此生此会最难忘。孤鸿飞万里，卅载一还乡。拙计谋身师斥鹦，蓬蒿容我翱翔。待君携手上濠梁。观鱼参物化，殊俗话扶桑。

满庭芳

甲申正月二十三日，郊行遇野梅，因折数枝，词以志之。

云弄残寒，嶂收孱雨，乳莺唤起闲情。苦吟诗倦，扶手且徐行。缭乱新芜旧草，西风紧，吹过还生。销凝处，疏香暗袅，羞影数枝横。　　盈盈。思旧国，荒园一树，空负幽盟。纵绽红先绿，芳意谁惊。不分东君取去，忍攀得，几许娉婷。归来晚，春随野屐，回首淡烟平。

满庭芳

倦柳揉烟，闲蕉肥雨，梦余哀角吹凉。晓窗风困，双蝶舞空廊。缭乱幽情蜜意，漫遮眼，婉婉春光。牵帷处，飞红堕影，依约辨残妆。　　思量。今日事，衣宽卫玠，诗瘦崔郎。费尊前多少，别绪回肠。拟掉虚舟溟海，长吟对，云水苍茫。浑不管，人间今古，芳草共斜阳。

满庭芳

甲申正月郊行遇野梅有词一阕。乙酉人日扶病重来，则含苞未放，惘然久之，因次前韵。

冰蕊藏春，玉容开雪，倦游经岁关情。自怜痴绝，扶病此重行。惆怅芳心不展，深深问，端为谁生。荒烟漫，攀条未折，珠泪已纵横。　　沉思，能几日，鸾笺象管，暗缔诗盟。算何郎归去，尘梦堪惊。便欲移根旧国，长吟伴，凉月娉婷。空凝伫，花期易负，幽恨总难平。

满庭芳　母校浙江大学八五校庆

八五春秋，万千豪俊，总沐求是恩光[①]。瀛环今日，歌舞共称觞。尤喜神州再造，数奇迹，炳炳琅琅。青云路，抟风展翅，四化看鹰扬[②]。　　难忘。当日事，黔山翠霭，湄水朝阳。纵枵腹,琴书自乐洋洋。漫道浮沉卌载,空搔首,惭对门墙。桑榆景,愚公志业,休问鬓边霜[3]。

注:①浙大以求是为校训。②浙大校徽以鹰为志。③四月一日校庆,西俗为愚人节。竺藕舫校长尝以甘为愚公勖勉诸生。

壶中天

闲阶凝伫,又回黄转绿,年年风意。手种幽兰劳燕问,几畹寒香开未?角语吹凉,莺声弄柳,春远浑如醉。浮云终日,旧欢回首千里。　　怕看绕廊群峰,长波遮断,耿孤情难寄。一片斜阳红不管,楚客依依憔悴。喧壑鸣琴,斜桥赋雨,倦梦江南事。而今明月,笑人和梦无计。

沁园春　欢呼除四害

一手遮天,一阵阴霾,一枕黄粱。恨尸魔逞幻,封狐助虐,贪狼恣肆,社鼠嚣张。覆雨翻云,掀风作雾,蠹国谗贤舌似簧。丧心甚,更蚍蜉撼树,鸦翅遮阳。　　罪行擢发难详,笑用尽机关反速亡。看迅雷初击,画皮顿褫;妖氛横扫,玉宇重光。鼓乐喧天,凯歌动地,亿众军民竞举觞。除四害,喜红旗耀眼,万载高扬。

乳燕飞　次务兰韵约同参名山

世法真如幻。算前缘,几生共守,短檠寒砚。国事沸羹家何恃,天怒神愁鬼怨。长记取,连年离乱。湘山黔水漂萍久,万千难,终有知音伴。添苜蓿,供盘馔。　　君乘宝筏登西岸。喜归来朱颜黑发,眼明身健。晤语啸歌连晨夕,无奈风抛絮散。又五度,春回庭院。九子山头清凉境,更灵岩,南海潮音劝。花甲也,同参见。

水调歌头　国庆50周年感赋

五十年间事,历历在心头。大军摧枯拉朽,惊散石城鸥。荟萃八方豪俊,共议中兴伟业,赤帜遍神州。楼上一声吼,革命画新畴。　　四亿众,同欢庆,志初酬。援朝抗美,正义壮举耀千秋。道路艰难曲折,费尽辛勤探索,开放善谟猷。两制回归好,濠水继香流。

陈　怡

陈怡(1921～2011),大学学历。1960年之前于上海、南京、扬州等地工作,1960年后调到盱眙,在教师进修学校、盱眙中学、盱眙二中等单位任教。

蝶恋花

1958年余来盱时，汽车站仅茅屋三间，与马车队相对，街道筚门圭窦，宣化街满目疮痍。事隔四十年，万象更新，兹以记之。

四十年前思绪渺，犹记依稀，瘦马西风道。茅舍竹篱箦女闹，坎坷小道多泥淖。
开放盱城今已俏，桂殿长桥，细雨闲垂钓。淮左江山无限好，水光山色任闲眺。

满江红 庆祝“十三大”召开

四海同歌，十三大、新章一页。建国后、辛勤探索，历经波折。回首风云半世纪，纵观改革初收益。看神州、有万马奔腾，从头越。　隔台峡，应统一，容两制，为良策。要和衷共济，共谋宏业。壮志可酬归港澳，锦程待绘新图册。看鲲鹏、展翅振长空，齐欢悦。

满庭芳 贺盱眙老年大学成立10周年

万树榴红，满城春色，耄耋又增年华。躬逢盛会，欢乐几多家。一派河清海晏，庆重九，怒放心葩。抬望眼，长街新拓，景物更清嘉。　登高。激畅想，鼎新革旧，大浪淘沙。看风来雨骤，重现朝霞。济济一堂俊彦，邀野老，闲话桑麻。忘情处，高歌一曲，更品雨山茶。

盛　平

盛平（1921～?），原名桂荣，字光祖，江苏淮阴人。1949年入二野军大二分校学习，毕业后从事军营文化教育。离休后加入淮阴县诗词协会，著有《咏月诗存》。

水调歌头 阅江楼

太祖庆功诏，欲建阅江楼。宋濂学士挥笔，作记拔头筹。锦绣文章千古，空自无楼有记，遗憾已千秋。虽系前朝事，难免挂心头。　广开放，兴胜景，满神州。名城壮举，狮子山上古楼修。阅尽长江春色，招待良朋佳客，任意作遨游。极目云天外，遐想共悠悠。

一剪梅 遣怀

壮志凌云掷笔行，丢了家庭，进了军营。蹉跎岁月梦堪惊，事未成名，学未成名。
堪慰自身品质馨，正气盈盈，邪气不生。晚年韵事最关情，静到心清，研到诗清。

忆江南　赞苏州公园

苏州好，最好是公园。晨练人群如潮涌，千姿百态寿绵延。入内不须钱。
公园好，最好是三秋。金桂飘香来鼻底，心脾浸透乐悠悠。了却万般愁。

胡绍祖

胡绍祖，江苏淮阴人，抗日战争初期参加革命。曾任长春电影制片厂厂长。

浪淘沙　内子玉珊78岁生辰

岁月苦匆匆，风雨从容。丹心一片不邀功。常念儿孙行路远，晚景空蒙。
老病何忡忡，自慰心融。亲情疗效胜仙虫。但看黄屏花更好，你我偕同。

毛善文

毛善文(1921～?)，江苏沭阳人。中共党员。从戎有年，转业淮阴后历任乡镇干部，至区治安股长、文教股长、机关党委书记、县委农村工作部副部长。离休后任淮阴区诗词协会副会长。著有《敝帚集》两集。

浪淘沙　共产党救中国

时势造英雄，全国工农。产生代表有毛公。一大通过纲领后，革命兴隆。
共产党光荣，缚住苍龙。扫除一切害人虫。十亿人民歌盛世，其乐融融。

王洪明

王洪明(1921～2006)，江苏涟水人。早年毕业于黄埔军校，曾任淮阴教育学院副教授、市老年大学诗词班老师、市诗词协会《淮海诗苑》副主编等职。有《王洪明诗文选》《诗词格律讲座》。

八秩回眸(自度曲)

蒙童时代无挂无牵，读书岁月有苦有甜。卢沟衅起，绵延了八载硝烟。骨肉流离，困顿颠连。丁酉狂飙横扫，“文革”骇浪连天。风口浪尖，一叶扁舟幸保全。　东隅痛失桑榆补，改革高潮卷巨澜。时代风云变，神州喜气添。无虑无忧夕照妍。但愿人长健，欢歌开放篇。万物静观皆自得，无边春色满人间。

西江月 抒怀

两鬓已添华发,童心不减髫年。韶光虚度复何言?历尽风波艰险。
建设频传捷报,山河日益娇妍。百花齐放香今天,樗栎何能自贱!

临江仙 欢庆农业体制改革

四化频传捷报,九州永杜荒贫。丰收激动万人心。黄钟代瓦釜,政策指迷津。
回首当年跃进,米珠薪桂堪惊。左倾忿载乱弹琴。从今航向正,歌舞庆升平。

一剪梅

万紫千红映艳阳,花也芬芳,草也清香。莺歌燕舞闹嚷嚷,山又苍苍,水又茫茫。
盛世欣逢换旧装,政治更张,民气昂扬。征途四化唱新腔,国也繁昌,人也康强。

醉花阴 淮阴城南公园中秋游园观灯会

满眼华灯辉碧树,异彩添奇趣。佳节又中秋,伛偻提携,齐把良宵度。
嫣红姹紫芳菲路,听欢声笑语。盛世本怡情,墨客骚人,喜作游园赋。

潘一和

潘一和,民国初年出生,江苏淮安人。抗日老战士。

蝶恋花 晨跑

似水流年留不住,才过清明,又走端阳路。青壮芳龄虽已去,红枫仍是多情树。
走路犹能迈大步,晨跑归来,心旷难言叙。燕舞莺歌花滴露,诗情画意增无数。

徐楚清

徐楚清(1921~2006),江苏射阳人,中共党员。1941年参加革命,历任淮阴市清江韩城中学校长兼书记、清河区教师进修学校校长、淮阴市诗词协会常务理事。著有《鹤龄初度》《晚晴诗草》。

鹧鸪天 影片《焦裕禄》观后

一片丹心一片忠,浩然正气贯长虹。清廉正直人民爱,心底无私只有公。
为公仆,克己恭。治沙治水治贫穷。光荣传统需承继,为政应和裕禄同。

鹧鸪天　沉痛悼念邓小平同志

哀乐低回举国悲，春归何以又春寒。世间憾事知多少，怎忍邓翁别宇寰。
夹道送，灵车慢，十余万众泪潸潸。特色理论光宇宙，永垂不朽重河山。

刘兆仁

刘兆仁(1922～1998)，江苏泗阳人。1941年参加革命工作，中共党员，原任淮阴地区卫生局副局长。曾为淮阴市老干部书画研究会会长、市诗词协会副会长。著有《瘦菊轩诗集》。

诉衷情　端午怀屈子

当年屈子作离骚，楚韵唱今朝。神州处处歌颂，袅袅上云霄。　　葆爱国，伐门刁，立情操。此生当料，意在兴邦，志在天尧。

沁园春　湖滨

十月寒秋，云淡风轻，洪泽飞舟。望丹山红遍，枫林碧透；沉鱼落雁，浮鸭飞鸥。滩外莲嫩，塘中蟹走，湖岸霜天绘古丘。趁晴日，看徐城风色，景境颇优。　　乡关四化风流。喜改革图新又一陬。有千军万马，兴修水利；车轮滚滚，整治田畴。虎跃龙腾，人欢气壮，冬到人忙走铁牛。抬头看，有高囱酿酒，造曲双沟。

纪益昆

纪益昆(1922～2000)，江苏盱眙人。1941年参加革命，曾任区青年抗敌协会理事、县政府文教科长、安徽省文化报主编、省图书馆副馆长、滁县地区行署文化局顾问等职。

江城子　皖南事变

惊闻帅令恨填膺，踏紧冰，夜空冥。告别江南，万众已吞声。北伐悲歌歌未尽，犹壮烈，铁军行。　　频传急电似雷霆，伏刀兵，露狰狞。千古奇冤，抗日断征程。石井坑长流水赤，今又见，风波亭。

自注：帅令指蒋介石统帅部，指定北上路线，意在围歼。

石州慢　叶挺军长开炮

十倍重围，八万枪声，炮兵昂立。将军默视烟尘，举手长空雷击。一腔国恨，迸发宇宙轰鸣，锋芒所向阴霾劈。烈焰卷狂飙，挥师乘霹雳。　　风疾。炮群呼啸，峡谷三更，血战今夕。抗日忠贞,岂畏奸雄威逼!丛林灰烬,七天七夜孤军,隆隆震撼留踪迹。火种照人寰,燎原常熠熠。

诉衷情　离休偶成

其　一

曾经跨海路漫漫,历险戍边关。辽河魂系淮水,雪满觉衣单。　过卌载,梦波澜,鬓先斑。同侪安在?几突重围,谁待生还?

其　二

长淮苦恋墨阑干,拙笔也艰难。濡毫不尽今昔,老更爱江山。　过卌载,急流湍,转危安。重温归路,两岸风情,韵海扬帆。

其　三

诗坛自古近花坛,风雨共悲欢。问年杖国将至,百卉不孤单。　过卌载,赏桂兰,正开端。芬芳知乐,等级云梯,何必高攀。

李长新

李长新(1922~?),江苏盱眙人。退休工人。

清平乐

笙箫歌舞,盛世银壶举。进步车轮谁可阻,迭见繁荣故土。　誓将污浊澄清,人民享乐升平。但愿苍天不老,堪当万古长青。

孙永宽

孙永宽(1922~?),江苏盱眙人。皖北行政学院教育班毕业。省、市、县诗词协会会员。编辑出版《汪孟棠遗诗轶事》。

西江月　柳絮

春雨丝丝有限,东风缕缕无穷。今年再见忆离容,回想飘零如梦。
有时闲舞深院,无意飞逗帘栊。离情别意一般同,偏惹卿卿恨重。

陈兴复

陈兴复(1922~1995),江苏泗阳人。曾任乡长、区委书记、县长、地区检察分院检察长、洪泽县委书记、县人大主任。1983年离休后，受聘为洪泽县春涛社名誉社长，淮阴市诗词协会副会长。

沁园春　洪泽湖

黄海东移，群湖出现，洪泽名垂。望长淮上下，水天一色；烟波笼罩，视线津迷。盛产鱼虾，支援贸易，每到重阳蟹更肥。嘉宾集，共持螯把酒，乐也忘归。　长堤巩固根基，溯往昔，历朝修建之。自汉时伊始，高家堰筑；元明屡护，洪害仍弥。迨至清时，增加土石，何故偏求牛虎鸡。新社会，始决心根治，化险为夷。

宋振东

宋振东（1922～2008），江苏淮安施河人。曾任淮安县中学总务主任、勺湖诗社社长、淮安县老干部诗词协会副会长、淮安市诗词协会理事。

浪淘沙　纪念周总理逝世14周年

星陨撼神州，国是多秋。年经十四泛洪流。政纪民风需扭正，黎庶怀周。
暴乱闹燕幽，内外构谋。狂澜已伏挽貔貅。后继有人应瞑目，共济同舟。

周振熙

周振熙（1922～2010），江苏灌云人。中共党员，淮阴市离休干部。江苏省诗词协会会员、淮安市诗词协会常务理事。

渔歌子　洪泽湖即景

堤柳含烟掩翠楼，菱荷鹅鸭遍汀洲。鱼戏浪，蟹虾游，歌声萦绕满渔舟。

长相思　吟秋

秋霜降，晚风香，稻谷充盈满地黄。农民喜欲狂。
畈方方，机昂昂，喷薄朝阳收割忙。米粮装满仓。

浣溪沙　赞美中洲岛

地绿天蓝水面鸥，两河碧浪绕中洲。四堤翠柳漾啁啾。
得月楼头鱼读月，若飞桥下夜游舟。客来如在梦中游。

高桂生

高桂生(1923～2010),江苏淮安人。1944年8月参加工作,同年加入中国共产党。曾任建湖县乡镇党委书记、县级淮安市教育局长、科委主任、老干部诗词协会会长、《淮安诗苑》主编等职。

十六字令　阅江楼三首

楼,矗立金陵狮子头。凭栏眺,银汉贯神州。
楼,脚下绕江天际流。虹横卧,上下逐车舟。
楼,明代君臣记已收。今非昔,鼎革胜千秋。

陶绍景

陶绍景(1923～2015),字颂春,江苏淮安人。中共党员。中华诗词学会发起人之一、中华诗词协会名誉副会长、市诗协副会长、春涛诗社社长。《洪泽湖吟咏大观》"五个一工程"奖获得者。著有《瘦梅轩诗文选》两集。

望海潮　赞大墩岛名人碑林奠基

毗连佛寺,潮头古岛,千秋衔月笼纱。百尺高梧,凤鸣霞举,清音回荡天涯。胜境萃名家。集楷行篆隶,斗艳争华。绝岸颓峰,枯藤硬弩展奇葩。　长堤百里停车。听崩雷坠石,遏浪飞花。笔阵横开,鹅池溢秀,碑林异彩堪夸。艺海共浮槎。赞一方乐土,饱览烟霞。更有悬湖活水,泼墨走龙蛇。

水调歌头　钱码岛旅游工程启动

钱码天然岛,荡漾水中央。芦汀起伏连,断曲径入渔乡。千载明珠藏椟,今日喜逢识主,扮靓出闺房。百乐齐演奏,凤鸟唱朝阳。　一亿五,大手笔,价难量。美轮美奂,"上海故事"愿终偿。指日五洲客侣,锦毂云帆相接,度假赏湖光。碧浪青螺拥,纵兴任徜徉。

东风第一枝　洪泽县城工业园区掠影

春满湖滨,群芳斗艳,园区工业新设。当年草长莺飞,今日林深路阔。招凰引凤,好一派地灵人杰。赞外商,相竞投资,交织各方情结。　发电厂,崩雷腾热;科技苑,拿云揽月。纤维运转经纶，化工峥嵘头角。平衡生态，夸环境，整齐清洁。细评章，东扩城区，未负番番心血。

费国衡

费国衡(1923～2012)，晚号向阳居士，江苏金湖人。1983年于金湖县中学离休，为金湖县政协之友社成员。江苏省诗词协会会员，淮阴市诗词协会常务理事，《金湖诗词》创始人之一。

临江仙　金湖中学

曙色钟声催梦醒，满园桃李剪裁。辛勤培植为花开。暖风天似镜，红日透书斋。

心织笔耕弹岁月，黉宫教席和谐。榜名胪列光荣台。有三千学子，创业走天涯。

水调歌头

全国女篮四强“金玉日化杯”邀请赛在金湖举行。

日落飞天会，倩影耀华灯。金湖体育球馆，女队四强乘。花绽红颜巾帼，雁落英姿飒爽，腊地走嫦娥。叠掌震宏厦，旋舞弹流星。　玉腕展，锋锐露，战果更。阵形多变，群秀契默纵还横。调虎离山单扣，暗渡陈仓巧射，但见比分争。观止婵娟赛，明月夜空腾。

清平乐　县老干部俱乐部

巷头洲绿，碧水绕环曲。垂柳婆娑清气馥，亭畔红楼翠竹。　黄昏战罢牌封，苍穹新月朦胧。颐养豪情未减，笑谈不落雄风。

[中吕　升平乐]　金湖诗协5周年庆

湖光绿荫呢喃燕，人杰地灵锁紫烟，政通人乐咏诗篇。情萦翰砚，故乡堪羡，月儿圆，夜阑犹恋。

张幼兰

张幼兰(1923～2018)，女，四川眉山太和人。1945年毕业于四川大学教育系，曾先后在成都、绵阳等地执教。1957年调到江苏盱眙，毕生从事教育工作。为淮上名师。

浣溪沙 听唱春天的故事

其 一

新政推行阻力强，闲言碎语一箩筐。原来鼠目只微光。
命运岂能依老样，锈刀定要换新枪。莺啼燕语满园香。

其 二

恩重如山念伟人，春天故事唱南巡。逃亡要饭早无痕。
开放国门迎四海，革新弊政换乾坤。摧枯拉朽待佳音。

沁园春 咏盱眙

淮左名城，楚王故郡，水绕山环。忆金人肆虐，宝积纳贡；东瀛杀戮，战乱连年。败井颓垣，荒山瘠野，芦管编房岂耐寒？叹黎庶，尽鹑衣蔽体，衰鬓枯颜。 今朝国泰民安，数不尽华楼似栉连。有青峰翠竹，公园新建；环城公路，车辆联翩。米芾题碑，东坡遗墨，胜友如云第一山。抬望眼，看鲲鹏展翅，直上云天。

水龙吟 纪念郑板桥诞辰300周年

弃官归老维扬，赢来佳话传千古。芒鞋布褐，蓬门筚户，烟霞烟浦。诗寓三真，画工兰竹，书坛独步。羡自由洒脱，神工鬼斧。风格劲，翻新谱。 情系苍生疾苦。盼清廉，开明官府。空怀美愿，萧疏霜鬓，漫嗟迟暮。春雨寒江，秋风红叶，颠狂“书蠹”。把满腔愤慨，千般痛切，振毫倾吐。

一剪梅 游铁山寺生态园

水色山光任逍遥，柳线轻摇，榴火轻烧。新荷出水更妖娆，过了平桥，又上弓桥。
好友忘年兴致高，伴我闲聊，听我唠叨。满腔愁绪一齐抛，远了喧嚣，忘了尘嚣。

浣溪沙 故乡情

万里归来睡梦香，三苏祠内忆徜徉。当年犹是少年郎。
白发苍颜伤老迈，琼楼宴饮话沧桑。休愁风雨遗颓唐。

浪淘沙 思故乡

窗外北风寒，冷气相煎。畏寒懒起忆童年。姊妹灯前听故事，兴味盎然。
无限恋椿萱，尽孝无缘。梦中多次拜慈颜。故乡遥望云天隔，远在天边。

满庭芳　明成祖大搞改革开放

志在中兴，图强变法，敢斗禁海狂澜。力排众议，昂首一挥鞭。勇武精英选定，西洋梦，妙算能圆。东风便，郑和国使，静待凯旋还。　　奇观。乘巨舰，劈波斩浪，碧海千帆。看镇定从容，安稳如磐。艰苦缔交万国，恩威用，四海朝天。今朝喜，特区引路，奇迹创空前。

满庭芳　郑和颂

业绩斐然，惊天动地，美名万古流芳。奉君王命，率队出长江。大海波翻浪涌，谈笑处，凤翥龙翔。凭诚义，扬威异域，七次下西洋。　　昂扬。新线辟，惊涛稳渡，直抵蛮荒。为富民强国，历尽灾殃。世界远航史上，英雄虎胆谱新章。新时代，飞天探测，前景晚辉煌。

谈化文

谈化文（1924～　），江苏盱眙人。盱眙中学教师。淮安市诗词协会、盱眙县诗词学会会员。

行香子　秋登第一山

第一山前，落叶翩跹。上层台，云淡天宽。右襟凤岭，左倚龟山。赏东坡词，南宫字，秀崖泉。　　举头北望，白水绿滩。逐波涛，船队争先。淮桥十里，隐约车喧。正夕阳下，帆影远，雁声寒。

浣溪沙　苏皖十县市书画展

水墨丹青意象新，龙蛇飞动见精神。冬来艺苑却欣欣。
尺幅鸿篇心血铸，长淮古泗比邻亲。并肩携手再光临。

菩萨蛮　答友人

诗笺一页含奇趣，携来旧友情无数。相约莫偷闲，休云行路难。　　无端风雨过，忍看群芳堕。拄杖觅芙蕖，出泥水染污。

浪淘沙　雾中渡江

风细雨如丝，气湿天低。云封烟锁眼迷离。浩荡江流奔逝急，前路依稀。
远处有鸡啼，人语车嘶。困居银幔有穷期。踏上滩头临胜地，其乐奚疑。

减字木兰花　寄友人

三苏故里，无限乡情君永忆。旧地重游，故旧重逢笑白头。
川江碧透，鸿雁迟迟疏问候。蓬岛迷茫，羡煞麻姑寿且康。

菩萨蛮　中秋怀友人

清风送爽迎佳节，千山万水同圆月。举酒可忘忧，醉乡任漫游。　　知交能有几？皓首长相忆。寂寞听虫鸣，今宵梦不成！

行香子

1995年重阳节千人登山，余有幸参加，因作此词纪念。

千老登山，意趣空前。抖精神，笑语频传。连攀峻坂，不顾腰酸。要凌绝顶，眺远方，藐艰难。　　黄花初放，霜叶如丹。面长淮，历落风帆。北瞻汴泗，南列岗峦。令心儿舒，眼儿亮，劲儿添。

如梦令

其　一

江上波涛拍岸，坡上月明柳暗。人坐画图中，仰望长空幽远。如幻，如幻，天际流星一闪。

其　二

落叶西风向晚，黄土一抔溪畔。寂寞听秋虫，细语如吟如怨。如怨，如怨，孤客天涯梦断。

长相思

其　一

送一程，又一程，珍重叮咛长短亭。依依夕照明。
君慢行，我慢行，执手相看语欲凝，能忘离别情？

其　二

风凄凄，雨凄凄，长夜灯昏人困时。几番入梦迟。
酒满卮，花满枝，一瓣心香知未知。相逢自有斯。

蝶恋花　眉山女史八十

壮岁飘萍淮上老，笔砚耕耘，汗水知多少。任你天灾人祸扰，种瓜种豆终须报。
桃李芬芳风景好，骨健神清，笔底生花妙。歌咏九如音袅袅，开筵共醉忘昏晓。

鲁　化

鲁化(1924～?),原籍洪泽老子山镇,定居盱城。退休干部。

西江月　山城古今

历代江淮要塞,几朝争战疆场。刀光剑影马嘶昂,留下荒山恶浪。
水秀山明春色,国强民富安康。阴霾净扫宇生光,百业欣欣向上。

张　震

张震(1926～1988),江苏盱眙人。自由职业者。

西江月　贺盱眙诗词协会成立

其　一

淮水滢滢绕郭,群山碧碧如城。都梁景色最清新,触发骚人佳兴。
改革声中盛事,诗词学会初成。工农兵学老中青,挥笔同吟安定。

其　二

久住都梁山下,布衣白首公民。文人雅集辱相闻,深感十分荣幸。
胸有千般贺语,几番捉笔难成。芜词一阕献微忱,惭愧江郎才尽。

醉花阴　中秋有感

其　一

大好流光随水逝,忽又中秋至。佳果列闲庭,把酒临风,对月生遐思。
广寒今夕人何似,不返将何俟。佳节忆相知,望断银河,不见平安字。

其　二

畴昔人间今易制,全改当年事。不信且凝眸,玉宇琼楼,崛起连街市。
少年抵掌谈时事,豪气盈胸次。分手隔云天,幸遇明时,我在虞唐世。

浣溪沙　除夕怀旧

诗酒流连记少时,壮怀激烈两相知。金陵一别鬓如丝。
万户腾欢当此夜,举杯难下忆英姿。漫凭烛焰问归期。

鹧鸪天　除夕怀边疆

爆竹声催又一年，屠苏在手望南天。群星璀璨硝烟里，热血奔腾篝火边。
猫耳洞，老山前，横枪立马志无前。昂藏七尺边疆守，赢得千家设绮筵。

桂枝香　桥头春意

闲来踯躅，看卧水长桥，行旅如骛。攘往熙来不断，朝阳竞沐。问他底事匆忙甚，蓦回头，庄言相嘱。时当七五，人争改革，岂容碌碌！　　都说是翻番在握。有兵学商工，农林渔牧。十亿人民奋起，何求不获。晓风拂面心微暖，撇闲愁且骋游目。山凝翠黛，水含涟漪，柳摇新绿。

蝶恋花　赠痕姐

未觉春来春已去，花落闲庭，倦鸟偏相顾。断羽流红归一处，只因都被时光误。
离合悲欢经几度，往事思量，恰似云和雾。践踏成泥无可妒，差堪自慰香如故。

孙泽民

孙泽民（1924～2010），江苏淮安人。中共党员，历任教师、《淮安日报》编辑、淮安县文化馆、图书馆副馆长等职。中华诗词学会会员，曾任县级淮安市诗词协会常务副会长。

清平乐　七十自寿

秋高气爽，七十心花放。抓住中心歌颂党，原则坚持向上。　　敢随改革腾飞，故乡新事芳菲。奋战双翻实现，力争余热生辉。

孙　肃

孙肃（1924～1994），字久山，江苏徐州人。1950年毕业于南京大学中文系，文革后为江苏教育学院古代文学副教授。编有《旧体诗格律》《词律五十调》《词学通论》等。在淮期间，与同从南京下放的季廉方、周本淳、常国武结为诗友。

菩萨蛮　速季公来聚

蝉鸣满树青萍老，重门寂寞茵芳草。茂苑收残花，小窗日影斜。　　思君浑不在，梦绕斜阳外。好携浊酒来，共饮荷叶杯。

钱煦

钱煦(1924~2003),女,浙江嘉兴人。1947年毕业于国立浙江大学文学院,历任南京市一中,淮安县平桥中学,淮阴师范学院教师、副教授。著有《定轩诗钞》《定轩词钞》。中国民主促进会会员,淮安市民进创始人之一。

菩萨蛮

难忘杨柳露头月,弦歌阵阵何曾辍!两度共门墙,海天各一方。羡君真健笔,《参考》情横溢。喜见合家欢,几时君再还!

原注:家萁学长兄惠赠近影,因赋。

鹧鸪天

唐氏祠堂笑语喧,殷勤最感意拳拳。弥谐琴瑟弥思子,愈阻关河愈梦繁。

鸿雁语,万千般,逍遥津畔共开颜。五年又隔瀛洲水,何日同登九子山?

原注:调寄《鹧鸪天》,务兰学长兄吟正。

蝶恋花　送孙公南归

谁道新居真可慕,每送南归,惆怅还如故。玄武钟山游宴处,萋萋芳草斜阳树。

长记平桥盈笑语,客里光阴,无计消迟暮。箫鼓声中君且去,江南游子江南聚。

踏莎行

大地春回,小楼雨霁,嫣红姹紫熏人醉。梦魂夜夜绕重山,难寻昔日弦歌地。

四处飘零,十年血泪,离愁脉脉凭谁寄。天涯鸿雁自多情,何日重挹湄江翠?

原注:调寄《踏莎行》,录赠菊隐、筑琼两友,聊博一笑耳!

蝶恋花　观影片《天云山传奇》有感

却看天云多少泪,掬尽清泉,幽恨终难洗。一意为民思尽瘁,重枷叠锁翻成罪!

鸟语花香春色翠,浩浩东风,荡涤多年秽。银幕今朝提旧事,真如战鼓催千里。

临江仙　贺母校八五大庆

校庆佳音传宇内,莘莘学子欢腾。万丝千缕理难清。合家依母校,鱼水见深情。

鬓发虽斑聊自勉,声声耳畔叮咛。丹心一片玉壶冰。精神求是好,千载树仪型。

原注：先君钱宝琮任职母校近三十年，我兄妹七人除幼妹肄业附中、毕业人大外，皆毕业于母校，其偶亦多为校友。1974年1月5日，先君病故苏州时，老校长竺藕舫世伯身卧病榻，危在旦夕，犹殷殷关怀我等赴京参加追悼会事宜，感人至深。

西江月　校庆归来寄附中诸友

昔日芳畦幼叶，今朝老干虬枝。相逢惊看鬓生丝，还坐春风求实。
此会百年几度，个中滋味谁知。待到“九七”祝期颐，重到西湖把臂。

鹧鸪天　《鸿雁》第二期编后

笔墨初停意万千，心随鸿雁去翩翩。狮山湄水烟云外，旧友新情梦寐间。
旗帜艳，道途宽，神州百卉正争妍。劝君莫叹桑榆晚，共展红霞映远天。

清平乐　为《鸿雁》第四期作

别离卌岁，风雨尝如晦。为候鸡鸣神欲瘁，湍急何曾思退。　　神州万里东风，弄孙其乐融融。兴至浅吟低唱，闲情寄与飞鸿。

虞美人

甲子季夏，偕老伴将赴内蒙古。途经京津，拟过访筑琼、渌云、越秋诸友。把晤在即，快何如之，喜而赋此。

骊歌同唱情如昨，湄水悠悠碧。京津何处眼中青，可奈终宵思绪梦难成。
依稀桃径春风暖，多少诗书伴。而今头白许离休，却喜青春常在绿阴稠。

阮郎归

乙丑仲夏，既移新居，石榴怒放时节，儿孙相继归来，喜赋一阕，以志不忘。

十年江北渡生涯，欢声忽满家。琴书几案净堪夸，小榴正着花。
老伴读，小孙哗，池塘处处蛙。微风习习夕阳斜，嫩凉月印纱。

菩萨蛮　痛悼吴贻芳主委

晴天霹雳良师失，怎禁涕泪闻声落！化雨共春风，丝萝倚劲松。　　一片丹心壮，女大亲开创。桃李耀门墙，自贻百世芳。

原注：吴主委于1985年11月10日谢世，享年九十有三，可谓无疾而终。

摊破浣溪沙

乙丑孟夏，与乐兮等昔日同窗畅游贵州安顺之龙宫，兴味盎然，乃赋小词二首，调寄

《摊破浣溪沙》。

其　一

安顺龙宫天下闻，呼朋买棹入龙门。头白高歌惊过客，焕青春。

不为乐兮频寄语，何能千里共寻根？溪水潺潺流不尽，少年心。

其　二

宫内景观集众奇，布依谈笑指东西。凤舞龙腾飞瀑溅，雾霏霏。

高峡暗湖叹未已，蚌岩乳燕展新姿。最爱深潭深万丈，沁人脾。

原注：导游小吴系布依族青年。蚌壳岩下有虎穴洞，内有深潭，长宽各丈余，波平如镜，奇峰异峦，尽收潭底，相映成趣。

女冠子　观海

耀眼玉碧，莽莽水天一色。浪涛欢，拍岸真山倒，回波听管喧。　　轻舟迎浪去，起伏任波翻。点点沙鸥白，意俱闲。

忆江南

1941年至1946年，家居湄潭，寓朴庐，对当时情事多所流连，四十年来萦回于怀。今岁重访故地，抚今追昔，感慨系之，因为小词数章。

其　一

湄潭好，湄水日潺湲。薄暮桥头归鸟噪，凌晨江上转筒喧。几度梦中还！

其　二

附中好，茅舍聚贤英。学子孜孜勤砥砺，良师矻矻苦耕耘。不尽吐丝情。

其　三

朴庐小，多谢一枝栖。绩学老亲原自乐，析疑子女漫相随。从不羡轻肥。

其　四

经行地，水硐最清幽。《赤壁赋》声回峡谷，深林竹影漫山沟。归路雨初收。

原注：湄潭县郊水硐沟有瀑布，假日先慈辄携予姐妹往游，至则必高声吟诵《赤壁赋》，予等随声附和，其乐无穷。忽忽近半纪而声犹在耳，不胜依恋之情。

其　五

湄民苦，生活记从前。几把蓬茅难蔽雨，一瓢粗粝淡无盐。度日信如年。

其　六

惊巨变，黔北小江南。满眼高楼花似锦，盈畴嘉谷酒如泉。改革志弥坚。

临江仙　赠自珍

老伴扶将游古镇，耳边幸福盈盈。山形龙虎凤鸾鸣。泸溪浮竹筏，异景竞来迎。

觅座殷勤情意切，吟君大作心倾。车窗惜别放歌诚。隔山还隔水，相望缔诗盟。

忆江南 晚晴颂

其 一

晚晴好，灿烂众星明。老伴相携步履健，儿孙逗趣欢声盈。离退一身轻。

其 二

晚晴好，潇洒旅游时。胜水名山开眼界，奇闻异趣入新诗。乐事两心知。

其 三

晚晴好，闲里爱偷忙。腿快手勤营饭菜，神清气爽写文章。眉舞色飞扬。

其 四

晚晴好，晚景夕阳红。坎壈半生东逝水，葱茏一片碧云峰。花月又春风。

其 五

《晚晴》好，屈指十年刊。旗帜鲜明高品位，内涵丰富溢专栏。把卷胜加餐。

蝶恋花 《咏湄》之友聚会归来

谁道老来宜静守，每到春来，访友还依旧。日日钱塘欢不够，但愁客里光阴骤。百鸟归林寻梦久，何幸今朝，西子重携手。黔北江南频翘首，湄潭情结浓于酒。

原注：偏爱冯延巳《蝶恋花》“谁道闲情抛弃久”，已套用两次，不可再套了！

章明寿

章明寿（1924～2006），江苏淮安人。中共党员，早年毕业于大学中文系，淮阴师范学院教授，中国古代散文学会理事。著有《古代散文浅论》《古代散文简史》《古代散文絮语》《说联》《爱晚轩诗文集》等。

沁园春 北归淮阴遥忆无锡诸友好

十载江南，一曲骊歌，别意缠绵。记梅子熟时，挑灯听雨；樱桃摘后，坐月品泉。舒啸东皋，寻碑古寺，五里湖中浪接天。三山外，指风帆沙鸟，分外娇妍。 风光自可流连，又何必匆匆放归船？奈白云亲舍，久萦客梦；青衿学子，望穿歌弦。身寄吴江，神驰袁浦，夜夜乡心在故园。兹别矣，愿诸君珍重，惜取华年。

满江红 香港回归

锦绣河山，曾记取，任人掠夺。珠塞外、虎门销毒，关将喋血。荏弱沦为砧俎肉，强凌霸作金银窟。南京约、忍辱负年年，凭谁说。 庆盛典，寰海悦；城下耻，今朝雪。喜红旗高插，九龙关堞。百载明珠还旧浦，一湾宝港创新页。爱国课、永向子孙开，莫轻辍。

满江红　咏新建阅江楼

月涌星垂，云岸兀、烟光凝碧。思往事、六朝文物，晚唐词笔。燕子矶高秋露冷，莫愁湖涨春潮急。凭明祖、一旨竟喧阗，无消息。　　昊天霁，封建毕；民族兴，兵戈息。踞狮山危岫，绮檐层出。南北一桥通万乘，东西巨舶输千镒。待暇日、把酒阅江吟，标心迹！

望海潮　龙年抒怀

疏梅横影，融冰润土，东风吹遍天涯。旭日吐红，桃符斗艳，迎来笑语喧哗。岁序驭龙年。念十二盛会，宏论堪夸。改革腾飞，融融春意暖千家。　　校园景色清嘉。有书声破晓，剑舞餐霞。宵旰舌耕，精勤笔削，何曾虚度年华。两鬓点霜花。喜眼明身健，覃思无邪。恋栈驽骀，尚欲驰骋跃银沙。

金缕曲　瞻仰周恩来总理故居

淮上秋风急。启专程，恭趋门巷，仰瞻遗迹。华夏苍生生计蹇，谁不呻吟反侧。觅真理，辛勤探索。勇迈征途抒壮志，苦绸缪，频建凌云策。循大道，救中国。　　卅年创业倾心血，竟忘身，无分朝夕，鞠躬尽力。雪梅霜欺香愈烈，形象高于松柏。北斗陨，山河饮泣。千里甘棠怀盛德，树楷模，举世谁堪匹。经日月，称完璧。

齐天乐　庆祝新中国成立50周年

国仇家难何由说，漫漫怎熬终夜！遍野哀鸿，长衢饿殍，盈幅凄惨图画。精英叱咤。率千万工农，廓清天下。十月天安，盼来红日耀华夏。　　今年喜逢五秩，数丰功伟绩，哪尽抒写？铁水奔流，糇粮囷集，举国争登四化。蜚声欧亚。劝台峡那边，陡崖收马。统一明灯，正光芒四射。

沁园春　西山曹雪芹故居怀古

僻巷蓬门，宿草寒烟，蛩唱颓垣。忆燕台悲歌，半生潦倒；秦淮风月，旧梦难圆。热泪柔肠，薄衫冷粥，十年著书黄叶村。伤迟暮，最孤儿夭折，新妇飘零。　　西山风雨如磐，曾摇曳八旗健锐幡。恁千骓腾跃，红缨飘顶；万弓引发，礌矢中环。昔日狂飙，于今安在？折戟沉沙戍堞残。回眸处，正《红楼》耀影，光照文坛。

满江红　悼念邓小平同志

云暗星空，哀音播、江河呜咽。恭记取、威严戎马，激昂劲节。革命一生寰海颂，艰难三黜馨香烈。怅而今、未践香港行，殊悲切！　　国强盛，人忭悦；大政定，方针决。喜英才继起,永赓宏业。举世同怀鸿鹄志,万民共奋关山月。承遗愿、戮力建中华,齐超越!

江南春 题《红烛颂》画

风萧瑟,夜朦胧。窗前人弄影,案上烛摇红。胸中怀有三千士,辛苦耕耘兴正浓。

浪淘沙

曹兴亚烈士1947年牺牲于东北开鲁,其父曹云波同志索题。

关外战云沉,开鲁名城。舍身仗义竟成仁。赢得功勋传史册,千古英名。

革命大功成,家国承平。抚今犹自悼英雄。勖励青年长记取,效法前型。

忆旧游 浦江夜游

正黄昏时节,外滩虹霓,竞射芒针。凭栏处,惊临胜境。清风拂面,浩水流金。层楼迢递栉比,倒影入波心。更耸动人群,亲昵情侣,缓步花阴。 喜老妻作伴,感爱女佳婿,扶将情殷。夜阑兴犹炽,望浦东珠塔,点点闪霖。江轮逐浪驰去,汽笛送阑音。选摄费沉吟,春申美景遍绿浔。

[天净沙] 与戴明陆恒钧访曹雪芹故居

板桥流水孤村,丝萝小径衡门,惆怅图形瘦损,西山险峻,百年谁悼诗魂。

孙步坦

孙步坦(1924～),江苏淮安黄码人。中共党员,早年在私塾读书,曾任涟水县县长、淮阴市劳动局局长,淮安市诗词协会副会长、顾问。著有诗联《萦绿斋集》。

忆江南 庆祝国庆40周年

其 一

雄狮吼,还我亚洲雄。管领山河须众庶,盘回风雨得葱茏。已教箪瓢充。

其 二

艰难在,毋忘职萤功。四化宏图期实践,卅年建设识穷通。踔厉九州同。

菩萨蛮

连阡接陌苕花紫,绿肥敢教田园美。刮目看安东,千渠百脉通。 村村农事急,出水秧针碧。碱地换新装,年年万吨粮。

祝英台近

华池风，苏堤柳，旖旎西湖雨。白首学农，猛气还轩举。豪情夺取难关，贤师良友。今别去，同吟南浦。　　爱乡土，硗地迭报丰收，粮棉兆吨吐。栉沐频年，喜擂村原鼓。惩治社鼠城狐，兴邦治乱，入新岁，塞图谁阻。

贺新郎

四月安东路。舞春风，千行杨柳，披离新黍。水灌长渠田似绣，绿嫩秧针乍吐。扶银犁，铁随心舞。麦黝苔黄弥望眼，又铺添苕翠紫云聚。楚天阔，川原妩。　　丹心万众豪情翊。战当前，增肥播种，汗挥如雨。八载粮棉丰稔讯，一扫频年瘠苦。改盐碱，震今烁古。大地多情养吾汝，励勤劳，同击长征鼓。创伟业，步如虎。

徐　光

徐光（1924～2010），江苏盐城市人。中共党员。曾任中国建设银行淮阴市分行副行长等职。淮阴市诗协常务理事。《九五颂》2003年10月被中华诗联学会评为中国诗词优秀成果奖。

鹧鸪天　寄语老战友

每思创业论英雄，奋斗征途战友同。老去情怀君幸识，丹心一片两相通。
献余热，树雄风，翻番重任莫轻松。对镜无须愁白发，晚霞未逊早霞红。

徐　俊

徐俊（1924～1998），江苏涟水人，中共党员。曾任淮阴市人民政府副市长、淮阴市人大常委副主任、淮阴市诗协顾问。

鹧鸪天　十一届三中全会召开10周年志感

满鼓云帆穿浪行，十年风雨十年情。江潮怒卷连天雪，海港轻飏万国旌。
思往事，探征程，披荆斩棘赖群英。精心整治臻佳境，柳暗花明百啭莺。

朱士贤

朱士贤（1924～　），江苏涟水人，中共党员。曾任淮阴县老年大学常务副校长、县诗词协会会长。

临江仙　家乡巨变

喜看家乡花遍地，碱滩尽变良田，沟渠碧水绕庄园。秋来稻海阔，金浪涌村前。
纪事悠悠随逝水，文明更绘三篇。高楼广舍紧相连。雄鹰方展翅，奋力上蓝天。

朱士亚

朱士亚（1925～ ），江苏淮阴人。教师。1987年任淮阴县诗词协会常务理事、会刊《淮水吟》编辑组长，著有诗集《闲情录》。

水调歌头　师生欢聚

盛世风光好，三节喜蝉联。礼品奖金酒宴，鞭炮响声连。编外老兵相吊，后浪超过前浪，哲理每昭然。喜见青山秀，皓首颂词填。　　看桃李，遍华夏，尽翩翩。利民业绩璀璨，怀化梦魂牵。四县娇鸾展翅，国庆还巢一聚，咸集慰残年。对景浑身暖，胜度艳阳天。

严举仁

严举仁（1925～2002），江苏淮阴人。任中小学教师、校长，县、市教育局秘书、股长，市商业职工学校校长等。淮阴县、市诗词协会会员。

西江月　赞交警

飒爽雄姿交警，挺胸昂首精明。严寒酷暑站岗亭，执掌交通命令。
车辆南来北往，人群东送西迎。频频旋臂指行停，赤胆忠心骨劲。

孙道宏

孙道宏（1925～ ），江苏宝应人，中共党员。曾任金湖县农委政秘科长等职，1987年离休。

一剪梅　金湖春色

湖水金波映日红，云彩迢迢，水态溶溶。机船飞驶运输通，雄伟长堤，固锁蛟龙。
蓄泄兼筹建巨功，滋润田园，吞吐洪峰。鱼虾鹅鸭水鲜丰，秀色城乡，造化玲珑。

陈锦珊

陈锦珊(1925～),淮安市淮安区人。中华诗词学会会员,苏州市诗词协会沧浪诗社(会)副会长,《姑苏吟》副主编,作品在国内外多家刊物上发表。

沁园春　淮安故乡赞

中外驰名,历史悠久,楚邑古城。忆元宵灯节,龙舟起舞;中秋夜景,玉笛飞声。市井喧闹,茶楼书唱,说尽兴亡涕纵横。俱已矣,看沧桑巨变,耀眼纷呈。　　人民庆贺新生,赖万众辛勤勇献身。有沟渠灌溉,路隧畅通;千畴沃土,百业峥嵘。宇域清明,湖山毓秀,共颂承平北斗情。凝神望,喜家园貌改,一派繁荣。

陈耀华

陈耀华(1925～2001),江苏淮安人。抗日老战士,教育工作者。历任淮安县多所中小学校长。淮安市诗词协会、江苏省诗词协会会员。

菩萨蛮　村居感怀

缠绵床箦神消损,忧时又被愁思困。几缺几时圆,山深闻杜鹃。　　年年花下立,悲痛无声泣。回首抚孤儿,断肠爷不知。

郑兆熊

郑兆熊(1925～1984),字瑟希,江苏涟水人,嗜国学,诗词重一方,多散佚。文革中下放农村多年。曾主修《高沟镇志》,后因病去世中辍。

水调歌头　贺徐卞珍60寿诞

潇洒真名士,咄怪说书空。孤云悠适,左图右史老夫雄。玉树三株吐瑞,鱼水百年和合,日曜锦堂东。买棹岣山去,胜算牢盆中。　　杖乡年,寿嵩岳,祝华封。难忘卅载,毁家纾难愤从戎。心恋园林幽美,名重商行俭让,否泰顺时通。喜看称觞日,南极仙翁逢。

孙应考

孙应考(1926～　),字逸群,号半岛翁。淮安市淮安区人。抗日老战士,县级淮安市政协副主席、诗词协会会长、台联会会长。著有《半岛斋诗存》。

长相思　怀念周恩来总理

念伟人,敬完人,黑夜沉沉秉北辰。迎来天下新。
慰忠魂,振国魂,四化征程捷报纷。而今独占春。

长相思　台海恋歌

海那边,海这边,望断云天魂梦牵。何时共一天?
盼今年,盼明年,漏尽更残人未眠。西楼待月圆。

调笑令　反腐倡廉

廉洁、廉洁,社鼠城狐须灭。党章国法明宣,反腐倡廉列先。先列,先列,海晏河清民悦。

临江仙　纪念抗日战争胜利65周年

滚滚狼烟平地起,东瀛倭寇侵疆。法西斯帝逞凶狂。奸淫烧杀抢,妄作亚洲王。
奋举镰锤奔战场,出生入死救亡。频年浴血打豺狼。拯民于水火,社稷得重光。

忆秦娥　周恩来总理百年诞辰祭

相思切,山河呼唤人中杰。人中杰,兴邦能手,改乾坤辙。　　流年逝水情难灭,诞辰百岁怀英烈。怀英烈,灵前告慰,神州飞越。

西江月　悼抗洪烈士高建成同志

1998年8月26日《人民日报》载空军某高炮团指导员高建成同志,带病上前线,遇险把救生衣让给他人,在激流中救起两名群众和两名战士,而他自己却被狂涛卷走。

自古英雄虎胆,由来烈火金刚。惊涛骇浪视平常,为国为民志壮。
岸裂堤崩人陷,舍生救死情长。两番三次搏汪洋,一片忠心献党。

广寒秋　归林抒怀

一湾溪水,一身风雨,绿竹小楼幸顾。欣逢盛世乐逍遥,阅书史,吟坛漫度。

儿时美梦，征途险恶，往事为师堪悟。终因少学性愚蒙，最难识，人间时务。

沁园春　盼祖国早日富强统一

满目青葱，禾稼无垠，林木如烟。看山河上下，龙翔凤舞；神州内外，李茂桃妍。车水马龙，人欢机唱，织锦描红绘大千。思往昔，被列强侵略，黎庶汤煎。　　镰锤改地擎天，靠邃密群科捷足先。振文明古国，炎黄福祉；诗歌之邦，人世桃源。百鸟争鸣，群芳竞秀，万紫千红绘大千。期大统，与台澎港澳，共谱新篇。

沁园春　纪念抗大五分校建校70周年

黄海之滨，集合一群，民族精英。为救亡抗日，钻研韬略；振兴华夏，求取真经。天作课堂，膝当桌凳，茹苦含辛赤子情。战旗举，看宝刀出鞘，神鬼皆惊。　　勤劳勇敢兵丁，历万劫不颓眼更明。理断垣残壁，镰锤并举；补天浴日，金石齐鸣。故国回春，群贤辈出，重整山河集大成。竞攀越，向和谐社会，再度长征。

沁园春　纪念抗日战争胜利65周年

四亿炎黄，千年古邦，一旦危亡。看列强称霸，日酋肆虐；兆铭叛国，介石争王。锦绣神州，哀鸿遍野，牛鬼蛇神魔爪张。人天怒，举镰刀锤子，杀上疆场。　　连年浴血扶匡，驱虎豹豺狼消祸殃。喜云开雾散，春回物换；市场繁茂，百业齐昌。海晏河清，生灵安泰，烈士长眠魂梦香。抬望眼，有精英潮涌，誓建康庄。

雷震东

雷震东（1926～2009），江苏金湖人。曾任黎城镇中学教师。

唐多令　荷花荡观感

莲叶满汀洲，荷红点翠柔。画船儿、招几人游。却怪骄阳炎似火，清秋到，景难留。
拟买一扁舟，波心静夜游。赏新荷、傍东坡楼。思若得鱼还得酒，遣豪兴，醉心头。

杨笑风

杨笑风（1927～　），淮安市淮安区人。1949年9月参加工作，曾任楚州区老年大学教务主任、区诗协常务副会长。《淮安诗苑》副主编。

卜算子 老年大学赞

建校庆三春，离退报名读。边习诗文边品茶，齐颂耆英福。
行笔注精神，研习劲头足。学海无涯苦作舟，莫道光阴迫。

临江仙 欢呼党的十四大

十月金秋风日丽，京华盛会召开。路标继往又开来。资源成活水，经济上台阶。
华夏振兴肩重负，南巡响若春雷。实行政企两分开。八仙争过海，改革卷潮来。

江城子 祝贺常熟市老年大学校庆10周年

欣闻常熟凤凰鸣。举新旌，聚精英。化雨春风，十载苦耕耘。成绩辉煌歌进步，增学识，健身心。　满山夕照喜秋明。赋新声，画初成。鼓瑟弹筝，一曲诉衷情。离退耆英寻乐处，倡改革，颂升平。

一剪梅 赞洪泽湖

淮海天成五彩图，水上芙蕖，水下游鱼。一年四季景奇殊，凫鸟呱呱，汽艇嘟嘟。
双闸一堤锁玉湖，旱也根除，涝也无虞。皖苏鲁豫得宽余，喜了村姑，乐了农夫。

陈玉勋

陈玉勋(1927～2008)，江苏洪泽人，曾任乡镇党委书记、江苏省诗协、淮安市诗协会员，洪泽县老年大学办公室主任。

清平乐 咏故乡岔河

往年路小，今筑通京道。旧屋缘何形影杳，环顾华楼娇好。　融资架起金桥，精粮全国名标。赞我故乡巨变，诗成喜上眉梢。

李世峰

李世峰(1927～　)，江苏淮阴人。先为小学校长，后改行为医生。六塘诗社首批社员。

浪淘沙 向贪婪者进一言

十载苦窗前，争得甘甜。当官休要失清廉。应晓饱囊难永久，上有青天。

欲壑本难填，苦海无边。休忘朝露一时鲜。莫到江心将漏补，法网昭然。

胡亚洲

胡亚洲（1928～ ），江苏淮阴人。中共党员，离休干部。省诗协会员、区诗协理事。

江城子　清明祭扫

双亲离世去仙乡。路茫茫，隔阴阳。身临茔地，何处诉衷肠。养女育男情似海，恩永记，德难忘。　亲人传世极凄凉。饱风霜，度饥荒，含辛茹苦，酸辣遍亲尝。何日三亲能再世，同晚辈，共天长？

一剪梅　庭院春色

小院玲珑生意藏。无花果青，盆景盈廊。春来更是满庭花，香气浓浓，叶色苍苍。
芍药牡丹斗艳狂。兰蕙齐芳，玫蕊新妆。引来蜂蝶舞花间，上下翻飞，春意绵长。

菩萨蛮　黄河风光

黄河新貌烟如织，层林两岸连天碧。绿水映红楼，骚人兴致悠。　亭亭皆玉立，蜂蝶花丛集。幽径傍河行，长廊对锦屏。

郑东生

郑东生（1928～ ），淮安市淮安区人。曾任中小学校长。江苏省诗协会员、淮阴区六塘诗社副主编。

鹧鸪天　欢庆澳门回归

南海澳门九九归，中华劲扫殖民灰。重光日月驱烟雾，扭转乾坤雪耻悲。
葡帜降，国旗辉，莲花娇映特区徽。一邦两制金桥烁，慈母欣迎七子回。

赵育民

赵育民（1928～ ），江苏淮阴人。早年毕业于淮安师范，曾任宿迁中学教师，淮阴渔沟中学校长、书记。

华清引 庆龙年

龙年好运赤旗扬，爆竹荣光。九州新貌雄壮，齐心建小康。　　巨涛滚滚活长江，富城乡，百花香，厦楼春笋涌，歌舞颂朝阳。

马学英

马学英（1928～ ），女，江苏泗阳人。南京解放前夕考上南京第二女子初中。1951年参加工作。历任淮安市直小学教师、中学图书管理员。

采桑子 富春美

富春园里风光美，佳木荫浓。月季绯红，坪草青青软似绒。
假山坐落小池上，水色溶溶。菱叶暗红，紫燕往来快若风。

吕超海

吕超海（1928～ ），浙江临安人。1948年考入复旦大学中文系。抗美援朝中在复旦大学参军，后转学沈阳农学院。毕业后，历任淮阴专署农林局技术员、淮阴地区农科所农艺师、副研究员。

南乡子 贺淮安市农科所百岁

三代百年稠，又是金黄万里秋。自古农民何所盼？丰收。科学兴农盛誉留。
俊彦驾龙舟，破浪乘风竞自由。猎猎红旗“三代表”，多遒！敢创神州新一流。

南歌子 贺十八届三中全会

四海红旗舞，三中全会开。千山万水笑声飞，腐败惩防不懈气宏恢。
领袖雄心壮，高瞻远瞩裁。大猷一吐赛春雷，喜看神州明日尽朝晖。

江城子 纪念抗美援朝60周年（新声韵）

雄师百万起苍黄，渡鸭江，踏峦冈。吞冰卧雪，血战野心狼。笑看鸦机龟坦克，捷自勇，慨而慷。　　上甘岭上起英光，吊国殇，颂辉煌。卫国家保，儿女尽堂堂。昨日风光今又亮，旗猎猎，浩歌长！

晁如玺

晁如玺(1928~1999),字国瑞,号乐斋,江苏洪泽人。1947年参加工作。曾任江苏洪泽人民法院副院长。为中华诗词学会会员、洪泽县春涛诗社副社长、副主编。

生查子　旸谷异景

悠悠大泽坡,遥望无边翠。旸谷一露形,倏尔除冥昧。
粼粼异彩飘,弥漫腾朝气。跳跃夹游移,万里云霞蔚。

卜算子　莫淮犀虎

铸兽意降魔,传说诚稀罕。若说安淮果是真,何以年年漫?
号令振人心,万众齐参战。根治淮河更固堤,敢把狂澜挽。

浪淘沙　万顷烟波

浩瀚渺无边,碧水长天。风摇波动荡浮烟。万顷银湖迷望眼,鱼跃龙潜。
大泽漾清涟,玉鉴圆圆。银帆片片逐风旋。点点绿洲连远近,鸥鹭翩翩。

葛正华

葛正华(1928~　),淮安市淮安区人。历任中学语文教师,县教研室主任、中师函授站站长等职。中华诗词学会会员、淮安市诗词协会顾问。

沁园春　楚州吟

襟海联江,金波银浪,昔艳今娇。看鼓楼前后,人潮莽莽;文通塔下,运水滔滔。靓丽园区,灯光耀彩,恍是银河坠九霄。琼浆酿,十里闻香伫,愿换金貂。　　地灵人杰丰饶,功显赫、文臣并武豪。品韩侯关帅,神韬惊虏;枚赋吴记,仙笔诛妖。贤相周公,环球景仰,清正廉明日月高。宏图展,万马奔腾急,不负天骄。

季振洲

季振洲(1928～),淮安市淮安区人,中共党员。退休后参加区老年大学学习诗词,编辑出版老年大学诗词集《龙光凤鸣》。

虞美人　赞淮河入海道

旱灾水涝何时了?苦难知多少? 如今灌溉又通航,喜见江淮处处是粮仓。
兴修水利除害尽,万众皆欢庆。英明决策为人民,甘为子孙造福立功勋。

鹧鸪天　喜迎龙年

千载难逢千禧龙,神州处处乐融融。腾飞破壁云天外,十亿人民唱大风。
歌盛世,乐无穷。城乡经济更繁荣。科研开阔新天地,国富民康春意浓。

浣溪沙　计划生育好

人口计生立大功,文明建设树新风。少生快富国兴隆。
一对夫妻生一个,百家幸福百家荣。子孙代代乐无穷。

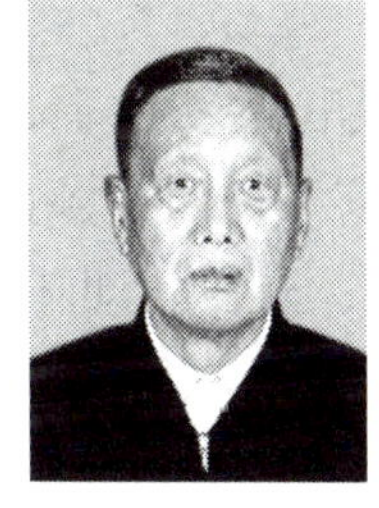

邵振铎

邵振铎(1928～),江苏宝应人。长期在金湖县粮食系统工作。中华诗词学会、江南诗词学会、省诗词协会会员,《金湖诗词》副主编,金湖县诗词协会创始人之一。

浣溪沙　溪头即景

风动千荷镜影斜,翠盘跳去小青蛙。惊鱼忽刺浪翻花。
少女提篮剖金鲤,玉郎持网捕银虾。顽童苇卷奏芦笳。

浪淘沙　"嫦娥一号"颂

火箭射苍穹,雾破云冲,锦衣脱去露花容。探测月球神秘妙,科技专攻。
造福显奇功,人上蟾宫,嫦娥把酒桂香浓。何日迁家还笑问,其乐融融。

渔家傲　夜过宜昌

千里宵行舟似叶,飘飘直达夷陵阅。万盏灯光姿态活,如三月,满江飞起花蝴蝶。

搅得星河难辨别，桥明水映仙宫阙。屈子相迎神女接，笙歌设，繁荣景象宜昌绝。

江城子　登岳阳楼

其　一

偶来游览若飘萍。趁天晴，到巴陵。车去车来，又把古楼登。放眼君山青黛抹，如玛瑙，玉盘明。　东风吹梦化园亭。步高层，倚栏听。万顷玻璃，风碎弄琴筝。碧水红楼相映丽，原样复，技工精。

其　二

夙闻胜地早心倾。越重城，到巴陵。楼高景阔，不古不闻名。千载文章珍把读，忧乐解，范公声。　瘦桃肥柳翠含情。影青青，叶藏莺。风吹梦觉，栏外碧波明。花树如人头发白，香四溢，玉兰英。

凤凰台上忆吹箫　登武汉长江大桥

飞架如虹，横抛似带，风流千古经营。看长龙探爪，抓住江汀。黄鹤高飞不见，蛇岭立、树暗楼明。晴川北，遥遥相对，拱抱繁星。　佳登。这回纵目，一览尽无余，山色潮声。更烟囱林立，缕缕旋升。唯有琴台最古，谁不念、中外驰名。年年是，群英毕至，毕至群英。

月华清　雪(用朱淑贞韵)

片片梨花，团团柳絮，花飞何惧衣薄。满目茫茫，不见林间野鹊。银屋里、经史馨香，冰山外、江河寂寞。寒却。只拥炉取暖，读词评作。　舟若白鸥停泊，喜玉杆如林，峭直如削。素裹红梅，铁骨冰姿难落。凭栏望、碧树清明，美景共、琼庐行乐。灯着。即呼儿把盏，一人独酌。

满江红　青藏铁路通车有所思

莽莽荒原，世屋脊、高寒氧缺。思往昔、若天难上，壁岩悬绝。风火危山滚雷闪，昆仑峻岭飞云雪。冻土通、筑路显奇才，真豪杰。　隧道凿，钢轨接；巨桥架，长龙越。看藏胞歌舞，欢欣评说。万里游观中外客，八方交换工农物。喜庆双、竹帛著千秋，光辉页。

[中吕]醉高歌　登车船大楼

其　一

淡妆湖面如花，雁舞鸥飞戏耍。晚来归港舟如鸭，断续渔歌互答。

其　二

湖如一片蓝绸，似被风吹起皱。西施笑说三分瘦，绣上鸳鸯难走。

其 三

帆驰瞬息成无,万事浑如客旅。楼前变化如舟渡,唯有沙鸥细数。

[正宫 叨叨令] 金陵怀古

其 一

龙盘虎踞南都会,历来沿革君王位。巍巍宫殿多荒废,后庭遗曲千秋罪。您笑也么哥?您哭也么哥?钟山依旧青峰翠。

其 一

石城风雨苍生罪,如烟往事心头碎。夺来争去吴都会,血腥难洗新亭泪。您得也么哥?您失也么哥?浑如走马灯前戏。

[仙吕 一半儿] 闲情寄趣

其 一

少年不想涉文渊,壮岁终无翰墨缘,老有诗情寄晚年。学刨园,一半儿忙来一半儿闲。

其 二

深居陋巷绝红尘,车马是非不上门,唯有栽花怡养神。住湖根,一半儿城来一半儿村。

[中吕 山坡羊] 咏山水情怀

峰峦气派,江河神态,烟霞孕美如仙界。若蓬莱,碧桃栽,画桥朱阁风光带。胜景宜人幽雅怀。东,诗咏来;西,歌咏来。

傅景云

傅景云(1928~),江苏盱眙人。从事教育工作。

浪淘沙 登晚晴楼

登上晚晴楼,情意轻柔。切磋谈笑乐悠悠。书画琴棋样样有,老更何求!
往事莫回头,涤尽忧愁。今朝老拙亦风流。乘兴挥毫写新宇,春意常留。

胡 萍

胡萍(1929~),江苏盱眙人。长期从事中学教育工作。

西江月　自慰

家住南京浦口，而今老迈退休。教坛四十度春秋，碌碌生无成就。
所幸躬逢盛世，晚来无虑无忧。欣观春色满神州，但愿花香人寿。

忆江南　怀乡

其　一

常思念，最忆是山乡。梦里洪湖波浪涌，醒来似闻野药香。红日映湖光。

其　二

常思念，最忆是乡亲。游子常圆乡土梦，天涯望断月边云。思绪每纷纷。

姚　远

姚远，江苏盱眙人。

临江仙　重阳赏菊

岂为赏花悦目，只因李杜情牵。登高远眺九重天，荷田残叶落，野菊正娇妍。
时届深秋冷嗖，豪情独赋篱边。缘何陶令历尊贤？文人名节重，相继一年年。

诉衷情　友别

匆匆来去未能酬，遗憾倚南楼。今宵梦驶何处？欢聚又勾留。　酣欲醉，枕边讴，赋诗投。多年一晤，何日重谋？只挂心头。

程琪璜

程琪璜，江苏盱眙人，中学教师。

浣溪沙　纪事园

傍水依山有折回，三碑纪事一亭台。都梁古邑好崔嵬。
历史沧桑成过去，而今发展迅惊雷。名园蹊径供徘徊。

夏克智

夏克智(1929～　),江苏洪泽人,长期从事初等教育和文化工作。中华诗词学会会员。书法真草隶篆均自成一格。著有《夏克智诗书画集》。

菩萨蛮　洪泽湖

银波浩渺千层碧,惊涛拍岸奔雷疾。烟雨锁苍茫,晴空帆影翔。　斜阳飞白鹭,清浦行人度。月黑万舟归,灯光点点飞。

西江月　春游龟山怀古

万顷湖光春色,千行堤柳妖妍。轻舟出发向龟山,似见蜃楼重现。
银杏新枝待发,古碑墨迹依然。传云水母锁深渊,难说难分难辨。

庄希尧

庄希尧(1929～　),江苏泗阳人。江苏省诗词协会会员,江苏省楹联学会会员,淮安市诗词协会会员,洪泽县诗词协会会员。

忆江南　高良涧

高良涧,横枕石工堤。烟柳洲中虾蟹跃,青芦荡里水禽啼。好景使人迷。

西江月　洪泽湖

巨浪翻天覆地,洪涛吞月横空。千年功过是非中,水旱由天操纵。
日照霞飞万顷,波摇雾霭千重。长堤大闸锁蛟龙,一曲禹功新颂。

沁园春　洪泽湖

淮北平原,大野辉光,白浪接天。揽长淮万顷,汇成泽国;金堤百里,锁住龙泉。两闸分流,四河共涌,石巩堤横“八字”悬。观澜处,正鸥飞鹭舞,上下翩跹。　滩头津渡船连,怎来去飞驰后继先。是高良涧外,投资客到;蒋家坝上,览胜团添。离岸登舟,追波逐浪,日照云帆壮眼帘。乘豪兴,去芦村荷院,尝品湖鲜。

仲祥云

仲祥云(1929～),江苏沭阳人。中共党员。曾任中共淮安县淮城镇党委副书记、司法局副局长、县级淮安市诗词协会理事。

南乡子　看电视"赈灾义演"晚会

暴雨洪峰,水满江湖巨浪汹。众志成城何所惧?抗洪。携手军民降毒龙。
灾袭来凶,赈演歌催泪眼蒙。捐赠灾区援救急,情浓。重建家园志气雄。

常国武

常国武(1929～2017),字止戈,南京人。"文革"中下放淮安县范集公社。南京师范大学教授、江苏省文史馆馆员、省诗词协会顾问。著有《宋代文学史》《辛稼轩词集导读》《新选宋词三百首》《辛弃疾》《中学语文教材析疑》《井天书庐诗文选》《淘庐序跋杂俎》《中国历代书法名作鉴赏辞典》(主编)等。在淮期间,与季廉方、周本淳、孙肃结为诗友,结集成《山阳四友酬唱集》。

凄凉犯　谪居山阳效久山

杜鹃啼血,江南好,杏花春雨三月。画楼尘锁,倚阑人去,弦歌声绝。关山难越,更回首、暮云千叠。黯销魂,石城何许?一夜头如雪。　又听山阳笛。憔悴刘郎,怨怀谁说?莺飞草长,甚情景、总成虚设。欲寄相思,奈鸿雁、杳无消息。谪空价,潇潇夜雨、泣幽咽。

自注:南师大中文系日本客座教授水原渭江先生激赏此词,云读后潸然泪下,为之折服。

踏莎行　次韵蹇斋兼柬久山

后事茫茫,前尘渺渺,鸡虫得失何时了。但能齐物自逍遥,菱花永驻朱颜好。
屈子行吟,贾生枯槁,虚名蜗角能为宝?山灵有待达生来,轻风同蹑应须早。

韩发愚

韩发愚(1929～2002),江苏淮阴人。师范毕业,历任小学教师、供销社经理等。淮阴县诗协会员。

桂枝香　淮阴览胜抒情

凭栏纵目，览淮楚风光，四野凝绿。千里三河似练，楼群如簇。川流不息车争道，店朝阳，酒旗多幅。客商云集，行人络绎，物资充足。　喜盛事繁华竞逐。秉改革东风，迎来福禄。千古已无此例，畜肥粮熟。十年动乱随流水，看奸雄，几个成局。历经风雨，始成正道，富民强国。

丁　伟

丁伟(1930～2011)，江苏淮阴人。中共党员。历任教师、会计、股长、秘书、《淮海报》编辑、县委办公室副主任、县委宣传部副部长、县政协秘书长等。

梦江南

开放好，改革价尤高。进宝招财三十载，人民生活乐陶陶。华夏凯歌飘。

马建华

马建华(1930～　)，曾用名华南，江苏宿迁人，中共党员，曾任江苏淮安人大常委会科长，淮安市诗词协会常务理事、办公室主任、楹联协会副会长。中华诗词学会、江苏省诗词学会会员。出版《华南诗草》两册，作品入选《江海诗词》《世纪诗词大典》《江南诗词》《淮海诗苑》等。

浪淘沙　纪念辛亥革命100年

风雨满神州，河泣山忧。兵荒马乱万民愁。有志青年为报国，百折千遒。
辛亥汇洪流，壮志未酬。推翻帝制万民讴。放眼未来新世界，谱写春秋。

长相思　缅怀周恩来总理

其　一

情也浓，意也浓，淮上人家思杰雄。海棠别样红。
雨蒙蒙，雾蒙蒙，故里梅开傲雪中。人民最忆公。

其　二

思英雄，忆英雄，总理高风千古崇。前无古者同。
来匆匆，去匆匆，重任铁肩万世功。伟人难再逢。

思越人　忆桃叶渡

昔日无桥一叶舟，王郎桃叶韵千秋。六朝古貌云烟渺，十里青溪故事留。
情切切，意悠悠，新桥架上不须愁。江桥桥畔群芳艳，春意情思霜染头。

李梦书

李梦书(1930～　)，江苏灌云人。离休前在淮阴市建设银行工作。为江苏省诗词协会会员、淮安市诗词协会理事。著有诗集《归来漫吟》。

西江月　答友人

岁序匆匆逝去，年轮默默潜来。尧天底负济民才，人道无缘邀爱。
露重史诗难白，风多疑璧谁裁。一声鸡唱丈冰开，春满人间咸戴。

诉衷情　赠堂兄

凌云壮志势如虹，投笔去从戎。南征北战何乐？云散太阳红。　　勤戍守，建新功，气恢宏。竭诚为国，身寄他乡，意在邦荣。

江城子　鸡年抒怀

雪融鸡唱报春来。染苍苔，岭梅开。不共争春，意在唤同侪。大好春光当倍惜，无虚度，莫徘徊。　　清词丽句任吾裁。倚芸斋，寄情怀。信步闲庭，胜过赴瑶台。笑对夕阳勤自奋，输余热，展菲才。

汤也鸾

汤也鸾(1930～　)，淮安市淮安区人。淮安市第一人民医院离休干部。中华诗词学会会员、淮安市诗词协会常务理事。

长相思　周恩来逝世35周年有怀

草含悲，木含悲，黎庶含悲双泪垂。伟人几许归！
思一回，梦一回，昨夜分明共举杯。月明人已非。

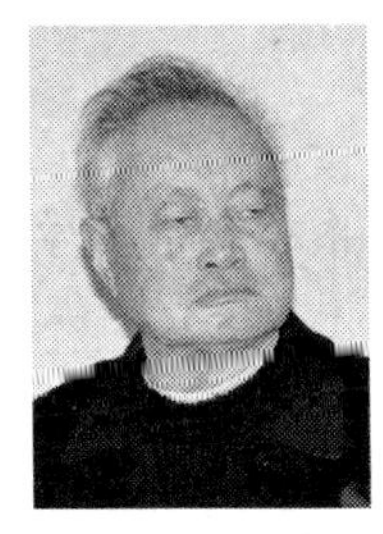

陶溶林

陶溶林(1930～),江苏沭阳人。中共党员,离休干部,曾任江苏省淮阴汽车运输公司副经理、淮安市诗词协会顾问,出版《五柳诗词选》一部。

破阵子 农村新貌

改革春风强劲,农村变化非常。旧貌无存新气象,经济繁荣百业昌。农民奔小康。
足食丰衣美满,家家住上新房。道路畅通多便利,广大城乡同富强。和谐谱乐章。

采桑子 赞炎黄职业技术学院

台胞蒋老人尊敬,热爱家乡。远近名扬,积极筹资建学堂。
培桃育李人为本,创办炎黄。业绩辉煌,建设康庄育栋梁。

王昌年

王昌年(1930～2008),江苏清江浦人。1949年5月参加革命,任文工团分队长,1952年转为中学教师。淮安市诗协会员,清河区诗协理事。著有《王昌年诗词集》。

忆秦娥 冬夜思亡友

灯明灭,长空星暗云遮月。云遮月,倾谈失伴,知音又缺。 缘何窗外风呜咽,谁家犬吠声凄绝。声凄绝,夜长无寐,一天风雪。

马文铎

马文铎(1930～2015),江苏洪泽人,中共党员。曾任洪泽县税务局党组副书记。为中华诗词学会会员,江苏省诗词协会会员,淮安市诗词协会会员、洪泽县诗词协会理事。著有《翠竹斋诗词摘粹》等。

清平乐 参观洪泽工业园区

楚天群彦,极目悬湖畔。工业园区花烂漫,万紫千红一片。 通衢遥插云霄,高梧引凤还巢。处处层楼栉比,洪城分外妖娆。

王震华

王震华(1931～　),笔名山石翁,江苏淮安人。中共党员,离休干部。系中华诗词学会会员、解放军红叶诗社社员、江苏省诗协会员。著有《山石回声录》等。

沁园春　祖国颂

忆及当年,峥嵘岁月,壮烈春秋。有炎黄儿女,英豪仗剑;人民奋战,共建宏猷。昂首高歌,挺胸阔步,虎跃龙腾震五洲。黎元富,变土墙茅屋,画栋层楼。　　红星光耀金瓯,教璧返珠还雪耻羞。看中华特色,繁荣昌盛;四民怀德,六合飘讴。赤子舒眉,白夷拱手,振国扬威喜唱酬。希来日,两岸同心结,永固神州。

赵青山

赵青山(1931～　),又名鸿儒,江苏淮安博里人。1954年淮安师范毕业后,一直从事教育工作。中华诗词学会会员、当代文学学会会员、江苏省诗词协会会员、淮安市诗词协会会员、博里镇诗词协会理事。曾获《中华颂》第四、第五届金奖。

浪淘沙　怀念小平同志

怀念小平公,赤胆精忠。几番上下自从容。磊落光明心似镜,亮节高风。
拨乱富民功,治国精通。创新特色气如虹。求是金言人誉颂,世纪英雄。

临江仙　天年

养老贵存书百册,境由心造开怀。腕悬书法似痴呆。不闻窗外事,诗味把心埋。
又习唐诗三百首,炼成佳句音谐。摇头晃脑上台阶。神仙都羡慕,争着下凡来。

忆江南　振兴中华拾金

其　一

农免税,今古大新闻。奖励种田农业户,中流砥柱富人民。荒地变粮囤。

其　二

车高速,车快闪金光。穿雾拨云风飒飒,开天辟地路茫茫。中国景偏长。

其　三

长江水,北调灌田坪。西气东输花烂漫,省油节费气流清。绿色利苍生。

其　四

今养老，盛世乐余生。医保老人吟晚景，幼儿园里起歌声。牢记党恩情。

其　五

功勋著，改革换新天。科学发明冠世界，倡廉反腐保民安。中国百花妍。

长相思　忆父

回忆多，梦见多，穷苦生活儿女拖。勤劳腰背驼。
病折磨，穷折磨，物是人非美德罗。欲言泪滂沱。

桃源忆故人　老年学诗

书痴虽老难服老，桌案满堆诗稿。新韵诗词学好，意切言精妙。
咬文嚼字祛烦恼，终日推敲词藻。不想虚名发表，忘岁学年少。

满庭芳　贺博里镇荣获“中华诗词之乡”称号

博里诗乡，文风昌盛，翰墨诗画峥嵘。灿然奇绝，言志抱真情。咏物抒怀百感，怀天下，投笔躬耕。春秋景，吟园茂盛，文苑众芳亭。　诗乡。逢盛世，农民雅趣，诗出心声。紧握手中毫，何有诗名。赞美和谐社会，农村貌，柳暗花明。天光照，弘扬国粹，诗社育精英。

戴　伟

戴伟（1931～　），字嘉奎，笔名中田子。江苏淮阴人，中共党员。曾任村支部书记，乡镇工业办公室主任等职。江苏省诗协会员、淮安市诗协顾问，淮阴区诗协副会长、六塘诗社社长、名誉社长，淮安市十佳田园诗人。著有《绿野风》诗集2卷。

清平乐　梦参加香港回归典礼

大红请帖，又派飞机接，破雾穿云过闽粤，到港相迎入列。　国歌高奏升旗，三军仪仗雄奇。礼炮齐鸣震耳，欢呼惊醒山妻！

虞美人　参观娘庄村大棚蔬菜基地

大棚无际成何状，银海翻波浪。村如宝岛笼云烟，欲济不知船渡在哪边。
问津步入仙人洞，腊月时鲜种。村姑笑我猎奇心，摘个黄瓜惠我一尝新。

南乡子　访韩侯故里

何处访韩侯?圣地淮阴御码头。访到钓台人未见,询由:仗剑离乡作壮游。
拜将展雄筹,百战沙场血汗流。力保汉高登宝座,千秋。六月飞霜恨不休。

南乡子　谒漂母墓

崇立泰山丘,有道兵仙兜土修。一饭成全穷小子,封侯。再造之恩尽孝酬。
往事已千秋,盛世今无饥馑忧。特色花开香日月,淮州。大爱丰碑馨九畴。

蔡春怀

蔡春怀(1931～　),笔名东流,江苏淮阴人。淮阴师范毕业,毕生从事教育工作。淮阴区诗协、淮安市诗协理事,中华诗词学会会员。著有《东流诗词选集》。

清平乐　观京沪高铁开通首发式

北京淞沪,高铁通无阻。科学安全环保路,电掣风驰速度。　　三年越岭翻山,艰难困苦攻坚。中国工人伟大,英雄气概非凡。

武陵春　青藏铁路之歌

青藏高原铺铁路,百载梦悠悠。今日通车遍九州,亿众放歌讴。　　三万英雄齐奋斗,伟业耀千秋。创造人间第一流,传美誉,震全球。

水调歌头　咏淮阴黄河花园小区

故道黄河北,淮海路东边。一块狂飙地段,画卷展人前。华贵琼楼别墅,尽是粉墙红瓦,亭阁带飞檐。散步小区内,处处是花园。　　步行街,购物便,众流连。西临广场,娱乐休闲别有天。曲径长廊花草,叠水观鱼悦目,岸柳舞翩跹。走进风光带,仙境把魂牵。

张洪飞

张洪飞(1931～　),江苏涟水人。中共党员,离休干部。曾任淮阴市多种经营局副局长。中华诗词学会、江苏省诗词协会会员。著有《自娱吟集》两部。

满江红　井冈山感怀

革命摇篮，生辉处、虔诚拜谒。思往事、艰难经历，斗争激烈。第一成功根据地，万名志士洒鲜血。树红旗、星火更燎原，焚妖孽！　三湾改，军优越；朱毛会，齐心协。更黄洋界上，欢呼全捷。割据武装基础固，分田到户民心悦。拓光明、道路救中华，开新业！

张业倜

张业倜(1932～　)，江苏淮阴人。历任中小学教师、主任、校长，县政协文史办主任，县诗词协会副会长，《淮水吟》主编。

浣溪沙　瞻周恩来童年读书处

细雨枝头沐断魂，年年盼望未归人。梅苞含泪怕逢春。
北燕归传千里讯，微风轻送一声君。读书台上颂天旻。

刘　茹

刘茹(1932～　)，女，江苏泰州人。中共党员，高级经济师，江苏淮安人大离休干部。著有诗词《软红集》。

渔歌子

春　晓

黄雀枝头报晓晴，百花争艳吐芳馨。风煦煦，柳青青，满园春色动诗情。

春　雨

细雨潇潇润似油，烟尘洗尽百花稠。芳草碧，水东流，无边新绿遍田畴。

鹊桥仙　迎新年

冻云散去，放晴拂晓，岁月更新美好。城乡经济竞腾飞，百业比、春花更俏。
以人为本，引航灯照，全仗东风主导。辉煌再创上新阶，向小康、频传捷报。

浣溪沙　望月怀远

丹桂飘香星斗移，半分明月起相思。秋风袅袅寸心驰。
远隔重洋人万里，别来几度月圆时。遥瞻征雁数归期。

张学福

张学福(1932～),淮安市淮安区人,中共党员。1952年参加工作,历任乡县基层与领导职务。后在学校工作10年。70岁后学写诗词,80岁时出版《回顾与守望》诗文集。

调笑令　党的法宝重现光芒

兰考、兰考,习总亲临指导。批评、自我批评,心惊面赤汗淋。淋汗、淋汗,全党齐跟照办。

江城子　怀念张学效老班长

驱倭逐蒋气轩昂,建家乡,业辉煌。多年书记,百姓系胸膛。跃进之年红一片,抓养殖,励增粮。　　辛劳汗水湿衣裳,早背筐,满头霜。积劳成疾,晚境起苍黄。早逝英年遗恨在,容褒贬,永难忘。

蔡厚泽

蔡厚泽(1932～),字仲恒,江苏洪泽人。系中华诗词学会会员、淮安市诗词协会顾问、洪泽县诗词协会常务副会长。出版发行《瘦菊轩诗钞》。

望海潮　龟山即景

长淮如练,西来千里,龟峰直截流沙。半屿孤峦,分洪入运,奔腾浪拍悬崖。山寺鼓轻挝。水妖今何在?往事难查。翠岗烟袅,晚钟声送入千家。　　临眸浩瀚无涯。更得襄阳妙笔,胜境不虚夸。云飞彩凤,浪遏浮槎。鸥鹭回旋,湖天一色,夕阳万顷烟霞。新水涨荷花。遥听渔曲,余韵清嘉。

金字经　湖上观荷

人在青云上,舟摇水底天。且把荷塘作画笺。莲,破浪叠青钱。凌波伞,万顷碧无边。　　举首骄阳烈,撞怀六月风。荷笔婷婷立水中。依,纵情书太空。挥长臂,舞出九条龙。

鹧鸪天　砚临河风光带掠影

两岸亭台夹一河，混凝十里筑双坡。昔时浊垢翻乌浪，今日清波戏白鹅。
堤上柳，树头窝，万花倒映水中荷。健身游乐风光带，晓沐新阳晚听歌。

里　凡

里凡（1932～　），女，原名江雯，又名黎明，江苏盱眙人。1939年参加革命。建国后任法院审判员等职，省电建公司离休。

金缕曲　万里长征路

胜利长征路。忆当年、腥风血雨，举戈摧腐。九土烽烟降倭寇，千日中原缚虎。兵百万、大江横渡。解放神州民心振，过鸭江援朝卫国土。酬壮志，凯歌谱。　晴空万里银鹰翥。固长城、英才荟萃，练文操武。瞬息六旬攀峻岭，无限风光指顾。攻技艺、三军起步。探月飞星穷宇宙、驭"神舟"相共鲲鹏舞。新世纪、唱金缕。

鹧鸪天　颂港九归来

港九归来震五洲，扬眉吐气复金瓯。山河绚丽晴空净，两制宏图壮志酬。
奇耻雪、紫荆稠。抚今追昔谱春秋。春江春水春潮涌，特色风光织锦绸。

浣溪沙　革命60年抒怀

历尽风霜六十年，酸甜苦辣味皆全。浮沉荣辱自安然。
老至何为思万缕，骚坛入学结情缘。春潮滚滚涌诗篇。

南乡子　八十抒怀

八十赋春秋，春色满园香满楼。大好河山披锦绣，神州，一代风流壮志酬。
诗国韵声稠，放眼风光竞自由。丽景怡情争异彩，悠悠，红雨霏霏意未休。

唐多令　老至复何求

老至复何求，清吟十五秋。捧丹心，漫步登楼。情注砚池余热献，诗潮涌，韵声稠。
放眼看神州，源头活水流。起洪波，破浪飞舟。望断青山人十亿，情切切，意悠悠。

江城子　学友聚沪联谊会

朝辞钟阜大江滨，乐津津，赴春申。同窗四海、聚首举金樽。拨动心弦歌盛世，挥毫彩笔，赋诗文。　　一泓江水映冰轮，夜沉沉，倚栏吟。深情忆往，同气似兰薰。沪浦芳园多艳丽，花若锦，望无垠。

鹧鸪天　梅山诗会赏梅

登上梅山瞻画屏，红英绿萼白云腾。暗香四溢临幽径，诗国春潮逐浪升。
寻雅韵，赋新声，群贤毕至纵豪情。挥毫泼墨松风起，荡尽尘污天地清。

点绛唇　参观梅园新村纪念馆

万古流芳，盈眶热泪情思往。暗香浮漾，萦绕周公像。　　业绩辉煌，浩气环球仰。铭青史，德高千丈，恩泽深无量。

鹧鸪天　吟西部大开发

亘古荒凉宝藏眠，水枯土瘠待何年。西疆齐拓宏图展，绿遍沙洲谱锦篇。
齐奋进，众支援，人才科技掘能源。玉门已识春风面，杨柳青青草木鲜。

陶孝熊

陶孝熊（1932～2006），苏州市人，定居盱眙。中药师。盱眙县医药公司退休。

忆江南　盱眙行

其　一

盱眙好，古邑貌妍娇。市井铺成宽广路，城郊架起立交桥。广厦入云霄。

其　二

盱眙好，典雅又妖娆。历代文人留墨迹，当今纪事再挥毫。神韵格调高。

其　三

盱眙好，山秀水环绕。山上泉清千树俏，岭边蝶舞百花娇。翠柳万千条。

其　四

盱眙好，村寨也丰饶。稻菽飘香新屋建，牛羊肥壮满山凹。花果挂枝梢。

其　五

盱眙美，美景铁山瞧。古树老藤珍宝贵，悬桥铁索曳轻摇。禅寺雾烟缭。

其　六

盱眙秀，淮上架双桥。南北交通车水畅，鲁齐油管路程迢。泵站插山腰。

望海潮　登第一山怀古泗州

都梁山秀，长淮水碧，苍松古柏参差。桃艳岸滩，樱红陌上，烟村日映虹霞。观古泗州耶。淹沉绿波下，城郭淤沙。人畜难藏，惜乎哉，十万人家。　斯时富庶繁华。有舟船泊聚，商贾豪奢。车马频来，文人会集，桑田遍布鲜花。灯火透窗纱。胜迹今开发，举世喧哗。四海人人瞩目，环宇俱惊夸。

蝶恋花　咏中国龙虾第一楼

面对长涯天地阔，一揽河山、浩气吞南北。雄踞翠屏势磅礴，胜楼吐纳江湖客。
此处龙虾天下卓，有十三香、名厨烹羹勺。欲试佳肴来此阁，琼浆玉液随君酌。

苏少亭

苏少亭(1933～　)，江苏盱眙人。经济师。在政府、企业供职，系省、市诗词协会会员。

浣溪沙　茶乡见闻

众岭群峰映彩霞，山坡处处吐新芽。绿云碧浪滚翻花。
背篓姑娘挥短袖，挎兜小伙着衫纱。男欢女笑采春茶。

王志超

王志超(1933～2013)，江苏盱眙人。县诗词学会会员，城北诗社副社长。

临江仙　两岸包机直达通航

两岸包机能直达，省油节约时间。炎黄儿女叙情缘。多年今聚首，合唱艳阳天。
期待三通终启步，旅游经贸当前。交流互补用资源。和谐音律美，协奏动心弦。

忆江南　香港回归

其　一

英侵略，香港百年离。还我河山终实现，回归祖国逐强夷。七一我升旗。

其　二

亲兄弟，祖国靠山依。亿万同胞呵护你，惊涛骇浪众心齐。不再受人欺。

其　三

新香港，今日更辉煌。宛若明珠光四射，精工细琢嵌东方。永葆紫荆芳。

施占山

施占山（1933～　），江苏淮安人。中共党员，曾任淮安商校校长，淮安勺湖诗社社长。

卜算子　咏梅

策杖上孤山，踏雪寻芳到。梅雪争辉未许降，各自争娆俏。
一树独先春，敢把东君报。情满疏枝诗满囊，人在花间笑。

卜算子　春日怀念周总理

浓景似残秋，无计留春住。梦里愁听风雨声，零落花无数。
星暗月黄昏，踏上蓬莱路。踏遍千山万水长，总理知何处？

一剪梅　古顺河酒厂采风

桂子香飘稻菽丰。秋色浓浓，人意融融。顺河系列万花红。首获金牌，喜上眉峰。
欲咏千篇句未工。流水行云，万斛泉淙。飞觞醉月自从容。分韵填词，虎啸生风。

季　琛

季琛（1933～　），江苏泰兴人，中共党员，军转离休干部。曾任县经协委主任兼党支部书记。中华诗词学会、中国楹联学会会员。先后当选为淮安市诗协常务理事、顾问，洪泽县诗词协会顾问，洪泽县毛泽东、周恩来诗研会会长。

行香子　赞顺河大道牌坊

玉叠凌空，气势恢宏。壮通衢、再辟鸿蒙。楹联挥彩，腾跃双龙。咏兴华志、黎民愿、顺河风。　　先贤沥血，湖浪流红。赞今朝、继业群雄。硝盐升级，鱼蟹连丰。看举新坊、延新路、立新功。

画堂春　美丽丰饶恋岔河

芳林坦道说辉煌。工农济济呈祥。蛋圆蟹硕米鱼香。奖状千张。　　犹善清歌曼舞，更挥文墨诗章。良田秀水绕华堂，古镇新妆。

浣溪沙 农村也有保洁员

朱坝按每500人配备一名保洁员,5户一个垃圾桶。

喜看农村保洁员,三轮快转万家联。包干清洁又宣传。
奋进催生新事物,从无到有看今天。福民筹策贵争先。

西江月 岔河新景

张伞雨中观景,远驰白马扬鬃。蟹肥时节报年丰,稻穗沉沉粒重。
水陆兼筹并进,工农互济同荣。凝心夺冠练真功,最善招龙迎凤。

浣溪沙 仁和桃园路纵横

大路纵横串万家,出门百步可乘车,联通国道接天涯。
井字交叉平且直,沿途芳树茁新芽,春来迎客看桃花。

江城子 三河镇敬老院

红光满面发苍苍,聚长廊,晒秋阳。忆古谈今,市场与农桑。演说蹬车六十里,声朗朗,九旬郎。 四人两室一厅堂,看新房,羡花墙。电视休闲,人去助厨忙。锯劈柴禾拦不住,流热汗,喜洋洋。

鹧鸪天 三河健康产业园

流转余田过五千,省城租作药材园。翁栽瓜蒌连钱草,媪植丹参与板蓝。
抒远见,启新天。观光制剂一村兼。健儿创业离乡去,老少看家又挣钱。

摊破浣溪沙 三河计生中心站

服务热忱传美名,优生优育禁超生。不孕夫妻也医治,恤民情。
研究周详图表列,宣传到位警钟鸣。公仆楷模人景仰,颂贤能。

摊破浣溪沙 洪泽文化中心

文化中心足自豪,施工精湛美名标。昼夜兼程刺云上,入青霄。
百计千方圆美梦,一宫三馆逐新潮。夺冠五湖兴博物,领风骚。

摊破浣溪沙 洪泽湖大堤房屋拆迁工程

调蓄兼筹劝拆迁,万人响应看争先。安置东郊楼宇美,换新天。
昔日占堤贻祸水,今朝清障策安澜。利国惠民民感奋,舞翩跹。

满江红　洪泽工业园区

翘首湖东，龙舒甲、腾空破壁。经八载、设施称善，惠商厚客。旨在淮安争首位，九通三化倾神力。展成效、全县掂含量，三分一。　亿元户，齐聚集；扬特色，平台立。冶金新机械，大型纺织。更把循环经济结，金融风暴环球袭。喜英杰、锐意克时艰，擎长戟。

沁园春　东风解冻

千艘渔船，扬起帆樯，布网正忙。惊风云突变，雪花飘洒；冰雹袭击，雨豆凄惶。百里冰封，渔民遭困，彻骨严寒又断粮。灾情急，营救争分秒，岂许彷徨。　党和军队情长。倾全力，钢划食品装。奈目标分散，难寻难觅；直升机起，引道开航。水陆相将，多方协法，空运空投倍紧张。人声沸、喜东风解冻，齐沐朝阳。

按：1970年1月底，洪泽湖突然封冻，2000多渔民被困湖中。经营救，全部脱险。

水调歌头　观洪泽湖景缅怀周总理

晴日立湖岸，纵目颂安澜。长堤迤逦，高闸锁浪自悠闲。方赞鱼粮丰茂，又听轮机欢唱，万里往来帆。遥忆狂涛吼，览胜念仙颜。　贤总理，襄大业，苦周旋。蓝图亲手描绘，蓄泄一湖兼。自渭淮河之子，筹策呕心沥血，华发竟斑斑。今凿通海道，何日彩云还。

成贻俊

成贻俊（1933～　），江苏宝应人。曾任县教育局教研室教研员、淮阴地区教材编写员、县教育督导室督学等职。中华诗词学会会员。出版有《蔿蔿诗文》及其续集。

水调歌头　登黄鹤楼

黄鹤名楼下，滚滚水流东。巴渝吴楚相接，一片景繁荣。商贾南来北往，山影龟蛇追逐，车队尽匆匆。遥看葛洲坝，气势更恢宏。　千载去，名楼耸，绿橙红。声声汽笛，百舟竞发乘东风。一水虹桥飞架，铁路飞驰京九，客运八方通。万象来天外，宇宙贯长虹。

唐秀芝

唐秀芝（1933～　），女，江苏阜宁人。中共党员，曾任清江变压器厂副厂长，高级经济师。为中华诗词学会、江苏省诗词协会会员。作品散见于《当代江苏千家诗》《人民的胜利正义的胜利》《中华领袖颂诗词联大典》等。著有诗词选一部。

临江仙　纪念周恩来总理110周年诞辰

总理诞辰百十载，黎民怀念先贤。运筹帷幄扭坤乾。爱民兴社稷，振国启新篇。
旷世雄才人敬仰，民生疾苦情牵。奉公克己倍清廉。清风吹两袖，正气越千年。

西江月　“神八”“天宫”对接成功

赤县黎元振奋，中华山水欢狂。箭王托举创辉煌，“神八”飞天探访。
“神八”“天宫”对接，遨游开拓穹苍。站台搭建谱新章，探秘航天道畅。

忆江南　第29届北京奥运会成绩辉煌

歌奥运，四海甚欢狂。记录破超过百项。高难技艺谱新章。百国气昂扬。
歌奥运，中国绩辉煌。获得金牌登榜首。奖牌百块永流芳。祖国享荣光。

浪淘沙　淮安巨变

春到运河边，景秀花妍。阳光灿烂照航舷。破浪扬帆齐挺进，一往无前。
改革志弥坚，奋勇挥鞭。淮安日月换新天。淮水楚山今胜昔，谱写新篇。

撼庭竹　中秋遥寄台胞

极目长空净夕烟，中秋月儿圆。每逢佳节倍情牵，陆台宗脉紧相连。兄弟紧携手，双惠福绵延。　　云淡风轻见舜天，台陆亲情添。三通两岸一桥连，逐日追云景芳妍。同走振华道，千里共婵娟。

临江仙　清河扬韵

淮上明珠光亮，清河诗韵飘香。龙腾虎跃满诗乡。繁荣新文化，国粹大弘扬。
改革坚持开放，擎旗科学抓纲。梧桐种植引金凰。人民增实惠，处处物华昌。

顾　言

顾言（1933～　），淮安市淮安区人。中共党员，大专学历。建筑专业中级职称。先后在水利局、商务局从事基建工作40余年。中华诗词学会会员。

采桑子　重阳

临峰阿里登高望，梦里家乡。萦绕家乡，老圃黄花分外香。
重阳霜降同相遇，欲诉衷肠。畅叙衷肠，赏菊持螯饮巨觞。

张有芝

张有芝(1933～),江苏清江浦人。历任解放军某部侦察排长、连长、营长、团副参谋长、副团长。转业后任淮阴县司法局副局长,淮阴区诗词协会副会长。

破阵子　抗冰雪

岁末南方数省,弥天暴雪寒冰。翠竹青松腰折断,电网民房多塌倾。交通运输停。
通报灾情紧急,军民上阵兼程。恢复设施扶老幼,枢纽疏通旅客行。九州人有情。

陈振文

陈振文(1934～),江苏泗阳人。淮安电大副教授。淮安市诗词协会会员。

鹧鸪天　小巷总理

小巷深深琐事忙,谁知辛苦不寻常。半天排涝三更雨,数载拆危一栋房。
如子女,似爹娘,居家冷暖总牵肠。莫言官小民生大,一样尊严一样香。

蝶恋花　送孙女诺亚上复旦大学

十八春秋风雨路。盼得今宵,多少牵肠句。亲友举杯干几许,叮咛化作毛毛雨。
道是多情还有语。旧话重提,新话无重数。夏备清泉冬备絮,痴心遥看参天树。

缪登甲

缪登甲(1934～),字鼎甲,江苏金湖人。曾任高邮市商业局科长,高邮市供销合作总社第一副主任等职。扬州市诗词协会常务理事,江苏省诗词协会理事,中华诗词学会会员。有诗词集《南窗吟草》。

望江南　壬午中秋

秋夜朗,月色满高楼。怕倚栏干身是客,吴山横眼不胜愁。何处见秦邮。
人渐老,商海弄孤舟。几度惊涛心胆颤,箭离弦上怎能收。一任苦淹留。

杨顺深

杨顺深(1934～),淮安市淮安区博里镇人,任中小学教师40余年。中华诗词学会会员,市楹联协会理事,博里镇诗协顾问。

鹧鸪天 夏日

其 一

停电家中扇不旋,风凉柳岸水生涟。见流逝去伤人意,放眼收来怜自然。
蛇捕鼠,鸟叼蝉,存亡生态自行圆。弹弓童子来荫下,惊却黄鹂密叶间。

其 二

烈日熔金万里辉,旋时电扇热风吹。池中童子泅清水,巷里高龄弈象棋。
男短服,女罗衣。光身孙子不遵规。我吟夏日搜肠苦,人道书斋一老痴。

沁园春 江边怀古

万里长江,滚滚西来,浩瀚壮观。看雾云霭霭,水天一体;惊涛击岸,澎湃回抟。纵目汪洋,气吞如虎,万马奔腾在眼前。大江畔,感时流心碎,逝者无澜。 樵夫渔火沙滩,见历代、兴衰锷未残。忆周郎赤壁,晋廷东徙;宋宗半壁,风雨钟山。怨恨何由,江山得失,自是民心演变迁。前朝鉴,叹兵家凭险,王室偏安。

于成仁

于成仁(1934～),淮安市淮安区人,退休教师。现为博里镇诗词协会顾问,江苏诗词协会会员、中华诗词文化研究所研究员、中华诗词学会会员。诗词散见多家书刊,部分诗词参加全国性大赛且获奖。

南歌子 观六尺巷感赋

相府家书载,为民让堵墙。骚人舞笔费评章。笑问您曾读否?乍思量!

浪淘沙 赞乡官

灰发两农翁,锄草腰弓,久干无雨起蜚虫。苗死穴空瘟病重,补种帮佣。
干部与民同,满面愁容。衣衫汗渍眼熬红。情系三农家少返,政绩丰功。

清平乐　纪念抗战胜利60周年

连年抗战，国共同心干。百万敌军齐胆颤。缴械受降遣返。　　阵亡将士为民，清明寒食思君。华夏子孙崛起，神州大地皆春。

临江仙　为连战先生率团访问大陆而作

国事应邀登大陆，共谋愿景良机。中华儿女贺佳期，神州歌盛事，两岸尽朝晖。
握手言和求发展，三通便捷无羁。双赢互惠妙招棋，连公通路道，阿扁醒何时？

临江仙

苦读数年成老九，水乡试课村黉。月薪低下日毋宁。一家居陋室，两扇破柴荆。
粉笔生涯无悔意，油灯备课三更。千名学子是豪英。终生琴瑟伴，朝暮读书声。

诉衷情

花前月下喜相逢，村汉母难容。萧郎却去何处，瞻望满淮东。　　千浪隔，万山重。岂无踪。时空千变，鸿雁书成，心醉情中。

一剪梅　读报有感

痛读黉园横祸篇，欲语无言，泪滴红笺。开房校长枉为官，禽兽衣冠，国法难宽。
室友操戈两命悬，面带愁颜，眉锁心牵。孩童遭虐恨凶残，讨逆平蛮，惩处从严。

虞美人　我的梦

巍楼林立疑迷路，老宅今何处？枯桑老柏发新芽。反腐嘉谋善政访贫家。
名师沥血精英铸，赤县金瓯固。家庭农场一奇葩，水碧天蓝地绿大中华。

青玉案　悼念马季先生

同庚同疾君先去，愁肠断，千般绪。五十春秋说唱路。音容犹在，魂归何处？世上留书著。　　灵车缓动频频阻。泪水千行情难诉。试问梨园谁做主？继承师志，后生无数，自有中流柱。

沁园春　贺我镇获“诗词之乡”称号

乡甸诗词，誉满神州，履历十年。赞人民携手，弘扬国粹；田园词曲，吟颂尧天。翰墨千秋，铿锵旋律，务实求真张远帆。乘风浪，朝辉煌彼岸，一往无前。　　群贤互励登攀。偿夙愿荣登美誉巅。看风光博里，云蒸霞蔚；山欢水笑，杨柳翩跹。开拓吾侪，鼎新革故，薪火传承任在肩。征途上，见精兵强将，跨马扬鞭。

蒋文荣

蒋文荣（1934～ ），江苏洪泽人，中学高级教师。曾任洪泽县诗词协会副会长、洪泽春涛诗社副社长。

满庭芳 穆墩岛变迁

大泽当年，湖心叠岛，桂英巾帼干城。练兵点将，待彼竭吾盈。千载渔樵闲话，风浪激、隐隐雷鸣。惊回首，沧桑往事，今日溢芳馨。 钟灵生秀水，烟迷碧海，雾绕芳汀。似珍珠，波中闪耀明星。墩上依稀古貌，新增设、楼榭台亭。同来此，流连赏景，堪得意忘形。

陈咸璧

陈咸璧（1934～ ），江苏洪泽人。曾任公社党委书记，县水利局党组书记。现为江苏省诗词协会会员，江苏省楹联研究会会员，洪泽县老年大学《霞天诗联社》副社长。

忆江南 颂洪泽

洪泽美，文化蕴深稠。古八景观迷客醉，新三大道畅车流。每日接宾游。

朱承瞳

朱承瞳（1934～ ），江苏盱眙人。毕生从教。中华诗词学会会员，盱眙县诗词学会副会长，《都梁诗讯》副主编。著有《龙泉吟草》。

行香子 读张德勇先生《南山诗文辑存》

健笔夭夭，苹墨滔滔。撰鸿篇、修史招高。地情方志，独领风骚。有诗儿真，词儿实，对儿豪。 日月迢迢，道路遥遥。数征程、凝血琼瑶。黑云压顶，从不弯腰。纵霎时晴，霎时雨，霎时飙。

鹧鸪天 喜读《淮山诗友集》

桂蕊初开泗水东，淮山诗友墨沉雄。世风乡俗生花艳，物态云光集幅鸿。
情眷恋，境宽宏，裁红剪绿各乘风。讴歌四化无闲笔，夕照还迎枫叶红。

水调歌头　游明祖陵

旧日心酸地，明筑祖陵群。皇城宫殿璀璨，瑞霭紫氤氲。金水桥头雕塑，鱼贯道旁两列，领首四麒麟。翻问黄河澜，席卷为何因？　　阴霾散，星斗转，盛世临。碧穹倍重风物，重建正耕耘。待得完工复璧，再睹东南名胜，唱彻古今音。此次游踪止，敛兴也舒心。

水调歌头　第一山怀古

六秩今潇洒，谈笑上南山。持怀秦县楚阙，水抱岗峦环。城郭蜿蜒起伏，浩浩长淮东去，往事骋心间。锦绣好山水，偏有玷污颜。　　宋室昏，朝纲乱，国基残。宝积山顶遗恨，岁币库含惭。隔岸称臣纳贡，受尽金人欺辱，耻令斗牛寒。岁月虽消逝，青史著忠奸。

一剪梅　咏菊

节过重阳气肃森。不屑三春，偏挺秋辰。迎风招展舞柴门。不弱兰芬，不弱梅芬。

蕊冷香寒情味真。云雾清淳，古井清淳。与君共咏醉花阴。天也同欣，地也同欣。

按：云雾，茶中佳品。古井：酒中佳酿。

金缕曲　纪念慈父逝世55周年

瞭望云山久。莽苍苍、仙踪故锁，不占休咎。每忆生前悬明的，恰是肝晶胆透。追先觉、民拯世救。苦辣酸咸都尝遍，察行程、未失炎黄胄。人去也，光身后。　　丹忱换得河山秀。紧接力、醒人振世，鼎新除旧。竭智尽诚图国是，岁岁培桃淮右。欣遗愿、长虹化就。又值周年今纪念，续酬志、万里新征又。奉余热，垒宏构。

满江红　纪念南京大屠杀30万同胞遇难60周年

六代京都，一时节、暗无日月。怀惨境、大街支巷，人寰灭绝。日寇六周狂杀戮，同胞卅万悲流血。尸成山、地狱现人间，空前劫。　　六十载，时光越。今纪念，心头热。看星移斗转，世兴龙跃。辱史凄怀民族泪，强邦富庶炎黄悦。警未来、事事鉴前车，毋重辙。

沁园春　纪念盱眙解放50周年

解放盱眙，五十周年，万众欢呼。忆摧枯拉朽，红旗漫卷；洗污涤秽，时雨香酥。城镇流馨，乡村透暖，换地改天绘画图。从头越，便工农携手，继上征途。　　古城腾起明珠。让全县人民眉睫舒。有宏图四化，朝阳和煦；山川百里，春色怡愉。土出黄金，市呈珠玉，强国富民健步趋。开来日，更都梁胜地，媲美姑苏。

西江月 戊寅年春节呈老年大学朋友

又是虎年来到,淡寒微暖司辰。东风先报几分春。草长莺飞时顺。
阅读但求至理,耕耘应做勤人。登攀跃越入层深。莫纵白驹消遁。

八声甘州 哭姑母

奔茫茫齐鲁急驰车,昨电报痾沉。早是牵心紧,关河渡远,夕照当辰。昔日抚孤助弱,堪体恤弥忱。寒暖晨昏惦,倾爱思深。 伇探病床无语,应恨春宵短,梦恋清氛。夺生嗔竖恶,叹永诀尘纷。想先姑,几时再见?念慈荫,天际可招魂?今哀悼,生刍一束,涕泪悲吟。

沁园春 海基海协两会重开会谈

我大中华,国共同宗,两岸共存。是相同文化,一陵祭祖;相同历史,一脉寻根。兄弟分疆,渔人得利,你念亲人我痛心。惊回首,见孩童白发,时代全新。 和谐取代争分。久别后,重逢情更真。议包机周末,几条航线,游台观客,何日光临?自立中兴,家和外惧,昭示洋洋后辈人。东方亮,看一轮冉冉,怒放朝暾。

定风波

莫怨群莺嬉戏声,有心何碍力无能。岭上竹松相互问,谁狠?青枝绿叶树牵藤。
冒雨迎风心志远,神汉,青灯黄卷夜蟾寒。国运振兴期协力,忙甚?一鸣只为跃龙门。

水调歌头

发愤伏书案,对镜也知怜。银丝几缕寻得,额皱布川帘。只叹求知太苦,学海书山漫步,遇虎敢身先。胸内有谋略,气可撼青天。 好男儿,无所惧,节贞坚。志存高远,为众谋福不虚言。岁月鬓边溜去,留下满笺情谊,感慨记心间。待到宏图展,华夏看波澜。

长相思

月儿明,风儿清,身向家门那块行。夜深人掩门。
气象新,物象新,勤学精神牢记心。打拼为报恩。

临江仙 龙虾节感赋

一片桃花如梦境,松竹笼雾如烟。广场四面座均摊,幽兰才绽放,布谷叫声连。
别墅红楼花竞艳,戏台新整超然。龙虾佳节客骈肩。掌声频不断,观众尽心甜。

丑奴儿

寒风凛冽才开放，无意争芳，情满街坊，为报春来心向阳。
冰肌玉骨黄中白，身着新妆，外貌端庄，只盼天长地也长。

江城子

卅年学业路还长，不慌忙，志尤刚，伏案钻研，胸阔不彷徨。忆昔日贪玩放荡，今懊悔，失时光。　　夜来幽梦忽还乡，父慈祥，母柔肠。相顾无言，唯有泪千行。发奋打拼争朝夕，不夺冠，不收场。

舒议章

舒议章（1934～　），江苏盱眙人。从事公安工作，副研究员。中华诗词学会会员、县诗词学会副会长。出版《陡湖吟草》两集。

沁园春　古邑都梁

北近淮安，南接金陵，古邑都梁。赞园林城市，琼楼林立；万商云集，百业争强。军部辉煌，明陵洪武，人杰地灵历史长。金源路，赏车流似水，花木成行。　　淮河碧水茫茫。河堤畔，花香柳絮扬。看小螺丝帽，畅销世界，龙虾红烧，四海流香。凹土稀奇，产销两旺，商贾纷纷来四方。看乡镇，喜农工并茂，处处春光。

陈　超

陈超（1934～　），江苏盱眙人。1955年毕业于北京水力发电学校。高级工程师。盱眙县五墩诗词社理事。

忆江南

盱城好，淮水绕城郊。人杰地灵鹏展翅，山高云淡鸟归巢。河上架双桥。

忆江南　漫步都梁公园

都梁好，迎日上山巅。翁叟伸拳操太极，妪婆踢腿舞蹁跹。体态似神仙。

南歌子　山水广场

碧水平如镜，红花配绿洲。清风旭日伴晨游。路网康庄水下映高楼。

暮色人潮涌，华灯满目收。喷泉白练挂桥头。一片歌声舞乐响悠悠。

朱泽民

朱泽民(1934～)，江苏盱眙人。合肥师范学院毕业，毕生从事教育。

满江红 咏淮河大桥兼庆教师节

虎跃龙腾，都道是、乘风飞越。曾未料、凌空横卧，把山河接。下立岩心泥与水，上连车毂霜和雪。背沉沉、骨动又筋摇，何曾歇？ 志难改，立险绝，波涛恋，情深切。听云中笑语，宏图大业。日送千军奔彼岸，夜迎万骑登天阙。纵此身、并不在芦沟，衷心悦。

周新民

周新民(1935～2013)，号松柳，淮安市淮安区人。中共党员，曾任淮阴市民政局副局长。为中华诗词学会、省诗词协会会员，市诗词协会顾问。诗词刊于《中华六十年诗人大典》《当代中华诗词集萃》《中华诗人年鉴》《淮海诗苑》《江海诗词》等。著有《绀珠撷粹》。

江城子 咏韩侯

杰才兴汉用兵强。度陈仓，靖秦疆，平魏烟灭，击楚代韩亡。师出井陉安赤帜，背水战，扫北方。 梦回告慰楚淮乡，昔刀枪，立朝纲，安定异邦，封域受齐王。钟室安知飞鸟尽？功盖主，戟流芳。

南歌子 咏淮安高架桥

新路铺红日，高桥架碧空。神工彩绘一长虹。未雨未云何故现蛟龙？
木板砖墩绝，水泥钢架丛。横空出世美姿容。车过淮河不断往来中。

赵洪池

赵洪池(1935～)，字柏屏，淮安市淮安区人，中共党员。曾任国企法人代表。为江苏省老年书画研究会会员、淮安区诗词协会会员。

鹧鸪天 翔宇集团第九届龙舟文化节

祭屈轻舟闹楚淮，喧天鼓乐彩旗开。离弦铁羽穿杨射，入水蛟龙破浪裁。

瞻泰岱，骋胸怀，群情众志夺金牌。喜迎省运端阳礼，拔萃撷英歌俊才。

虞美人　马年端午感怀

粽香丝系舒萱草，祭屈龙舟闹。蟾蜍吞墨醉雄觥，斩鬼锺馗净扫害人虫。
又逢佳节观新貌，党教为群肇。喜迎十八运神工，崛起江淮枕梦马如龙。

一剪梅　登蓬莱阁

自在逍遥步履幽，仙境通衢，人世名楼。丹崖山赭甚巍峨，七女思凡，八子轻舟。
坐憩高巅四望收，万里澄波，千羽沙鸥。耆龄翁媪尽超尘，琼岛神奇，欲渡瀛洲。

鹊踏枝　祝淮安区老年大学乔迁之喜

坐落东南城右翼，环境幽兮，桌静窗明矣。网络空调时尚体，领先现代豪华气。
矗立高楼平地起，久盼佳期，激动师生喜。活跃欢腾忘克己，校园新貌无伦比。

浣溪沙　纪念邓小平诞辰110周年

百色风云腐朽摧，徐淮鏖战进军麾，奇才盖世是和非。
远瞩高瞻车入轨，鼎新革故国腾飞，复兴圆梦问酬谁？

魏继志

魏继志（1935～　），江苏盱眙人。1952年从教，小学高级教师。中华诗词学会会员，盱眙县诗词学会副秘书长。

望海潮　祝县诗词学会成立20周年

都梁张帜，端阳结社，欣逢二十周年。淮水凝香，盱峰蕴秀，河山翰墨因缘。文苑聚才贤。九州颂改革，情注华篇。共建诗乡，赋多多玉润珠圆。　弘扬国粹无前。念恩深感党，力量源泉。风雅校园，虾都帝里，雏莺老凤翩翩。群友手相牵。盛世心花放，点缀春天。村镇歌声处处，欢唱曲儿甜。

风入松　《都梁诗讯》百期刊

都梁诗讯百期刊。美誉冠东南。弘扬国粹传薪火，创诗乡、流韵飞丹。众秀骚坛携手，共描锦绣河山。　小康路上竞登攀。盛世乐无边。复兴民族中华梦，倾才智、再赋雄篇。高举红旗欢唱，征程一往无前。

忆江南

都梁好，绿水绕青山。高阁凌空芳霭里，长虹飞架碧波间。曲岸柳如烟。

赵长江

赵长江（1935～ ），江苏盱眙人。马坝诗词分会常务副会长，有诗词集《夕照江波》。

长相思

观楚州，赞楚州，无限风光满目收，全城美彩楼。
喜悠悠，念悠悠，总理家乡万众讴，盛名扬九州。

巫山一段云

今日回原籍，唏嘘泪沾巾。年龄相仿老庄邻，多半别凡尘。
四望乡村貌，家家气象新，衣炊住用似豪门，改革忆恩人。

赵至培

赵至培（1935～ ），淮阴区吴城镇人。历任小学教师、教导主任、校长等。退休后习诗。

长相思　上海世博会

大长江，黄浦江，江岸馆堂花正芳。游人来八方。
世博昌，百业昌，科学繁荣喜气洋。民康国更强。

蔡　涛

蔡涛（1935～ ），江苏清江浦人。曾任中学校长、淮阴县政协副秘书长、县委统战部副部长等。中华诗词学会会员，曾任淮阴区诗词协会副会长。著有《三英斋诗词文集》。

青玉案　庆根治淮河

源流桐柏千年患。庶无食，常逃难。褴褛衣衫多恨怨。何时治理，能排能灌？百姓天天盼。　　闸渠库坝涵桥建，入海通江数河担。试问汛期能泛滥？百年难遇，花开两岸。题字金光灿。

西江月　赞淮海地区旱改水

淮海千年无米，碱田处处丢荒。春天一片白茫茫。无法耕耘惆怅。
下定决心改水，农民再不彷徨。如今遍地稻花香。党政英明难忘。

采桑子　淮阴区凌桥香瓜基地

香瓜基地三千亩，钢架银包。风动琼瑶，中有婷婷十万娇。
绿披杏服真仙子，牌注凌桥。南北香销，赢得芬芳四海飘。

朱碧松

朱碧松（1935～　），江苏涟水人。副教授。曾任高校办公室主任、系主任。为中华诗词学会会员、淮安市诗词协会顾问，曾任《淮海诗苑》副主编、编辑部主任。著有《娱心集》《娱心续集》《古诗文名句集释》等20余部。

虞美人　步盛立民《毕业40周年重聚南京寄同窗诸友》韵

二桥高架三桥造，江面涟漪俏。万家灯火接星空，喜看六朝形胜展新容。
金陵聚会观光好，余兴知多少？今生莫道两鬓霜，余热生辉夕照胜春光。

江城子　赞金湖

碧波万顷浩汤汤，入江潢，耀金光。桥架巍峨、两岸运输忙。苏北水乡添美景，行路富，促繁昌。　　欣逢五十写华章，广招商，铸辉煌。经济腾飞、奋起赶苏杭。万众同心齐努力，抒壮志，奔康庄。

鹧鸪天　金秋咏淮安

雄踞淮河水下游，洪湖雪浪放歌喉。淮钢产值蒸蒸上，一品梅开朵朵优。
菊蕊绽，稻香浮，观光最好是金秋。品尝美食淮扬菜，风景迷人任尔留。

忆秦娥　连战大陆行

冰山化，胡连握手金桥架。金桥架，两边携手，海天同跨。　　台湾大陆干戈罢，同宗共脉相牵挂。相牵挂，推行两制，振兴华夏。

朱文邦

朱文邦(1935～),江苏高邮人。中共党员,高级讲师。原任淮阴师范学校党委书记、校长。中华诗词学会会员、淮安市诗词协会顾问。著有《紫阳诗文集》。

采桑子 喜迎国庆60周年

东方古国沧桑变,六十周年。盛况空前,黎庶欢腾颂众贤。
峥嵘岁月丰功著,忆旧思甜。不懈登攀,继往开来道路宽。

浣溪沙 敬颂伟人毛泽东

欣看伟人巨臂挥,阴霾尽扫现朝晖。九州欢笑喜扬眉。
推倒三山垂史册,功成千载铸丰碑。炎黄今日显神威。

西江月 中秋赏月感赋

盼到中秋赏月,竟逢天气阴沉,迟迟玉镜不登临。莫负盛情邀请!
顷刻风来给力,顿时云退看晴,婵娟含笑送光明。天上人间同庆!

鹊桥仙 庆“神八”胜利回归

神舟老八,天宫一号,实现多年梦寐。于今宇宙结情缘,共同探、星辰奥秘。
遨游半月,频频报捷,对接安全交会。迎飞船胜利回归,神九创、全球之最。

范成祖

范成祖(1935～2018),江苏淮安人,久居清河。淮安市十佳农民诗人。中华诗词学会会员、淮安市田园诗社理事、淮安市清河区白鹭湖诗社副社长。

采桑子

老吾老及人之老,人老何妨。我老何伤,老树经霜老益康。
文明社会新风尚,敬老之邦。扶幼心肠,老幼同舟向日光。

张望东

张望东(1936～),曾用名张恒柱。江苏清江浦人,祖籍丹徒。毕业于淮阴师范,从教42年,小教高级职称。爱好文学,习诗有年,为中华诗词学会会员。

长相思

其　一

涧水流,运水流,花谢花开总不休。落红无计收。　　篱边秋,鬓边秋,梦绕黄昏野甸头。徘徊芦荻洲。

其　二

老桥头,新桥头,望断天涯灯火稠。空庭月似钩。　　岁悠悠,思悠悠,浪遏心潮不系舟。残阳恋土丘。

一剪梅　落时

无奈西风别故枝。颠簸丹墀,倚仰秋池。梦回难忘伴花时,荣也相思,谢也相思。

辗转红尘情未移。身化青泥,魂蕴灵犀。陌头转眼子规啼,柳又人依,花又人迷。

满江红　庆祝香港回归

百载飘零,逢盛世、终归故国。交接式、赤旌招展,五洲瞩目。香水怒潮驱暮霭,紫荆嫩蕾迎晨旭。当此际、百感汇心头,思荣辱。　　割地恨,青史录。奇耻雪,炎黄祝。看明珠尘拂,宝光千束。英帝霸权沉逝水,港人自治扬新纛。信来日、两制颂尧天,腾飞速。

沁园春　欢呼神舟五号载人飞船发射成功

风约胡杨,日烁龙沙,众望酒泉。讶山摇地动,箭穿云雾;星藏月隐,舟发遥天。邀阿波罗,约联盟号,异曲同工谱史篇。航天路,正五洲瞩目,赤县情牵。　　中华盛世空前,越千载凌霄一梦圆。念先驱万户,可歌可泣;后生诸子,宜点宜圈。俯瞰尘寰,仰看银汉,笑脸鲜花相映妍。瞻来日,探星空奥秘,人去绵延。

千秋岁引

汶川强震未已,层楼抖颤,行将坍塌。学前班杜正香老师迅即将几个幼儿抱出室外,又返身入室抢救别的孩子,终于倒在一根钢筋水泥横梁下,双手仍紧紧地各拉一个孩子,怀中还护着三个幼儿。

泥石奔流,山川扭曲。恰见人间更情笃。孩童救援风火疾,层楼坍塌声光速。幼芽天，杜鹃谢，地天穆。　　标格史篇赓帛竹，生命壮歌萦巴蜀。大义千秋永相续。情倾五湖雪浪涌，魂归大地苍山郁。望神州，碧空净，扬芳蘙。

王海曙

王海曙（1936～ ），字苏农，江苏涟水人。久居淮阴区。曾任六塘诗社社长兼《六塘诗词》主编、淮安市诗协常务理事。

渔歌子　忆淮中荷花池

读书楼前紫燕飞，柳枝垂水草鱼肥。轻小艇，绿船衣，乘舟戏水不思归。

浣溪沙　春游洪泽湖岸边

春到人间喜事多，词人欣立石工坡。天鹅引颈尽情歌。
双桨劈开清水路，一篙刺破碧湖波。风摇细柳舞婆娑。

席长桂

席长桂（1936～ ），江苏泗阳人，定居盱眙。曾任江苏盱眙人大常委会副主任、盱眙县诗词学会顾问。

鹧鸪天　小康颂

淮上人家瘠寐求，迎来盛世万民讴。年逢大有粮仓满，日进小康酒味稠。
衣锦绣，住琼楼，阳关大道乐悠游。春风得意心花放，千古穷愁一笔勾。

杨春荣

杨春荣（1936～ ），淮安市淮安区人。退休教师，曾在博里镇历届诗词竞赛中获奖，北京《中华颂》诗赛中获三等奖。

小重山　赠台湾熊猫感赋

点点梅花映翠微，山河成一统、铸丰碑。情深手足系安危。台胞热、含泪喜舒眉。　　陆岛锁重围。叹尘封岁月、过由谁？梦酬冰释愿芳菲。翘首盼、早日彩云归。

鹧鸪天　清洁工人赞

扫帚婆娑汗雨挥，清除垃圾一堆堆。早晨马路追星月，傍晚天街扫夕晖。
天吐气，地扬眉，保持环境绝尘灰。平凡铸就丹心美，清洁工人百世垂。

浪淘沙　小草

绿野草含烟，蝶誉流连。晶莹朝露翠芊芊。阡陌公园伊点缀，色醉心田。
不妒百花妍，燎践无言。寒霜冰雪减清鲜。潇雨清风春悄至，绿到天边。

杨建华

杨建华（1936～　），字灼然，书斋号瘦竹轩，江苏洪泽人。中华诗词学会会员，洪泽县春涛诗社副社长兼主编、洪泽县楹联学会副会长兼副秘书长。著有《悬湖散文集》《半家诗》。

西江月　鹅池早春

惊破村曦庄晓，对歌曲颈滔滔。荡波浮翠欲横涛，倒影漫池红爪。
千亩方塘春早，肥鹅丰羽朝朝。迎来外客喜眉梢，观看光明富道。

杜益之

杜益之（1937～　），淮安区仇桥镇，曾任中小学教师、校长。为淮安市诗协会员、博里镇诗协会员。

忆江南　青松礼赞

青松劲，屹立傲苍穹。彻骨寒风枝挺直，漫天冰雪叶葱茏。兀自度从容。

忆秦娥　赞淮安经济台《金秋岁月》10周年

马蹄铁，电波激荡空中越。空中越，《金秋岁月》，“华于”倾血。　　延年益寿体民切，长知生慧心愉悦。心愉悦，十年乐度，夕阳增烨。

注：“华于”，指主持人华中、于枚。

鹧鸪天　贺新居

复置新居始觉甘，两厅三室意犹酣。时髦优雅西洋化，富丽豪华仙境般。

经苦累,步维艰,为筹百万忍饥寒。雄心壮志飞霄汉,展望人生尽笑颜。

相见欢 颂中共十八届三中全会

秋来似锦年丰,美无穷。全会召开,立国建奇功。 改革风,步伐重,气如虹。万里山河、人地走蛟龙。

周承龙

周承龙(1937~),字木青,江苏金湖人。在宝应、金湖县城任过教研员,师范和教师进修学校教师。著有《不休集》(诗词、书法选集)。为江苏省书法家协会会员、中华诗词学会会员,曾任金湖县诗词协会副会长、副主编。

浣溪沙 四季荷咏

春 荷

浅碧小池铺翠盘,蜻蜓舞罢立边沿。暖风细雨育华颜。
弱柳绿阴荷女笑,凝眸圆叶内心甜。明朝但愿梦儿圆。

夏 荷

赤日白云映荡中,荷花万亩点轻红。熏风香气醉心胸。
盖地铺天飘翠绿,轻波细浪跃鱼龙。游人暑气尽消融。

秋 荷

暴雨狂风几折磨,红消绿褪仍婆娑。潜心结子莫蹉跎。
荡桨摇舟采硕果,轻歌浅笑赛仙娥。归来满载蹴清波。

冬 荷

绀叶摇风憔悴颜,红消翠折美肢残。香魂玉体土中安。
沉睡静休酣梦美,衍生哺育待春还。重新潇洒在人间。

淡黄柳 黎龙河今昔

光光两岸,洪水年年溢。雨后蛙声鸣更寂。幸遇三城同创,满目荒凉已成昔。

砌堤石,清污柳杨植。设亭榭,客如织。看沿河夜晚霓光熠。倒影轻摇,碎星沉醉,何处飘来韵笛?

风入松 观赏毛主席书法

纷纷飞舞墨虬龙,怀素米颠风。兔蛇却避锋芒疾,石奔涧、藤挂枯松。时蹙时盘如电，暴风骤雨云浓。　　刀枪柔剑跃腾骢，点划自遒雄。万机日理犹闲韵，无眠时、挥管抒胸。书法堪称神品，赏摹余味无穷。

风入松　观金湖实小诗词吟唱会

华堂五彩照明灯，童子似花翎。唐装列队齐吟诵，一声声、清脆如筝。动作刚柔皆美，表情喜笑甜盈。　　高山流水水澄澄，雅韵看偕鸣。义仁道德心田润，古今教、合璧双馨。展望中华强盛，前赴后继群英。

破阵子　大阅兵

桂月金风浩荡，旌旗猎猎天惊。中国欣逢花甲寿，列列铮铮钢铁城。天空大阅兵。
血火千磨百炼，雄风威傲昆仑。沐雨披霜肝胆沥，打出炎黄锦绣程。神龙重九腾。

鹧鸪天　畅想世博园

我驭天风世博中，奇光异彩共谐融。中华百载圆金梦，世界千秋逢盛容。
楼璀璨，物饶丰，众邦展馆夺天工。轻歌曼舞迎宾客，感动嫦娥下月宫。

鹧鸪天　“神十”“天宫”对接成功

神十升空气势宏，摩星傍月入苍冥。和平人士开颜笑，好战魔王瞪目惊。
天路辟，邃科成，天宫稳稳进三英。届时建立空间站，开发太空美梦馨。

天仙子　庆青藏铁路通车

莽莽高原谁愿至？李白好游何敢抵。四围山岭矗摩天，人窒息，悲鹤唳，虽存好梦岂圆矣。　　筑路大军开藏地，汗水谱成新壮丽，铺将铁轨入云端，长龙驶，万民喜，极限从今为坦砥。

水调歌头　金湖荷

秀丽乃天质，塘汊是闺房。人间不炫姿色，曾助度饥荒。生性多情好洁，幸遇健郎踩集，美露水中央。心底隐华梦，闯世去他乡。　　历沧桑，湖泊荡，皆繁昌。远离故地，天涯海角结缘芳。广接环球姐妹，衣饰云蒸霞蔚，胜却七仙娘。招引众商贾，遐迩美名扬。

杨志宇

杨志宇(1937～),淮安市淮安区人。历任中学教师、教导主任、校长、扫盲辅导员、文教助理。博里诗词协会组建者之一。中华诗词学会会员,获淮安市首届“农民(田园)十佳”诗人称号。

鹊桥仙 给打工族两个镜头

天南海北,年归囊鼓,多少柔情蜜语。天伦漫叙共围炉,爆竹一声新岁数。
春回大地,燕飞去处,汇入滔滔征旅。含情脉脉别亲人,撵月赶星忙致富。

临江仙 为我女排姑娘重新夺冠喝彩

十七年来血泪苦,东瀛将斩旗搴。姑娘各自蓄长鞭。中华儿女在,谁敢有轻言。
喜事连连数不尽,飞天夺冠联肩。神州雀跃又当年。精神重抖擞,雅典绘新篇。

南乡子 为邓小平百年诞辰而作

赤县夜难明,救国兴邦万里行。火海刀山浑不怕,铮铮!唤雨呼风百万兵。
何处觅精英,世纪强人邓小平。百折惊涛多少事,谁评?赢得生前身后名。

南乡子 任长霞英气永存我心中(藏头)

任局长高超,长与平民把话聊,霞洒阳关千里道。英豪!气压群顽无处逃。
永把重担挑,存记民情倡节操,我辈时时应仿效。心雕!华夏腾飞有舜尧。

满江红 写在博里中学建校50周年

校庆欣临,五十载、峥嵘岁月。师生会、嘘寒问暖,语柔心热。苦读村蒙成大器,辛勤园圃披霜雪。久违了、观旧迹新颜,皆亲切。 桑梓地,常留辙。童年梦,今宵接。忆书声朗朗,横杆高越。鹰击长空磨翅处,龙腾万里从兹崛。莫辜负、这父母之邦,情纯洁。

杨文俊

杨文俊(1937～),淮安市淮安区人。从事农村基层工作30余年。淮安市诗协会员、博里镇诗协顾问。

踏莎行　苏中七战七捷

史册辉煌，硝烟弥漫，天兵正气长虹贯。苏中七捷靖妖魔，红旗指处乌云散。
一卷重温，千秋礼赞，军民并辔奇勋建。英雄热血洒人寰，神州七秩沧桑变。

鹧鸪天　迎“七一”谢党恩

世界同称吾国强，驱倭逐蒋定家邦。科研制胜为人类，众志成城奔小康。
谋发展，外招商，中心大事两辉煌。党恩深重如山海，兴国为民天地昌。

浣溪沙　虎年畅想

拉动内需众乐滋，神州万里展新姿。三农更是振兴时。
牛去虎来歌盛世，同心共克困难辞。亿民奔向小康驰。

一剪梅　赞两岸三通

浅浅波涛烟雨蒙，昼盼飞鸿，夜望长空。频频幽梦觅萍踪，日月潭东，阿里山中。
积雪消融春意浓，花朵嫣红，树木青葱。水欢山笑庆三通，骨肉重逢，悲喜盈胸。

汤道言

汤道言（1937～2010），别名洪舟，江苏宿迁人。曾任洪泽县图书馆馆长、文管会负责人等职。先后参与《洪泽湖渔业史》《洪泽县志》等书的编撰。江苏省楹联学会、洪泽县楹联学会会员。

渔家傲　湖畔珠光

旖旎风光环绿岛，渔村恬静无烦恼。煦煦和风春到早。情韵好，渔姑结网穿云缟。
湖荡清晨移小艄，不停双桨旋萍藻。摆布网箱翁不老。育珍宝，珠光衬映眯眯笑。

翟登庸

翟登庸（1937～　），江苏宝应人。历任金湖县中小学教师，县政协文史委资料员。

点绛唇　中秋

几度中秋，每逢佳节东南顾。遥思台屿，盼望团圆聚。　　一统江山，“两制”光明路，船来去。“三通”无阻，探访当无虑。

忆秦娥 献给1990年教师节

金风月，春华秋实教师节。教师节，盈枝硕果，俊才星列。　　焚膏继晷凝心血，无闻默默情真切。情真切，舌耕笔示，育培英杰。

韦兆宏

韦兆宏（1937～ ），曾任淮安博里镇税务所所长。省、市、区诗词协会会员。

渔歌子 春回大地

楼宇窗前彩蝶飞，神州处处映朝晖。花怒放，斗芳菲，争鸣百鸟闹春枝。

醉花阴 中国梦

拟定富强中国梦，深得全民颂。两会绘蓝图，戮力同心，声势如雷动。
建功立业依群众，百鸟齐朝凤。双手托乾坤，万马奔腾，勿用挥鞭重。

鹧鸪天 种菜

内助田园种菜瓜，施肥管理晚回家。辛勤劳动寻常事，飘逸银丝腰不斜。
新豆角，嫩番茄，三餐饭桌不离它。园中现采新鲜菜，乐得绵甜口味佳。

点绛唇 反腐倡廉

党纪严明，中枢八项清廉措。拨开云雾，魔怪原形露。　　惩治贪官，剑挂庭前柱。如贪腐，犹笼中鼠，在劫逃无路。

清平乐 顺应时代潮流

根连大陆，同把离骚读。顺势潮流频往复，促进炎黄幸福。　　空航海运穿梭，尔来我往增多。日月潭边避暑，秦淮河上讴歌。

清平乐 颂北京奥运会

燕京体育，谱写文明曲。夺取冠军皆庆祝，赢得全球瞩目。　　健儿奥运加油，群星拼搏争优。水立方中斗艳，地球村里交流。

清平乐　祝贺三沙市成立

三沙群岛，怎许喽啰闹。想入非非犹可笑。中国版图最早。　　今逢盛世时期，东方屹立英姿，从未南山放马，威风华夏雄师。

行香子　颂沈浩

蹲点山丘，甘做耕牛。居基层、假日无休。不分寒暑，驱逐穷愁。志为民众，办民事，解民忧。　　筹钱修路，唤醒村头。领群众、致富加油。承包田块，五谷丰收。与民同乐，餐同桌、计同谋。

行香子　颂航空工业英雄罗阳

远志鸿猷，谱写春秋。车间内、科技研谋。指挥塔上，分外风流。稳控神鹰，责神圣，六神投。　　成功起落，制服机头。拦机索、力拔头筹。金汤坚固，哪怕狐猴。看海军威，空军吼，陆军牛。

西江月　“十佳”博里半边天

多路英才云集，命题围绕田园。疾书答卷宛诗仙，炉火纯青入选。
区县九家争冠，诗乡可否占先？十佳博里半边天，赢得欢声一片。

西江月　新中国变迁

往昔天灾常有，农民饱受饥荒。当年水利做文章，打响翻身一仗。
盛世如今民富，花园绿树楼房。山珍海味有人尝，夜晚华灯明亮。

蝶恋花　中秋感赋

满目田园青渐少，菊桂飘香，北国收红枣。蟹大鱼肥开市早，漫山红叶秋光闹。
故里风光无限好，插遍红旗，独缺台澎岛。落叶归根亲者笑，共同奔走康庄道。

蝶恋花　日本军国主义正复活

安倍面临霜雪路，岛国萧条，禹甸腾飞妒。笼络喽啰邪愿许，企图夺岛狐狼舞。
军费增加投赌注，改制强军，已迈东条步。今日中华非甲午，屠刀放下才知趣。

浪淘沙　读张学福《回顾与守望》有感

敬读你佳章，满口留香，生花妙笔墨芬芳。犹忆骚坛初涉及，谨慎开墒。
供职事繁忙，踏雪披霜，山河改造利收粮。炼石补天威信在，百姓心藏。

吴保玉

吴保玉(1937～),江苏涟水人。曾任盱眙县桂五医院院长。中华诗词学会会员、淮阴区诗词协会副会长兼会刊《淮水吟》主编。

沁园春 中国共产党建党90周年

日出东方,南湖启航,正道沧桑。仰星星之火,燎原大地;战旗猎猎,塞北南疆。党指挥枪,驱倭逐蒋,二十八年靖八荒。先躯者,以忠魂颅血,换得家邦。　五星旗帜飘扬,喜宏论群贤作典章。任风狂雨骤,坚持真理;与时俱进,兴废肩扛。开放新规,中华特色,崛起东方奔小康。永跨越,登红船续度,浪击重洋。

方超驭

方超驭(1937～),女,江苏淮安人。历任淮阴农业学校教员、淮阴地区农垦局农业技术管理员、淮阴农业学校讲师等职。

南乡子 过淮安市农村公路

何处是村庄?公路条条阔又长。幢幢瓦房如别墅,煌煌。车缓悠悠览四方。
忆下放该乡,伫立泥泞小道旁。走访邻村是难事,茫茫。目下农交着盛装。

王有成

王有成(1937～),江苏沭阳人。中共党员,高级经济师。曾任淮阴市经济研究中心副主任。著有《王有成诗书画集》。

忆秦娥 悼周总理

山河咽,北风呼啸乌云结。乌云结,金梁崩断,九州将裂。　毕生贡献红旗业,人民万代怀英杰。怀英杰,白花朵朵,哪人能夺?

更漏子 一别25载重返母校沭阳中学

路衢宽,林木旺,仿佛当年模样。青瓦屋,白廊墙,同窗情义长。
小桥横,溪水静,不见故人身影。操场上,课台旁,书声儿辈忙。

王士爱

王士爱（1937～ ），江苏建湖人。中共党员。曾在福州部队前锋文工团从事戏剧创作，转业后，曾任淮阴市委宣传部副部长、文化局长、政协文史委主任等职。

满江红　国史颂

怕忆南京，只片纸、金瓯顿缺。天培怒、山河同愤，悲风猎猎！“致远”崩身倭舰碎，“红灯”断首人心裂。更黄花岗上露殷红，千秋血！　　天依旧，魔未灭；奄奄日，凄凄月。恰镰锤相抱，悲歌一阕。头触三山经百劫，躯捐万里呈千叠。仰红旗、今日又登峰，乘风烨！

沁园春　毛公颂

独立瑶池，击磬鸣钟，再奏伟篇。看倚天三劈、昆仑截断；环球一抱、共此凉炎。北国风光，又抛一瓣，八字欢呼魔鬼寒！问今古，有骚人几个，堪与公攀？　　依稀重见当年。过血路、冰丛道道关。更枕旁叠起，经纶万卷，生平读透，天地人寰。日月星辰，胸间回绕，口吐霓虹昭大千！凭人议，便这番钟磬，德寿无边！

浪淘沙　邓公颂

回首见当年，鸦噪蝉咽。如磬风雨暗坤乾。唤起东山擎阔斧，独劈新天！
旗帜正高悬，日灿花妍。万方仰目我河山。南海先传春故事，一唱千年！

周公颂　自度曲

怒指豺狼恶，悲牵百姓艰。浓眉总在民心驻、几曾迁？补丁衫在，浸多少风寒月冷、血色硝烟。一路涛惊浪骇，挺身柱立先承受：浪劈涛鞭！旗上金星灿、肝胆高悬！　　命在垂危日，国将倾堕间。强撑瘦骨、银燕赴天南。西花厅内，数难尽孤灯长伴，心血熬干。临去何贪寸土，犹将身化飞天雪、长润河山！万国垂旗敬、誉满人间！

扬州慢　与同窗及恩师重聚

柳绿桃红，莺歌燕舞，少年恰似春光。问今朝何状？看黄叶秋霜。竟执手相疑面目，通名报姓，始识同窗。尽唏嘘：岁月匆匆，人世沧桑！　　恩师安在？若晨星、几点辉芒。忆红烛当年，长燃高照，为我生光。寸草长思春暖，终重聚、且诉衷肠。更躬身礼敬，拳拳如拜爹娘！

夏学洲

夏学洲(1937~),南京江宁人。中共党员,高级教师。长期从事中学语文教学。曾任淮安市第三中学教务主任等职。立新诗社社长,清河区诗协理事。

采桑子 仲秋

秋高气爽天如水,桂叶生风。五谷盈丰,叠翠黄花月满空。
嫦娥思念神州暖,盛世亨通。团聚融融,天上人间喜悦中。

清平乐 贺清河区建区30周年

穿城运水,商贾精英会。十里长街今更美,人道腾飞前卫。 一朝锐意争先,山川全换新颜,最喜卅年崛起,迎来璀璨蓝天。

尚 云

尚云(1938~2011),宿迁市人。中共党员。原任淮阴市人大常委会副主任。曾为中华诗词学会理事、名誉理事、江苏省省诗词协会副会长、淮安市诗词协会副会长、会长、名誉会长。著有诗集《船在山峰顶上行》《韵海扬帆》等。

忆江南

都梁美,山水共晴岚。柳浪黄花藏胜境,诗乡创建忽凭栏。启智育人贤。

忆江南 金湖抗洪

雨如注,云水地连天。倾倒银河翻浪滚,汪洋一片望无边。堤坝遍人烟。

忆江南 洪泽湖大堤抗洪

长堤上,兵阵布重重。救护物资堆险处,各方志士意情隆。齐力斗天公。

鹧鸪天 游盱眙第一山有赋

石径通天千百重,彩云缭绕九天风。一峰拱岱走淮水,五浪涛声响碧空。
泉溢水,晚霞红,洪湖卧地似盘龙。芾公苏子文光处,今览苍烟暮色中。

鹧鸪天　农村砖瓦厂民工吟

地少人多难养家，求生无奈卖泥巴。日驮土块汗如雨，夜宿工棚腰腿麻。凑合吃，省着花，角分积攒为娇娃。偶然也到城中看，砖瓦群楼无我家。

临江仙　盱眙山水

处处奇峰随目起，葱葱郁郁层峦。淮河弯绕又回环。水连山里水，山映水中山。喜逢改革人歌舞，新颜水笑山欢。东南第一景山观。文人留墨刻，历史久名传。

钗头凤　盱眙山城巨变

淮河右，琼楼秀，倚栏喜听东风骤。桃柳悦，云花灼。盱眙巨变，几年非昨。乐！乐！乐！　春染旧，山城绣，夕阳无限真情有。身羸弱，心怀阔。挥毫吟韵，几行诗作。学！学！学！

一剪梅　咏女排折桂

喜看银屏正聚神。急盼佳音，凝聚人民。扶桑夺冠女排亲。喜酒狂欢，喜泪倾盆。良夜狂欢华夏人。醉了乾坤，醉了星辰。称雄巾帼铸新魂。开拓新牲，变了风云。

余茂华

余茂华（1938～2009），江苏涟水人。毕业于南京大学中文系，先后在中央广播事业局政治部、中央广播电台、淮阴市委组织部、淮阴市委老干部局等单位工作。副研究员，中华诗词学会会员。

满江红　八一枪声

八一枪声，冲云汉、全球响彻。长征路、披荆斩棘，壮怀激越。抗战八年驱贼寇，挥戈三载妖魔灭。功绩著、竹帛颂千秋，垂山岳。　歌新曲，军民悦；神舟起，频传捷。太空谋发展，国固如铁。社会和谐人气旺，春风万里伴明月。鱼水情、佳话遍神州，声声切。

鹧鸪天　纪念长征胜利70周年

遵义城中梅报春，毛公掌舵扭乾坤。金沙赤水巧飞渡，钢铁洪流万里腾。风雨袭，狼虎跟，劈波斩浪九州闻。雪山草地等闲过，光照千秋暗北辰。

满江红 纪念周总理诞辰110周年

三十年前，传噩耗、擎天柱折。天地哀、江河流泪，全民悲切。举义南昌开首创，挥戈华夏荡妖孽。探龙潭、智勇一身先，称奇绝。 扬正气，国耻雪；奔四化，良策决。访非洲欧亚，外交频捷。治国安邦人敬仰，呕心沥血尽忠节。党楷模、光彩照千秋，如山岳。

菩萨蛮 颂“神六”飞天

神州大地秋光好，腾空“神六”环球绕。试验立新功，炎黄颂杰雄。 成功惊玉宇，仙子临风舞。银汉起波涛，清歌传九霄。

调笑令 春日

春日，春日，花开千红万紫。绿树丛里莺啼，烟绕柔柳翠垂。垂翠，垂翠，一片春光妩媚。

画堂春 纪念中国共产党诞辰85周年

南湖回首忆当年，镰锤高举蓝天。起航奋力鬼魔歼，换了人间。 今日春风化雨，和谐团结空前。“八荣八耻”立宣言，处处娇妍。

王洪佑

王洪佑（1938～ ），江苏淮阴人。曾任生产队长、村委会会计。参加诗社后，任六塘诗社副社长，刘老庄诗社副社长，淮安市诗协会会员。

鹧鸪天 共产党员先进教育之歌

先进党员品格殊，创新大业展宏图。求真务实歪风扫，革故鼎新旧弊除。
齐奋力，上征途，措施也得硬功夫。加强团结兴农业，奔向康庄催骊驹。

石殿玉

石殿玉（1938～ ），女，江苏淮安人。中共党员。小学高级教师，江苏省老年书画协会会员。

渔歌子

半露船身半露腰，芙蓉出水恁妖娆。佳丽戏，棹歌飘，夕阳西下桨回摇。

谢 篪

谢篪(1938～),又名谢璞,江苏淮安钦工镇人。教师。淮安诗词协会会员。

吴山青

余先后我在岔溪河北岸蒋桥中学涧河南岸车桥中学任教直至退休。住城多年,时常怀念,因填此小令。

溪水流,涧水流,地转天旋总未休。冬来直到秋。
蒋桥头,车桥头,黑板耕耘岁月稠。慰余桃李牛。

浪淘沙 牡丹吟

华夏百花王,国色天香。雍容华贵得天光。京洛阿谁名最响,魏紫姚黄。
敢忤大周皇,不着春装。从而被贬到洛阳。后渐广移黎庶院,勃发芬芳。

相见欢 梦已故少年同窗颜景徐

黄粱一枕重逢。乐融融。回顾当年分手,雨蒙蒙。 盼相见,喜如愿,会钦工。万语不知怎诉,满心中。

临江仙 喜西气东输

日夜兼程奔万里,东来十亿人家。厨师保姆乐开花。不搬燃气罐,更省倒煤渣。
城市美容开口笑,检查环卫分加。蓝天碧水鲜灰沙。少拖垃圾好,玩也有闲暇。

临江仙 江水北调

仆仆风尘三路去,京津解决烦难。欲穿望眼顿开颜。当年愁水事,都付碧波澜。
汩汩清流滋垅亩,谁还忧久天干。及时喷灌莫稍耽。待到挥镰日,稻谷码成山。

破阵子 公交车上

门口眼前一亮,步姿雄胜男儿。胖瘦高低皆适度,举止言行尤合仪。绿云身后披。
白里透红脸蛋,乌中闪绿蛾眉。灵动双眸堪解意,见妇怀孩座让之。唐寅挠首时。

满江红 中秋晚会

央视今宵,开首次、中秋晚会。夜幕降、华灯初上,搜台随备。布景欲仙称上乘,演员出色堪为最。精彩段、接二又连三,教陶醉。 新剧棒,神话美。台词秀,歌清脆。好些新面孔，艺超同类。小品相声真叫绝，京腔越剧堪回味。演已竟、久久未回神，尤难寐。

满江红 纪念黄庭坚诞辰970周年

都道苏黄，当年起、盛传如许。鄙西昆、推崇杜白，江西之祖。点铁成金求拗僻，脱胎换骨捐陈腐。遗响烈、其直至而今，旗高树。　　题金榜，除少府。挥毫处，龙蛇舞。看俯仰生姿，左右环顾。书界双峰唐并耸，宋时狂草其独步！穷奇倔、恣侧险纵横，摹无数！

乐世 上海世博会

盛哉世博，上海空前会。看完连播央视，辗转夜难寐。无论规模馆况，历届无今最。教人惊喟！日人万计，排作长长数行队。各拟将来城市，设计高科萃。　　尽显本国风情，毕显新颖美。垂直分栽花木，脱俗超凡媚。云蒸霞蔚。灯光幻境，缥缈欲仙令陶醉。

水调歌头 柳宗元赞

大堂提笔判，据案柳宗元。老农挽过儿女，齐叩谢青天。柳地相延风俗，借贷偿还无力，人质卖辛酸。刺史怜为变，抵债打工钱。　　昔同志，谪荒僻，出长安。得知忙奏，刘母孤苦实堪怜！祈请播州臣去，闻改连城相庆，母子可团圆。任上离尘世，百姓泪涟涟。

探春慢 杜诗风骨

历尽沧桑，笔端浩叹，人寰天壤贫富。冻饿哀鸿，遗尸盈路；肉臭朱门几户。茅屋秋风破，愿寒士、万间楼住。盛唐难掩危机，幽州擂炸鼙鼓。　　战乱江湖漂泊，小船寄病身，未忘民苦。吏夜抓丁，越墙翁逸，应役役河阳唯妪。告别新婚妇，往死地，丧家谁诉？写实诗风，遗今影响无数。

戚氏 延安颂

日侵间，延河笼罩赤光环。宝塔凌云，厦倾玉柱稳擎天。秦川。挽狂澜。挥毫《持久论》雄篇。迷茫见灯塔亮，抗战如服定心丸。经济封锁，钱粮援绝，陕甘谁惧艰难！锦囊藏妙计，开荒纺织，衣食何烦！　　全国进步青年，潮水一样，径涌向延安。黄河唱、习文练武，女女男男。看庄边，晚饭过后，沿河漫步，理想交谈。笛声响起，婉转悠扬，飘入战士心田。　　发动黎民广，须眉入伍，巾帼支前。站岗儿童放哨，老人争把服务承担。倭经要道埋雷，树枝暗挂；地道村掏遍。铁轨扒、又炸桥梁断。游击队、谋勇双全。直杀得，鬼子心寒。配合着、正面战场歼。太阳旗落，晶莹北斗，朗照人寰。

莺啼序　各级党政及百万军民战暴雪冻雨

天公以何盛怒，倾连旬暴雪。黔冻雨、电线层冰，坠崩架线钢铁。南国惨、棚坍屋覆，停车断电衣粮缺。百万工商学，回家热望濒灭。　主席躬亲，总理常委、疾飞灾区切。急指示、煤电交通，解灾民燃眉睫。各城乡、立时组织，铲冰雪、多轰轰烈。电工们，电路抢修，洒腔鲜血。　飞机受命，冒雪空投，饥寒遂解决。十数省，官兵十万，挥雪除冰，倒海排山，气贯吴粤。碾冰装甲，爬山涉险，物资频解灾民急。顿欢呼、激动情难抑。交通干警，执勤昼夜无眠，何惧暴雪猖獗！　赈灾拨款，民众捐钱，影视尤特别。冯导演、首捐五万，与会千人，个个倾囊，慷慨称绝。神京电视，何甘居后，一场义演捐款烈。各行随、捐款高潮叠。车通电亮团圆，万户欢腾，快哉春节！

潘春光

潘春光(1939～　)，江苏淮安博里人，农民。江苏省诗词协会、淮安市诗词协会会员。

鹧鸪天　咏梅

枯叶飘零百草衰，纷飞银絮满庭阶。总言岁杪无花绽，偏有幽香傲骨开。
风冽冽，雪皑皑，一株独秀报春来。蜜蜂粉蝶缘何避？好让诗人尽性裁。

鹧鸪天　甲子巨变

地覆天翻升五星，扫除四害国安宁。启开关隘乾坤转，崛起中华寰宇惊。
巡玉兔，探天庭，红旗漫舞太空行。琼楼绿树新农舍，坦道城乡窗户明。

鹧鸪天　“孟拉克”袭台

八八深宵祸不单，暴风骤雨袭台湾。山崩路断桥梁折，厂毁田冲民宅淹。
捐巨款，换新颜，中华民族一条船。耳闻目睹心悲痛，彻夜无眠泪未干。

鹧鸪天　抢险一角

其　一

特发山洪泥石流，堵门大水把民囚。丹东舟曲人遭难，蕴秀绵阳水泡楼。
美武警，驾锋舟，湍流搏浪解人求。物资是日来空运，防疫医疗第一筹。

其　二

天塌沙飞泥石流，如磐压顶向谁求。一声命令三军涌，卅省支援人不愁。

风怒吼，雨遮眸，浚淤疏道未停留。辛劳复得江衢畅，汗水赢来寰宇讴。

采桑子　赞博里文化建设

诗乡画镇双名冠，诗韵流芳。画波重洋，博得三江共颂扬。
路旁百米长廊画，异彩流光。平仄飘香，绕指经纶悦大方。

采桑子　赞博里农民画院

琼楼栋宇巍然立，玉壁银装。气势辉煌，挽手狂歌满镇扬。
登临一览全乡景，街景琳琅。五谷飘香，翠柳成行鱼满塘。

忆江南　国策颂

其　一

春风暖，百草竞抽芽。举目南山坡处看，一丘桃李一丘花。种地补农家。

其　二

时代好，决策庶民夸。免税助农粮满库，环球仰慕大中华。时雨润桑麻。

其　三

秋风劲，绿穗染金黄。信步回头堤上望，一沟莲藕一沟香。碧水荡鸳鸯。

其　四

民陶醉，百业展辉煌。华夏千年逢盛世，农家别墅遍村乡。改革著华章。

风入松　贺嫦娥二号探月成功

一声巨响又升空，再送苍穹。今人为了千年梦，抟桯远、宇宙乌朦。仰仗高端科技，更凭国力争雄。　　广寒宫里喜相逢，故国昌隆？烟囱林立琼楼耸。洗尘宴、俏脸飞红。倾吐心中真意，而今谁敢欺龙。

沁园春　贺建党90周年

首度东风，峡谷围湖，北斗导航。忆数回核试，国人振臂；侨胞雀跃，霸匪惊慌。雪域高原，铁龙飞舞，赢得人人聚目光。蟾宫里，待嫦娥姐妹，共举金觞。　　津京亚奥该忙！看中国，如今富又强！喜广州竞技，申城博览，全球共赏，盛赞尧邦。深海喷油，高山献宝，崛起中华万代昌。瞧今日，这东方古国，步步康庄。

沁园春　丰碑永恒

血雨腥风，践踏金瓯，虎视禹邦。唤同胞四亿，送儿疆场；斫刀滴血，斩杀豺狼。一室操戈，魔头作浪，激怒雄狮逐鳄王。乾坤朗，树三江赤帜，菊正飘香。　　中央决策周详。立四化宏图建小康。弃千年陈辙，隘关开放，高端妙术，促富工商。惠政扶农，蟹肥彘壮，坦道琼楼谷满仓。欣今日，望中华大地，处处春光。

邵景元

邵景元(1939～)，淮安市淮安区人，大学中文系毕业。曾任县级淮安市委党史办主任。

临江仙　谁点黑与红步《三国演义》开篇词韵

茫茫大地承天露，物华哺育豪雄。盛衰荣辱铸时空。日星永久在，谁点黑和红。
真愫文儒楼宇上，历经春雨秋风。半杯清茗且交朋。人生何百味，均在一抿中。

杨开东

杨开东(1939～)，淮安市淮安区人。曾任县级淮安市(县级)建设局工会主席。

长相思　游铁山寺

快车行，慢车行。车到盱眙天未晴，铁山小雨迎。
道教兴，佛教兴。小寺僧歌道德经，门前香火盈。

董振安

董振安(1939～)，淮安市淮安区人。曾任新安小学教师及物资系统职工教育工作，获“全国物资系统优秀教师”称号。淮安市诗词协会会员。

玉楼春　计生颂

万里江山风景好，绿树红花芳意早。龙飞凤舞绘宏图，华厦复兴晴日晓。
人口计生增长少，利国利民奔富道。移风易俗破陈规，玉女金童同养老。

鹧鸪天　闻卫计委研究单独二孩

单独二孩将准生，放宽政策合民心。原来规定易风俗，今日变通符国情。
深探讨，慎独行，宣传到位重提升。城乡毓秀家家乐，养老无忧福满盈。

采桑子　重阳

谁将淮楚秋颜改？已是重阳。却似春光，圆梦三城枫耐霜。

风流俊彦齐登阁，豪咏花黄。笑问姑娘，墨菊诗囊哪个香？

朱义恒

朱义恒（1939～ ），江苏金湖人。曾任白马湖公社华沟五队生产队队长。

浣溪沙 夜雪

檐雀无声夜色沉，东风枭枭细丝纷。寒侵肌冷抱衾温。
雪落黄昏人未静，絮飘达旦宇还森。阶前盈尺烂银深。

袁正仁

袁正仁（1939～ ），江苏淮安博里人。中共党员。历任教导主任、校长等职。系镇、区、市诗协会员。曾获第八届《中华颂》三等奖、军旅颂一等奖。

鹧鸪天 民族恨

日寇侵华历八年，三光劫难史空前。城乡百姓遭屠戮，血雨阴霾不见天。
家国耻，鬼神怨，山河破碎恨绵绵。南京惨案当思痛，警惕豺狼再犯边。

虞美人 思故人

独居小院空无绿，岁月年华续。依栏望月落红残，青柳春还难忘妇容颜。
夜深风竹敲秋韵，未免心头恨。泪花落枕意绵缠，满鬓清霜残雪几多寒。

江城子 缅怀伟人毛泽东

井冈山上战旗红，炮声隆，唤工农。立马横刀、智勇斗关东。豪杰一呼天下应，匡国难，政权红。　　延安宝塔仰毛公，振雄风，斩蛇虫。典范生辉、如日照长空。万里山河歌盛世，兴国梦，祭魁雄。

鹧鸪天 登长城

信步吟秋心意饶，朝阳彩岳百花娇。山岚舒缓风难静，坡道蜿蜒山渐高。
迈健步，喜眉梢，茫然回首半山腰。丹心一寸登霄汉，壮志凌云气自豪。

鹧鸪天　再登金山寺

胜景金山复览容，殿堂楼宇耸苍穹。天低水阔群峰小，霞蔚云蒸旭日红。
思往事，乱洪钟，千山绿遍赖春风。巍巍宝塔今犹在，点缀江南万古雄。

朱金荣

朱金荣（1939～　），江苏靖江人。高级经济师，曾任金湖县委农工部部长等职。为中华诗词学会会员、江苏省诗词协会会员、金湖县诗词协会副会长。著有诗词集《野草集》。

画堂春　咏陆台签订经贸合作协议

蔚天蓝海架长虹，阴霾一扫晴空，陆台海峡暖情浓，“九二”归宗。　　两岸和衷共济，一园喜雨花红，同胞携手放飞鸿，福祉无穷。

唐多令　欢呼嫦娥一号成功奔月

神箭耀金秋，嫦娥奔月球。奏琴弦、喜庆宫楼。宇宙茫茫迎贵客，饮佳酒，畅云流。
探月早谋筹，今朝傲五洲。展雄风、史载千秋。开发太空圆美梦，酬壮志，醉心头。

桂枝香　登三峡大坝

临江展目，峡秀翠峰叠，满眼葱绿。千里长江似练，坝姿如玉。西陵三峡平湖出，驯洪流、为民添福。水工枢纽，全球赞叹，史碑高矗。　　百年梦、今挥锦幅。十七载谋筹，科技凝蓄。两岸金龙横跨，踞雄山麓。巨轮万吨登梯越，闸门千斤控波逐。电流奔放，神州禹域，彩霓光旭。

满庭芳　醉梦荷乡

百里平湖，云霞耀彩，万亩荷荡闻名。伞蓬枝挺，展锦绣图屏。满目交辉金紫，胭脂艳、七色青萍。微风拂，莲裙起韵，玉女舞长亭。　　缤纷，迎日出，千花竞放，翠海繁星。菡香送秋波，忘却芳龄。虾戏鱼游浅底，盘叶俏，散聚珠莹。观飞蝶、翩翩嬉逗，何处不钟情。

水调歌头　喜看祖国60年

六十庆华诞，伟业耀穹天。神州大地狂歌乐，百族共骈阗。四海翻腾潮涌，万里江山展画，国史谱新篇。华夏换新貌，幸福播人间。　　凯歌奏，五星艳，赞群贤。中华崛起，成就惊世喜空前。三峡截流壮举,星际神舟飞遨,奥运梦今圆。改革开放好,祖国万花妍。

沁园春 新金湖

碧水蓝天,烟淡云轻,帝里志昂。喜双桥飞架,车轮插翅;通衢四海,畅达苏杭。锦绣荷都,工商业旺,勃勃园区瑞气扬。朝阳艳,在新城内外,处处芬芳。　园林城市金镶。看璀璨明珠放彩光。正扬帆奋进,千舟竞发;流金岁月,大地飞香。百式群楼,希乡栽福,物阜民安万户祥。逢机遇,接沪宁辐射,再展辉煌。

王学杰

王学杰(1939～),江苏泗洪人。曾任高良涧镇副镇长。系中华诗词学会会员、洪泽县诗词协会、楹联学会、毛泽东周恩来诗词研究会副会长。著有《洪泽湖四季风景对联》《悬湖吟草》《雪沽情缘》《大泽风情》《雪沽情缘》等。

水调歌头 游老子山

君到大湖去,必到老山来。千山万壑云海,松柏接天涯。更有嵯峨怪石,尽似龙牙虎爪,攀仰令惊骇。老子洞犹在?牛迹隐青苔。　凤凰亭,峰巅立,任徘徊。朝朝暮暮,瞬息变化莫能猜。若要求其究竟,须要认真考察,切莫枉心裁。造化无穷尽,真谛应时开。

刘海峰

刘海峰(1939～2013),原名刘德先,江苏洪泽人。中学高级语文教师。江苏省诗词协会、楹联研究会会员,洪泽县诗词协会、毛泽东周恩来诗词研究会副会长。有著作七部。

江城子 农村改革30年

农村改革势恢宏,道途通,众心融。联产承包,大地展新容。合作医疗人更喜。康健保,沐春风。　中枢决策惠三农。赞英雄,继邓公。补贴种粮,酬答历年丰。社会和谐开富路,华帜举,照天红。

浣溪沙 洪泽湖

碧水青山映翠微,悬湖万顷放光辉。斗金日出蟹鱼肥。

红杏满堤花带雨，绿阴映水柳含菲。腾飞经济接天围。

陈祖宝

陈祖宝（1939～ ），江苏盱眙管镇人。退休后参加盱眙县诗词学会。

贺新郎　盱眙淮河风光带

日丽乌云散，更兼那，轻风拂面，鸟鸣蜂返。淮水盈盈涟漪荡，船过飞花四溅。抬望眼，烟波浩瀚。天地生辉青山黛，看花红柳绿淮河岸。天籁曲，悦心坎。　　怡人美景如人愿。魅无穷，慕名游览，倍加惊叹。笑语欢歌环宇振，犹感来时恨晚。陶醉处、情同梦幻。不觉斜阳西山去，但林间脚步声声慢。兴未尽，仍依恋。

李长云

李长云（1939～ ），江苏盱眙人。主治医生，盱城镇五墩诗社副秘书长。

渔歌子　咏盱眙

楚山青，淮水绿，春风澹荡看不足。草萋萋，花簇簇，画舫汽轮相续。
市繁华，车缓逐，客商云集多他国。正民风，春满屋，听取和谐乡曲。

画堂春　赞盱眙山水广场喷泉

乐声催动雨姿狂，交叉起伏如常。雾烟障面避斜阳，色霁着霓裳。　　心雨山城滋养，都梁又得新章。九州遐迩盛名扬。游客忘还乡。

李　邮

李邮（1939～ ），江苏宿迁人。曾任淮阴电信局科长、会计师。

浪淘沙　六塘河

头枕马陵山，尾扫盐滩。白银盔甲映蓝天。灌溉自流情韵美，喜煞迁涟。
家住六塘边，童梦联翩。捕鱼捉蟹戏龙船。故地重游楼万座，难见庄园。

杨茂春

杨茂春（1939～　），江苏淮安人。一生从教，退休后创办运南诗社。2013年被授予“中国文坛120位年度杰出人物”。清浦区诗协常务理事。

南乡子　运南村新貌

最爱是家乡，草绿花红莲藕塘。谷穗风吹擦拭响，欢吭。布谷喧嚣唱小康。
生态好城乡，奥体场中添异香。体育健儿来斗艳，名扬。畴昔病夫喜健强。

鹧鸪天　洪泽湖景

浩渺烟波景色浓，水清云淡映长空。茫茫一片犹如海，滚滚潮来扑岸雄。
鱼浪白，蟹网红，归舟鼓满快哉风。今来泽畔开心看，飘入悬湖仙境中。

刘振华

刘振华（1940～2011），女，江苏淮阴人。原淮安市第六中学教师。淮安市诗词协会会员。

拜星月慢　峥嵘岁月

志士仁人，峥嵘岁月，抛洒一腔热血。浩浩豪情，献身不足却。怎雄列，且看、中华大地涛怒，奋起农奴挥钺。横卷河山，九州重生确。　日东升，域满歌欢掠。踏新程，几许从头越。劈浪斩荆惊天，创神州奇业。六十年，甲子一轮烈。复兴梦，恰是今朝切。极目望，古国新颜，可辉昭日月。

望海潮　咏四川地震灾区重建

百年不遇，山崩巴蜀，八级巨震何堪？神鬼凄凄，河川哽咽，心惊魄动魂翻。凭望九州缘。看华夏儿女，悲壮搏天。浩浩人流，长歌一曲白云还。　时经半载弹冠。话谁人奋起，换改垂颜？道路平坦，排房栉比，生机处处盎然。秋景获收欢。百姓哀情却，片片新园。日月霞辉秀翠，天府满山川。

王志高

王志高（1940～　），江苏盱眙人。公路站退休。盱城五墩诗社副秘书长。

渔歌子　家

门第向阳不觉冬，满园秀木影重重。花气溢，酒香浓，品茶信步一闲翁。

花清霞

花清霞（1940～　），江苏盱眙人。1958年参加工作，盱眙县诗词学会《都梁诗讯》编委。

一剪梅　淮河大桥

举目长淮卧巨龙，横跨西东，远接苍穹。人来车往坦途通，南去匆匆，北去匆匆。
两岸城乡今不同，稻菽长丰，贸易兴隆。脱贫致富举杯盅，喜在心中，乐在心中。

张保德

张保德（1940～　），江苏盱眙淮河镇人。教师，淮安市诗词协会、盱眙县诗词学会会员。

行香子　荷

出水芙蓉，绿叶陪同。含娇羞，面拂清风。亭亭玉立，墙女妍容。比桃花艳，菊花美，兰花雍。　　佳人丽质，豪杰心胸。出污泥，玉洁香浓。不卑不亢，高贵姿丰。与水相依，人相聚，佛相通。

鹧鸪天　咏梅

雪地冰天万木萧，唯君悄悄染红绡。枝如神箭穿天起，花似娇娘醉树梢。
形韵雅，蕊风骚，群芳独领唤春潮。回归大地从无怨，化作尘泥香亦飘。

张霖和

张霖和（1940～　），又名张宁荷，笔名淮荷，泗洪龙集人，落户盱眙。中教高级。著有《淮荷吟稿选》。

鹧鸪天　龙虾

历雨经风出水潺，浑身大紫像天尊。盔红甲赭开人眼，有味有滋特爽神。

都梁夏，泗州春，而今生活更温馨。任它鳌举云天外，总把虾香享万人。

邱以戈

邱以戈（1940～ ），江苏阜宁人。历任金湖县官塘乡小学校长、金湖县实验初中会计兼党支部委员。金湖诗词协会理事。著有《咏芳诗词》。

十六字令

其　一

诗，常伴书香心益滋。骚坛上，借律展芳姿。

其　二

诗，老树开花未觉迟。霞光灿，古木发新枝。

其　三

诗，敲韵吟哦总着迷。无穷趣，雅句动情思。

杨德利

杨德利（1940～ ），退休教师。

十六字令　赞牛

其　一

牛，青草加工乳水流。供销旺，四面八方求。

其　二

牛，耕作千年苦怨丢。农夫伴，厮守度春秋。

其　三

牛，卷起牛皮驾鹤游。挑儿女，银汉两边泅。

其　四

牛，机械耕耘庶不求。身肥壮，顾客口中留。

其　五

牛，牛气冲天大志谋。朝前闯，小康路宏猷。

刘心培

刘心培（1940～ ），淮安市淮安区人。省诗协会员，博里镇诗协理事。

柳梢青　农家春色

金碧流霞。红楼翠映，绮缦罗纱。幽径斜桥，竹溪流水，鹅鸭咕呱。　庭隅古柳扬花。放眼处，莺喧鹊哗。蝶舞蜂飘，风浮香漫，春醉农家。

浪淘沙　咏春

纤雨润芳园，草木柔鲜。夭桃秾李展娇妍。碧野繁花迷醉眼，一望无边。
春色染花笺，诗意缠绵。流莺鹊乐漫喧天。秀水灵山舒彩卷，万象欣然。

念奴娇　咏辛亥革命100周年

国罹匪患，任番夷施暴，黎庶遭殃。腐朽朝廷难御敌，割地赔款逃亡。九夏豪雄，义膺激奋，举义动刀枪。武昌一炮，摧毁封建朝堂！　袁魔复辟称皇，三民成幻影，谁转沧桑？颙望南湖操舵手，劈浪开拓征航。破雾穿霾，开来继往，沥血铸辉煌。励精图治，撰书盛世华章。

满江红　颂中共十八届三中全会

继往开来，披肝胆、殷民强国。倡廉明、励精图治，再创佳绩。革弊鼎新兴国是，求真务实谋民福。布甘霖、九域享丰康，歌天德。　深改革，措施力。严治党，风雷激。仗锺馗神剑，斩妖锄孽。治腐惩贪挥劲腕，扫黄打黑施严律！靖尘寰、红日曜中天，乾坤赤。

沁园春　登上海东方明珠

登上明珠，意悦神怡，览胜畅胸。望高厦广宇，参差林立；人流车水，酒绿灯红。都市繁华，升平盛世，紫气蒸腾万象荣。浦江水，教千帆竞渡，百舸争雄。　东方旭日升空。览天昊，雄鹰傲宇穹。眺东洲云海，晴岚呈瑞；荆莲昌盛，耀祖光宗。台海冰融，双赢互动，两岸三通贯彩虹。同期盼，待金瓯一统，驭我神龙！

沁园春　纪念郑成功诞辰390周年

民族英豪，历史功臣，智勇逸群。有凌云壮志，为民立命；冲天浩气，报国倾心。大木撑天，丰功盖世，靖匪驱夷尽赤忱。殚忠勇、蒙敕封国姓，褒勉精勤。　束兵励将筹银。誓收复台湾拯难民。驾舰船出海，帆樯蔽日；挥师东向，旌帜弥云。海上鏖拼，城头决斗，打败荷夷复岛春。功碑铸，振炎黄傲气，华夏威神！

冯正春

冯正春(1940～　)，江苏清江浦人。清河区医院主治医师、门诊部主任。热爱古典诗词。

如梦令　甲午感怀

甲午双逢提示，警觉妖魔寻事。胆敢再重来，十亿长城备至。无耻，无耻，请看降书黑字。

渔歌子　洪泽湖

洪泽湖中养殖忙，鲜鱼螃蟹满船舱。腰中有，大钱囊，家家室室赛天堂。

忆江南　淮安颂

淮安颂，福地焕新容。水秀山青环境美，历朝历代出英雄。逐梦振苍穹。

忆江南　神州乐

神州乐，国策暖心胸。反腐倡廉风气正，安居乐业喜融融。功绩贯长虹。

陈宗亭

陈宗亭(1940～　)，女，江苏清江浦人。小学高级教师。清江浦区立新诗社理事。

八声甘州　清河新区生态园

古淮河漾漾正安澜，便桥北通南，见凫鸥戏水，扁舟撒网，满载而还。海市蜃楼靓现，倒映柳林鲜。水绿桃红映，景满人间。　河畔风光绚丽，看彩楼排立，剧院悠然。赏京腔婉转，广场恋娇妍。树荫浓，榭亭典雅，百花香，随小径伸延。游潮动，流连忘返，笑语声欢。

朱海山

朱海山(1940～　)，江苏淮阴棉花庄人。中学语文高级教师。创作诗词甚勤。

调笑令　纪念国际护士节100周年

天使,天使,载誉百年护士。桃花笑脸心慈,护理疗疾技奇。奇技,奇技,大爱功高无比!

鹊桥仙

《中国日报》讯:英国《太阳报》网站2012年7月14日报道,美国小狗婚礼,耗资25万美元。

出奇浪漫,狗婚庆典,一掷二三十万。美国阔佬抖新鲜,简直是、人人惊叹。

“西方民主”“西方月亮”,竟至如斯伟岸。向来贫富两重天,华盛顿、堪称模范。

汪聿奎

汪聿奎(1940～　),江苏泗阳人。久居淮阴区。中学高级教师,历任中学教师、教导主任、校长等。爱好诗词。

西江月　春天

到处花香鸟语,田间一片青黄。清晨郊外赏春光,堪羡中华兴旺。

万物生机勃勃,各行各业繁忙。千军万马创辉煌,一曲蒸蒸日上。

陈学礼

陈学礼(1940～　),江苏淮阴人。淮阴区诗词协会会员,习作千首。

念奴娇　钵池山公园开园

楚天淮岸,有丛林叠嶂,一湖波碧。古道黄河衣带水,侧畔运河飘逸。园柳婆娑,红枫秀竹,清水浮菱绿。沙滩平展,望中鸥鹭翔立。　　王子故地重游,丹炉非旧,新垒高山立。亭榭曲栏藏翠柏,吴韵楚风连壁。近赏游鱼,远观雕塑,百卉园中集。星空鸣鹤,月光斜照仙客。

忆秦娥　别菊

金秋节,纤纤玉立丝丝洁。丝丝洁,严霜浓烈,小园话别。　　崎岖道上音尘绝,隔山荒圃无飞蝶。无飞蝶,朔风舞雪,几时新叶。

唐多令 游铁山寺

山道绕阶行,浓荫攀老藤。过小桥,溪水泠泠。古木参天幽且静,一古刹、几闲僧。
林果送芳馨,苔基上草亭。目无杂,唯见菁菁。日丽情投享野趣,慢放步、听鹂声。

水调歌头 登八达岭长城

锁钥咽喉道,崖峭壁嶙峋。透迤形势,攀登拾级上高墩。峰壑高低叠翠,明暗斜阳疏影,垛口过烟云。莽莽远山小,天籁此时闻。 秦城筑,明岭续,意甚殷。千秋霸业,难料更迭梦黄昏。雄伟烽台依旧,荒冢湮埋数度,风雨伴乾坤。唯有民心志,城固了无痕。

眼儿媚 秋钓

西风微雨洒孤舟,岸柳弄轻柔。垂丝纤瘦,叶形还秀,摇动清秋。
飞天白鹭掠云水,上下任悠游。芦花影下,归鸿声里,独钓矶头。

破阵子 二河闸

矗立悬湖岸畔,吞云吐雾河头。万里入槽归大海,了断黎民千古忧,安澜遍楚州。
潋滟湖光白鹭,乌云翻滚飞鸥。稳坐河湖横隘口,灌溉排洪事未休。青山绿水流。

长相思 游园

清晏园,楚秀园,桥拱溪流长短垣,池荷叶戏鸳。
思不眠,怅难眠,园故人非共蝉娟,榭幽闻管弦。

郑德智

郑德智(1941～),江苏淮阴人。中共党员,中学教师。退休后习诗,为六塘诗社社员、《六塘诗社词》主编、淮安市诗词协会会员。

沁园春 抗震救灾

西蜀汶川,富饶安康,霹雳震中。看楼台瓦砾,疮痍满目;山崩地裂,江水汹汹。天哭潇潇,地悲戚戚,举国同哀泪眼蒙。中南海,令三军进蜀,救险从容。 神州六合心同。众十亿,共扶天柱倾。救亲人生命,争分夺秒;运粮辎重,其势腾龙。艰险齐摧,难关共度,多难兴邦今古雄。待明日,看家园重建,山岳峥嵘。

丁志东

丁志东(1941～)，江苏涟水人。历任教师、副校长、校长、党总支副书记等职。为中华诗词学会会员、清河区诗词协会理事。

临江仙　水仙

根扎石间无寸土，全凭碧水葱茏。凌波玉立客厅中。芬芳清秀在，四壁醉香风。
年老休闲心境爽，习诗敲韵从容。亲朋好友喜相逢。水仙灵性涌，英气壮诗筒。

徐炳权

徐炳权(1941～)，江苏清江浦人。师范毕业，从教41年。退休后，积极参加社会诗教和诗词进家庭活动。中华诗词学会会员，淮安市诗协理事、立新诗社秘书长。

忆江南　祝贺全国诗教先进表彰会在我市召开

诗教好，风雅进千家。骚客云集淮楚地，清词丽句绽奇葩。盛会似朝霞。

诉衷情　同窗欢聚

风华正茂在前沿，奉献几多年。人生经历风雨，难事竞争先。　情似水，水无边，友心连。举杯酣饮，意切情深，起舞翩翩。

菩萨蛮　游古淮河生态公园

游园尽兴人如织，奇花掩映晶莹碧。登上古淮楼，神怡能解愁。　临窗稍伫立，看水流何急。幽境赛天成，索桥连角亭。

靖崇仁

靖崇仁(1941～)，江苏清江浦人。部队退伍后，历任淮阴市、区蔬菜公司种子部门经理等职。诗词爱好者。

长相思　郊游

春郊游，夏郊游，游到园林兴未休，诗情心上流。

路悠悠，情悠悠，一路遐思投远眸，景新与目谋。

清平乐　庆贺清河建区30周年

清晨健步，欢乐声无数，里运河边花草树，碧水游船争渡。　清河区建卅年，繁荣景象空前，勤奋干群创建，齐心追梦同圆。

菩萨蛮　庆北京"两会"召开

东风劲拂花千树，祥云缭绕神龙舞。治国激情高，共谋重担挑。　兴邦豪气壮，特色中华创。万众共欢腾，群英聚北京。

杨振华

杨振华（1941～），字春佩，江苏洪泽人。转业后入洪泽县检察院，为高级检察官。省、市、县诗词协会会员，楹联学会会员。

采桑子　两大特色资源优

顺河特色双丰富，水产资源。水产资源，河蟹之乡举国鲜。
厂楼配套工程竣，地下岩盐。地下岩盐，明粉芒硝居世先。

点绛唇　特色渔网具

百载谋生，三千就业编渔具。人金万数，带动周边富。　全国江湖，产品销无虑。彭城布，非遗陈库。同迈康庄路。

采桑子　览洪泽县工业园区

纵横交错街和道，西望长淮。国道东挨，笔妙园区落砚台。
排排工厂如春笋，广辟资财。吸纳人才，科技新高出品牌。

张汝洲

张汝洲（1941～ ），江苏洪泽人。中共党员，文化馆员。曾任中、小学教师，乡镇文化站长，洪泽县诗词协会理事。编有《万集乡志》。

沁园春　三河

江道之阳，小镇三河，是我故乡。看三河东去，天鹅西舞；大桥高架，车辆穿忙。稻谷花香，杉杨叶茂，万绿丛中隐瓦房。何之变？凭改革开放，民富国强。　家乡如此风光。忆往事，童年岁月惶。遇飞机轰炸，风凄云惨；敌人扫荡，民众遭殃。朝夕怀忧，安全何在？哪有今朝泰而康。描前景，望层楼更上，再换新装。

水龙吟　洪泽湖

汉朝破釜塘生，隋唐洪泽湖名得。历朝筑堰，泥沙淤积，悬湖飞出。黄水夺淮，泗州城没，水乡泽国。笑康熙愚昧，塑雕牛虎，支祁镇，谈何易！　百里湖堤叹昔，喜今朝，满湖春色。天然水库，渠成闸起，灌排寰域。稻谷花香，白帆点点，渔歌扬笛。偶飞来蜃景，水龙吟韵，似天公律。

朱兴华

朱兴华(1941～2018)，浙江宁波人。居住洪泽。离休前在三河闸管理处工作，曾任副总工程师。

念奴娇　清口怀古

淮河千里，难忘却，几度盛衰兴废。清口当年，曾记载，隋炀康乾驻旆。北马南船，鞭声帆影，墨客骚人醉。喧哗一片，可称昔日之最。　讵料黄水侵淮，田园遭毁灭，果真天意？束水攻沙，清口处，南北洪流交汇。保运加提，艰危膺重任，岂容崩溃。长留遗迹，千秋多少评议。

陈开昶

陈开昶(1941～　)，淮安市淮安区人。曾任江苏淮安盐化总厂厂长兼党委书记，中共淮安区委办公室副主任。诗词爱好者。

诉衷情

当年匹马赴关东，倏尔转黔中。奔驰万里酬志，霜鬓惊愚憧。　归故里，效才雄，遂初衷。茕游宦海，暗涌明波，骤雨凌风。

江城子　术后癌愈十年有感

老夫应诏谒阎王。奈何旁，遣还乡。亲朋欢腾、拥簇泪千行。无奈金身藏义德，癌侵我，又何妨？　彭铿约请话家常。重岐黄，择膏粱。春诵夏弦、淡泊度时光。待到鹤童持节至，登彼岸，有慈航。

行香子 游连云港

极目登临,港湛峦青。道林荫,楼观飞惊。熙来攘往,陆海空行。任熏风吹,朔风凛,凄风清。 西游大圣,东渡童婴。寻仙境,今古空名。云台连岛,当代蓬瀛。看外商集,内商竞,地商兴。

桂枝香 楚州怀古

凌空骋目。览楚韵淮风,春媚秋肃。广袤廛里遍地,街榮楼矗。纵横高速车穿梭,古京杭,万帆舻轴。夜灯如昼,千门共唱,和谐新曲。 忆往昔,三城相簇。蕴骁勇贤能,韩侯关督。吴氏西游誉世,赋辞皋叔。武功文治崇周相,雅儒风,列国宾服。物华人杰,格冠今古,万年相续。

[山坡羊] 讥世

华灯闪耀,人潮车闹。趋奉权贵投其好。男奉钞,女撒娇,身心耗在长安道。半纸功名天价讨。人,囹圄了;家,破败了。

[雁儿落带得胜令] 叹世

书灯落月十星霜,驿马西风九州荡。心存和璧智,胆若辛裾壮。赍志效庙堂,波海锁朝房。乌鹊三匝迷枯树,邯郸二度作梦乡。夫刚肠,此身难绘麟台像;论行藏,早该躬耕五柳庄。

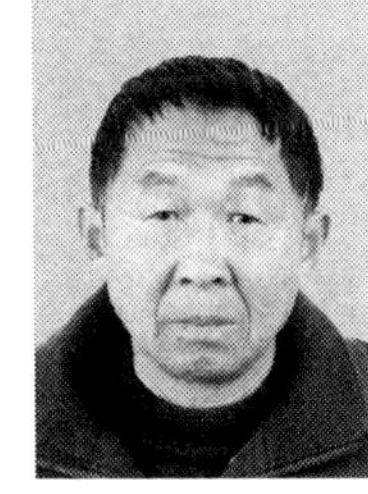

颜景财

颜景财(1941~),江苏淮安区人,退休教师。淮安市诗词协会、淮安区诗词协会会员。

鹧鸪天 警惕倭贼

倭贼当年已服降,如今得势又嚣张。赖吾钓岛蒸黎愤,施展强权话语狂。
知国耻,挺胸膛,同仇敌忾保家邦。东洋敢再来侵犯,必给狂徒以重创。

鹧鸪天 农民工家中妻

电话铃声响枕边,柔情蜜意醉心田。梦中聚首扬眉笑,醒后空怀抱枕眠。
包稻麦,理庭园,育儿奉老一身担。持家护院何言苦,最是相思两地难。

木兰花 留守老人

心雄稼穑身无力，老眼昏花常泪滴。三餐家务勉躬行，风烛残年灯欲熄。
打工儿女关山越，忍泪村头相与别。一年一度盼儿归，欢聚匆忙挥手叠。

南歌子 种田大户

昔日萧条状，今天喜气扬。种田大户进村乡，一片荒原欲变米粮仓。
旱地无荒草，良田尽绿秧。河塘飘溢芰荷香，僻壤穷乡一跃变康庄。

赶五句 狡兔自白

鹰隼低旋怕索魂，穴居三处避凶神。缘何不吃窝边草？护佑子孙遮自身。只为物种世间存。

单海波

单海波(1941～)，江苏盱眙人。在盱眙、泗洪从事医务工作。有诗集《夕彩纷华》。

忆江南

其 一

家乡美，淮水映盱山。翠岭摩崖依叠嶂，画舟碧水绕城湾。美景赛江南。

其 二

家乡富，处处见琼楼。万顷良田翻绿浪，满山林果挂枝头，笑口道丰收。

其 三

家乡雅，晓雾泄霞光。海市蜃楼明画里，苍松翠柏掩都梁。峻岭嵌诗墙。

沈定安

沈定安(1942～)，盱眙县鲍集镇人。中学一级语文教师。

鹧鸪天 渔家作客

访友沿堤逐浪花，舱间叙旧笑声哗。荒滩野荡难寻市，整桌佳肴满座夸。
鱼蚌蟹，酒烟茶，邻船户户往斯拿。来人皆是渔区客，款待无分彼此家。

减字木兰花 洪泽湖上看日出

雄鸡唱晓，踏上大堤岂算早。晞映芦蒲，雀跃游人把目舒。
朝霞初灼，红日腾波犹喷薄。光照悬湖，远岛遐帆皆画图。

忆江南三首

其 一

淮河美，旭日灿渔舟。壮伙撑篙风荡叶，靓姑起网曲飘喉。鱼蟹跳舱头。

其 二

淮河美，淡墨画芦滩。苇荡飞花堆处雪，鸟歌似水响声潺。雅韵诵遐帆。

其 三

淮河美，兴旺乐农家。堤外楼房杨柳隐，村前道路汽车哗。鸡犬闹红霞。

闵际雨

闵际雨(1941～)，江苏涟水人。中共党员，高级农艺师。曾任淮安市诗词协会常务理事、副秘书长、办公室副主任。著有《夕照风华集》。

鹧鸪天 纪念辛亥革命100周年

辛亥于今已百年，龙腾华夏谱新篇。千秋帝制一朝废，博爱英风霞满天。
联三策，赖群贤，振兴革命史无前。今朝两岸通联好，锦绣河山盼月圆。

浣溪沙 独秀园

古皖叶冲独秀园，道旁松柏绕云烟。明星旗手卧山田。
旗手生平欣展览，人流敬仰像雕前。鲜花凭吊映蓝天。

捣练子 观淮安蝴蝶兰园

如彩蝶，满园飞。紫气氤氲入翠微。万种娇姿游客喜，影留春景不思归。

捣练子 游菜趣园

观妙景，趣生园。红薯黄茄映碧天。鲜美多姿蔬菜果，巨棚栽种出诗篇。

画堂春 收油菜

阴天多雾荚枝黄，农村俏妇轻装。画中穿越舞刀忙。枝荚归筐。 菜海油香人醉，丛林鸟语花香。抢收惊现雀蛋仓，乐坏儿郎。

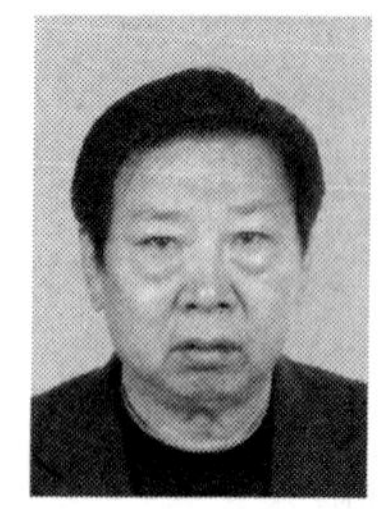

姚国玉

姚国玉（1942～ ），淮安市淮安区人。务农经商。作品散见于《中华颂》《红旗漫卷复兴路》《江海诗词》等。

鹧鸪天　农村秋色

秋色溶溶展岁华，丹枫艳艳伴篱笆。鹧鸪枝上啼黄叶，喜鹊梅间唱桂花。
棉吐白，稻无涯，垄头苹果接红霞。豆铃摇得秋声响，牛粉冬瓜像胖娃。

鹧鸪天　新中国成立60周年

历尽沧桑六十秋，风雷万象展鸿猷。壮观大坝拦江立，雄伟长龙接地游。
圆奥梦，固金瓯，神州两制紫荆收。飞船揽月新篇著，崛起中华数一流。

鹧鸪天　七十酬妻

初次逢君年正华，风姿绰约一枝花。歌声好似莺声脆，舞影犹如燕影斜。
心似火，面如霞，天真烂漫众人夸。同心永结同琴瑟，举案齐眉乐一家。

鹧鸪天　感谢良师孙公耀服

习韵吟诗起步迟，不期七秩遇良师。程门立雪龙睛点，苦口婆心理乱丝。
明格律，晓生词，春风化雨醒迷痴。当欣拙作常刊载，仰仗良师心血滋。

一剪梅　改革开放赞

放眼神州势若虹，奥运飞龙，港澳归宗。国门开放展神功，帑实民丰，城镇繁荣。
科技兴邦实力雄，天路开通，骄子行空。琼楼网道万千重，赤县融融，共驾春风。

一剪梅　复游金山

宏伟金山千古雄，塔刺苍穹，松伴晨钟。漫山遍岭郁葱葱，满目花丛，游客情浓。
广场沙佗练武功，鼓点叮咚，剑戟生风。眼前犹见浪涛重，法海行凶，钵罩花红。

一剪梅　怀念周总理

韬略精良济世穷，一代豪雄，气贯长虹。南昌义举起雄风，协力心同，代表工农。
重庆谈和对蒋公，逆境从容，舌战群雄。九州四海记丰功，万众尊崇，泰岱青松。

小重山 怀念邓公

决策英明盖世雄。春雷南国响，撼长空。神州百业沐东风。扬特色，看赤县昌隆。万象露峥嵘。中华铺锦绣，乐融融。工农科技向高峰。功千载，盛世万民丰。

锺锦逵

锺锦逵（1942～ ），淮安市淮安区人。中共党员，转业到淮安县供电局工作。为中华诗词学会会员，龙光诗社副社长，江苏省老年书画研究会会员。

渔家傲 忆抗美援越

命令如山军号彻，列车千里行军急。进驻南宁待入越。心滚热，血书请战如飞雪。抗美复仇开炮烈，扬威勇士皆豪杰。美越和谈凭我捷。归意切，戎装霞映真如铁。

渔家傲 缅怀周实阮式二烈士

辛亥风雷惊古楚，革新莫把时机误。年少书生飙帜举。擎天柱，矛头直指山阳处。革命洪流谁敢阻?淮安光复赤旗舞。周阮二贤如铁铸。英雄谱，家乡已把丰碑树。

渔家傲 闻玉树大地震惊赋

亘古悲风山地裂，顿时遇难千人灭。哭地喊天心欲绝。闻凄冽，淮安民众泪珠滴。近万官兵行路疾，手扒锹挖救人急。哪管餐风和雨雪。心如炽，忠心赤胆创新绩。

归国谣 凯旋

车向北，行到同登留一宿。班师人马将回国。 铁流过境天方旭。喜中哭，吴墟机场又停足。

按：同登，是越南北方小镇，距我国友谊关仅4公里。

鹧鸪天 游革命圣地延安

温暖春风草木香，双双喜鹊筑新房。耳边响起延安颂，口吼心中秦地腔。山烂漫，雾清凉，柏油高速众车忙。巍巍宝塔金光闪，缓缓延河流水长。

念奴娇 颂改革开放30周年

卅载峥嵘，历风雨、而见满园秋色。硕果辉煌谁所有？只有人民赢得。探险蟾宫，问天神七，玉帝亲迎客。中华强盛，五洲同在评述。　　改革开放欢呼，绝非作秀，确是吾心出。犹记当年南国巡，突显小平功德。市场繁荣，增强国力，泽惠三农策。前程如画，有谁同我相匹？

王国公

王国公（1942～　），淮安市淮安区人。中共党员，曾任公社革委会常委、村党支部书记。中华诗词学会会员、江苏省诗词协会会员，博里镇诗词协会副会长。著有《心声集》《尚德斋诗词选》。

临江仙　电视剧《寻路》观后

领袖几人争做，几经尝试焦头。沉迷酒色与高楼。战争凭想象，决策少机谋。
尤在危亡时刻，润芝解难排忧。连连三役伏蛮牛。精神传万代，光彩照千秋。

采桑子　重阳

乾坤轮转重阳到，谷熟香飘。金浪滔滔，夕照山河秋色娇。
重阳把酒心潮涌，土地承包。改革分糕，舜日尧天好自豪。

采桑子　重阳

中秋过后重阳到，正值秋收。喜获丰收，粮食堆山卖不愁。
重阳雅兴登高望，集镇层楼。村落层楼，灼热阳光暖晚秋。

卜算子　伦敦奥运会

云是彩旗飘，潮是人流聚。马吼人嘶奔哪方？奥运伦敦处。
奋力夺金牌，为国争荣誉。竞技毋忘结友情，奥运和谐路。

虞美人　咏天宫一号

天宫一号飞天好，中国强多少？航天技术又提高，实现太空连接有新招。
几回对接真精彩，建站疑难解。此前苏美拔头筹，今日辉煌登场是神州。

鹧鸪天　咏神舟八号

喜看飞船升太空，群情激奋贺声隆。航天发达军威振，经济腾飞国力雄。
离别后，又重逢，几回对接妙无穷。来年建好空间站，服务全球唱大风。

蝶恋花 芒种

四月升温庄稼早，芒种来时，麦快收完了。政府出台粮价保，多家收购无烦恼。田里收粮田外笑，不要帮忙，麦子全装好。现在农民田当宝，自知每亩收多少。

念奴娇 北京奥运会开幕式观感

欢声雷动，望华灯如昼，人海如潮。碧水蓝天光焰照，长卷惟妙惟肖。展现神州，文明悠久，华夏乃天骄。自身强大，群雄相聚今朝。 琴伴太极生威，千人成一体，形似波涛。万紫千红天际远，气势磅礴妖娆。精彩纷呈，全球共享，奥运创新高。五环昭示，健民休动枪刀。

贺新郎 惜别

分别愁和怕。更堪那、低眉湿眼，泪流衣褂。保重一声柔肠断，苦雨凄风并驾。叹回首、暮春盛夏。月下荷塘听蛙语，更野凫伏在泥沙也。燕对舞，续情话。 人生如梦皆空假。逐名利、遮风挡雨，为人衣架。秋雨潇潇西风冽，姹紫嫣红霜打。待时日，风传佳话。效法移山填恨海，遂心愿，执手游天下。问明月，有车马？

[南吕 采茶歌] 穷人怨

其 一

昔时穷，罪难容，一无田产二无工。地主官僚欺百姓，豺狼狗腿一窝蜂。

其 二

大寒天，衣无棉，衾如铁，缩床沿。野菜树皮当主食，离乡背井泪潸然。

[南吕 干荷叶] 贪官

耍威风，敛财凶，落马拉牢洞。想成龙，反成虫，同僚依旧志恢宏，恨断南柯梦。

[南吕 四声玉] 感怀

柳树旁，桥头侧，树影涛声喜开怀。小康乐得闲身在，背韵文，忆词牌，意境来。

[中吕 尧民歌] 纪念毛泽东同志诞辰120周年

英雄豪迈气冲天，搭救人民出深渊。三山推倒福无边，四下乡村话分田。惊天，神州换政权，翻身称了山河愿。

[正宫　塞鸿秋]　日本9级地震

频闻军演刀兵用，谁知海底干戈动。铜墙铁壁撕成缝，昨天幻想全成梦。仁慈天地宽，奸诈无人共。伤心核漏殃民众。

[正宫　小梁州]　官腐几时休

问君腐败几时休，浪打花头，光天化日上"名楼"。情，专候，憩毕嘴流油。(么篇)星期假日登高望，见长街一派车流。茶水香，红衫秀，天边斜月，新债两三头。

[南吕　红芍药]　咏反腐倡廉

清除败类得民心，固本强根。举旗立德振精神。靖定乾坤。灭苍蝇，堵虎门，辉煌成就震人民。茶楼饭店落灰尘，兴邦又强军。

[正宫　醉太平]　贪官从这里走来

飘飘欲仙，脑袋削尖。敛财伸手敢掏天。钻营干练。溜须拍马能应变，弄虚作假是魁元。嘴甜心辣死捞钱，工作划边。

[正宫　醉太平]　今日小老板

多年穷困，潦倒惊魂。时机把握拔穷根。现如今够本。高楼数幢风光俊，轿车代步威风振，善心义胆美名闻。桑梓振奋。

[天净沙]　村景

农田砼路村庄，小河绿柳鱼塘，大院音箱唱响，歌声嘹亮，如今人在天堂。

孙茂荣

孙茂荣(1943～　)，江苏淮安博里人，农民。2006年学习诗词，参赛作品曾两次获奖。市、区、镇诗协会员。

长相思　赠友兼贺名厨姚国玉古稀之喜

江水流，运水流，坎坷人生七十秋。峥嵘岁月稠。
武不休，文不休，书画珍馐技艺优。赋诗日夜谋。

谢启明

谢启明(1943～),江苏洪泽人。中共党员,高级经济师。曾任县委副书记,县政协副主席,县政协调研员。中华诗词学会会员,中国楹联学会会员,洪泽县老年大学校长,洪泽县诗词协会、洪泽县楹联学会名誉会长,淮安市诗词协会副会长。著有《湖畔吟稿》。

长相思　故乡

东也湖,西也湖,鱼米之乡起壮图。年年庆有余。
来矣夫,去矣夫,洪泽湖边佳话徐。小城风景殊。

江城子　老子山采风

长淮到此绿连天,叶田田,遍荷莲。风满樯帆,百业共争先。立足招商求拓展,观硕果,信心坚。　　湖滩地热好资源,采温泉,谱新篇。如画山庄,客旅共探研。吊起诸多开发味,定项目,干当前。

清平乐　湖之春

春风漾绿,万顷无边白。苍老古堤弯且曲,夜泊闲看渔烛。　　轻摇岸柳鹅黄,扁舟风满帆樯。轮柁横穿浪谷,沙鸥惊起高翔。

一剪梅　咏洪泽湖

大泽泱泱古堰扶,点点白帆,阵阵飞凫。舶轮结队激涛游,千古长淮,千古悬湖。
蓄泄灌排各自如,满载粮棉,满载鱼蔬。温泉油卤广探求,水也丰腴,地也丰腴。

水调歌头　远古之湖

大雁临空眺,岁岁几周旋。烟波浩渺无际,浊浪接苍天。慨叹古堤横枕,难保泗州明祖,往事恨绵绵。回溯禹王迹,浮想每联翩。　　汴水流,泗水急,五河连。长淮汩汩,不应黄水任南迁。数百年来史实,汹涌走廊溃决,历代治难全。今幸宏图起,决策谱新篇。

水调歌头　富饶鱼米乡

泽国水乡县,手挽两边湖。古堤高枕,腰系国道贯河渠。水网纵横排灌,旱涝任它频发,我自得丰腴。春野绿无际,秋熟化金铺。　　稻麦香,猪羊壮,蟹鱼殊。产 高质美,市场投入运长途。温饱未甘停步,又建小康业绩,次第彩楼居。致富当思进,众手绘宏图。

水调歌头　歌咏洪泽湖入海道

为杜悬湖溢，凿道御狂颠。遥牵皖豫洪水，入海贯淮盐。几处金梁飞架，巨闸玉龙固锁，大泽贮甘泉。抗得百年遇，四省保安全。　　号令发，黄土破，铁臂旋。惊涛顿息，排灌蓄泄一身兼。脉络四通八达，高堰稳操枢纽，植被接天边。千里长淮水，造福谱新篇。

水调歌头　岔河感赋

西接浔河水，东倚白马湖。长街亮丽宽阔，老少乐安居。万亩鱼塘高产，千顷粮田肥沃，民众得丰腴。美誉飞千里，苏北一明珠。　　调产业，求跨越，绘宏图。岔河大米，晶莹剔透更香殊。绿色名牌食品，远运营销海外，经理小农大。财力连年上，五业共驰驱。

满江红　革命之湖

江左名湖，操锁钥、华中砥柱。曾记否？寇倭猖獗，屠刀狂舞。陈帅飞舟筹虎略，彭师策骑靖妖雾。喜赢得、半壁好河山，丰碑树。　　徐城畔，英烈墓。黄花侧，留军部。更顺河朱岗，丹心昭著。三十三天反扫荡，万千群众相为伍。谁能忘、港汊草滩湾，雄兵驻。

满江红　湖上赏荷

绿叶田田，张翠盖、层层相望。承露盘、晶珠夺目，东摇西晃。独自凌波舒倩影，不与世俗随风浪。更有那、青笔绘蓝天，明方向。　　新莲蕊，含苞放。迎风立，呈仙掌。衬桃腮晕彩，浮香回荡。出自污泥从不染，岂唯鲜艳徒供赏。试评章、百卉万花中，谁高尚？

满江红　富美之湖

千里长淮，奔腾注、泱泱大泽。宛然似、天鹅展翅，江河之侧。万古沧桑传美说，一壶酪乳溶膏汁。广生财、鱼蟹藕菱凫，千金值。　　犀虎镇，洪害息。兴宝藏，争朝夕。看水陆纵横，连番奏捷。湖底滩涂油与卤，云涛雪浪珠和璧。斜阳照、玉蝶满天飞，迎佳客。

满江红　敢超越

林立华楼，东风路、商贾云集。桥飞架、横波高跨，城乡联结。大道广通工贯速，城区东扩兼昕夕。莫迟疑、误了好时机，君难觅。　　小康足，人心悦。文明创，争朝夕。正放开搞活，招才心切。外引内联情似火，破难夷险心如铁。齐努力、众志喜成城，同超越。

沁园春　湖上缅怀

闪闪金波，点点银帆，鱼蟹满船。有一群鸥鸟，两三细艇；浅滩出入，相对安闲。独驾轻舟,深来荻巷,乐与渔翁细漫谈。舱中坐,共抚今追昔,齐展欢颜。 高岗碧水湖边,墓园耸,流辉逐浪间。忆当年彭帅,挥戈抗日;以身殉国,横扫凶顽。半壁河山,四师英烈,万仞丰碑矗碧峦。长淮水,看枫涛漫卷,浩瀚波澜。

颜怀臻

颜怀臻(1943~),江苏洪泽人。中共党员,大专学历。中华诗词学会、中国楹联学会、江南诗词学会、省诗协、省楹联研究会会员、中华诗词文化研究所、中国对联文化研究院研究员。曾任检察院科长、组织部科长、商业局副局长。著有《颜怀臻诗文集》。

忆江南　龟山晚眺

龟山好,湖口扼津关。千里淮流奔眼底,征帆一片白云间。晚眺最开颜。

忆江南　万顷烟波

洪泽好,万顷碧波摇。一抹湖天江海远,水云空阔浪头高。船起碧霄锚。

忆江南　长堤柳色

长堤好,杨柳绿妖娆。百里逶迤成画本,迎风舞瘦小蛮腰。翠带万千条。

忆江南　港坞帆樯

船坞好,桅杆密如林。石砌高墙成永固,恶风狂浪不相侵。入泊放宽心。

忆江南　奠淮犀虎

洪水降,铸兽奠淮扬。二虎九牛鸡一只,神奇活现兆安康。漫说太荒唐。

忆江南　壮景

高闸好,蓄水又分洪。枢纽斡旋归掌握,喷云吐雾走蛟龙。壮景夺天工。

忆江南　老君遗踪

丹山好,老子有遗踪。蹄印青牛传大道,炼丹拓洞忒情钟。千载道仙风。

调笑令　开发老子山温泉

泉水,泉水,独为丹山添美。养生贵重黄金,开发共倾热心。心热,心热,机遇狠抓难得!

调笑令　咏洪泽

其　一

洪泽,洪泽,大业载名史册。泱泱百里纵横,赫赫五洲美名。名美,名美,美在一湖春水。

其　二

洪泽,洪泽,形似天鹅振翮。捕捞种植齐拈,灌溉航行得兼。兼得,兼得,水陆交通如织。

其　三

洪泽,洪泽,今日尤增气魄。内联外引生财,富路豁然拓开。开拓,开拓,经济频频飞跃。

其　四

洪泽,洪泽,改革花繁果硕。富民强县兴邦,两个文明夺双。双夺,双夺,桂冠齐心共掇。

如梦令　访朱坝镇锅贴城

美食做强盘大,扩项“宁连”横跨。地利赖人为,五彩精描朱坝。朱坝,朱坝。美誉风流天下。

忆秦娥　赞西顺河芒硝矿

心花放,顺河开发芒硝矿。芒硝矿,深层宝藏,凯歌高唱。　　支援工业翻新样,富民强国增希望。增希望,资源立项,前途无量。

采桑子　庆祝洪泽建县50周年

其　一

因湖设县初成日,说是穷乡。确是穷乡,满眼寒酸满眼荒。
土墙草舍丁头屋,吃缺饥粮。穿缺完裳,苦见农渔脸发黄。

其　二

五旬斗转容颜变,天换蓝装。地换青装,笑语欢声到处飏。
高楼掩映阴阳树,别墅风光。别具风光,紫燕归来难觅梁。

其　三

城间路网穿梭织,辐辏三江。福共三江,水陆舟车万里航。
时髦服饰居前卫,男爱名装。女爱洋妆,五彩缤纷媲画廊。

其 四

讲究饮食高标著，形色兼长。味色兼香，营养调和保健康。
新潮引领民心悦，歌曲铿锵。舞曲悠扬，潇洒休闲乐一场。

其 五

县城开发前途阔，块块成方。道路芬芳，特色民居昭总纲。
湖边建景观瞻靓，堤上流光。水上波光，钱岛悠悠入梦乡。

其 六

文明道德新风具，爱国荣光。为国荣光，旗帜鲜明信念刚。
人文先进为基石，公业鸿昌。私业隆昌，力创辉煌共举觞。

谒金门 洪泽好

其 一

洪泽好，浪激云天无了。气壮阳刚天下少，直压群湖倒。风景这边多娇，鱼米足资温饱。今日蒸蒸成个宝，斗金诚可考。

其 二

洪泽好，改革鸡鸣春早。牛力虎威人动脑，齐把良方讨。誓学先行开道，奋赶金湖须巧。全县潜心将福造，万难为一扫！

西江月 高良涧镇“创建”

湖畔明珠小镇，繁华市景堪夸。富民政策裕千家，创建狠抓不舍。
路坦灯明花艳，渔歌飘上琵琶。川流笑语入湖霞，心旷神怡潇洒。

[中吕 山坡羊] 谒周总理故居怀治淮伟绩

淮河汛过，黎民泪堕，千般灾难千般祸。斗洪魔，挽狂波，“淮河之子”相策措。巨闸牢将巨蟒锁。湖，献硕果。民，享富果。

按：周恩来总理当年治淮时，曾自称“淮河之子”。

杜传玉

杜传玉(1943～2014)，江苏金湖人。中学高级教师，淮阴市优秀教育工作者，曾任金湖县多所初中校长。金湖县诗词协会会员、淮安市诗词协会会员、中华诗词学会会员。

蝶恋花　踏青

三月金城春尽染,偕侣郊游,一踏蜂花恋。云白天蓝鸢片片,溪清草嫩鹅歌远。
踏遍河滩人不倦,采撷蒿芽,香满黄昏宴。多谢东君成夙愿,获风一吻情无限。

沁园春　金湖荷花荡

生态荷园,五彩缤纷,百泰万祥。望无垠湖荡,烟波浩渺,湖天一色,莽莽苍苍。蝶舞蜂鸣,蛙歌鱼跃,竞向京华报靖康。香浓郁,粘野凫白鹭,逐蕾飞翔。　亭台溢彩流光。有游客荷家共举觞。看着红童子,舞花追蝶;采莲少妇,撷叶遮凉。舒袖嫦娥,翩翩起舞,唱彻新声醉夕阳。车成列,载文人墨客,丽句华章。

李永铨

李永铨(1943～　),江苏盱眙人。幼承家学,爱好诗词。盱眙县老年大学诗词习作教员。

破阵子　黄花塘新四军军部纪念馆观后

堪笑平生局促,好谈鞍马刀弓。昨见画图头脑晕,是夜身飞战火中。一当梦里雄。
刀劈虏奴身首,嘴吹号角横冲。驰骋疆场千万里,谈笑擎旌钓岛东。瘾过心剑锋。

踏莎行　铁山寺风景区赏幽

树锁炎阳,岚拉叠帐。无边碧海摇波浪。蜿蜒石径诱深行,深行别有风光望。
野果酸牙,野花香掌。挑追野雉斑鸠唱。凉风约坐听溪流,山姑采药源头上。

庆春泽　庆盱眙老年大学建校20周年

龙涧灵华,伦堂古味,穆山桂馥兰椒。三辟三迁,三番营养丰饶。廿年精造梁园境,重唤回、汉赋唐骚。罕奇稀、白发翁婆,再背书包。　晚霞咋比朝霞俏?是宜人天气,扶润枯条。又现翩翩,芳菲满眼春潮。欢情永夜催诗雨,把余年、尽付琴箫。倩阿谁、欲识陶陶,先看眉梢。

张国富

张国富（1943～ ），江苏盱眙管镇人。淮安市诗词协会、盱眙县诗词学会会员。

鹧鸪天 农民工

又去南方陌路遥，新年刚过挤公交。群楼高建连霄汉，隧道深挖远市嚣。
尘未洗，惫难消，依稀梦里母心焦。频将儿女声声唤，明月西沉乡影飘。

渔家傲

飒飒秋风霜染树，南飞红雁心思驻。桂菊花开香入户。遥望处，车来人往条条路。
受惠三农频减负，粮棉补贴多欢诉。建设小康争迈步。朝回顾，群楼靓丽家家富。

苏金丞

苏金丞，江苏盱眙人。

醉花阴 偕军校友人登山

忽见斜阳依绿树，风卷余红去。仰首问苍天，此去边陲，今世何时聚？
叱咤风云流水住，莫作伤心语。壮志贯长虹，敌忾同仇，但等凯旋晤。

孟宪佐

孟宪佐（1943～ ），江苏淮安人。南京大学英语专业毕业后，戍边西藏高原12年。转业回内地，长期从事宣传法制和教育工作，副研究员。著有《高原行》《江南行》《故乡吟》。

临江仙 飞往拉萨

雪域高原千万里，三旬两度来回。跋山涉水着征衣。春雷突作起，展翼燕高飞。
忽见长空如瀚海，银峰隐隐波微。芙蓉朵朵染朝晖。凌云寄壮志，高唱凯歌归。

水调歌头 青藏行

雁字云天里，声破古原幽。唐古拉山越过，立马昆仑头。遥望玉龙飞舞，万千蜡象驰骋，雪霁白云悠。忽有牧歌起，草地散牦牛。 餐风雪，饮雨露，着征裘。高地寒天缺氧,豪气满胸流。云担乡音远去,雾共骊歌小歇,围火品酥油。起舞登高唱,把卷咏吴钩。

何雨生

何雨生(1943~),江苏淮安人。原在淮安市园林局任职。曾在《北京文学》《北京晚报》发表诗篇。1994年参加《诗刊》杂志社诗歌大奖赛,获得两个三等奖。

沁园春　赠编剧郭彦民先生

九省通衢,漕运帆云,首府竞飘。记秦开郡县,邑贤济济;史存浩气,淮碧滔滔。提督捐躯,韩侯报母,红玉金山鼓啸高。伤心甚,过窦娥古巷,遥慰妖娆。　三淮一体多娇。引铁板铜琶描柳腰。羡枚书七发,潮般文采;周吟一绝,海样风骚。全党楷模,千秋人格,赋献青铜仰伟雕。在淮彦,正文华盛世,鸣凤今朝。

沁园春　贺淮安市首届京剧节

京票何欢!开节淮安,喜共韵飘。是瑶卿故里,乡荣漫漫;信芳生地,腔壮滔滔。票友多多,票房处处,国粹情深京样高。琴票好,赏文场锣鼓,听也妖娆。　登场一一多娇。豪击鼓金山剑挂腰。演天培国烈,神流光彩;韩侯国士,武也风骚。梅尚程荀,谭杨裘马,流派人人着意雕。长荣妙,广红娘传教,花艳今朝。

浣溪沙　咏嫦娥二号达月入轨

千确万精绕广寒,嫦娥二号美端端。金裳展翅胜仙鸾。
日日屏前看不够,回回梦里忆难完。心如初恋万般欢。

朱从文

朱从文(1943~),江苏淮阴人。1969年参加教育工作,任教师。退休后参加古寨乡诗社,任《金六塘诗声》主编。

浣溪沙　古寨街

古寨街心面貌妍,高楼连顶列双边。琳琅店铺紧相连。
早晚步行人惯见,几多情侣笑声甜。居民日子似神仙。

卜算子 古寨诗社初成

诗友聚一堂,共把吟坛闯。国力加强众乐康,生计蒸蒸上。
诗社喜初成,词赋同欣赏。华夏朝朝尽慧君,孰若当今党。

采桑子 神七上天

沧桑世事今优昔,极目长天。闲逛长天,此术非归神握权。
腾云驾雾非难事,不是神仙。胜是神仙,信步太空亦坦然。

清平乐 清洁工

天刚破晓,路上行人少。环卫工人迎大早,街道垃圾清扫。 创优醉美乡村,同心驱走瘟神,体健身强人喜,忠心报党隆恩。

高山移

高山移(1943～),本名高从礼,江苏淮阴人。毕业于淮阴师范学校。江苏省作家协会会员,热爱诗词创作。

鹧鸪天 农家四月

油菜田中一地华,平堤古岸有槐花。鹧鸪远树啼风月,芦苇深滩听鼓蛙。
男主外,女看家;蚕桑采罢种西瓜。今天小子星期六,窜去溪头钓大虾。

陈乃松

陈乃松(1944～),江苏淮阴人。从事摄影。六塘诗社常务理事,古寨乡成立诗社任副社长。

鹧鸪天 晚晴

似水流年去不回,桑榆喜看彩霞飞。一头雪发苍松翠,十载春风文正辉。
心尚壮,志不绥,诗词翰墨笑扬眉。晚晴何惧书山险,奋力攀登大有为。

徐长直

徐长直(1944～),江苏淮安人。中共党员,中学高级教师。历任淮安市第五中学、清河区教师进修学校副校长。中华诗词学会会员,淮安市诗协理事,清河区诗协常务理事兼副秘书长,《清河诗声》编辑。

破阵子 卢沟桥

起舞卢沟晓月,雄狮驻守桥栏。最是一年春好处,柳陌桃溪笑语喧。红霞染遍天。却忆当年旧恨,犹自擦掌摩拳。鼎革春风新万象,富国强军玉宇宽。扬眉好梦圆。

破阵子 踏青

水绿波平花烂漫,照影红妆,游戏垂杨岸。引伴呼朋无系绊,蓬勃生气弥天半。一曲阳春香径暖,响遏遥天,不放行云散。天马飞来传请柬,玉皇邀赴蟠桃宴。

王乃贵

王乃贵(1944～),江苏淮安博里人。早年随淮安县淮剧团闯荡南北,长住清浦。

江城子 中共建党93周年

南湖建党立丰碑。搏熊罴,顶风雷。万里长征、华夏战旗挥。百战山河驱恶鬼,前后继,永名垂。 五星旗帜展光辉。统江山,举镰锤。巨变沧桑、庆港澳回归。华夏振兴圆国梦,新替旧,再腾飞。

鹧鸪天 卢沟桥事变77周年

国破家亡满腹仇,天昏地暗蔽神州。卢沟事变家难守,血雨腥风泪水流。星月转,济时舟,全民抗战写春秋。驱除日寇乌云散,光复中华四海讴。

清丽双臻 振兴中华

岁月为凭证,无数英烈塑忠魂。吐气扬眉山水笑,富民强国日臻新。打虎拍苍蝇,同歌华夏春。 通地气,顺民心。潜海探空民族振,求同存异促邻亲。秣马厉兵谋发展,凝心聚力梦成真。

浪淘沙 树正气

腐败蔓延伸，案涉邪门。权钱色利易迷昏。买卖官衔欺上下，财产私吞。
打虎灭苍蝇，落网纷纷。贪官囚禁喜民心。清正廉明齐赞颂，返璞归真。

醉太平 学习十八届四中全会公报浅感

中华振兴，乾坤太平。四中聚集精英，绘宏图竭诚。
惩邪不停，民心喜凝。神州圆梦同行，法常规警鸣。

踏莎行 南京大屠杀死难者国家公祭日

灾难悲啼，哀鸿遍野，抚今追昔常铭记。人寰灭绝受凌欺，中华伤痛难磨洗。
放眼神奇，撼天动地，潮流穿越魔魑魅。沧桑巨变国强熙，和平永驻人间奕。

鹧鸪天 毛泽东赞

气壮山河望险峰，雄才韬略贯长虹。乾坤尽扭开新宇，伟绩丰功禹甸崇。
追筑梦，显威风，亲人六位献精忠。清廉治党怀全局，纬地经天一代雄。

张忠梅

张忠梅(1944～)，女，山东海阳人。复旦大学毕业，中学高级教师。曾任盱眙中学教师、盱眙县教育局教学研究室副主任。为中华诗词学会会员、淮安市帼诗社常务理事、盱眙县诗词学会副会长。2008年被评为“江苏省首届十佳女诗人”。

临江仙 登第一山

翠叠层峦临碧水，长淮如带飘柔。魁星灵阁接云头。清泉浸月，古寺磬悠悠。
米芾兴狂曾泼墨，坡仙几度优游。摩崖细细辨题留。登高回望，笑语满山楼。

鹧鸪天 春日登龙王山

日丽风和春色妍，龙王山麓竞登攀。新修公路如飘带，盘绕穿云上岭巅。
望沃野，赏湖烟，粼粼碧水映蓝天。红楼绿树黄花灿，仙境谁移尘世间？

江城子 参观黄花塘新四军军部旧址纪念馆

黄花塘畔小村庄，土坯墙，草檐房。曾驻元戎，抗日帅旗扬。十万铁军听号令，驱敌寇，保吾疆。　　而今华夏屹东方，沐朝阳，正图强。路踏康庄、先辈岂能忘？义勇高歌寰宇动，兴伟业，振家邦。

鹧鸪天　人在老年大学

绿掩层楼笼翠烟，老年书院傍青山。赋诗泼墨评今古，电脑荧屏览宇寰。
身影健，舞翩跹，歌声清亮入云端。人生莫道黄花晚，学海无涯别有天。

浣溪沙　参加省十佳女诗人评选竞赛感赋

松翠枫丹染石城，诗坛会盟尽豪英。春风词笔溢真情。
饱蘸滔滔扬子水，调和霞彩绘峥嵘。歌天咏地世人惊。

马培文

马培文(1944～　)，江苏盱眙人。乡村小学教师，苏教版小学语文教科书(国标本)编审。

忆江南

其　一

人生好，苦辣又酸甜。昼抱红霞观大海，晚披月色种西园。最忆是童年。

其　二

童年忆，最忆是春游。踏遍青山寻野味，逡巡碧水荡轻舟。欢笑满心头。

卞业林

卞业林(1944～　)，江苏江都人。曾任金湖县委宣传部副部长、组织部副部长，后调苏州市粮食系统工作。中华诗词学会会员，江苏省诗词协会会员，苏州市诗词协会理事，苏州沧浪诗社《姑苏吟》编辑。

南乡子　寸草春晖

锦绣家山，茅檐立处翠筠繁。铺上娇儿灯下母，回顾，往事甘甜心里驻。

鹧鸪天　赶集

逢集乡村传好音，小丫老妪最倾心。猪娃喂食留翁理，扎辫催妈自整襟。
牵手走，觅歌吟，小街不觉眼前临。涨潮人海人挪动，笑语欢声欢快寻。

采桑子　春耕

农家三月忙来早，犬出疏篱。牛数田畦，布谷声声隔岸随。
秧田水过犁耙细，垡块酥稀。虫豸逃离，鹭鸟寻米纷乱飞。

巫山一段云　游长白山天池

尽道难谋面，摩天绝俗尘。雨师乘兴逐霾云，可睹倩容真。
君是蓝珠眼，君犹池满醇。相看未酌已销魂，缓步惜离分。

采桑子　卢沟桥

石狮晓月卢沟上，见证凶顽。见证凶顽，倭寇铁蹄涌入关。
而今依旧狮和月，笑看江山。笑看江山，凛凛巍峨贼胆寒。

采桑子　月色朦胧

当年相识黉门内，广宇苍凉。风雨飘扬，永结同心也急忙。
而今犹补年轻史，月播辉光。罗曼徜徉，执手荷塘烟浦旁。

蝶恋花　牵手

华发清晨人抖擞，健步东园，挽臂徜徉久。柳拂絮扬池水皱，喳喳鹊噪惊回首。
记得当年诚惮丑，每值偕行，远远相随后。趣景自嘲常笑逗，今朝牵手悠悠走。

喝火令　梦回碧波荡漾的地方

白马湖波靓，渔舟载我翔。野凫惊起草丛藏。船缓主人抛网，鱼跃水中央。又见芦花白，无边稻谷黄。　　入江宽道水汤汤。梦醒嗟叹，梦醒更牵肠，梦醒裹衣轻步，敲句咏莲香。

浪淘沙　游呼伦贝尔大草原

地裹绿茵衣，野旷天低，牛羊散落忽成堆。远处山青深浅变，原是云移。
驴友与羊嬉，驻足河陂，歌喉齐放觅回归。欲把欢声传万里，融入神奇。

行香子　城市

其　一

小巷弹丸，大厦摩天。犹求变、换貌加鞭。老街改造，危屋乔迁。看楼逾新，树逾茂，路逾宽。　　通衢车疾，白领人欢。确真是、追梦情牵。休闲场地，夜景尤妍。尽老年操，秧歌舞，健身拳。

其　二

桃李临溪，杨柳垂枝。草坪阔、大道光辉。上班族早，初露晨曦。又等车忙，开车堵，乘车迟。　瓦刀扫帚，城饰仙姿。美容师、乡下夫妻。温书儿女，车库嬉戏。总簿儿破，灯儿暗，桌儿低。

行香子　胡杨林

赤日煌煌，大漠茫茫。边疆树、剑客胡杨。饥餐盐碱，困寐沙场。历炎沙烤，寒沙冻，流沙扬。　根深御旱，叶密遮阳。活潇洒、死亦轩昂。虬枝百态，游客端详。赞生坚忍，老坚实，殁坚强。

杜　渐

杜渐(1944～　)，自号公曼。祖籍郑州，生于重庆，长于南京，从教于金湖县。中学高级教师，曾任金湖县教育局教研室主任、县政协副主席、县人大副主任。中华诗词学会会员，曾任淮安市诗词协会副会长，金湖县诗词协会会长。著有《公曼诗词》、出版有《诗词写作入门》。

浣溪沙　偶成

偶得句云“倍有情时风恻恻，绝无绪处草萋萋”，意似尚佳，亦知非词之一体莫能为用，然置诸案头数阅月，久未成章。今夕梦中忽得句，急起开灯索纸录之，录毕辄投笔酣卧，不知东方之既白。晨起稍加润色，成此短章，调寄浣溪沙。

休对东风怨别离，恼人天气燕初低，繁花可奈已成泥。
倍有情时风恻恻，绝无绪处草萋萋。行人更在夕阳西。

采桑子　岁末抒怀

一年容易光阴过，风也匆匆。雨也匆匆，漫舞琼花又到冬。
热肠着酒诗情动，心自豪雄。气自如虹，独抱铜琶唱大风。

减字木兰花　雪

飞银舞絮，不尽乾坤皆着素。望里迷蒙，洒洒飘飘来半空。
轻言轻动，休得惊她新睡梦。一片晶莹，总是人间未了情。

西江月　偶成

梦里年华消得，平生一醉难求。还将只眼藐浮沤，惯看白云苍狗。
浑把诗书收拾，等闲笑傲曹刘。长安怪客最风流，箕踞狂歌击缶。

菩萨蛮　金湖万亩荷花荡

霏霏细雨荷花荡，轻烟袅袅烟云漾。画舫弄清波，芸窗拂白荷。　　青篙撑小舸，俊俏鱼郎过。翠鸟立荷尖，一飞鸣碧天。

踏莎行　春日携内子于金湖果园赏桃花

柳眼方舒，草芽初露，嫣红姹紫桃花埠。流光溢彩竞芳菲，东风频送香盈路。
陌上相携，池边相顾，玄都还觅刘郎步。休惊红雨渐披纷，游丝欲挽春常驻。

蓦山溪　扬州游瘦西湖

纤腰一把，总比西湖瘦。错落矗楼台，藏深翠、水边竹后。芳汀花满，兰棹载风流。五亭桥，烟波皱，嫩极轻红藕。　　桥边红药，尽古今诗酒。纵小杜词工，终难赋、一湖锦绣。销魂此际，无计永勾留。堤边柳，牵衣袖，一步三回首。

水调歌头　洞庭湖访君山记幻

湖上秋风袅，一叶寄扁舟。君山在望，飘逸诗句伴飞鸥。屈子踏波迎迓，太白长歌为礼，携手兴悠悠。问讯湘君处，煮酒备吾俦。　　芳草妍，斑竹茂，景清幽。青螺秀色，神话传说足千秋。恰遇柳郎龙女，正共二妃翔舞，颦笑自风流。叹息终将去，恍若梦中游。

水调歌头　当涂谒李白墓园

桂子香天外，千里拜诗魂。青山佳气葱郁，松竹溢清氛。墓上萋萋芳草，池里粼粼碧水，曾不染纤尘。涵咏飘逸句，幽径久逡巡。　　捉月手，骑鲸客，谪仙人。诗坛独步，横越今古任天真。邀月举杯风度，磨墨脱靴傲骨，千载韵犹存。且奉一樽酒，伴汝摘星辰。

八声甘州　登八达岭长城抒感

看蜿蜒曲折向青天，一龙势峥嵘。念飞山跨壑，穿原越野，横亘苍冥。千载沧桑阅尽，斑驳古台亭。不尽西风里，雁叫秋声。　　自古边关险塞，但雕盘大漠，胡马悲鸣。叹男儿事业，青史几留名？算唯余、谯楼伟峙，令游人、慷慨不胜情。欣凭览、缤纷红叶，点染雄城。

沁园春　饮酒二首

其　一

绿蚁新醅，黄封初熟，佳酿方浓。算青花瓷里，冲天香透；夜光杯上，一派春融。元亮风华，稼轩气度，纵饮何妨直抱瓮。真豪士，料当筵乘兴，吸尽长虹。　英雄一饮千钟，骋不羁才情欲醉中。讶张癫捉发，龙蛇飞动；谪仙对酒，诗赋高宏。开国名相，千杯不醉，谈笑折冲樽俎功。酣饮罢，借倚天剑舞，唱彻东风。

其　二

酒史悠悠，酒德绵绵，酒境传芳。记新科及第，杏园赐宴；老农逢社，村酿飘香。大秤分金，开怀畅饮，话说梁山忠义堂。文士集，看投壶吟句，雅兴非常。　酒间盛事千桩，尤爱向花边饮月光。更一盘春韭，竹篱对坐；两三挚友，斗室倾觞。春雨楼头，凭窗独酌，消得闲情意自长。偕美矣，愿饮中佳境，恒久悠扬。

东风第一枝　水仙

故里魂牵，兰房梦醒，暗香淡淡飘户。慧根灵石相依，碧玉寒泉相护。芳心自冷，向洛水、凌波微步。但惹起、一缕愁怀，脉脉只应难诉。　望帘外、一天絮舞；喜案头、几分春伫。伴将池外红梅，却映庭中翠竹。冰姿仙韵，漫赢得、多情吟吐。素月里、倩影神凝，临去却还回顾。

八声甘州　登湖口石钟山

问何方峰落大江边，簇黛耸青峦。恰扼江锁鄂，控湖封赣，天设雄关。拍岸惊涛起落，壁下跳珠丸。浩渺烟波里，鸢击帆悬。　放眼山川形胜，算斗牛光射，人物翩然。羡陶公归去，坡老一文传。指挥间、顾弦遗韵，笑谈中、一炬破楼船。凭栏处、江声浩浩，兴会悠然。

沁园春　泰岱抒怀

叠嶂争驰，远山簇黛，齐鲁郁葱。望茫茫云海，腾波涌浪；苍苍绝壁，绕雾悬松。碧落虹飞，丹崖瀑溅，大壑森森隐蛟龙。侵晓起，看一轮旭艳，万里霞红。　一峰独峙天东，阅千载沧桑弹指中。算仲尼小鲁，襟怀何阔；秦皇勒石，业绩何宏。墨客华章，词臣锦赋，文采风流竞骋雄。今唯愿，把凌云健笔，挥洒天穹。

桂枝香　登京口北固亭

江山第一，瞰万里晴波，水随天碧。极目金焦雄峙，翠峰如壁。歌吹隐隐扬州路，看归帆去棹偏织。淡云舒羽，轻鸥点浪，一声横笛。　算楚尾吴头胜域，问刺虎孙郎，英姿谁匹。倜傥风流公瑾,浩歌弹戟。稼轩裂石穿云曲,料峥峥千载难息。夕阳熔铁,苍烟凝紫,荡胸潮汐。

沁园春 咏雨花石

五彩天然,光洁灵莹,剔透玲珑。有长河塔影,半江烟月;金猴幻世,玉女飘穹。晓日云开,秋岚枫照,滴紫流黄翠色融。堪惊叹,竟区区方寸,妙趣无穷。 金陵石韵情浓,岂道是神奇造化功。算禅师说法,稍嫌荒诞;女娲补宇,略觉鸿蒙。烈士捐躯,丹心不泯,魂魄凝成百炼雄。吟思甚,仰石中浩气,万古英风。

满江红 游秦兵马俑博物馆感赋

雄阵无声,静如水、军容肃肃。闻号令、衔枚疾走,虎腾鹰扑。铁马铿锵天地动,旌旗浩荡侯王哭。驾长风万里扫乾坤,金瓯足。 河山统,秦王独。阿房耸,皇陵筑。竟黄泉深处,甲兵犹伏。伟构奇思惊六合,宏才大略辉星宿。叹震今烁古炳千秋,人争瞩。

贺新郎 西安怀想

凤阙何从觅。是千年、周秦唐汉,帝王雄宅。兴庆鸿门灞桥柳,早向诗文谙悉。算雁塔依然云立。极目崤函佳气郁,只曲江渭水波凝碧。千古事、浩歌拍。 长街漫步遐思逸。似犹闻、秦王破阵,李龟年笛。太白笑声真潇洒,飘荡春风衢陌。正子美吟诗方毕。《长恨》曲终余音袅,剩残砖断瓦追今昔。沉醉否、金陵客?

宴清都 高邮盂城古邮驿记幻

一骑飞尘路,惊来自、史书云雾深处。关山迢递,星移物换,独驰孤旅。秦皇信札终传,汗早透、秦人背缕。拂椅土、且献新茶,聊消穿越辛苦。 高台驿馆犹存,邮传不在,凭案难语。方惊电脑,还惊微信,沧桑如许。秦皇厚情当谢,且托汝、手机赠与。算结缘、古驿盂城,春回柳舞。

梅月圆 瘦西湖幽篁馆赏竹

层岸飞瀑漾云烟,奇石半临轩。疏影敲窗潇洒,小池溅玉娇妍。 凭栏相顾,问君可许,相伴人间?和烟和雾和我,听风听雨听泉。

鹧鸪天 谒台儿庄巷战遗址

七月廿二日,率县诗协部分会员往台儿庄采风,于古城内得睹当年巷战遗址商会小楼。外墙迄今仍弹痕累累,历历可见,触目惊心。归成赋此。

断壁残垣忆国殇,徘徊瞻仰意低昂。千秋热血英雄屹,一代男儿胆气张。

临大难，卫家邦，敢将铁骨搏强梁。呼号杀敌声犹在，撞我心胸荡我肠。

临江仙　访杜甫草堂

溪水溶溶萦碧翠，纤云欲诉情思。和烟笼竹梦鹃啼。蓬门依草舍，花径伴秋池。
为问诗翁何处去，邻家对饮移时。药栏呼赏意方痴。笑谈清韵雅，洒落一天诗。

陈精国

陈精国（1944～ ），淮安市淮安区人，曾任淮安县公安局副局长、淮安市（县）外事办公室副主任、政府接待办公室主任。中华诗词学会会员、江苏省诗词协会会员，淮安市淮安区诗词协会副会长，曾在多家报刊发表作品。

相见欢　望月

深情仰望苍穹，月当空。遍洒银光相伴借清风。　　雾汹涌，浮云动，自从容。天上人间圆缺古今同。

西江月　又见明华轮

当日东瀛别后，今朝意外逢缘。君停蛇口海滩边，我于途中搁浅。
淡泊方能心静，超然便可成仙。沉浮兴替忆华年，应祝此生无怨。

西江月　路

十载迎宾场上，半生弹指声中。坦然跨越旧时空，也觉光阴如梦。
唯有一身正气，换来两袖清风。舒眉笑看夕阳红，犹是风情万种。

临江仙　喜得《山阳诗征》

淮水绕城流不断，浪含音韵重重。碧波荡尽旧时空。山阳多俊秀，墨迹伴苍松。
一卷诗徵千般味，品来意趣无穷。传承国粹更情浓。今朝逢盛世，书海遍春风。

青玉案　文楼诗友会

文楼今日春潮涌，竹影里，梅香重。白首皆来诗赋弄。汤包佳味，酒杯频碰，笑语穿帘缝。　　风流雅韵真情动，盛世同圆少年梦。锦绣华章千万种。几多佳句，竞相吟诵，喜悦吾侪共。

临江仙 思母

思念双亲常入梦，天明欲别难分。少时不识报娘恩。古今多少事，遗憾抱终身。
一世辛劳终不悔，慈心培育儿孙。轻烟缕缕慰芳魂。俗情千万种，母爱最纯真！

西江月 游王羲之故居

书圣九州敬仰，笔痕万古流芳。鹅浮浪涌墨波香，百卷龙蛇展放。
洗砚池中集韵，碑廊壁上流光。右军祠里列辉煌，唯愿传承不忘。

一剪梅 雨中谒关忠节公墓（新韵）

翠柏森森细雨蒙。肃立碑前，祭奠情浓。敬公忠孝立家风。故里民心，世代为荣。
血雨腥风亦挺胸。抗敌销烟，屡建奇功。虎门神勇耀长空。夷畏其威，史迹辉宏。

南歌子 读日超先生散文集《窗外风景》

涉水登山勇，华章意味浓。抒情借景亦从容，尽显才情笔底有奇功。
窗外风光美，人生感悟丰。求真志趣越鸿蒙，锦绣百篇悦目润心胸。

荔子丹 纪念红军长征胜利80周年

史上长征写丽章，英烈铸辉煌。古今征战少先例，崎岖路，浴血舞刀枪。 中华崛起国威强，挺立在东方。亮剑精神从未忘，再扬帆，筑梦飞航。

荔子丹 贺应考老九秩华诞

半岛斋中不老松，昂首傲苍穹。历经风雨总含笑，无幽怨，翰墨润心胸。 挥戈律韵两从容，正气入诗风。博大情怀枝叶茂，望南山，应与君同。

小重山 丙申春日乘现代有轨电车

紫燕循规着地忙，穿梭云水路、伴花香。风弹双轨韵悠扬。三淮客、随处可寻芳。
楚道绿茵长，坦途铺丽景、换新妆。乘车载梦意辉煌。勤登攀、莫负好时光。

小重山 游古镇过沈坤状元府

河下堪称进士乡，魁星风水地、史悠长。人文蔚起铸辉煌。三鼎甲、文武状元郎。
府建古街旁，德馨留后世，最难忘。散资献策筑铜墙。三城固、千载永流芳！

[正宫　小梁洲]　诗坛盛会

诗城五月百花香，歌溢山阳，骚坛客聚勺湖旁。情无限，把酒话衷肠。　　(幺)满墙硕果豪情荡，校园音律遍吟廊。韵海游，千重浪。悠悠淮水，底蕴逐波扬。

[正宫　小梁州]　纪念周阮二烈士

百年淮水思悠悠，岁月如梭。当年南社俊才多，播星火，壮烈奏悲歌。(幺)推翻帝制天惊破，山阳旗举掀洪波。革命魂，光复果，实难忘过，永为世人模。

[正宫　小梁州]　再访半岛斋

再临半岛觅芬芳，满目春光。相邀雅聚亦情长。诗情荡。暖意入心房。(幺)白头依旧风流状，遣词寻句也痴狂。醉举杯，同吟唱。桃红争艳，随韵共飘香。

[双调　折桂令]　赠半岛斋主

庭前丹桂飘香，半岛斋旁，心醉芬芳。雅韵情浓，挥毫执着，国粹弘扬。堪为诗坛榜样。　　当歌笔底辉煌。历尽沧桑，坎坷人生，胸有朝阳。

[正宫　小梁州]　赠民牛兄兼贺80华诞

满书斋灵键波翻，史海文山。崎岖历尽志非凡，才思漫，百卷字行间。(幺)吞书饮墨痴狂汉，虚名权贵不知攀。发染霜，情无限。青山难老，敢逐梦扬帆。

[正宫　小梁州]　冬夜怀友

有缘结识在严冬，携手临风。天生傲骨性偏同，情犹重，半世意相通。(幺)夜来又入思君梦，再游郊外小桥东。落叶飞，银波动，频添吟趣，赏雪腊梅红!

[越调　小桃红]　春游桃花岛

踏青郊外兴犹浓，雅聚诗情动。欲醉林中与君共，舞春风。　　桃花岛上幽香送，看梨桃争艳，风摇枝弄，景色韵无穷。

[越调　小桃红]　河下十景

桥头灯会

华灯万盏绕拱桥，两岸光相照。笑语欢声满古道，闹元宵。游人醉入蓬莱岛，心悦神摇，凭栏俯眺，水动彩虹飘。

古街晨曲

通幽水巷景妖娆，古镇春来报。足踏云梯水上漂，自逍遥。乾鱼巷口喧声嚣，玉铺满条，南街北道，步急乐声高。

红玉鼓韵

迎风搏浪旌旗飘，波涌鼓声啸。偏爱红装战袍罩，多荣耀。随夫抗敌扬刀鞘，柔情尽抛，威含容貌，巾帼称英豪。

西游寻梦

射阳簃里笔生花，纸上乾坤大。万水千山踏脚下，战大涯。西游一路多佳话，评神妖事，描人世画，点透你和他。

钓台烟雨

湖边烟雨自潇潇，落魄孤垂钓。忍辱皆因运潦倒，意难消。鱼潜水底雄心抱，时来运到，龙门腾跃，定着将军袍。

漂母芳祠

祠堂墙外郁葱葱，院内暗香送。慧眼婆心隐情动，得殊荣。当年一饭恩尤重，扶贫义举，人人称颂，恩怨古今同。

文楼飘香

文楼坐落古街旁，盛世添新装。美食汤包名气旺，味飘香。皮薄可见馅儿晃，教君品尝，开窗防烫，尔后食皮囊。

古刹钟鸣

闻思寺外水清悠，寺内景依旧。暮鼓晨钟赞歌佑，韵祥和。佛前何事谈因果？英明掌舵，莲花灵秀，盛世舞婆娑。

码头晚烟

君王昔日泊龙舟，驾幸皇恩厚。湖嘴街中雅风透，轿马稠。名人商贾风流斗，吹弹更漏，歌飘宇宙，热闹冠楚州。

萧湖春雨

萧湖处处涌春潮，胜迹环湖绕。游人醉踏莲花道，乐逍遥。丽质天生西施貌，轻盈展笑，烟波添俏，更觉暗香飘。

[双调　沉醉东风]　游微山湖红荷湿地风景区

百里风推碧浪，舟行扑面幽香。景迷人，诗情荡。群鸥展翅水云间，鸭儿悠悠叶底藏。好一派，原生气象。

[双调　沉醉东风]　萧湖生态园

荷叶风摇碧艳，湖光映照蓝天。曲径幽，花堤远。潇潇洒洒自天然。坐落千年古镇边。烟波处,娇羞似掩。

[仙吕　太常引]　悼葛正华诗翁

诗魂西去失知音,无计可留君。难忘别时景,国粹继承犹操心。[幺篇换头]平生爱党,追求执着,八秩也深情。应谢空中云,沉甸甸,天知我心。

[仙吕　太常引]　雅安学生泪别子弟兵

雅安灾动万人心,危难见真情。险处逐愁云,子弟兵深情爱民。[幺篇换头]舍生救助,幼苗倍护,赠饭更相亲。暖意入心灵,分别时,围留泪盈。

[仙吕　太常引]　唁殷大彰先生

国医堂外柳丝垂,飘絮亦含悲。驾鹤去难追,托老院中珠泪飞。[幺篇换头]扶贫济世,德高品贵,妙手挽春回。业绩永留辉,痛惜好人难再归!

[中吕　山坡羊]　颂英雄吴斌

突临险困,乱人方寸。死神降处难逃遁。众安危,系君身。功名利禄休谈论,品格无私行为准。名,天下闻;恩,永世存。

[中吕　山坡羊]　古城墙遗址公园

堞楼远望,万千气象,古城遗址新模样。巽关墙,映朝阳。龙光阁耸云天上,曾是当年征战场。景,添丽妆;史,年代长。

[黄钟　刮地风]　冬至夜

冬至偏逢雨雪天,霾雾绵绵。夜来灯下枕书眠,梦里神仙。无事纠缠,墨飞端砚;曲寄知音,韵扬悠远。潇潇又一年,心随笔儿颠。共梅竹,乐舞翩跹。

[越调　武陵春]　踏青扫墓

踏青凭吊过清明,垂柳含哀韵。纸蝶轻烟绕花荫,泪珠凝。　　感恩祭奠情无尽,事时变迁,孝心难隐,依旧念双亲。

[大石调　初生月儿]　中秋月

今宵月儿分外娇,寂寞嫦娥也展笑,喜飞船漫步宇宙道。梦能圆,情可了,仙凡团聚自逍遥。

[正宫　醉太平]　半岛斋赏梅

幽香满径，雪舞华亭，青松翠竹亦多情，数枝红蕾勾诗兴。　　举杯吟唱词风劲，斋前笑语暖人心，添几分醉醒。

[正宫　醉太平]　丙申重阳登古城墙

文渠浪涌，夕照霞红，古城墙外郁葱葱。凭栏兴浓思追梦。　　碧云引得诗心动，白头有意再攀峰，做韵坛富翁。

[双调　潘妃曲]　游沙家浜

其　一

百里芦花千重浪，舟绕烟波扬。映夕阳，鸭戏涟漪叶中藏。俊俏船娘，伴客美景同欣赏。

其　二

火种当年存芦荡，故事入厅堂。茶馆旁，与敌周旋智谋强。一曲皮黄，更引得人来人往。

[双调　水仙子]　龙光阁新景

众星集灿映龙光，灵气风流透阁窗。笔耕论史吟声朗，挥毫泼墨忙，看名城古韵悠长。文渠畔，驿道旁，满眼里尽是才郎。

[双调　水仙子]　龙飞书画册赏后

运毫泼墨两从容，情寄丹青韵最浓。龙飞凤舞灵波涌，豪情润笔锋，看青山更映霞红。凌云志，勤奋功，问淮楚谁与君同？

[双调　大德乐]　端阳祭屈原

又赏榴花过端阳，插艾悬蒲，家家粽叶香。年年忆《九章》，品高人敬仰，常忧国兴亡。《怀沙》成绝唱，史迹流芳。龙舟竞渡忙，泪洒罗江，豪情万古扬。

[双调　清江引　]逛月

兴来邀月游故乡，伴我湖边逛。多情寻旧貌，难觅当年样。花前踏歌心意爽。

[双调　驻马听]　淮安榷关怀古

古运千帆，舵驶长淮临榷关。行商云集，总与官府垒金山，闸边名镇最华繁。当年风貌烟云散，几块青石板，尚存遗迹留人看。

[仙吕　醉中天]　参观淮安区城东工业园

满目春潮涌，园区景恢宏。创业犹须过硬功。美巢多金凤，展翅腾飞九重。富民圆梦，看彩霞洒遍城东。

[仙吕　醉中天]　中秋海边望月

明月升东海，冉冉越波来。遍洒清辉驱雾霾，皓洁人尤爱。月照红尘百态，浪吟多彩。此风光慰我情怀。

[南吕　金字经]　天涯同一梦

四海春潮涌，描画中国龙。海外传人情最浓，复兴志气宏。心相共，天涯一梦同。

[商调　一半儿]　某公仆

他人受贿恨连声，廉政高谈唾沫喷。暗室红包摸着沉，眼微睁，一半儿推迟，一半儿肯。

潘占群

潘占群(1944～　)，江苏淮安博里人。务农。淮安区诗词协会、博里镇诗词协会会员。

如梦令　城市废品收购者

露宿拾荒趁早。节俭钱邮家小。儿电嘱娘亲："照顾身心温饱。""挺好，挺好，遇见好心大佬。"

卜算子　关注民生好

看病少花钱，税费全除掉。倒贴农民种地银，月日星辰笑。
哪里有灾情，首长亲临到。促膝谈心论短长，语润花枝俏。

浣溪沙　贺香港回归15年

十五年来亮彩霞。明珠别样显光华，高楼阔路谢娘家。
三地连成红宝石，五星护卫紫荆花。前程似锦罩红纱。

江城子 闻神九升天

今听神九启飞航。喊儿郎，叫他娘。调好视屏、心扣宇航舱。一箭冲天环宇宙，家三代，喜如狂。　　叫儿备酒下厨房。切香肠，煲鸡汤。共庆英雄、胜利返家乡。鼓励儿孙多壮志，当好汉，学刘洋。

永遇乐 漕运广场见闻

广阔平台，千人晨练，曙光初露。飒爽英姿，威风凛凛，个个生如虎。长枪短棒，红绸花扇，节律空中飞舞。新时代，丰衣足食，迈起健身之步。　　童颜鹤发，衣花伴侣，更引行人关注。心旷神怡，一招半式，领略风行路。举头回目，总督漕运，乃是官家操武。对君问，天天锻炼，能强健否？

沁园春 运河码头

烟柳垂堤，玉石镶坡，古运水浜。驻数条船舫，楼高百尺；雕龙画柱，拟古舱帮。金字招牌，红灯高挂，吸引游人喜气洋。君来此，那心头苦恼，一扫光光。　　淮扬美食飘香。请贵客，光临细品尝。看盘中美味，有星有月，有诗有画，还有山庄。悦耳琴声，伴随歌舞，吃酒谈心论世昌。凭窗望，见滔滔淮水，源远流长。

杨寿和

杨寿和（1944～ ），淮安市淮安区人。学生时代便酷爱文学，退休后进淮安区老年大学学习诗词。

如梦令 登山

奇石怪松云海，山险谷深蹊隘。登上最高峰，恍进画中仙岱。多彩！多彩！林响似听天籁。

蒋景升

蒋景升（1944～ ），淮安市淮安区人。中共党员。楚州中学生物教师，中学高级教师。淮安市诗词协会常务理事，曾任淮安区诗词协会副会长、淮安区老年大学诗词教师。

渔歌子　迎神舟返回舱

苏美航天未足奇，神州今日好扬威。夸汉阔，数星稀，英雄得令太空归。

浣溪沙　贺神舟

灵药能偷谁不夸？宇航美梦始中华。嫦娥月里早当家。

苏轼问天须把酒，英雄追日免思茶。太空无际乐无涯。

念奴娇　三十年间奇迹

炎黄一帝，聚千载贤佐，共观今日。华夏辉煌谁指点，三十年间奇迹。月魄神舟，珠峰圣火，龙的传人力。太空行走，问天还仰神七！　改革开放之功，小平理论，南巡催甜蜜。当爱古来农税免，更爱民生权益。社会和谐，国家发展，我迓寰球客。登高同赏，二零零八秋色！

沁园春　特色中华30年

三十年间，指点江山，崛起壮哉！顾三中全会，佳谟策划、五洲共仰，古国门开。耄耋南巡，德威天外，观念更新扫雾霾！当犹记，问“小平你好”！福泽吾侪！　中华特色雄才！获信息祥云寰宇来。论金融风险，文明保驾；银河水浪，科学安排。市场双赢，宏观调控，霄汉虹霓我照裁！豪情涌，借秋光作画，格调和谐。

沁园春　纪念周总理诞辰110周年

总理精神，日月常辉，福祉万年。让桃花垠水，上蒸云汉，海棠香气，下染淮安。颂满文渠，歌飞曲巷，历代前贤亦请还。佳期庆，购霓虹天际，装点关山。　牌楼高矗昂然。驸马巷今朝格调鲜。看全民不负，伟人布德，群英共济，才俊扬帆。冰雪消融，风霜不再，百卉齐芬春色妍。和谐倡，顾故乡美景，祥瑞斑斓。

沁园春　总理诞辰感赋

绿报无冬，瑞雪何飞？总理诞辰。拜玉雕铜像，运筹造福；雄才伟业，开国安民。周馆湖波，故居泉井，德泽长滋古楚人。争瞻仰，正风和日丽，天下怀恩。　和谐社会同欣。镜头见，三城大写真。看招商发展，筑巢来凤；引资笑傲，上网擒鲲。速驾长车，通衢致远，不夜城乡聚宝珍。诚堪慰，赖先灵在此，佑我成春。

沁园春　贺博里中学50荣庆

桃李仙苗，绿绕园丁，馥满博中。赞画图乡里，缤纷不断；诗词墙上，激荡无穷。始发渔滨，终填沧海，五十年来气达虹。吟哦处，正壮心捧日，相马雕龙。　　鲲鹏翼展苍穹。数寒暑、星移战鼓隆。谢讲台三尺，阳春播绿，攻书万卷，烛影摇红。道德文章，补天定理，成就横穿世纪雄。瞻前景，看云帆高挂，共驾长风！

柱枝香　香港回归感赋

金瓯竟缺。憾万里长城，实乃空设！帝暗银荒国弱，补天何达？挽澜志士纷纷起，唤工农、一拼腔血。殖民休矣。沧桑百载，史书新页。　　抢机遇、安排俊杰。展两制宏图，相贺圆月。初试雄才大略，港人贤哲。明珠耀目东方彩，看吾侪擘画腾越。五星旗矗，指英日落，紫荆花发！

严　涛

严涛(1944～　)，江苏洪泽人。曾任乡镇党委书记、县交通局长、物价局长等职。系江苏省诗词协会、楹联协会会员，洪泽县诗词协会常务理事，洪泽县霞天诗社副社长。

诉衷情　古堰

一条长堰大湖东，淮水汇山洪。当年决口深处，幼老入寒中。　　人溃散，塞遭冲，谷仓空。禹王横耜，千壑波倾，万代兴隆。

丁文祥

丁文祥(1944～　)，淮安区平桥镇人。务农。淮安区诗词协会、平桥诗社会员。

如梦令　高中毕业卅周年同学聚会

留影文通高塔，桃李花开盈野。硕果应累累，无奈各归农社。春夏，春夏，“文革”十年拦坝。

如梦令　贺福全贤侄新建之喜

喜建梦中农院，一座琼楼呈现。亲友赞言佳，美丽始圆宏愿。宏愿，宏愿，幸福晚年心善。

菩萨蛮　喜迎澳门回归

濠江雾锁天无日，镜门一带伤心碧。国耻辱清廷，洋人来纵横。邓公双制立，港澳回归急。弃子入娘怀,紫荆花盛开。

鹧鸪天　巧云师姐分别35周年

自幼同窗共学台,情同手足两无猜。别离已过卅余载,姐弟之情难忘怀。
师姐好,眼光开,终身伴侣共和谐。为民为国同携手,培育群英建国才。

蝶恋花　观国庆50周年焰火晚会有感

万众欢心旗帜舞,施放烟花,难把重霄数。十亿神州功绩著,辉煌成就小康路。
雪染发丝千万缕,壮志雄心,昨日齐归去。为国为民情尚具,黄昏愿祝千家裕。

卜算子　贺大明贤侄40诞辰

内寝夜明珠,异彩堂中见。好友亲朋庆贺潮,阖府欢声现。
不惑克千难,步步回头看。服务人民献爱心,前景星光灿。

卜算子　读张志友《沧海桑田陆桥村》

一部志书成,轰动江淮地。尽力倾心著巨篇,何计功名利?
滴水映光辉,沧海桑田记。存实求真识古今,激励青年辈。

木兰花　香港回归献辞

腐清廷,丧斗志,港岛缘何归鬼子? 遮日月,百年霾,万千华夏蒙羞耻。
施行两制全民意,旧貌新颜非梦寐。神州一统振兴时,领先世界当无愧。

浪淘沙　淮中毕业50周年同学聚会

五十载光阴,记忆铭心。满怀壮志入文林,苦读寒窗忘食寝,岁月如金。
墨笔已沉禁,难觅知音。别时洒泪见时噙,倾诉情怀难说尽,牢记言箴。

满江红　记南京大屠杀公祭日

东寇倭奴,侵华夏、穷凶极恶。屠百姓、血流成海,骨横村落。惨死冤魂千百万,妇孺童叟皆遭虐。想当年、我大好河山,成荒漠。　　炎黄子,谁示弱?长戟刺,横刀削。敢前亡后继,誓捍家廓。万里长城坚似铁,工农十亿钢枪握。日猖狂、军国梦重来,黄粱噩。

戴之尧

戴之尧(1945～),安徽天长人。大专学历,金湖县文化馆副研究馆员,曾受文化部表彰。中国民间文艺家协会会员，江苏省作家协会会员，金湖县民间文艺家协会名誉主席。出版有《金湖风物》《金湖秧歌集萃》等。

菩萨蛮 三河滩踏青

如烟薄雾浮林表，河滩柳绿春来早。碧水泛涟漪，树高云霭低。　赶春当此日，不负郊游窄。携幼踏青纱，风筝天上斜。

[天净沙]四首

春

春回暖日和风，人间柳绿桃红。帆影波间接踵。岸边吟诵，游人画里从容。

夏

绿杨荫里流连，沉瓜浮李香甜。嘒嘒蝉鸣日掩。迅雷惊散，虹销雨霁清天。

秋

轻烟落日飞霞，长空过雁清嘉。芦白枫红似写。粮棉收罢，东篱对酒黄花。

冬

孤松瘦竹柴门，小园新月黄昏。日短风寒天冷。众芳凋尽，梅花雪里精神。

陆广浦

陆广浦（1945～ ），江苏淮安人。曾任县级淮安市市长、淮安质监局局长。中华诗词学会会员、江苏省诗词协会常务理事、淮安市诗词协会常务副会长。著有诗词集《湖畔吟草》。

临江仙 芷江受降

五岭三山云散，艳阳高照西湘。受降台上日军降。倭酋头低下，欢庆缚豺狼。
抗战八年终胜，河山饱受风霜。光阴七秩耻难忘。东瀛妄复辟，华夏怎容猖？

踏莎行 美国白人警察枪杀无辜黑人儿童

传讯银屏，曝光姆客。戏童遭杀无天日。反歧民众上街头，火烧星帜齐声斥。
自想充魁，难为表率。西方大国人权失。可悲枪案竟连连，惨临噩运因人黑。

凤楼春 海军建军60周年阅舰式

海上令旗挥。群艇奔驰，疾风吹。银鹰展翅入云堆，碧海响起春雷。水上雄师举世赞，为祖国扬威。　百年期，国弱遭欺。一朝雪耻，周天皆白，中华红日生辉。民富国强，神州崛起泰山移。未来华夏，引领腾飞。

满庭芳　七十一感怀

十月冬宫，炮声远送，南湖波映旗红。南昌城上，枪响唤农工。血雨腥风何惧，驱倭寇全仗英雄。毁阎殿，穷人做主，还九域晴空。　　葱葱。千万里，江山如画，国运兴隆。道路崎岖甚，求索正无穷。喜南门徙木，兴华夏，劲舞东风。看来日，大同世界，玉宇跃苍龙。

夜飞鹊　国庆感怀

朝阳天边出，华夏迎晖。庆六秩，国扬威。雄师威武倚天剑，如流铁甲生辉。喜花车锦簇，显神州风采、祖国腾飞。银花火树舞蹁跹，不夜瑶池。　　六十年风雨路，高照艳阳天，大地春回。三弹一星竞发，嫦娥探月，霄九旗挥。冰融海峡，庆团圆港澳回归。喜当今世界，东方崛起，万马奔驰。

周锡祥

周锡祥（1945～　），江苏淮安人。中共党员。曾赴抗美援越前线，多次立功受奖，转业至公安部门。退休后，参加诗词、书法学习和创作。

调笑令　祝贺“辽宁舰”顺利入列

航母，航母，威逞雄风入伍。前驱宙盾巡洋，中华展示国强。强国，强国，民众安康幸福。

沁园春　颂建国60周年

六十年间，巨变沧桑，十亿豪情。顾乾坤再造，史书新页，春回大地，党指航程。大有和谐，小康共建，全靠中央大纛擎。良辰庆，看丰功伟绩，震撼寰瀛。　　中华特色昌明。赞华夏雄威正日升。驭金融风暴，银监经略；出舱扬帜，抱月追星。活跃城乡，兴隆商市，经济腾飞强劲增。披荆棘，指巅峰竞上，昂首吾登。

蝶恋花　神秘的阵地

人面横山篁竹绕，瘦草悬崖，沙石随风啸。云雾如烟光照少，安营扎寨侦情报。
胸有奇兵顽敌剿，手转乾坤，掌抵天难倒。扫却全球狼虎豹，翻开史册为翁笑。

孙耀服

孙耀服(1945～)，江苏淮安人。退休教师。中华诗词学会会员、江苏省诗协会员，作品散见《淮海诗苑》《江海诗词》《诗词月刊》《中华诗词》等刊物。

浪淘沙 朱老震国先生杖国志贺

俯仰凛高风，气贯长虹。心怀磊落自峥嵘。历雨经风生铁骨，寒暑从容。
诗画颂长松，干指苍穹。巍然展臂荫青峰。竹柏梅邻仁者寿，岁岁葱茏。

浪淘沙 悼亡友

三载杏坛缘，风雨骈肩。日同陋室夜同眠。流水高山音九转，情谊绵绵。
孰料失椒兰，紫玉声残。立身立德水云寒。欲叙前情寻梦境，夜色无边。

蝶恋花 桂——杨老顺深吟长杖朝志贺

枝叶婆娑根固土，干向苍穹，黛绿迎寒暑。撒向人间香缕缕。浑然笑对风霜苦。
生就蟾宫仙道骨，足遍尘寰，黄菊丹枫伍。夕照吻红风雅绪，深吟浅酌常青树。

蝶恋花 踏青

胜日寻芳春正好，杨柳桃花，耳畔萦啼鸟。吻面缠绵风袅袅，黄蜂粉蝶戏花草。
野兴长长阡陌道，泥味花香，缕缕心怀绕。芦笛吹春情未了，怡神逸趣知多少。

西江月 于老成仁先生寿

青壮培桃育李，桑榆作赋填词。经风历雨志难移，巷尾心碑无字。
嚼字咬文意远，敲诗对弈情痴。仁翁嗜果步瑶池，桃核齐山如是。

西江月 红叶

叶出芸编勾旧，曾经两小红颜。铭心刻骨小河边，篝火点燃一片。
觋叶分襟雁断，魂牵梦绕年年。再亲红叶问苍天，人面何时得见？

点绛唇

晓梦迷茫，韶光消瘦蓬门烂。几多夙愿，化作烟尘散。　　枫叶如丹，难把忧思断。问鸿雁，青郊野甸，可有黄花绽？

浣溪沙　绣女

娴媚裙钗手艺精，飞针走线绣条屏。鱼虫花草俱通灵。
玉笋纤纤描富贵，寒庐肃肃守清贫。孤灯明月伴三更。

浣溪沙　蠡湖夕照

广袤平湖夕照妍，飞鸿数点入云烟。渔翁抖网溅金丹。
汽艇撕开湖面画，鱼郎冲破水中天。霞辉渐褪月东圆。

采桑子　牵挂

其　一

儿行漫漫天涯路，肩负行囊。一路花黄，蜀地巴山水已凉。
长空鹤唳惊残梦，思绪茫茫。心绪惶惶，翘首门前看夕阳。

其　二

青荷色褪秋风劲，儿在他乡。余掐时光，冷暖饥寒自度量。
莺啼依旧椿萱茂，莫赖玄黄。休问炎凉，唯信苍松能傲霜。

鹧鸪天　送成仁兄赴美探亲因寄

飒飒金风送菊香，仁兄赴美越重洋。凭栏公子心追浪，绕膝娇孙兴满堂。
琼宴暖，骊歌长，一秋枫桂两牵肠。布帆遥向天涯路，欲叙兰情无雁行。

鹧鸪天　布谷啼

春雨春风春意浓，清音日夜破长空。催开麦浪层层绿，叫得桃花树树红。
情切切，意融融，催耕催种叫西东。农夫不负鸣禽托，抓住农时五谷丰。

青玉案　秋

西风萧瑟蛇虫掩，历春夏、风神戬。黄了清明圆杏眼。荔枝皴面，青丝霜染。圣哲谁能挽。　　天寒肃肃神州暖，黄菊丹枫绿青毯。四海坦途拥往返。青春摇岸，壮年酬愿，夕照霞光灿。

菩萨蛮　筑路工

时交大暑天流火，犬荫吐舌蝉喉破。处处热蒸喷，家家深闭门。　　通途车马急，筑路高温敌。今日汗滂沱，永讴功德歌。

临江仙　题垓下

铁马金戈争楚汉，雄风盖世英名。拔山得意罪兵坑。恃强民意失，立楚寡拥旌。
垓下刀兵惊势去，穷途魂断残更。虞歌难逐楚歌声。香魂销剑影，霸气泯江瀛。

临江仙　晨荷

梦醒惺忪犹醉，轻撩裙摆悠悠。娇娇滴滴半低头，嫣然欣照影，相顾面含羞。
袅袅婷婷招鹜，冷香迷了翔鸥。莺依蝶绕逐清柔。情随风韵舞，缕缕向深幽。

临江仙

燕剪絮飞勾往事，一双懵懂男娃。斜阳野陌捉青蛙。树梢掏鸟蛋，河里摸鱼虾。
娘叫儿声穿夜幕，快收“战利”归家。面污鞋破膝开花。门前忙咬耳，切莫语吾妈。

临江仙　蠡湖边漫步

小艇惊飞双鹭，摩天轮景娉婷。漪涟跃鲤闪晶莹。微风莲叶动，闲棹荻花宁。
入暮一湖灯影，参差迢梦清泠。一襟尘累渺无形。丝弦撩意绪，一路足何轻。

满江红　神圣抗战

日寇侵华，施暴虐、人寰殄绝。蹄踏处、三光扫荡，杀淫虏猎。满目火光焦土愤，蔽空腥雾尸魂屈。刀光闪，禽兽恣横行，山河咽。　两军合，仁人揭，投国难，匡亡切。九州齐抗战，恶魔皆灭。何故遭罹残暴苦，只缘落后贫穷叠。鉴前尘、携手建中华，心如铁。

锺如华

锺如华（1945～　），江苏洪泽人。中共党员，曾任中共朱坝乡党委书记、县多种经营管理局党委书记。江苏省楹联研究会、诗词协会会员，县诗词协会常务理事，霞天诗社副社长。

清平乐　参观共和秸秆还田现场

新农机棒！碎草如丝状。寸寸入泥加厚葬，镟得墒清地爽。　省工增效安全，通风沃土肥田。告别烟尘雾幛，还来碧水蓝天。

陈光永

陈光永(1945～),江苏盱眙人。中华诗词学会会员,盱眙县诗词学会原常务副会长、《都梁诗讯》主编。

定风波 家住都梁

家住都梁对笠峰,淮山耸翠水盈盈。岭下长街镶柳岸,烟淡。春莺百啭夏蝉鸣。
庭院围篱栽桂菊,幽趣。芸窗四季纳芳馨。车马门稀来客贵,欢会。龙虾美酒宴高朋。

满庭芳 重聚母校盱眙中学

花木扶疏,琼楼参差,独占灵瑞南山。碧云酥雨,观远胜凭栏。多少程门俊彦,相聚此,无悔清寒。有情是、满园桃李,岁岁报春酣。 流连。思往事,攻书学艺,日日登攀。读摩崖怀古,放论前贤。望断天涯去路,斜阳外、寄意飞帆。时年少,分离未觉,再会已华颠。

金缕曲 购都梁羽绒服

对镜端详细。试新装、轻柔挺括,顿添朝气。一袭温情常得伴,助壮男儿胆气。诚可御、霜寒雪厉。满室芳菲三月景,更欢颜把看交声议:夸款式,赞工艺。 捐躯绒羽谁能记?为平生,音容丑陋,屡遭嘲戏。雅洁胸怀无人会,独向烟溪锦地。倾奉献、形消血碧。放眼尘寰心香度,愿万家温暖情相系。天下事,必如意。

醉花阴 网友孤山雅聚,拈“得”字韵

莫道相逢原不识,浑似吴天热。朴墅看楼头,谈笑飞觞,醉倒多情客。
今番雅聚囊中得?有紫烟如织。杨柳更东风,西子湖前,潇洒闲愁掷。

叶志斌

叶志斌(1945～),江苏沭阳人。南京工学院毕业,高级工程师,清河区政协退休干部。中华诗词学会会员,江苏省诗协理事,曾任淮安市诗协副会长、清河区诗协会长。主编《清河诗声》等,著有《吟潮拾趣》《叶志斌诗词三百首》《天声赞》等。

蝶恋花　春游大运河风光带记感

放眼长河堤岸美，玉带穿城，沿道植千卉，春暖花开芳境翠，蜂萦蝶绕人欣慰。
旧迹新痕文蕴贵，亭馆如珠，多少名家荟，嘎工敞士扬国粹，察今问古心尤醉。

水调歌头　咏嫦娥一号奔月成功

呼啸强风起，一箭送长空。嫦娥今日奔月，华胄敢称雄。往昔曾遭蹂躏，新纪醒狮振奋，谁不赞声隆。问鼎高科技，天外战旗红。　阅霄汉，巡仙境，揽蟾宫。金睛揭秘千载，历险亦从容。且把苍穹当纸，挥写鸿篇巨制，泼墨撼天龙。世代飞天梦，圆在复兴中。

临江仙　参观武昌辛亥革命纪念馆

迎面苍松肃立，进门展物琳琅。新军志士号呼忙。城头枪一响，九省义旗扬。
直逼清宫退位，戏言窃国荒唐。孙公奔走旨图强。今观留史鉴，奋力振家邦。

行香子　题西园广场月季

不靠池塘，不进温房，也不追桃杏妖狂。只依孤岛，只伴尘黄。会东西友，北南客，四方商。　不遮夏阳，不避寒霜，也不防暗箭明枪。芳菲无限，四季飘香，总夸她品，夸她靓，夸她强。

卜算子　潜江漂流记

皮艇任江流，两岸青山走。激浪旋涡只等闲，敢与鲨牵手。
刚过鬼门关，又撞悬崖柳。路转峰回上岸来，一尽千杯酒。

张　溪

张溪（1945～　），江苏沭阳人。大学本科学历，中共党员，高级经济师。原任淮安市粮食局办公室主任。

清平乐　神七升天

金秋气爽，万众心舒畅，喜看酒泉发射场，神七升天雄壮。　太空漫步神驰，茫茫宇宙心怡。掌控尖端科技，中华彰显威仪。

冯永安

冯永安(1945～),重庆人。中文系本科毕业,中学语文高级教师。曾任淮阴师院附属中学副校长,淮安市诗词协会常务理事。

望海潮　桃源情结

宿淮福地,中河东去,桃源自古名扬。红果压枝,黄花盖野,参天杨。树成墙。阡陌绕村庄。更舟通齐鲁,楫荡苏杭。土沃湖饶,黍丰渔旺币盈仓。　商楼舞馆开张,徕五洲宾客,共沐春光。银絮夺锦,金绢赛绣,琼浆四海飘香。科教跨龙骧。后秀承先辈,再续新章。回望骄阳高照,正熠熠煌煌。

鹊桥仙　红烛颂

冰肌玉骨,凝丹溢彩,笔立由来实处。摇红夜半入寒宫,乍惊起,姮娥蟾兔。
清廉公允,淡泊名位,抚慰童心无数。专驱黑暗送光明,泪滴尽,痴情如故。

西江月　登庐山

花秀松青草绿,悬泉瀑布奔流,一番新雨喜心头,道是天河滴漏。
岂怨坡斜路陡,还看雾锁名楼。仙人洞口兴悠悠,欲识庐山难透。

水调歌头　穿巫峡

绝壁顶天立,对峙大江边,远眺飘然神女,把袂恨无缘。七妹天庭倚户,想是清孤寂寞,何处觅娱欢?月姊情思长,含笑转银盘。　峡江水,奔大海,万千年。汹涌澎湃,留下宏曲在人间。两岸风光如画,起舞依依送我,挥手过群山。争湍凭谁力?舵手巧扬帆。

水调歌头　日照

日照风光秀,遐迩盛名传。盘古开天钦定,曙色总当先。万顷碧波荡漾,而或狂飙骤起,汹涌入云天。奇妙太公岛,缥缈彩云间。　游艇飞,泳客动,戏沙湾。女男老少,皆乐披彩任潮翩。敢在浪尖展技,敢在礁间探趣,豪气大无边。胸寄凌云志,能破万重关。

左人瑞

左人瑞(约1945～),江苏清江浦人。高级教师,政协淮安市第三、第四届委员会委员。曾任清浦区诗词楹联协会常务理事、清浦区毛泽东周恩来诗词研究会副会长。

菩萨蛮　赞大运河清浦区段生态长廊

新区清浦濒河水，运河两岸金堤美。树黛鸟徘徊，花开临水台。　路平车驶畅，水阔船无障。生态美长廊，特书华彩章。

浣溪沙　生态唐庄一瞥

碧野蓝天溪水流，初春苗麦绿油油，粉墙黛瓦饰农楼。
老汉持锹年八十，葡萄屋媚客多游，唐庄处处展新畴。

朱　林

朱林（1945～　），江苏泗洪人。研究馆员，曾任淮阴市图书馆馆长、市艺校校长。除戏曲理论著作外，另著有《词调构成探微——兼议词作欣赏与填词》。

减字木兰花　樱花赞

樱花绚烂，佳丽为春添浪漫。白锦流云，霞舞虹飞颂日新。
时光转换，娇艳难留无怨憾。飘落田园，愿化春泥年复年。

陈安祥

陈安祥（1946～　），江苏淮安人。中共党员。毕业于中国人民大学，曾任淮阴市清浦区法院院长、区政协副主席等职。中华诗词学会会员、江苏省诗词协会理事，曾任淮安市诗词协会副会长，清浦区诗词协会会长。

青玉案　贺青藏铁路通车

常愁未有通天路，逛雪域、观鹰翥。脉脉此情谁与诉？布宫佛主，瑶池王母，纵梦应难晤。　五年冻土千般苦，一旦飞龙越唐古，巨列风驰云涌处。藏羚无恙，湖清山樛，高屋拉新幕。

渔家傲　庆祝西藏民主改革50周年

雪域高原称圣洁，当年多少农奴血，身陷牢笼听肆虐。空悲泣，天荒地老无人觉。
霹雳一声何壮烈，头陀托钵逃亡急，铁马金戈歼叛逆。人民乐，翻身做主创新业！

满江红　纪念甲午中日战争120周年

甲午何年？安能忘、晚清浩劫。泱泱国、赔银割地，任人欺虐。倭寇弹冠疆土拓，炎黄泣血金瓯裂。叹神州、挨打更蒙羞，无颜说。　官贪腐，戎残缺；前朝弊，今须绝；要创新除旧，肃奸淘劣。执政为民邦永固，精忠报国兵无怯。令狂奴、军国梦黄粱，环球悦！

[天净沙]　合肥至东莞道中

丘陵绿树黄花，梯田早稻新茶，村落红砖黛瓦。山河飞跨，列车奔向天涯。

陈　斌

陈斌(1946～　)，江苏淮阴人。教育工作者，热衷诗词创作。

浪淘沙　纪念抗美援朝60周年

美帝入朝疆，肆虐猖狂。扬言指日易朝纲。虎视九州怀美梦，舞剑项庄。
华夏立东方，齿冷唇亡。义师果断赴邻邦。叱咤风云挫贼寇，纸虎凌霜。

李文庆

李文庆(1946～　)，浙江上虞人。毕业于复旦大学中文系，副研究员。曾任盱眙县文教局长、县委宣传部副部长、盱眙日报社总编辑。中华诗词学会会员、江苏省毛泽东诗词研究会常务理事、淮安市诗协副会长、盱眙县诗词学会名誉会长。

柳梢青　三河龙墩渡口

雨细风斜。古杨渡口，岸草平沙。薄薄罗衫，轻轻帆棹，人在天涯。　烟村茅舍为家。伴知己，芳心似霞。携手同行，此生相许，共惜韶华。

望海潮　观长淮

风烟千里，晴涛万顷，长淮浩浩东流。车过翠峰，桥横泽口，望中古邑新楼。悲忆旧神州。暴洪漫村落，波荡平畴。满目荒凉，苦芦凄柳几多愁。　悠悠五十春秋。看红旗舞处，水利兴修。担土筑堤，拦河造闸，年年沃野丰收。何处惹烦忧？浊浪污碧水，雾障芳洲。长梦清风绿水，轻舫尽情游。

唐多令　寻访水下泗州城

淮浦柳含烟，泗州浪底眠。雾迷蒙、鹭静鸥闲。芦苇深深寻旧迹，三五友，弄轻帆。思绪越千年，云开淮上山。度春风、换了人间。古邑何时重出水，丰姿展，动尘寰。

望海潮　游明祖陵

长淮凝碧，晴峰叠翠，湖风万顷芦洲。清穆祖陵，森森石像，苍松神道悠悠。水漫帝王州。叹浪中沉寂，三百春秋。重见青天，赭墙芦柳唱渔舟。　　而今古迹新修。共欣欣宾客，佳节优游。芳苑畅怀，莲池娱目，虹桥欢笑长留。携手上层楼。赏祭陵大典，舞媚歌柔。信是东南胜境，归去话风流。

扬州慢　游明祖陵感赋

神道清风，祖陵斜照，石人漫诉沧桑。念耕荒度日，望野柳村坊。蛰龙起，天崩地坼；大明方盛，功薄虞唐。有贤孙、寻祖营园，三代辉煌。　　世风渐下，堕朝纲、霄壤苍黄。叹载覆沉浮，巍巍殿宇，都付汪洋。只道寂寥湖底，何曾料、再沐青阳。问游人、华夏兴衰，谁个思量?

高阳台　雨中游铁山寺景区

细雨蒙蒙，远岑隐隐，烟村雾树层楼。溪映虹桥，竹林石径清幽。一湖碧玉渺无际，漾微波、蓑笠渔舟。喜重游，飞瀑潺潺，啼鸟啾啾。　　依依翠柳烟如染，伴两三酒侣，四五诗俦。相聚山亭，笑看云淡云稠。眼前仿佛桃源境，沐和风、吹散尘忧。思悠悠，心似清泉，身似轻鸥。

念奴娇　纪念新四军军部进驻黄花塘

黄花塘畔，忆烽烟岁月，帅旗新立。赫赫元戎谈笑里，儒雅春风词笔。跃马江淮，挥戈河汉，激战歼顽敌。雄师十万，势成坚固铁壁。　　柳荫茅舍三间，而今犹在，旧址重寻觅。满目芳菲逢盛世，池水依然凝碧。浩气长留，齐心创业，华夏腾飞急。继承先辈，吾侪群策群力。

八声甘州　登观景台望工业开发区

正山花初放喜登台，古邑展芳颜。望桥横淮口，城依翠岭，柳媚晴滩。十里春风街市，处处有歌筵。渐见繁华地，笑语声欢。　　更造凌霄琼阁，愿凭高纵目，心逐飞帆。看层楼林立，新厂喜连阡。盼迎来、万方商客，唱大风、崛起在东南。千秋业、奏辉煌曲，名动人寰。

西江月　山地广场观中国龙虾节《登高望远》文艺演出

穆穆苍松屏立，青青翠竹争观。娇花无数绽欢颜，齐集云山贪看。
峻岭奋敲锣鼓，长淮细拨丝弦。万人团聚咏淮天，同唱《登高望远》。

临江仙　新农村所见

人过溪桥山路转，烟村处处啼莺。晴光和煦柳青青。庄园小住，促膝话春耕。
月出东山笼翠竹，农家夜校灯明。楼窗静静晚风轻。花香阵阵，相伴读书声。

沁园春　重访盱眙县中学

山顶花园，学府凌云，独占地灵。看长淮环碧，群峰毓秀，芳林吐翠，楼阁成城。济济英贤，培梁育栋，心系三千桃李情。春晖里，喜莘莘学子，朗朗书声。　当年鬓发青青，忆创业艰辛共历程。念石阶斜径，茅檐古井，风穿颓壁，窗映寒灯。戮力同心，披荆斩棘，昂首攀登永不停。看今日，铸煌煌伟业，灿灿明星。

生查子　为盱中八四届校友联谊会而作

匆匆二十年，梦绕长淮岸。石径曲南山，欢聚芳菲苑。
今秋黄菊开，叙旧重相见。携手共登高，长望青云远。

浪淘沙　重访盱眙三中感赋

不见旧时容，惊喜重逢。校园日色暖青松。绿草茵茵花正好，桃李葱茏。
教学树新风，名动淮东。书声朗朗出晴峰。二十年来思创业，忆与谁同？

江南春　题城南小学

其　一

花艳艳，草茵茵。晴晖笼绿荫，甘露沐芳春。城南楼院连天起，清朗书声高入云。

其　二

淮水碧，穆山青。新风吹教苑，桃李孕春英。雏鹰相伴冲霄汉，云淡天高千里鸣。

踏莎行　题盱眙五墩小学

乐奏歌飞，莺声燕语。翠楼层叠欢相聚。新花娇艳蕴芬芳，朝晖满苑旌旗舞。
桃李春风，山城学府。莘莘学子髫龄度。小松苗壮碧葱葱，蒸蒸势欲冲天宇。

凤凰台上忆吹箫 题马坝中学

桥映垂虹，柳笼长岛，镜湖苏北芳园。看碧波亭畔，桃李娇妍。层叠琼楼屏立，书声朗、阵阵歌弦。春晖灿，莺莺语婉，燕燕情欢。　　年年。振兴教苑，腾越耀明星，辉映淮山。念筑巢来凤，雅集群贤。犹喜莘莘学子，凌云志、奋力登攀。前程远，雄风畅怀，快马加鞭。

浣溪沙 题县教师进修学校

满目芳菲楼院深，嫣红姹紫沐阳春。园丁相聚惜光阴。
夜静灯明犹苦学，风微霞映读清晨。丹心铸就教师魂。

芙蓉曲 题盱眙职教中心

城东职教起层楼，淮畔展风流。满苑春风桃李，芬芳骀荡长留。　　细思往事，育才学艺，二十春秋。校友频传喜讯，丹心报效神州。

相见欢 贺玻璃泉诗会

新春聚会龙泉，笑声欢。正是红梅初放，兴绵绵。　　长淮畔，开诗苑，盛空前。应似琼浆玉液，醉人间。

捣练子 怀盱眙报《杏花园》文艺副刊

山蕴玉，水含珠。一代英才出楚都。挥笔杏园君记否？唤春同绘竞芳图。

鹧鸪天 纪念盱眙报出刊10周年

梦断东风未了情，催耕布谷唤声声。杏园文笔霞光灿，报海春潮映日生。
思往昔，十年程，采编校印苦经营。可忆淮畔长欢聚，夜夜山楼灯火明。

南歌子 贺沙岗诗词社成立

沙岗开三径，松云见数峰。歌吟绿海画楼中。遥听金声玉韵出葱茏。
淮畔诗朋聚，知音千载逢。兴来笔落化春风。吹遍人间万里促繁秾。

醉蓬莱 纪念盱眙县诗词学会成立20周年

正淮岑一梦，柳月湖烟，旧时风色。米芾叮咛，更东坡鞭策。执手吟坛，凤鸣龙和，奋卷云椽笔。共建诗乡，村歌社鼓，盛讴邦国。　　召唤东风，净明寰宇，涌动春潮，绿舒山邑。红育新苗，盼菊兰香溢。播韵千秋 ，流芳万里，创九州奇迹。隐隐蛙声，芸窗初觉，晓天澄碧。

满庭芳　都梁风情

淮上花园，山城古邑，物华处处清幽。桥横津渡，绿甸绕长流。渺渺泗州水府，迷蒙处、湖柳芦洲。渔歌里，碧波万顷，千楫弄轻柔。　　优游。佳丽地，春萦翠岭，歌满琼楼。念虹桥仙子，脉脉凝眸。隐隐祖陵舞榭，烟汀外、鼓乐悠悠。芳菲节，年年盛会，相约赛龙舟。

莺啼序　都梁赋

登高骋怀纵目，望淮峰如绘。凭栏外，燕燕莺莺，嫩红娇绿堆砌。和风暖、轻帆点点，渔歌荡漾清清水。念青春，几许流光，历历长记。　　三十余年，离京抛友，别繁华都市。应难忘、茅舍为家，细培三千桃李。盼东风、催耕布谷，声声唤、殷殷情意。喜迎来，九畹春兰，万畦秋蕙。　　桥横泽口，花簇古城，聚山楼迢递。芳菲节、嘉宾济济，十里长街，人海如潮，彩灯如织。云台赏景，莲舟垂钓，明陵祭奠观歌舞，乐悠悠、长使游人醉。幽溪竹径，村姑笑脸相迎，嬉嬉语软音媚。　　江枫渐染，汀草笼烟，更碧波无际。翠岭外、声声雁阵，翘首征程，人在天涯，身逢盛世。丹心已许，韶华同惜，百年携手共甘苦，兴陶然、含笑长相倚。神州何处乡关？情系都梁，此生无悔。

春宵曲　题盱眙龙泉湖风景区

柳漾千堆秀，波澄万顷泉。鸢飞渔唱白云闲。一带山庄楼映镜中天。
翠岭欢如聚，红蕖鲜欲燃。东风相约住人间。催动龙舟争渡出湖湾。

临江仙　淮山杏花

望尽湖烟帆影，南山早占春风。琼枝岁岁露华浓。朝霞凝俏丽，淡淡晓妆红。
渐见繁荣时候，轻云薄雾香融。明光秀色动江东。群峰如有意，远近护芳容。

浪淘沙　政协中秋茶话会感赋

皓色染淮峰，丹桂清风，天涯今夕月明中。聚会高楼闻社鼓，齐颂繁荣。
佳节喜相逢，笑语融融，倾心报国正情浓。何日神州成一统，四海大同。

行香子　偕诗友郊游感赋

盛世相逢，兴会淮峰。最难忘，湖畔游踪。芦洲柳港，林壑清淙。正近波绿，远岑碧，晓霞红。　　衷心互诉，笑语融融。许知音，翠竹青松；高山流水，云际飞鸿。愿人儿好，情儿永，味儿浓。

风入松 踏青有怀

云山袅袅水婷婷，淮畔雨初晴。渔歌声里轻帆过，烟汀外、芦柳青青。隐隐芰荷抽绿，江村处处啼莺。 东风一夜荡山城，心事共潮生。琼楼渐见连云起，双桥边、十里华灯。但得留春长住，人间喜看龙腾。

水龙吟 春日访老红军

竹篱小院芬芳，红绸军号悬廊柱。童颜鹤发，清茶待客，依然英武。话说今朝，追思往事，朗声高语。喜春潮遍地，中华奋发，晴窗里、霜眉舞。 长念倡廉反腐。黯凝眸、无穷忧虑。巍巍大厦，欣欣宏业，岂容藏蠹？草地生愁，乌江怀恨，雪山含怒！寄忠心赤胆，千年厚望，泪流如注。

金缕曲 怀人

情满山城路。正东风、淮峰滴翠，喜逢甘露。迢递平芜添新景，桥畔烟波凝绿。春浩荡、芳菲处处。欣看东郊人潮涌，展繁华、广厦连天宇。逢盛世，庆相遇。 夙兴夜寐传清誉。定宏图、举旗勇进，建功卓著。抢险救灾扶危困，心慕当今大禹。同奋战、不分寒暑。百姓小康般般事，暗思量、甘苦凭谁诉？兴伟业，有天助。

行香子 气象局采风有作

隐隐溪山，渺渺湖湾。凭谁问、江上风帆。岭云村雾，冬雪春岚。叹一时晴，一时雨，一时寒。 朝霞夕月，似水流年。可曾忆、倩影娟娟。鬓霜渐染，忧乐人间。要观天色，测天意，替天言。

水调歌头 第一山远眺

绿嫩岸边柳，春色染淮山。烟波浩荡云际，东去不回还。苍翠层峦屏立，崖壁松青柏秀，昂首对蓝天。脚下横城郭，人语笑声欢。 凭栏望，江风劲，送渔帆。千舟万楫齐发，似箭脱弓弦。昔日芦花渡口，飞架长桥十里，大道贯平川。远处征鸿过，催我赋新篇。

张成业

张成业（1946～ ），江苏涟水人。中共党员，曾任中学副校长、县广电局副局长、县委党校副校长等职。省、市、县三级诗词协会会员。

鹊桥仙　七夕感赋

我迷吟咏，她忙家务，百事整天辛苦。因相守旦夕晨昏，并肩坐、无多言语。
天河阻隔，牛郎织女，平日情思难度。但知久别念千般，常逗乐、老婆朝暮。

渔家傲　情寄五岛

绿茂掩藏檐角露，曲桥浮水容津渡，潋滟波光亭榭布。飞白鹭，一湖春色诗词赋。
男女晨昏歌且舞，游人如织湖边路，书画琴棋寻乐趣。苏公语，涟漪佳绝吴兴妒。

花春景

花春景（1946～　），江苏淮安人。中共党员，曾任乡镇长、乡镇党委书记、区卫生局党委书记等职。退休后开始学习和写作诗词。

十六字令四首

花，姹紫嫣红映彩霞。人人爱，装点我中华。
花，现代神州景更佳。沉浮主，五十六奇葩。
花，惊异江淮四海夸。城乡美，神话传天涯。
花，庭院红梅室内娃。孙儿叫，馥郁溢全家。

蝶恋花　护士节偶成

秀色姑娘穿白褂，点缀人间，天使传佳话。岗位平凡心俊雅，榻旁添暖瘟神怕。
救死扶伤休要谢，博爱苍生，妙手阳光洒。有道慈悲魔不霸，丹心一片酬天下。

刘步云

刘步云（1946～　），江苏淮安博里人。镇、区、市三级诗协会员，曾在希尔盖杯诗词竞赛中获二等奖。

南乡子　崛起博里镇

何处看辉煌，崛起淮东博里乡。冬去春来多少梦，荣昌。社会康庄喜气扬。
新建大楼房，云集商家分外忙。市场繁荣迷客醉，优良。诗画之乡震八方。

边志英

边志英(1946～),女,江苏洪泽人,中共党员,中学化学高级教师。现为江苏省诗词协会、省楹联研究会会员。洪泽县诗协常务理事、霞天诗社副社长。获淮安市2010年“巾帼杯”诗词大赛“十佳女诗人”称号。

渔歌子 三河闸

蓄势沉沉锁泄洪。三河静静等飞冲。千羽箭,万钧弓。闸开激射蔽天空。

减字木兰花 渔民新村

波扶别墅,浪扑渔民移岸住。蓝瓦红墙,政府新分安置房。
抚摸锦被,电视液晶沙发配。菜绿鸡黄,吹却浮萍品蜜糖。

南乡子 观猪场有感

客至抖精神,一阵欢歌把嘴伸。肥硕种猪形似象,千斤,统帅三军气度尊。
幼仔转身频,双爪抓栏欲上巡。接种人工高孕率。频频!汗水结晶似白银。

江城子 岔河生机盎然

岔河素誉小南京。气蒸蒸,势腾腾。天宝物华,百业竞高名。独特资源流富韵,生态美,旅游城。 丰饶物产利生灵。鳜鲢青,藕茭菱。万亩鱼塘,岁岁好收成。鸡鸭猪鹅皆上榜,张活力,唱和鸣。

柳梢青 仁河光伏电站

白马飞腾,人和地利,借助天晴。引项筹资,辟田千亩,架线铺屏。 鱼光互补高明。热变电,能源转型。硅片单晶,葵花倾日,科技高精。

柳梢青 白马湖

水阔湖清,涟漪微泛,千顷波平。治管平圩,增容涵养,戮力倾情。 生机一片峥嵘。鳖鳗蟹,鱼虾藕菱,水产丰盈。质优味美,四海扬名。

水调歌头 变迁

始建高家堰,拓展浪痕墙。千秋史话,多任漕督耗时长。槽铆石条铁锭,缝灌胶粘糯汁,积淀垒龙冈。旧政疏于管,水患屡逞强。 造洪闸,增坡壁,固堤防。人民政府,宵旦察隐保安康。月色荷塘蛙叫，翠柳苍松兔跳，生态换新装。卧抱悬湖水，笑瞰米粮仓。

阮郎归　护堤

长龙巨闸扼狂澜，沿湖弯复弯。层层雪浪吼声寒，固堤难复难。
深浇灌，缓冲旋，常年看复看。不留隐患在中间，新姿羞旧颜。

穆厚高

穆厚高（1947～　），江苏涟水人。中共党员。1985年转业后，曾任金湖县委统战部科长、副部长等职。有多篇诗词作品在各类竞赛中获奖。著有诗集《浅海拾贝》。县诗词协会副会长兼秘书长。

采桑子　初夏荷花荡

青钱翠盖荷塘绿，一朵新莲。万种缠绵，竞引游人步履粘。
蜻蜓欲上尖尖立，不是天仙。胜似天仙，广袖轻舒舞步旋。

踏莎行　中国梦

上下千年，天天寻梦，艰难曲折时时痛。列强凌辱碎山河，抗争奋起风雷动。
初醒蛟龙，倏忽横空，上天入海祥云涌。领航复兴柱中流，中华崛起凯歌诵。

行香子　定林怀古

莽莽钟山，虎踞龙盘。秋风塑、夕照峰残。苍松滴翠，流水潺潺。看朝霞碧，晚霞赤，落霞寒。　　重重似画，叠叠如峦。想当年、緦著雕刊。流芳百世，万口争传。却寺林毁，山林在，定林还。

许双林

许双林（1947～　），江苏淮安人。中教一级教师。2012年始作旧体诗，在报刊网络上发表一百多首，并有作品获奖。

十六字令三首　钱

钱，终日辛劳挣到难。花销俭，蓄点备荒年。
钱，万万千千也不嫌。奢靡戒，蜕化不堪言。
钱，规勉官员切莫贪。谁伸手，必被铁窗关。

沙国华

沙国华(1947～),江苏淮安人。淮安供电公司退休职工。曾获第三届、第四届《中华颂》老年文学艺术大赛一等奖、金奖。淮安区诗协、楚光诗社会员。

鹧鸪天 淮安农村新貌

散步村头意兴长,老家一派好风光。路旁河畔皆花树,别墅小楼均吉祥。
手机响,扁担藏,姑娘蜜语约情郎。谁家又有贵宾到,高档轿车开进庄。

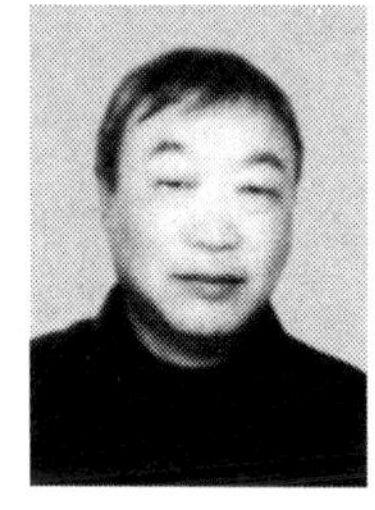

王步明

王步明(1947～),江苏洪泽人。小学高级教师。洪泽县诗协常务理事。

捣练子 调水工程

横大坝,竖机楼,一曲高歌江倒流。万顷良田禾谷壮,懒龙无雨亦丰收。

如梦令 悬湖景

其 一

大泽雾氲烟渺,点点白帆船小。出没打鱼人,收获满舱瑰宝。欢笑,欢笑,惠政养鱼真好。

其 二

出水丽姿翘楚,裙绿影红轻舞。试问赶湖人,可见郁香千缕?思慕,思慕,仙子弄波何处?

渔歌子

携露分波棹彩霞,设栏围簖戏鱼虾。张漫网,捕春华,悬湖闸蟹誉天涯。

鹧鸪天 园区采风

车满和风畅咏怀,城东园景画屏开。总渠新港车船闹,吊塔厂房绿荫埋。
循紫陌,踏青苔,利嘉纺织誉名牌。士高管业风流火,滚滚春潮扑面来。

王朝瑞

王朝瑞(1947～),女,江苏淮安人。退休后在老年大学诗词班学习。清浦诗词协会会员。

长相思　思夫育子

日思牵,夜思牵,思念夫君亡九泉。育儿意志坚。
伤中年,喜晚年,年月人伦子孝贤。德才仁厚全。

王　云

王云(1947～),笔名念淮翁,江苏淮安人。中共党员,转业后曾任泰州市委统战部副部长等职。中华诗词学会会员、解放军红叶诗社社员、江苏省老年书画研究会创研员。著有《海南吟草》《桂园诗词选》《悠悠淮水情》等。

满江红　戊戌春南海大阅兵

涨海屏藩,炎黄志、昆仑疆域。军帜拂、号声鸣响,似风卷席。艨艟迎涛凶鳄退,银鹰腾雾貔貅泣。艇潜深、击浪搏侵鲨,神兵集。　　豺狼犯,须警惕,礁岛靖,戈矛职。蛰龙腾蓝水,醒狮御敌。谁发仲裁狂呓语？篱笆筑砌防狼袭！伏波赓、守海佩吴钩,威无匹。

青玉案　春日访泰州垛田菜花园

游舟载客迎波去,燕相伴,风飘絮。满目黄金滩垛处,小河萦绕,长桥连路,客涌曾相堵。　　相亲邻户晨连暮,半岁田头赖陪护。浇水施肥勤致富。百村园旺,万家苗茂,赢得春常驻。

鹧鸪天　海岛夫妻民兵

黄海苍茫波泛晶,灌云海域石礁临。如丸小岛何人在？手握钢枪一对兵。
夫眺望,妇提灯,巡防测海两眸凝。卅年坚守如一日,拂拂红旗赤子情。

踏莎行　月夜乘舟上海黄浦江游

西别红霞,东观驳岸,飞珠碧玉银涛卷。摩天楼宇插云端,霓虹闪烁迷双眼。
舸驶如梭,桥横浩瀚,黑肤蓝目邻身伴。当空皓月映斑斓,巴黎塞纳申城看。

钱从顺

钱从顺(1948～),江苏淮安河下人。中共党员,曾任区乡镇局副书记、副局长等职。为中外酒器文化协会总会文化顾问,江苏省酒器收藏家联谊会常务副会长、淮安分会会长,淮安区诗词楹联协会副会长、河下诗社社长。

一剪梅

癸巳端阳雅兴尤,骚友同游,赋作筹谋。老街曲巷涌诗潮,吟也风流,说也风流。
情志兰亭共唱酬,律韵相谐,缘趣相俦。开怀颂饮直如仙,醉在心头,喜上眉头。

高从训

高从训(1948～),淮安经济技术开发区马厂人。中共党员,曾任中学教导主任,成人校教导主任、完小副校长。中华诗词学会会员、中国毛泽东诗词研究会会员,淮安市《校园诗花》副主编,淮安开发区诗协常务副会长,《新区诗花》主编。

采桑子

黄河故道香流韵,九曲花阴。云雀声声,水转芳洲绿柳坪。
悠悠牧笛娱舟客,天净风轻。恰启诗兴,歌劲招来莺和鸣。

一剪梅

家周建高张花园安置小区日月洲休闲生态乐园及西游记文旅区,通上西游大道。昔日废黄河荒滩一去不返。

一夜东风万户骄,大路通郊,心路通高。马龙车水乐滔滔。天地空寥,心地翔翱。
古式楼檐临道翘,银燕穿霄,乌燕临巢。春催杨柳万千条。红了圆桃,鼓了腰包。

一剪梅　依荀德麟会长《一剪梅·诗词云》韵

万水千山未面逢,一键相通,众友心融。激扬文字任西东,驰骋欧盟,奥巴惊容。
歌赋诗词文字功,可树民风,可控球风。大权在握镇波汹,醒了狮翁,育了龙童。

鹧鸪天　忆高美鹤叔祖

梦绕魂牵浩劫中,青囊黄卷忆尊容。罅窗月影昏灯伴,烟雨梧桐枕榻空。

盈硕果，付东风，岐黄有道竞攀峰。风光满地花枝漫，寥廓关城霞透红。

青玉案　神舟七号飞天

凌云揽月穿银汉。青女喜，嫦娥赞，宇宙洪荒今璀璨。吴刚邀约，牛郎设宴，织女尤惊羡。　　悟空自愧神通浅，杨戬心仪结新伴。赤县英才层出现，世林荣忝，吾仙同干，共建空间站。

八声甘州　读丁芒《自由曲·院士》有感

拜振聋发聩曲佳篇，中的语深涵。看尖端院士，频参水份，层套光环。价值观常错位，令物欲横颠，钱意识扬上，终逆潮澜。　　发横财戴高冕，这成交，心愿；诀窍，无言。瞰浪平潮退，皆过眼云烟。想行家，激扬文字，任心驰，谈笑一时间。神州荡，众星拱月，辉映人寰。

戴家才

戴家才（1948～　），江苏泗阳人。毕业于南京师范学院政教系，中共党员，历任江苏省清江中学校长、淮安市委党校副校长等职。中华诗词学会会员，曾为淮安市诗词协会副会长兼秘书长　。著有《枫叶笺诗稿》。

鹧鸪天　采菊

众鸟云头游碧松，南山高塑秉锄翁。东风篱下金丝菊，叶瓣悠悠相与融。
秋瑟瑟，雨蒙蒙。伞撑人各觅灯笼。怎生寻得瘫雕后，背影长遮那朵绒。

浣溪沙　春晨

林道梧枝露渐晞，单车劲踏逐莺飞。和风欲解两重衣。
不染乡间田野绿，安知秋后稻粱肥。王孙自可斗芳菲。

浣溪沙　仿古

老宅篱边啃旧书，蛮荒力铸爱心儒。开春复制上河图。
唐宋赊来池水碧，明清借给夕阳朱。压台赝品看吾徒。

捣练子　石磨

人影瘦，磨声迟。磨就黄汤煮菜皮。未料如今机器饱，石残河畔惹稀奇。

张志友

张志友(1948～),号清风,江苏淮安人。毕业于南京大学哲学系。曾任中共陆桥大队支部书记,公社党委副书记,多座工厂厂长、书记,县局机关主任科员。中华诗词学会会员,淮安区诗词楹联协会副会长、《淮安诗苑》责任编辑,龙光诗社、萧湖散曲社社长兼《龙光诗声》主编。著有《清风吟草》《沧海桑田陆桥村》《古镇平桥史话》等。

长相思　春节农民工返乡潮感赋

雨蒙蒙,雾蒙蒙,山岭茫茫细浪中,悬崖架铁龙。
意浓浓,情浓浓,赤子归心箭出弓,家乡醇酒浓。

鹧鸪天　上海世博会中国馆

举世华堂聚浦东,千姿百态见奇工。喜观国馆雄奇景,展示中华声望隆。
冠宝盖,九州红,粮仓天下富民中。内容呈现高科技,腾起东方一巨龙。

鹧鸪天　怒斥某昏官

皮厚头尖满腹空,只当和尚不敲钟。上峰眼底奴才相,下级跟前气势凶。
游景点,吃拿风,休闲跳舞竟称公。弄虚作假平常事,噩噩浑浑醉梦中。

西江月　赠同窗好友

昨日鲲鹏展翅,今朝飞转长空。廉坛正义傲芳丛,一片丹心供奉。
曾以文辞折桂,更凭修养登峰。高风亮节一青松,盛世华章再颂。

注:同窗好友黄树贤,余南京大学同学,曾任中纪委副书记、监察部部长、民政部长。

临江仙　评杜某忏悔书

某副处长本才华横溢,但财色迷心,终难逃法网。读其狱中忏悔书,可悲可叹。

本是青年才气盛,一阶一步登台。官升副处贿贪开。拼钱伸黑手,土地可生财。
权色欲狂临绝路,多名情妇投怀。夜寻美女发殃灾。自甘投法网,只得狱中呆。

鹊桥仙　七巧节

恨天恨地,恨河恨岸,恨玉簪抛划处。一年一次鹊飞桥,总帮助,人仙互渡。
乞容乞巧,乞郎乞意,乞得终身夫主。迢迢银汉隔柔情,怎阻挡,心心相遇。

清平乐　秋收秋种

秋风别暑，户户忙收黍。车运机清全入库，笑语欢声飞度。　　昨天金色连绵，今成黑土肥原。只见种粮飞撒，又播希望明年。

南歌子　末春田间

孤枕原无梦，天更每昼长，田间管理妇家忙。锄草施肥今日少鸳鸯。
已断清明雪，难寻谷雨霜，麦苗碧绿菜花黄。正是春时待播盼归郎。

虞美人　观南唐二陵用李煜韵

南唐陵寝咋空了，文物知多少？祖堂山麓刮秋风，短命三朝丧国笑谈中。
枉留后主帝名在，早已江山改。词坛千古可浇愁，一曲春花秋月载风流。

踏莎行　喜贺市诗协成立30周年

共筑诗坛，同心协会。卅年成就争先位。累累硕果结淮安，喜看“六进”城乡里。
老辈倾情，青年矢志。兴观群怨传真谛。弘扬国粹领风骚，新人居上群贤醉。

醉蓬莱　登阁探幽

望凌空杰阁，极顶丹崖，巧工云嵌。黄渤连天，看波光银闪。画栋雕梁，矗悬岩壁，任凭栏观险。众屿横陈，峰山纵列，海鸥时点。　　汉武秦皇，访仙徐福，不老何求？蜃楼难探。苏子名篇，刻卧碑群览。戚帅平倭，史载于册，慑贼人无犯。甲午钩沉，千秋铭记，喜航辽舰。

沁园春　纪念平桥插队50周年赠南京知青朋友

丁未深秋，船越江河，古镇码头。看红旗招展，人头攒动；欢声激荡，摆渡争流。背负行装，肩担道义，立志甘为孺子牛。新期盼，望农村大地，誓夺丰收。　　当年敢主沉浮，赞好汉铮铮铁骨遒。顶风霜雨露，心舒体热；粗茶淡饭，饱腹甘喉。挑挖耕翻，钻研科技，结拜乡亲暖意柔。春雷响，届三中全会，情满神州！

满江红　长征颂

烽火连天，铁流滚、围歼阻击。抬眼望、满怀悲壮，一腔愤激。十万红军情和泪，八千子弟风追日。剿未休、殷血染湘江，军危急。　　聚遵义，谋对策；旋赤水，迷仇敌。渡乌蒙，突破峭崖悬壁。铁索桥寒何所惧？雪山气短终留迹。草地过、挽起旧山河，延安立。

王明政

王明政(1948～),江苏淮安人,久居清河。大学学历。先后在淮安师范和中学工作。退休后任中华诗词论坛版主、淮安市诗词协会理事,《清河诗声》编辑。著有《诗律揭秘》《词律探源》《中小学诗词故事》等。

满江红 欢呼粉碎“四人帮”

荡荡神州,何成了、武家筵席?灯惨惨、炙干汤尽,碗盘狼藉!张宠薛僧皆庆父,徐公振臂传长檄。怎堪听、称制起鸦声,喧嚣急! 苍天愤,山川厄,云水怒,风雷激!看人神皆起,虎狼何匿?鹤发翁姑皆讨伐,小囡始龀尤挥笔。喜今朝、绮丽绘宏图,雄心立。

水调歌头 赞《美好江苏赋》

词咏苏宁美,赋赞楚淮幽。行云流水文字,传诵我神州。吾辈闻名慕久,幸仰诗坛泰斗,珠玉记春秋。意嘱钟灵地,情系拓荒牛。 心中事,付锦册,兴难收。桑田沧海,鼎革世纪更层楼。点染六朝金粉,挥洒一江南北,笔下尽风流。帆劲乘风举,韵海任遨游。

菩萨蛮 清河建区30周年

行年而立从头越,征程路远鞍难歇。巨臂托新城,荒滩白鹭鸣。 淮人多俊杰,改革争前列。放眼尽流光,清河沐艳阳。

忆江南 青莲岗

游黄水,上溯到青莲。红岗绿池萦展馆,紫陶灰磨说云烟。石斧伴风眠。

采桑子 宋集园艺场

桑林场圃风光好,杨柳垂绦。青杏含苞,黄雀声声戏醉桃。
一方沃土钟灵秀,淮水滔滔。改革迎潮,渠北明珠今更娇。

卜算子 关忠节公祠

小巷旧檐门,熠熠林公字。南海捐躯作干城,潮涌英雄泪!
青史写情怀,杀敌军门志。淮上频添砥柱材,报国身家事!

青玉案 灵岩

2002年2月14日,余奉母游太湖,再经灵岩山。家乡先贤、巾帼英雄梁红玉同其夫韩世忠墓冢，虽已荒芜，令人流连忘返。

馆楼宫阙非吾爱，玉钩损，铜栏坏。一箭泾中声欸乃，春霏萧瑟，归帆如黛，兴替逾千载。　　敕书碑刻擎天外，红玉坟前作长拜。巾帼豪情英韵在，草盘山涧，叶飘泉外，战鼓传湖海！

按：韩、梁死后，宋孝宗敕撰“中兴佐命定国元勋碑”，范成大奉敕撰两万余字碑文”。

望海潮　再谒周恩来纪念馆

山呼林应，江河歌涌，恩来名贯千秋。留日旅欧，申城暴动，南昌帜展城头。解放运筹谋，外交显机智，收拾金瓯。战可平戎，治能筹著，誉全球。　　仁超亘古风流，看纤尘不染，兼济刚柔。山丘性情，云天气度，神州心底高楼。仙逝使人愁，叹劲松也老，巨子难留。今日欣逢相诞，离别恨悠悠。

黄国莹

黄国莹（1948～　），女，江苏洪泽人。淮安市诗词协会会员、洪泽县诗词协会常务理事。

海棠春　访老子山

今朝再访婆家路，赢我一步一回顾。三教与温泉，拇指朝天竖。　　凤凰亭揽四方贾，老子洞蕴千年谱。生态旅游湖，当数渔家处。

钗头凤　洪泽建县50周年

洪泽美，难描绘，麦浪翻滚楼成队。鱼虾棒，禾苗靓，舞野歌亢，满湖欢畅。旺，旺，旺。　　朝云璀，夕霞媚，腾云奋进情如沸。今朝犷，来年壮，党群同创，志高心亮。闯，闯，闯。

洪　亮

洪亮（1948～　），江苏盱眙人。本科学历，毕生从教。盱眙县诗词学会副秘书长，《都梁诗讯》副主编。

朝中措　春节招商

扬鞭跃马出雄师，除夕换征衣。上海杭州深圳，风尘仆仆奔驰。　　和风时雨，筑巢引凤，强县初曦。一片盎然春意，园区妩媚多姿。

望海潮　写在《都梁诗讯》百期

长淮吟唱，魁星闪耀，传承文化都梁。春笋勃生，诗潮奋涌，怡情满目华章。打造韵之乡。一册捧在手，扑鼻芬芳。百尺竿头，气豪风发沐朝阳。　翻开史页思量。概名山兆福，丽水呈祥。秦月汉关，唐松宋柏，留痕米蔡苏黄。弹指已沧桑。赶上新时代，追梦兴邦。描绘人生出彩，抓住此韶光。

袁书柏

袁书柏（1948～　），江苏盱眙人。退休后习诗。淮安市诗词协会、盱眙县诗词学会会员。

采桑子　游盱城淮河风光带

长堤漫步风光好，水上菱飘。舵手锚抛，网里鱼虾挣扎逃。
沿淮彩石铺游路，细柳轻摇。丹桂香飘，游客徜徉兴致高。

采桑子

阳光照耀淮河美，碧水逶迤。杨柳依依，叶叶扁舟逐浪嬉。
长堤十里三春韵，桃李争奇。芳草萋萋，鸟语花香处处宜。

浣溪沙　登都梁阁

高阁先登恣兴游，无垠景色望中收。山青水漭谷深幽。
熠熠厂房如弈布，婷婷楼宇似星稠。时清物秀动吟喉。

王其昌

王其昌（1949～　），江苏盱眙黄花塘人，农民。

渔家傲　土地情

好坏收成心里虑，秋临晨起田间去。怀孕禾苗身满露，时令雨，天公作美无言语。
谁晓务农时日苦，三农补给资金助。土地改革流转许，富余路，心中无尽相思处。

叶有明

叶有明(1949～),江苏盱眙人。2009年退休。

清平乐 雨露

蒙蒙似雾,润透人心处。久旱禾苗祈雨露,昨夜悄然光顾。　三农历代多磨,当今燕舞莺歌。原野春光无限,天时地利人和。

柳梢青 咏竹

冬蕴春伸,从来潇洒,妩媚清纯。翠盖擎天,玉茎沁露,远距嚣尘。　虚心直上凌云。秉性善,无私献身。碧海忠怀,高风亮节,大地真君。

鹧鸪天 咏菊

又见秋荣幽愈馨,芳熏百草赛群英。露浓晓笑抽轻翠,风劲残香采丽菁。

知气度,有风情,超然稳逸雅堂登。不羞老圃秋姿淡,且看黄花晚节贞。

桂枝香 第一山怀古

南山一读,令米芾垂青,命笔书幅。唐宋明清墨客,连篇诗录。莫论衡霍撞星斗,翠屏间,此峰为独。瑞岩追雾,灵泉浸月,杏花依竹。　历沧桑,碑铭警目。望千里淮岸,南宋悲哭。"还我河山",日寇罪盈西谷。红潮席卷狮头碎,叹魁星文庙遭渎。重逢天日,春风伴奏,畅弹新曲。

醉花阴 老家

竹掩小楼三五户,同岁香椿树。溪水漂衣忙,鸟戏孩童,村汉胸膛露。

山乡祖辈多风雨,吃尽人间苦。红日驱乌云,告别贫穷,奔上康庄路。

于正兰

于正兰(1949～),女,江苏淮安博里人。小学教师。省、市诗词协会会员,作品曾获淮安市巾帼诗人大赛奖。

清平乐 春

清明时节,芳草铺陈迹,日暖风轻摇水榭,杏雨霏花露滴。　海棠舞媚花苞,杨柳擅宠丝绦。紫陌闲游客雅，物华亮丽多娇。

忆江南 早春

寒流峭，朔气罩云霄。白雪化诗蜂不舞，田原落翠鸟回巢。雨急北风嚎。

东风至，大地涌新潮。嫩绿摇春鹂唱曲，新黄流韵絮轻飘。鸾燕乐逍遥。

忆江南 忆超青妹妹

花如锦，柳岸正繁红。满地春光呈绿紫，一篷烟雨洒朦胧。美景与君同。

秋风疾，霜剑斩芙蓉。香郁东园英落处，愁浮西岭雾霏浓。肠断水淙淙。

少年游 观灯会（新韵）

花灯高挂，天姝地丽，霓彩舞疏狂。凤翥鸾翔。马欢羊叫，物象字谜藏。　人潮涌，摩肩接踵，集市特繁昌。满目琳琅。俊男俏女，笑语送吉祥。

少年游 庆澳门回归15周年

长虹卧水，波光潋滟，笙鼓响云天。街舞翩跹。彩花火树，醇酒醉心田。　莲花展，旅人纷至，金色海湾喧。典雅林园。繁荣城镇，锦绣展春妍。

踏莎行 踏秋

秋色清妍，菊妆芳紫。天高行雁施才艺。湖平水细荡舟横，烟霞黛绿丰姿绮。

枫叶呈丹，野花流意。蒹葭素影随风戏。采风取景乐悠然，游人笑靥如春旖。

风入松 贺2015年春节

高歌劲舞贺新年，五彩映红天。繁华一派神州艳，山河美、到处斑斓。胜景奇观壮丽，风姿多彩娇妍。　启开华夏梦新篇，羊岁莫悠闲。豪情壮志宏图起，踏征程、不惧艰难。探究高科创业，纵深改革扬帆。

忆江南

家乡美，紫燕绕新梁。垂柳多情花絮吐，青禾叠翠叶波扬。烟雨海棠香。

风景秀，日暖李桃芳。翡翠山峰云里醉，琉璃麦浪垄间香。蝶舞菜花黄。

行香子 家乡小河

雾锁烟凝，细草青青，起微风，杨柳摇莺。白鹅绿水，歌荡波行。看渔人乐，唤鸥鸟，逐新晴。　红船黛瓦，水榭凉亭。澈河心，嬉戏年青。游龙追玉，回雪飘零。任轻风柔，漪涟美,满河情。

赵成全

赵成全(1949~),南京市人。下放知青,扎根盱眙马坝镇石桥村。后供职于盱眙县供电公司。

忆江南 第一山

南山好,松柏翠为屏。风动淮流千浪碧,云空山顶瑞岩清。苏米留碑铭。

孙秉中

孙秉中(1949~),江苏淮安博里人。务农。博里镇诗词协会会员,江苏省诗协会员,中华诗词学会会员。

渔歌子 渔姑

窈窕渔姑撒网罗,脚搓艎板乐呵呵。摇楫橹,逐鱼波。满船笑语满河歌。

鹧鸪天 水乡即景

九月金秋稻熟时,水乡美景使人迷。烟波飘渺湖深处,几叶轻舟水上飞。
荷藕嫩,蟹鱼肥,荡东集市日来回。舱空货尽钱囊足,又载欢歌笑语归。

采桑子 路

水泥铺筑小康路,造福三农。改变贫穷,大道条条飞彩虹。
优良传统人民赞,立党为公。水乳交融,执政为民好作风。

采桑子 七夕

巧云织锦穹庐上,道似奇峰。转瞬如松,变幻无穷各不同。
天河难断真情爱,鹊搭桥龙。夫妇相从,泪雨纷飞化彩虹。

浪淘沙 圣火燃惠州

山色映清沤,碧水悠悠。蓝天绿地掩亭楼。今古惠州多俊杰,贤士名流。
圣火照金瓯,亮在心头。古城万众放歌喉。协力齐心为奥运,风雨同舟。

蝶恋花　圣火传递深圳

改革情缘还未了，祖国繁荣，处处春天早。五月花开啼百鸟，特区又把春来报。
朵朵祥云深圳绕，圣火燃情，万众同祈祷。友谊和平多美好，奥林圣火常高照。

徐文灿

徐文灿（1949～　），江苏淮安人。中共党员，曾任中学教师、乡镇干部、淮安区医院工会干部。

长相思　纪念淮安辛亥烈士周实阮式殉难100周年

周公骄，阮公骄，有志何须年事高？头颅辛亥抛！
真理昭，肝胆昭，贤士英名青史标。故乡人自豪。

清平乐　天宫一号升空

酒泉鸣炮，万众齐欢笑。国庆来临豪礼到，发了天宫一号。　　将同神八连通，平台运转苍穹。放眼当今世界，几家能与争锋？

卜开初

卜开初（1949～　），江苏洪泽人。中共党员，洪泽县医院副主任中医师，吴鞠通中医研究院教授。中华诗词学会会员、中国楹联学会会员、县诗协常务副会长县楹联学会会长、春涛诗社社长。著有《文学堂诗词选》《杏林诗选》《声律大观》等。

渔歌子　洪泽湖

洪泽湖中万顷波，大千世界尽包罗。通地脉，接天河，无边瑞气正融和。

西江月　朱坝镇一瞥

两岸霓虹闪烁，一河舟楫奔忙。千秋依旧水流长，不是当年景象。
日月频添幸福，人民争步康庄。遥闻万顷稻花香，喜看丰收在望。

定风波　大泽沧桑

曾记湖名破釜塘，漫将往事说沧桑。忍看泗州成泽国，留得，人民千载苦情长。

八字丹书真伟论，如愿，风平浪静水流香。得到虹桥重现日，兰室，浓研翰墨谱新章。

西江月　洪泽湖今昔

靖匪烽烟弥漫，驱倭岁月艰难。至今犹记剑光寒，铁石人间心颤。
日出长天焕彩，霞飞是处流丹。怡情纵目水云宽，幸福歌声一片。

西江月　蒋坝古镇

眼望长淮入口，身居古堰南端。动人传说万千般，今日沧桑变换。
湖水翻腾碧浪，民心凝聚金丹。风光耐得几时看，锦簇花团一片。

踏莎行　黄罡寺怀古

殿角巍峨，经堂深邃，晴光迷得游人醉。更教水月近楼台，长堤百里拥青翠。
金粟飘香，茂园生媚，武官文士皆停辔。风流韵事古今传，渔洋独领花诗会。

江城子　洪泽湖大堤

巍巍古堰逾千年，动心弦，荡云天。力遏黄淮、蓄泄保良田。恰似长龙昂巨首，留浩气，卧苍烟。　　工程浩大史无前，忆群贤，各争先。世界申遗、理所正当然。多少英雄昭后辈，挥翰墨，著新篇。

花国平

花国平（1949～　），江苏淮阴人。历任中小学教师、乡镇文化站长。退休后任清浦区诗词协会常务理事。

鹧鸪天　乡村剧变

城市乡村大略同，河西十载转河东。桃花绿荫榴花火，玉宇琼楼立晓风。
浑似梦，醉朦胧，红男绿女自从容。如今不见贫穷鬼，万贯家财尽富翁。

鹧鸪天　抗日战争胜利70周年祭

七十年前烽火燃，猖狂日寇太凶残。中华危急刀光闪，沟壑尸横血迹斑。
千古罪，证如山。何容掩饰史重翻。旧仇留在惊魂梦，刻骨铭心忘掉难。

张本琏

张本琏(1949～),女,江苏淮安人。中共党员,中学高级教师。

浪淘沙 悼大胡庄八十二烈士

把酒墓前躬,泪眼朦胧。菜花灿灿楚州东。确是当年红落处,八二英雄。

倭寇恶汹汹,此恨无穷。中华国富更民丰。烈士功勋留史册,铭刻心中!

包善安

包善安(1949～2019),江苏淮阴人。中国楹联学会会员、江苏省书法家协会会员。创作诗词四十余年。

西江月 吊塔

送走残星晓月,迎来旭日朝霞。历经雨打地飞沙,风暴雷霆不怕。

吊起千吨砖瓦,建成万户人家。琼楼玉宇尽奢华,从未居功自大。

满江红 淮安春晓

旭日彤彤,馨天地、长空寥廓。骋目望、朝霞绚烂,春光施泽。过雨杂花红未透,舞烟嫩柳青还弱。碧丛里、更有燕莺鸣,声声乐。 淮河畔,琼楼阁;波中影,风姿卓。看机船突突,鹭飞云鹤。一派生机谁巧绘?卅年改革民开拓。展宏猷、瑞象满淮安,飞仙阁。

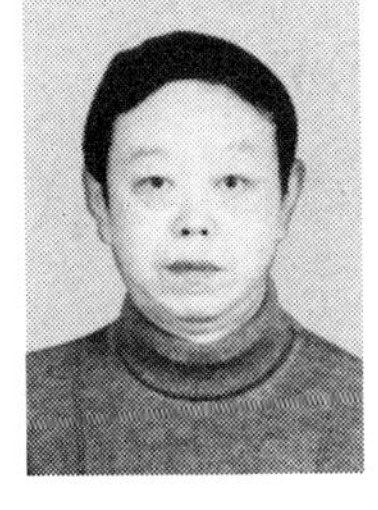

周凤权

周凤权(1949～),江苏淮阴人。中共党员,曾任淮阴区民政局副局长兼老龄办主任。中华诗词学会会员、淮安市诗词协会常务理事、淮阴区诗词协会副会长兼秘书长。

沁园春 庆党90华诞

九十秋冬,赤胆为民,立党奉公。喜马列照耀,燕山雪化,南湖帆起,盘马弯弓;遵义明航,铁流万里,圣地延安盖世功。除倭蒋,四海惊仰叹,旭日升东。 复兴岁月峥嵘。兴科技,神舟探月宫。望大江南北,虹桥飞架,高楼林立,商贸兴隆。港澳归宗,金瓯坚固,民富邦强百业荣。开新宇,葆如莲本色,永作先锋。

张廷琛

张廷琛(1950～),江苏涟水人,翻译家、文学评论家,美国新闻传播学院教授。

浣溪沙

又是秋风似旧时,云翻雨覆暮山溪。林深偶送断蝉啼。
不见伊人抛舞袖,空闻雁阵过长堤。哪堪重卜隔年期?

浣溪沙

昨夜春温入酒卮,晓来芳讯任凄迷。江天依旧雪霏霏。
风雨当时春换早,滩芦今日雁归迟。白云老尽有谁知。

阮郎归

己卯夏归省淮涟,德麟兄席上有赠,依韵奉和。

无端风雨几番过,阴晴费琢磨。千山木落影婆娑,江芦下远波。
抬望眼,啸长河。孤舟意若何?武陵春讯总蹉跎。横空雁又多。

阮郎归

去岁德麟兄有赠,余曾奉答。今岁德麟兄再叠前韵有寄,适值中秋,望月不值,因再叠前韵奉和。

天涯望月雨初过,婵娟镜未磨。家山空引梦婆娑,沧溟波复波。
倾玉盏,酹关河,不眠奈醉何?相期云汉慰蹉跎,到门秋水多。

鹧鸪天　庚午中秋渡江望月夜半始归词以记之并答新民兄淮上

棹满秋风物序迁,客心又值菊残天。征鸿几点投沙早,孤月一轮对酒难。
秋水阔,月光寒,江湖尽处万重山。人间聚散参商恨,自古春风不玉关。

风入松　新民兄有寄依韵奉答

年来书剑海云横,漂泊一寒檠。天涯风景凭栏望,登临意、雨覆云赓。极目长淮何处,关河又自春情。　　蜀鹃惯向远山听,浮世足丁零。桃花久隔繁华梦,仙源路、几度分羹。幸有青山云约,会看葵麦盈盈。

浣溪沙　郑重先生有寄依韵奉答

底事登临赋断魂，危栏风雨泣黄昏。天涯独立未归人。
燕子不来春久寂，芳菲去后失东君。彷徨鹃梦认啼痕。

满庭芳　清明悼仲弟

碧露凝芳，柔烟问绿，野陌草色连天。踏青人远，寂寞浦江寒。柳畔悠悠笛怨，诉不尽，况又春残。青山外，长淮望断尽日独凭栏。　　年年。悲雁逝，音容宛在，消息难传。渺千里长堤，知向谁边？欲吊遗踪无路，算只有，故柳笼烟。黄昏近，血怀和泪，一一付啼鹃。

清平乐　郑重先生书来附词半阕慰我客怀感其盛意足成上半

雁回孤馆，恍惚流年换。小白长红频照眼，绿涨新池自满。　　李华开后桃花，正当诗酒年华。只要年年花好，何妨人在天涯。

荀德麟

荀德麟（1950～　），江苏涟水人。毕业于苏州大学历史系，编审，中国文化遗产研究院特聘研究员，苏州大学兼职教授。中华诗词学会常务理事、江苏省诗词协会副会长、淮安市诗词协会会长。已出版史志著作、文学著作数十种，多部著作获国家、省哲学社会科学优秀成果奖和省“五个一”工程奖，诗词作品入选《金榜集》等，著有诗词选《槿花集》等。《美好江苏赋》入选大学语文课本。

水调歌头　戊午仲秋一夕吴门病中书此寄内

鸿影晨昏绝，好月此时多。洒下清辉万里，两地共消磨。我欲昏昏入睡，忽见离人掩泪，柔语慰姮娥。醒忆家生计，酸楚绕南柯。　　轩窗敞，回廊踱，奈之何？清秋偏是多病，心事舞婆娑。不念美其衣食，但愿强其体魄，老小尽融和。待到岁寒尽，归去若飞梭。

满江红　庚申夏瞻杭州西湖岳王庙

庙貌一新，重赢得、游人瞻谒。趋步入、万千思绪，礁岩飞雪。半壁沉沦川水泣，一鞭挥指胡尘歇。恨当年、狗鼠暗南天，风波血。　　赤心胆，昭日月；存浩气，育人杰。叹区区一宇，屡遭妖劫。兴废总由当事者，抑扬岂在如簧舌。笑四凶、今古竟同归，天人悦。

一剪梅　游涟水五岛公园

款款微风拂绿绸，近也轻柔，远也轻柔。波平万象逐风流，霞影悠悠，月影悠悠。
乘兴还须载酒游，假我兰舟，邀我诗俦。飘然讴上小瀛洲，行入清幽，梦入清幽。

水调歌头　丁丑夏日初上井冈山

久仰鲲鹏迹，今御井冈风。万谷千峰恣肆，谁遣北溟空？到处毛朱故事，更有新台旧址，点点缀葱茏。云绕盘山路，蛇斗共腾龙。　星星火，燎原势，在工农。人间正道，皆令民众别贫穷。喜见林涛献富，又见仙潭贡宝，岩壑日融融。宏旨关天地，自古脉相通。

蝶恋花　石湖果园梨花

昔赏梨花三五树，今日壮观，人在花中渡。谁道荒滩春少趣？玉妆翠袖欣无数。
莫笑轻狂蜂蝶舞，染尽东风，不改清和素。一任飘零成沃土，秋来化作开心路。

鹧鸪天　感遇

打罢茶围打酒围，红男绿女扎成堆。牌声舞色流光影，一曲莺歌一捧追！
花献上，更交杯，众星拱月复徘徊。手机易号香囊解，残月晓风何处归？

满江红　新中国成立60周年

甲子轮新，华诞近、高天澄澈。舒望眼，山川如绘，车船如织。北塞南疆风舞燕，西昆东海涛堆雪。谢东君偏爱古尧封，长春色。　沧桑事，几周折；从头数，雄关越。我神州赤子，肩挑日月。放马敢奔荒老地，泛舟直指蓬莱阙。待百年相会唱云鹏，尘寰彻。

长相思　己丑秋日戏为秋思八阕

其　一

风敲窗，雨敲窗，雨雨风风入梦乡。梦回心也凉。
云影长，雁字长，认错信波神也伤。黯然置一旁。

其　二

久连阴，一时晴，道是秋光照眼明。西风送锦程。
写才情，吐真情，平仄重温耐晚听。妙书犹待评。

其　三

阅黄庭，调素琴，绣幕低垂倾耳听。谁知弦外音？
流锦心，照诗心，故问明知更酌情。一峰江上青。

其 四

锦衾孤，雨丝疏，恰似长门更漏图。思君恨梦无！
淮水鱼，楚山姝，太息流年不见书。秋窗桐叶枯。

其 五

夜朦胧，月朦胧，踯躅安知何所终。心头一片空。
咫尺中，山水重，灯影黯然处处同。惊鸿不借风。

其 六

晓风轻，晚霞明，清景宜人忧视听。抛书投笔情。
日正曛，月正盈，秋草如毡踽踽行。雁行映宇青。

其 七

待中秋，算中秋，盼到中秋未释愁。匆匆一聚头。
波影悠，云影悠，月自清圆水自流。孤帆远去舟。

其 八

天何青，日何熏，一路风光载快晴。南飞雁也轻。
过淮亭，望江亭，执手台城柳下情。何期剪烛明？

江城子 初冬河边观柳余绿感赋

河边当日鼓芽囊，冒冰霜，吐鹅黄。料峭春寒、依旧换新妆。裹雾含烟情万种，飞雪絮，舞霓裳。 东君渐远惹丝长，戏沧浪，布荫凉。送走寒蝉、更送走秋光！荻白枫红持绿意，青眼短，水云长。

行香子 有感

日月轮盘，逝者奔川。猛回头、甲子新翻。春华秋实，人鬼尘寰。历西风紧，热风炙，暖风煽。 雾里蹒跚，雨里缠绵。算今生、足迹零单。此心何愧，孤意谁参？看乌云卷，紫云染，白云闲。

行香子 题盱眙第一山

碧水依依，叠巘萋萋。得闲来、臭问何时。松风竹雨，泉咏鸟啼。更桃花水，桂花月，雪花枝。 阶级峻崎，楼阁参差。觅荒岩、每遇珍遗。隋炀宫瓦，历代镌题。喜东坡韵，南宫字，乐天诗。

念奴娇 鲁迅诞辰130周年

百年桑海，算华夏，几座江峰河岳？飞瀑湍流陶醉处，峡雨巫云情切。荷戟彷徨，迎风呐喊，炼石弥天缺。刀丛觅韵，中流砥柱奇崛。 今日佳梦初圆，强林乍跻，尧舜英姿发。前路魔妖犹有待，谁奋千钧摧灭？夕拾朝花，扬清激浊，不减心头热。悠悠天地，举杯遥寄明月。

一剪梅　金湖荷花节邀请诗词家采风感赋

节庆荷花又一遭，泽国妖娆，清韵迢遥。旧符且喜换新桃，红袖声销，翰墨香飘。
豆蔻樊川孰比高，脸上风骚，纸上风骚。郑公樽酒妙言标，往岁歌昭，今岁诗豪！
原注：郑伯农先生在席间诙谐地说：今年纸上风骚恐不及以往脸上风骚啊！

卜算子　次韵宋彩霞金湖观荷

满眼碧罗裙，无数凌波笑。疑是仙乡遇众仙，解得苍颜老。
君子国中来，个个风姿好。但令清风管斛珠，小住情难了。

一剪梅　中华诗词学会采风团参观荷花荡

万顷名湖漾碧霞，莲叶沙沙，翠羽呱呱。风来云伞接诗家，楼上爬爬，水上划划。
荷笠几张面半遮，近处奇葩，远处仙葩。疏疏落落雨丝斜，眼底清嘉，心底琵琶。

一剪梅　参加省政协会议住滨江希尔顿大酒店楼头观景

喜上滨江百尺楼，云水悠悠，帆影稠稠。青梅煮酒论风流，不似曹刘，胜似曹刘。
指点江山放远眸，半属神庥，半赖人谋。声声鼓角壮鸿猷，心逐沙鸥，帜树潮头。

卜算子　答奚晓琳烟花

总择夜间开，挑逗时人眼。喧闹声声报吉祥，恨不长空满。
可惜散花心，化作无形瓣。几缕青烟几缕魂，都向风中幻。

沁园春　清江浦

古浦清江，迹系黄淮，浪载喧嚣。忆铺陈廿里，漕舟济济；衢通九省，驿马萧萧。牙纛遮空，笙歌竟夜，天下粮仓别样骄。谁承望，骤薪抽釜底，鼎沸声销。　　繁华寂寞相昭，喜惊蛰应龙上碧霄。看三维畅达，星驰俊彩；五洲悦至，雾列雄豪。一派生机，千重锦绣，无数风流梦大韶。吟啸处，正飞花卷雪，涌动宏潮！

临江仙　次韵徐红将军参观苏皖边区政府旧址

畴昔盐商豪宅里，慨然文物相连。烽烟初散楚江天。边区腾紫气，桑海喜乔迁。
执政为民标典范，日新月异争传。千秋谁更续华篇？龙舟多载覆，壁上仰群贤。

临江仙 谒枚乘故里

晋雨唐风难废，宋砖元瓦重新。运帆淮月恋风神。[①]椽毫承屈宋，只手启昆仑。《七发》汗然疗疾，两书卓尔规箴。医人医世看雄文。千年银杏老，万古警钟存。[②]

注：①枚乘故里位于运河与淮河交汇处。②枚乘故里院内有一株千年银杏树。

念奴娇 韩信故里怀古

谷夷陵替，总难掩，千古风流遗烈。小巷临河，皆道是、兴汉韩侯窟穴。胯下桥低，钓台波碧，漂母陵祟绝。兵仙殿里，几番香火明灭。 当日仗剑从军，更登坛百战，奇谋联捷。推食解衣，垓下收，输了无双英杰。若听蒯通，三分一统，岂洒宫中血？清淮流水，依然长映凄月。

水调歌头 代人赋甲午中秋忆儿

佳节桂花发，一片镜新磨。百城千寨清影，欢聚此时多。举酒座中人少，碰出层层思念，小子隔重阿。边哨秋风里，明月可婆娑？ 夜宁谧，神飞逸，海扬波。依稀万里，东域南土啸夷倭。难忘当年奇耻，休问廉颇老否，父子共关河。圆我中华梦，痛饮更吟哦！

水调歌头 大运河南旺分水枢纽遗址怀古

谁是驭龙手？古镇访遗踪。故河龙脊犹热，祠庙烛摇红。当日笑谈牵汶，喝令分行南北，策举四时通。五百安流岁，尽掌运筹中。 巨星逝，光不灭，越时空。千秋伟业，赢得环宇赞声隆。我欲登高长啸，更作招魂新赋，为国唤英雄。却憾音声小，散入腊梅风。

按：南旺镇有大运河"水脊"之称。明永乐九年(1411)工部尚书宋礼用白英之策，筑戴村坝以截大汶河水，开小汶河至南旺分水口济运。运河上相地置闸，层层节水保航。"引汶济运"工程，乃世界水利史之典范也。

水调歌头 济宁大小闸口

大闸名天井，小闸字任城。波流高下悬隔，开启怒吞鲸。昼夜号声沉重，过往帆樯林立，夹岸市难停。千尺繁华地，几度帝王经。 南漕改，北河涸，济濠宁。百年零落，今日装点惹垂青。一带滨河如画，仿佛上河图景，梦系旧风情。古寺名楼映，心在碧波滢。

行香子 与众诗友参观儋州东坡书院

2014年11月17至18日，第28届中华诗词研究会暨苏轼诗词研讨会在儋州召开，其间组织与会诗人词家参观东坡书院，因作此词。

坛设琼儋，缘结坡仙。觅鸿泥、百侣追攀。山重水复，日炙风恬。更汗相随，花相伴，老相搀。　　堂舍宏宽，塑像安闲。想当初、苦雨凄寒。兴文逐客，化俗荒蛮。令鸟多情，云多彩，野多贤。

念奴娇　红军长征胜利80周年

年轮八十，忆红军，万水千山难遏。飞上长城夸好汉，誓把乾坤重列。八载驱倭，千朝逐蒋，捣了龙蛇窟。开天辟地，欢呼易帜城阙。　　筚路蓝缕而今，初圆佳梦，更指云和月。引领潮流八万里，漫道雄关如铁。沧海横流，江河不废，甘洒英雄血。人间正道，精诚长共凉热。

人月圆　在狱贪官度中秋

桂花馥郁铁窗小，雁语送孤愁。家书望渺，佳期怕近，梦断中秋。
手伸枷锁，心飘败叶，难逝东流。风鸣杂树，虫吟清夜，月满岗楼。

一剪梅　诗词云平台

跨海穿山一键逢，不假神风，莫问秋冬。寒暄酬唱白云中，握手虚空，伴奏丝桐。
李杜苏辛化育功，坐看衡嵩，卧听悬淙。年来掌上更当红，少了吟翁，老了诗童。

清平乐　翁丁即景

山村不小，青壮缘何少？都到城中工读了，留守多为翁媪。　　闲罗土产门中。几家鸡犬从容。忽见木楼窗亮，原来孺子双瞳。

渔家傲　洪泽湖即景和沈华维

极目湖天云几片，鳞波万顷渔帆渐。如黛遥山衔一线。盟鸥见，长堤笼翠斜阳艳。
水上群儿凫正健，藕花傍处青蛙窜。五彩泳装芳草甸。伸腰欠，谁家情侣沙滩恋。

一剪梅　游洪泽湖后至船形湖楼晚宴

其　一

驾艇骑鲸野兴长，天为苍苍，水为茫茫。诗翁呼喝伞云张。风献清凉，岛献琳琅。
高堰篷车走画廊，百里龙骧，千古徜徉。禹功潋滟泛崇光。鸥恋斜阳，我恋沧浪。

其　二

登上楼船开上窗，归鸟彷徨，渔唱悠扬。闸开蛇阵涌涛长。近溉淮扬，远载京杭。
一片荷风带晚凉，万斛金光，万缕诗香。长堤遥属引清觞。月映微茫，浪击铿锵。

双雁儿 乙未年除夕大团聚和宋彩霞

声声爆竹岁犹寒,济济聚,座难宽。春风流在众眉端。举金樽、忘鬓斑。
酒余呼唤下汤圆,话往事,兴油然。太平鸡犬此生缘。倩谁珍、年复年?

鹊桥仙 参观南京牛首山佛顶寺有感

六朝城郭,千秋佛顶,惊骇尘寰出土。漂洋过海忆东来,谁知晓光辉如许?
牛头天阙,金陵王气,豪说龙盘虎踞。欣逢盛世足挥金,又岂论三三五五!
原注:知情者告知,为安置佛顶,耗资逾44亿元。

减字木兰花 扬州行

暮春时节,扰鬓飞花纷似雪。烟柳如梳,着意东风满瘦湖。
青山掩映,蜀岗雷塘天下景。绕廓邗沟,念四桥边古月流。

长相思 盼

风失踪,云失踪,流火骄阳挂碧空。错闻脚步东。
瓜剖红,茶泡浓,热播荧屏战暑雄。却逢画面中。

临江仙 丙申孟秋淮安诗协赴皖采风

为爱名山流火旅,满车韵语飞红。皖江南北起旋风。敬亭追李谢,天柱访仙翁。
休道泾川丰玉纸,挥毫直向苍穹。一行青壮半诗雄。吟将淮水碧,染上最高峰。

浪淘沙 丁酉迎春

凛冽劲风开,驱散沉霾。八方捷报竞登阶。检点冬藏秋获夥,壮了情怀。
爆竹送春来,好雨如筛。雄鸡更和一声雷。激我诗心驰九土,返老成孩!

思佳客 题五岛湖公园丰乐亭

涟水乃"有田皆斥卤"之黄泛区,20世纪五六十年代之河网化、七八十年代之种绿肥,终使粮食差拨县一跃为全国商品粮基地。1982年秋,取宋欧阳子与滁人共丰乐意,建丰乐亭以资纪念。今上有联曰:"织网滋田,种绿肥田,万户获藏歌岁晏;醉翁滁上,孙公涟上,千秋丰歉系心头。"孙公,一指大搞河网化之县委书记孙公燮华,一指厉行种绿肥之"绿肥县长"孙公步坦也。

四面波光漫拭楹,两行联语入丹青。游人不解春风老,镜水长怀丽日明。
河网化,绿肥情,二公排闼送丰盈。天砣五岛衡轻重,更有空间待植亭!

水龙吟　和刘征《贺中华诗词学会创建30周年》

龙吟又起京华，山酬水唱洪波曲。蛰惊星野，绿抽古木，呼风唤雨。卅载驹过，九重云涨，万千鸥鹭。喜尧封击壤，禹城促织，泉井涌，赓歌处。　　我亦闻鸡而舞。复登坛、放喉淮楚。前川浩渺，后山飞峙，铿锵协步。《七发》雄声，一同遗响，撞人心鼓。更虹霓挽住，凤箫吹起，和华夏，千秋赋。

鹧鸪天　淮上丁酉立夏忆孩提

春去长淮雨又听，薄裳何必日头明。樱桃红口芭蕉绿，蛐蟮舒腰钓饵更。
莲叶浅，澡台深，游鱼池面撒欢声。纶浮躁动鸡啼晌，呼得娇儿上秤称。

临江仙　张家界

云海仙舟叠彩，峰林玉树争辉。三山五岳愧无奇。天门朝万国，翡翠叩千溪。
多少人神妙肖，一帮宠物迷离。龙宫宝鉴惹遐思。心田情浪熟，好打几场诗！

临江仙　题张家界景区贺龙元帅铜像

本是清寒子弟，曾为草莽英雄。菜刀两把化青骢。勋章驱暗夜，烟斗映旗红。
歧路灯前义帜，天安门上元戎。湘西剿匪笑谈中。晚来多少事，都付马班公。

念奴娇　诸暨西施故里

绕城溪水，悠悠下，婉转苎萝山麓。嘉树含烟披庙宇，遮护亭亭当轴。楹抱青词，额悬珠冕，光艳招人目。喧喧车马，几多游客相续。　　遥忆西子村居，浣纱衔命，岂思荣与辱？裹剑沉鱼，颦笑间，成就千秋巾帼。太息流年，何时流得尽，当初歌哭！容吾沽酒，细斟还慰幽独。

贺新郎　丁酉序秋浙江行用辛稼轩“甚矣吾衰矣”韵

气爽秋高矣。算平生、携朋邀友，云游能几！伏案狂书三千卷，却笑多成废纸。问何处、能令心喜？悄语钱塘人物美，更山川、历落多中意。何不去，领天赐！　　御风鼓动凌云翅。访雄豪、会稽山下，品评侪类。又买欧家龙泉剑，长我渊峰胆气。同把酒、畲村游戏。白发无端潜挤兑，挤不完、胸中酣肆。登览罢，共诗记。

西江月　西柏坡

错落茅茨结舍，简单桌椅留声。雄师百万一枢衡，千里运筹决胜。
山野进京赶考，中华浴火重生。迩来更喜警钟鸣，又伴征途三省。

临江仙　游崇明岛东平国家森林公园

提气水杉林茂，怡神杂树花繁。蛙声鹭影鹿时看。镜湖杨系艇，白犬午随团。
微炙金乌浴我，汗流腹背开颜。浮生难得几时闲。好风如尽兴，送我踩沙滩！

临江仙　龙群度假村晨起漫步

林鸟连朝催梦醒，醒时窗外熹微。起身独自觅芳菲。小溪休笑我，朝露润单衣。
初夏暖风盈宝岛，海天多少轻肥。诗魂犹在少年帷。大江从此逝，明月为谁归？

临江仙　游崇明岛东滩

林莽繁花怡目，滩晴荡苇舒腰。碧波曲港入望遥。龙蛇天地阔，灵鸟镜台高。
观海楼头襟抱，敲栏心外云翱。飘萧白发付风骚。蹇驴非所寄，指点认鸿毛。

鹧鸪天　司徒小镇田园风情

叩动柴扉羡古图，桃源北国似秦居。两三盘碾乾坤转，十二生肖霜雪驱。
藤蔓织，鸟踟蹰，瓜棚曲折醉悬瓟。怦然心动询诗友，可愿飞来共结庐？

原注：园中有旧时用于御寒之取暖炉十二，其外形为十二生肖也。

临江仙 观祁县乔家大院

大院深深深几许，累人门槛重重。雕梁画栋老秋风。灯笼红耀眼，转首燕巢空。
沧海遗珠游客好，四时南北西东。问今谁是主人翁？却将真事隐，但道子孙隆。

临江仙　通天溪漂游

无底清波流碧，千寻彩壁摇光。峰高月小日昏黄。船行六尺巷，声绕九回廊。
更逐仙溪听磬，欣观锦鲤明妆。秋千树杪戏猴王。归途山影暗，一顾一彷徨！

[正宫　叨叨令]　感事

公车也不载私家梦，公爵也不作醉生梦，公章也不敢沾油梦，余生也只做懒人梦。好事磨也么哥，好事磨也么哥，管他得得复兴梦！

[朝天子]　学区房

里差，外麻，窝儿小枝儿大。明星校侧育奇葩。全仗尔高声价。李不要张抬，张不买王架。为只为天厩里能栓骏马。眼见得抬肥了这家，抬亏了那家，更抬出多少街头骂！

周杰作

周杰作（1950～　），江苏淮安博里人。务农。博里镇诗词协会会员。作品曾在《淮安市农民诗词选》《江海诗词》和《中华诗词》等刊物上发表。

忆江南　咏博里诗教二首

其　一

凝聚力，吸引几同乡。昔日牌场是牌友，今朝习律写诗章。佳话远传扬。

其　二

学古律，功到自成才。乡下农夫歌盛世，诗词吟诵闹诗台。句句满情怀。

清平乐　贺神舟八号与天宫一号成功对接

飞天破晓，神八争分秒。无际太空千遍扫，相会天宫盼早。　飞船慢步相逢，夜深对接从容。携侣遨游远去，环球尽显雄风。

陈泰山

陈泰山（1950～　），江苏洪泽人。大学本科学历。江苏省诗词协会会员、江苏省楹联研究会会员。现任县老年大学副校长、洪泽县诗词协会副会长，洪泽县楹联学会副会长，洪泽县春涛诗社副社长兼秘书长。

浣溪沙　石工

古堰源头蒋坝藏，石工基部马牙桩。条条砌筑挡风墙。

二级坡前防浪石，长城水上固金汤。人民智慧古来强。

菩萨蛮　三河闸

奔腾骇浪咆哮下，激昂一路龙头驾。过闸出悬湖，广滋锦绣图。　恢奇庄稼汉，灌地三千万。旱涝两无忧，水神展笑眸。

菩萨蛮　蒋坝

悠悠古镇年三百，临湖接闸咽喉脉。开发运筹谋，工商竞一流。　名牌销海外，利税登新贵。引带百枝花，兴镇利国家。

浣溪沙 特色农业

特色农业硕果丰，恒温蔬菜绿呈红。万千鹅鸭水塘中。
鸡犬猪羊争旺盛，鱼虾莲藕共兴隆。人均收入逐年充。

菩萨蛮 高良涧

禹时曾设“交粮站”，乾隆改唤高良涧。洪泽浦堤长，河帅郭大昌。 九牛何地去，唯有开荒处。万顷米粮垮，膏滋十万人。

捣练子 南水北调工程

横大坝，竖机楼，一曲高歌江倒流。万顷良田禾谷壮，懒龙无雨亦丰收。

陈 刚

陈刚（1950～ ），笔名佳境，江苏洪泽人。中华诗词学会、省诗词协会、江南诗词学会会员。洪泽诗协副会长、高良涧镇诗协会长兼霞天诗社社长。著有《陈刚诗词选》。

踏莎行 龟山晚眺

纵览龟山，漫观紫雾，长淮古寺生佳趣。钟声时撞苦行僧，当年水母苔痕护。
深锁支祁，久迷禁处，神龟潜隐何时去。千年银杏鸟栖巢，孤峰来客踏晨露。

忆江南 悬湖景

悬湖景，浩浩接云霄。风送扁舟推白浪，鱼游闸口逐波涛。有兴漫观潮。

浣溪沙 古堰

其 一

传说刘基造古堤，沿湖抛洒米糠皮。至今弯曲隐传奇。
湖水高悬依古堰，苍槐绿化扎根基。百年旱涝保安宜。

其 二

水上长城绿满陂，风光旖旎百花奇。九牛二虎唱雄鸡。
巨闸关开湖水锁，游人来往赋诗题。无边景色客心迷。

采桑子 秸秆还田

禁烧秸秆粮收后，随着机声。土地翻身，稻草旋机粉碎耕。

升温发酵成肥料，增产苗青。农业蒸蒸，根绝烟尘环境清。

临江仙　万家乐园

小镇繁荣成闹市，乐园别墅辉煌。农民入住喜装潢。楼前迎客至，广场健身强。
拆去故居住一方，舒心环境朝阳。串门方便叙家长。传经谋富裕，招贾入商行。

踏莎行　重游白马湖

岸上高瞻，湖边远望。风吹舟橹摇波浪。一行骚客赏风光，沿堤垂柳鸟欢唱。
芡实丰收，鱼虾兴旺。玉莲菱藕体粗壮。环湖致富做文章，发财项目千方上。

鹧鸪天　螃蟹养殖

拦网围湖基地租，公司成立设新区。运营创汇规模大，出口亚欧赢利图。
苗育场，库存储，亦能暂养保鲜需。任凭旱涝无风险，气候形成称蟹都。

王兆浚

王兆浚（1950～　），江苏盱眙人。曾任职于盱眙县教育主管部门。盱眙县诗词学会常务副会长，《都梁诗讯》主编。

沁园春　盱眙中小学巡礼

广厦如林，碧草芳茵，万米塑胶。望雨山脚下，全迁新舍；陡湖岸畔，尽拆陈巢。磐石含威，喷泉吐玉，桃浪悠悠过曲桥。书声处，见黉堂栋栋，巨制精雕。　诗廊画壁千娇。羡公寓温馨远浊嚣。赞书山攀顶，喜迎朝日；赛场折桂，小试牛刀。桃李芬芳，银河璀璨，十万新人志九霄。凭心论，看盱眙教育，当数今朝。

自注：①塑胶，即塑胶跑道。②雨山、陡湖：盱眙县境内东西两处标志性山水。

浪淘沙　沃血卢沟桥

晓月泪清泠，血染燕京。狻猊五百盼天兵。国恨卢沟流不尽，呐喊声声。
御侮大刀横。众志成城。长桥烈焰夺倭营。报国立功驱敌寇，铁骨铮铮。

高阳台　中国人民抗日战争胜利60周年

辽水含悲，燕山饮恨，黑云滚压神州。奔走啼呼，八方敌忾同仇。统一战线尊天意，持久篇、远虑深谋。望延安、情炽红星，志壮金瓯。　称雄敌后神兵降，正平原游击，长淀飞舟。军号穿云，平型关上欢讴。百团大战丧倭胆，刘老庄、碧血千秋。宝塔山、民族脊梁,砥柱中流。

阮郎归　冬宿铁山寺

朔风清冽肆崇冈,星遥宇浩茫。竹枝摇曳叩寒窗,铁山夜半凉。

东北望,月如霜,家山梅吐香。呢喃扳指算春光。挑灯正线长。

金人捧露盘　为免征农业税喝彩

雪飘飘。川万象,岭多娇。老百姓、喜上眉梢。皇粮免征,恰和风流煦醉良宵。税单千载,寿告终、明烛天烧。　　乾坤握,农乃本;谋善政,架金桥。望沃野、惠雨潇潇。山乡鼎沸,正劝耕敦穑乐陶陶。腊梅惊艳,笑神州、滚滚春潮。

千秋岁引　漫步明祖陵大堤

习习金风,晨晖缕缕。十里长堤叩明祖。千行白杨惬意带,霞波万顷和谐赋。水中亭,岸边柳,尽欢绪。　　神道绕枢怜后土。华表望云扬惠雨。万岁山前愿心驻。丝丝瑞香袅袅起,声声雁阵依依去。树参天,浪堆雪,堤如故。

沁园春　车过龙王山水库

朝霭茫茫,细雨缤纷,乍暖又寒。笑烟波万顷,扁舟点点;水天一色,鸥鹭翩翩。堤锁龙王,风撩岸柳,十里长山雾缱然。车飞掣,畅人间正道,呼啸云巅。　　魂萦沃野当年。喜翠柳骄杨织远阡。记沟渠纵横,层层麦浪;丹霞灿烂,袅袅炊烟。斗转星移,平湖拔地,福泽苍生引命泉。抬望眼,恰和风拂面,不尽春澜。

念奴娇　记盱眙矿山公园

象山多幸,笑千仞粉黛,春波愉目。芳草如茵怜断壁,残岭风梳修竹。瑰石星罗,清流濯月,绮阁云深矗。睡莲丽质,峭崖娇媚出浴。　　遥记琼苑当年,炮声动地,百载芾翁哭。还我翠屏第一山,盛世终开新局。造福乾坤,协调发展,四海和风绿。长淮鼓浪,引吭科学持续。

满庭芳　走进都梁中学

碧草连茵,凤楼浴日,紫气携瑞东来。笃行敦品,祥地远嚣埃。典籍名篇浩瀚,藏书阁、玉柱琼阶。群芳谱,星光灿烂,熠熠耀江淮。　　倾情民办学,家乡造福,岂有他哉?集强将精兵,陶铸英才。路远山高何惧,汗挥处、春暖花开。三星摘,牛刀小试,志在夺金牌。

满江红　夜叩都梁阁

剔透晶莹，都梁岭、蟾宫飘落。阶玉叠、朗庭高栋，镂檐飞角。广德厚民初愿了，凝华积翠宏图托。惠风畅、摩顶摘星辰，银河踱。　霓裳舞，寒意却；石板路，韶光灼。望龙王山下，凤鸾腾跃。千里江淮船号激，万家灯火芳馨索。栏抚遍、四海共瑶台，清平约。

诉衷情　走故乡

白杨吐绿燕啾啾。喜作旧时游。借问邻翁安在？村女指新楼。　缘沃野，伫码头，笑垂钩。和风拂煦，烟柳依依，桃浪悠悠。

水调歌头　网吧义务监督员之歌

撩起弥天幔，跨进电脑房。网吧义务监督，亮证气轩昂。审视吧台记录，核对网民身份，驻足读书郎。绿鬓映华发，心语话天良。　秋到冬，春到夏，未彷徨。清风两袖，流言蜚语又何妨？构筑长城万里，守护蓝天一片，"五老"共情肠。矢志千秋业，关爱勿相忘。

按：五老：老干部、老战士、老专家、老教师、老模范。

水调歌头　龙虾咏

龙虾闯天下，古邑誉神州。狂飙席卷南北，高韵不胜收。香醉秦淮河畔，情满钱塘江上，指日走西欧。千载虾之都，今夕最风流。　陡湖里，长淮岸，蛤滩头。芳池十万，硕虾云涌任遨游。习习和风拂柳，阵阵清涛拍岸，归橹唱丰收。一曲龙虾咏，万户酒盈瓯。

沁园春　放歌改革开放30年

卅载欢歌，四海弄潮，万里扬鞭。望平湖高峡，喜容福祉；神舟星汉，笑揽婵娟。宝缶铿锵，激情超越，红叶依依寄五环。田家乐，趁风调雨顺，耕植丰年。　天功正本清源。生产力、重开解放篇。志文明科学，和谐社会；协调发展，锦绣家山。改革开放，振兴华夏，凤翥龙骧过大关。昆仑舞，正春天故事，唱彻人间。

浣溪沙　雨中漫步

沐雨栉风醉夕凉，穿林拾翠步崇冈。家山望断雾茫茫。
竹笠扶苗晨沃野，渔蓑濯足夜荷塘。乡情更比雨丝长。

鹧鸪天　磨涧西山恋

层岭苍茫风飒然，松涛竹海漱幽泉。矫鹰追日三千尺，高路凌云四百旋。

山枣涩，野桃酸，老牛啃痒我巡天。童真不识愁滋味，能不魂萦忆少年？

满庭芳 盱眙象山大峡谷

八纪象山，百年矿业，万壑重驻春颜。晓晴扬煦，鸥鹭啸云天。层岭青松叠翠，剑门阁，虎踞雄关。淮河浪，奔腾跳跃，高峡漾漪澜。 当年。人吃山，长钎裂石，排炮惊天。记幽谷锤声，船号汀湾。断壁象山饮泣，子孙债，几日能还？和风劲，矿山关闭，生态送人间。

高阳台 盱眙关工委再获全国先进

荷扇临风，榴花映日，关心捷报翩跹。天道酬勤，殊荣年复一年。栉风沐雨爱心路，廿春秋、薪火相传。几人知？汗洒今朝，魂系明天。 初衷不改遵天职，共拾遗补缺，排忧解难。科学统筹，创新务实争先。老牛跋涉斜阳里，自奋蹄、何用扬鞭？笑吾侪、心驻童真，情寄前贤。

水调歌头 盱城的路

举步水泥路，逸兴绕城环。长街里巷康衢，阔幅彩云间。老虎岗头坦道，十里营前八轨，庄逵拥甘泉。密绿纵横路，古邑织欢颜。 一条街，尘蔽日，已昨天。民生事大，科学筹划计千年。玉宇沿途俊气，店铺当街红火，丹凤舞翩跹。策马富民路，万户笑声喧。

鹧鸪天 记盱眙县龙山蔬菜大棚

十里龙山遍大棚。千畦凝碧漾芳馨。残冬腊月番椒绿，岁暮天寒韭菜青。

风瑟瑟，月泠泠，车车鲜嫩又登程。鼠标点处行情好，远寨深山传笑声。

千秋岁引 遥望盱眙革命烈士纪念碑

浩气长存，丰碑伟屹。万顷松涛掩忠骨。依依白云塔顶绕，悠悠哀乐心头拂。素花泣，青山肃，残阳血。 铮铮镰斧辉日月。高庙英魂千秋节。重整河山情犹切。化农湖畔广厦起，宗岗岭上春光烨。望长淮，大潮涌，征帆越。

注：①高庙：中共盱眙县委第一任书记、革命烈士李桂五的故乡。②化农：即梁化农烈十，天泉湖原名“化农水库”。③宗岗：管镇境内村名抗日战争时期，我27名抗大学生和年轻的战士牺牲于此。

望海潮 壮哉农民工

骄阳携侣，坚冰结伴，筑成广厦千重。粗糙工装，晶莹汗水，涤明七彩霓虹。家政共和衷。地铁穿江过，力引苍龙。敢问神州，都市何处不民工？ 故园碧水淙淙。揣大山朴实，沃野谦恭。沿海掘金，临城尽瘁，尊严生计萦胸。笑挟百城风。时尚千村俏，荡涤贫穷。给力新军崛起，盛世看三农。

浪淘沙　雪夜

彻夜雪翩翩，素裹尘寰。层峦叠玉叩苍天。腴润九畴禾拔节，春水潺潺。
远寨笑声喧，爆竹连连。银屏网络几曾眠？一号令文昨又颁，瑞满人间。

水调歌头　记盱眙中学第一山校区

百载读书地，淮上第一山。翠屏立壁横峰，林海漾漪澜。朝起卿云玉海，暮合渔歌天籁，神韵笼杏坛。劝学魁星殿，烨烨耀楚天。　崇圣楼，琢玉阁，傲尘寰。人才高地，春华秋实铸中坚。石板路前砺志，红烛光中翔凤，崛起树人篇。情满盱中月，万户梦祈圆。

八声甘州　放歌清水坝码头

石牛山涌翠，出西城，坦道越崇冈。望引河岸畔，柳丝袅袅，淮水泱泱。塔臂凌空飞舞，庄户码头忙。轮笛悠悠起，鼓浪三江。　车水马龙坝上，遍层楼重阁，巨柱高廊。叹南腔北调，善价博豪商。笑声喧、烟花璀璨，趁晴明、超市又开张。天风烈、涝痕全扫，正道沧桑。

破阵子　纪念辛亥革命100周年

漭漭长江歇浪，巍巍紫岭轻风。鸽阵催归啼祭道，林海安澜揖寝宫。石城烟雨蒙。
翠亨村头霞蔚，武昌城里枫红。华夏振兴昭日月，天下为公讴大同。依依自由钟。

沁园春　金康达集团礼赞

嘉树连云，镌石星罗，碧草萋萋。望巍巍广厦，和风轻拂；悠悠坦道，车队欢驰。菌种精挑，配方科学，饲料工程当首推。金康达，创名牌产品，稳握商机。　情钟专业良规。求卓越、风尘夜半时。笑藻香水美，虾肥蟹硕；梦圆丽日，爱满芳池。诚信神州，感恩社会，桑梓依依乐博施。苍天在，领万家致富，不变主题。

水调歌头　飞天颂

托起太空梦，勇士再挥鞭。扶摇直上苍穹，牵手喜涟涟。严谨轻敲深邃，淡定精雕遥远，完美叩苍天。多福中国结，玉宇倍鲜妍。　沐朝阳，望北斗，仰红船。中华崛起，科学发展领新篇。浩瀚东方智慧，泱漭神州热土，盛世更无前。漫漫飞天路，求索正当年。

渔家傲　钓鱼岛

石垒礁陈千嶂立，横眉冷对阴霾逼。作祟嚣尘挥锈戟。风瑟瑟，觊觎华夏倭横逆。
琼屿清辉思故国，皇皇明史谁能易？万丈怒涛埋鬼蜮。鸥舒翼，五星璀璨军歌激。

满江红　记磨涧刘兆义

绿掩华庭，三层栋、尽披喜色。机欢唱、制砖雕版，生财有策。网畅屏宽时尚选，窗明几净芝兰室。十字绣、密密织温馨，春光溢。　　双亲故，长夜恻；疏牖冷，心潮激。记餐风闹市，忍声苛刻。碴海淘金无悔路，孑身蹈火多情择。天公道、惠雨润勤家，重山碧。

注：刘兆义，江苏盱眙磨涧人，年近四十，父母双亡，十年前去苏南打工，吃常人不敢吃的苦，受别人不能受的罪，终于打拼出一片天地。几年前，刘兆义回乡创业，与友邻合资办起水泥制品厂，回报家乡。

沁园春　伟人毛泽东

袅袅秋风，韶岭巍峨，湘水苍茫。看长沙城里，春潮涌动；井冈山上，星火辉煌。遵义扶危，枣园秉烛，飞雪雾都吟曙光。西柏坡，正铿然“务必”，语重心长。　　五星熠熠东方。赤子爱、换天志未央。有雄文立极，薪传马列；作风求实，情系炎黄。特色融冰，践行科学，崛起梦圆期晓阳。风雷动，恰红旗指处，正道沧桑。

巫山一段云　盱眙世纪大道金秋行

十里桂花路，漫天馥郁香。轻黄淡白扮重冈。风软挽秋阳。
远岫凌烟阁，霜林新学堂。商家骚客醉春光。归雁一行行。

满江红　中日甲午海战120年祭

楚雨潇潇，凄风里、归鸥呜咽。望黄海、怒涛万丈，惨云遮月。不忍同胞层浪裹，每怜铁甲横流折。千夫指、拱手马关前，丧龙节。　　甲午耻，何日雪？钓岛恨，犹重结。我巍巍华夏，岂容轻亵！富国强兵当盛世，丹心碧血凝傲骨。军号激、飞泪祭忠魂，海天烨。

临江仙　登都梁公园观淮亭

万顷朝霞如凤羽，观淮亭上观淮。水天红透映桃腮。驰轮梭箭发，商贾弄潮来。
凫雁悠悠翔远浦，黛螺装点蓬莱。仙人到此也忘怀。天公挥巨手，一笔定鸿裁。

浪淘沙　甘泉山望远

柳暗上甘泉，一醉江天。祖陵隔岸淡云烟。淮水悠悠东万里，浪唤沉垣。

葭苇碧连阡，雁阵翩翩。柔风浩荡暖人寰。汽笛声声传古刹，潮涌千帆。

吴其霖

吴其霖(1950～)，江苏盱眙人。本科毕业。曾任乡长、县住建局副局长等职。

诉衷情

落花流水去无寻，转眼近黄昏。青丝白发难对，发白是来人。　　循矩范，志凌云，寸阴珍。纵然回首，无愧于天，不负于民。

行香子　菊赋

气朗风飕，一叶知秋。金风送，菊吐清幽。南山忆旧，浊酒红楼。渐心相近，意相许，含怯羞。　　端庄清秀，脱俗风流。立篱畔，欲展歌喉。几经霜雪，无怨无求。看仍昂首，自高洁，不言愁。

赵庆生

赵庆生(1951～)，江苏淮安人。中华诗词学会会员，擅作鹧鸪天，人称“赵鹧鸪”，著有《兰圃一叶》。任淮安区诗词楹联协会副秘书长，河下诗词协会副会长兼秘书长。

鹧鸪天　月夜河下

雁憩萧湖霜满天，依稀古镇梦中眠。闻思寺里禅音渺，御码头前舟子闲。
云袅袅，雾姗姗，吴居沈府竹枝寒。估衣街上轻移步，情侣依依到柳滩。

鹧鸪天　周恩来故居

驸马街头父母邦，楚风轻荡故山阳。稚童三母开蒙早，才俊终年救国忙。
凌浩海，挂云樯。探求真理任翱翔。一生破壁躬身死，致力中华世界强。

按：周恩来有三母，即生母、养母和乳母。

鹧鸪天　古文楼

花巷排阶意韵稠，幽庭曲院古文楼。汤包皮薄如蝉翼，涨蛋糕鲜胜庶馐。
声鼎沸，味勾留。帝王别驾不知羞。百年老店风尘月，村女孤联柱上头。

按:清乾隆皇帝第四次南巡路过河下,与纪晓岚在文楼遇一村姑,出下联"小大姐,上河下,坐北朝南吃东西",结果难倒乾隆君臣,至今无人对出。

鹧鸪天 文通塔

宝塔巍巍八面风,文通禅寺有遗踪。运河夕照祥云霭,金德钟鸣浩气宏。
山隐隐,水淙淙,石人肃立伴青松。草堂静寂碑林广,一勺秋波入梦中。

鹧鸪天 名人亭

自古山阳翘楚稠,文魁武曲游神州。建安檄赋陈琳骨,荆府西游吴氏猴。
枚乘宅,曲江楼,贤才辈出竞风流。名人为我添荣耀,吾比名人胜几筹?

按:曲江楼为淮安名胜之一,曾聚集大批文人雅士,清朝有"曲江十子"之说。

鹧鸪天 河下御码头

淮水泱泱自古流,幽幽湖嘴系云舟。盐粮漕运飘杨柳,日月巡游过楚州。
桅影密,酒声稠,南腔北调出船楼。龙幡衮衮随波逝,此处空遗御码头。

鹧鸪天 关天培祠

遗影如生气宇昂,老松难诉国家殇。虎门御敌禁烟毒,粤土平夷保海疆。
陈要塞,筑金汤,长城忽毁败朝纲。家山有幸收忠骨,气节英名百世芳。

鹧鸪天 汉韩侯祠

小院悠悠日月浮,深堂静祀楚淮侯。中原逐鹿烽烟乱,沙场挥戈壮志遒。
匡汉统,助炎刘,江山半壁赖奇谋。不知进退循前辙,长乐宫中枉断头。

鹧鸪天 韩侯钓台

古运扬波拍岸来,少年困顿几徘徊。若非漂母施援手,岂有渔郎上将台。
追月影,展襟怀,齐王兴汉冠三才。功垂如纳蒯通计,董笔重修简又排。

鹧鸪天 淮安府署

府署煌煌威势藏,江淮广土执朝纲。窦娥碧血冲天怨,希挚乌纱动地彰。
清照壁,戒牌坊,官衙文化退思堂。廉明勤政唯三省,海晏河清国运昌。

按:希挚即傅希挚,其淮安知府卸任,清点身边之物,竟然只有一块黑布,于是他将这块黑布剪成小块,分给下人。

鹧鸪天　梁红玉祠

静默祠堂水半围，耳边似觉鼓桴擂。乱云蔽日旌旗杂，豪气扬帆战阵排。
惊浪急，杀声悲，飘遥风雨落残晖。英魂已伴烽烟逝，巾帼长庚粲未衰。

鹧鸪天　刘鹗故居

半座闲庭面向南，西邻一勺韵非凡。凝祥壁畔研勾股，太史园中著老残。
藏甲骨，考渊源，铁云治水有遗篇。杏林乐律精书画，旷世奇才天下先。

按：凝祥为刘鹗故居照壁题词；白色屏门上方悬“太史第”三大字金匾。

鹧鸪天　龙光阁

望海灵龟祀国昌，高冈矗立耀魁光。礼门悬挂圆规匾，义路移栽矩树行。
龙脉盛，运河长，楚风吴韵聚星堂。江淮胜景繁华地，一览三城阅宋唐。

按：淮安城似一“望海灵龟”，当时修建龙光阁就是给“灵龟”加上一个头。

鹧鸪天　入海道之水上立交

如练双流一脉长，蛟龙际会故山阳。东西导水奔沧海，南北行船贯大江。
淮水隐，运河彰，立交观止叹洋洋。千年灾难而今息，根治如期导远航。

鹧鸪天　吴承恩故居

吴宅门前墨竹篱，回廊曲榭射阳簃。西游神记呕心血，东土僧人历险巇。
排险难，拒熊罴，取经何惧暑寒欺。一支妙笔金猴慧，妖雾澄清碧宇祎。

鹧鸪天　镇淮楼

松柏森森银杏道，云衢天澈傲春秋。楚风吴韵前朝蕴，沙漏铜壶往事悠。
钟讯疾，鼓声愁，悬湖高堰解民忧。枢机南北其揆一，几度清风祭酒楼！

鹧鸪天　古运河

运水泱泱映碧天，春秋几度楚波连。当年隋帝栽杨柳，今日平民赏牡丹。
帆影远，棹声阑，盐粮不再用漕船。斜阳烟雨随风逝，故迹翻新易旧篇。

鹧鸪天　文渠

一曲文渠九曲环，微风荡起绿波澜。人家万户依流水，文脉千年颂昊天。
花似锦，柳如烟，黄莺鸣落采菱船。当年秋景何时再？雨后长虹笑语喧。

鹧鸪天 月湖

万柳池旁万柳栽，茅茨垅上掩庭槐。天妃失所蒹葭旺，周阮无祠阡陌回。游胜境，誉长淮，明时八景雨烟围。城中野寺鸣钟晚，前面依稀远浦台。

鹧鸪天 东岳庙

银杏森森古庙悠，钟鸣杳杳月如钩。宋时基础明时韵，红色围墙青色楼。烟火盛，教规周，长存道炁自清修。弘扬道德循规矩，服务苍生展壮猷。

鹧鸪天 萧湖

灵异萧湖集古贤，曲江十子结渊源。枚公讽喻吟七发，赵暇凄清伴五弦。擒绿蟹，采红莲，恢台夏府水波连。新安旧址汪公墓，东岳巡游恋水天。

鹧鸪天 勺湖

半勺琼浆洒丽都，明珠点缀入蒲菰。蜈蚣桥畔新悲阁，白石舫中旧酒垆。听法器，看浮屠，草堂傍晚赏金乌。良宵轻渡樱花岛，一片清光照玉壶。

鹧鸪天 窦娥巷及窦娥井

碧血冲天透白绫，苌弘难辨鬼神惊。三年大旱疑情诉，六月飞霜真相澄。魂杳杳，魄沉沉，一朝冤狱得昭明。清廉可鉴娥眉井，明镜高悬四海宁！

鹧鸪天 青莲岗文化遗址

原始青莲近万年，黄河故道米粮川。红泥陶件刀模印，芦席圆轮智慧篇。单穴葬，五铢钱，先民碳稻水淹田。东南沿海文明古，华夏子孙共血缘。

鹧鸪天 淮安府学遗址

府学无言屡兴萎，宫墙数仞旧时辉。香芹采得儒生愿，泮水波开金殿楣。锥刺股，烛燃眉，几人考罢出秋闱。大成有造今何在？植杏高坛更有谁！

鹧鸪天 车桥战役纪念馆

御敌烽烟遍九原，车桥战役战犹酣。强弓末弩看家犬，铁马金戈打虎鞭。圈堡垒，伏芦滩，打援围点出双拳。八年抗敌风和雨，转守为攻破浪帆。

鹧鸪天　中共中央华中分局遗址

抗战硝烟治未央，阋墙兄弟动刀枪。集中财政抓基础，组织资源固后方。屯物质，积钱粮，战争自卫有提防。指挥七战皆传捷，卓著功勋日月光。

鹧鸪天　新罗坊遗址

古运淮河末口连，新罗人氏聚居圈。楚州依托通全国，高丽凭淮造大船。牵海陆，过关山，交流文化在民间。长亭石刻书遗址，友好亲情世代传。

鹧鸪天　新安旅行团纪念馆

倭寇狼蹄踏九原，中华危难起烽烟。莲花开落萧湖滨，民族存亡童稚肩。为抗战，做宣传，身临前线斗凶顽。行程天下经风雨，新旅精神代代瞻。

鹧鸪天　古藤园

盘绕凡尘五百年，虬龙蛰伏待飞渊。老干遒劲欺台柱，嫩叶葳蕤接昊天。荫漫漫，绿蜎蜎，丝丝凉意在人间。攀援不为登高处，欲庇苍生脱暑炎。

鹧鸪天　施耐庵《水浒传》著书处

大宋江山几度愁，高官腐败昏君羞。宋江仗义及时雨，方腊称王令帝忧。书水泊，写风流，英雄草莽侠肝遒。施公秉烛呕心处，名著奇文耀九州。

按：施耐庵《水浒传》著书处坐落在淮安城内大香渠巷。

鹧鸪天　汪达之墓

僻壤长眠草冢孤，莲花簇簇遍萧湖。行知教育乡村里，奉献精神风雨途。承苦难，主沉浮，宣传救国走街衢。铁肩道义新安旅，赤胆书生伟丈夫！

鹧鸪天　流均马铺水龙局

古楚流均马铺庄，水龙排列着戎装。村邻若发灾星火，局内欣然旦夕帮。锣紧急，步匆忙，舍生忘死义深长。道光陈迹今犹在，铁甲金盔耀梓桑。

鹧鸪天　莲花街

势若长虹路一条，连绵数里跨三桥。萧湖两侧如诗画，慧照孤亭听玉箫。编草席，打蒲包，轻舟小岛渡渔樵。悬灯壁上行人便，步步莲花步步韶。

鹧鸪天　勺湖碑园

曲院回廊勺水边，荷风塔影越千年。碑文镌刻文臣赋，墓志彰明武将言。唐碣损，宋碑残，大清三帝御诗全。青年蹈海酬心志，雪作须眉道义诠。

鹧鸪天　淮安水利枢纽工程

坝闸如云十字衢，交通命脉集中枢。长河北调京津济，淮水东流海域输。悬陆地，挟江湖，东南一片稻禾腴。防洪去患千秋业，造福平原唱鹧鸪。

鹧鸪天　两淮批验盐引所旧址

古镇西头旧址存，一方碑刻究其真。朝廷督察盐商引，监掣桅封货主银。抽税赋，养君臣，淮盐集散运河滨。前堂后厦煌煌署，一炬成灰月照痕。

鹧鸪天　荻庄风情

松下清斋桂子邻，菰蒲一渚有迷津。华溪草荡渔夫壮，锦垅桃垠绣女纯。齐弄影，共扶春，含烟芦荻画轻云。平安馆舍虚游廓，刻烛吟诗煮玉鳞。

鹧鸪天　柳衣菰蒲曲

带水含烟竹巷边，珠湖览胜柳衣园。梧桐秋色歌明月，芍药春亭画锦笺。黄鸟地，白鸥天，水仙别馆踱流连。曲江十子功名远，一曲菰蒲泣杜鹃。

鹧鸪天　篆香楼遗址

板闸香飘白玉兰，诗僧作赋望淮关。官员载酒看花卉，嘉靖安澜治大川。车马盛，运河繁，笙歌画舫尽开颜。依稀旧址风亭立，一处森林翡翠湾。

鹧鸪天　平桥迎龙亭

叠角飞檐风雨遥，归帆十次驻天骄。南巡可得民情确，北伐才能疆土辽。占要地，据平桥，通津九陌屡迎轺。十年古镇青春焕，天下闻名豆腐肴。

鹧鸪天　平桥东圣寺

兜土功成一寺雄，玉琳弘法岂谭空？真如至性心灯愿，佛运昌明智慧融。敲暮鼓，击晨钟，运河两岸磬声隆。驱邪扶正拈花笑，世界和平祈大同。

鹧鸪天　明板闸出土

一闸沉浮六百年，云开日出见青天。无言石板沧桑见，有幸长河血脉连。
兴水利，渡粮船，帆樯林立正阑干。笑颜赑屃随风隐，吊客流连望榷关。

鹧鸪天　龙窝楼

文化名城古迹多，龙窝巷里有龙窝。檐牙高啄龙光赋，斗拱轩层天水歌。
潜太祖，眺淮河，南巡弘历觅香哦。文渠一脉遗踪远，魁阁文通共岳峨。
按：乾隆南巡时曾于此拜寻宋太祖（乳名香孩儿）遗踪，并题词“龙窝寻香”。

鹧鸪天　王遂良故居

地处龙窝走马楼，残垣断壁惹人愁。门当户对砖雕美，天井轩廊石刻幽。
前巷口，后街头，槐荫堂里古风休。窗檐老树甘泉井，历尽沧桑叹断头。

鹧鸪天　华夏酒器馆

十字街头古石工，门前竖匾半悬空。千年铜豆千年韵，几度甘波几度风。
琼玉盏，紫陶盅，琳琅瑰宝满睛瞳。轻醇一醉人生过，唯见云樽伴暑冬。

鹧鸪天　吴承恩书画艺术馆

河下文坛发胜葩，状元脉息继桑麻。苇间拍浪惊芦雁，白石濡毫戏老虾。
藏雅室，接方家，明堂绰绰似仙槎。艄公无量成功德，敢叫凡人出风华。

鹧鸪天　恩赐山庄

城外风情又一春，水晶剔透涧河滨。长廊贴水龙盘石，灵壁向阳虎踞津。
桥拱月，路沿濒，鱼塘辽阔钓红鳞。蓝梅采摘大棚暖，度假休闲可唱豳。

念奴娇　记1958年郑州大桥上之纤夫总理

邙山脚下，大河东流去，一桥相接。特大洪峰来势猛，一个桥墩开裂。危及其余，千钧一发，汛况燃眉睫。知情总理，亲临现场殷切。　　召集技术专家，集思修正，方案精心抉。脱下外衣绳挽臂，背负青天躬屈。百姓心疼，跪求泪落，仍见纤夫拽。清风长在，此桥墩固如阙。

凤凰台上忆吹箫　河下览胜

天下风情，有三分在，估衣花巷逗留。览垅间禾稼，古渡春秋。都说扬州赏月，依我看,满浦停舟。君知否?千年古镇,起始吴钩。　　悠悠,溯源跌宕,听古运船夫,泗水灵猴。登阁萧湖望,虚指文楼。孤独枚亭倾诉:谁伴我,遥对汪丘。莲花落,煌煌御碑,不尽风流!

金缕曲　祭吴承恩先生

古楚山阳县,出奇材,大河之下,墨飞成卷。目睹官场常失意,庙幄雄才愤懑。罗万象,人神共案。天下不公藏天下,总难圆心底千重愿。尘扫尽,道平坦。　　射阳簃甲灵猴变,与妖魔、玉皇鬼怪,各方征战。筋斗云翻千万里,练就金睛火眼。澄玉宇,人间看遍。借得金箍如意棒,闹天宫海底阎罗殿。驱丑恶,慰良善。

王买成

王买成(1951～　),江苏涟水人。中国书画家协会会员,江苏省书法家协会会员,中国楹联学会会员、中华诗词学会会员。诗词作品入选《当代江苏千家诗》《中华诗词》等书。多次在大赛中获奖。

浪淘沙　赞五岛公园

竹径引花轩,杨柳青烟。亭桥九曲傍红莲。夕照山前飞白鹭,碧水蓝天。
五岛结三园,妙手宏篇。湖光塔影复增妍。自古涟漪佳绝地,更比桃源。

张桂香

张桂香(1951～　),江苏淮安人。曾任博里镇中心小学校长、党支部书记。中华诗词学会、江苏省诗词协会会员。

长相思　赞中国女排雅典奥运夺金

汗水流,泪水流,流到今朝获所求,卧薪二十秋。　　苦悠悠,乐悠悠,不取金牌不罢休,称雄永保留。

卜算子　咏菊花

天性喜迎霜,春暖芽儿俏。待到深秋落叶时,犹有清香绕。
风骨令人钦,品种知多少。入药花茶价值高,品味当骄傲。

蝶恋花　悼英雄教师殷雪梅

危急关头逢不测，为救儿童、身捷当车出。风吼雷鸣云哭泣，鸟惊花谢山恹色。
从教卅年如一日，朝暮倾心、母爱为天职。如此园丁何遽失？英雄事迹诠师德。

摊破浣溪沙　歌盛世

改革春风暖万家，中央德政万民夸。民富国强歌盛世，好年华。
目睹农村新变化，茶余饭后话桑麻。触景生情诗意发，笔生花。

渔家傲　蚊扰

今夏蚊虫真不少，青天白日将人咬。傍晚时分天上搅，收工早，若迟晚饭毋言饱。
吸血传瘟尤可恼，蚊香一点形缥缈。户外乘凉专打扰，忙洗澡，空调房内谈环保。

清平乐　咏夕阳红大院

秀楼稀有，建筑何曾久？寝室豪华非简陋，白发休闲延寿。　　老年大学真功，各门学业开通。最喜诗词书画，佳作布满屏风。

沁园春　三农颂

放眼神州，昔日农村，换了旧颜。望平原阔野，生机一片，沟渠密布，心醉桃源。户户楼房，汽车进院，谁说黎民薄有田？新春到，看村村寨寨，锣鼓喧天。　　凭栏思绪联翩。面貌变，中央德政先。幸种田免税，医疗保险，下乡家电，政府拿钱。惠及民生，小康迈进，首创三农锦绣篇。同心结，建和谐社会，催马扬鞭。

王立坤

王立坤（1951～　），江苏南京人。曾供职于洪泽县供电公司。中国电力诗词学会会员，江苏省诗词学会会员，洪泽县楹联学会常务理事、洪泽县诗词协会副秘书长，《洪泽诗苑》副主编。

渔歌子　洪泽湖采风

其　一

大泽春风古堰家，荷香柳翠浪飞花。翩鹭雁、跃鱼虾，邀咏行舟待月斜。

其　二

扁舟轻棹向渔家，点看青螺蟹鳜花。蓝典曲、白湖虾，锅贴鱼鲜醉影斜。

风入松 咏老子山镇

纳淮千里水漫漫,湿地苇滩。安淮寺上云霞远,乘青牛、问道丹山。网底鱼虾怯怯,舟前鸥雁翩翩。 一街仿古百商繁,路畅车欢。健身康复渔家近,洗风尘、绝妙温泉。傩曲飞筝庙会,驭帆垂钓闲观。

踏莎行 南水北调蒋坝段

设闸拦腰,悬湖水放。波涛滚滚雪花浪。沿途九级架机输,清流过处人欢畅。
蒋坝咽喉,淮河浩荡。北方干旱此依仗。源泉不断赖丹江,人间奇迹今朝创。

渔家傲 大湖吟

一色水天波浩瀚,轻帆点点扁舟小。放眼丹山云雾袅,游客早,风光陶冶情思挑。
白浪滔滔鸥鹭绕,狂风骤起惊飞鸟。汽笛时闻航远棹,舒目眺,悬湖似画含妖娆。

望海潮 畅游洪泽湖

平湖潮涌,南天雁阵,晴空万里无瑕。纵目景观,轻帆击浪,船头溅起飞花。渺渺水天涯。落花滩地白,鸥鹭眠沙。习习秋风,岸边遥望二三家。 菱荷十里尤嘉。亦清歌悦耳,嬉嬉莲娃。涂画未成,诗情亦乱,琴声渔女琵琶。远看撩轻纱。又湖边瘦柳,偶噪栖鸦。待到归来日暮,斜照映云霞。

张家崇

张家崇(1951~),江苏淮阴人。中共党员,曾任乡镇教育助理。现为中华诗词协会会员,江苏省楹联学会会员,淮安市诗词学会理事,淮阴区古淮诗社社长。

调笑令 无赖

无赖,无赖,盘剥民工刀快。脸皮厚哭声高,负债潜逃坏招。招坏,招坏,休想逍遥法外!

行香子 回徐溜小学感怀

杨柳春风,吹绽桃花。情牵处,勤奋娇娃。天真烂漫,不负年华。恋六塘荷,六塘月,六塘霞。 今朝叶茂,闻鸟声哗。校园新,紫气清嘉。生机勃发,文脉民夸。冀出奇人,创奇迹,绽奇葩!

减字木兰花　刷屏端午

刷屏端午,民俗遗风飞入户。祝福声声,万水千山粽是情。
吟诗怀古,纪念屈原神韵吐。网页温馨,频点神州享太平。

鹧鸪天　赞刘老庄农民诗人“八傻瓜”

两袖泥香八傻瓜,街头田埂种诗花。乡音古韵和声雅,民俗风情口味佳。
歌盛世,话桑麻,扬清激浊咏丹霞。淡看名利承文脉,吟草流芳又一家。

鹧鸪天　读毛泽东《沁园春·雪》感赋

传世鸿篇堪绝伦,妙词论史雪迎春。帝王治国风骚逊,马列兴邦主义真。
豪气壮,赤心纯,江山指点扭乾坤。风流人物今朝数,磅礴东升日一轮。

水调歌头　金砖厦门会晤

厦庇五洲客,门纳八方潮。欣看海面宽阔,鹭岛国旗飘。欧亚拉非一体,聚首侨乡谋略,齐奏共赢谣。联动新经济,合作在今朝。　迎风浪,同舟渡,挽狂飙。逢山挥斧开路,遇水架虹桥。滚石爬坡过坎,维护公平发展,会晤献奇招。遍地金砖响,世界尽妖娆。

沁园春　新淮阴礼赞

母爱之都,韩信家乡,淮上弄潮。揽桥涵路宇,光鲜耀彩;农渔牧厂,兴旺多娇。盐化增容,晶圆落地,跨海飞洋玉带飘。争先跑,创区强富美,独领风骚。　欣看楚地丰饶,守文脉根基不动摇。尚胸怀宽广,初心耿耿;清风滋润,正气昭昭。当代英豪,肩担使命,聚力凝心向目标。攀顶峰,望光辉前景,再夺新高。

[天净沙]　咏绿叶

青山碧野茶园,荷塘翠柳秧田。多少情怀眷恋。毕生奉献,换来低碳丰年。

严永年

严永年(1952～),江苏淮安人。中学语文高级教师。淮安区诗词协会会员、区楹联协会副会长兼秘书长。所著《三字经·缅怀敬爱的周总理》,在多家报刊登载,产生了积极的社会影响。

自度曲　月夜情思

月色朦胧罩小塘，星也残，风也凉，柳丛划破满池霜。残红覆径，落叶飘零，竟无昨日芳。忆昔并肩小径旁，一腔爱，两情长，依依折柳两惆怅。强抑思量，偏入心房，纵隔千堵墙，难遮双眼望。

自度曲　观电影《南京南京》有感

地上山河天上星，忆往昔，耻荣交并。五千年里帝王醉，七十载前日暴行，转眼间，都成过眼烟云。　　荣当记，耻不泯，向未来，欲图社稷长新，龙蟠虎踞，永固若金。

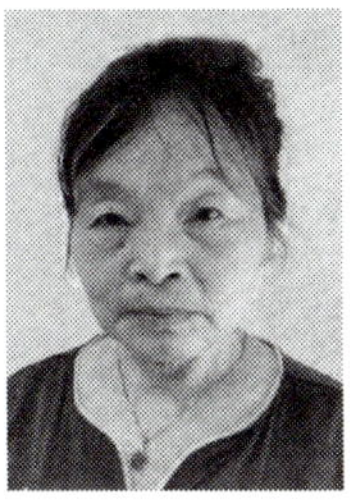

刘万玉

刘万玉（1952～　），女，江苏淮安人。长期从事小学教育工作。久居清浦，任清浦区诗词协会常务理事。

渔歌子　夏夜散步

结伴逍遥挽手行，清风朗月映池明。蝉奏曲，树摇蘡，纺娘蟋蟀唱新停。

桃源忆故人

秋风飞旋蝴蝶叶，相伴难，常趔趄。分手痛，肝肠裂。泪眼羞残月。
几竹摇曳飞双雀，梦境无情灰灭。遥盼漫天飞雪，遮掩这滴滴血。

西江月　抚琴

素手熏香细点，绿纱银坠轻拴。琴声婉转绕梁环，风静星稀天远。
白雪阳春引凤，高山流水敲盘。花羞月闭夜阑珊，裂帛声悠赞叹。

青玉案　雪

晶莹芒絮团团簇，数寒九，凌空翥。风落风飞风摆布。风急狂转，风平悠妩，潇洒穹窿舞。　　茫茫原野被白璐，崖畔数梅芳新吐。松柏竹琼枝玉树，池塘冰月，山丘银兔。素裹神工塑。

葛兆庚

葛兆庚（1952～　），江苏淮安平桥人。中共党员，退休前任淮安区工商局副局长。平桥镇诗词协会常务理事。

浪淘沙　新农村远眺

金浪映朝阳，处处流香。三农熠熠更华光。确是中央扶助力，民富国强。
视野没荒凉，户户楼房。莺歌燕舞换新装。吐气扬眉奔四化，驰骋康庄。

王来发

王来发(1952～)，江苏淮安人。中共党员，中学语文高级教师，江苏省诗词协会会员，洪泽区诗协会员。

临江仙　古堰采风

古堰长堤幽径，青枝绿叶微阴。汀兰堤芷沁人心，鸟飞留倩影，浪卷有轻音。
暮雨斜穿云霭，朝霞笑映衣襟。烟含淮水满湖金，扁舟寻港口，银发眷丛林。

鹧鸪天　悼先父

乘鹤升天二十冬。当年带病立寒风。走南闯北为生计，茹苦含辛育六童。
来有影，去无踪。为儿深造走西东。几回追赶身形似，梦里相逢泪雨中。

李秋华

李秋华(1952～)，女，江苏金湖人。曾任中学教师、淮建中学校长。其诗词作品在《苇风》《金湖诗词》《金湖荷都论坛》《淮海诗苑》等刊物发表。

减字木兰花　咏菊

白霜遍地，瑟瑟西风来冷意。落叶飘飘，草瘦荷残不忍瞧。
忽闻淡雅，却见黄花拥榭下。竞艳争幽，百态千姿笑傲秋。

忆秦娥　荷塘

阳光烈，蓝天碧水荷花叶。荷花叶，女孩声脆，小舟追蝶。　　惊飞水鸟游人蹑，青蛙蹦跳鱼儿跃。鱼儿跃，采莲歌起，韵飘香彻。

浪淘沙 咏雪

正洒洒飘飘,起舞云霄。轻轻软软往青苗。美丽温柔天上造,降落悄悄。大地更妖娆.万物生娇。无声沁润架春桥。转眼身融消玉俏,为爱魂销。

水调歌头 金湖美

绿水金湖绕,处处见荷娇。接天碧叶情漫,刺芡伴菱漂。画舫清香萦绕,笑语渔歌悦耳,鸟恋蝶相招。远眺森林茂,翠色入云霄。 祥虹现,青波越,畅双桥。输出大米鱼虾,物富品儿豪。晚上蝉吟柳舞,月下花开水漾,夜曲侣同遨。旭日霞光耀,景色更妖娆。

水调歌头 金湖秋色

灿烂随波耀,水镜映云飘。鱼游蟹戏虾舞,水鸟俯身瞧。野鸭鸳鸯嬉戏,老鸭肥鹅亮嗓,画舫唱歌谣。刺芡藕菱嫩,女子采莲娇。 湖滩地,翻金浪,点头招。茫茫雪海花盛,巧手下棉桃。遍地菊花吐艳,四处桂香沁肺,笑语入云霄。喜鹊枝头叫,美景暖心潮。

望海潮 金湖雪景(新韵)

粉星轻舞,入湖即化,舱中蹦跳鱼虾。拍翅鸭鹅,时钻水下,激开朵朵浪花。过客笑哈哈。喜银棉降落,覆盖庄稼。堤上梅英,张张俏脸挂白纱。 鹅毛鹤羽交加。响书声朗朗,可爱学娃。松更翠青,洁云映衬,枝头喜鹊叽喳。远处按喇叭。看新桥玉砌,闪烁灯华。瑞雪金湖,娇容绽放美无瑕。

六州歌头 缅怀先贤屈原

山河锦绣,粽叶散清香。端午日,龙舟赛,诵诗昂。纪贤忙。涌现丰功绩,长于治,贤能举;主合纵,循法度,建国强。楚王信谗,两次遭逐放,国破投江。看《离骚》救国,绚丽醉八方。仿效无疆。楚辞扬。 开新诗体,用奇喻,开浪漫,永芬芳。驰想象,情奔放,颂太阳。赞国殇。妙笔名文处,如临境,泪沾裳。书橘颂,咏物祖,动心房。《天问》求真探索,无垠际,荡气回肠。仰德才瑰宝,代代放光芒,创造辉煌。

马长林

马长林(1952～),江苏淮安平桥人。中共党员,曾任平桥中学总务主任、工会主席等。现为平桥镇诗词协会会长。

鹧鸪天　缅怀恩叔

世海畅游八十年，栉风沐雨戍边关。荣归故里疴沉染，痛失秋风雁领先。
人耿直，品清廉。为官正派气宇轩。身轻名洁应无憾，魂返阴曹笑九泉。

浪淘沙　故乡金秋

大地沐秋阳，稻谷飘香。三农政策闪金光。控减负担民富裕，社稷呈祥。
井水似琼浆，草改楼房。艳阳大道达康庄。合作医疗成保障，万众腾骧。

蝶恋花　祭祖

野外柳丝千万缕，鸦鹊声声，雨住朝阳煦。值此清明人祭祖，思亲泪洒倾盆雨。
一路哀思谁与诉？先辈坟前，凭吊衷肠吐。酹酒祭魂魂不语，孝心一片随风舞。

周桂峰

周桂峰（1952～　），江苏涟水人。淮阴师范学院文学院教授、硕士研究生导师。出版《题画诗说》《李清照论》《古代诗歌研究》《宋词文化论》《李清照研究》等专著，发表诗词研究论文数十篇；主编普通高校本科教材《中国文化概论》被评为江苏省精品教材；校点出版《山阳诗征》。淮安市诗词协会常务副会长、《淮海诗苑》主编。

桃源忆故人　纪念周恩来逝世20周年

当年雪大北风烈，星陨早春时节。纵是禁条若铁，悲悼山河咽。
周公才是人中杰，朗朗襟怀如月。漫道廿年长别，清影难磨灭。

临江仙　韩侯钓台凭吊

淮水岸边穷钓客，当年谁识英雄？兴亡只在去留中。一生经百战，决胜总从容。
赢得江山归汉主，难逃兔死狗烹。如今剩有麦畦风。是非皆是妄，成败总成空。

临江仙　咏淮阴

淮水东流入海，运河北上如龙。千秋楚雨趁吴风。东南称巨埠，漕运系宸衷。
自古风云变幻，匆匆无数英雄。仁施四海仰高峰。大鸾长翼展，一笑傲长空。

临江仙 参观南京大屠杀纪念馆

三十万人遭虐杀，当年惨绝人寰。血流成海尸成山。恶魔皆野兽，天道岂无言！
烽火八年江海怒，长缨缚住凶顽。阴霾扫尽又青天。国仇安可恕？国耻刻心间。

临江仙 初春镜月湖即目

岸上鸳鸯交颈，水中鸂鶒和鸣。春来初见柳梢青。荷枯梗尽折，俯首待新生。
总是暮春才好，桃花枝上盈盈。杜鹃声里赏新晴。小荷初出水，娇怯逗蜻蜓。

临江仙 清明

又是桃红柳绿，更兼日丽风和。无端心底起长波。家坟多不在，祭扫向谁何？
人世几回风雨，难防急景如梭。百年转首已无多。菜花开正好，且向艳阳歌。

蝶恋花 柳树湾赏梨花

一片梨花千万树，草长莺飞，疑在桃源渡。莫道桃源方有趣，桃源正少三分素。
醉煞词人随蝶舞，笔染芳馨，挥就黄金缕。无限乡心萦热土，豪情且化三春雨。

蝶恋花 春残

柳絮飘残春事了，且待来年，再约桃花岛。想得桃花应更好，桃花却笑人愈老。
万事如春须趁早，莫待春归，花尽空烦恼。忽觉前头时日少，绿荫且坐听黄鸟。

鹧鸪天 题《宋词文化论》书稿

早岁梦迷云雾乡，水横山阻得愁长。良师指点桃源路，一路清泉化酒浆。
沾晓露，伴霞光，几回负笈望门墙。如今白尽青青发，犹记春风夫子堂。

定风波 韩信

灭楚亡秦伟丈夫，也曾受辱伏街衢。淮水岸边穷钓客，谁识？登坛拜将气方舒。
剑下三齐情不改，如海，兵围垓下项王殂。岂料功成遭杀戮，谁诉？长淮无语绕黄芦。

满江红 纪念共产党建党90周年

风雨如磐，欲摧尽、千秋伟烈。黄浦岸、红灯骤耀，重召英杰。筚路维艰情不改，屠刀冷对血长热。有光明正义起农工，志如铁。　　国仇复，强寇灭；疮痏治，黎民悦。更蘑菇云起，霸王气竭。携取罡风十万里，扫清尘秽同冰雪。看神州处处换新颜，酬佳节。

满庭芳　为天宫一号与神舟八号对接成功而作

一去冲天，遨游万里，访遍玉阙瑶池。月宫仙子，曾共舞多时。下望神州故地，情恋恋，有恨谁知？嫦娥道：人间有信，鸳侣起相思！　神舟今启碇，芳心既许，岂惧飞驰！碧霄里，晨昏紧紧追随。却见蓦然回首，相对处、凝视多时。刹那间，缠绵一吻，情意久依依。

沁园春　壬辰夏日言怀

放眼神州，熏风万里，嫩绿繁红。忆五年经历，惊心动魄；北京奥运，头角峥嵘。席卷全球，金融风暴，把定舵盘挫浪峰。尤堪记，有天宫一号，笑吻苍穹。　而今再挽长弓，正倚马长途待晓钟。念滔滔南海，洪波频起；狺狺犬子，狂吠不穷。琐琐鼠儿，横吞大噬，欲把栋梁一啃空。芳尘起，看红旗闪处，定有英雄！

汨罗怨　杨花

似雪非雪，似花非花，空见满天明灭。乘风直上，气欲干云，遥指上清宫阙。遇黄莺、轻啭芳喉，啼破梦魂斜跌。犹胜鸣鸢，彩线长萦难绝。　飘荡升沉不定，便上青霄，也遭抛撇。过轻无主，其重何如，可得逍遥超逸？想人生，来去匆匆，分甚平庸壮烈！今老也，且逐杨花，且看明月。

沁园春　杂忆

点检平生，许多酸楚，浮上心头。叹童年懵懂，先逢饥馑，三餐如镜，照彻穷愁。再逢“文革”，雨暴风狂，苦尽苍生不肯休。红魔舞，安心与果腹，直恁难求！　桃源安得重游，但剩却灵光一点留。怅世路荆榛，人多避忌，几番侥幸，才上名楼。迷雾千层，迷途千里，处处云崖处处忧。今老也，幸斜阳影下，尚可盟鸥。

满江红　为神九升天蛟龙号下海而作

神箭腾空，巡天去、重来揽月。银浪里，蛟龙下海，新尝捉鳖。万里空中书壮志，七千米下呈英杰。更天宫海底互寒暄，人情悦。　飞天梦，从未歇；填海意，由来热。仰先贤胸臆，净如冰雪。好是春风连卅载，神州又沸青春血。且乘风、直下捣南溟，扫狐穴。

沁园春　洪泽湖书怀

白浪连天，白鹭群飞，人在轻舟。算治河大禹，丰功永在；炼丹老子，丹灶仍留。百里长堤，千年苦恨，万顷洪涛万顷愁。秋风爽，把幽思剪断，且赏鸣鸥。　而今重写春秋，有万丈豪情冲斗牛。将农家锅贴，做成神品；居人屋舍，翻作高楼。软件园区，创新势猛，指日能攀最上头。凝眸处，见霞光一片，四海来游。

水调歌头 题《李清照研究》

古国钟灵秀，才女出章丘。胸藏万斛珠玉，挥洒耀神州。看尽桃花流水，听足西风归雁，乘兴作清讴。嫁得真君子，欢洽傲王侯。　金瓯破，胡马乱，失鸾俦。梧桐细雨，洒落离恨满秦楼。步月难寻旧梦，踏雪怕逢梅影，泣血赋乡愁。一阕声声慢，岁岁咽寒秋。

念奴娇 韩侯钓台怀古

湾河水，是谁把、千古将星轻撇？镇日垂纶，怎敌他、碌碌饥肠如裂！漂母义高，亭长情薄，胯下辱难雪。暖风冷雨，几番淬炼英杰。　雄才终得逢时，亡秦灭楚，功高齐日月。祸福难期，人道是、须信摇唇蒯彻。鼎足三分，全身远害，岂是忠臣节？钓台犹在，碧波漫卷黄叶。

水调歌头 清江浦春望

见说清江浦，漕运启繁华。当年商贾云集，十万士民家。傍水高楼簇聚，到处笙歌不绝，夜夜竞豪奢。岂料世风转，忽作梦中花。　艳阳照，春潮涌，战鼓挝。千帆竞发，佳景赢得世人夸。喜看新城兴起，展望前程如绣，老幼乐清嘉。愿得东风力，吹绽满天霞。

满江红 甲午海战120周年祭

黄海涛声，一百年、听来犹咽。还记取、千秋遗恨，几多雄杰！积弱难逃成俎肉，壮怀唯有平狐穴。恨漫天浊浪掩帆樯，剩寒月！　春风起，心潮热；华夏史，翻新页。奈东瀛鼠子，猖狂乱啮。已得龙泉何所惧？神州甘洒苌弘血。誓扫除蝼蚁永清宁，祭英烈！

水调歌头 甲午中秋感怀

明月古来有，故向九天悬。静观人世翻覆，沧海变桑田。阅罢周秦更替，又见隋唐嬗代，衰盛总蝉联。一部变迁史，几页是团圆？　晚清懦，强虏入，祸相沿。许多往事，都是流血断肠篇。今日鲲鹏方起，直指南溟空阔，国运启新元。敢问台澎钓，归一是何年？

沁园春 记梦

夜梦深沉，毛公枉顾，满面春风：道"有劳贤俊，频频记起；华章读罢，我兴尤浓。世路艰难，平生有梦，透骨萦心是大同。"恍然对，急奉茶延坐，略欠从容：　"中华遍地英雄，算再造河山赖我公。记黄洋界口，晨曦微露；六盘山上，大气如虹。倚马挥毫，倚天抽剑，决胜谁如毛泽东！"公不答，但摇头仰面，注目苍穹。

水调歌头　乙未中秋情思

千里海潮涌，捧月上东天。嫦娥素面新洗，今夕十分圆。满地银光灿灿，更有清风细细，弦唱满人间。且饮桂花酒，乘醉梦缠绵。　月同照，风共沐，竟无缘。如今南去，长住西子碧波边。看罢春风梳柳，又见芙蓉迎日，鸿雁不传笺。却对玲珑影，相望总无言。

望海潮　听中共十九大报告感怀

无边秋色，匆匆征雁，凭栏遥望京华。元首胸襟，初心长在，情牵亿万人家。惠泽到天涯。放飞中国梦，绿了龙沙。探海巡天，倚云磨剑，泣寒鸦。　而今战鼓重挝。看潮连百越，风起三巴。"路"挠亚欧，"带"萦拉美，五洲共奏鸣笳。千里绽奇花。更鼓群贤力，挥桨齐划。待得圆成愿景，容我醉流霞。

张全成

张全成（1952～　），字子伯，江苏盱眙人。中共党员。中华诗词学会会员、中国楹联学会会员、中国诗赋学会会员，洪泽县诗词协会副会长兼秘书长。《洪泽诗苑》执行主编。著有《寒竹轩吟草》。

清平乐　老子山温泉一号

丹峦称老，千载由天造。世外桃源葱翠岛，胜景这边独好。　温泉日涌仙宫，瑶池碧透香浓。男女叟童戏水，神怡胜沐春风。

醉秋风　2014金秋洪泽乡镇采风记

秋高气爽斜阳照，情激奋，兴致乡道。靓园区、锦簇工农，镇建设，街容新貌。
文明生态绿葱妍，水净河清图姣。干群齐追梦，旖旎风光，看异彩红妆俏。

水声漫　游洪泽湖

浩渺烟波百折，历沧桑，汇聚成湖。万顷涛声，苍茫泽国，丹山翠、荷月风殊。马达欢歌，渔舟微笑，白鹭沙鸥戏从鱼。一色水天光灿灿，斗金日出，淮上一明珠。　记否当年，刘、潘造堤，禹王治水，昼夜费乘除。百年洪患，填平三载，"八字"修河宏论，方针踊跃呼。蓄泄兼筹，滔滔千里，直下海江途。腾紫气，飞流碧浪，清纯映蓝图。

李厚仁

李厚仁(1952～),江苏盱眙人。中学高级教师,盱眙县特级教师。中国毛泽东诗词研究会会员,盱眙县诗词学会常务理事,《都梁诗讯》编委。

蝶恋花 游第一山

第一山头初日照。同上层台,耳畔啾啾鸟。绿树婆娑风袅袅,幽幽蹊径游人早。
未负山林无限好。赏翠观红,喜露凝芳草。深处荫浓情悄悄,此身恨不山中老。

满庭芳 咏中国盱眙国际龙虾节

淮畔明珠,毫光出匣,小龙虾展鸿猷。体红香异,牵手意悠悠。更喜每逢佳节,中外客、车驾如流。高台上,群星闪耀,献艺亮歌喉。 曾嘉名不显,“于台”谬广,古邑蒙羞。幸虾作良媒,驰誉寰球。文物皇皇犹在,挥巨笔、续写春秋。蓝图绘,乘风奋翼,筑梦拔头筹。

曾广伟

曾广伟(1952～),江苏盱眙人。淮安市诗词协会会员,盱眙县诗词学会副秘书长。

浣溪沙 家乡即景

欣看故园日变强,小楼栋栋列成行。条条大路达苏杭。
不见炊烟袅袅起,却闻庭院酒飘香。忙完农事乐飞觞。

鹧鸪天 五墩社区

月季玫瑰紫海棠,争奇斗艳散芬芳。乘兴吟得二三句,撷入诗囊朵朵香。
花簇簇,影双双,轻歌曼舞俟情郎。楼台月色欢声近,灯火千家共一窗。

鹧鸪天 参观丁塘示范种植合作社

雨润风清景色佳,油桃逸兴吻西瓜。紫藤架下珠镶果,碧水池中鱼吐花。
杨社长,会持家,奇思妙手献才华。裁红剪翠铺香草,富了芳邻醉了霞。

浣溪沙

解甲归田何所求，拜师敲韵学从头。庭园吟月意横流。
诗海远航勤作渡，精研苦读上层楼。彩霞入梦醉清秋。

浣溪沙　咏雨花台

国破山河无妄灾，追求真理活遭埋。丰碑万丈耸秦淮。
春满神州先烈祭，红歌劲舞壮情怀。长征接力雨花台。

徐国庆

徐国庆（1953～　），江苏涟水人。中共党员，江苏省诗词协会、淮安市诗词协会会员，解放军红叶诗社社员，洪泽县诗词协会副秘书长。诗词作品多入选于省、市、县级诗刊中。

水调歌头　洪泽颂

美景何方有？刮目看悬湖。白色天鹅展翅，雄势壮京都。百里长堤面世，稀有芒硝开采，惊起蟹虾鱼。楼厦连绵起，路阔靓车驱。　　岔河米，丹山圣，顺河凫。城区东扩强县，引项旺新区。钱码旅游列岛，朱坝活鱼贴饼，民庶自欢娱。淮上风流地，苏北耀明珠。

王本强

王本强（1953～　），字行健，生于宝应，长于金湖。曾任金湖县委宣传部副部长。业余时间喜读诗词曲赋，兴至时有所作。

最高楼　蛇年除夕

人生路，看步履蹒跚，幸甲子平安。穷途日暮行囊瘦，达时月满玉樽寒。倦归鸿，山野鹤，舞翩跹。　　唱一曲、小园花正好，唱一曲、旧窗灯朗照。除夕夜，合家欢。向阳门第留春色，精诚儿女走阳关。马蹄轻，芳草绿，凯歌还。

王燕春

王燕春(1953～),女,连云港人。南京大学自学考试本科学历。在清江浦做过车间工人、幼儿教师、统计员、中学教师、文书档案管理员等。

鹧鸪天 游览橘子洲

又向湘南看景宏,湘江两岸景重重。近观江水粼粼韵,远望青山岳麓松。
诗赋俊,曲歌雄,毛公风采靓苍穹。满怀崇敬心祈祷,佑我炎黄好运隆!

临江仙 感恩母爱

母爱深深天赞美,无私奉献金心。感恩敬佩写词文。天穹仰望处,母爱永芳芬!
姐妹弟兄成长路,母亲关注灵魂。严冬风雨捧温馨。一生苦和乐,都谱育儿恩!

临江仙 里运河风景

里运河边风景美,白云淡淡天晴。小桥流水画中行。嫦娥同伴乐,花蕊蕴词馨。
一路栈桥连广阔,翩翩蝶舞婷婷。金阳灿灿闪波粼。渔夫前问路,姐妹看桥亭。

左同明

左同明(1953～),江苏涟水人。中共党员,淮安市文旅局退休干部。一品梅诗社副社长。

鹧鸪天 冬雪雨后看农庄

冰雨潇潇山野茫,寒风阵阵透心凉。路人瑟瑟低头往,白絮连天盖小庄。
冰凌挂,晒骄阳,冬梅傲雪气轩昂。西厢生态芳容展,东馆游人品菜香。

采桑子 春游即景

东风送暖催时雨,绿上杨丝。红上桃枝,春上河堤鸭戏之。
农家朝夕耕耘疾,豆种东篱。瓜种西畦,梨枣峦坡横小溪。

蝶恋花 缅怀周恩来总理

梦里依稀悲泣诉,哀恸周公,天降梨花雨。任尔江河风浪巨,良相一代中流柱。
弹指改开千百度,四化初成,告慰君安处。遥寄广寒心底语:海棠依旧香如故。

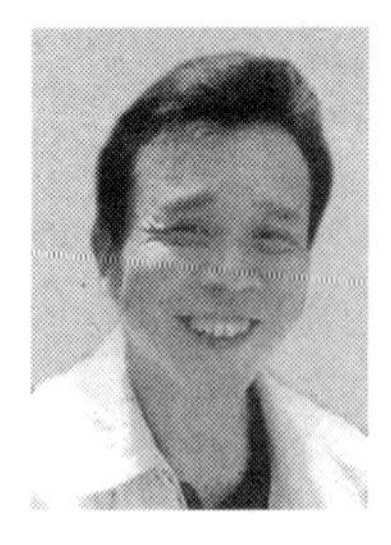

方建明

方建明(1953～　),清江浦人。毕业于南京工业大学。历任团县委秘书、乡党委书记、县文化局长、体委主任、教委主任等职。退休后任清河区立新诗社副社长。

卜算子　一品梅

居楚尚童年,便把梅花爱。亲手栽培庭院中,斗雪迎春霭。
俯首为人民,志在云天外。道义争担盖世间,一品英名载。

蝶恋花　北京奥运

八月北京真热闹,看鸟巢中,大幕拉开了。圣火点燃全场乐,神州画卷光芒耀。
四海精英迎大考,奥运擂台,夺冠知多少。五一金牌来报到,刷新历史长城笑。

李厚培

李厚培(1953～　),江苏淮安人。清江磷肥厂退休。久居清浦。

西江月　酒歌

快乐端来玉液,忧愁斟上琼浆。呼朋唤友诉衷肠,慢品豪饮舒畅。
喜庆常邀日月,佳期注满荣光。送迎祝福总帮忙,游梦神仙君享。

韩锦云

韩锦云(1954～　),江苏淮阴人。中共党员,退休教师。中华诗词协会会员,江苏楹联学会会员,淮安市诗词协会理事,淮阴区诗词协会常务理事、副秘书长、办公室主任。有多首诗词在各级刊物上发表。

渔家傲　无题

数日淫霖浑水聚,稻田河泽蛙虫语。水露含烟愁闷苦,何忍顾,身边闲事无心绪。
雨打荷花如粉絮,新蝉噪唱原词句。擎伞池边诗与赋,心顿悟,青山绿水皆情趣。

雨霖铃　冬日思友

温和冬季，碧空千里，日暖风惠。红枫尽染山麓，梅花绽放，青松苍翠。彩鲤池中戏水，老鹰展平翅。　眺远处，轻雾如纱，落日余晖映霞帔。半杯小酌逢知己，且欢愉、悄抹伤情泪。眷怀若影随顾，直教俺，夕晨难寐。一去多年，鸿燕分离，尺素难寄。只恭愿，安度椿年，更爽心如意。

江城子　深秋观街舞

仲秋雨后气微凉，朔风扬，露成霜。芦荻萧萧，野草转青黄。稻谷飘香陶醉远，鸿雁过，显仓皇。　广场老者健身忙，曲悠扬，着闲装。鹤发童颜，姿态若飞翔。自乐自娱真洒脱，心未老，意徜徉。

桂枝香　暮秋思友

闲暇漫步，看落叶飘英，飞雁孤鹜。雨霁烟消夜幕，冷侵花树。黄昏漠漠西风肃，见苍穹、远山薄雾。雁言秋冷，月流光碧，影清愁绪。　可记否、吟诗写赋，并鼓瑟弹琴，浪漫情趣。岁月蹉跎，往事再休回顾。音书且寄愁肠句，地遥山高碧霄路。夜窗幽谧，珠帘凉透，向谁倾诉。

满庭芳　重阳

霜降微凉，秋容唯美，悄然今又重阳。柔风轻起，弥漫桂花香。日出平原雾散，也曾见、鸿雁南翔。小河外，枫红竹翠，溪浅荻花扬。　登高携美酒，邀朋约友，恣意徜徉。莫悲叹，如今两鬓成霜。盛世锦衣玉食，一任俺，闲赏斜阳。酬诗友、琴棋书画，曲水咏流觞。

行香子　淮水初冬

淮水安澜，垂柳婆娑。看红枫、尽染斜坡。长堤幽雅，静水无波。有鱼儿泳，鹤儿舞，鸟儿歌。　游人乘兴，吟诗联句，诉衷情、浅唱低哦。夕阳映照，笑脸微酡。诵空中月，壶中酒，水中荷。

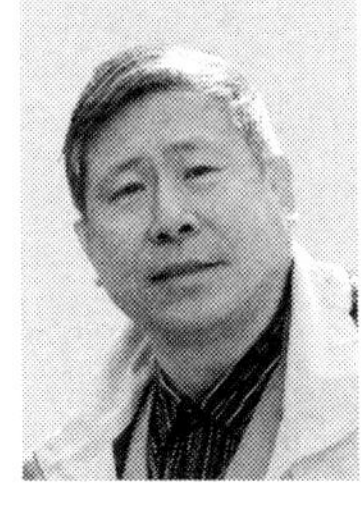

周思民

周思民（1954～　），江苏扬州人。曾任江苏淮安人民检察院副检察长。中华诗词学会会员、中国摄影家协会会员、江苏省作家协会会员、淮安市作家协会副主席。著有诗词集《湖城情》《松风斋诗词稿》等。

鹧鸪天　横桥感赋

横荡桥横月色迷，联圩内外两涟漪。野菱常有清风拂，时唱新歌水调词。
春十度，系情思，犹怜快绿柳如丝。湖乡喜有生花笔，一处烟霞一处诗。

满庭芳　高庄采风

菜陇摇金，苗畦铺绣，一番雨洗清明。柳疏堤岸，莎草泛青青。联袂湖沙拾趣，轻抚起、沉史芳馨。波声荡，轻鸥片片，飞舞送诗情。　长天犁雪浪，寻踪觅迹，风范频聆。采民俗新吟，水调潮声。满目春光不误，勾留久、思涌芦汀。回眸处，湖乡如画，霞灿彩云横。

念奴娇　淮安怀古

襟吴带楚，挹江淮、蕴滋华夏英物。胯下英雄今何在，觅得依稀陈迹。枚里华章，射阳幻说，藏甲三千阕。周公馨德，千秋无此英杰。　遥念名将芸芸，登高怀古，毅上谯楼级。一览长河圆落日，浩淼烟波明灭。击鼓金山，抗侵柳浦，虎塞风云烈。举樽凝望，皓空新照清月。

酹江月　瞻仰周恩来纪念馆

梦魂牵绕，古城耸剑碑，草碧兰洁。画舫今朝灵地泊，一派水天同色。人橹风桥，林亭翠岛，烂漫樱花雪。文渠摇出、经天纬地人杰。　拔地万古惊雷，英雄一代、薇紫烟霞彻。扫域呕心新宇造，帷幄匡扶沥血。云白楼头，日斜巷口，洒向天涯泪。笑迎新纪，五洲同仰明月。

满江红　谒梅岭史可法墓祠

铁骨冰心，西风里、悲笳声咽。撑一柱、江山残半，漫天飞雪。耐得冬寒清气永，几经岁暮胡尘劫。伴忠魂、万古颂精神，和明月。　忆梅影，芳未灭；青史照，芜城血。望沿江烽火，独支危阙。斥敌三番呈赤胆，破城十日留贞节。伫岭头、慷慨折南枝，胸犹热。

鹧鸪天　瞻仰林散之纪念馆

求雨山头露沾襟，晴窗石径若归临。一楼淡泊龙蛇笔，三绝惊风桑梓情。
春草绿，夏塘清，满襟意气觅心灵。我梦草堂江上月，好踏涛声赏竹音。

桂枝香　登文游台

邗沟右侧，是扬楚脊中，秦古邮路。云水珠湖浪激，舳帆鸥掠。芦莼荻草飞鸿出，桂丹香、紫螯能缚。塔双巍矗，楼群棋布，似盂城郭。　　送目处、文游杰阁。念千载风流，野云闲鹤。四壁琳琅妙墨，俊英相灼。西楼遗韵东坡后，荡人心、词婉醇约。捻须摇首，举樽酬和，气吞天幕。

望海潮　春口咏淮河入江水道

枕湖洪泽，踩珠甓社，江淮万里相牵。淫雨落天，横流泄野，汪洋浩瀚无边。凿道御狂颠。望风旗云猎，人影如烟。笑语行廊，蛟龙凭驯沃桑田。　　春来紫燕翩翩，有霏霏细雨，万类滋鲜。新柳吐青，雏黄戏碧，牧童着意挥鞭。鸥翼掠帆舷。井架依斜日，烧透霞天。布谷声声好景，却说是丰年。

高阳台　横桥东至尖晨吟

抚岸轻波，疏风迎面，露侵浅绿沙平。借问阿婆，院中何树芳馨？桃眠一夜梨花梦，杏正妍，菜陇摇晴。看黄雏、相戏喳喳，一片春声。　　霞飞日出波光动，映苍茫云水，烟淡天清。野鹜翻翔，远帆点点如星。胸襟阔大珠湖小，伫尖头、浪走雷霆。剪东风、几首诗思，一卷乡情。

满庭芳　夏日游嵇圩林场

路转杉林，风薰蒲草，水流萦绕清弦。碧沟如澈，鱼潜动浮莲。华盖葱葱郁郁，喜回仰，叶漏云天。凝眸处，栖禽点点，枝上戏相迁。　　年年！芦草杂，野蒿泽地，荒绝人烟。幸吹遍春风，营造台田。绿满滩涂一片，陶醉久、歌壮湖前。期来日，蓬莱仙境，重泛水乡船。

曹树春

曹树春（1955～　），江苏淮安人。淮安区诗词楹联协会副会长、楚光诗社常务副社长兼秘书长。《咏淮上漕都》获2012年“金地杯”诗词楹联大赛一等奖。

点绛唇　博里诗乡

耕种吟诗，荷锄作笔畦为纸。诗乡高士，犹与元唐似。　　春华秋实，燕舞莺歌至。颂盛世，抒情言志，博里多才子。

临江仙　电网工人歌

杆塔高高云里耸，诗丝遍布天涯。源源电力送光华。温情关百业，动力惠千家。

坎坷踏平成大道，身披五彩朝霞。巡查架线不矜夸。为民供好电，笑比雪梅花。

王登成

王登成（1955～ ），江苏淮安博里人。中学教师。中华诗词学会会员，博里镇诗词协会副会长兼秘书长，季刊《博里诗词》主编，著有《中国历史诗化读本》，编有《韵律教学》。全国联教先进教育工作者。

剪征袍 回大陆问路逢故人

边塞锁，马南行，剪下征袍腿脚轻。相见故人言语咽，火萁煎豆血腥停。

剪征袍 归家

妻女愣，子孙惊，岁岁清明祭假茔。四十一年回故里，见人疑鬼泪盈盈。

忆江南 要塞古炮吟

其 一

居塞所，镇守未曾眠。江面千舟全不惧，滩前百鸟尽情喧。威猛失当年。

其 二

中华美，和气满江山。伏地临窗观逝水，凌空过道忆烽烟。盛世享安闲。

酷相思 思念周总理

八国纷纷华夏占，晚清腐，神州暗。去东海西洋军政览。救百姓，青锋剑；平乱世，青锋剑。　　助谏西安呈橄榄，逐倭寇，同仇喊。创红色江山红艳艳。公去后，人思念；千古后，人思念。

卜算子 闹元宵

击鼓踩高跷，龙舞花船闹。盛世农民技艺呈，逗得人人笑。
免税户丰饶，众口齐声好。上网游天幸福来，终日无烦恼。

画堂春 端午闹龙舟

正谈神十问苍天，忽听鼓响人喧。出门细看耍龙船，边橹边缠。　　水击违规先动，对浇说见青烟。两旁观众笑声连，捧腹腰弯。

清平乐 记草帽书记杨善洲

其 一

生逢乱世,温饱难维系。边读边耕酬壮志,为众筹谋福祉。 草鞋奔走山中,只缘根治贫穷。年老退休栽树,累年吃住茅棚。

其 二

散边草帽,常逗亲人笑。遮日扇风当坐套,实乃廉公至宝。 解囊邀请民工,水排坑凿泥封。财产不留儿女,岭岚处处葱茏。

长相思 忆尚云会长视察博里

爱意长,情意长,吟丈亲临诗画乡。舒心国粹扬。
问也祥,记也祥,赏罢诗墙赏画廊。笑言龙虎藏。

昭君怨 参观南京大屠杀纪念馆

日寇侵华积怨,屠杀金陵卅万,十户九遗尸,断烟炊。激起全民抵抗,苏美外援参仗。歼灭敌倭顽,复河山。

阮郎归 两岸三通

和风吹去现春光,尧天照艳阳。海江湖泊著新装,三通今直航。
望大统,盼安康,九州合一堂。千年宝岛历沧桑,繁荣胜汉唐。

行香子 过那琴村

两岸增亲,五岳披新。遂人愿、清淡风云。驾鹰环顾,举目收巡。见黄山雾,台山玉,泰山魂。 四时灵动,七彩缤纷。落云头、脚踏凡尘。情生兴致,信步山村。赏花儿香,草儿嫩,石儿珍。

破阵子 平型关大捷

日占中原涂炭,辽东华北支离。血雨腥风哀满地,烽火狼烟月色移。国亡谬论滋。
八路平型伏击,东瀛武士横尸。志士军民齐唤醒,赴难豪情不顾私。相鏖树胜旗。

许云祥

许云祥(1955～),江苏淮安人。中学高级教师。中国农民书画研究会会员,中国国学研究会会员,江苏省诗词协会会员,淮安市诗词协会会员,江苏省诗教先进个人。

忆江南 洪泽湖

湖光美,花艳更情浓。百里长堤坚壁垒,万家渔火碧波融。波隐雾重重。
芳草憩,野鸭向天宫。两岸晓风吹柳绿,一湖春雨映山红。泗郡露迷踪。

卜算子 咏一品梅

巷里朔风吹,檐下冰凌串。玉骨冰肌傲雪寒,花蕾迎风绽。
月色挂南墙,枝俏生西苑。一品梅花盛世开,香溢人间满。

蝶恋花 两岸情

黄帝陵前松柏古,手足情深,回望天涯路。始祖开山登虎步,岂容裂土遭奴侮。
四海归心龙凤舞,两制恢宏,能破千重雾。富国强民功德铸,千秋一统尧天煦。

胡汉屏

胡汉屏(1955～),江苏涟水人。淮安市中医院干部。中华诗词学会会员。幼承庭训,业余对诗词、书法等爱好颇深。

柳梢青 9月3日记咏

庆胜时空,时逢甲子,举国旗红。吐气扬眉,拨云立马,傲首苍穹。 勿忘国运沦凶。捍山岳、开放繁荣。强国联邦,尤须望眼,国土之东。

注:8.15为日本战败日,9.3为中国纪念日。

江城子 抗战胜利60周年

中华自古舜尧乡。韵洋洋,族泱泱。曾羡邻邦、拱手贡安详。六十年间家国事,时阵涌,颤心房。 卧薪尝胆换彷徨。赶豺狼,铁弓张。与子同仇,热血浴疆场。几代狼烟才扫尽,如《史记》,岂能忘?

满江红　淮安美食节文艺演出

北马南船，重现了、运都一叶。凭古渡、通京漕运，鼎昌时节。熙攘码头呈百态，红灯绿羽多人杰。台上演，看历史昨天，肠犹热。　　开盛会，情愫结。兴美食，融资协。展中华文化，我心犹切。愿借苍天二百岁，同扬国粹舞淮月。春到也，听大地惊雷，民心惬。

李相斌

李相斌（1955～　），江苏涟水人。1972年应征入伍，1986年转业至江苏省淮安工商管理局清浦分局。现为淮安市清江浦区诗词楹联协会秘书长。

浣溪沙　雨中送友人

雨打残枝一树忧，风吹水上两三舟。轻纱薄雾锁空楼。
岸柳含情情脉脉，丹枫弄影影悠悠。清歌一曲为君留。

西江月　菜园

豆角喜垂棚架，丝瓜笑上篱笆。红椒紫蕊竞披纱，韭菜梳妆待嫁。
垄上老翁除草，溪边小妹移花。园前还有两群娃，手把藤条互耍。

程新民

程新民（1956～　），南京市人。中文本科毕业，历任涟水县地方志编撰，市粮食志主笔，今世缘酒业集团副总经理。

高阳台　咏牡丹

细余浸心，枯枝构梦，含苞欲夺春光。阆苑琼姿，人间未识幽芳。添花锦上非初愿，展娇颜，百卉称王。涴风尘，炫富朱楼，夸美华堂。　　雍容不弃柴扉冷，纵淫威寒彻，抗命雌皇。雾锁烟鬟，洛阳逞艳新妆。舍身不惜赒茕独，罄平生，鼎药传香。但归矣，舞尽红裙，化迹仙乡。

齐天乐　咏玉兰花落

东风故国江南路，连宵嫩寒催雨。漫舞冰绡，轻抛缟袂，谁识飞琼虚步？陈宫一曲。竟梦断香消，此生何去？玉树凋残，白衣飞入白云处。　　年年听笛望月，但山河变易，相寄心语？片雪洪炉，晶魂泣诉，重化蓬山尘土。骊歌日暮。任笛奏阳关，索然羁旅。历劫悲欢，旧情堪记取。

小重山　咏长江

西决昆仑漫汗行，洋洋东入海，挟雷鸣。九州狐兔尽犁庭，温存处，滋润万山青。阅世也伤情，古今如走马，几人醒？英雄剑胆美人筝，风雨激，谁与赴征程。

减字木兰花　咏柳絮

藏羞欲放，眉黛横春春意漾。一霎蒙蒙，漫舞轻风散碧空。
香尘逐水，唤醒芳菲终不悔。蜕迹浮萍，青草池塘万古情。

邹晓耘

邹晓耘（1956～　），女，原籍泰州市。供职于金湖县供电公司。金湖县诗词协会理事，淮安市巾帼诗词协会理事，金湖县诗词协会副会长。诗词曾在各类竞赛中获奖。

采桑子　水乡春早

煦风新雨生机酿，梅吐幽香。柳染鹅黄，禾草探头沐暖阳。
碧波潋滟沙堤畔，燕舞檐梁。犬吠篱墙，牧笛声中农事忙。

南歌子　咏菊

傲骨寒霜淬，柔茎吸露华。逞姿舒袖绽奇葩。深浅紫黄红白，篱畔横斜。
不妒春光好，欣然蕴馥芽。笑邀盈月论天涯。俯仰迎风摇曳，醉韵卿家。

采桑子　荷韵

轻红瘦绿流霞里，霓袖翩翩。娇韵绵绵，尽惹清漪弄影欢。
芬芳几缕谁人许？并蒂舟边。香溢眉前，客醉其中雅梦牵。

鹊桥仙　七夕

投针验巧，焚香求慧，环佩玉声交响。月明星布夜轻阑，窃窃语、葡藤初望。
天无架鹊，何来桥渡？空惹怨丝千丈。情怀缱绻意难终，且落与、衍波笺上。

画堂春　首次老年节感怀

余霞散绮落池塘，枯荷韵味悠长。枫红松绿菊花黄，灿烂秋光。　　杯酒与君欢醉，共声怡悦萱堂。桑榆云晚乐常常，翰墨流香。

江城子　抗雪灾

漫山遍野白茫茫，雪风狂，重冰创。线断原崖，塔毁更情伤。日暗城孤春烛冷，恨悲切，望新阳。　　踏冰卧雪电家郎，气轩昂，影身忙。戴月披星，碧血热衷肠。众志成城旗猎猎，岭歌起，梦飞扬。

江城子　欢春

晨曦初上碧池塘，水波长，幻霞光。原上馨风，露染菜花黄。云外潇然闻鹤唳，陌中燕，觅归梁。　　清新村野诱情肠，纸鸢翔，笛声扬。布谷频催，桑种各欢忙。暮倚柴门听旧曲，待秋月，舞霓裳。

新荷叶　古堰风光

毓秀葱茏，风清百里蜿蜒。燕舞莺啼，枝头情趣尤欢。露侵柏柳，层层叠、缕缕氤烟。槐英初吐，幽香浅浅眉前。　　缓步凝眸，波光潋滟轻帆。倩竹扶疏，蒹葭摇曳鸥翩。九龙石壁，云浪卷、冉冉樯前。一湖晴日，韶晖迸射穹天。

张玉银

张玉银（1956～　），字子贵，笔名若雨、楚客，江苏洪泽人。中共党员，上校军衔转业。中华诗词学会会员、解放军红叶诗社社员、淮安市诗词协会副会长、洪泽县诗词协会会长。著作有《松竹轩吟咏》等。

清平乐　老子山安淮寺之奇

慕名高眺，等闲山矮小。远去青牛函谷绕，洞冷炉闲丹了。　　韦驮护法为谁？观音玉目慈悲。一炷香关两教，身心释道同归。

桃源忆故人　自老子山之马浪岗

风平浪静离湖口，两岸频频挥手。芦荻滩边杞柳，汽笛声中秀。
画屏人乐舟惊鹭，一翅高翔昂首。帆快天开水骤，直把烟霾抖。

浣溪沙　次郑伯农先生《洪泽湖畔看陈毅诗碑》韵

读罢恍如挥马鞭，夜行昼伏不新鲜。河山雪耻半边天。
弹雨缝中飞剑客，战场空隙咏诗篇。英雄气概矗人间。

卜算子　次宋彩霞《大湖秋荷》韵

寻得一汪波，根扎湖湾里。滚滚红尘耳畔来，淡淡清香起。
芦笛老声催，不怪韩湘子。笑向浓霜一朵莲，为待观音至。

朝中措　次王琳《洪泽湖望湖楼》韵

金风岸柳拂荷塘，花染晚霞香。棹舸云波天际，披身菡萏霓裳。　择邻鸥鹭，交朋儒释，论道悠芳。细雨一蓑西塞，黄鹂几句春光。

菩萨蛮　次林峰《高家堰》韵

功成高堰谁知晓？塘连水阔人烟渺。云影浪花明，田原稻麦平。　莫言轻易去，缘爱身由主。天水两茫茫，家山阵阵苍。

相见欢　三河龙景生态园

忙看水面鱼花，树摇霞。采摘观光垂钓、性情佳。　累有住，饥无虑，渴斟茶。最乐湖边高氧、绝流沙。

浣溪沙　蒋坝古韵

碧瓦回廊续汉缘，牌坊亭榭惹流连。铁犀碑石溯康乾。
一片徽风曾拔地，数围银杏更参天。紫燕归来觅以前。

谒金门　朱坝城市新貌

宜居景，风色惹人游兴。楼宇参差宽道净，巷中看桂影。　车水马龙如竞，衣食住行皆盛。老似青年身骨硬，为谋储后劲。

玉蝴蝶　万集鳜鱼养殖

池塘投注深情，时刻溢温馨。夏至有龟龄，冬来无白丁。　桃红肥也是，莲褐嫩还生。餐桌舌尖惊，画眉枝上听。

浣溪沙 仁和光伏发电

一片芳心大地知，阳光发电此番稀。田间照筑梦根基。
藕嫩鱼肥鹅又壮，花开草绿景更奇。横观竖探悉成诗。

女冠子 西顺河镇牌坊

雄姿屹立，铭记春秋策，富民时。界限分明在，从来两县知。 财圆强国梦，汗写动人诗。展望征途阔，再腾飞。

点绛唇 家访西顺河镇新居民

楼外花香，楼中陈设跟时尚。农家变样，告别贫寒相。 客至相迎，谈笑豪情壮。前程望，凭栏畅想，收入年年上。

西江月 三河紫山食用菌

外展公司画卷，内观钢架开棉。蘑菇履诺顺人言：集约经营理念！
产品终成系列，全球自是当先。分明种植取钱单，收获紫山银串！

苏幕遮 写在共和节杆还田后

播长秋，收盛夏，惬意家常、欲扯云霞话。爽气蓝天连旷野，不闭门窗、妇免纱巾遮。
割刀低，旋耙下，秸秆如丝、尽向泥中化。夜亮星星霾不惹，还我人间、日月皆清雅。

浪淘沙 东双沟砚临河护坡及绿化工程

河底水清清，两岸摇英。长长堤道御风行。来往也能观丽景，听鸟争鸣。
植树阻尘生，根绝污泾。还原一片自然情。两翼护坡尤耀眼，更是温馨。

醉花阴 岔河大米种植

依赖岔河泥土沃，望稻田油绿。薅草捉飞蛾，雨露阳光，长出天然谷。
三餐享用人生福，嗅饭香盈屋。数载苦经营，全国扬名，唱响江淮曲。

夜行船 读乾隆阅示河臣御碑

三读御碑知底事，看帝王、也谋民利。水患多端，苍生不易，臣子要遵君旨。
哪代才将湖堰闭？欲避害、并施双计。洪滥疏通，波低堵止，莫教上心悬悸。

蝶恋花　蒋坝南水北调东线枢纽

古堰今朝新景灿，江水清清，逆向悬湖灌。舍我蝇田滋北旱，千秋大业真划算。
两岸花香情致远，碧浪滔滔，竞绕京津转。寄意荷灯漂夙愿，同为国梦宏图展。

临江仙　洪泽湖周桥大塘

曾说该塘深不测，无情淹没蔷薇。波翻浪涌赖神龟。弃村拖杖出，落泪对田悲。
石堰城墙匡碧水，池中芡实芳菲。今观遗迹读高碑。粮仓腾在即，万顷稻香催。

临江仙　洪泽湖湾浴场即景

横卧苍龙成铁岭，碎分洪漭空溅。柔姿妩媚舞蹁跹。朔风掀雪浪，浣净古城天。
未嗅高香安水怪，金帆云影无边。夕阳入岫袅炊烟。鹭鸶观自在，漫步碧荷颠。

临江仙　次刘如姬《洪泽湖放歌》韵

古堰蜿蜒匡水，情思起伏苍茫。远山涛浣桂枝香。莲蓬方得手，菱角又登堂。
港口金风拂面，鱼虾蟹鳖争舱。隔舟斟酒醉重阳。嫦娥常作证，律动舞成双。

临江仙　次张晓虹《云帆》韵

一片苍茫云水密，穿梭无数枭雄。诗舟载酒换时空。雨多迁土浊，湖阔落霞红。
去去玲珑呼八面，高桅挂席乘风。天南海北喜相逢。纵眸千里外，破浪一瓢中。

西江月　洪泽湖避风港

湖里高屏巧筑，天边景色空蒙。坞中如镜窥鱼雄，陶醉水禽放纵。
云脚风驰电掣，波峰雨助雷攻。千舟到此最从容，舱桌酒杯微动。

荷叶杯　三河药材种植基地

谁识这田良莠？瓜蒌！那块是丹参，分明泥土长黄金！一片富民心。　　三十年前啥样？难忘！今日播勤劳，时时收获一堆钞，心若蜜糖浇。

巫山一段云　雨天过洪泽水釜城所见

雾密炊烟湿，风高舞燕休。淮山隐隐水悠悠，古驿耸群楼。
点点归心急，声声拂瓦流。伞低分解两闲愁，街内蕴温柔。

醉花间 彭城村地热

真奇怪，好奇怪，奇怪高温在。源自地层中，宝藏多如海。　　谁知披巨铠，隔片金罗带。而今走近观，可是原生态！

相见欢 蒋坝湖滨浴场晚望

天蓝水碧云红，鹭归东。古堰蜿蜒、伸向半空中。　　帆影灿，鱼花乱，石工雄。修树翩翩轻舞夏初风。

一丛花 洪泽县城新貌

登高一望惬心胸，短短几年功。风光带绿天鹅靓，砚临水、桥跨横空。花艳水香，舟行柳绿，惹客忘归踪。　　人潮济济疾如风，正与日争雄。东区拨地西区耸，贯南北、气势恢宏。闲绣小康，忙编大壮，远近景融通。

[天净沙] 高涧镇拆迁

平房弯道机声，人群车辆阳棚。推倒穷家破影，重排环境，回眸崛起温馨。

薛玉莲

薛玉莲（1956～ ），女，江苏淮安人。幼儿教师，退休后入洪泽老年大学学习诗词、绘画。江苏省诗词协会会员。诗联作品常刊于省、市、县（区）的专业书刊。

蝶恋花 绿到湖畔早

柳树初萌芽小小，袅袅垂烟，绿到湖边早。谁把春时来报告？枝头百鸟歌欢调。
远眺悬湖涛渺渺，旭日阳光，竟在波间跳。如洗碧空鸥矫俏，戏鱼击水空中绕。

林文彬

林文彬（1956～ ），江苏盱眙人。曾任县总工会党组副书记。五墩诗社社长、盱城镇诗词协会会长、市诗词协会理事。

满庭芳 第一山抒怀

暮鼓晨钟，摩崖石刻，汉砖秦瓦名碑。德侔天地，儒庙映朝晖。风竹婆娑弄影，古树下，情侣依偎。悬崖峭，暗香四溢，皎月衬红梅。　　春回。时正好，诗山吐绿，韵水扬桅。赞龙吐清涎，泉沁心扉。曲径通幽拾级，登高处，又见仙帷。兴难尽，都梁胜景，游客醉忘归。

喝火令　都梁美

昨赋塘前柳，今吟岭后花。苇从白鹭戏平沙。忽有笛声传耳，余韵绕山崖。　　老叟淮边钓，顽童树上爬。纸鸢飞放戏乌鸦。好个春光，好个醉流霞。好个秀城幽境，更绝数龙虾。

沁园春　咏鹰

目若星辰，爪似钢钩，嘴胜快刀。赞穿云破雾，千程展翅；越洋过海，九域翔遨。动赛三江，静幽五岳，一啸冲天胆气豪。江湖傲，敢雪峰称霸，莽野为枭。　　听风劲、舞逍遥，八万里腾云笑大雕。任苍穹追日，天庭会友；浩空揽月，峭壁安巢。贤比慈娘，威同肃父，传技扶儿上碧霄。图腾志，愿除狐灭鼠，盛世妖娆。

鹧鸪天　遇雨

赴约茶楼会贵宾，抬头才见漫天云。风吹玉体飘长发，雨洒佳人湿短裙。
羞直立，怕弯蹲，芳心忐忑瞥行人。急呼的姐慌张躲，隐进车身始定魂。

兰陵王　项羽

威风肃，声吼交锋地颤。乌骓马，千里日还，盖世英雄霸王悍。乌江水怒卷。惊看，江山梦断。残阳下，不渡江东，死也阴雄鬼神赞。　　人杰豪气漫。忆举事吴中，骁勇摘冠。八千精锐冲霄汉。风起云雨变，戟穿秦殿。沉舟破釜胜百万，问天下谁战？　　遗憾，骊陵难。壮百里阿房，毁于一旦。悔怜当日鸿门宴，戮虎慈心善，终成后患。别姬垓下，满目珠泪仰天叹。

贺新郎　刘邦

草莽英雄路。望长安、金銮殿上，旨宣文武。月下萧何追韩信，拜将计亡项羽。善用才，终尊九五。胜者王侯输者寇，况人间、谁识真龙虎。涂粉墨，戏台舞。　　休言市井求生苦。定输赢、人心归汉，偃旗息鼓。帝相绸缪寻良将，烹狗皆因穷兔。登绝顶，精玩权术。难怪霸王垓下败，怎敌他、背信违盟主。深莫测，汉高祖。

水调歌头　关羽

一将万夫勇，三国众中奇。桃园结拜兄弟，生死共相依。将斩五关谁挡？水漫七军妙计，千里走单骑。温酒斩华雄，刮骨笑围棋。　　重气节，封金印，毅然辞。荆州大意，东国埋伏失前蹄。赤兔垂泪哀主，偃月低头悲抑，蜀地满城凄。忠义雄魂在，千古晓孩提。

行香子　赞淮河风光带

曲径通幽，柳岸拴舟。好芦荡，鹭影争投。沿淮十里，美景盈眸。赏桃花红，梨花白，杏花羞。　鸳鸯缱绻，情侣温柔。长河畔，不尽风流。鲤鱼戏水，拽柳惊鸥。看少年狂，中年趣，老年悠。

沈曙明

沈曙明（1957～　），女，江苏盱眙管镇人。退休干部，盱城诗词学会副会长。

鹧鸪天　邀月

落叶飘零寂寞秋，婉词一阕释清愁。菊开烂漫天高远，月照流云星汉悠。
言未尽，语还休，千回百转怅回眸。空蒙遥夜谁相伴？款约婵娟入梦游。

浪淘沙　思故乡

绿水笼轻纱，暮色烟霞。莹莹白雪润梅花。眺望长淮明月夜，人在天涯。
不尽好年华，日嫩风斜。书斋独坐品冬茶。梦里都梁春已至，小院奴家。

王　忠

王忠（1957～　），江苏涟水人。中共党员，做过插队知青、军人、企业政秘科长、经理、书记。

水龙吟　冻青

朔方九月寒风，秋随天去残香绝。后金故土，女贞发迹，竟凭大雪。胡地悲歌，至今仍恋，牡丹八杰。叹兴安尚志，长白靖宇，擒倭寇，真英烈！　遥望江河湖泊，正平川、水流栖歇。萧萧古木，枯枝残叶，化灰将息。林海苍茫，银花摞叠，空灵沉寂。独冻青桀骜，涅槃橄榄，缀英雄结！

赵文正

赵文正(1957～),江苏清江浦人。淮安市清河实验中学语文高级教师。编著有《格律诗》《格律诗与楹联写作》等书。淮安市和清河区诗教工作先进工作者,获江苏省中小学生诗歌竞赛优秀指导奖。

菩萨蛮　游碧溪新区

春风春水春光好,烟花翠柳闻啼鸟。晓雾绕琼楼,碧溪新绿洲。　　翩翩白鹭舞,招引群鸥驻。楼宇映斜阳,园区烂漫装。

忆秦娥　桃花坞

桃花艳,云霞飘落黄河畔。黄河畔,风轻柳翠,鸟鸣花灿。　　待来硕果枝头颤,众人共赴蟠桃宴。蟠桃宴,肥桃一片,佳朋一岸。

采桑子　过年

轮回四季无穷尽,又是一春。美酒佳珍,辞旧迎新福满门。
莫谈名利与荣辱,共享天伦。岁月如轮,富贵荣华过眼云。

一剪梅　校园之春

正是春光四月中,草且葱茏,树且葱茏。满园春色更人勤,早上匆匆,晚上匆匆。
坐似钟来站似松,男亦谦恭,女亦谦恭。春风满面尽淳风,师也融融,生也融融。

夜游宫　空巢老人

孤苦挥而不去,愁云似海茫茫雾。谁解空巢一老妪。雨潇潇,草萋萋,风在舞。　　异地儿孙苦,打工尽孝实难顾。独处辛酸向谁诉?眼迷离,颤巍巍,来日路?

钱万平

钱万平(1957～),江苏清江浦人。中国农工民主党党员,小学高级教师。清浦区韩城小学校长,清浦区政协第四至第八届委员,中国农工民主党清浦区总支副主委。曾任清浦区诗词协会秘书长。

浣溪沙

晓月晨星上小楼，茫茫一色近寒秋。佳人何处我孤俦。
梦里曾寻千百度，肌肤冰雪欲盟鸥。芳踪难觅使人愁。

临江仙

水亮柳黄风缓缓，桃红飞蝶翩翩。荡胸春意甚怡然。挈佳人把酒，不负此华年。
五彩人生多苦短，何须忧涕愁连。且将烦恼落云边。人归仙境后，皆一缕青烟。

王兆生

王兆生（1958～ ），江苏淮安人。硕士研究生学历，中共党员。江苏淮安人大常委会研究室副主任。曾为淮安市诗词协会常务理事、办公室主任。

鹧鸪天 新淮安交通

高速条条舞凤龙，汽笛高响颂交通。十年巨变三淮道，四海通达不朽功。
除旧貌，换新容，城乡路网密丛丛。南船北马运河美，枢纽淮安气势雄。

采桑子 淮安交通建设

如荼如火春潮起，铁马行空。阔道无穷，银燕翱翔天下通。
河湖秀美航闸壮，水运繁荣。舟似游龙，两岸风光景更融。

采桑子 傍晚游楚秀园

楚园曲径深幽处，芳草葱葱。花散香浓，无限春光映眼中。
静听好鸟花间弄，踏遍芳丛。看尽霞红，倦倚斜阳沐晚风。

金立华

金立华（1958～ ），女，江苏清江浦人。中华诗词爱好者。

调笑令 志同道合

朋友，朋友，塞北江南携手。镶词嵌韵云游，把盏吟诗赋留。留赋，留赋，共赏佳文卓著。

菩萨蛮　观山松

迎霜缠雪山间耸，攀岩伏峭悬崖纵。四季抱青田，一生田上连。　　伸枝诗客送，吐翠云笺拱。傲骨逞英雄，青茎舞昊穹。

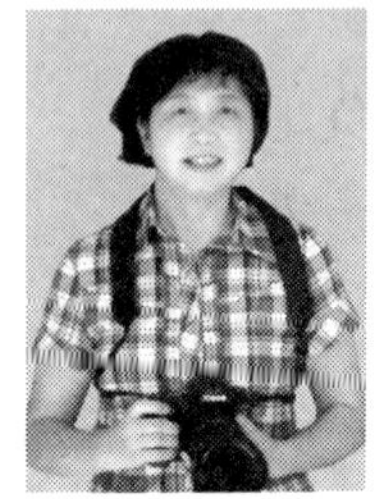

章　侠

章侠(1958～　)，女，清江浦人。摄影家，文学爱好者。曾任清浦区政府副区长、区政协副主席，现为淮安市诗协副会长。

蝶恋花　缅怀好友

盛夏又随春逝去，花落沉泥，却发心深处。雁字回时音信误，啼声催下丝丝雨。

秋晚寄书烟缕缕，字字行行，细细轻相诉。除却巫山云几许？蹒跚孤影残阳度。

如梦令　靠近才能拍好

台儿庄战役纪念馆存世界著名摄影记者卡帕所拍百余幅作品，十分珍贵之历史记录也。其名言："如果你拍得不够好，那是因为你靠得不够近"。影响着众多摄影人，看图有感填此小令。

靠近才能拍好，何惧销烟枪炮。短镜记台庄，画面皆无俗套。知晓，知晓，卡帕名言传道。

顾家贵

顾家贵(1958～　)，江苏淮阴人。从事医药工作。淮阴区诗协、六塘诗社会员。

蝶恋花　赏春

身倦凭栏观春晓，飞絮蒙蒙，可是晴天好！慢步田埂谁家嫂，馨花烂漫听啼鸟。

池上垂钩若姜老，手执长竿，浮动心欢笑。麦浪拍天丰稔兆，琼楼坦道新村貌。

浣溪沙　遣怀

幸有闲情学养花，为调平仄访诗家。风尘仆仆走天涯。

归去浮心寻故地，梦回童稚和泥巴。也曾掏蛋捉飞鸦。

仇永成

仇永成(1958～),江苏淮安人,中共党员,退休教师。

鹧鸪天 庆祝中共建党90周年

立党为公气贯虹,兴邦济世建奇功。河清海晏升平景,民富国强盛世风。
行两制,畅三通,陆台释怨九州荣。久分必合千秋理,一统江山万代红。

尹 声

尹声(1959～),江苏洪泽人。江苏省诗词协会会员,江苏省楹联研究会会员,洪泽县诗词协会副会长,洪泽县楹联学会副会长,洪泽县毛泽东周恩来诗词研究会副会长。著有诗文集《雪里红》等。

渔歌子 烟波钓叟

醉卧桃园醒复回,清风朗月每相随。诗满腹,酒盈杯,烟波钓叟不思归。

浪淘沙 洪泽湖

古堰柳烟浓,卧虎盘龙。长淮至此不兴风。水荡千重斜照里, 一羽飞鸿。
老子有神功,暮鼓晨钟。丹山碧水驻芳容。放眼湖天无觅处,又起征篷。

永遇乐 洪泽湖大堤雪意

古堰披银,大湖凝翠,不见归路。夜客盈门,呈祥布瑞,晓梦堆天絮。帆樯林立,桅旗悬挂,冻网放闲渔捕。待冰消、云开日朗,又将万里飞渡。 元龙筑坝,潘公延岸,感佩先贤大禹。二虎扬威,九牛鼎力,鸡唱凭高处。下河沃野,黎民百万,赖有长堤佑护。安能请都江父子,莅淮小聚。

费云山

费云山(1959～),江苏淮安人。1977年到淮安化工研究所工作。酷爱诗词文学,对填词尤爱,豪放、婉约兼学。多次在全国或地方诗词大赛中获奖,作品散见有关书刊、网站。

长亭怨慢　暴雨兼感扫黄打黑

蓦昏暗，狂飙云舞。电闪轰隆，斩龙齐聚。散鸟哀奔，鼠鹰藏匿，颤狐兔。窜蜻无数，慌择绕、沟枯树。刺叶欲针张，被飓打、东汀飘去。　宇注，看风摧凛袭，莽莽啸声飞雾。蛇虫魍魉，怎敌得、劈流雷怒。举大白、涮净乾坤，酹苍昊、滂沱风度。怅一刹奔霆，还任闲愁如故。

蝶恋花　春词

其　一

料峭皋亭和煦浦，春唤花魂，柳眼睁金缕。酣寄东君风弄妩，杏桃绣蕾珍梢吐。

天润甘霖裁细雨，草竹桐槐，碧绝群芳谱。紫燕争飞汀绿渚，莺欢高杪吼春语。

其　二

绿苑芳庭花满靓，雨霁云霞，红翠芬嫣景。霓烁华灯和月映，夜杨坠絮轻无影。

嚣市琼楼屏画醒，豪店缤纷，疑入天堂境。七色春衣争景胜，鸳鸯对对嘻肩颈。

疏影　新柳

韶光煦节，倩雨阳育润，芳嫩金结。媚眼春睁，腰袅招人，娇羞抚弄清玦。东风舞艳黄衣缕，唤戏雀、高枝歌舌。渐荫浓、蕴雾留烟，入夜杪头携月。　佳约鸳鸯细语，玉丝拂粉脸，偎笑低叶。染缀幽池，绿透湖汀，怕见长亭轻折。嘻游浣女青林逐，似一幅、画屏开绝。教绣绵、飘送春归，迷漫别魂飞雪。

眉妩　中秋阴雨

聚阴霾如织，躲月藏星，天际密云舞。便怨嫦娥女，团圆夜、姗姗难现娇妩。眷缘恨妒，自漫寻、佳约情晤。忿沽酒、落寞吴刚累，醉酣弃愁斧。　千古中秋依故，令北疆南国，家合欢语。总有伤情事，萦怀绪、悲书凄泪词赋。寂人苦雨，怎等来、云破金露？看暝黯苍穹，生教鬼才断句。

贺新郎　农民工

挥别妻儿母，摞行囊、人潮车挤，雪霜征走。汇聚八方乡音客，交识纯真侪友。暂忘却、亲人盼候。千里离乡天涯赴，为余钱剩米穷家厚。抛稚女，偶相守。　繁华世界灯如昼。打拼中、蓬头身垢，腿腰酸抖。角落陌生蜗居地，昏暗粗餐填口。甚寂寞、孤零涩酒。最是夜深人静后，更牵萦病父痊安否？薪水欠，返低首。

水龙吟 小学同学聚会感吟

偶闻欢聚相联，暮霞落幕华灯举。衰翁稚笑，媪蹣鬓絮，讶惊生许。蜕变形容，畅情恨晚，酒酣倾绪。共感嘘坎坷，人生似梦，慨长话，滔滔语。　　一瞬卅年风雨，怅同俦、几归西去。残阳欲下，黄昏多雾，系魂何处？寂室诗书，萧菱野钓，篱门嗟句。笑皴皮垢脸，消磨几度，有前程否？

木兰花慢 桃花

寄和风着力，乍疏雨，缀枝新。渐蕊醒苞苏，匀胭绣粉，舒展娇身。呼春，惹蜂蝶绕，看妖娆饰首扮花神。烟野湖山烂漫，傲然染夕姝晨。　　良辰，耿耿情真。数婧丽，只凡尘。与李杏相知，三花挚友，岂肯输人？频频，向游踏者，诉荒川败壑屈难珍。春到葳蕤别恨，盈盈泪落芳茵。

天香 荷景

九曲芳湖，縠纹碧澈，一目丹青瑰宝。渌绣西施，王嫱倩影，做足娉婷容貌。暗香熏渺，浮绿阵、鹭风腰袅。娇蕊匀胭竞伴，轻施素腮争俏。　　红唇翠衫窈窕，雨盘心、玉珠欢跳。灵动蛙鸣觅侣，戏鳞鸳鸟，波搅花仙舞蹈。画舟里、卿卿摘莲笑。唱曲渔榔，悠翁野钓。

水龙吟 荷塘月色

碧池岸树婆娑，银盘皎洁欹梢柳。疏星静汉，玉荷交映，渌塘天透。照水芙蓉，红情绿意，暗香熏宙。甚洞天福地，瑶台阙府，袅花影，琼辉昼。　　旧约几回守候，织愁丝、姣容眉皱。慵筝悠瑟，哀箫枯笛，难宽孱僽。恨别经年，魂牵梦绕，凄迷夜后。正清蟾似水，花仙堆里，付琴中瘦。

念奴娇 故宫怀古

红墉城下，矗天安门郭，三朝皇阙。叱咤风云争逐鹿，走尽龙庭英杰。溴败蒙元，煤山魂断，宣统伤驱别。白成豪气，未猜三桂为妾。　　清祖难测黄泉，百年涂炭，畦畛金瓯缺。锁国闭关诛俊彦，戊戌六君膏血。宫苑嗟游，浩伤千古，举首凝瑰屹。禁城萧瑟，晚霞初映明月。

眉妩 雪

结凌霄珠玉，匿日藏星，苍莽暝浮楚。便泻银河水，斟情后，偏偏匀撒花絮。寂宫月女，遣蝶翩、捎带愁绪。是离恨、织女千言字，泪书鹊来否？　　妆饰仙山琼渚。看腊梅羞蕊，松练缠妩。天谱丹青意，纷纷绘、山河云玦飞舞。诵吟墨许，画阁开、豪迈酣赋。料清白乾坤，昌社稷、照狐兔。

疏影　落叶

霜侵朔陌，向冻澌浅溆，风皱寒泽。病草疏林，荒苑飘萍，纷纷散坠黄赤。山深旧径无人到，任叠积、迷崎幽僻。是别情、落木萧萧，泣诉绝尘悲佚。　　枯柳亭边执别，冷黏打泪眼，伤彻心迹。月夜孤灯，影过敲窗，漫惹茕思新疾。西风不碍鸳鸯侣，落发鬓、拟花妆璧。雨砌声、篱隐耕翁，慨叹寸光虚掷。

沁园春　茶

龙井壶干，再沏红袍，坦荡放怀。爱雕花玉盏，生津魂醒，紫砂茗器，热血神来。博古评章，吾身俭省，纵论金瓯词笔开。诗情动，畅花间诵美，邀月楼台。　　清香缭绕幽斋，却眉蹙红尘绿解排。且萦回砥砺，蹉跎嘘已，胸藏忧悒，僝僽伤唉。篱槛花期，蓬门秋草，惯看沉浮莫细裁。杯连磕，叹疏狂草野，未是雄才。

沁园春　黄河

西起昆唐，怒号群山，九谷照韶。啸气吞磅礴，泥沙溅下，惊涛骇浪，涡旋咆哮。壶口天威，银河落泻，万马奔腾声震霄。龙门窟，又潼关险隘，峡峻狂潮。　　曾经泛滥遭遭，教黔首中原生未聊。诉萧疏遍野，散亲淹户，荒滩饿殍，活者人憔。整顿安澜，滞洪水利，力遏狂飙再肆滔。今安矣，正绚开画史，沿岸妖娆。

沁园春　长城

筑垒春秋，卫戍七雄，一帝始皇。看东凭沧海，蜿蜒蟒岫，西临漠壁，峰浪龙扬。疆击匈顽，抵边胡马，御保乾坤安国长。阶坡处，见崇墉瞭垛，烽燧焚黄。　　而今社稷超强，正新铸长城铁壁墙。记中华漫史，关垣喋血，炎黄英迹，烈写诗章。激奋除倭，悲情驱虏，千古丹心谱国殇。风云散，叹墩台易岁，堡隘残荒。

沁园春　壬辰中秋醉怀

节酒佳肴，畅饮栏杆，气概敞开。见蟾宫辉宇，影移亭柳，圆瑶转汉，灿绕楼台。五盏琼浆，八分醉意，心系边关忿托腮。情难遏，值中秋赏玉，且自嘘呆。　　今宵激绪难排，是镇日东洋膺满怀。正岛边烽起，再猖倭患，海疆刀举，去斩狼豺。醒步蹉跎，胸藏义愤，息戟挥樽呼不该。吾何恨，盼雄兵伐虏，慰我吁唉。

沁园春　清江浦吟

淮楚繁华，古邑腾飞，璨璧讶观。看浦楼晨旭，运河号舸，慈云夕照，孔庙繁喧。督府漕旗，安澜绩奏，演说缤纷灿史篇。邗沟岸，有名人故里，旷世嘉贤。　南船北马时迁，着龙马精神开景妍。衮通衢经纬，植园花海，云庭纵贯，奢宅琼颜。清晏寻幽，暇休楚秀，百业琳琅盛世天。淮菜系，令酒乡美味，未食垂涎。

沁园春　长江

呼啸汹奔，曲画神州，峡峻怒潮。看横分沃野，穿山挨邑，回湍云舸，拍雪繁漂。紫气晨曦，彤霞暮霭，一水风光盛世描。时频演，韵酹觞祭舞，颂唱方谣。　烟云逐鹿酣鏖，念古渡兵争策六韬。幸母河孕育，炎黄俊彦，子溪润泽，黎庶耕劳。西接青沱，东凭沧海，蜿若飞龙腾九霄。今通贯，讶霓灯伴月，景灿衢桥。

沁园春　清江浦楼

淮楚名都，古埠八衢，绚耸浦楼。看旭阳映伟，烟缭檐阙，月星绕顶，璀影嘉浮。玉砌宽台，雕梁藻井，迤逦邗沟奔槛流。氤氲里，矗彤霞夕照，花苑洲头。　如诗如画园周，令倾慕情怀游客稠。念帝王轶事，佳传沿岸，诸贤碑记，感慨明眸。浓墨丹青，词文颂赋，绘尽精华眼底收。登临此，觉王侯霸气，物宝华留。

沁园春　京杭大运河

炀帝窥花，百万征夫，辟地拆开。漾燕头吴尾，依山傍岭，翼分鲁岔，川绕迂崖。浩荡七疆，浪颠千里，一泻委蛇雄壮哉。绵延处，布名城矗立，千古楼台。　隋堤亭柳挨栽，送今古漕船逐浪排。更北南商旺，繁华港埠，东西禾灌，抵旱消灾。安泰黎民，恩泽沿岸，成就中华多伟才。辉煌史，灿运河文化，继往开来。

沁园春　感中国首艘航母下水

巨舰遨沧，振兴雄威，鼓舞国人。叹春雷辛卯，创开新史，风云甲午，悲怆船焚。豪夺瓜分，列强凌辱，近代疆圻几陷沦。兵戈里，敬杰贤烈举，赴死英魂。　而今利器纷纷，教环宇频频俯首尊。笑安南吕宋，浑如蝼蚁，霸权纸虎，恰似愚豚。坎坷南沙，峥嵘东海，尽看炎黄为作仁。锋芒显，料蚍蜉畏我，铁壁神军。

沁园春　楚秀园抒怀

旭日东升，触目怡人，激越畅怀。看朝霞晖映，染林紫气，晨茵晶露，芳渚斑霾。苍莽氤氲，松冈郁茂，驻足雕栏玉砌台。娱游处，尽叶花绝配，枝朵攲挨。　嘉园景致凝呆，但超脱红尘疑费猜。惑乾坤朗朗,逞凶鬼魅,纪纲荡荡,官黑贪财。国运欣荣,民声鼎沸,惹蹙眉峰坐托腮。多情事,令踟蹰未步,孱僽回来。

沁园春　感海峡两岸

巍屹东南,宝岛繁荣,共铸辉煌。记荷夷侵占,郑师平虏,日倭豪夺,抗战驱狼。壮士悲歌,英雄义勇,谱写丹心国史长。风云里,印蹉跎近代,历经沧桑。　牵萦祖陆柔肠,令心系同胞事未央。幸政商欢洽,惠泽两岸,人文交访,天舸通航。自古同宗,浓情鱼水,呼唤中华一个娘。民声鼎,盼江山一统,复兴吾邦。

沁园春　登淮高楼感秋眺望

极目登临,万里关山,百水浪涛。正楚淮黄遍,风敲叶下,运河碧透,雪卷帆飘。商贸如林,车旗密布,列列琼楼欲比高。繁华处,尽柏园松翠,花圃菊骄。　红霞薄暮云霄,映璀璨淮安更灿娇。信闪灯华厦,高歌满座,霓虹庭里,靓舞魂销。绚丽秋装,佳人俊彦,不夜城中无寂寥。抬头见,又一轮明月,八面辉宵。

沁园春　癸酉中秋咏月

云淡霞疏,出世雍容,玉铸牡丹。渐移星转斗,窥楼凭树,穿花染柳,照路银湾。满目慈祥,聆听笑语,看足今宵万水山。多情处,自广寒舞冷,玉女凄单。　年年绣得和团,让美酒人间庆聚欢。信南邦北国,思亲恋远,东城西邑,诗畅词端。杯解忧愁,情伤离合,千古悠悠往事叹。难割舍,恨无奈低下,惆怅西还。

卜算子慢　春风

縠纹碧水,匀细暖人,柳眼圃园蛮舞。扑面沁心,拂绿岸汀塘浦。转东风、润洒甘霖雨。尽满目、新茵竹嫩,妖桃蕊瓣娇妩。　乍暖犹寒处,乘日照东吹,彩筝西举。艳侣初游,漫见恋情笑语。也争春、林响沙沙树。月下夜、花摇弄影,正声声和煦。

贺新郎　游广州滨江大桥触景生情

万里南疆国,汇珠江、碧涛波卷,画船如簇。信步桥心霞光后,两岸灯红烁绿。似浪涌、车人南北。梁矗如山霄云耸,赏琼楼参差琳琅目。新世界,景难瞩。　江山如画千千幅。记当年、黄巢威武,越君城筑。拒毒虎门英魂在,辛亥中山荣辱。黄浦敌、经年战局。欢聚广交环宇客,叹盛荣开放丰飞速。龙虎地,我民族。

木兰花慢　游北京明十三陵

向沙河北去,隐遥见,帝陵看。过牌坊红门,碑亭玉兽,神道无弯。平川,有千果树,正浓浓覆盖寿区湾。黄瓦明楼尚在,已非昔日宏观。　　无端,败损斑斑。曾盛世,亦阑珊。算土堡兵灾,后朝宦祸,内外难安。辽关,靠崇焕计,拒中华危敌后金班。由检煤山泪眼,淌完一国江山。

石州慢

甲戌深秋,有亲戚家居农村,家无男丁,年三十生三女,不得子。又生,还女,遂将刚生之女送人,夫妇难舍之状难于言表,我记词。

无故红颜,啼女怎知,襁褓抛掷。娘亲苦泪熬干,薄命皆因祒帻。揪心骨肉,阅世何此安排,天涯漂泊谁人择?能耐这残羹?更幼劳贪黑?　　情迫,继承香火,耕耘粮田,倩谁当责?膝下多姝,有限粗餐衣食。望穿双眼,做尽祷子荒唐,破财求跪观音侧。但愿贵相投,谅双亲无德。

木兰花慢　送女求学于北京

坐长车迤逦,向京邑、急飞驰。过灯火千村,霓虹广厦,万壑岖崎。神奇,诧畿辅变,只皇城照旧屹晨曦。人海长安大道,汇来五色肤皮。　　相宜,送女于斯。难割舍、痛离时。是父子情深,年年互守,犹友相知。依依,盼成俊彦,在缤纷世界显英姿。休去沾巾别泣,创才乃我缘兹。

青玉案　同学聚别

韶春五月花芳驻。只瞬刻、伤离绪。送别欢歌娱笑处,两三挥泪,手携难去,齐把宏图叙。　　轻别莫忘佳期遇。坎坷人生万条路。搏进成功同伴侣。经年该记,青春豪句,誓言曾相许。

朱洪滔

朱洪滔(1960～　),江苏盱眙人。曾任盱眙县地税局副局长,主任科员。盱眙诗协会员。

采桑子

闲观岁月千重状,秋去秋来。云霁云霾,枯叶由任落玉阶。
淡尝人世百般态,焉念焉怀。何喜何哀,渭水从容坐钓台。

一剪梅

独立寒冬意未消,几枝疏影,百媚千娇。漫天飞雪任逍遥,万萼凋零,更显孤标。

情愫自凭明月昭，此心何往，绡帐吹箫。春睁柳眼杏花妖，悄敛丰姿，却笑轻佻。

散天花　大雪

谁遣梨花绽满城，人眠更漏静。鸟晨惊，犹疑残月照窗明。豪情何所寄，上危亭。　　休笑身形似燕轻，梅花香小径。趣横生，风光却是胜春晴。此番须应教，踏歌行。

韩其荣

韩其荣（1960～　），笔名韩钧月，镇江市人。清江中学英语高级教师。中国诗歌协会会员，淮安市诗词协会常务理事。著有双语诗集《淮上诗履》等20种。

采桑子　独游淮安楚秀园（新韵）

风轻云淡寻一梦，为证前缘。独自游园，霄壤暌隔多少年。
池荷岸芷凋零半，正好参禅。童子红颜，攘往熙来洲渚边。

卜算子　梦春（新韵）

叶落鬓花凋，不肯妆仙境。曲径幽园梦影孤，凄婉听钟磬。
何日醉东风，重享三春景。万扣千结化彩蝶，飞上巫山顶。

采桑子　吊三闾大夫

冠峨带绿投荒去，握蕙怀香。泽畔彷徨，瑾碎瑜抛枉断肠。
凤凰无翅输鸡鹜，赤子沉江。骚客殇亡，千古悲歌萦血阳。

凤凰台上忆吹箫

繁盛淮邦，四河穿市，雅人侠士风流。日上韩城北，闪闪抛钩。一曲悲歌万代，多少事，歇歇休休。诗兴减，非关大火，只是惮秋。　　羞羞，转蓬斗柄，钵水逞蛾眉，又怎勾留？叹射阳篌侧，蒿草生愁。朝暮魂萦书海，谁有意，千古凝眸？惊回望，烟缭水昏，众鸟啾啾。

唐多令　同窗欢聚

河水梦中啾，月光洗远流。四十年，重访家丘。倒屣同窗相迎迓，茶一盏，赏清秋。
堤柳送行舟，浮生空记游。诵读声，风里悠悠。捣箸划拳频劝酒，酹逝日，动新猷！

念奴娇 钵池山驰怀

峭崖丹色，望如流霞起，火燃千丈。鹭影云踪来复去，千古勾魂模样。锦树繁花，修篁馆榭，善水琤瑽淌。轻挥兰桨，美池鱼戏云漾。 忽见霄汉神骞，唳嘹歌一曲，三洲回荡。更有王乔脱舄事，闾里街区传唱。楚韵清风，濯心洗面，酹酒祈无恙。飘然人寰，访仙何必天上？

念奴娇 庆贺淮楚诗词网上线

金秋寻胜，御风轮梦翼，翩凌霄汉。诗魄词魂萦绕处，千古淮河拍岸。泽薮龙骧，钵池凫翥，霜叶红熠烂。楚天寥廓，展铺多彩画卷。 锦树着意添花，诗词仙境，看月辉星璨。淮楚骚人如缕去，一诉离情别怨。汀渚敲诗，兰亭舒啸，屏际飞青眼。云边鸡唱，诧惊天已达旦。

虞美人 秋思

千思万虑心隅聚，衰叶凋无数。任他佳丽谢芳华，朝夕霜侵雨虐，梦之涯。
钵山善水恹恹去，肠断秋游路。户关窗闭对残花，可晓星眸月眼，到谁家？

眼儿媚 深秋寄人（新韵）

天地洪荒月云舟，岁岁献清愁。丁香素手，桂花螓首，瘦损三洲。
千秋万代倏忽过，何苦恨白头。飞鸿悄遣，星桥暗渡，共上淮楼。

沁园春 吾乡吾社（新韵）

渎水飞银，桑榆散金，杨柳折腰。恋繁华淮上，诗仙踯躅，坡公留恋，欲隐蓬蒿。善水仙钵，吾乡西子，素面朝天候子乔。任俯仰，看天蓝水碧，总是妖娆！ 文人墨客逍遥，八方四面云集鹤皋。趁智明体健，风清月朗，呼朋引伴，逸兴云霄。歌啸而来，拈花而返，一叶扁舟一管箫。平生愿，越唐巅宋岙，钓月星桥！

清平乐 忆人

劳劳饥鼠，蛾子萦灯舞。淮水岸斜风细雨，秋夜离心愁苦。 爱侣远赴江南，水天星野一帆。梦里钗横钏乱，黎明双鬓斑斑。

少年游 贺中国分界线诗社成立

一弦碧水抚天霄，弹客旅离骚。大闸湍悍，王营驿险，折损小蛮腰。 霞飞云戏桥分界，诗友满河皋。风飏八方，雅射仙阕，风物看今朝。

注:2010年5月18日中国分界线诗社在此成立。特填词一首以记其盛。

少年游　中国南北分界线

昔年南棹自天涯,北马裹胡沙。鸦鸣暮日,草伤寒气,行旅倍思家。　　吾辈今游分界塔,酡面笑拈花。曹温一脉,诗追七步,新句过八叉。

南歌子　水沐唐天月

水沐唐天月,山侵汉晓霜。寥寥飞鸟过斜阳。喝令千骑万乘解鞍鞅。
冬若风行客,春如美谢娘。倾城梦里当春郎。盼着来年旖旎好时光。

忆江南　醉归

吾醉矣,今夜雾霾浓。平仄易调诗却滞,东西难辨径偏封。祸福倚甘醲。
无奈下,呼唤异时空。幽径霎时花若海,灵台即刻亮如烽。归路肋生风。

忆江南　童年念

童年念,桑葚紫晶时。下课欢如天上鸟,登柯顽胜树间狸。攀在果多枝。

忆江南　摸鸟巢

童年念,偷摸鸟栖巢。涉水分芦屏息小,登梯挪瓦炫能高。得手乐陶陶。

浪淘沙　人世若盘弓

人世若盘弓,飞矢追风,百年千载转头空。回首欲聆花解语,丽影无踪。
归径雾霾封,前耸云峰,泮宫一士孰从容?抛却今生圆我梦,淮左词雄。

江南春　打水漂

波荡荡,雾缭缭。云帆旸谷去,群小竞英豪。韶华瓦片连珠射,今日河滨噱未消。

忆王孙　奠先人韩信

时空睽阔奠先人,北伐南征兵道尊,大汉英雄天下闻。又阳春,泣对残垣漂母墩。

柳梢青

诗意葳蕤,古淮故道,绿垛红堆。金日高悬,好风香细,三两徘徊。　　分花拨柳缘溪,诧人起,鸦麻乱飞。骚客桃源,嚣尘远避,乐怎思归?

朱立恒

朱立恒(1962~),江苏淮安博里人。中共党员,小学高级教师,历任小学教务主任、校长等职。博里镇诗词协会会员,多篇作品发表或获奖。

蝶恋花　母校聚会(新韵)

辛卯迎春来聚会,故地重游,触景生情醉。地北天南均欲泪,卅年奋斗蓝图绘。昔日球王当领队。歌手兰兰,一曲今无愧。院长导师来夺桂,举杯共饮同心遂。

水调歌头　同窗重逢(新韵)

电话震声响,南大导师来。三十二个冬夏,今日莅长淮。重赏当时面貌,更恋昨天微笑,畅饮更开怀。七九同窗梦,奋力不徘徊。　闻鸡舞,看天下,栋梁才。今朝你我,无悔奋斗鬓先衰。谈笑风情市井,展望城乡胜景,美酒碗频筛。合影手拉手,共舞大平台。

陈中华

陈中华(1962~),江苏阜宁人。金湖县经信委主任科员,爱好古典诗词,任金湖县诗词协会副会长。

点绛唇

分合双流,小城堤外渚烟绿。月桥清穆,轻便佳人足。　菀柳春深,有鸟声啼续。宜相逐,清风过木,野径通幽曲。

一落索　春愁

春要放花时候,暗惊苍狗。新红无奈白丝情,心难赎,愁依旧。　但见绮罗争秀,怅如伤酒。一番落索禁楼中,怕相问、踏青否。

西江月　小雪后

浅草素尘照眼,朝云笼野轻寒。玉人偷向镜中看,窃喜凝脂犹满。
墙外渐消光烂,窗旁暗起愁端。桃花三月几时天,争奈刘郎恨远。

鹧鸪天

倩影幽幽入梦来,当年落下苦心怀。风残春絮随云渺,月老秋情逐岁乖。

天纵意，百花开，惊鸿曾是托香腮。今宵拼把相思说，莫管长风吹柳台。

鹧鸪天　写在情人节

楼外春捎雨信来，天涯芳梦任君裁。理应佳节双飞燕，那合清心独赏梅。
驱寂寞，且开怀，莫愁明月意难猜。今宵念得归云咒，共个婵娟上玉阶。

八声甘州

把浓浓醇酿满杯斟，一口敌寒秋。对风凄霜漫，剩青残照，好又西楼。莫管情荒天老，郁郁种云休。乘几分知觉，网上浮游。　　不忍扰深潜友，看新帖草草，聊室淹留。乱语逢人恼，招踢笑回头。望长淮、浩然奔逝，过窗前、无语入江流。何能尔、独留好梦，消得长愁？

齐天乐

东风聊赖昏城树，高窗梦回游处。种柳生烟，移云就浦，应掩音尘无数。银屏百度。却都付流光，怕吟愁赋。任跷华丝，慵翻绵浪尽朝暮。　　归来休叹故苑，黄鸡空唱后，强欢何与。一径酸风，满园寒叶，当计闲情闭户。谢他酒侣。趁足跖新伤，楼中停步。试远江湖，但看春雀舞。

九张机

一张机，傲梅凌雪紧寒衣。含羞娇抗东风软，朱门绣户，佳人凝目，不意醉如痴。
二张机，扪心惊艳意芳菲。殷殷欲去临鸾镜，暂移枝上，别过春影，端仪又斜窥。
三张机，回眸一笑拢青丝。深心唯恐轻知去，敛容临鉴，扬眉瞋目，暗自许芳姿。
四张机，高跟踮起向前移。扶风摆柳初春里，近香心怯，踟蹰低首，行许被花嗤。
五张机，迷茫忽见两相疑。人花相映双红面，无言以对，随风而起，各舞绣花衣。
六张机，一般清绝入诗词。莫持梦笔犯花忌，芳心幽独，相思堪寄，不道外人知。
七张机，人间天上久分离。可怜相遇不相识，问花无语，人犹愁甚，怎可话相思。
八张机，转身欲去意迟迟。寻思不作倾心别，哪知花急，迎风频曳，恨不紧相随。
九张机，将心不忍又徐回。花前留下相依影，此情无计，春风化去，唯有蝶双飞。

唐学前

唐学前（1962～　）。江苏淮安人。淮安区黑土文学社成员。

长相思　叹流年

月朦胧，夜朦胧，几缕春风入院蓬。桃花点点红。
去匆匆，来匆匆，往事回眸无一功。少年成老翁。

鲜启国

鲜启国（1962～　），江苏金湖人。中学高级教师，金湖县实验初级中学副校长。1997年涉笔诗词。

临江仙　实验中学建校30周年抒怀

卅载韶华风雨度，烟痕几缕萦回？桃红李白万枝开。弦歌追月去，曼舞醉瑶台。
一任飞鸿寻梦远，含情烛影相随。为君无意鬓容衰。今逢重九夜，对菊就琼杯。

临江仙　游台儿庄古城

满眼豪情多韵致，千年旧迹重光。京杭驳岸独芬芳。一河渔火远，曲水映台庄。
犹忆鲁南烽火里，壮怀浴血儿郎。浮桥断绝战倭狂。古城遗弹壁，皓月问沧桑。

念奴娇　钓鱼岛风云

悠悠恨水，载孤舟凉月，几经潮汐。忽见乱云乌浪涌，鸥鹭凄惶飞急。猎猎腥风，惊烟樯橹，钓岛横相逼。华山弹剑，寒光还指倭客。　应念华夏长河，悲歌盈耳，寸土千金匹。沧海横流天地转，辱史岂容重值。白鸽传书，风鹏正举，大义终无敌。“辽宁”征远，千帆穿浪如镝。

水调歌头　秋钓

已是仲秋尽，旷野得清闲。流连情致何处？临水一竿悬。苇絮凉风拂面，浮子微澜弄影，碧阔展芳颜。怀抱溶溶月，遛钓水涓涓。　转垂纶，劈晨雾，倚湖边。长鞭一甩，偏向愁绪远尘缘。笑捡沉浮轶事，淡看人生百态，山水寄心弦。岸柳鸣归鸟，护篓入云烟。

水调歌头　喜迎中共十八大胜利召开

但见祥云起，故国释秋浓。山川大漠飞雪，华堂籍春风。东海危帆戏浪，西域清歌送远，彩焰染苍穹。许愿人寰景，抬眼望星空。　表英谱，描新局，为民躬。嘶风破雾、驰马摘月为谁雄？历尽重重隘口，着透潇潇血雨，高野越鹄鸿。夙夜为公计，自有世人崇。

邵忠祥

邵忠祥(1962～),江苏淮安博里人。博里镇中小学高级教师,中华诗词学会会员,省市诗词协会会员,淮安市淮安区诗词协会副会长,博里镇诗词协会常务副会长。曾在中央电视台楹联竞赛中获优秀奖,被评为市“十佳青年诗人”。

醉太平　晨练偶得

砼途远绵,河清柳青。笑瞧田垄调筝,写丰收数声。
红楼壮明,晨游看莺。但欣快意随行,醉今天太平。

韩永宏

韩永宏(1962～),江苏淮安人。作品收入《中国当代诗人作品》《中国当代文学作品选2013年卷》等多部文集。淮安区诗词楹联协会理事。

捣练子

新月下,旧庭前。虫叫声声树影绵。往日甜甜情欲寄,五更梦话付流年。

长相思

雨蒙蒙,雾蒙蒙,远岭苍茫绿色葱,篱前几点红。
情浓浓,意浓浓。游子离乡岁月匆,五更入梦中。

长相思

月朦胧,星朦胧,疏影梧桐摇细风,菊花香愈浓。
来匆匆,去匆匆,岁月蹉跎未建功,长江急向东。

生查子　柳翠霭如烟

柳翠霭如烟,款款柔情顾。东风话春愁,五岳梨花雨。
喜鹊枝头鸣,佳讯传天宇。犁动闹平川,桃源觅何处。

卜算子　悼念吴仁宝先生

风燥子仙游,梦断为民路。天寿从来不可留,细雨连江渚。
群雁靠排头,长阵齐相辅。念好全民富裕经,佳绩神州慕。

鹧鸪天

九曲黄河万里殇，西凉鼓急断愁肠。长城难阻胡人马，乱政焉能社稷匡。
悲战国，析隋唐，清廷王气历奢侈。轮回万载一千样，雨过花红莫逆纲。

浣溪沙

树上新藤附几枝，西风一阵险无知。蝉鸣声远唱忧词。
夕照依然红似火，心伤岂有旧方医。何如浊酒弄弦时。

朱广联

朱广联（1962～ ），笔名朱江南，江苏淮安博里人，在上海工作。现为中华诗词学会会员、江苏省诗词协会会员、淮安市诗词协会理事、《诗刊》社子曰诗社社员、龙社社员、浡社社员。

相见欢

清波暗渡长空，月朦胧。灯火为谁吹灭、小楼中。　　烟漠漠，情灼灼，夜浓浓。醉在金风玉露、一相逢。

减字木兰花

柳枝轻舞，燕惹春潮思远翥。惊梦南凉，犹恨音书滞一乡。
心凭尺素，写尽长情无字处。盈泪思量，却为飞红愁断肠。

鹊桥仙

乌云密布，凄风怒卷，银汉狂涛怎渡？金风玉露恨难逢，叹今夜、佳期空负。
两心悬待，一腔幽怨，浓墨融情寄语。香笺托雁意遥传，道不尽、相思缕缕。

醉花阴

纵有金链难锁梦，红谢怜蝶蛹。凝泪葬花人，莫怨鹃啼，总把春相送。
此中思绪谁人懂，独向丝弦弄。半曲也生愁，却问斜栏，何日西窗共？

醉花阴

何使初逢心暗许，梦羡鸳鸯侣。一自别乡关，日日悬望，只待鱼中素。
又闻夜半三更鼓，剪烛西窗顾。拂晓卷珠帘，满树残红，化着相思雨。

醉花阴

十载天涯迷归路。桑梓几曾顾？莫不识乡愁，风月江南，许是销魂处。
晓来梦醒凭谁语？花落飞如许。独自怕凭栏，犹恨东风，总把春催去。

醉花阴

时光只道重阳好，恰取花枝老。伫立北风中，极目关山，何处蓬莱岛？
夜残莫恨鱼书渺，凝泪焚诗稿。凤尾匣中藏，不忍轻弹，恐是知音少。

踏莎行

云涌星沉，风催雨注，醒来独自凭栏处。小园寂寂路人稀，枝头片片飞花去。
往事依稀，春秋如故，楼高只断章台路。落红且莫怨啼鹃，谁能留得春长住？

青玉案

花灯月色春潮涌，醒柳舞，温波送。处处笙歌情尽纵，半园寒退，满城欢颂，筝瑟银箫弄。　　一声曲止惊魂动，再度闻弦触心痛。玉女犹疑原上凤，河西伤别，江东泪拥，相见浑如梦。

惜分飞

江海相逢人无数，过客多成陌路。近日知何故？潜心试作相如赋。
雨湿青衫曾几度，总为长情难诉。旋并清风赌，夜深填却愁肠句。

行香子　端午节怀古

潮涌湘江，雾锁衡峰。望关山、瘴气蒙蒙。残红谢尽，暮雨惊蛩。问天无语，地无应，恨无穷。　　忍看覆宇，含悲负石，叹东流、还复匆匆。缅怀洒酒，追忆诗翁。饮一江泪，一江怨，一江空。

烛影摇红

梦老关山，东君醒柳江南近。为寻春色下苏台，曼妙安能认？犹自心中暗忖，欲开口、总还怯问。便凭记忆，依稀辨得，吴宫风韵。　　几沐兰溪，畅怀非是金龟印。相逢不再唱阳关，独奏梅花引。怎奈五番鼓紧。墨催成、新词未润。一声汽笛，惊破清晓，几多余恨？

水调歌头　大运河

北上溯京卫，南下达余杭。劈山开路，飞过河济越长江。滋罢淮城文赋，染却苏白春色，寄月照维扬。潮涌千秋水，风起百帆航。　通九省，收万贯，予一邦。重臣坐镇，河督漕运利农商。若不龙舟憾事，堪比禹王功绩，碧浪载兴亡。疏政天难佑，厚德自流芳。

水调歌头　大江感怀

一江通南北，万里锁云烟。楚风吴韵，独让骚客醉千年。饱览余杭形胜，回望巫山迷雾，不尽是人间。英雄浪淘尽，岁月亦依然。　临高阁，挥浓墨，洒江天。东流横断，一剑轻挽问苍玄。多少布衣汗透，几许乌纱血染？青史辨愚贤。当念苍生计，莫筑仞墙坚。

水调歌头　长江颂

欲揽天空月，势夺海中涛。千年滂湃，万里东去水滔滔。十省河清安泰，三峡湍泷险骇，装点九州骄。赤壁硝烟灭，苏子赋风骚。　觅禹迹，沧桑变，志凌霄。一倾江墨，四海画卷待挥毫。横剑驱倭国定，缔约复关世盛，鸿业史堪标。漫漫兴邦路，航舵复谁操？

满江红　勿忘九·一八

辛未萧秋，鬼神忿，天鸣地咽。九一八，禹州蒙侮，柳湖凝噎。谨记家亡沈北难，痛思国破南京血。百年恨、耻可印心间？凭人说。　江山定，歌舞悦。雄风振，官星阔。叹南海云涌，钓岛涛裂。警笛声声华夏醒，征途漫漫东方崛。享盛世、惨训不能忘，乾坤慑！

暗香　夏都感怀

西陲月色，照驿亭孤枕，窗寒人寂。对酒邀娥，梅韵声声弄箫笛。情愫兰幽翠叶，金香绽，池边荷碧。画帘外，燕语谁和，音动楚江客。　情迫，幸又识，看眼前绿洲，昔日沙碛。旧时漠壁，临此依稀梦中觅。西市华灯如昼，车如龙，游人如织。喜盛夏，凉爽地，此生几得？

沁园春　华山抒怀

上检银河，下镇三秦，万象包容。叹齐云绝壁，越愁飞鸟；穿潭深壑，潜困蛟龙。劈岭方豪，投书乃怯，莫若吹箫引凤工。溯千载，证沧桑幻变，玄妙无穷。　人间过客匆匆，忆琴抚西窗酒正浓。昔陈抟旧局，白驼安在？云台授道，真武何踪。旧约难期，新盟怎续，世事沉浮一笑中。今临此，憾使君未赴，谁立危峰！

沁园春　北固楼遣怀

气溢东南，云连吴楚，星朝紫微。念登台扑面，大江浩瀚；推窗极目，京口余晖。多景楼前，凌云亭内，且听游人说喜悲。凭栏处，叹沧桑历尽，盛景依稀。　当初试石临池，想吴蜀、皆望天下归。憾李唐纵欲，铸成祸乱；满清骄逸，自化烟灰。雨洗尘埃，风销旧辙，一岁征鸿激壮飞。更长啸，问英雄出处，舍我其谁！

疏影　塞外

嗟兮北漠！望旷原雪域，清肃时著。素饰西山，冰截东流，大鹏奋翅寥廓。千重冻壁千年事，无声对、胡杨云掠。暗追思、铁马金戈，滚滚依稀如昨。　休把征程洗尽，更沉欢笑里，常怨裘薄。再谱阳春，竞纵神驹，赢取朱弦新作。开怀不忘邀大饮，呼斗酒，不辞深酌。好乘梦、一上昆仑，醉觑几番风朔！

马君亚

马君亚（1962～　），江苏涟水人。机关职员。约千余首诗词散见于《诗词月刊》《心灵文苑诗集》《淮海诗苑》等。为"中华诗词论坛"注册会员，"江苏诗词论坛"版主，"江苏诗词学社微刊"副主编。

如梦令　童趣

放学偷偷开溜，召唤屁颠小友。提桶拾青螺，忘了衩头湿皱。幸有，幸有，逮得甲鱼乐透。

鹧鸪天　侃堵

花好人圆八月中，神州遍刮堵车风。长龙懒动前头乱，宝马龟行随尾红。
下高速，上河东，几回转辗路相同。频添无奈车厢倒，一夜归人半已疯。

眼儿媚　思念

凄雨蒙蒙泣声柔，花落梦幽愁。燕来未语，雁归声哽，寂寞春秋。
悲那年长眠犹醒，魂魄绕西楼。音容宛在，青松树上，白菊枝头。

陈幼实

陈幼实(1962～),江苏盱眙人。洪泽区第二中学教师。现任洪泽区诗词协会、楹联学会、春涛诗社副秘书长。《中国古代教育》丛书副主编。

满庭芳　洪泽万集行

头顶骄阳,参观万集,九方风景徜徉。琼楼梳列,漫月季花香。污浊摇身清变,河草绿、蛙跳鱼翔。池塘里,蛏翻鳅闹,硕大海虾藏。　　天堂！临此地,神怡心旷,难忘徐庄。喜乐业安居,得益招商。政府倾情服务,老百姓、一夜升康。民强镇,名闻遐迩,赞产品漂洋。

沁园春　咏洪泽湖

壮丽悬湖,百里长堤,柳色如烟。望丹山岭秀,青牛遁迹,淮河浪静,白鹭撒欢。水闸星罗,机帆阵列,幸福渔翁展笑颜。秋风起,看菱香藕嫩,蟹熟鳗鲜。　　天鹅如此娇妍,引远近骚人喜赋篇。赞龟蒙张耒,乡思动地,米癫苏轼,石刻摩巅。一代雄鸾,爱萍陈毅,铁骑挥鞭佳作传。家园好,庆民丰物阜,快乐无边。

满庭芳　赞洪泽县实验中学

树古楼高,地平花艳,彩霞轻抹云天。长廊深处,闻李杜诗篇。百鸟枝头喜叫,似铃脆、响遍黉园。操场上,打球竞走,还有少林拳。　　年年,频得奖,声名鹊起,匾额珠联。正转型,师生共度时艰。再创辉煌业绩,你和我、聚力划船。征途上,奇峰万仞,实验定能攀。

江城子　水釜城

多情水釜雨初晴。百花琼,鸟欢鸣。万木葱茏,倒影媚姿呈。杂草丛生荒野地,逢妙手,邑人惊。　　家乡一夜喜扬名。美倾城,客争行。滚滚财源,幸福彩旗擎。胜却天庭灵宝殿,怜玉帝,苦相争。

清丽双臻　颂洪泽

浩淼悬湖畔,天蓝水碧百花香。古堰多情风戏柳,温馨浪漫赛苏杭。大蟹小龙虾,美名中外扬。　　人守信,志穿洋。友善和谐恒敬业,文明爱国谱华章。沃地生金勤奋斗,衣丰廪实万年昌。

陈德志

陈德志(1962～),江苏盱眙人。中教一级。淮安市诗词协会会员、盱城诗词学会副会长。

鹧鸪天　春雨

二月晴稀时雨梭,合撑花伞唱情歌。蜂儿蜜意藏心里,燕子怩情剪黛峨。
青浥泪,绿涟波,春江对岸钓烟蓑。夜阑卧听敲窗雨,明日红黄那个多?

浣溪沙　圆荷清月

夜半圆荷泻玉珠,林梢宿鸟护惊雏。月清寒瓦淡相濡。
莫叹榴红开又谢,须当莲朵钓而酤。雪霜还有腊梅殊。

菩萨蛮　明祖陵

庶人名字逃荒命,祖茔此地淳生圣。三代讨人嫌,一朝文武参。　劳民镌石像,伴着江山葬。出水望新华,醒狮披彩霞。

临江仙　游镇江焦山

扬子春波穿紫燕,岚烟凝处焦山。青螺恰卧练中间。此中生绝境,怎会是污颜。
频唤紫儿留胜影,苍林台榭幽园。瘗碑千载鹤成仙。仙人留佛塔,我拾落英还。

任　冉

任冉(1963～),本名任玉国,江苏淮安人。淮安市当代文化传媒中心负责人。于词研习尤勤。

踏莎行　春

绿水青山,莺啼燕舞,成阴翠野晴风煦。争奇斗艳百花新,芳菲沁暖香如故。
陌上轻寒,潇潇细雨,汀间自有南归鹭。良辰美景尽愉欢,离愁梦里衷情诉。

如梦令　桃花

烂漫娇枝丹彩,似雨乱红花海。舞蝶笑春融,香色万千梢外。休怪,休怪,满树落花春在。

忆秦娥 中秋节

中秋度，一轮月满人团聚。人团聚，年年此夜，婵娟千古。　　开怀畅饮嫦娥妒，今宵圆月天时故。天时故，白头搔短，人间神侣。

青玉案 半百感怀

春秋烟雨平生度，黑发白，经年去。远翥征鸿芳菲路，人生如戏，蹉跎如故，留寿年回顾。　　云烟过眼终醒悟，常记高人咏箴句。一醉何如忘逝路。苦甜由我，乐安穷富，潇洒和君赴。

小重山 重阳节

哀雁寒鸿芦荻长。重阳清冷月，草花黄。白衣送酒与君尝。孤影在，篱下菊仍香。　　樽饮不飞觞。登高萸佩插，少年狂。人生多少事沧桑。经过了，笑对也流芳。

江城子 深秋登南京紫金山

石阶且上步蹒跚，尽秋寒，落花残。身累心怡，一路景观看。解甲刘基归隐洞，功名淡，弈棋欢。　　头陀岭上起峰峦，大江宽，数桥连。千古金陵，仍虎踞龙盘。几世繁华终变幻，人过往，市轮番。

千秋岁 谒腾冲国殇墓园

远征滇缅，浴血沙场战。驱日寇，除倭犬。浩然正气在，赴难丹心献。边关守，西南抗日英雄县。　　叠水河河畔，忠烈祠堂建。树碑碣，忠魂挽。国殇民族脊，河岳英灵赞。华夏祭，千秋碧血星光灿。

春光好 春雨

湖堤翠柳如烟，嫩春天。昨夜风吹新雨后，忽潇然。　　风暖化雨绵绵。添新绿、黛染青山。滋润清酥尘涤尽，已消寒。

采桑子 午后醉乘清江浦里运河画舫有感

朦胧烟雨清江浦，绿水楼船。舞榭云连，对酒笙歌不放闲。
微醺画舫听琴瑟，梦里婵娟。独倚船舷，春思翻教半百叹。

谢池春 游洪泽湖湿地

洪泽湖边，湿地绿洲芦苇。望无垠、蓝天碧水。珍禽百鸟，啭嘶啼鸣戏。满滩涂、岸汀花卉。　　蒹葭梦里，荻荡轻舟探美。水粼粼、通幽叠翠。连桥阡陌，绿繁红华地。漫游间、倚情陶醉。

王长林

王长林（1963～　），江苏盱眙人。工程师，供职于盱眙广电局。

卜算子　送友人赴宁求学

欲临不惑年，重上金陵路。学海艰辛只自知，记取三喻语。
无意羡华冠，岂为虚名虑。觅得真经壮吾生，莫让光阴误。

杨宝华

杨宝华（1963～　），淮安区河下人。曾任淮安市第三织布厂人秘科科长。现为河下诗社副社长。

一剪梅　春

风日昭苏万物昌，蜂蝶翻飞，草绿花黄。娇莺恰恰啭歌喉，燕子弹弦，杨柳丝长。
岸上车流水上樯，你进城中，我到农庄。行程竞发莫蹉跎，心底春光，眼底风光。

忆江南　淮安好

淮安好，天绘自然图。潋滟波光笼一水，云烟柳色染三湖。人雁忘归途。
淮安好，古迹引游人。幽曲街庐迷望眼，崎岖石路炼精神。一步一沉吟。
淮安好，雅韵逐清波。风踏涟漪看曼舞，雨敲漏点听轻歌。老树亦婆娑。
淮安好，美食号淮扬。鳝宴不期杨柳绿，蟹包更待菊花黄。把酒话家乡。

沁园春　河下吟

垒石成诗，柳舞廊桥，鸥绕船台。到古居寻胜，门扉不掩，老街觅趣，艺馆群开。北调南腔，梵音俚语，洽洽融融慰客怀。闻长笛，上淮堤十里，望眼重抬。　　煌煌影事尘埋，庆丽日东风荡雾霾。看码头水拍，帝王音杳；钓台草长，大将难回。湖畔枚亭，苇间雁影，辞赋丹青号异才。凌云志，壮新安一曲，继往开来。

颜士干

颜士干(1963～),江苏淮安人。中共党员,中学语文高级教师,博里中学副校长。中华诗词学会、江苏省诗词协会会员,淮安市师德先进个人,淮安区优秀教师、区十大师德之星。

采桑子 河韵

无声落日沧波皱,水碧天蓝。树影阑珊,点点霞光耀眼前。
清风拂面舒情意,欲醉心田。畅想明天,敢立潮头扬远帆。

浪淘沙 拟学生心态于暑假补课

假日撤观行,却尽亲情。饥肠倦体怨谁听。作业未留心已怯,抄也劳形。
白日梦娉婷,一哂而惊。炎天暑气似笼蒸。满腹牢骚歌一曲,亟待摇铃。

水龙吟 贺“神六”发射成功

轰鸣划破晴空,喜闻神六飞寰宇。穿云破雾,扶摇直上,国威壮举。赤县神州,扬眉吐气,光凝飞处。看黄花月夜,此时共度,红旗展,黄龙驭。 费聂健步奔月,喜悠悠,歌声花絮。嫦娥起舞,吴刚沽酒,玉皇称许。天上人间,不眠当夜,九霄对语。令环球瞩目,追俄逐美,往银河去。

张志国

张志国(1963～),江苏淮安人。中共党员,中学高级教师。中华诗词学会会员,江苏省、淮安市、淮安区、博里镇诗词协会会员。

卜算子 读《黄鹤楼》有感

一步几回头,泪眼神州望。跨鹤仙人怅惘情,古楚轻云荡。
近水远山新,千古忧愁让。如翼高楼远客迎,何日乡游畅。

南歌子 忆同学鲍殿快

两世沉沉路,三根袅袅香。分离廿载换沧桑,又忆当年把酒话文章。
弄笔时间短,追思日月长。人生苦短惜时光,只把情怀久记铸辉煌。

水调歌头　中秋赏月

明月几时有，子瞻有佳篇。中秋正是佳节，吟赋庆团圆。联袂吹灯看月，雅待嫦娥出席，喧闹不忍眠，皓月圆如故，莫道古难全。　　炎黄史，多曲折，总朝前。大同胜景，千秋万代将其添。长者鞠躬创业，少壮呕心沥血，华夏换新颜。但愿人心顺，四海共婵娟。

沁园春　为改革开放三十周年而作

浩浩长江，莽莽昆仑，气贯五洲。看中华儿女，前勋后圣，振兴伟业，更上层楼。改革声中，烟霾再扫，全会精神彻斗牛。平凶曲，醒莘莘学子，梦返神州。　　同求全会嘉谋，喜四化，累累硕果收。铲贪污腐败，久安长治，富民廉政，竞策鸿猷。立国夯基，四条原则，经济腾飞永不丢。擎思想，炳恢宏两制，一统金瓯。

袁翠萍

袁翠萍（1963～　），女，江苏洪泽人。现供职于江苏洪泽人民医院妇产科。为中华诗词学会会员、洪泽楹联学会常务理事、副秘书长，淮安市“十佳青年诗人”，江苏省十佳女诗人。

采桑子　大湖情

渔歌夕照悬湖好，情注归航。曲动诗肠，晚送清风醉蟹香。
地灵人杰乡风朴，心暖情长。国泰民康，锦绣前程笑客忙。

鹧鸪天　高良涧镇

独上层楼夜色阑，闲庭小院旧时谙。陋房老宅容光变，碧柳鲜花景色繁。
天碧碧，水蓝蓝，污泥浊垢入“龙潭”。悬湖醉蟹名天下，绿色城乡尽美谈。

满庭芳　岔河之旅

雨细风微，轻车湿路，漫游鱼米之乡。近城见得，拔地起新房。闻道华龙华奥，润林纸，工艺精良。注册米，金陵专用，美誉遍淮扬。　　村庄，一片片，水生蔬菜，绿化意杨。鳜鱼四季鹅，戏满池塘。欣慰老人公寓，自乐也，闲享时光。路成网，平台招引，着实染湖香。

浪淘沙　今日东双沟

日出复西东，岁月匆匆。三中全会送春风。蔬菜长棚随处见，望眼朦胧。

阡陌路相通，物阜民丰。金秋一片唱兴隆。细数当前欢乐事，把酒临空。

贺新郎 淮阴初圆“火车梦”

捷报漫天舞。淮沭城，民情振奋，打锣敲鼓。即日初圆火车梦，怒放心花无数。喜庆到、千家万户。仰望前程辉锦绣，恰几番夙愿今朝付。欢乐事，竞相语。　隆隆车响春风路。共讴歌、党恩浩荡，四乡甘露。落后贫穷从此去。偏僻难通作古。五载里、苍天不负。栉比高楼平地起，看新村群落皆人仵。言不尽，谱《金缕》。

朱德慈

朱德慈（1963～ ），宿迁洋河镇人，文学博士。曾执教于淮安师范学校、淮阴师范学院，现为扬州大学文学院教授，兼任中国词学会常务理事、江苏南社研究会副会长。著有《常州词派通论》《潘德舆年谱考略》《近代词人考录》，辑校有《潘德舆全集》《鲁一同集》《采风录》，笺释有《〈词莂〉笺注》《〈宋词三百首〉译注》《谢玉岑词笺注》等。

蝶恋花 秋夜感怀

夜袭人间秋气满。独上危楼，不见圆冰转。眼觑红尘光璀璨，西风过耳掠河汉。
心底闲愁浑漫漫。百劫人生，天也何曾管。琼宇愈危天愈远，红尘窈渺银河浅。

鹧鸪天

莫道华年未认真，可怜身是梦中人。浮萍岁月浮萍感，过眼青春过眼云。
数往昔，黯伤神，坐观落照渐难分。滋兰树蕙三百亩，敝帚自珍千字文。

减字木兰花 春雨

晓来疏雨，春意阑珊人何去？野马浮云，莺啭杂花四望新。
眉间心上，无限情思无处放。莫倚危楼，浩浩一江东逝流。

菩萨蛮 游清晏园

清江浦畔清涟水，曲桥九折斜阳里。游客泛兰艭，荷风送晚凉。　煌煌河道署，迎送今来雨。书院号荷芳，书香继世长。

陈剑昆

陈剑昆(1964～),江苏涟水人。毕业于南京师范大学教育系,北京师范大学硕士研究生。淮阴师范学院教育科学学院副教授。2011年始习诗。

十六字令　天

天,崖底观来似倒川。长明线,云淡过山巅。
天,胸阔无垠纳叶全。无私意,万物总归圆。
天,夜晚繁星伴未眠。谈仙境,任汝想联翩。

渔歌子　钓鱼

古寺空中白鹭飞,涟漪湖堤长幼围。南起鲤,北收龟,西山日落不思回。

忆秦娥　西风咽

西风咽,烽台火起佳人悦。佳人悦,江山易色,帝王倾灭。　　境迁时过音尤烈,权钱高垒难容别。难容别,丰姿冶丽,闭花羞月。

清平乐　自嘲

魂轻如絮,直上天涯路。欲借旋风乘白鹭,探访诗仙李杜。　　未期蜀道难攀,更加落木遮山。 怅望心生退意,彩云笑我腰弯。

清平乐　畅游

苍穹一遇,不顾回头路。携手畅游无尽处,心似藩篱脱免。　　远飞阔海高山,此情难再孤单。雨露风云为伴,何思笼里盘餐。

相思引　伞情

雨常淋,阳久晒,撑起行途当盖。收拢逢坡作拐,能保人安泰。　　世事变迁存意外,险阻苦愁无界。当把伞情传四海,天下皆吾爱。

西江月　故地神游

天上月明星暗,院前路冷人稀。神驰旧地探花枝,又见围墙故事。
长辈趣谈尤醉,儿童静赏如痴。忽闻鞭炮响前池,吓退临门佳丽。

鹧鸪天　国色天香

喜遇天香胜举岀，欲将国色比青松。火焚躯体心无改，雪压枝头腰未躬。

形各异，品相同，世人多把牡丹崇。不经寒苦甜何至，历尽艰难花更红。

渔家傲　诗海荡舟

诗海划舟迷晓雾，空中似有佳人舞。祈盼同行寻李杜。闻笑语，悠闲怎得归云处？

一梦醒来时日暮，当思仙客惊天句。自古登高多险阻。迎风雨，直奔峻岭崇山去。

青玉案　元宵夜

古河同饮元宵度，对圆月、难倾诉。咫尺犹如千里路，魂牵梦绕，流年逝去，音讯无寻处。　晚来还记晨时雾，一笑终身挂肠肚。但愿桃花开满树，游园观景，蓦然回顾，又见惊鸿步。

江城子　怀旧

闲来观月倚长廊。忆同窗，起彷徨。多少年前，尽是读书郎。说地谈天无挂碍，尝苦乐，胜天堂。　瞬间时日已消亡。望池塘，独忧伤。人似繁星，明暗自奔忙。但愿佳节同聚会，谈旧事，叙沧桑。

满江红　从天乐

饱食无为，人虽在、仅余躯壳。遮耳目、懒观尘世，独依楼阁。睡去不闻窗外事，醒来还受凡规约。面如冰、冷友又伤身，心焉获？　时难住，花易落。勤动手，多斟酌。永存高远志，自低求索。江水东流归大海，人生西向游群壑。抛烦躁、心静自然凉，从天乐。

贺新郎　缅怀毛泽东赴渝谈判

挥手魂常驻。迎秋尘、笑安民虑，自然如故。深入龙潭不畏险，诚为和平探路。中正请、氛围阴怖。天意从来几难断，倚九州百姓书赢负。为大众，虎山去。　蒋巢迎客慌如鼠。望来人、一身正气，亮星群处。暗箭明枪何所惧，交友言诗拨雾。谈判隙，佳词传趣。北国风光怀今古，集陪都墨客无平汝。天地美，孰将主。

陈苗青

陈苗青(1964～),女,江苏清江浦人。2004年毕业于最高人民法院专项培训班,任淮安市清江浦区法院研究室副主任、审判员。

定风波 为清江浦开埠六百周年而作

极目帆樯远接天,南船北马走连绵。酒肆粮仓城广置,河市,明珠璀璨耀人间。 古道多年机遇错,落寞,欣逢盛世梦重圆。崛起江淮鹏翼展,追赶,前程似锦胜江南。

菩萨蛮 姑苏忆

红楼茉莉阊门月,小桥流水芭蕉叶。谁在弄琵琶,心思寄远涯。 钟声惊梦里,深巷旧人似。烟雨忆江南,回眸会意含。

南乡子 夜晚回家加班

夜雨潇潇,初冬街火影飘摇。紧护卷宗如珍宝,无扰,窗外听风人赶稿。

花非花 情

桥非桥,路非路。叹漫途,怅幽暮。途中深雾笼长亭,暮里浓愁连远树。

如梦令 武大七月樱花大道有感

褪却红妆春弄,消散樱霞花重,七月挽绿裳,融入珞珈深纵。如梦,如梦,来日花开与共。

鹊桥仙

银河碧落,鹊桥星会,云散雾消天阙。叹人间海誓山盟,风吹去、西楼月缺。
愁弦传怨,喜珠应巧,凭网也伤离别。嗟时光总是匆匆,回首处、空留千结。

杨玉勤

杨玉勤(1964～),江苏盱眙管镇人。曾做过农民、教师、工人等。爱好诗词。

西江月

日日深杯酒满，朝朝小圃花开。自歌自舞自开怀，且喜无拘无碍。
青史几番春梦，黄泉多少奇才。不须计较与安排，领取而今现在。

张士剑

张士剑（1964～ ），江苏淮安人。中学教师，淮安区博里镇诗词协会会员。

生查子 有感于乡村铺水泥路

昨日过门前，泥路坑洼见。老叟足难移，童稚行常蹇。
今日路成功，喜挂行人面。晴雨不沾泥，来去何轻便。

清平乐 神六成功发射

酒泉基地，喜聚英雄气。神六飞船遨宇际，华夏欢腾万里。　追寻昔日航坛，岂能长此蹒跚。今日中华崛起，直教吾辈开颜。

卜算子 农家夏忙

机到麦登仓，又把秧床换。戴月披星午间，田野声声乱。
烈日火风吹，蛙鼓虫吟伴。送走斜晖又月光，为把金秋盼。

史玉霞

史玉霞（1964～ ），女，江苏淮安人。中学教师，淮安区博里镇诗词协会会员。

长相思 教师节有感

情悠悠，意悠悠，二十春秋似水流，峥嵘岁月稠。
欲何求，复何求，李白桃红香九州，勤耕永不休。

鹧鸪天 咏学子

鸡唱三声即起身，骑车直往学堂奔。霜眉露发平常事，戴月披星进校门。
描汉字，读英文，求知立志报娘恩。吃完十载寒窗苦，成业当家做主人。

卜算子　咏月季(新韵)

墙角小园中,艳艳花开放。绿叶青枝送暗香,常有蝶蜂访。
何惧露成霜,月月花儿旺。不慕名花冠一时,独绽心欢畅。

西江月　贺新春

彻夜烟花争艳,歌声四海飞扬。新春佳节献祯祥,处处欢腾景象。
牛气冲天年顺,群情激奋高昂。同心协力铸辉煌,国泰民安舒畅。

卢顺贞

卢顺贞(1964～　),江苏淮安人。语文高级教师,楚州中学语文教研组长。中华诗词学会会员,淮安市诗词协会常务理事,淮安区诗词协会常务副会长兼秘书长,淮安市首届十佳青年诗人。著有《东海钓鳌客诗词联选》。

卜算子　悼念华西村原书记吴仁宝先生

春到独西归,泪落连珠子。日日阴霾雨忽来,天亦伤心矣!
夙夜在公门,富甲孚民意。一面红旗六十年,尽瘁死而已!

诉衷情　祭扫关天培墓

当年万里赴南州,矢志巩金瓯。元戎花甲燃炮,怒吼向仇雠。　肢可折,命能休,意犹遒。故乡骄傲,烈士功丰,忠节名修。

西江月　恭贺赵庆生《兰圃一叶》付梓

相识三番寒暑,幸添一段馨香。评今论古改诗章,一点灵犀击掌!
吟就板桥获奖,联成清浦称王。倚楼青影鹧鸪强,形出神传放旷。

注:赵庆生先生在"板桥杯"全国诗词大赛和清江浦对联比赛中获奖。他还用"鹧鸪天"词牌创作了100余首描写家乡名胜景点的词,人送外号"赵鹧鸪"。

鹧鸪天　赠董振安先生

冬去春来岁序移,耆年把笔一支支。孜孜矻矻办公室,直直忠忠交友时。
花弄影,月流辉,将军元帅颂歌奇。诗词百卷手钞写,流布人间不必疑。

虞美人 环卫工

朝朝垃圾何时了？依赖谁清扫？橙黄马甲亮人眸，雪夕霜晨能有几回休！
刁难鄙视应犹在，积习总难改。劝君休要发轻狂，城市美容吾辈共担当！

水调歌头 河下钱从顺华夏酒器馆建馆5周年志庆

游客争相语，一馆眼前明。异盏奇樽满目，无语发宏声。但见嫦娥奔月，更讶八仙神气，李白踏歌行。风起松涛怒，雨过现青冥。 五年过，真彩凤，乍一鸣。百城千户万路，寻觅视金轻。奔赴长安会友，飞跃华山论剑，坎坷踏成平。永葆初心在，雅兴五洲倾。

骆建山

骆建山（1964～ ），笔名乐见杉，江苏淮安人。农科站农业技术员，任职于淮安开发区社队服务办公室。

虞美人 议马航失联

马航失去联络了，究竟何方找？亲人日夜断肝肠，难道真真掉转走南洋？
飞机起码残骸在，只是容颜坏。海洋若大往来回，此事果真藏有几多迷。

菩萨蛮 季桥发展如此好

季桥发展如斯好，仇孙①两户都荣耀。若不产天才，此绩从哪来？村庄楼幢幢，集镇街宽广，奉献不贪财，请时君再来。

注：①仇指季桥镇党委书记仇孙荣，孙指前任镇长孙凤谋。

颜廷步

颜廷步（1965～ ），江苏淮安人。中共党员，中学高级教师，区优秀教育工作者、江苏省诗词协会会员。

忆秦娥

西风紧，天寒地冻临佳境。临佳境，悠悠飞雪，春呈光景。 烛红高照双留影，合家幸福心憧憬。心憧憬，建功立业，勇登峰顶。

孙　群

孙群(1965～　),笔名霜刃无锋,江苏淮安人。中共党员,上海市政集团纪委委员、工会副主席。江苏省作家协会会员,上海诗词学会会员。著有诗集《奇门兵器》、中国第一部“文侠小说”《剩界》、长篇历史小说《三国发明家·马钧》。诗词、散文、小说获数十次全国大赛奖。

鹧鸪天　围歼

忽伏低来忽抢高,悄然掩到小山包。惯随月影藏身影,爱把林涛作海涛。
猫耳洞,鬼头刀,怀中枪口有余硝。提前谁发冲锋令,内线飞传敌遁逃。

鹧鸪天　傍晚白发老夫妻公园自拍

白发犹将波浪翻,每看老伴总新鲜。流霞暖透眸中意,昵语羞红水底天。
调速度,对光圈,延时三秒赶并肩。镜头拉得斜阳近,不许黄昏坠眼前。

鹧鸪天　听文友谈暗恋

谁把相思树暗栽?心花那夜满枝开。擦肩几度何曾近,一笑回眸未敢猜。
关不住,掩还埋,藏于哪处费安排。上传存入云边月,犹怕他人下载来。

定风波　沙家浜记游

水道纵横似走廊,汽轮犁起白波长。独爱黄昏摇画舫,淘浪,盈盈满捧是斜阳。

寻向春来茶馆去,停步,两三游客试戎装。知是戏迷追样板,谁扮?丛芦深处斗京腔。

沁园春　土星探测器卡西尼爆裂前向地球发出最后信号

壮别尘寰,突破星云,直赴外空。问太阳系里,有谁做伴?银河渡口,只你从容。束束微波,遥遥孤旅,信息曾传百万封。焚身处,仍回眸一望,不改初衷。　　流年逝去如风,剩无数惊疑困扰中。叹地球远眺,缩成光点;人间俯视,渺若萤虫。铁树花开,优昙夜放,短暂于斯何异同?长呼吸,怕心儿悸动,逃入苍穹。

杜骏飞

杜骏飞(1966～　),清江浦人。教授。现任教育部新闻学教学指导委员会委员、南京大学网络传播研究院院长、南京大学人文社会科学高级研究院兼职研究员，淮阴中学1983届杰出校友。

清平乐 雅集金陵度此曲以赠李教授

群山不驻，醉问金陵去。一树繁花烟雨处，满目梧桐归路。 记得倚马天涯，青丝欲染白沙。春暮咏沂未晚，红颜刹那芳华。

注：甲午旧作于花神湖，是夜匆订于宝华山。

梁寿海

梁寿海（1966～ ），江苏淮安人。中共党员。先后发表诗词100多篇，其中多首在诗词比赛中获奖。

望海潮 盛世中华

凤鸣环宇，龙腾霄汉，故园胜境堪夸。山秀水灵，天晴日丽，莺歌燕舞人家。胡柳固黄沙。虎踞连边塞，天堑无涯。杏雨江南，画舫新舸，竞豪奢。 文明造就中华。有和谐相辅，锦上添花。洋海远征，星河纵探，神州再结仙葩。情盛奏清笳。乘兴敲战鼓，风叱云咤。复兴圆吾好梦，丝路赏彤霞。

八声甘州 武威吟

溯五凉都会帝王州，钥锁五洲喉。会金仓银府，龙城蛇巷，月阙云楼。是处笙歌曲舞，贾市贸无休。兴叹黄河水，飘忽浮游。 故土再生荣耀，看城乡巨变，带路鸿猷。赴千年伟业，奋勇立潮头。共筹谋、翅生两翼，唱大风、踏燕马方遒。观沧海，只争朝夕，永不停留。

宗寿华

宗寿华（1966～ ），江苏金湖人。金湖中学任教。高中时代起对古诗词产生兴趣，后渐有诗词作品在各级各类报刊发表，至今不辍。

临江仙 柳

照影清溪流碧，笼烟远渚铺纱。晴光轻啜韵无涯。絮旋飞白雪，枝袅引红霞。
左帅帐旁持戟，陶公门侧端茶。春秋翻尽赖风华。缠绵萦绮梦，缱绻歇新鸦。

鹧鸪天　白马湖

柔润清风起绿漪，平湖莹彻碧波微。碧空若洗轻云淡，白鹭如歌芳草萋。
花解语，柳盈堤，客来诗句豆涟漪。渔家靓女划船过，一曲清歌贴水飞。

南歌子　西施

照水沉鱼影，鸣屐忘浣纱。清溪扁石夕阳斜。国色仙姿无比、灿云霞。
忍辱吴宫锁，含欣越甲车。红颜薄命为谁家？风月五湖残梦、浪天涯。

南歌子　杨玉环

醉酒春情炽，羞花艳态妍。天生丽质傲红颜。更叹回眸一笑、韵无边。
霓羽明皇赞，骑尘贵主欢。谁料胡马践长安。最恨嵬坡歌绝、断绫娟。

南歌子　王昭君

翠黛辞汉阙，朱颜出雁关。和亲道上朔风寒。千载琵琶肠断、恨无边。
明月离乡远，胡笳带梦残。独留荒冢伴青山。莫道长城万丈、逊婵娟。

南歌子　貂蝉

拜月空留影，酬恩不惜身。汉家宗庙系红唇。可笑连环狡计、碎罗裙。
情好凤仪舞，功成画戟抡。白门楼上断音颦。弱女孤魂何在、论纷纷。

鹧鸪天　荷

万亩荷塘绿缀红，娉婷愉舞沐湖风。一生低调淤中暗，四季冰清水上浓。
春破淖，夏扬蓬，荣枯得失自从容。霜飞雪漫情犹在，恬雅贞幽谁与同？

临江仙　读米芾

笔刷江天一色，云山叠石从容。谁人不识米南宫？见奇低皓首，师古著深功。
腕底翰潮侵月，襟头隽骨呼风。纵横捭阖九州雄。芸书开画卷，法帖耀霓虹。

临江仙　曹操

鏖战全凭勇胜，筹谋还仗心攻。青梅煮酒意何雄？断鞭平冀北，横槊指江东。
豪揽十方才俊，奇收一握丰功。短歌碣石雀台空。横流沧海水，浩荡建安风。

风入松 屈原追踪

每从屈子记端阳，艾粽遗香。不追故国三千里，恨万般、郢路沧桑。一曲离骚愁唱，汨罗江畔离肠！ 满腔忠义叠苍凉，泮泗滂江。贞魂可鉴朝天问，意难休、纵跃成殇。竞渡龙舟飞浪，翔鸥是处家乡。

风入松 追寻陶潜

桃花源里赋长诗，归去来辞。东篱野菊南山豆，荷耘锄、暮种晨莳。五柳堂前有酒，陶公名下无私。 谁怜黎庶念和思，我自存疑。折腰岂为升升米？且抛去、宦运官皮。两袖清风天鉴，一肩明月君知。

高阳台 青莲

轻摆罗裙，频摇翠盖，娉婷绝世清嘉。玉露凝珠，焕来七彩虹霞。凌波映日无穷碧，鹭两行、掠影云涯。再回眸，万缕瑶烟，一荡仙葩。 妍芳十里钟灵秀，对婆娑疏柳，娇艳繁花。出淖升淤，平生品洁名佳。淡宁雅逸贞恬志，付从容、秋实春华。纵形销，遗韵盈篇，吟醉诗家。

高阳台 中秋

丹桂喷香，金风送爽，炎黄节庆中秋。玉镜高悬，银辉泻透神州。帘栊十万玲珑韵，仿似纱、满目晴柔。问嫦娥，尘世团圆，可有凝眸？ 星稀月朗清凉夜，供鲜菱脆藕，芡实新榴。袅袅香烟，伴我宫阙神游。浪扶兰棹同倾酒，向天讴、散尽闲愁。待今宵，买醉蓬莱，吟赋琼楼。

高阳台 秋意

秋水传情，诗流载梦，金风玉露三更。萧瑟蝉吟，葳蕤花事曾经。底事飞梦频吹乱，任娉婷、都付飘萍。暂凭栏，漫品斜阳，细数昏莺。 留声雁阵惭荷影，有哼蛙残鼓、老鹭低鸣。且住琴箫，霓裳难舞哀茕。心程过往逶迤路，爱恨间、独饮孤萦。再回眸，霜冷枫红，月白风清。

高阳台 国庆感怀

塞北披霞，江南染翠，神州物阜年丰。玉镜高悬，菊香漫透帘栊。金风早预佳期近，振精神、装点葱茏。任高阳、爱满平湖，吟醉丹枫。 回眸斩棘披荆路，有锋芒镰斧，铁血工农。扫寇消顽，劈开雾锁云封。天安门上飞龙舞，看湘音、震破苍穹。喜今朝，狮吼东方，好梦从容。

高阳台　相思

凭案灯残，依窗月瘦，枕孤夜永衾寒。去日缠绵，今宵偎向何边？离痕犹印眉谁扫？旧梦妍、不若无眠。盼归来，又怕归来，貌赧从前。　相思尽有风流事，看钱宗白发，柳艳红颜。何物人间，直教红豆心牵。且销寂寞丝囊里，把温柔、细数轻抟。待君还，翠袖添香，再拂鸾弦。

望海潮　端午感怀

青蒲花艾，荷囊彩线，雄黄酒里端阳。香粽啖波，龙舟逐浪，凝眸望断三湘。报国尽衷肠，惜经纶未展，壮志成殇。雨住风停，汨罗呜咽楚山怆。　萦怀五五心伤，痛忠臣赴水，孝女投江。《天问》畅舒，《离骚》浅唱，情缠爱恨泱泱。千盏祭贞良，赞侠肝义胆，豪气盈腔。最喜神州筑梦，华夏谱新章。

满庭芳　悼屈原

花艾悬庭，青蒲插户，悲情屈子回鸾。中流洗恨，碧血映波寒。一曲《九歌》吟罢，天呜咽、雨骤风旋。犹追忆，湘江楚水，郢路乱蛮烟。　凝眸，骚魄在，荷衣兰佩，博带峨冠。任泪涴，心头故国啼鹃。万里关山梦远，叹明月、空照晴川。愁难遣，骖螭杳去，亘古话奇冤。

念奴娇　学习中共十九大精神抒怀

鲲鹏振翼，傲神州内外，赤县今古。看万里河山似锦，正是国安民富。天眼巡空，蛟龙探海，路带牵霞舞。喧腾征鼓，复兴峨舸争渡。　且喜盛会空前，大旗高举，伟业宏图巨。健党强军兴废计，发展谋新深虑。砺志前行，初心不忘，圆梦康庄路。破云喷薄，一轮红日如炬。

沁园春　中国梦

无限江山，浓墨重彩，饱蘸沧桑。记嘉兴烟雨，心灯湛亮；南昌炮火，血帜高扬。逐蒋歼倭，安邦兴业，改革春花带露香。人欢畅，喜民殷国富，大道康庄。　今朝更创辉煌。复兴梦，正扬帆启航。看中枢决断，强军健党；神州奋起，揽月巡洋。砺志前行，初心不忘，路带缤纷伟略长。抬望眼，恰一轮红日，喷薄东方。

沁园春　中秋感怀

浩宇澄明，玉镜晶莹，大地辉煌。看中华一脉，山河共色；炎黄两岸，锦绣同光。意念慈颜，情牵旧浦，驰骋襟怀越莽苍。擎琼液、广寒邀翠袖，伴我还乡。　鲜菱脆藕喷香，化絮语、悠悠挚爱长。正露凝催菊，霜飞绾桂；东坡假寐，太白佯狂。水远山高，风清梦绮，月朗星稀夜未央。期天下、岁岁如今日，福满人康。

沁园春 石首东岳寺

一寺高祟，长揖荆流，横卧秀峰。正梵音婉转，回肠九曲；佛光朗照，脱俗千重。碧瓦红墙，青松翠竹，殿阁楼堂东岳风。倩谁问：是何人底事，暮鼓晨钟？ 千年步履从容。古今客，去来尽杰雄。有泊舟子美，题书鲁直；铭碑严老，泼墨曹翁。山水多情，人文着意，大道禅心入梦中。云磬振，纵雷鸣电闪，万虑无踪。

沁园春 咏荆州

万里云天，锦绣江陵，绮梦无穷。喜环山抱水，古城竞秀；襟吴扼楚，重镇称雄。亭阁诗章，楼船烽火，多少沧桑烟雨中。展新貌，正抟鹏苍宇，逸彩长空。 千秋步履从容。照影处，去来过客风。叹郢都难拜，怀愁屈子；荆州永借，寄恨关公。太岳经邦，三袁纂论，大浪淘沙一唱东。当励志，定初心不忘，再立奇功。

水调歌头 拜句容宝华山隆昌寺

烟笼红日近，风翥落霞轻。青莲回放，竹翠松郁大山明。但望凌霄半塔，梵境瑶台偈唱，普度浴前生。妙谛喝风雨，佛手净无名。 宝林肃，绮云幻，古寺嵘。心程莫问，万虑至此浩波平。俯仰金光长照，醒悟宏音远扩，禅释启新晴。明月三千里，昏晓一犁耕。

江西斌

江西斌（1966～ ），江苏淮阴人。务农打工，爱好诗词书法。淮安市诗协、淮阴区诗协、六塘诗社会员。

鹧鸪天 苦中寻趣

新绿随风上柳梢，且将惆怅付尘嚣。云烟过眼三生淡，风雨凭肩一担挑。
登跛腿，累弯腰，只为膝下几书包。打工未泯儿时梦，偷得片闲诗韵敲！

鹧鸪天 无题

冷暖酸甜淡定之，沾来俗病便难医。因贪小酒常生事，爱抢红包误写诗。
愚可造，善遭欺，养精蓄锐有谁知？而今悟出黄金律，扯淡文章不疗饥。

华 跃

华跃(1966～),江苏淮安人。淮安市教育局宣传信息办主任。江苏省诗词协会理事、淮安市诗词协会常务理事。

点绛唇 忆香山

大雁南飞,层林尽染披霞帔。夕阳余味,黄绿宜相配。 昨日梦回,无酒陶然醉。遥相对。十年相会,长夜思无寐。

采桑子 云河

柳垂花艳轻飞絮,鸟语荆丛。夕影当空,无限风光通昊穹。
雨风之后神清爽,倍感春浓。水浒胧朣,芳草萋绵尽日中。

清平乐 贺教育大会召开

和风吹遍,细雨轻扑面。万紫千红芳竞艳,春景温馨无限。 教育大计千秋,远见未雨绸缪。担当实干作为,大展伟业鸿猷!

清平乐 参观学习陶行知演讲

钟山远望,江水晴云涨。爱满天涯人高尚,牢记行知成长。 今看选手模样,动情慷慨激昂。学做先生之品,高山景行崇仰。

王志洋

王志洋(1967～),江苏淮安博里人。中共党员,中学语文高级教师,历任中学团总支书记、校长助理、小学校长等职。中华诗词学会和省、市、区诗词协会会员,2006年获淮安市首届“十佳青年诗人”称号。

长相思 作诗

走也诗,坐也诗,如醉如痴苦作词,一吟几复思。
早也诗,晚也诗,斟酌推敲误饭期,喜悲我自知。

卜算子 七夕有感

未待恨填平,又把心凉透。残酒难堪暮雨寒,却道相思瘦。

新度一桥欢,再数三更漏。欲理青丝掩泪痕,更觉蛾眉皱。

青玉案 与君同游

与君漫步花间路,八九里,芳尘去。最恨时光如箭渡。廊桥游舫,池边香树,满是留情处。 口斜柳暗天将暮,欲说离分断肠句。泪满相思知几许?亭前檐角,清风秋雾,独影披霜露。

诉衷情 伤残荷

凄凄瘦影为谁伤?残叶说悲凉。西风也有离恨,拟化作,怨愁长。 思往事,惜芬芳,暗心伤。花容憔悴,一点红云,最断人肠。

自度曲 重阳

岁岁重阳,今又重阳,满目寒露秋霜。那堪西风吹得紧,遍地落叶枯黄。 去了群芳,又闻菊香,更添离愁妆。醉问茱萸知谁健,独守一缕残阳。

孙达恺

孙达恺(1967~),江苏金湖人。淮安市作协会员,金湖县作协秘书长,县诗词协会副秘书长,县党校办公室副主任。在县级以上刊物发表诗词等百余篇。长期任金湖作协《湖城文学》编辑。

鹧鸪天 赞金湖交通

道路通城连镇乡,羊肠小道变康庄。当年泥淖荒芜草,今日通衢花木襄。
无阻塞,谱新章,马龙车水似飞翔。驱车抵达农家院,不再身边尘土扬。

薛菊香

薛菊香(1967~),女,江苏涟水人。南京大学法律系毕业,现供职于中国建设银行江苏省分行。

蝶恋花 中秋忆母

灯火葳蕤环翠柳,雨湿楼台,明月穿云秀。美景怡人秋未透,良辰思母黄花瘦。
河畔踟蹰风满袖,归去来兮,惆怅还依旧。欲借婵娟捎问候,月圆花好人长久!

点绛唇　清明忆母

陌上花开，缓归梓里沉吟久。故人知否，岁岁清明有。　　慎远追思，无力和春秀。空回首。菜园依旧，寂寞池边柳。

临江仙　母亲两周年忌日作

两载参商别后，今朝分外思量。遥将清泪洒他乡。菊花该恁美，若母在身旁。

疏木摇空萧瑟，西风往复寒凉。沉思前事断人肠。浮生一刹那，天地两茫茫。

蓦山溪　思乡

乡村冬杪，静谧如屏画。雪霁半空明，映三枝、寒梅逸雅。童年乐事，随袅袅炊烟，漫田野。难言话。转瞬风吹也。　　慈萱瘦影，字里行间写。万万遍追寻，倚门情、若何放下。今宵只有，将旧憾偷藏，装作罢。还牵挂。一任梨花洒。

早梅芳　梦回老家

小村庄，炊烟袅。绿水人家绕。寒窗映雪，谁又频催睡须早。天边星汉寂，帘外蛩[illegible]杳。夜阑闻犬吠，花落有多少。　　梦醒时，声已悄。情满回乡道。流光荏苒，瑞霭争知鹤归了。远方淹梦想，逆旅怜芳草。雪霏霏，思亲谁个晓。

青玉案　春信

秦淮河畔潇潇雨。水潋滟、天垂暮。风剪柔条千万缕。几丝娟媚，晕红微点，宛若含春雾。　　彩灯争扮花千树。像极了、家山路。独抱素心谁共语。夜阑人悄，遥闻笛赋，新绿君知否。

踏莎行　冬雪

索索飘零，翩翩起舞，飞花四溢穿庭树。岁寒万木变琼枝，尘霾洗尽幽香妒。

脉脉柔声，盈盈细语，心如瑞霭何人悟。长天晴暖了无痕，化为冰水魂如故。

水调歌头　中秋夜里运河长廊赏月咏怀

皎皎团圆夜，露冷柳阴稠。长空明净，桂影斑驳意难休。极目华灯璀璨，耳畔潺潺河水，无语向东流。转而研诗赋，希冀解烦忧。　　忆往昔，人已远，梦难收。萱堂驾鹤三载，无绪话中秋。丹桂暗香萦绕，满目银光万顷，妙境为谁留。今夕云中月，添得几分愁？

月上海棠

恰逢故里风光好。垄中行、篱菊瘦枝俏。果熟叶落，小径边、乌偎树杪。池塘里，玉藕萍花渐老。　　红尘滚滚乡关道。每念起、慈母倚门笑。锦瑟流年，舐犊情、深深萦绕。最伤心，驾鹤云游去了。

南乡子　重阳感怀

转瞬又重阳，希冀登高向远方。痴立阁楼风满袖，茫茫。芳草那知别恨长。
风雨蚀流光，举目花残满地苍。枉叹昔年多少憾，思乡。故里今朝菊正黄。

江城子　母亲节感怀

农家五月荐新妆，刺槐香，麦青黄。垄首烟迷，绿树正盈窗。蝶舞蜂飞花几许，红满地，絮飞扬。　　恍然母又在身旁，问炎凉，念无央。天上人间，此恨怎能偿?缱绻无言春不管，愁遍野，泪成行。

行香子　春游梅花山

眺览山洼。烂漫无涯。嫩疏条、奇绝清佳。惠风剪剪，吹动春华。有红如唇，白如雪，粉如霞。　　夕照西斜。画笼枝丫。色葳蕤、香淡如茶。似梅心事，盛放难遮。叹风中云，水中影，雾中花。

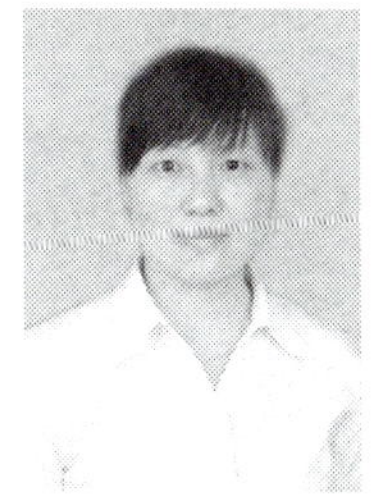

李洪兰

李洪兰(1967～　)，女，江苏盱眙人。就职于盱眙县农业资源开发局，盱眙县诗词学会会员。

定风波

帘外萧萧夜雨声，心因摇落对樽行。燕去雁来惊暗换，思乱，鬓丝霜染已人生。
瑟瑟秋风吹酒醒，微冷，清茶一盏暖相迎。文苑墨香闲日度，诗赋，遣词造意寄心情。

山花子　忆江南

似画如诗若梦乡，平湖花柳任徜徉。回首江南春好处，醉心房。　　独坐蜗居凝旧影，随风衣袂抹新妆。浓绿盈窗惊夏至，叹流光。

鹧鸪天　第一山怀古

幸与南山为比邻，长淮胜境醉三春。米翁碑字神飘逸，坡老诗书意气匀。
殿肃穆，院经纶，残阳瑟瑟泛金鳞。殷勤守望家山月，难阻柔情念故人。

巫山一段云　野蔷薇

芳影栖墙外，雍容对暮春。绿肥红瘦淡芳尘，花事又一轮。
静静听风笑，纤纤轻弄颦。日升月落度晨昏，香土不留痕。

鹧鸪天

寂夜常闻书页香，唐风宋韵度时光。愁温浊酒消情绪，闲抹胭脂着淡妆。
才有趣，又无妨，层峦滴翠上都梁。红情绿意神怡我，醉倚朝晖绮梦长。

临江仙

月隐云横更夜静，卷帘遥对苍穹。韶光一去了无踪。回眸一笑，往事已随风。
雪舞梅开又一冬，眼花体弱身慵。风刀雨剑浸颜容。立松劲骨，霜重更从容。

南乡子　雪

涉世守清纯，洒洒扬扬笑唤春。柔骨凝冰由雨啸，宁神，淡定从容任殒身。
择友与梅邻，飘逸临风本性臻。素裹银装疑镂刻，纱巾，入画吟诗泼墨人。

捣练子　咏梅

昂首笑，面从容。雪点腮红韵味浓。玉蕊破寒香暗度，抱真独守冷风中。

石湖仙

斜阳西挂。映千顷平湖，形胜如画。波上荡轻舟，水风轻、鱼虾戏耍。天高云阔，揽秀色、自得清暇。思泻。醉物华、起兴风雅。　　怡情沁人美景，乐无穷、心随境化。咏赞贤才，鼎力倾心持把。治理荒山，兴修塘坝，意深无价。方叹讶，疾书奋笔诗话。

鹧鸪天　听雨

细雨敲窗风卷帘，烟纱万里锁云天。清音幽韵声声诉，松墨云笺字字然。
思万缕，意无边，情怀缱绻扰无眠。繁华一梦随春去，花落沉香惆怅添。

临江仙

举目苍茫垌外静，玉龙飞舞情浓。秀颜昂首劲霜风。香泥春雨润，桃李竞嫣红。
四十余年轻似梦，如梭岁月匆匆。沧桑难有旧时容。夜深人寂后，伫立小桥东。

忆秦娥

朔风冽，寒烟衰草芳菲歇。芳菲歇，花残叶落，吟蛩声咽。　　夜阑荫翳遮星月，流年盘点沧桑阅。沧桑阅，容颜暗换，发丝如雪。

诉衷情

红尘一梦几多霜，回首点沧桑。人间诸事谁料，故有九回肠。　　追过往，任思狂，甚微凉。冷然心境，静夜清茶，书字灯窗。

眼儿媚　雨中赏荷

烟雨空蒙笼轻纱，触目尽芳华。平畴万顷，水天连碧，仙境奇葩。
轻盈斜雨芙蓉俏，曳柳嬉鱼虾。珠圆露滚，琴心荡漾，笑靥如花。

高阳台

月朗风清，华灯初上，霓虹闪烁歌扬。舞侣歌俦，身姿摇曳中央。扭腰踢腿轻揉背，绽笑颜、呵护健康。喜今朝、乐享太平，沐浴春光。　　日新月异时年好，醉流光溢彩，物阜民康。沧海桑田，满园瓜果飘香。高楼林立呈新貌，眺远方，枝叶芬芳。甚欣然、杯酒诗朋，流韵华章。

蝶恋花

放眼千山风景瘦，萧索枝条，苍劲河边柳。静立园中风满袖，愁思万缕驻足久。
难理情丝常病酒，懒对斜阳，独怕黄昏又。物是人非空念旧，形单总在喧嚣后。

鹧鸪天　网缘

惜字如金网中逢，俊才慧女各西东。神驰墨海性情似，情寄文中趣味同。
黄昏淡，夕阳红，几多往事启尘封。引经据典逍遥乐，浅唱低吟醉梦中。

沁园春　家乡巨变感怀

兔戏山间，鱼跃池塘，蝉唱枝头。看天泉湖畔，碧波荡漾；玉皇山上，苍翠清幽。田圃成方，林园成网，瓜果飘香醉客眸。年光好，感农人致富，高效增收。　　桥涵道路齐修。喜沃野良田呈绿洲。忆山荒石乱,渠干苗瘦;疏篱陋室,瘠地民愁。国策倾农,科学规划,财政投资党解忧。观新貌,赞盛装亮景,笔颂歌讴。

王德友

王德友(1967~),江苏盱眙人。中学高级教师,现任教于盱眙中学。

贺新郎　秋蕾

误把西风守,纵高才,风流跌宕,瑚琏难售。国色天香藏野褐,焉得三阳成就?世情薄,蝶藏蜂走。寒露欺凌呼绿叶,可怜儿,疏骨秋晖瘦。华盖运,且听受。　　伤心故事由来久。钓磻溪,飞熊不梦,楚瑜谁剖。直待一朝红颜老,嗟讶冯唐白首。浪自问,还能饭否?莫若玉肌留霜雪,待明年,杨柳春风后。痴宁戚,角休扣。

虞美人

春来又见南山俏,绿妒群芳闹。傻蜂浪蝶乱红中,痴燕翼斜风雨柳塘东。
天年究竟余多少,所幸难知晓。若知风烛几时休,不恨好花长谢水长流。

蝶恋花　观初春柳

确信生机河畔柳,冻笋犹眠,已把春来诱。曾笑南山佳木丑,小蛮娇媚婀娜扭。
肯待西风舒楚袖?碧玉盈盈,一夜仓皇走。但看娟娟新竹瘦,寡情却胜多情久。

满庭芳　春寒

开岁连阴,余寒尤烈,朔风留恋还勤。香梅凋处,嫩绿锁芳痕。欲报三阳开泰,行又见,素霰纷纷。风坡岭,玻璃泉咽,老盖泣霜根。　　夫人,过不惑,不欣寿长,只盼晖新。向寒欺秋骨,春慰残身。冷雨更兼冰雪,似乎要,扫尽荆榛。凭谁问,尚能饭否,杯酒长精神。

张　越

张越(1967~),江苏淮安人。中共党员,淮安市城市管理局干部。中华诗词学会、江苏省诗词协会会员,淮安市诗词协会常务理事。著有《城管执法颂——张越格律诗作品集》。

蝶恋花　观海有感

力量久存苍海上。鼓动风掀，礁石迎头撞。一簇浪花连一浪，化为绚丽无边放。
生命平凡春酝酿。凋谢无常，唯有情怀荡。澎湃心潮难阻挡，瞬间涌起音高亢。

哨遍　秋日郊外望远归而生感

四季叠更，秋又暮临，雁影声拖远。光暖柔，斜日尚留观，炽霞如烧情燃点。色满天，浮云任由涂刷，大空背景蓝铺垫。光渐渐西沉，终成黯落，残存微弱边线。看树梢初上一轮圆，正碾压繁星溅光寒。萧瑟秋风，躲避枝头，宿巢鸟倦。　　喃，低语廊前，手扶栏上轻吁叹。声落凋谢脆，轻摔枯萎成卷。望片片飘飞，岁华剥蚀，纷纷一地风翻看。来往事跟随，依稀记忆，悲欣交集生感。对繁灯点点夜色阑，只不过庄周蝶梦翩。笑人生，枉悲丝染，缸中尘世颜色，浸泡时人眼。但将详细明呈墨子，必定同来搅拌。月还清白寂无言，只轻微、画出深浅。

西江月　归乡

高树怀揣鸣鸟，晨风传出歌谣。浮云丝缕扯天飘，早已声声听到。
一路飞扬尘土，耳中灌满风嚣。乡音独自立枝梢，再把青春呼叫。

望江东　河边

轻率春天拍身走，只余下、残红瘦。依依河岸拂风柳，叶绕绿、携如手。
时间组合人生久，品回忆、浓醇酒。鸟鸣旋律仍依旧，水面上、微风皱。

西江月　葡萄

寂寞谁栽墙角？春秋冷暖纠缠。而今串串挂甜酸，枝上心情结满。
绿叶星光溅痛，藤条牵绊风残。无边岁月隙中穿，抛下轻声息叹。

戚氏　雨中感怀

雨霏霏，细细飘洒舞风回。脚步轻盈，一春柔美，湿窗扉。蔷薇，露含垂，幽香浸透傍篱偎。凄清雨巷声窄，石溅凉滴人应知。久已无往，丁香安在？香碎已付矜持。又何须执手，何必相看，终没尘泥。　　池水，院小塘围。墙白打底，背景色蒙灰。芰荷瘦，绽开纯粹，颤动身微。画涟漪，一瞬掠过，心中激动，渴望追随。薄云歇雨，黯淡斜阳，些许窗抹残晖。　　草色油油绿，珠凝亮点，闪烁其词。且有幽深小径，步蜿蜒曲折宜吟诗。世间冷暖阴晴，眼前叠换，心数需掰指。望岁华行色匆忙里，留记忆、一月钩时。幻想中、百梦成痴。但星宿仰望只依稀。渐浮云退，清辉洗后，更惹情思。

庞友亮

庞友亮(1967～)，江苏涟水人，住宋集桥头。涟水县永兴学校副校长。

破阵子　冰释

对本可相濡以沫、执手终老、至爱情深的恋人，因为生活中的一点误解半途分道。二十年后，一席彻夜长谈前嫌尽释，感动之余，泣填一曲！白云苍狗，人生世事无常，有时，有情人不免难成眷属，但愿天下有情人永远相知互谅，偕老一生！

二十年来浑噩，三千更漏清明。纵历沧桑情未改，缭乱浮云爱笃铭，凭栏对月凝！
恋似酿陈香久，思如丝茧绵盈。衣带渐宽该不悔，鬓角凝霜又岂停，管他几度晴！

沙立卫

沙立卫(1967～)，江苏淮安人。江苏省作家协会会员，清江浦区非遗协会副会长，爱好诗歌、散文，钟情国学，著有《圆齐》《本真》《玄青九十九章》，文言小说《凉风夜月》，现代诗集《不问花开》。

长相思

坐窗前，叹窗前，斜月弯弯挂柳边。三更梦不眠。
老红颜，饰红颜，心底桃花飞过天。留香千万年。

清平乐

长淮霜早，多少风情了，唯有菊花颜色好，金缕丝丝弄巧。　　秋风捧出金樽，持杯把酒黄昏，今夜月光如水，菊香袅袅销魂。

于文年

于文年(1967～)，淮安经济技术开发区马厂人。淮安市诗词协会理事。

江南好　南马厂生态园

新生态，名胜片相连。日月洲中游幻境，西游记里乐翻天，百姓大花园。

西江月 中秋感怀

漫步乡村路上，行人过客奔忙。该应品酒话家常，举首相邀月亮。
一阵清风拂面，送来丹桂馨香。遣词酌句问花黄，成赋给谁欣赏？

于春红

于春红（1968～ ），女，江苏淮阴人。自称是一个不种地的农民，爱田园风光，爱中华文化的博大精深！自由职业，梦想做诗人，愿梦圆心声！

鹧鸪天 年末感怀

半百人生感叹何？童心未泯已成婆。风霜雪雨坦然对，苦辣酸甜细忖摩。
圆旧梦，放新歌，欢声总比怨言多。如能随愿添丁口，乐享天伦逗小哥！

鹧鸪天 观衲田花海

时至残秋却胜春，无边花海醉来人。菊花斗艳逾千顷，曲径通幽达远村。
蝶劲舞，语欢陈，登高好赏衲田芬。神工鬼斧出谁手？巧匠掌心留印痕。

周家鸿

周家鸿（1968～ ），字山乔，江苏盱眙人。现供职于盱眙县河湖堤防管理处。江苏省书法家协会会员，兼习诗词。

捣练子 咏荷

其 一

初日暖，沐和风，小小团荷润水中。翠盖鳞波一色秀，心音涌动饰苍穹。

其 二

花迭舞，曲飞扬，蜓点红裙绿满塘。力挫群芳惊粉世，幽生泥处远飘香。

其 三

风吹冷，扫凡尘，霜打花须笑作神。藕嫩莲香通地脉，颜开气爽好销魂。

其 四

池水静，叶凋零，玉魄凌云气自清。不染一尘吟雨露，悠然淡雅不浮生。

点绛唇　秋　桂

朗朗乾坤，桂花香里当为首。醉人如酒，风起无争秀。　　笼艳凉秋，满树金星斗。魂不负，意深情厚，一味谁长久？

林立明

林立明(1968～　)，江苏金湖人。现任教于金湖县实验小学。曾在地方刊物发表作品数篇。2006年度被评为“中华经典诵读全国优秀指导老师”。

踏莎行　秋登荷花广场景观台

淮水汤汤，白鸥击浪，芦花如雪随风荡。闲云漫卷伴斜阳，一桥飞架千秋畅。
回望湖城，华灯初放，翠湖园里歌声朗。巍巍尧帝笑开颜，荷都美景黎民赏。

贺乃梅

贺乃梅(1968～　)女，江苏淮安人。教师，曾获淮安市巾帼诗人大赛“十杰诗人”称号。

鹧鸪天　元宵感赋

月色今宵格外娇，楚城灯火更妖娆。正颜倚案望新月，盥手焚香朝汉霄。
心路远，梦乡遥，洁笺淡墨醉吟骄。西窗谁与共红烛？轻舞漫弹云水谣。

鹧鸪天　新春萧湖偶遇淮上七子

新雨凄凄润草萍，风传燕语柳芽青。萧湖高阁追前事，古镇长街脱旧形。
吟雅韵，诵长亭，舀来湖水涤尘心。畅怀抒意临山水，月上梢头七子情。

鹧鸪天　忆总理

一品梅香浸透笺，大鸾展翼气弥天。伟人形象乾坤驻，志士情怀宇宙旋。
战恶浪，挽狂澜，山河破碎敢擎天。鞠躬尽瘁丹心献，德望高标矗万年。

鹧鸪天　世界读书日感怀

莫道清寥莫道殇，怡神心静是书香。漫斟婉约几份苦，细品雄豪百卷狂。
读万象，写千章，文华词丽满庭芳。平生许尽藏心愿，君伴梅斋玉枕旁。

鹧鸪天　有感C919上天

展翼鲲鹏入九天，扶摇碧宇揽人间。穿云欲探星河路，破雾犹寻沧海田。人瞩目，世惊颜，神州威武傲当前。尊严盛世谁能比？国力非凡梦可圆。

点绛唇　梦游

梦驾神舟，驭云肩比同含笑。飞身若鸟，入耳风声啸。　已近蟾宫，桂树香烟绕，仙进酒，欢歌曼妙。星火青天闹。

汤明秀

汤明秀（1969～　），女，江苏盱眙人。盱眙县管镇水务站工作，喜爱诗词创作。

浪淘沙

春雪又飘飘，岁月迢迢。可怜淮岸柳初娇。小院疏枝无雀闹，闲把帘招。放眼尽妖娆，玉树银雕。踏寻山径问清高。一缕梅香前引步，谁弄长箫？

蝶恋花　元夕

谁倚窗前凝月久？远处烟花，寂寞君知否？莫借春风呼烈酒，寸愁不解空消瘦。淮岸燕迟闲细柳。短棹横波，今夕还依旧。暗把相思藏素袖，填词一阕三更后。

朝中措

梅花如旧悄然开，知是探春来。影孑何堪日暮，烫杯老酒温怀。　西窗岭寂，江南已远，了了尘埃。心事一帘轻卷，任凭雪月深埋。

人月圆

始知春已于山外，常倚小亭台。烟柔岭色，风苏柳梦，谁伴帆来？　酒香温雪，梅芳暖砚，何寄天涯。静聆淮水，闲描素影，终见云开。

小重山　冬夜

雨冷灯昏夜未央，北风如怨笛，枕边凉。怕听寒雨打寒窗。人难寐，温酒暖愁肠。常忆小池塘，素荷盈玉露，醉红妆。此情无寄已成殇。杯斟满，今夜梦还乡。

清平乐

都梁春早,柳戏黄莺鸟。山水有诗情不老,惹得花儿争俏。　　路旁掬缕芳香,岸边闲钓斜阳。醉倚高楼问月,何时横桨莲塘。

谢池春

信步河堤,又见柳烟轻袅。喜阶前、黄花细草。风柔丝雨,玉兰枝头俏。望长淮、水天云缈。　　清明将至,日丽晴空春好。忆双亲、魂牵梦绕。繁华归土,叹人生难料。寄离愁,奈何舟小。

行香子　山城夜色

明月悬空,细柳扶风。数流星、漠漠苍穹。长淮水寂,高阁灯红。任你心闲,他心醉,我心穷。　　烟迷野岭,萤舞花丛。问浮生、此景谁同。籁萦耳际,香透帘栊。愿世间人,世间事,世间融。

满江红　咏荷

翠接云天,香潮涌、大湖浪叠。红日映、素姿纤影,玉魂冰洁。雅致清新仙也慕,从容淡定尘休亵。任由其、寂寞弄轻波,心如铁。　　泥潭里,空守节。风雨处,依然孑。叹繁华若梦、落英如雪。多少柔情曾逝水,几分醉意犹吟月。乘今时、清气蕴平川,填新阕。

暗　香

一弯新月,正林梢寂寞,霜心成结。瑟瑟深秋,冷落枝头万千叶。独自凭栏远望,河对岸、彩灯层叠。柳纤纤、淮水悠悠,依旧任风拂。　　周末,影犹孑。看小城广场,夜色如澈。奈何古刹,空忆当年故人别。侧耳聆听雁语,愁渐起,关山难越。叹过往,多少事,梦中明灭。

念奴娇

晚风无计,乱吹柳、犹送杨花归去。满腹情怀、唯把盏,闲对残阳落暮。碧水悠悠,轻舟一叶,怎把春来度。登高凭久,奈何香远无趣。　　凝望山下淮河,棹声流动里,谁吟诗句。煮酒邀来云外客,谈笑人生尘土。字里行间,桑田渐变海,辣甜酸苦。今宵无梦,任由明月穿户。

沁园春　荷塘月色

朗朗苍穹,玉镜高悬,水映墨酬。醉游萤点点,喧蛙阵阵;烟轻云渺,荷碧风悠。俗骨如雕，尘心若洗，多少繁华眼底休。沉思久，任风吹叶袂，露湿莲眸。　闲吟月下何愁。应乘这涟漪荡小舟。看芙蓉出水，婵娟照影；亭亭玉立，脉脉娇羞。缕缕清香，纤纤素柳，把盏今宵无所求。流星去，叹情怀已老，夜色轻柔。

柳梢青　山城元夕夜

月色溶溶，梅香淡淡，晓岸灯红。淮水悠悠，山峦隐隐，高阁玲珑。　是谁浅唤春风，柳烟里、相思正浓。多少闲情，几分愁绪，且撒苍穹。

临江仙

脉脉此情无寄处，霜天依旧茫茫。山横云影水流长。几时消别绪，切莫问斜阳。
寂寂寒冬温酒度，谁知孤枕襟凉。风吹帘动送梅香。欣然研素墨，细细画红妆。

韩大远

韩大远（1969～　），江苏盱眙人。现为无锡市日达远隆公司办公室主任兼管理者代表。

玉楼春　新娘

云纱玉羽挪莲步，红毯飞花飘满路。金簪翠钿颤明光，婉转星眸秋水妒。
艳惊宾客喧声住，心底迷茫生海雾。觥筹频举不邀人，直任春风沉醉去。

浣溪沙　题龙泉湖畔生态家园

潋滟湖光紫燕飞，穿花拂柳带春回。莺声婉转唱黄梅。
地处边城无重价，窗临汀渚有烟菲。峰峦遥望秀成堆。

浣溪沙　题湖畔新居

错落重楼十万家，云光照影净无瑕。玉台花木展清华。
西陆鸣蝉惊晚露，湖边孤鹜褪残霞。晴窗小啜盏中茶。

苏幕遮　七夕

翠萝风，惊玉露。牛女相逢，翔舞凌波步。千里明河辉彩路，天上人间，了却婵娟误。
湿蛩音，桐叶雨。聚少离多，又历轮回苦。耗尽闲愁能几许，短暂人生，难比神仙侣。

王步琴

王步琴(1969~),女,江苏淮阴人。中华诗词学会、江苏省诗词协会会员,淮安市诗词协会副秘书长,《淮海诗苑》副主编,淮安市诗词协会主办《淮安诗城》《云在诗帆》微刊主编。曾多次在各级诗词大赛中获奖。

如梦令　夏蝉

无事常萦树杪,欲览生灵众小。哪管讨人嫌,昼夜不停鸣叫。知了,知了,试问能知多少?

浣溪沙　心居

欲向家山觅旧庐,周遭不拒满荒芜。檐边半亩自挥锄。
一抹夕阳篱下守,半生名利浪中驱。余年不再踏江湖。

浣溪沙　学诗感怀

爱觅书中婉约文,却难学得个中魂。徒将小字锁深门。
李煜亦非当代客,易安终是旧时人。心怀已是半沉沦。

卜算子　感怀

一任灶间辛,半世油烟绕。岁染珠黄无怨言,为那老和少。
发白弄诗行,才觉些许小。更向枝枝咏色妍,莫笑声音渺。

卜算子　诞辰思娘亲

萱草又三春,白屋香无几。小女欢呈面一盘,便向娘怀倚。
跪哺扯柔肠,欲奉如何寄。梦里常敲虚掩门,总是寒风起。

卜算子　生日随笔

蜡烛似花开,笑靥如光灿。掬缕温馨合掌中,许个来生愿。
才也纵还疏,貌亦无须看。一任功名懒去求,赚得身心健。

卜算子　枫叶

万物俱凋零,独在枝头俏。任尔霜寒猎猎风,此志何曾老。
碧血染江山,一片丹心照。纵使残身落在尘,入土犹含笑。

踏莎行 秋思

枯叶无声，萧森依旧。南归雁翼霜浸透。也曾勉力越重峰，奈何却让时光漏。
徐步庭前，低吟午后。忧思满腹难描就。明知岁作暮时云，终还难解千千扣。

鹧鸪天 诗意迎春

独向闲斋守本真，喧嚣不染旧精神。且听脆鸟千番啭，更忆香山九老文。
沿墨迹，望云津，案头把盏酤乾坤。长宵月待惊雷响，唤醒寒冬又一轮。

鹧鸪天 放飞心绪

冬去春来又一年，胸无块垒俗无牵。先赊两字培温土，再借三更作晓天。
蒿草拔，害虫湮，且看句穗满红笺。随心捻起听风韵，苦辣炎凉皆是弦。

江城子 忆娘亲

晚秋寒夜伫亭旁，叹沧桑，忆亲娘。只影彷徨，泣泪问苍茫。一别红尘三十载，寻梦里，遣柔肠。　　幻中慈母屋中忙，坐厅堂，补儿裳。灶后台前，烹煮满庭香。奉手欲牵无迹影，声声唤，倍添伤。

桂枝香 今夜无眠

漫天碎玉，见蕊冷香盈，似蛾飞扑。极目云空黯淡，幕烟低覆。寒鸦点点枝间咽，怨冬君、无端悲触。镜中霜鬓，眸间清泪，韶光难复。　　枉凝眉、昏灯几宿，叹风月川逝，梦里曾续。拾笔铺笺，拼接竟成残局。芳华种种随风去，到而今 地孤独。长更杯尽，却听帘外，恁传箫曲。

满庭芳 中秋感怀

皓月穿云，新霜匝地，卷帘撩绪无言。表针嘀嘀，催就泪潸然。几曲清词做伴，都许给、今夜凉天。明朝雨，更将泛起，风叶漫枯旋。　　问谁尘镜里，孤樽邀影，酒涩心酸。醉归去，腾云也似飞仙。若有蓬莱旧事，袅香缕，可驻红颜？唯怕的，忽惊千转，好梦瞬间还。

王　莉

王莉(1969～　),女,江苏涟水人。中共党员,淮安市应急管理局干部。中华诗词学会会员。其诗作曾发表于《求是》《中国应急管理》《淮安日报》及多家诗词报刊、网站。

多丽　咏紫罗兰

春晖照,伴花共翦微寒。紫罗兰,新枝当盏,对屏隔翠相间。水晶杯,品茶把酒,似流霞,陇上酡颜。长倚雕栏,叶垂丹缀,传觞持令笑依然。展丝袖,扶笺提笔,弄句和词坛。寻常忆,新芽透绿,还醒灯前。　晓星稀,和鸣陋室,粉绸红锦诗篇。笼烟行,运河岸上,雨停风静扇轻圆。一缕朱颜,瓷壶倾倒,披襟爽气霭芳筵。映袂秀,临窗馥馥,淮水共长天。丁香结,纤纤殢雪,清露华年。

甘草子　咏玉芙

春晓。似球如柱,炎暑寒冬躁。漫漫黄沙道,钢刺青针俏。　荒漠绿茵密根槁。日曝旱摧花瓣小。坚掌挥天揖星曜。月下风声杳。

如梦令　初雪夜宴

腊月滴清沙漏。同宴邻家把酒。清友数无多,雪院新寒轻透。梅瘦,梅瘦,且醉花前挥袖。

醉花阴　谒周恩来童年读书处

楚柳岸边黄疏影,一品梅丛景。霜后耐严寒,香遍淮城,百岁榆边井。
海棠蕴雪长河静,志与东风竞。曲节若铜枝,人去花开,两袖清风冷。

蝴蝶儿　游天泉湖

望水天,倚栏前,乘风翻浪溅残莲。日光照木船。　湖上移舟去,桥头撒网翩。年年重见水杉连,雀声云外传。

菩萨蛮　题盱眙水上红杉林

平湖侧畔秋千顷,木桥云锁红枝静。小岛共杉林,舟来诗客吟。　水中浮倒影,禅寺铁山岭。涟荡碧波心,香风不自禁。

画堂春 山居漫吟

钵池山色映斜阳，西风品酒平章。木窗牌弈宴华堂，桂树微凉。 共赏金秋淮水，微波歌曲朱墙。藕丝菊盏且传觞，八月池塘。

鹊桥仙 银河怨

——2016年七夕临风咏牛织

星河波涨，榴裙袅娜，两岸鹊桥相赋。雾浓月黯杏花飞，一重水，牛郎织女。
含情脉脉，香风吹絮，轻折休嗟迟暮。传觞青竹翦轻绡，断肠处，清歌对舞。

东风第一枝 南湖红船

画舫红船，星星火种，蒙蒙薄雾微雨。柳桥驻足凝望，红旗漫卷飞舞。东升旭日，起锚地，辟开新路。水邈邈，兰棹清波，决策演谋雄宇。 天渺渺，精英志聚。意拳拳，劈波如虎。航行驶向神都，木舟劲摇帆橹。刀光剑影，斧钺利，浩然明煦。写巨篇，淬火锤镰，南湖碧澄洲渚。

捣练子 过皂河品叶家烧饼随吟

传市井，饼澄黄。叶氏余薰起大唐。小缀芝麻才数点，皂河杨絮透酥香。

画堂春 过大明寺有题

平山堂里古钟频，幽幽宝刹逢春。鉴真东渡雨烟痕，香火微闻。 琼树当年满寺，扶桑归去常新。名都淮左水氤氲，别浦寒云。

东风第一枝 品瘦西湖

三月扬州，悠然行摄，寻词凭栏凝想。渔歌鹤舞喧喧，两岸落花竞放。凌波云影，映阁影，平山堂上。带翠摇，草绿鸢飞，萍叶水痕流漾。 五亭桥，隋唐胜赏。风细细，广陵碧浪。落樱渐透青衿，撷芳诗魂新创。春风十里，瘦西湖，黄莺栖舫。簇琼英，渺渺微澜，处处浅吟低唱。

甘州遍 登栖灵塔敲钟有题

栖灵塔，晨露涤清风。撞铜钟。斜阳草树，千年古刹，惊山荡谷彻长空。堪叹处，磬音中。 轻轻一杵回响，清越沐晨钟。应难写，古刹梵音洪。烛香浓。大雄殿外，白鹤宿青松。

春风袅娜　运河春望

蕊梅江淮冷，细酌新茶。曾细赏，似仙家。忽如微雨落，横枝弯竹，五亭回首，星斗辉华。里运长河，相忘常忆，紫袂红裙蓝玉瑕。淡酒清歌问何似，闲平春色腊前花。　寒怯单衣袖卷，芳笺字字，恋余绮，冻逐青芽。诗兴渺，转桥斜。篱疏画扇，冰滴檐花。唱曲填词，楚城吹角，画楼燕去，绿锁窗纱。垂杨深宇，茸金裁晨雾，飘风涤尽，天晓烟霞。

刘文韬

刘文韬（1969～　），笔名叶言，江苏淮安人。江苏省清江中学教师，文学硕士，中学高级教师。在《华中师范大学学报》《中国文学报》《第三级》等学术期刊、文学刊物发表诗歌论文及诗作多篇（首），曾获全国“金象杯”诗歌大赛优胜奖。

鹊踏枝　喜迎中国共产党成立90周年

独立中宵寻去处，游舸南湖，圣火驱迷雾。冰雪兼程无坦路，峥嵘九秩风沙渡。
扭转乾坤花满树，崛起神州，万里金瓯固。盛世高歌逢雨露，龙翔凤翥辉煌铸。

赵绪林

赵绪林（1970～　），江苏洪泽人。教师，中共党员，洪泽朱坝小学副校长。省诗词协会会员，区学科带头人，省“诗教工作先进个人”。痴迷写诗十余年，坚持一日一诗，不教一日闲过。

破阵子　北师大培训

木铎金声洗礼，京师充电无眠。智慧水缸情意满，还劝多掘一眼泉，源头活水鲜。
鼓励包容共识，甘为河岸渡船。其乐融融谈教育，畅想未来五百年，静听朵朵兰。

潘　乾

潘乾（1970～　），笔名小潘飞刀、雨夜星寒、花瓣雨，江苏金湖人。金湖县金北镇残疾人联合会工作人员。长篇小说《爱就爱了》获淮安市艺语书院首届网络小说大赛一等奖。

菩萨蛮　无眠

风华绝去如流水，几多梦里阑珊泪。醉酒不催眠，唯成茶境仙。　回眸明月照，低首痴痴笑。莫道路迢迢,唯求长夜消。

周乃军

周乃军(1970~),江苏淮安人。博里中学副校长,2006年曾获淮安市“十佳青年诗人”称号。江苏省诗词协会会员,博里镇诗词协会副会长,《博里诗词》编辑。

念奴娇 读《鲁迅全集》有感

文坛巨擘,是神仙,洞察尘凡纷乱。妙手著成惊世檄,入骨三分忧患。揭短无私,权愚忌惮,此后艰难伴。一群芜劣,敢来污蔑批判。 毕竟亘古完人,直言慷慨,只把良心谏。冷对横眉奴豢指,怒向刀丛清算。颠沛流离,痴诚不换,骨气铮铮汉。拼将热血,凝成文字千万。

桂枝香 虎丘怀古

瑶阶举步,是第一吴山,虎丘风度。寺里藏山独步,鹤翔鸾翥。嶙峋巉耸悬刀削,悼阖闾、剑池幽古。磬音摇曳,生公讲席,逝成曦雾。 竞王霸、谁评对错?问扁渚鱼肠,越王知否?一塔倾斜北顾,几曾关注?凄凉身后清新景,因山门翻转前伫。至今犹在,泣狮回望,恨悲如诉。

宋新梅

宋新梅(1970~),女,江苏淮安博里人。中共党员,中学语文教师。中国现代文学学会会员,江苏省、淮安市及博里镇诗词协会会员,作品发表在《诗词世界》等杂志上。

采桑子 赞女足亚洲称雄

红颜不亚须眉汉,曼妙多姿。带刺玫瑰,苦战形成霸业基。
铮铮铁骨青春靓,脚底生威。壮志高飞,力克群英勇占魁。

踏莎行 赞奥运

奥运开端,首操胜券,中华儿女双拿冠。放松机敏显神威,恢宏气势寰球赞。
举国扬眉,五洲齐看,红旗猎猎金星灿。国歌声里国威扬,后来健将当勤勉。

临江仙　教《长征组歌》有感

万里长征多俊杰，堪称民族精英。雪山草地志成城。夕阳如血照，华夏赤天明。
七十春秋今逆数，英雄宏志留馨。莘莘学子日东升。殷殷教导切，学好赴征程。

南乡子　带领学生参加拔河比赛

朔气透肌寒，抖擞精神步场间。盘曲卧龙睁赤眼，悠闲，紧握粗虬搏一番。
哨响扣心弦，倒退今天不肯前。赤面鼓腮齐呐喊，艰难，气壮山河露笑颜。

阮春华

阮春华（1970～　），笔名春华，江苏淮阴人。中华诗词协会会员，自由职业者，目前为出租车司机。

六幺令　槐花

凉荫垂地，仰首云霄接。冰肌玉质令色，更有香逾雪。每见蜂媒蝶使，遍绕芳丛啜。难当春结，蓦然忆起，一树碎匀送青叶。　　叵奈牵连羁旅，久作家山别。梦里依旧婆娑，谛味依旧澈。莫问乡愁几许，此刻尤浓烈。相思难灭，何时容我，归看槐花淡如月。

张红军

张红军（1971～　），江苏淮安人。中共党员，江苏省新长征突击手，中学高级教师，淮安区专职督学。有多篇诗词在市级以上比赛中获奖。

浣溪沙　初夏抒怀

雨后夕阳袅袅烟，微风拂面野花妍。长虹七彩挂蓝天。
点点渔帆飘似叶，群群野鸭戏悠然。风光妩媚叹神仙。

卜算子　咏中国象棋之车马

车住后营房，开战江河渡。直闯横冲杀敌兵，潇洒人生路。
马位与车邻，常把槽头赴。曲路行军御敌顽，生死曾无数。

许芳红

许芳红(1971～),江苏淮安人。文学博士,教授,硕士生导师,主要研究中国古代文学。已在《文学遗产》等刊物发表论文30余篇,出版专编著6部,主持社科基金项目10余项。为江苏省“333”工程中青年科技带头人、省“青蓝工程”中青年学术带头人、淮阴师范学院“教学名师”。

青玉案 乙未新年

雪轻寒尽梅花著,柳应妒,香盈路。人醉幽姿吟秀句,玉箫声里,月轮光转,疑似琼楼玉。 人辞骏马灵羊伫,笑语盈盈暗香去。莫说年华留不住,不如把盏,婆娑起舞,休把春光负。

浣溪沙 晨起

淡淡熹微透牖明,啼乌清院伴莺鸣,梦魂渐远渐催醒。
欲上征鞍驰阔野,万千思绪竟纷萦。落花声里尚娉婷。

苏幕遮 戊戌春节

玉龙吟,星如雨。火树银花,清夜笙箫舞。万户千门春和语。把酒临风,国泰民安处。 风流连,犬驾宇。乐府神姬,海洞仙客侣。罗绮春风香几度。玉盏频传,不叹流年去。

仲晓君

仲晓君(1971～),江苏淮安人。江苏某公司董事长、淮安市工商联常委、清江浦区工商联副主席。现为江苏省作家协会会员、中华诗词学会会员、淮安市作家协会副秘书长兼诗词工作委员会主任、淮安市诗词协会常务理事。作品散见于《诗刊》《扬子江诗刊》《中国诗词月刊》《诗词百家》等报刊杂志,获各类奖项数十种。著有诗集《五月家园》。

菩萨蛮 菊香

一帘胧月伶仃影,空阶香滴临窗听。夜色正阑珊,夜风吹梦残。 云依新月傍,花落秋千上。谁在捻芳尘?菊开知故人。

天仙子 秋夜

秋水梧桐青石阶，画桥东畔菊先开，暗香轻递到蓬莱。花弄影，月迟来，错把瑶池当镜台。

一斛珠 归期

寒消乍暖，东风吹起梨花乱。小楼清唱声声软，莫问归期，烟笼人空叹。　　归去无期愁寸断，春花春雨为春伴。杜鹃啼尽天将晚，梦里人痴，望断春山远。

清平乐

霜白西岭，雁过三更冷。长夜画楼珠帘影，秋雨秋风谁听？　　山远山近重重，此情怕又空空。寂寞无穷无尽，西风落叶梧桐。

临江仙 秋

霜冷阶前秋露，雁鸣天际云霞。西楼谁倚向天涯？问风风晓得，吹乱绿窗纱。
谁唱轻歌一曲，轻歌流自琵琶。菊香疏影说韶华。三更陌上雨，空落一篱花。

清平乐

绿萝金井，帘上芭蕉影。写了相思藏幽径，寂寞怕人偷听。　　云淡月色清明，花落莫扫阶亭。还有离愁未说，年年风雨无情。

斗百花

今夜东风轻薄，空惹梨花寂寞。湖上月胧烟寒，柳梢鹅黄枝弱。风吹酒醒，暗送点点芳心，又被凡尘留着。悔误当年约。　　不待芳信，杏花开满香阁。歌尽曲终，喧嚣散尽人各。紫陌空门，凭栏夜静无声，静得听见花落。

凄凉犯 雨中感怀

落花几日，清明近、黄莺断续如一。声声叫醒，梨花飘雪，杏飞巷陌。楼台尽失，远山雾濛芳草密。现如今、做个闲人，独听梦中笛。　　曾在清波上，踏浪扬帆，不甘沉寂。江南走遍，旧萍踪、履痕何觅？金井苔青，应留倦人行足迹。那时路，云不记得、雨记得。

采桑子

那人已去独憔悴，孤影独归。孤影独归，碧海丹心都与谁？
相思只在长笛里，花落纷飞。花落纷飞，空惹清愁莫再吹。

长相思 送别

远山红，近山红，枫叶含情都似侬，枝枝别泪重。
朝来风，晚来风，雁在云天人向东，满园吹落桐。

鹧鸪天 七夕给妻

一阵梨花落眼前，当年浅笑让人怜。我为流水山中客，你是行云天外仙。
执素手，理长弦，此生共把锦华弹。长歌唱尽春风夜，直到迢遥梦里边。

曹云富

曹云富(1971～2013)，字清馨，号无为，江苏淮安河下人。曾任河下书画院院长、河下诗社社长等。著有《曹云富国画作品集》《怡石印痕》《清馨诗草》等。

蝶恋花 难舍梧桐树

墨洒银蛇风吹舞，难掩喧嚣，哽咽邀人驻。晓露泪干清月诉，闲愁两处思归路。
曲巷弯头栖息处，欲觅难求，心乱知何故。莫怪匆匆莺别去，庭中难舍梧桐树。

朱 兵

朱兵(1972～)，江苏淮阴古寨人。务农。六塘诗社负责人之一，淮安市十杰田园诗人。

鹧鸪天 残荷图

谁拍残荷这幅图，苍凉满目叹呜呼。也曾暑夏亭亭靓，何至寒秋瑟瑟孤。
从美丑，到荣枯，人生数载此归途。繁华落幕空余梦，应惜光阴遗憾无。

鹧鸪天 题《夕照雁迁图》

老树黄芦四野中，南迁雁阵破西风。唳声乡恋情无尽，落日云追意不穷。
题画面，向苍穹，霜华染就白头翁。生来不爱悲秋事，爱咏天边那抹红。

鹧鸪天 见诗群掐架

自诩骚人泼妇同，斯文尽付大江东。骂街势压南山虎，撕脸招欺北海龙。
从刻薄，到宽容，距离相隔足千重。何如摒弃心魔去，三字经中读孔融。

汪厚乐

汪厚乐(1973～),江苏淮阴人。作品散见《中华诗词》《江苏大学学报》《淮海诗苑》等。著有《未央词》。

浪淘沙　荷城六月

微雨芙蓉新,薄雾氤氲。一湖碧水一湖金。桂棹兰舟莲间女,欲笑还矜。
虚空袅清音,景美歌馨。荷城六月伞如菌。满眼风光看不尽,枕上重寻。

采桑子　寻芳

水乡夏日金湖美,细雨飞扬。逸兴飞扬,荷伞摘来肩上扛。
浮生常羡白鸥舞,水畔寻芳。梦里寻芳,仙子凌波水一方。

忆江南　清河生态园

凤凰廊

淮水长,相约凤凰廊。细雨绵绵日稍短,晚风习习夜微凉。明月送华裳。

鹊　桥

鹊桥会,别后梦相随。地北天南惜分散,金风玉露每相违。君去几时回。

同船渡

歌声起,暮色醉游鸳。几世求来同船渡,今生修得共枕眠。湖上鹊桥仙。

古淮楼

兰舟远,楚地正清秋。别意满怀随客去,桂香一路染心愁。钟传古淮楼。

比翼亭

倩俪影,飞掠比翼亭。几度关山来又往,一川烟雨恰新晴。湖上驻飘萍。

双雁湖

双飞客,汀渚筑新巢。径外黄花秋意晚,湖边芦荻暮云迢。归雁自逍遥。

浪淘沙　分界线诗社社友柳树湾采风

相见正春风,佳兴应同。林间蝶舞恋花红。柳影随风波暗荡,笑语倩容。
聚散苦匆匆,师友情浓。栈桥流水自西东。明日趁闲携酒去,重觅诗踪。

临江仙　致wx

别后留言在耳,旧时尺素微黄。少年心事自难忘。廿年如一梦,倦旅思归航。

倩影曾铭心底，相逢未辨红妆。还需凭酒诉衷肠。鼠标屏幕舞，键上指痕香。

南乡子　分界线社友西岸咖啡雅集

五月粽叶香，乍起轻阴短袖凉。西岸迢迢烟水路，茫茫，一盏清咖润客肠。

微雨淡流光，社友相聚兴愈狂。锦瑟华年歌一场，何妨，往事如风梦自扬。

一剪梅　周日偕友游清河生态园

漱玉溪前风意凉，绿波微荡，菡萏销香。渔舟上岸晒秋阳。鸥鸟翩翩，飞掠芦塘。

情侣婚纱拍照忙，草地依偎，水畔成双。帐篷几只散高岗。虫语呢哝，叶舞金黄。

满庭芳　贺淮水安澜网站注册会员突破10万人

淮水扬帆，秋风传信，会员十万今添。河清海晏，网络聚群贤。指点江山激越，看振兴，说地谈天。闲暇日，游山玩水，漠北岭南眠。　　楚乡风雅事，诗词歌赋，文脉绵延。美食天下闻，常醉樽前。情感天空多彩，觅知己，人海寻缘。频相顾，意犹未尽，欲去且流连。

注：借淮水安澜淮安振兴、谈天说地等主要栏目名称戏作。

渔家傲　秋思

淮水悠悠千万里，凭高远望渺无际。秋暮霜风连夜起，韶光逝，幽怀满笺无从寄。

水冷清河游舫系，当时深盟应犹记。酒入诗肠俱成字，平生事，天涯谁会凭栏意。

忆秦娥　过莲塘有感

芳姿绰，芙蓉可采汀洲约。汀洲约，渔歌声里，兰舟停泊。　　秋风一夜景萧索，断香残酒荷花落。荷花落，几回雨骤，几回风恶。

满江红　上海火灾有感

大火无情，霜风急，满城飞泪。哀上海，狂欢过后，转为心碎。家舍被烧人怎寐，官兵搜救容憔悴。责任究，只押数焊工，当不对。　　亡者去，生者悔；生命重，何能赔？工程利益诱，钱收人毁。魂化青烟渐逝远，追思曲罢随风吹。盼人间，绝地祸天灾，民心慰！

虞美人　冬晚接人下班

晚风劲起迎宾路，月冷黄叶舞。红尘幸遇忆飘零，一见倾心再见梦相萦。

长青夜半灯方暗，伊每归家晚。笑言工厂把人留，只羡门前湖上对鸭游。

水调歌头　早春水利行

君住淮河尾，我住运河头。禹王工地相聚，豪语向东流。得意春风车疾，走马观花一日，此兴倍悠游。激情湖河洒，挥手浪边鸥。　淮楚地，伟人里，是芳洲。人间天上仙境，碧水映琼楼。诸水安澜欣见，全赖水衡英杰，热血写春秋。陇上梅花绽，聊寄当时俦。

唐多令　年华水东流

花落雨渐收，曲终酒未休。楚天远，伫倚淮楼。夜半月升人难寐，谁念我，到白头。
年华水东流，相思绕指柔。梦江南，又醉芳洲。欲寄彩笺无一字，写不尽，几多愁。

临江仙 流年

十里平湖霜满路，霜来愁染青丝。那年心事那人知。转蓬各自远，无语意迟迟。
似水流年谁暗换，时光如电飞驰。情怀老去淡相思。江枫渔火隐，云水两依依。

临江仙　老子山

绿暗汀洲风絮起，桃源世外清幽。炼丹台上迹踪留。与君寻大道，思远渺难收。
花褪残红春水滑，垂杨轻系扁舟。凤凰墩散古今愁。青牛西去杳，淮水逝悠悠。

采桑子

人生难得重相见，酒短茶长。目送斜阳，幽野仙家云水乡。
沧桑世事休思量，莫负韶光。月上西窗，水榭风微歌未央。

杨学禹

杨学禹（1973～　），江苏淮安人。毕业于河北藁城医学院，从事医疗工作。2006年获得淮安市首届“十大优秀青年诗人”称号。作品散见于《新文学》《淮安区报》等。

忆江南　红颜

红颜好，邂逅在康桥。除却愁云花更谢，一壶浊酒醉今朝。恨别路迢迢。

诉衷情　母亲

孩提争抢母胸怀，相伴笑颜开。几多往事犹梦，恨极不重来！　娘且老，皱盈腮，瘦如柴。此情难报，儿散边塞，心痛谁猜？

卜算子 忆屈原

天外弄诗篇，千载湘江扰。更待豪情万丈时，君在山中笑！
残月挂长空，玉碎谁知晓？我欲随从左右难，尤恨身如草！

西江月 情人节

袅袅轻烟楼月，情人桥上逢难。孤身只影伴春残，奈得相思一片。
遥望城中关塞，芬芳几刻能还？一樽烈酒更心烦，醉妄倚窗忽现。

浪淘沙 忆江南

窗外又严寒，秋色阑珊。情归他处更艰难。遥望银河谁是客？我恋河山。
独自倚楼栏，心系江南。孤身只影伴秋残。泪眼朦胧愁借酒，更与谁谈？

一剪梅 七夕

一片秋愁待酒浇，且过今朝，一世煎熬。柔情似水在天桥。风也飘飘，雨也潇潇。
几许心思梦里摇，情字才消，爱字难抛。两情犹在路迢迢。红了樱桃，黄了芭蕉。

清平乐 新春颂

廊檐红枣，笑把灯笼挑。喜是高堂容未老，却报新春来早。 小儿戏耍春风，街头焰火腾空。谁解人生惬意？任教垂钓渔翁。

王庆邦

王庆邦（1973～ ），江苏洪泽人。打工之余，学习写作诗词，发表作品近千首。中华诗词协会会员，淮安诗协会员，汉水诗社会员。淮安市第二届“十杰青年诗人”。

卜算子 栀子花开

细雨织千愁，寂寞无重数。一缕幽香满径欢，惊动谁家女。
脱俗净浮夸，结带同寒素。栀子花开六月头，惆怅来何处？

临江仙 洪泽吟

日出朝霞群鹤舞，稻香几处人家。叶黄红柿老藤瓜。爱她秋岭上，一揽尽繁华。
往事如风临古堰，九牛二虎奇葩。莺穿烟柳碧云斜。孤舟摇野渡，风劲散芦花。

鹊桥仙

与其惆怅，不如消受，随了小园微雨。水云不断隔经年，空回首、千丝万缕。倾杯小酌，无功高卧，休念闲人归处。今秋谁见绝惊鸿？莫愁远、乡音受阻。

南歌子

水釜依苍翠，城乡隔野烟。花邻堰柳柳溪连，犹记鲫鱼味美，念从前。但把闲愁煮，唯余俗事煎。一壶无奈是经年，小卧清风拂面，莫惊蝉。

浣溪沙　逃避

三峡惊雷眷土家，小池碧水绕烟纱。人闲竹影逗春茶。往事成迷迷泪眼，初心不负负年华。山槐叶漏滴琼花。

鹧鸪天　游石首东岳寺

石首江头春草长，岩扉引道竹阴凉。鲜蔬寒笋添滋味，古寺清风散异香。成蜀主，负孙郎。千峰碧水隔潇湘。莺啼烟柳披新雨，借步桐枝压苑墙。

踏莎行

积雨流红，小园折翠。满江春水孤城闭。几杯浊酒了心烦，一笺残笔催人泪。燕子依墙，苍苔铺地。经书难读诗无味。可怜却是杜鹃来，哀鸣化作凌飞起。

满庭芳　洪泽赞

古堰花浓，小桥步缓，日高云淡湖清。四乡连影，一路景如屏。笔下芙蓉正好，弄烟柳，别浦冥冥。从来事，苔深几许，幽意逐残莺。　　风轻。香暗度，心驰积翠，水驿牵情。念艇子悠悠，潮落潮生。长记离情别恨，愁不寐，蝶舞营营。重挥手，水烟消瘦，候鸟立前汀。

念奴娇　怀念周总理

悲哉七六，恨苍天、不惜人间英物。十里长街，肠寸断，泪尽凄风啼血。清气东来，灵车西去，一路伤心绝。节高耸岳，看梅花盛如雪！　　忆昔年少离乡，南昌宏义，百战硝烟灭。辅弼中枢情万里，功盖汉家三杰。全党楷模，人民总理，遗愿谁来接？东风不负，小轩明月心切。

水调歌头 大湖湾日记

我卧百花堰，梦碎大湖潮。千秋明月犹在，几度送残宵。虽有凄凄穷蕊，怎耐悠悠逝水，悬念隔三桥。融也男儿泪，沁否美人娇！ 弄长笛，风瑟瑟，叶萧萧。不如有酒，霜鬓洗尽纵无聊。沉醉哪知深浅，寂寞终于离散，一断两逍遥。何必重吟过，夜久火萤销。

石剑鸣

石剑鸣（1973～ ），笔名剑鸣问天，江苏淮安人。大学本科学历，汉语言文学专业。就职于南京市建邺区河道管理所。业余诗词爱好者。

西江月 天气重阳时候

天气重阳时候，心情十字街头。谁怜一叶一怀秋，谁对黄花影瘦。
明月清霜淡酒，人生故事新愁。思如流水自悠悠，却被西风凉透。

临江仙 戊戌中秋夜遥寄二兄弟

回首千年一梦，从来逝者如斯。多情还自笑情痴。我心浑似酒，饮后有余滋。
彻夜暗香浮动，倾城光影参差。十分圆月又回时。浮生三万里，照得几相知。

画堂春 莫愁湖夜行

竹林幽径小园门，湖光一缕清魂。莫愁湖畔月随人，寒水依痕。 昨日花前浪漫，今宵树下缤纷。可怜皆是梦中身，相与风尘。

画堂春 谁裁枝叶两销魂

谁裁枝叶两销魂，风情拭水无痕。薄霜丝缕渡残樽，月过寒门。 思得寻常去处，算来不外纷纷。繁华取次入埃尘，逆旅行人。

画堂春 红尘多是有情人

红尘多是有情人，无情却是红尘。满园黄叶看纷纷，落日亭门。 忆取南湖风色，当时几尽芳樽。一如秋水去无痕，暗自凝魂。

画堂春 春行

今春恰似去年春，柳盈红雨缤纷。莺歌一路到黄昏，霞染烟村。 仿佛从前过处，欲寻踪迹无痕。往来或是旧时人，相对风尘。

临江仙　月向尘间明又晦

月向尘间明又晦，风云似是而非。园中菊桂几来回。长天思鹭起，清水念鲈肥。
还与风云聊一酹，人生朝露斜晖。当年相约怎相违。钱塘潮信再，海道未曾归。

临江仙　重题黄鹤楼

雾翳茫茫飞鹤，烟波渺渺销魂。萋萋芳草一如春。对江凭日月，回首识风尘。
谁念曾经沧海，谁怜次第缤纷。别离三载已残身。由来当日雨，不见那时人。

临江仙　恍恍杯浮香桂

恍恍杯浮香桂，盈盈月满空庭。心间风籁指间听。唤来今古意，归去一何轻。
尘里还思尘外，无情元是多情。几番潮信曲中鸣。声停魂未返，底事不堪惊。

临江仙　中秋悼已

大梦醒来复睡，平生谁是谁非。当年一哭启帘帷。舞台看百态，落幕听余悲。
依旧江河东去，依然燕子归飞。今宵何唱鬓毛衰。花零凭水逝，叶堕任风吹。

诉衷情　秋色

金风有信也疏狂，霞彩舞霓裳。问风知往何处，天外语斜阳。　红未老，白含香，一城黄。始言秋日，胜似春时，色满三江。

太常引　中秋步稼轩韵

西风桂酒入横波，云月两相磨。休要负姮娥，莫须问、流光几何。　无非一醉，醉醒复醉，醉倒旧山河。老子舞婆娑，任他是、霜寒露多。

人月圆　老菊

繁华落尽相思在，依旧暗香来。东君不与，芳丛不入，一任风裁。　霜欺到老，红尘褪尽，心似初开。我知卿也，卿知我否，但岂无猜。

柳梢青　人似杨花

人似杨花，杨花似雪，雪璧无瑕。妙舞轻灵，轻灵如梦，梦在天涯。　芳芳心不与尘沙，自飞向、春波绮霞。一片痴情，娇柔千种，飘落谁家。

鹧鸪天 咏金桂

金色园林月里藏，因何遗落一枝黄。清风徐动云中影，小院频传天外香。
时恍惚，又彷徨，人间缘不是家乡。相怜相顾无相问，相问应知夜正凉。

虞美人 又到月圆时

金风又彻江南路，百万花灯树。此身此夜个般情，直似春来春去几曾经。
相逢料也还相误，今只寻常度。且由欢醉者番秋，依是一轮圆月渐成钩。

夜游宫 近中秋醒后作

昨夜壶天缥缈，不知处、五湖三岛。一梦归来尚觉早。梦如何，梦逍遥，心杳杳。
起望街灯悄，玉绳转、月华空照。时有西风拭霜草。问西风，个中情，能拭了？

孙 兵

孙兵（1973～ ），江苏金湖吕良人。务农、经商。中华诗词论坛版主。著有现代诗诗歌集《梦里江南》等。

鹧鸪天 除夕

璀璨灯光不夜天，神州万里大团圆。吉祥盛满三杯酒，好运迎来一阵鞭。
观晚会，醉春联，财神欲敬烛香全。条条祝语屏中满，发个红包早拜年！

苏幕遮 清明念草儿

柳含愁，花落泪。又是清明，谁解其中味。独对孤窗人不寐。思绪三千，衣瘦何曾悔？
翠亭逢，红院会。一笑嫣然，执手娇眸醉。盟誓月前千种美。可恨春消，魂尽如花坠。

眼儿媚

杨柳依依小湖柔，春翠却含愁。伊人已去，桃花未醒，细雨悠悠。
早知今日空撑伞，何必识桥头？三千往事，长亭翠阁，欲说还休。

醉花阴

修竹依窗明月透，又是相思瘦。笺上已无词，浊酒三杯，又把伤心逗。
那年蝶舞黄昏后，丽影长堤走。一笑似春花，四目含情，风也扶春柳。

蝶恋花

昨夜东风开碧树，丽影扶栏，望尽天涯路。彩蝶双双桃蕊住，谁怜楼上相思苦。去岁也曾来此处，万语千言，一笑春无数。谁晓郎君今已去，三千寂寞人无助。

渔歌子　秋收

稻浪流金四野香，村头田尾众人忙。拖口袋，过桥梁。欢歌一路铁牛狂。

长相思

月色柔，柳色柔。几度相思下小楼。花残叹早秋。
梦悠悠，恨悠悠。不见伊人芳影留，此生吾独愁。

喝火令　归乡

悄悄岁除近，归心暗暗藏。却因生计在他乡。遥看万家灯火，心里又迷茫。暖日高高照，巴车日日忙。　一排烟柳过千庄。又见村邻，又见野猫慌，又见小孩游戏，老母最慈祥。

如梦令　雨巷

红伞白裙深巷，点点雨丝晶亮。石径小街长，错过相逢方向。遥望，遥望。此景怎能相忘。

刘小平

刘小平（1974～　），江苏淮安人。周恩来红军小学教师，区诗协会员。淮安市第二届青年诗词大赛中，被评为市“优秀青年诗人”。

如梦令

小满昨天刚到，中雨降临今早。窗外起晨风，弄湿眼前花草。真好，真好，栀子又开多少？

忆江南

人离去，独自待兰舟。江上霜风添寂寞，窗前夜雨涨忧愁。杏眼泪长流。

清平乐　雨后

天明雨止，阵阵晨风起。蜂蝶纷纷飞院里，原是落花满地。　　檐前破网飘扬，蜘蛛何处身藏？忽有“呱呱”声响，细听来自池塘。

卜算子　初夏夜

夜色渐趋浓，楼上凉风袭。十里长街不见人，只有梧桐立。
茶饮两三杯，困倦和衣息。明月陪吾入梦乡，梦里蛙声急。

鹧鸪天　梦游庄河口

独自乘船旧地游，水中芦苇抱船头。白蘋洲上栖飞鸟，青草河边卧水牛。
人未醒，泪先流，此中滋味怎能休？儿时景物还依旧，唯少当年摆渡舟。

丁金香

丁金香（1974～　），女，笔名高寒，江苏金湖人。著有长篇小说《天堂的玫瑰》《烟雨幽蓝》《从异乡到异乡》，诗集《给你一杯心茶》。

莺啼序　荷花荡游记（新韵）

湖城绿洲净土，闵桥南去处。柳拂面、荷叶田田，片片清冽蚀骨。燕飞绕、双双比翼，呢喃解语寻常户。扁舟轻如叶，随波起伏蜓舞。　　半岛云湖，翠黛掩映，艳阳妆碧树。紫藤架、直径通幽，浅红流白裹素。燕来居、农家野味，叹观止，流连食宿。渐黄昏，唱晚渔歌，日沉薄暮。　　临湖赏月，甓社珠光，短楫争野渡。但看那、藕荡深处，隐隐约约，袅袅娉婷，几番神伫。星星点点，波光潋滟，私喁窃窃衷肠诉，骤惊飞，一片睡鸥鹭。蛙声阵阵，听涛拍岸缠绵，几许月色如注。　　青山庙后，品酒泉头，故道无旧故。漫夜色、今宵更短，作赋留诗，故事传说，尽归尘土。深情欲寄，无从相寄，习文游戏谋半晌，苦难言，秃笔无情阻。烟波空恨离愁，隐嗅荷香，沁人肺腑。

满庭芳　金湖礼赞

淮上明珠，三阿之地，入江水道东流。熏风飞过，红萼绿汀洲。历历渔舟唱晚，载不动，风月悠悠。几回首，帝尧故里，雅韵语还休。　　新城规范化，葱茏锦绣，百姓丰收。小康县，三桥物畅其流。旅客流连忘返，回眸处，景醉心头。诗词颂，金湖巨变，澎湃写春秋。

长相思　故园秋晚

念故园，忆故园，桑梓凝烟赏晚天，萧萧月影怜。
月轻寒，梦轻寒，婉转愁眉词令填，荷锄耘舍田。

韩　新

韩新（1974～　），女，江苏盱眙人。爱好诗词，盱眙县诗词学会会员，江苏省诗词协会会员，中华诗词协会会员。淮安市第二届青年诗人、巾帼诗人、田园诗人大赛“十杰”诗人。

踏莎行　年

架上咸鱼，廊间腊肉，房中老酒农家俗。闲来呵手洗厨锅，杂粮米豆平安粥。
带雪黄梅，经冬翠竹，晴天日暖温寒屋。春风似到小城门，翻墙入院迎新福。

洞仙歌

冬来数九，欲语芳心老。辜负时光向谁恼。雁无踪，有梦寄与何方，铺一纸，却又无从说道。　　看星疏月瘦，不似当初，一缕风寒似来早。叹岁月匆匆，每日寻常，回首处，今年渐了。纵然是，徘徊自尘嚣，也莫问，新愁又添多少。

行香子　鲁迅故里

霞映明窗，帘掩秋阳。欲黄昏，辗转匆忙。先生故里，越地秦乡。有戏中情，水中意，酒中香。　　灰墙黛瓦，镀金蓝匾。偶然看，蛛网横梁。檐前燕子，飞去寻常。只乌篷船，青石路，紫厅堂。

鹧鸪天　冬天上学

天未明来云未开，北风早起候门台。疏灯影落愁双眼，淡月寒生冷满怀。
昏半醒，倦难排，百般嘱意费思猜。酸甜苦辣成回忆，雨雪风霜十里街。

清平乐　西施

故乡远否，暗拭相思泪。雁阵哀声排一字，可寄此时心事。　　突来天命难违，酸甜苦辣谁知。惆怅不知归路，闲来细理宫衣。

洞仙歌　杭州

运河南畔,水揽临安府。草掩曾经越宫路。不堪寻,风转苏小亭前,青冢在,油壁香车何处。西湖疑倦怠,记忆千般,碧浪无心入船坞。　　旧事落烟波,泛夜菱歌,重温道,柳郎词句。纵望断、峰青雾迷蒙,只有那、天低淡云如故。

行香子　美龄宫

绿瓦琉璃,凤舞宫帷。似当时,细柳垂丝。层帘方卷,半掩斜辉。有房中画,墙中镜,架中衣。　　飞檐蛛网,凭栏燕子。正寻常,风去云离。夜来明月,依旧天涯。看那年人,今年客,往年诗。

一剪梅　清明

春意阑珊过草亭,野陌花开,又到清明。百年纵痛有终时,来是何因,去却牵情。
若有轮回渡往生,寄语桥前,忘了曾经。免存痴念对三更,醉里无言,入梦无凭。

菩萨蛮　夜宿南京

推窗不见天边月,个中心事成虚设。风急去何方,昏灯渐泛黄。　　闲情书一页,无趣纸三折。瘦影向西墙,他乡夜更长。

蝶恋花　台风滞留上海

一日风狂千里去。云暗天昏,扰了归乡旅。梦醒闲来听寂雨,相思一度归何处。
凉意盈怀牵乱绪。怨那天公,真个飘零苦。不见枝头莺燕舞,残红夹道愁难数。

鹧鸪天　徐州汉王墓

六九龟山春意浓,一时新雨旧苔重。人间剩却襄王殿,地府犹存石壁容。
惜汉印,叹吴宫,良辰美景去无踪。客人惊断前朝梦,低语清风两世同。

浣溪沙　秋

又到秋深新雨凉,石榴红淡柿青黄。重重锦绣共轩窗。
雁影高低穿稻地,月华起落恋鱼塘。丰歌一路到城乡。

浣溪沙　坐船

秋雨未来也是凉,水花常探小船舱。知交三五可称狂。
每到高山心缱绻,难逢明月意彷徨。一舟如叶似还乡。

鹊桥仙　乡愁

他乡倦怠，泪盈残梦，辜负浮生何处。云边雁字写乡愁，可知我酸甜辣苦。
心情两字，怎堪描述，流水闲闲如故。当年明月映梅残，可许我风中小伫。

雪梅香　感叹高三家长

莫嫌早，高楼已见几窗明。笑随灯光暖，忙忙细语相迎。云影阑珊月常到，枕痕深浅梦频惊。以为是，数句良言，才又叮咛。　兢兢。可曾见，日子无多，枉念深更。尚待寻思。已然倦意难撑。一载光阴得和失，三年悲喜火同冰。侬知否，数那星期，催老浮生。

喝火令　月亮山看桃花

喜得邻亲聚，闲来挚友邀。一身寒意过秦桥。风过径边初遇，红白正枝梢。　眼底三春老，花间半日娇。指沾清露远尘嚣。想那香浓，想那满园桃，想那梦中曾去，丽质自妖娆。

浣溪沙　最美都梁四月天

最美都梁四月天，桃红杏白柳如烟。萋萋芳草绿群山。
一缕花香偷入梦，半河水浅待行船。清波不语复年年。

浣溪沙　新年

一载时光老了人，浑然忘却又年新。旧衣怎可贺三春。
镜里偷来多几次，秤前怕见重三斤。劳心才罢再伤神。

望梅花　叹年

香满廊前冬至。未许闲愁何地。怨那年来增一岁。
斗室流光容易。深浅墨痕无处寄。提笔休言名利。

浣溪沙(新韵)

一片情深欲夏天，墙头颇露小桃鲜。蜂忙蝶舞绕窗前。
有意竹篱三四五，无心花瀑百十千。迎风笑与柳丝牵。

画堂春　中秋

倚窗望去雨初晴，云低雁字难行。奈无书信报归程。心绪难宁。　寒露秋霜落叶，他乡客馆飘萍。中秋又近宴亲朋，说那浮生。

鹧鸪天 洪泽湖

湖水东流浪不惊，烟波缥缈似无形。远天飘絮犹思去，近岸浮萍任转横。
经古渡，绕长亭，无端别绪自难明。柳丝不懂堤前客，依旧随风地上倾。

陈雪芹

陈雪芹（1975～ ），女，江苏淮安人。现就职于清江浦区正途集团营销部。诗词散见《中华女子诗词》《清江浦报》《燕京诗刊》《新时代诗典》等十几家报刊和百家网络平台。

如梦令 偶遇

杨柳寻香惊草，方寸若丝缠绕。不尽此时情，唯有回眸一笑。谁晓？谁晓？只是情深缘少。

西江月 白马湖

碎玉翻飞缱绻，清波来去相牵。芦花执意嫁湖边，鸥鹭欢声一片。
明月沉思马背，繁星舞蹈鞍前。轻舟载梦跨蓝天，直达辉煌彼岸。

西江月 天泉湖

湖水蓝天一色，彩云香径难分。天鹅鸿雁竞清纯，蛱蝶纷飞乱阵。
仙雨琼波共济，奇花异草连村。老人百岁倍精神，应是天泉滋润。

西江月 七夕

月恨星愁无奈，情深缘浅何如。金簪一怒鹊桥除，唯把相思细数。
云淡风轻花俏，柳垂飘韵人疏。假期郊外共诗书，各自真情流露。

西江月 守候

寒雨斜风拍面，轻烟浓雾迷眸。冰心一片立城楼。昼夜为君守候。
岁月如云易过，光阴似水难留。枝繁叶茂再难求，唯有痴情依旧。

西江月 观《猎场》有感

明月情深夜探，寒风意重时旋。高楼绪乱觉难眠，落叶敲窗片片。

曾是一朝错过，换来万缕愁牵。若因无份也无缘，难处何由出现？

西江月　同学聚会

小草吐青成海，黄莺携手并肩。百花绽放又争妍，蜂蝶偷香柳见。
饮尽沧桑岁月，唱回梦幻童年。语音跑调落池边，吓死金鱼一片。

卜算子　秋思

淡看月枝头，叶落相思句。满院闲愁透袖凉，寂寞双肩露。
拈得一丝风，暗自芳心许。请把柔情转给君，好梦长期住。

卜算子　秋劫

落叶卷西风，夜雨凄凉地。剪断心头寸寸伤，不诉相思意。
偶得一回眸，又把春光记。杨柳青青蝶舞双，皓月花枝戏。

卜算子　茶楼聚

桂菊绽奇芳，同学茶楼聚。香气丝丝醉客闻，细品人生路。
问候几多年，各自心中住。更有今时对面谈，情落深深处。

卜算子　南瓜

翠叶晚风吹，明月玲珑照。藤上南瓜已动情，向我频频笑。
摘个带回家，加些香油料。甜饼圆圆忆旧年，幕下娘肩靠。

卜算子　月季花

粉面笑天真，绿刺清纯守。风雨搓揉冷露欺，未见香魂瘦。
月月绽光芒，日夜窗前候。举步难行欲退时，向我挥挥手。

清平乐　母亲

难离故土，独自村边住。夜色来临听月语，日出良田种苦。　一生劳累为家，满心牵挂全娃。鬓发如霜未觉，女儿不许思她。

清平乐　风景已故

去年此处，美景佳人塑，一首情诗精彩露，博得良人共赋。　如今陌路天涯，池塘不见荷花，苦竹风摇泪下，孤山倒影倾斜。

减字木兰花 无奈

北风南去，踏遍千山终不遇。河水冰封，难逐轻舟怎个逢。
情诗百首，字字牵怀身渐瘦。泪水如泉，滴透相思湿枕棉。

鹧鸪天 情殇

一朵残花告别香，三千幽梦脱离肠。月光依旧枝头挂，不问风烟落几章。
从别后，总秋凉，青丝何事染寒霜。小楼时有双飞燕，唤取相思泪两行。

蝶恋花

记得那时初会遇，杨柳依依，蝶戏花儿娶。燕子双双栖碧树，亭前羞草含情愫。
别后不知何处去，海角天涯，乱寄诗词赋。此刻花零春已暮，可怜心事无人诉。

钗头凤 忆高考

风摇树，频回顾，十年拼搏今何处。花香去，犹烟雨。一湖愁绪，粉舟难渡。堵，堵，堵。　春光误，无从补，一生劳累寻新路。重重雾，慢移步。汗流无数，不和人语。苦，苦，苦。

任云霞

任云霞（1977～ ），女，江苏涟水人。教师，淮安市十杰校园诗人，淮安市十杰巾帼诗人，淮安市十佳青年诗人。

钗头凤 观《沈园之夜》

正相恋，双飞燕，棒打鸳鸯愁满咽。玉阶凉，锦笺荒，恨花忧柳，各自魂伤。黄，黄，黄。　银屏见，春如面，落红千片凄凉遍。夜深长，黯坟乡，绝情痴恋，莫及流觞。伤，伤，伤。

长相思 荷

星也栖，月也痴，风访芙蓉应有诗。游鱼是故知。
横有丝，竖有丝，黄发红颜岂再期。流年停那枝。

临江仙

依旧悲欢交替，浮生长恨难眠。回眸前事暗流连。别情梳几绺，拼作七分圆。

今夜荷塘沽月，弯弓恰上凭栏。风摇孤棹送清寒。星河书一部，牛女是何篇。

清平乐　雷阵雨

高楼壁垒，电闪城如毁。霹雳来于三万里，一霎风云惊起。　　暴施草木如疯，市廛尽被填空。疑似天河漫溢，飞帘欲化蛟宫。

如梦令　蝉之殇

夏木曾收佳句，鸣向烟霞深处。非是起秋风，盛夏难闻盛语。何去，何去。饭馆堆盘无数。

临江仙　赏灯

那日彩灯双照影，星河雾也沉沉。流光缱绻动衣襟。驿亭烟火外，柳拂晚风琴。
欢笑随花零落了，天涯书满潮音。寒来暑往梦成阴。南枝春色浅，归路白云深。

河传　马兰花

前屋，闲目，叶攲斜。蓝紫蝴蝶流霞，不与群芳竞奢华。天涯。碱盐光露加。　　春风一夜发簇簇，梦相逐，屏幕童谣熟。也吁嗟，思无邪。些些。忘情风月赊。

蝶恋花　宝源老醋次韵荀会长

缱绻客怀香一路，染了秋风，一嗅从容遇。晾晒光阴浓几度，青春发酵阴阳住。
万里车船随处著，种得风情，施展凌云步。北往南来人醉醋，千千岁月神仙顾。

念奴娇　瞻仰太行山八路军纪念馆

拾阶而上，见太行巍峨，群峰皆素。映日黄栌随碧水，冷浸一天秋去。夏月春花，轮回无迹。且把英灵晤。万山成碧，望中青石处处。　　遥想抗战当年，披肝沥胆，烽火连天路。无数旌旗红晋豫，打破阴霾沉雾。抛洒头颅，倾流热血。敌后英名布。江山如画，涕零追忆如故。

踏莎行　高堰行

柳渡黄昏，竹排轻小。慢撑岁月青篙袅。且听两岸踏歌飞，飞皴湖面无人扫。
别后应知，世情易老。酒歌意逐欢娱杳。又嗟世事渐稀疏，堤高且喜平湖渺。

清平乐　参观淮扬菜博物馆

青檐华屋，光艳招人目。图列肥鲜穷水陆，隔案奇香可掬。　　遥忆旧浦人家，庖丁到此相夸。聚得清新至味,来赏今日名花。

鹊桥仙　七夕

轻愁漠漠,烟容淡淡,银汉溶溶媚妩。惜逢此日盼连连,也好过、相思难数。
轻烟胧月,飞星暗渡,别恨离情几缕。嗟叹流水逝无情,凭栏处、心伤怎补?

蝶恋花　高堰行

把酒临风高堰后,风散微云,顿觉时间瘦。碧落长河霞染透,柳丝照影银壶漏。
翠陌红尘云出岫,天送冰蓝,倚竹层峦逅。炎夏无由消永昼。不妨酣饮诗来就。

[天净沙]　五岛夏

涟漪绿水鱼翔,柳堤蝉唱荷香,驻足清辉曲廊。月波摇荡,更深谁与偕凉?

程治国

程治国(1977～),江苏淮安人。硕士。任教于淮安市清浦中学。淮安市清浦区诗词协会常务理事。

南乡子　乡村访亲

荞麦青青,小楼掩映暗香馨。路遇村姑忙问路,凭树,笑指桃花林里住。

浣溪沙　夜半稻田放水

沟满露浓月半斜,蜿蜒乡径路堪赊。洞开田埂四喧哗。
事竟蜗行何所惜?蛩鸥萤舞跃鱼虾。稻香夜半数声蛙。

丁　凤

丁凤(1977～),女,江苏淮阴人。教师,任教于淮安市淮阴实验小学。淮安市诗词协会理事。著有《桐花集》。

临江仙　回家所见

别宴驱车西去,清风熏醉心融。双眸滴翠姹红浓。燕怜烟柳舞,飞鸟暮云空。
恍似梦游仙境,忽惊巨浪隆隆。连天春水映飞鸿。扁舟轻浪渡,霞染满天红。

诉衷情　春忆

清风弄絮水潺潺，信手理薄衫，转眸李杏花落，顿觉意阑珊。　思旧日，笑凭栏，柳翩跹。桃源共渡，情节何如，意尽心殚。

潘保翠

潘保翠（1978～　），女，中小学高级教师，淮安市优秀教师，特级教师后备人才。现就职于淮安市富士康实验小学。

如梦令　盼子归

千里冰封冬寐，爆竹声中年味。千里远行儿，凭槛望穿秋水。归未？归未？窗绽寒梅点缀。

张　清

张清（1979～　），女，小学教师，大学本科学历，中华诗词学会会员，市、区、博里镇诗词协会会员。

十六字令　春二首（新韵）

春，柳色如烟碧满门。蓬勃处，万物报天恩。
春，几缕东风漾水纹。噙香岸，草树亦销魂。

裴增明

裴增明（1979～　），祖籍盐城阜宁，成长于淮安区。小学教师。淮安市"十杰"青年诗人、"十杰"田园诗人、"十杰"校园诗人。

减字木兰花　燕

夕阳竹坞，料峭春风芳草路。燕剪平芜，老翅寒毛已近腴。
穿帘度户，头白稻粱相尔汝。怎不持杯，壶里双轮不我欺。

夜行船　闺怨

又是撩人秋意起。凉如水、去年相似。几件罗衫，泪全浇透，阵阵寒蛩不寐。

君处长安花柳市。可知否、蚀魂消体。怅恨心头,口中咒骂,占个卦偿债鬼。

临江仙

不息东流填海水,几番桀纣羲皇。干戈搁落恨茫茫。春归卫霍,秋结陋庭霜。屈指百年浑一梦,半生尽付狷狂。山人疏懒入膏肓。渔樵知己,一遇醉千觞。

鹊桥仙　忆旧

眸如秋水,腰同春柳,一笑海棠带露。当年盟誓入华胥。老去也,相思何苦?莲蓬初绽,扁舟已至,怅恨满蓑烟雨。江南万里杏花天。谁知我,哀愁如许。

画堂春

相思相逢不堪看,垂髫共尔痴憨。摽梅时节不同骖,泪可曾干?　　纱橱应知梦难,蓬山已锁霜寒,江南又是采莲天,无限心酸。

江城子　八月十六后有雨作

蟾光昨日一穹明,满冰清,几思行。泛尽五湖,愿作一流萍。忽报灵霄倾泪雨,其中意,扫人兴。　　学诗学剑学争鸣,舜瞳心,燕颔情。狂放何为,醉眼向残灯。潦倒东邻西舍笑,无行止,老严陵。

青玉案　纪念抗战胜利70周年

卢沟惨月君知否?食人血膏人肉。满目疮痍骄横寇。地茫茫愤,天沉沉咒,战士持刀吼。　　久长武运堪称丑,大盗从来斫其首。试问何人家国守?一行清泪,半樽浓酒,为我英灵寿。

[双调　朝天子]　游杨集昙华寺

晚钟。冷风。草里蛩声重。水中渺渺梵王宫,隐隐听弦诵。天地无尘,身心入梦,月华洗赤枫。影踪,尽空,我在桃源洞。

[双调　拨不断]　秋日道中

穗儿黄,叶儿红。菊花傍屋晨霜重,薄雾依溪明镜空。何须名手丹青弄,秋林如梦。

[双调　雁儿落带得胜令]　题《昆仑山图》

云来千海翻,雪过层崖漫。茫茫地极关,浩浩瑶池岸。或断尔之拴,或解尔之擐。倾仆银河散,轰鸣天柱弯。愁看。再立凭谁腕?分颁,东南多少山。

[双调　折桂令]　闲居

光风霁月长逢。草里寒蛩，天上飞鸿。菊萼金黄，枫头火赤，稻浪香浓。不做黄粱迷梦，不追蜗角虚荣，难得痴聋，甘愿凡庸。只为那鹿入平林，鸟脱樊笼。

侯荣荣

侯荣荣（1981～　），女，江苏淮阴人。南京大学古典文献博士。现任教于淮阴师范学院文学院。著有《琅嬛琐记》等文史著作多种。淮安市诗词协会常务理事。淮安市“十杰”巾帼诗人、“十杰”校园诗人。

浣溪沙　过扬州

依旧虹桥一带流，新翻城郭旧时秋。歌吹遥想是扬州。
灯影波縠生滟滟，轻烟淡雨弄柔柔。半塘堤外驻清愁。

踏莎行　己丑二月初二书于图书馆五楼

挑菜新时，酿阴庭院。纤纤乍扑行人面。才拈指上辨还无，烧痕草径青犹浅。
茶幄初温，书灯渐暖。卷端试拂春云展。湿云断雾等闲时，黄昏一霎天都晚。

采桑子　失眠

梦残都似春前雪，寻也零星。弃也零星，掌上流沙水上萍。
夜长奈是空辗转，睡是三更。醒是三更，但卷疏帘认远星。

采桑子　天气不好

东君惯是无情甚，才又催花。旋又摧花，暮雨生寒旧牖纱。
城南载酒都陈迹，满眼韶华。冷眼年华，粥碗茗杯收拾些。

临江仙　淮阴县中96级高三四班同学20年重聚感赋

二十年来人未老，匆匆相聚天涯。小楼轩窗驻烟霞。藤萝架下立，绝胜旧时花。
往事少年多记省，一堂笑语喧哗。花开陌上走轻车。樽前重把酒，珍重问年华。

齐天乐　咏彼岸花

翠屏不暖鸳鸯梦，寒蛩数声催晚。月咽黄昏，魅吟赤血，照影凉波缭乱。碧光漫点，忆团扇轻摇，扑萤别苑。橹短舟横，待三生石畔谁伴？　年年惯留后约，旧湘裙弊也，憔悴眉眼。孤立亭亭,幽魂窅窅,花叶虽知未看。人间易变。只守遍黄泉,故园都远。想得春风,又江南绿岸。

踏莎行 丁酉端午怀远

红蔟榴花,碧抽蒲剑。荇风漫引江蓼岸。午窗梦里过潇湘,涉江人老芙蓉远。
几处龙舟,谁家凤管。一年光景流连半。呼儿长命缕双绾,五色丝长相思短。

临江仙 《游园惊梦》

一霎寻春春便老,隔墙飞絮天涯。呢喃燕子过谁家?劫灰销尽处,憔悴去年花。
开遍深庭空寂寂,塘头谁待轻车?镜中倏忽了韶华。行云随人去,梦也一些些。

鹧鸪天 戊戌清明后作

倏忽良辰可待赊?残红转眼即天涯。年年我亦无情惯,满眼芳菲不看花。
朝逐雨,暮飞霞,楼前新绿一停车。东风立久疏狂尽,向晚斜阳噪鹊鸦。

摸鱼儿 杨花入室感赋

问轻盈,载愁多少,向人娇逐低舞。高楼已是挑灯夜,况兼一桁疏雨。莺啼苦。知断送, 残红休怨千万缕。无聊细数,谢糁径苔钱,化萍春水,尚有到侬处。 天涯事,能更凭伊问否?萋萋芳草烟树。游丝不系流光老,消尽江淹才赋。风也住。说万里,云深露重吹难去。晴窗近午。正散学儿童,捉它帘外,隔院笑争取。

百字令 迎春

东风又冷,正匆匆误了,早梅芳信。零雨断寒依旧是,春色斟来未稳。好占春先,一枝才发,渐密花成阵。娇黄照眼,乱施浓靥檀晕。 最是傍水临池,依依垂柳,相伴垂波影。一岁佳时能几度?桃李纷纷将近。额粉将消,青枝易老,后日凭谁问?袷衫襟上,留它珍重相认。

水调歌头 淮阴师范学院采菊诗社

香染清霜后,露滴桂华天。依约篱外疏影,脉脉夕阳前。堪伴陶巾漉酒,相看风流高士,逸兴至今传。为觅千重色,不惧晚风寒。 撷珍谱,追古调,发新妍。阳春白雪遗响,淮上寄丝弦。更得嘤鸣诸友,来聚八方佳会,盛事总联翩。《鹿鸣》歌未了,休莫唱《阳关》。

吴苏蓉

吴苏蓉(1981～),女,江苏淮安人。文学学士,就职于淮安区文联。

水调歌头　运河怀古

渡雨今忽起,落叶枕新桥。行将秋水浮漫、几线旧舟遥。碎了繁华古地,留此残墙断瓦,何处慰清寥。会把凭栏意,悲喜寄民谣。　　凉风细,云心敛,立中宵。当时或看船尾,舞曲走河迢。望尽沿途灯火,流尽千般韶润,最是画难描。漉漉烟波密,折取意萧萧。

季学飞

季学飞(1981～),江苏淮安人。中共党员。博里镇诗词协会会员,中学一级教师。

踏莎行(新韵)

花落黄昏,月迷柳絮,嫣然紫色无寻处。东风小径不流香,绿肥红瘦知春暮。
心有烦丝,肠连苦绪,幻成伤感无重数。夜深归鸟倦双飞,年华似水追风去。

生查子　春娇

高阳照小桥,碧水人家绕。暖夜过东风,柳岸烟如草。
花飞彩蝶戏,还是春妆俏。更见万枝头,处处闻啼鸟。

周　鹏

周鹏(1981～),江苏淮安博里人。教师。平时同良书为伴,与诗词结友。

西江月　感两岸融冰

六十余年家国,八千里路云烟。春风一夜百花欢,叶落归根企盼。
兄弟离分多日,乡音不辨心寒。神州处处好容颜,母子团圆盛赞。

西江月　田园春景

燕掠江堤垂柳,蜂迷田野黄花。山林尽处有人家,短笛牧童闲马。

雨洒良田千亩,惠风轻抚桑麻。悠闲少女试芦笳,笑唱和谐华夏。

临江仙 清明观《淮海战役》有感

风雨如磐何所惧?戎衣祛退余寒。英雄埋骨有青山。利名身外事,伐罪打江山。醉里豪言召臭笑,征途漫漫重关。战歌声里月初残。壮怀时刻在,夜夜枕枪眠。

浪淘沙 抗洪有感

八月雨连连,白浪滔天。良田千亩已遭淹。四面八方传战报,能否平安?号令一声颁,恐后争先。脱衣下水堵狂澜。昼夜不分齐奋战,人定赢天。

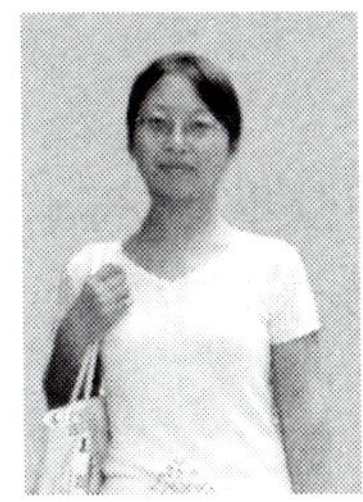

肖腊梅

肖腊梅(1981～),女,江苏涟水人。扬州大学中文系毕业。现居扬州,就职于《扬州晚报》。

春日同和王渔洋《浣溪沙》

其 一

迤逗春风逐水流,桃花一树不知秋。多情燕子旧扬州。
远浦歌台时入梦,平芜烟柳半凝愁。满襟明月枕江楼。

其 二

载酒江南倚画桡,深红浅碧隔溪桥。歌云轻按几魂销。
陌送香尘风婉婉,渚随白鹭舞迢迢。望中多少旧时潮。

其 三

袅袅春愁黯几家,暮烟落尽挽香车。月寒犹透碧窗纱。
浊酒成风云鬓白,远山无语枕函斜。为郎珍重写桐花。

菩萨蛮

柳生嘱写闺词,为赋一曲相寄。

画楼莺语春心动,绮琴待把相思弄。细雨叹愁年,羞迎归棹前。　薄罗红几试,迤逗桃花外。和泪枕檀郎,柳丝鸳梦长。

画堂春

樽前谁许茜罗红?落花雁影空蒙。鬓随霜冷去无踪,烟水一重重。　倚棹还听曲散,抛书又对尘慵。当时人在旧帘栊,残碧上眉峰。

秋波媚

烟林翠冷玉生寒，漠漠锁晴暄。几回载酒，霜天寥落，都在眉弯。
秋来怅望重城外，何事不相关？绮怀已远，月华空照，千里溪山。

西江月

乙未春暮与诸友相聚赋此，并寄柳生。

云共春风唤酒，香沉鸾字扶笺。楼台正候赤蕤前，依约玉箫声慢。
曲尽离尘惊起，雁来芳信空传。绮罗才著月犹寒，花事已随人远。

摊破南乡子　寄春水

昨日，春水赠我梅花以做梅花酒，今酒未成，词先寄，聊作谢意。

春信一何迟，云山外、惆怅罗衣。巡檐遍索梅花影，东风几叠，分明梦里，遥寄幽姿。　也学弄新醅，偏拟就、多少情思。吟魂都伴香痕老，匀红点绿，楼台十二，不负清卮。

淡黄柳

平山雅集分韵得叶字，写此调本意并寄柳生。

纤腰一抹，慵对桃花睫。梦醒春寒烟水阔。迤逗红裳绣屧，看尽韶华也攀折。
送舟楫，多情未消歇。说相许，两心契。任雕栏十二飞残叶。总把风流，向人深绾，空惹啼痕切切。

江城子　小秦淮河怀古

歌云十二逐人来，柳如裁，旧秦淮。不问韶华，潋滟水波开。多少画桥曾倚醉，风与月，任安排。　而今香冷瘗尘埃，纵金钗，有谁偕？绮梦无凭，寂寞已盈阶。遥看霜红侵一碧，残照外，映苍苔。

桂枝香

素笺几叠，纵写就新词，都作香屑。惟共姮娥寄取，广寒清越。故人消息眉山外，隔流年、总成离别。倚樽空待，卷帘未语，绮怀如玦。　怅岁岁、征痕一抹，望陌上残碧，江天寥阔。千里沧波，不见旧时舟楫。鬓华更逐行云老，对霜声争忍听彻。骤风吹过，偏怜桂影，落花飘拂。

满庭芳　丁酉中秋分韵得依字

疏雨侵檐，落花拂槛，秋声断续重帷。芳痕满地，归信也相欺。今夕空留绮恨，把金缕、寄与琴徽。溪山外，最怜三五，心绪总依依。　故人何处约，难禁十里，残碧低垂。任而今，霜华渐染青丝。行遍一襟烟水，那堪梦、鸾影来时。香犹在，江南江北，风露已成醅。

陌上花　十一月十六日游竹西公园见残败荒芜之景有赋

韶华已冷，疏风吹彻，竹西深处。断碧残红，摇落旧时芳渚。石阶未扫苔痕重，不见玉鞍金辂。叹音尘渐杳，昆丘台圮，倩谁留住？　隔江云影过，长天远，雁字而今归去。陌上犹香，黯尽美人箫鼓。寻樽怕到题诗壁，寂寞年年霜树。总无情、最是沧波千里，月明三五。

西吴曲　夜听《驼铃》有感

忆长缨载酒恣意，任流年啸傲五陵外。对霜天晓角，戎轩凭血为誓。万里征尘，酬壮志、封侯能几？但换得千古斜阳，说风阙数朝兴废。　玉关人老，寥落又西风，悲吟一襟剑气。跨逝水。蓟门烟树苍苍，旌旗遥望，暮雪楼头徙倚。离亭催去，寂寞唱彻《驼铃》，寒碧已无言，明月送归骑。

瑶华　见柳生《瑶华》词感而依韵同赋

愁云倚郭，冷雨欺襟，遍芳华寥落。秋鸿去远，遥怅望、未抵西风情薄。巡檐十二，忆霜信、长亭曾约。总难禁、烟水重重，隔了旧时眉萼。　相思占断流年，恨楚佩空留，笺字成昨。簪衣在影，寒碧外、谁把前尘抛却？故人不见，负绮梦、江南弦朔。又雪来、剩与梅花，换取几回孤酌。

拜星月慢

露晓侵寒，烟暝殢梦，寥落长天如水。断渚云闲，任蘋风吹倚。叹秋至，岁岁、琼楼遥阻归信，玉杵空怜晴翠。雁字无言，有情思千里。　数清宵、老去何堪泪。待回首、散入愁红绮。才觉海棠春暖，又芙蓉摇坠。更销凝、酒冷桂花外。而今后、谁与屐痕媚？歌婉晚、廿四桥头，正霜华满地。

扫花游

新入桂花茶与桂花露酒，漫付清词一阕。

嫩黄倚碧，正万里清秋，著香多少。蕊珠罥绕，把西风挼碎，向人一笑。佩冷罗衣，陌上更怜鬓小。晚云悄，问寂寞广寒，素娥安好？　心事空窈窕，任绿醑斟愁，朱弦催老。梦魂不到，拟鸾笺十二，月华深祷。坠影连娟，占断孤鸿怀抱。恨霜早，待谁吟、扫花长调？

霜花腴　丙申十月初六与平山诸友赏花宴集分韵得空字

借秋一影，向故人，笺传廿四芳踪。篱菊清妍，水云悠邈，歌吹隔岸香浓。绛烟暖融，觅翠痕、相和相从。把流年、踏过长亭，晚砧无语认归鸿。　回首画堂深处，蕊珠欢尽散，断字横空。霜酒愁多，缁尘情薄，嗟余十二眉峰。抱襟未同，更绮寒、斜入帘栊。寄明朝、待雪重来，扫花眠远钟。

醉蓬莱　零落国学讲座相约分韵得会字

又笙歌散尽，醉眼浮空，夜寒如水。待引离觞，数苔痕征辔。此去忘机，暂来分韵，更寄怀双鲤。纵隔新晴，堪寻旧梦，与何人会？　但把流光，着意消磨，弹月凝愁，赌书成殢。沧海年年，看暮欢朝泪。出岫云孤，不问春暖，问萼华开未？纸帐风沉，红罗香染，结梅花契。

醉蓬莱

2016年11月27日，与平山诸友及马鞍山诗友游采石矶并当涂李白墓，怀古思今，归寄此调。

看宣城遗迹，牛渚诗踪，往来舟楫。残照千年，挽当时豪杰。断石苔深，寒汀鸥远，对一痕山月。功起文初，泽分武末，兴亡都歇。　我辈重游，那堪行色，惯把纷繁，遣成奇崛。太白楼前，有落花衔蝶。击节歌酣，浊酒斟尽，说建安风骨。睥睨缁尘，消磨红袖，江天辽阔。

郭卫帮

郭卫帮（1982～　），笔名叔尼，江苏洪泽人。爱好古典诗词，属于打工诗人。

巫山一段云　水釜城

引入悬湖水，流经水釜城。鱼龙游过曲桥横，楼上彩虹灯。
醉客吟诗意，佳人吹玉笙。会当明月起三更，古堰听梅声。

巫山一段云　古堰梅花

玉骨经寒瘦，琼丝带露垂。安身古堰任风吹，犹待故人归。
红蕊飘成雨，香魂碾作灰。何时燕子往来飞？折得一枝回。

巫山一段云　悬湖日暮

远树衔斜日，悬湖映落晖。此身争逐浪花飞，迎面大风吹。
寂寞千帆过，凄惶一叶危。声声玉笛莫相催，白鹭傍人归。

忆江南　家乡好

家乡好，相对几回望。鸟宿悬湖深水处，花开古堰曲堤旁。山外已斜阳。
家乡好，在外不曾忘。身上残留泥土味，话中夹带楚淮腔。笑我又何妨？
家乡好，梦里费思量。老去情怀犹切切，新添鬓发已苍苍。总是两牵肠。
家乡好，岁岁又离乡。身在江南心未了，情牵俗事老犹忙。归梦向何方？
家乡好，今日莫彷徨。抛却繁华归故里，淹留岁月伴爹娘。犹是好儿郎。

鹧鸪天　悬湖喜雨

昨日逢秋暑未清，今朝秋雨涨秋萍。浪回礁岸鸥先觉，风入湖心舟自轻。
花外路，柳边亭，新凉一片好心情。游人莫问归何处，天地之中任我行。

鹧鸪天　归乡有感

满腹相思笔下勤，乡愁写尽识悲辛。感时怀旧情非浅，少日离家知是贫。
山脉脉，水粼粼，重逢应觉故人亲。他年归卧悬湖畔，把酒邀君共比邻。

苏幕遮　悬湖之春

绿如云，红似雨。古堰新梅，已是花无数。人在江南归不去，一片芳心，强作吟春句。
意难言，谁解语。燕子回时，窃窃频叮嘱。记得悬湖堤畔处，约上清风，日夜同君舞。

吴祥华

吴祥华（1982～ ），女，江苏清江浦人。毕业于南京大学法学系，任淮安市清江浦区法院审判员。

浣溪沙　感怀

行至清江御码头，南船北马两悠悠。粮仓林立处襟喉。
漕运曾经兴两岸，百年沦败几多愁？雄风重震写春秋。

吴　然

吴然（1983～ ），女，江苏清江浦人。苏州大学法学硕士，淮安市清浦区法院审判委员会委员、少年庭庭长、审判员。

水调歌头　清江浦

永乐十三载，沙水始行舟。一线悬湖西障，清浦扼襟喉。九省通衢要道，六百年间辉耀，美誉不胜收。北马南船汇，此处最风流。　兴漕运，败漕运，几春秋。萧条日久，忍看名埠落潮头。莫恃名人辈出，须看英雄竞逐，乘势振淮州。再造繁华邑，更上一层楼。

李　芳

李芳（1983.2～ ），女，江苏淮安博里人。中学教师。省诗词协会会员，博里镇诗词协会会员。首届淮安市十佳青年诗人。2008年被评为“江苏省优秀女诗人”。

鹧鸪天　喜迎奥运（新韵）

圣火祥云四海传，终偿夙愿舞翩跹。人文奥运福娃笑，抵制风波视等闲。
出鞘剑，散硝烟，健儿壮志比金坚。全心备战忙操练，折桂争魁耀五环。

踏莎行　月夜相思（新韵）

月上帘钩，蛙鸣翠藕，红颜褪却余消瘦。伊人亦共广寒居，相思泪湿离人袖。
长恨归迟，深愁客久，依阑遥望凉初透。人间月夜最销魂，天涯醉饮思乡酒。

万里春　祖国新春颂（新韵）

欣辞岁末，九州皆春色。太空游、四海巡航，展中华气魄。　盛世人和乐，倡廉政，荡清濯恶。再扬帆、乘取东风，劲吹前程阔。

西江月 喜吟丰收

雁叫霜天形杳，枝间难觅蝉鸣。椒肥茄紫谷腰沉，又是一年胜景。
肩负手提汗撒，今朝步履轻盈。机收车载喜迎星，笑坐仓头囤顶。

点绛唇 舞(新韵)

豆蔻年华，粉衣珠袖姿柔曼。柳腰轻转，翩舞如飞燕。 波转灵眸，扇底娇羞面。身形远，曲终人散，方把真颜换。

画堂春 赞博里(新韵)

一湾秀水绕农庄，枝间硕果飘香。秀楼琼院沐霞光，笑语轻扬。 画美诗浓誉远，梧桐竞揽群凰。业昌厂旺志高昂，再创辉煌。

画堂春 中秋(新韵)

纤云弄月碧霄间，光华似水如烟。想佳人起舞翩跹，影伴形单。 银桂飘香庭院，仙家怎比人寰。中秋夜把酒言欢，共享团圆。

小重山 元夕情思(新韵)

两处相思水万重。听三更漏断，觅芳踪。灯花璀璨影摇红。星如雨，一夜舞鱼龙。 陈事与君同。道离情正苦，借归鸿。春风醉笑眼朦胧。遥想处，孑立小桥东。

画堂春 思(新韵)

林梢初上月如钩，秋风悄卷枝头。落红逐水涧中流，云影悠悠。 鸿雁南飞声远，锦书怎寄难收。情思愁绪几时休，泪满双眸。

画堂春 喜赞改革开放30周年(新韵)

湍急水险敢行船，伟人构想超前。改革开放拓新篇，春至人间。 理论深谋发展，胡公指点江山。民殷国富政局安，再鼓征帆。

浣溪沙 秋(新韵)

黄叶翻飞逐水流，残荷深处荡渔舟。西风吹面晚霞收。
夏去秋来鸿雁远，一丝愁绪上心头。杜康相伴过春秋。

汉宫春　喜迎国庆60周年(新韵)

今又回眸,忆豪言壮语,嘹亮东方。阴霾尽扫,万众斗志高昂。扬帆共竞,挽狂澜、何惧风霜。施妙策、英哲三代披肝沥胆兴邦。　　却笑百花开遍,看江南塞北,硕果飘香。神州满天丽日,民富国强。杯觞共庆,溢豪情、意气张扬。齐奋进、征途漫漫,再书盛世华章。

水调歌头　为汶川地震中遇难者百日祭

今日再回首,阵痛刻心间。惊魂一刻千里,悲啸九重天。撼地摇川罹难,屋倒桥摧路断,满目是残垣。最叹是生命,多少入黄泉。　　灾情急,震况险,命危悬。同舟共济,争分夺秒渡时艰。汇物捐钱出力,喜看神州上下,互助建家园,军与民携手,巴蜀换新颜。

王兆勇

王兆勇(1984～　),江苏盱眙人。2004年开始在网络发表诗词作品。著有《南浔吟草》。

鹧鸪天　童趣

树上掏窝地上爬,村前屋后过家家。倾心器具偷拆卸,入目鱼虫敢捉拿。
挖曲蟮,钓龙虾,小沟赤脚和泥巴。兴高忽觉铃声近,飞笔忙朝落日斜。

浣溪沙　入世感怀兼贺泉名兄生辰

天下诸公皆好龙,清明实相岂争雄?伺机不必趁东风。
比斗徒求分胜负,耕耘自可定凶丰。迷津无处访仙翁。

鲁家用

鲁家用(1987～　),又名鲁家专,号博锐倦人,江苏涟水人。中学教师。中华诗词学会学员,淮安市诗协理事,中华诗词论坛版主,著有诗词集《竹西韵语》。

苏幕遮

冷霜庭,梅几瓣,月下幽魂,尽在疏离畔。偶有清香来淡淡,寂寞深宵,着意招人眼。
又凭栏,思绪乱,雪月风花,此夜成伤感。数页香笺重读遍,不忍抬头,咫尺天涯远。

画堂春 北京奥运

日边紫气渐升柔，圣歌长彻五洲。百年绮梦不曾休，藕断丝稠。 潋滟微波去远，奎盈炬焰绵修。含毫意气上层楼，且赋且讴。

蝶恋花

才调当年金粉妒，月下楼头，常把欢情诉。道是人间金桂露，两重心字鸳鸯谱。
年少闲愁流水去，梦里逢君，执手竟无语。秋水江湖同一渡，他年相忆故园圃。

临江仙 奉和蓝海儿诗友

春逝芳华将尽，江湖流水西东。时来风雨掩晴空。芒鞋持竹杖，何处尽斜虫？
惆怅纳兰身性，词心抛尽痴情。西窗谁共剪孤灯。红尘常倦客，唯说韵铮铮。

虞美人 忆旧

风前绰约初含笑，都说相逢好。夜来明月见孤踪，梦里伤春独自立飞红。
画楼杨柳还依旧，往事嗟回首。江湖载酒已经年，渐觉人生只合醉中眠。

行香子 忆扬州步荀德麟先生韵

浊酒身缠，秋草萧然。亭台处，每忆歌筵。三生小杜，似我半酣。更平山酒，云山鹭，远山衔。 尘缘缕缕，千载流连。竹西路，梦里四年。自吟平仄，都化云烟。唯月桥箫，板桥竹，鹊桥仙。

扬州慢

瘦浦肥亭，香风碧柳，月华蔓碎藤柔。对繁华灯火，过流水行舟。忆往事，江湖落魄，平山诗酒，各自风流。更八仙技绝，奇功早动蜃楼。 云烟一梦，转栏杆、极目神游。叹书海峥嵘，年华疾箭，武穆琴忧。懒做长安行客，如今味、骥志难修。纵无缘骑鹤，程途也到扬州。

张爱甲

张爱甲（1987～ ），江苏涟水人。中学教师，淮安市“十杰”青年诗人、“十杰”校园诗人。

相见欢　金陵古城墙

斜阳落笔城楼，荡清秋。万里长江急转、向天流。　　千古事，胡汉泪，几人收？今日东风如电、复神州！

西江月

弱柳扶风醉客，客心遍染晴光。东君只顾试新装，笑道是春模样。
春面不知何似，桃枝费我思量。万苞红里透轻香，一朵枝头欲放。

西江月　所见

浅雾摇光入水，细风扶我游园。慵身近午软绵绵，且坐观童戏犬。
不觉微瞑侧耳，秋声流转无边。萧萧落木过双肩，化作相思片片。

卜算子　秋情

云压老荷残，秋重桂花落。天地难承一片心，更被西风剥。
剥尽冷窗灯，灯下人如削。今夜难眠万里情，形影空酬酢。

临江仙　梦鹰

昨夜霜浓月冷，梦中舞笔穿行。狂诗一句刺天庭。便从关外雪，飞下海东青。
碧宇斜探玉爪，罡风漫扫苍翎。雄心厉啸震寰瀛。层云竭力透，一霎大光明。

临江仙　秋雨涟湖

柳手轻扶云脚，千丝一霎缠荷。随风邀塔共吟哦。唤来鱼几尾，咬碎一池歌。
破帽遮头甚好，管他秋雨如何。乾坤留我醉清波。诗心无惧少，拙句不嫌多。

临江仙　夜雨未眠秋

乱雨吟窗声渐冷，小楼浅梦惊回。披衣何故又倾杯？涟城秋欲老，关外雪初飞。
记得当年花尚小，与卿笑倚春晖。可怜今夜任风吹。玉箫仍在手，往事已攀眉。

临江仙　夜雨思君

欲敛心神求入定，超然俗世繁华。奈何思绪乱如麻。今宵难写意，无语寄天涯。
窗外夜风裁细雨，此情谁纺成纱？魂飞万里看君家。庭前红豆树，树下紫薇花。

临江仙　漂流

白马潭中急浪，皖公山下英豪。豪情今日比天高。昂然持木桨，奋矣斩波涛。
斩落清风入水，化为凶猛金鳌！鳌头独立我长号！黄沙热烈日，白浪洗征袍！

鹧鸪天　老子山

仙踪难觅凤凰墩，放眼云天一举樽。十万狂涛皆化作，千方豪杰涌淮门。
思往圣，转乾坤，百载征途饱人痕。雄势今谋安世界，扶摇击水跃长鲲。

鹧鸪天　龟山采石坑

灵龟甲破恸天哀，豪杰喑呜野寄骸。买办重生民入火，禹王仙去鬼为灾。
夔再怒，圣重来，铁锁铿然古井开。怒驾水猿翻巨浪，龙腾碧宇荡层霾。

鹧鸪天　晚梅

谁在园中步翠微，鬓云腮雪入蛾眉。身穿花雨时时立，手捻晴光细细吹。
春已老，柳初飞，溪边尚有一枝梅。撷于画里留香久，化尽流年酿数杯。

鹧鸪天　乡村教师

公务缠身不是员，养家糊口总亏钱。人携妻子农家乐，我带诗书逛野田。
吟蜀道，笑诗仙，斜阳晒熟又三篇。明朝黑板频挥洒，粉笔扬尘敢蔽天。

唐多令　冬晴雪望西元

年后雪初来，湖边路未开。看梅花、金玉相裁。入眼茅尖知我意，春乱涌，密挨挨。
浴日首轻回，迎风独登台。正青天、洗净尘埃。万里无尘亦难望，心里事，雪中埋。

鹊桥仙

星云黄岛，密州风雨，换得痴情几许？叹当年不是旧相知，空记取前生妄语。
关山万里，谁怜苦旅，莫恨冰霜囹圄。道三千烦恼自心生，且对月酒杯高举。

水调歌头　登皖公山

久慕擎天柱，今日我登临。欲上天庭饱览，险矣路难寻。一索穿云盘转，万木侵眸接地，慷慨叹危林。更有奇松劲，擒壁奋雄心。　登绝顶，长声啸，复沉吟。极目河山万里，挥汗冷风襟。东望群峰举石，西望晴岚溢谷，斜日自涂金。心向云峰静，山色引归禽。

张克旭

张克旭(1990～　),笔名残冰,江苏涟水人。供职涟水金城外国语学校。中国诗词协会会员、中华诗词学会会员,已创作诗词3000余首,获奖作品150余首。

苏幕遮　过往

雨纷纷,黄叶去。秋寂深情,我亦行歌度。小阁闲登空别苦,纵有悠思,也就沙尘土。事非树,平亿仕。霄雷茫茫,冷冷清清楚。目断淮南多梦处,乱影翻窗,哪个曾言语?

朝中措　立事

天书朝奉倚晴空,途次早行中。玉佩晨摇踱步,溪边垂钓之翁。　一般宿雨,几番润色,可见长虹?立事还需年少,事成好驾清风。

高　卓

高卓(1991～　),淮安经济技术开发区徐杨人。爱好古典诗词,在高中读书时就有若干首格律诗词在淮安市《校园诗花》上发表。现就职于江苏清拖农业装备有限公司。

归自谣

春漫漫,汀上白鸥三四点,碧丝如剪波如捻。　小桥流水鱼儿闪,邀春返,归帆渐去愁思远。

柳梢青(新韵)

菡萏争发,范中故苑,柳袅烟斜。雨后丝生,楼前香细,蝉蜕知夸。　文生齐悼天涯,梦醒处,无言探花。圈外齐发,明年春色,争落谁家?

颜廷剑

颜廷剑(1992～　),江苏淮安博里人。大学英文专业毕业。在上海某中学任教。喜读经史,尤喜秦汉文学,擅诗词古文。

定风波 后木兰词

商略扁舟懒问询，司勋沉醉感销魂。束手尘扬沧海水，何世。木兰摇落定前身。八表黄昏真电露，终古。刳肝析胆自横陈。想象归来春婉晚，风飐。哀成蜀魄亦深恩。

解佩令 丙申二月初二

空江东注，残阳西去。怕春来、春归无路。十二湘鬟，扶紫箫、凤韶曾驻。怨黄昏、玉人归暮。 经霜经雨，梅花万树。到头来、芳华尘土。数断番风，误鸩媒、飘零谁主。更阴晴、料应难据。

减字木兰花

宵沉如醉，枕上灯边人晚睡。月洗霜浓，流水漂花东复东。
春前一诺，却付高寒鸣冻雀。商略波深，未是芙蓉劫后心。

菩萨蛮 甲午岁末寄青姊

珠生蟾魄波明玉，洞庭弦涩湘妃曲。魂断警沧江，素衣弹素霜。 烟啼鬟十二，沙碛荒云水。宋玉在高楼，无愁亦自愁。

鹧鸪天

夐杳幽林路转迷，怀珠抱璞意多违。亭亭钗发横塘晚，縰縰条枚金缕衣。
曾似此，略如斯，桂堂花月可怜时。相思一往成孤注，摇落丹枫付阙题。

水龙吟 咏木兰用鹿潭韵

妆成玉质伶俜，烟埋雀啄韶光过。殢春醉眼，辞春醒眼，敛容低我。海市根移，人间夜永，薄寒无那。正攒心云聚，亭阴月午，风露浩、班荆坐。 偏误寻芳游舸。想回肠、煎熬膏火。凌波袜素，扶摇霜羽，楼空烟锁。世路沿洄，香魂抱定，朅来谁可。但飘零自古，多情未免，傍阑干堕。

满庭芳 春雨

冷溅朱扉，阴屯黛瓦，觉来帘覆黄灯。嶂分岩别，凄感此宵声。拚忍楼头木末，更虚室、暗搅孤零。伤怀抱、飞琼消息，未肯度层城。 泠泠。谁诉与、冰弦易涩，罗袜难经。怕红湿流光，新碧还生。应误兰桡画桨，细回眄、倍极牵情。春庭小、瘦销梅骨，留待枕边听。

一萼红　丙申正月初四日寄黄真

荡寒漪、正烟芜漠漠，鸦树近天低。芦荻黄昏，幺弦怨语，鱼雁频溯云溪。动芳酌、春回万户，想梅驿、香剪柳垂垂。歌扇飞花，画图清夜，别梦依稀。　　人世飘灯转烛，叹潇湘碣石，赋到临歧。鼎鼎华年，泥泥尔汝，辜负仲蔚柴扉。剩今日、吴绵蜀锦，但谱向、风雨忆君时。却恐才归郭璞，难寄相思。

陈　岭

陈岭(1995～　)，江苏盱眙人。自幼爱好文学，学诗三年余，吴门诗社社员。

喝火令

木叶萧萧落，霜花故故休。晚天风月下行舟。芳酒满斟离客，此去恣狂游。酒力寒欺尽，情怀老自收。　　渚烟深处是扬州。也见归鸿，也见去年鸥，也见岸汀风景，不与故人留。

临江仙

花底春光未老，鬓前心事翻新。推窗何处觅音尘。扪来三分月，剔尽一灯银。
此去蓬山路远，思卿时候风频。襟怀洒落哪堪陈。今宵天上冷，有月不如人。

临江仙

野径桃红香欲著，落花声里春光。水潺风软到南乡。吹绵枝渐少，碧绿认垂杨。
玉树汀洲分社燕，柳江深浦鸳鸯。乱云无事转斜阳。杜鹃犹咽血，啼语是清商。

鹧鸪天

犹记当年初遇时，秋香隐隐抱花枝。江湖一入风波早，故地惟别役梦迟。
添寂寞，减寒姿，天涯去久误归期。重来我亦为远客，只是灯深月不知。

鹧鸪天

翳翳层空积素来，藏诗襟抱始繁开。聊凭天外霜前雪，一洗人间劫后灰。
云惨淡，客徘徊，功名与我两寻猜。南徐风老吹欹帽，扪虱清谈不复哀。

鹧鸪天　铅笔

几寸繁华裹素心，诗痕待我到如今。风情写尽身清浅，世味描浓意笃深。
形似剑，质如椹，生涯到死便成喑。残零尚有相思字，寄了秋风作冷吟。

鹧鸪天　为友人寿

四载知交莫可论，逢时君我尽前樽。无须酒力欺寒力，许是情根种慧根。
缘恰好，梦初温，经年心事付重扪。暂看京口风烟色，来趁大光结弟昆。

鹧鸪天　有感

客至扬州一梦迟，斜阳带水近歌吹。好花开到无人赏，新月妆成独我知。
灯翳翳，草离离，风寒呵手倩阿谁。星河待转汀洲岸，正是霜华欲冷时。

鹧鸪天

风月经年欲别时，心思零落半封诗。离愁自古唯人尽，落拓今宵不我欺。
分锦字，算衿期，生涯世事各驱驰。他时重忆花前客，可是风中旧沈姿？

鹧鸪天

极目飞鸿隐帝阍，云来无处认留痕。三年诗病痌及骨，满目秋霜酒不温。
人寂寞，客销魂，淡然负手立风门。来时检点平生迹，世味交情一半存。

鹧鸪天

京口浮沉梦不真，生涯濡沫正青春。萧萧世事风兼雨，隐隐韶光泪共尘。
一别后，各宜珍，心思辗转对杯陈。每从逆旅看圆魄，圆魄通宵照恁人。

鹧鸪天

此去江湖作远游，惊寒天气总为秋。怀书事业今堪尽，说剑生涯那算休。
新委地，旧楼头，暂将杯酒寄同俦。今宵客散支离处，水绾相思月绾愁。

醉蓬莱　北固山

付书生意气，载酒登楼，一壶江渚。万顷明波，碧云兴吞吐。检点来时，古人行迹，晚恨都渔取抚剑弹铗，临风拭目，旧城如故。　迤逦烟霞，浪花吹雪，赤涌生金，润州天暮。闻道长歌，一曲新凉入。底事踌躇，胸次尘染，寂寞繁华去。北固亭台，平崖深处，有人怀古。

望海潮　中秋

中秋烟幕，天云欲晚，应怜玉斧时休。飞镜系无，琉璃色满，西风占尽余愁。谁意上层楼。问京口孤客，何事淹留。万里清霜，海阁东望冷光流。　温壶月色消忧。看琼楼玉宇，蟾桂成囚。挥墨铺词，停杯待露，今宵对月同酬。明日买扁舟。世事多相背，江水悠悠。此后萍浮影迹，还为稻粱谋。

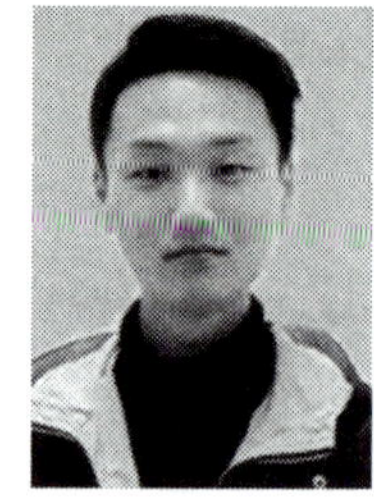

郑　杰

郑杰(1996～　)，江苏盱眙人。中共党员，中华诗词学会会员、江苏省诗词协会会员、河南诗词学会会员、淮安市诗词协会会员。其诗词曲联等作品发表于国内外两百多家报刊上。曾在国内各级诗词楹联大赛中多次获奖。

忆秦娥　西湖

西湖旅，芳菲五月和风煦。和风煦，葱葱飞绿，映相成趣。　泛舟碧玉寻佳句，苏堤古道千丝缕。千丝缕，临安锺毓，最难离去。

武陵春　感秋

凉夜高风凋碧树，倦鸟候良俦。一叶飘零任去留，瑟瑟道深秋。　长忆离多相聚少，往事怎堪休？我自临台望玉钩。月也乏，倚楼头。

雨霖铃　拜谒词宗柳永墓

西风寒冽，染黄千树，满地残叶。耆卿薄葬京口，居山北固，层林深叠。冢上凄凄惨惨，叹无栏无阙。望滚滚江水东流，难住凄声语凝噎。　情迷浪漫纤纤月，且低吟，寂寞悲难泄。赢来仰者多少？朱阁上，酒酣人悦。壮岁芳年，长记佳人柳岸思切。任曲调倾倒词坛，漫说弦音绝。

忆江南　花好待春风

江南岸，烟柳万千重。亭外画桥巡燕子，新苞舒眼欲描红。花好待春风。

捣练子　星入梦

星入梦，夜凝幽，无奈披衣上月楼。颓笔素笺吟旧事，竭词难遣莫名愁。

浣溪沙　徐行吟啸自临风

一浪春波泛淡浓，年年不似又相同。蓦然回首太匆匆。
欲向萋阡裁柳绿，犹怜颓笔醉桃红。徐行吟啸自临风。

调笑令　春柳

春柳，春柳，舞起玉姿清秀，风撩眉目温柔。折与伊人面羞，羞面，羞面，插在心头思念。

采桑子　春行

一番细雨偷偷去，洗了风尘。花影缤纷，草色青青柳色新。
平生亦羡桃源客，携酒千斤。卷走三春，作个逍遥世外人。

蝶恋花　熏风拂过伊人面

又见情深双语燕。溅绿飞红，处处迷侬眼。翠叶憩莺闻啭啭，鸥衔细浪清波乱。
一剪烟花千种怨。滚滚红尘，莫道相思浅。幽梦酒醒春笃遣，熏风拂过伊人面。

阮郎归　客乡暗自惊

江南水暖细闻听，风熏虫鸟鸣。春波潋滟柳亭亭，笔尖犹动情。
花妩媚，草娉婷，渡头舟已行。斜阳一抹咽啼莺，客乡暗自惊。

摊破浣溪沙　夜行东关街

车水人龙似海潮，不辞千里任迢迢。偷得韶光尽挥洒，畅良宵。
夜幕柔辉花影媚，箫声逸韵客情豪。灯火烧天披月去，自逍遥。

醉花阴　雨桃花

昨夜玉珠狂乱舞，摇落花如雨。席地卷残红，更散幽香，只把风流许。
也曾灼灼韶华路，此刻凄凉度。咽语自西风，不尽哀声，忍别芳魂去。

清平乐　踏雨下金陵

珠丝乱坠，岭上烟岚沸。谁解秦淮风雅味？曲艳花浓柳媚。　　一池春水流诗，半城春色沾衣。聆雨悠然归去，好将旅梦重题。

踏莎行　卖杂货媪

戊戌小满日，中山桥畔，微雨绵绵而风凉，一古稀老媪怀抱杂货匣坐于桥头，见此景有感，故作小词。

雨细风凉，鸟啼声碎，沉沉抱匣尤憔悴。镌刀岁月刻愁容，赚来艰苦零星利。

或遣残年，为谋生计？试猜不是闲情寄。辛酸熬尽剩欢心，世间难有如人意。

金缕曲　祖母逝世三周年祭

三载千回顾。雨清秋、离声历历，从今归去。劬苦持家炊烟暖，最记倚门别语。勤稼穑、烈阳如故。那日寒更听奄奄，恸惊魂、胸次犹烹煮。多少梦、叠愁绪。　　料应尘事都如许。往复来、散了难聚，难逃岁序。临到年春逢登祀，忽近家前霜路。也怕憾、慰绥心素。无数寒花悲明月，空怅望、两照天涯处。挥不尽、泪如缕。

行香子　初冬遣怀

落木零凋，寒水清寥。望池中、鸦阵遐漂。兰桡索寞，荷盖萧条。正竹风瑟，清风少，北风招。　　平生难料，无为堪笑。叹年来、尚自蓬飘。有无块垒，旨酒还浇。惜本心乱，痴心苦，客心烧。

梦扬州　扬州好

蜀岗边。望画堤烟柳，云水轻船。白塔翠阴，百鸟翩翩关关。四时山、叠千般趣，阆苑兮、惊世名园。连朱户，珠楼星列，晏灯闾市殷繁。　　三月偏宜熟看。正蝶恋琼花，芍药流丹。廿四月明，沈醉箫声危悬。且听馥郁扬州韵，滟滟来、春满壶天。怜此景，吹弹悦耳，愁断凭栏。

[天净沙]　牧人归唱

青芜修竹垂杨，暮山归路牛羊，雀鸟枝头引吭。几声鞭响，点燃天外斜阳。

卷下　过往作家咏淮词曲

柳　永

柳永（约987～约1053），字耆卿，原名三变，因排行第七，又称柳七，福建崇安人。北宋词人，婉约派代表人物，是创用词调最多的词人。景祐进士，曾任泗州判官等职，以屯田员外郎致仕，世称柳屯田。

河　传

淮岸向晚。圆荷向背，芙蓉深浅。仙娥画舸，露渍红芳交乱。难分花与面。　采多渐觉轻船满。呼归伴。急桨烟村远。隐隐棹歌，渐被蒹葭遮断。曲终人不见。

苏　轼

苏轼（1037～1101），字子瞻，号东坡居士，宋眉州眉山（今属四川）人。嘉祐二年（1057）进士，历杭州通判，知密州、徐州、湖州等，后被贬儋州，北还后病死于常州。宋代文学成就最高的代表。其诗题材广阔，清新豪健，善用夸张比喻，独具风格，与黄庭坚并称“苏黄”。词开豪放一派，与辛弃疾并称“苏辛”。

蝶恋花　过涟水军赠赵晦之

自古涟漪佳绝地，绕郭荷花，欲把吴兴比。倦客尘埃何处洗？真君堂下寒泉水。
左海门前酤酒市，夜半潮来，月下孤舟起。倾盖相逢拚一醉，双凫飞去人千里。

满庭芳　淮上有感

余年十七，始与刘仲达往来于眉山。今年四十九，相逢于泗上。淮水浅冻，久留郡中，晦日同游南山，话旧感叹，因作《满庭芳》云。

三十三年，漂流江海，万里烟浪云帆。故人惊怪，憔悴老青衫。我自疏狂异趣，君何事，奔走尘凡。流年尽，穷途坐守，船尾冻相衔。　巉巉。淮浦外，层楼翠壁，古寺空岩。步携手林间，笑挽纤纤。莫上孤峰尽处，萦望眼、云海相搀。家何在，因君问我，归步绕松杉。

行香子　与泗守游南山作

北望平川，野水荒湾。共寻春，飞步孱颜。和风弄袖，香雾萦鬟。正酒酣时，人语笑，白云间。　　孤鸿落照，相将归去，澹娟娟，玉宇清闲。何人无事，宴坐空山？望长桥上，灯火乱，使君还。

按：苏轼此词盱眙第一山有宋元丰七年(1084)摩崖题刻。

浣溪沙

元丰七年十二月二十四日，从泗州刘倩叔游南山。

细雨斜风作小寒，淡烟疏柳媚晴滩。入淮清洛渐漫漫。

雪沫乳花浮午盏，蓼茸蒿笋试春盘。人间有味是清欢。

永遇乐

长忆别时，景疏楼上，明月如水。美酒清歌，流连不住，月随人千里。别来三度，孤光又满，冷落共谁同醉。卷珠帘，凄然顾影，共伊到明无寐。　　今朝有客，来从淮上，能道使君深意。凭仗清淮，分明到海，中有相思泪。而今何在，西垣清禁，夜永露华侵被。此时看，回廊晓月，也应暗记。

如梦令　元丰七年十二月十八日浴泗州雍熙塔下戏作两阕

其　一

水垢何曾相受，细看两俱无有。寄语揩背人，尽日劳君挥肘。轻手，轻手，居士本来无垢。

其　二

自净方能净彼，我自汗流呀气。寄语澡浴人，且共肉身游戏。但洗，但洗，俯为人间一切。

江神子　恨别

天涯流落思无穷。既相逢，却匆匆。携手佳人，和泪折残红。为问东风余几许，春纵在，与谁同。　隋堤三月水溶溶。背归鸿，去吴中。回首彭城，清泗与淮通。寄我相思千点泪，流不到，楚江东。

按：一作《江城子·过隋堤》《江城子·别徐州》。

李之仪

李之仪(1048~1127),字端叔,号姑溪居士,沧州无棣(今属山东)人。北宋文学家。神宗熙宁六年(1073)进士,权知开封县。后历任万全县令、枢密院编修官、密州幕、原州通判、监内香药库。崇宁初谪居当涂。建炎元年(1127)卒,年80。

朝中措　望新开湖有怀少游用樊良道中韵

新开湖水浸遥天,风叶向珊珊。记得昔游情味,浩歌不怕朝寒。　　故人一去,高名万古,长对孱颜。唯有落霞孤鹜,晚年依旧争还。

秦　观

秦观(1049~1100),字少游、太虚,号淮海居士,宋高邮(今属江苏)人。为“苏门四学士”之一。少有才名,但屡试不第,经苏轼推荐任太学博士。后被目为元祐党人,累遭贬谪。著有《淮海集》。

渔家傲

刚过淮流风景变,飞沙四面连天卷。霜拆冻髭如利剪。情莫遣,素衣一任缁尘染。
回首家山云渐远,离肠暗逐车轮转。古木荒烟鸦点点。人不见,平原落日吟羌管。

渔家傲　七夕立秋

七夕湖头闲眺望,风烟做出秋模样。不见云屏成月帐。天滉漾,龙軿暗渡银河浪。
二十年前今日况,玄蟾乌鹊高楼上。回首西风犹未忘。追得丧,人间万事成惆怅。

按:此词当为七夕立秋时观高邮湖所作。

米　芾

米芾(1052~1108),初名黻,字元章,号襄阳漫士,海岳外史,襄阳人,终老润州(今江苏镇江)。北宋书画家。历任知雍丘县,涟水军,太常博士,知无为军,徽宗时召为书画学博士,官至礼部员外郎,人称米南宫。

减字木兰花　涟水登楼寄赵伯山

云间皓月，光照银淮来万折。海岱楼中，拂袖雄披楚岸风。
醉余清夜，羽扇纶巾人入画。江远淮长，举首宗英醒更狂。

蝶恋花　海岱楼玩月作

千古涟漪清绝地，海岱楼高，下瞰秦淮尾。水浸碧天天似水，广寒宫阙人间世。
霭霭春和生海市，鳌戴三山，顷刻随轮至。宝月圆时多异气，夜光一颗千金贵。

贺　铸

贺铸(1052~1125)，字方回，自号庆湖遗老，贺知章后裔，宋太祖贺皇后族孙。祖籍山阴(浙江绍兴)，出生于卫州(河南卫辉)。曾任右班殿直，元祐中曾任泗州、太平州通判。晚居苏州，杜门校书。词兼豪放、婉约二派之长，其爱国忧时之作，悲壮激昂，风格近苏轼。

弄珠英

楚乡新岁，不放残寒退。月晓桂娥闲，弄珠英、因风委坠。清淮铺练，十二玉峰前，上帘栊，招佳丽。置酒成高会。　江南芳信，目断何人寄。应占镜边春，想晨妆、膏浓压翠。此时乘兴，半道忍回桡，五云溪，门深闭。璧月长相对。

晁补之

晁补之(1053～1110)，字无咎，号归来子，宋济州巨野(今属山东)人。"苏门四学士"之一。元丰二年(1079)进士。历官泗州知州、吏部员外郎、礼部郎中兼国史编修、实录检讨官。著有《鸡肋集》《晁氏琴趣外篇》。存词160多首。

洞仙歌　泗州中秋作

青烟幂处，碧海飞金镜。永夜闲阶卧桂影。露凉时，零乱多少寒螀，神京远，维有蓝桥路近。　水晶帘不下，云母屏开，冷浸佳人淡脂粉。待都将、许多明付与金尊，投晓共流霞倾尽。更携取、胡床上南楼，看玉做人间，素秋千顷。

毛 滂

毛滂(约1061～?),字泽民,衢州(今属浙江)人。有《东堂集》十卷和《东堂词》一卷传世。

玉楼春 至盱眙

长安回首空云雾。春梦觉来无觅处。冷烟寒雨又黄昏,数尽一堤杨柳树。

楚山照眼青无数。淮口潮生催晓渡。西风吹面立苍茫,欲寄此情无雁去。

赵令畤

赵令畤(1061～1134),初字景贶,苏轼为之改字德麟,自号聊复翁。宋太祖次子燕王德昭玄孙。后坐元祐党籍,被废十年。绍兴初,袭封安定郡王,迁宁远军承宣使。卒赠开府仪同三司。著有《侯鲭录》8卷,赵万里为辑《聊复集》词1卷。

菩萨蛮

长淮渺渺寒烟白,凭栏人是霜台客。诗句妙春豪,风云不啻高。 樽前人已老,余恨连芳草。一曲酒醒时,梧桐月欲低。

朱敦儒

朱敦儒(1081～1159),字希真,号岩壑老人,洛阳(今属河南)人。南宋词人。以荐补右迪功郎,绍兴五年(1135)赐进士出身,守秘书省正字。历兵部郎中、临安府通判、秘书郎、都官员外郎、两浙东路提点刑狱。今有词集《樵歌》。

水调歌头 淮阴作

当年五陵下,结客占春游。红缨翠带,谈笑跋马水西头。落日经过桃叶,不管插花归去,小袖挽人留。换酒春壶碧,脱帽醉青楼。 楚云惊,陇水散,两漂流。如今憔悴,天涯何处可销忧。长揖飞鸿旧月,不知今夕烟水,都照几人愁。有泪看芳草,无路认西州。

葛立方

葛立方(?~1164),字常之,自号懒真子。丹阳(今属江苏)人,后定居湖州吴兴。南宋诗论家、词人。绍兴八年(1138)进士,后因忤秦桧,罢吏部侍郎,出知袁州、宣州。绍兴二十六年归休吴兴。

春光好　寒食将过淮作

禁烟却酿春愁。正系马、清淮渡头。后日清明催叠鼓,应在扬州。
归时元已临流。要绮陌、芳郊姿游。三月羁怀当一洗,莫放觥筹。

王之道

王之道(1093~1169),字彦猷,庐州濡须人。累官湖南转运判官,以朝奉大夫致仕。著有《相山集》30卷,《四库总目》相山词1卷,《文献通考》传于世。

浣溪沙　阻风铜陵追和东坡游泗州南山韵

残雪笼晴作沍寒,北风吹浪过前滩。远山云气尚漫漫。
睡起阳乌窥破牖,坐怜香雾霭雕盘。一尊聊佐旅中欢。

曹　勋

曹勋(1098~1174),字公显,宋阳翟(今属河南)人。以恩补承信郎,宣和五年(1123)赐同进士出身,仍为武官。靖康之变从徽宗北迁,受徽宗半臂绢书,自燕山逃归。孝宗朝拜太尉。著有《松隐文集》《北狩见闻录》等。

点绛唇

惨惨春阴,画桡寒漾梅风去。冷风吹度,愁入淮山路。　　歌扇归期,只恐春城暮。人何处,柳汀烟渚,吹尽篷窗雨。

张　釜

张釜,南宋丹阳人,曾为南宋赴金国使节。

行香子　题瑞岩

岁序将阑，雪意犹悭。漫赢得，十日清闲。林泉佳处，足可跻扳。有杏花岩，玻璃井，第一山。　　细草孤烟，千里荒寒。望神州，杳霭之间。危阑休凭，目断心酸。是白沟河，鸡林塞，玉门关。

按：此词为张釜作为赴金使节至盱眙时作。第一山瑞岩刻石有“使客至此作，庆元（1196年）丙辰十二月四日”。

王以宁

王以宁（一作“以凝”），字周士，湘潭人。宋南渡初以“知兵”名世，为人“勇而有谋”，多次驰骋疆场与金兵浴血奋战。所作之词，个性鲜明，豪宕慷慨，“句法精壮”。词集《王周士词》在南宋即已流传。其诗亦有可观者。

念奴娇　淮上雪

天工何意，碎琼珰玉佩，书空千尺。箬笠蓑衫扁舟下，淮口烟林如织。飞观嶙峋，子亭突兀，影浸澄淮碧。纶巾鹤氅，是谁独笑携策。　　遥想易水燕山，有人方醉赏，六花如席。云重天低酣歌罢，胆壮乾坤犹窄。射雉归来，铁鳞十万，踏碎千山白。紫箫声断，唤回春满南陌。

张孝祥

张孝祥（1132～1169），字安国，号于湖居士，简州（今四川简阳）人，卜居历阳乌江（今安徽和县）。绍兴二十四年（1154）状元。曾因触犯秦桧下狱。后曾任中书舍人、建康留守、荆南湖北路安抚使，治水有政绩。南渡后，其词转为慷慨悲凉，多抒发爱国思想，激昂奔放，风格近苏轼。有《于湖集》。

六州歌头

长淮望断，关塞莽然平。征尘暗，霜风劲，悄边声。黯销凝。追想当年事，殆天数，非人力，洙泗上，弦歌地，亦膻腥。隔水毡乡，落日牛羊下，区脱纵横。看名王宵猎，骑火一川明。笳鼓悲鸣。遣人惊。　　念腰间箭，匣中剑，空埃蠹，竟何成。时易失，心徒壮，岁将零。渺神京。干羽方怀远，静烽燧，且休兵。冠盖使，纷驰骛，若为情。闻道中原遗老，常南望、羽葆霓旌。使行人到此，忠愤气填膺。有泪如倾。

水调歌头

淮楚襟带地，云梦泽南州，沧江翠壁佳处，突兀起红楼。凭仗使君胸次，与问老仙何在，长啸俯清秋。试遣吹箫看，骑鹤恐来游。　　欲乘风，凌万顷，泛扁舟。山高月小，霜露既降，凛凛不能留。一吊周郎羽扇，尚想曹公横槊，兴废两悠悠。此意无尽藏，分付水东流。

辛弃疾

辛弃疾(1140～1207)，字幼安，号稼轩，山东历城县(今济南市历城区)人。南宋豪放派词人、抗金将领。曾任江西安抚使、福建安抚使、镇江知府、枢密都承旨等职，后被弹劾落职，谥“忠敏”。词与苏轼合称“苏辛”，与李清照并称“济南二安”。有《稼轩长短句》等。

声声慢

征埃成阵，行客相逢，都道幻出层楼。指点檐牙高处，浪涌云浮。今年太平万里，罢长淮、千骑临秋。凭栏望，有东南佳气，西北神州。　　千里怀嵩人去，应笑我、身在楚尾吴头。看取弓刀，陌上车马如流。从今赏心乐事，剩安排、酒令诗筹。华胥梦，愿年年、人似旧游。

刘　过

刘过(1154～1206)，南宋文学家，字改之，号龙洲道人。吉州太和(今江西泰和县)人。四次应举不中，流落江湖间，布衣终身。为陆游、辛弃疾所赏，与陈亮、岳珂友善。词风近辛弃疾，抒发抗金抱负，与刘克庄、刘辰翁享有“辛派三刘”之誉。有《龙洲集》《龙洲词》。

六州歌头　镇长淮

镇长淮，一都会，古扬州。升平日，珠帘十里春风、小红楼。谁知艰难去，边尘暗，胡马扰，笙歌散，衣冠渡，使人愁。屈指细思，血战成何事，万户封侯。但琼花无恙，开落几经秋。故垒荒丘。似含羞。　　怅望金陵宅，丹阳郡，山不断绸缪。兴亡梦，荣枯泪，水东流。甚时休。野灶炊烟里，依然是，宿貔貅。叹灯火，今萧索，尚淹留。莫上醉翁亭，看蒙蒙细雨、杨柳丝柔。笑书生无用，富贵拙身谋。骑鹤东游。

戴复古

戴复古(1167～?),字式之,号石屏,天台黄岩(今属浙江)人。南宋江湖派著名诗人。曾向陆游学诗,部分作品抒发爱国思想,反映人民疾苦。其词风格豪放,接近苏辛。有《石屏诗集》《石屏词》。

满庭芳　楚州上巳万柳池应监丞领客

三月春光,群贤胜践,山阴何似山阳。鹅池墨妙,曲水记流觞。自许风流丘壑,何人共、击楫长江?新亭上,山河有异,举目恨堂堂。　使君,经世志,十年边上,两鬓风霜。问池边杨柳,因甚凄凉?万树重新种了,株株在桃李花旁。仍须待,剩栽兰芷,为国洗河湟。

王　该

王该,南宋时人,观此词应为守边将领。

满江红　第一山

第一山头,黯然望,平芜烟渚。多少恨,关河未复,幽燕何处?张葛经营形胜地,米苏题遍风流句。有苍崖千尺锁莓苔,今犹古。　兴衰事,经乌兔,风云会,须貔虎。拍阑干长啸,浩歌长武。看取盘泉鼍起卧,须教四海沾霖雨。挈舆图万里报吾皇,天应许。

王　奕

王奕,字伯敬,号斗山,宋末元初玉山(今属江西)人。生于南宋,入元后曾出任玉山县儒学教谕。与谢枋得等南宋遗民交往密切,诗文中不乏以遗民自居的文句。

唐多令　登淮安倚天楼

直上倚天楼,怀哉古楚州。黄河水,依旧东流。千古兴亡多少事,分付与,白头鸥。
祖逖与留侯,二公今在不?眉尖上,莫带星愁。笑拍危栏歌短阕,翁醉也,且归休。

吴文英

吴文英(约1200~约1260),字君特,号梦窗,晚年又号觉翁,四明(今宁波)人。南宋词人。有《梦窗词》1部,存词340余首。其词作风格雅致,多酬答、伤时与忆悼之作,号“词中李商隐”。

澡兰香　淮安重午

盘丝系腕,巧篆垂簪,玉隐绀纱睡觉。银瓶露井,彩箑云窗,往事少年依约。为当时,曾写榴裙,伤心红绡褪萼。黍梦光阴渐老,汀洲烟箬。　莫唱江南古调,怨抑难招,楚江沉魄。薰风燕乳,暗雨梅黄,午镜澡兰帘幕。念秦楼,也拟人归,应剪菖蒲自酌。但怅望,一缕新蟾,随人天角。

张可久

张可久(约1270~1348后),字小山,庆元路(治今宁波)人,以路吏转首领官。又曾漫游江南,专事散曲创作,有作品800余篇,为元人中最多者。有《小山乐府》。

[越调　小桃红]　淮安道中

一篙新水绿于蓝,柳岸渔灯暗。桥畔寻诗驻时暂。散晴岚,依微半幅云烟淡。杨花乱糁,扁舟初缆,风景似江南。

张绍文

张绍文,字庶成,南宋润州(今江苏镇江)人,张榘之子。生活于南宋后期。《江湖后集》卷14录其词4首。

酹江月　淮城感兴

举杯呼月,问神京何在,淮山隐隐。抚剑频看勋业事,惟有孤忠挺挺。宫阙腥膻,衣冠沦没,天地凭谁整。一枰棋坏,救时着数宜紧。　虽是幕府文书,玉关烽火,暂送平安信。满地干戈犹未戢,毕竟中原谁定。便欲凌空,飘然直上,拂拭山河影。倚风长啸,夜深霜露凄紧。

杨 载

杨载(1271～1323),字仲宏。元蒲城县人,晚年定居杭州。博涉群书,以布衣召为国史院编修官,调管领系官海船万户府照磨,兼提控案牍。仁宗延祐二年(1315)进士,官至宁国路总管府推官。著有《杨仲弘诗》8卷。

水龙吟

鸿沟定约东归,又谁遣赤龙回指。青娥罢,重瞳饮泣,断肠声里。半壁酸风,两淮寒月,古今兴废。眇乌江满眼,惊涛卷雪,分明总是英雄泪。　　木末招招舟子,载何人,断烟流水。平沙数处,青山数点,江东千里。长啸风前,无人会我,登临此意。但黄芦古木,夕阳回照,有渔歌起。

萨都剌

萨都剌(约1307～?),元代诗人、画家、书法家。字天锡,号直斋。先世为西域回鹘人,生于雁门(今代县)。泰定四年(1327)进士。授应奉翰林文字,擢南台御史,累迁江南行台侍御史,左迁淮西北道经历,晚年居杭州。著有《雁门集》《萨天锡诗集》。

念奴娇　过淮阴

短衣瘦马,望楚天空阔,碧云林杪。野水孤城斜日里,犹忆那回曾到。古木鸦啼,纸灰风起,飞入淮阴庙。椎牛酾酒,英雄千古谁吊?　　何处漂母荒坟,清明落日,肠断王孙草。鸟尽弓藏成底事,百事不如归好。半夜钟声,五更鸡唱,南北行人老。道旁杨柳,青青春又来了。

陈 霆

陈霆(约1477～?),字声伯,明代德清人。弘治进士,博洽多闻,留心风教。著有《唐余纪传》《山堂琐语》《水南稿》《渚山堂诗话》《渚山堂词话》。

行香子　和东坡游山词

野景晴川,白鸟苍湾。向沧浪,一洗尘颜。水挹衣带,山拥螺鬟。听步虚声,钟鼓韵,翠微间。　市楼一片，客枕千幅，问何人，到老心闲。秘书离俗，司谏归山。见夕阳中，云卷尽，鸟飞还。

毛奇龄

毛奇龄(1623～1716)，本名甡，字大可，号秋晴，一作初晴，称西河先生，明末清初浙江萧山人。明末廪生。清兵入关后曾参与南明鲁王军事，后化名王彦，亡命江湖十余年，其间在淮安避居甚久。康熙十八年(1679)举博学鸿儒，授翰林院检讨。亦好诗，工词，并擅骈、散文。著有《西河合集》400余卷。

少年游　过淮城口占

予去淮久矣，康熙十七年征车入京，从淮城下过，遂驻马流涕，口占此词。

其　一

马蹄才发，阳平门外，望里是淮安。可怜此地，曾经流浪，一十五年前。　曲江高会知何处，秋水晚生烟。唯有垂杨，千条万缕，还挂酒楼边。

其　二

行来但觅，旗亭旧迹，下马驻城闉。请看当日，淮流如故，双泪落征轮。　淮阴市上诸年少，相忆总沉沦。谁料衰年，征车北去，羞见市中人。

董元恺

董元恺(1625～1687)，字舜民，号子康，清江苏武进人。顺治十七年(1660)举人，次年因“奏销案”被黜。千端心曲悉寓于词，结成《苍梧词》12卷。

定风波　淮阴侯钓台有感

当时国土总无双，寂寂荒台卧夕阳。逐鹿追猴真善斗，奔走。山河提取送刘郎。　不及野鸡烹国狗，低首。妇人谋定胜齐王。生死皆由女子手，谁咎？悔教一饭重相将。

陈维崧

陈维崧(1625～1682)，字其年，号迦陵，明末清初宜兴人。清初诸生，康熙十八年(1679)举博学鸿词，授翰林院检讨。工骈文及词，与朱彝尊合刊《朱陈村词》，有《湖海楼诗文词全集》。所填词多至1600余首，又能诗与骈文。

潇湘神　盱眙舟中

淮水流，淮水流，蛮弦铜鼓不胜秋。骊山金碗无消息，六月园陵冷胜秋。

桂殿秋　淮河夜泊

流淼淼，月胧胧。神巫争赛禹王宫。船头水笛吹晴碧，樯尾风灯飐夜红。

沁园春　从盱眙山顶望泗州城

立而望之，松耶柏耶，其盱眙乎？见半空楼阁，林峦掩映；从风城郭，沙涧萦纡。却顾泗州，洼然在下，呀者成邱水一盂。中央者，界几条冷瀑，一线明珠。　洪涛日夜归墟，有铁锁浮桥控舳舻。看奔浑樯马，神功混渺；轰豗赛鼓，天籁喧呼。十庙弓刀，百年带砺，落日平田噪野乌。堪凭吊，怅歌风亭长，泗上雄图。

春夏两相期　王家营客店作

古黄河，嘈呟鞺鞳，千片苇花飒飒。何事冲炎爱？把软红尘踏。舞衫歌扇，总生疏，马客饼伧空拉杂。弹罢哀筝，倾来浊酒，自相酬答。　何门珠履堪趿，且燕秦齐赵，骑牛荷锸。自笑平生，不惯纵横捭阖。闷来车转腹中轮，狂时剑动亲身匣。莫管今宵，茅店荒凉，鸡声鸣邑。

朱彝尊

朱彝尊（1629—1709），字锡鬯，号竹垞，晚号小长芦钓鱼师、金风亭长。清浙江秀水（今浙江嘉兴）人。清代文学家、学者。康熙十八年（1679）举博学鸿词，授翰林院检讨。入直南书房，曾参与修纂《明史》。诗与王士祯齐名，词与陈维崧并称，为浙西词派创始人，所辑《词综》为中国词学重要选本。有《曝书亭诗文集》。

南乡子　渡甓社湖集句

柳拂浮桥（韩偓），青山隐隐水迢迢（杜牧）。行尽江南数千里（岑参），莲风起（李贺），罗袖动香香不已。（杨太真）

俞士彪

俞士彪，生卒年不详，原名佩，字季瑮，钱塘（今浙江杭州）人。诸生，曾官崇仁县丞。

与毛先舒、徐士俊、丁澎、毛奇龄、张台柱、洪升等唱和。有《玉蕤词钞》。

贺新郎　过淮阴侯钓鱼台兼谒漂母祠

秋客多萧索。看船头、西风淅沥，暮云寥廓。落日危亭荒草岸，一叶小舟初泊。倚双桨、清尊孤酌。欲酹王孙何处问，但汤汤、淮水流如昨。碑上字，半斑驳。　　无聊日把鱼竿握。又谁知、渡罂背水，恁多挥霍。千古封侯人不少，大半风尘流落。叹今世、人情更恶。若肯相逢哀一饭，便万金为报犹惭薄。吾与母，预相约。

王士祯

王士祯(1634～1711)，字子真、贻上，号阮亭、渔洋山人。山东新城(今桓台)人。清文学家。顺治十五年(1658)进士，官至刑部尚书。与朱彝尊并称“南朱北王”，其“神韵论”于后世影响深远。有《渔洋诗集》《五代诗话》《渔洋山人精华录》《带经堂集》。

桃源忆故人

金钗涧上人如玉，解唱春波新曲。画扇蝉纱十幅，春水平帆绿。
三三五五鸳鸯浴，触忤闲愁春目。戏掷菱花相逐，又向花房宿。

按：明《天长县志》云：“金沟在县东北，乃汴河经金沟集以达于邗沟，隋炀帝所凿。”

周斯盛

周斯盛(1637～?)，字屺公、铁耕，号证山。清浙江鄞县(今属宁波)人。顺治十八年(1661)进士，官山东即墨县令。以武人杨某构祸入狱，后免死放归。此后奔走燕赵吴楚间，足迹半天下。有《证山堂集》。

江神子　过高邮湖

一湖落日映波明。晚风清，片帆轻。远渚微烟，和树一般平。渔艇聚来如小市，人击鼓，乱鱼惊。　　征鸿不为客心鸣。恨怦怦，泪声声。自去自来，无事是鸡鹊。菱叶如今欲尽落，秋老也，与愁并。

王　度

王度，字式如，号香山。清江苏高邮人。康熙八年(1669)举人，授颍州学正，迁官江西弋阳县令。滞宦十年，内召行取刑部主事，两任刑曹，迁兵部车驾司郎中。卒年75岁。有《书连屋古文诗词》等。

临江仙　雨中荷花

荷盖平铺欹水面，离披恼杀罡风。丝丝嫩雨湿空蒙。温泉初出浴，人软鬓云松。甓社湖光光似镜，采莲船曳飞蓬。鳜鱼如雪海胥红。旧醅应满瓮，昨夜梦魂中。

满江红　蟹

甓社湖头，重九后、筐倾郭索。长径尺、双螯八跪，纵横喷薄。腻处尤怜红玉软，盘中总是珊瑚落。况兼他、绿酒与黄橙，真堪乐。　叹匏系，腰如约；嗟瓶罄，饥如朔。笑天生左手，忍教闲却。乌有先生徒可憎，无肠公子何能嚼。嗅篱花，辜负故园秋，空耽搁。

郑　燮

郑燮(1693～1765)，字克柔，号板桥，清江苏兴化人。书画家、文学家。乾隆元年(1736)进士。“扬州八怪”之一。历官河南范县、山东潍县知县，有惠政。以请赈饥民忤大吏，乞疾归。诗书画均旷世独立，人称三绝。有《郑板桥全集》。

菩萨蛮　宿千科柳

渔家泊在清淮口，西风稻熟千科柳。茅店挂新红，酒旗青更浓。　买酒将鱼换，得酒船头转。岸上打场声，渔歌水上清。

乔载繇

乔载繇(1776～1843)，字孚先，号止巢。清江苏宝应人。廪生。有《止巢诗词》。

扬州慢　为王敬之三十六湖渔唱题辞

弦外音流，毫端韵写，雅词应继蘋洲。记山装揖客，对江雨吟秋。自尘海、萍踪雁迹，坠欢如梦，孤唱谁酬？蓦寒冲，人到剡溪，重系兰舟。　瘦吟倦矣，笑生涯、言不工愁。尽幂雪灯窗，熏香盥露，依按梁州。短景又催归兴，词仙去，夜橹声柔。待桃花春水，鱼笺需寄闲鸥。

顾　翰

顾翰(1783～1860),字木天,号兼塘、简堂。清江苏无锡人。嘉庆十五年(1810)举人,官安徽含山泾县、宣城知县。晚年主讲东林书院。有《拜石山房诗钞》《拜石山房词》等。

木兰花慢　碧社湖阻风有怀杨二子山

水天思旧侣,移短棹,泊烟汀。聊寄赠蘋花,明漪照影,冷到秋心。剩下几枝垂柳,停离亭,犹解结凄阴。只合孤篷独宿,有谁并舸联吟。　乡音。倦客怕遥听,又值酒初醒。记芙蓉湖上,鸥沙似雪,蟹火如星。倚舵,自吹横笛,看萧萧落叶下吴陵。何日鸡头菱角,尊前一笑相迎。

按:碧社湖,即甓社湖。

百字令　重过甓社湖感旧

乌篷当日,记同盟鸥侣,曾问幽浦。十亩疏香争透水,隔断南湖烟渡。翠帔相扶,红衣欲蜕,单舸寻秋路。明蝉堕影,满身都染青露。　那便梦隔云波,鱼庄蟹簖,零落今如许。不信繁华容易散,只有寒潮今古。髡柳荒桥,枯荷废苑,野鸭西风语。何年此地,一蓑来卧烟雨?

王　葵

王葵,约生于清嘉庆年间,字小汀。历道光、咸丰、同治三朝,光绪元年犹在世。江苏甘泉(今属扬州)人。诸生。有《受辛词》。

西子妆慢　有怀三十六湖楼荷花

帘卷蘋波,澜浮藻槛,极目水云一片。明珰翠羽尚依然,似甄妃、袜罗新浣。幽芬静散,荡花外、楼台香满。去来时,怪匆匆飞鹢,频随征雁。　清游款。有客停桡,碧树维春缆。题诗门外月初沉,立西风、露华凝艳。霞裳漫翦。何时共、沙鸥偷眠。泛扁舟,三十六湖远。

黄　永

黄永,字云孙,诸生。清江苏武进人。

减字木兰花　盱眙残雪

多才春雪，点染山川真妙绝。剩粉零丹，犹衬长途月色寒。
陡然日出，雪应能剩三之一。日上山时，日又居然好画师。

沈荆漳

沈荆漳，字廷璞，号少岑，一号东田，清江苏高邮人。乾隆、嘉庆年间庠生。家有田园可供觞咏。有《东田诗钞》。

虞美人　湖上秋暮

苇花萧瑟芙蓉老，古渡行人少。浅深乌柏夕阳村，遥见酒旗摇曳是柴门。
女郎祠外烟如织，淼淼平湖碧。卖鱼隔岸两三家，又有几枝秋柳带栖鸦。

宋厚鋆

宋厚鋆，原名客周，字绿巢。清江苏高邮人。廪生。与夏味堂等相唱和。

浣溪沙　采莲甓社湖

小玉身材称素裳，钏纹依约缕金黄。白蘋花外棹歌忙。
未许藕丝粘翡翠，怕投莲子吓鸳鸯。归来粉汗带荷香。

杜文澜

杜文澜（1815～1881），字小舫，清浙江秀水（今浙江嘉兴）人。少孤，依附舅父于湖北，习司法。屡试不第，遂为襄阳县令幕僚。后捐官为县丞，有干才，为曾国藩所称。官至江苏道员，署两淮盐运使。有《采香词》《曼陀罗华阁琐记》等。

八声甘州　淮阴晚渡

尚依稀、认得旧沙鸥，三年路重经。问堤边瘦柳，春风底事，减却流莺。十里愁芜凄碧，旗影淡孤城。谁倚山阳笛，并入鹃声。　　空剩平桥戍角，共归潮呜咽，似恨言兵。坠营门白日，过客阻扬舲。更休上、江楼呼酒，怕夜深、野哭不堪听。还漂泊，任王孙老，匣剑哀鸣。

薛时雨

薛时雨(1818~1885),字慰农,一字澍生,晚号桑根老农,清安徽全椒人。咸丰三年(1853)进士,官杭州知府,兼督粮道,代行布政、按察两司事。有《藤香馆集》。

离亭燕　早发王家营

鞍背船唇滋味,都向此间交递。十载邮亭三驻马,甘苦自家尝试。残月五更头,旧梦新愁萦系。　往日凌云豪气,今日倦游情思。辘辘轮蹄朝复暮,转毂此心真似。回首望南天,一片碧云无际。

梁公约

梁公约(1864~1927),原名荧,又名梁英,字公约、慕韩,号饮真,苍立,吉城学友,室名端虚堂,别署袖海。光绪间江都诸生,扬州人。清末民初扬州著名书画家、工诗,惜多散落。

水龙吟慢　题《勺湖款春图》

谁知一片萧寥,当时作尽清愁影。深怀孤舫,来坊间、放后游人肯。胜赏千年,羁里一笑,仅教酩酊。算烟波无恙,菰芦无恙,只有我,天涯问。　重展画图细认。剩茫茫,水痕杳溟。如今况是,别梦连江,乱云障日,莽莽情难尽。料得故人惆怅,且重题寄与,灯边酒畔,不须忧耿。

宣　哲

宣哲(1866~1942),字古愚,江苏高邮人。一生擅山水,富收藏,精鉴别,曾与黄宾虹结为贞社,写山水,秀雅绝伦。能词,是扬州冶春后社诗友,有《寸灰集》传世。

迈陂塘　题《勺湖款春图》

绕城阴,粼粼浅浪,春来都是离绪。东风才染汀蘋绿,却遣小桃飞去。重唤渡,算舴艋装愁,频向烟波诉。数声柔舻,问老柳眠沙,新蒲簇水,记否旧鸥鹭。　萧森景,不羡西泠住处。画船争载箫鼓,绿蓑青笠平生足,赢得头衔渔父。翻笛并愿,小泊乌篷,同听潇潇雨。移家休误,爱落钓鱼肥,呼名鸭小,觅个水村住。

郭沫若

郭沫若(1892～1978),中国现代著名学者、文学家、历史学家、古文字学家、社会活动家。

念奴娇 怀念周总理

光明磊落,与导帅,协力、同心、共命。五十余年如一日,不断长征、跃进。统一九州,抗衡两霸,中外人爱敬。一朝先谢,五洲热泪飞迸。　何期王张江姚,四人成帮,诽谤恣蹂躏。黑云压城城欲摧,一击成齑粉。为党除奸,为国除害,为民平大愤。城中今日,忠魂与众同庆。

赵朴初

赵朴初(1907～2000),著名佛教领袖、杰出的书法家、卓越的社会活动家与伟大的爱国主义者。

金缕曲 周总理逝世周年感赋

转瞬周年矣。念年前伤心情景,谁能忘记?缓缓灵车经过路,万众号呼总理。泪尽也,赎公无计。人似川流花似海,天安门尽足觇民意。愁鬼蜮,喜魑魅。　古今相业谁堪比?为人民、鞠躬尽瘁,死而后已。雪侮霜欺香益烈,功德长留天地。却身与、云飞无际。乱眼妖氛今尽扫,笑蚍蜉撼树谈何易。迎日出,看霞起。

按:祭周、怀周诗词车载斗量,此谨选录郭沫若、赵朴初各1首。

张爱萍

张爱萍(1910～2003),四川达县人。中国人民解放军高级将领。中国共产党的优秀党员,久经考验的忠诚的共产主义战士,无产阶级革命家、军事家,现代国防科技建设的领导人之一。新中国成立后,曾任华东军区参谋长、国务院副总理等要职,还曾任全国人大常委会委员,中共中央委员等职务。

飞舟行 过洪泽湖

秋水逐一叶,看白帆雁列;渔歌嘹亮,凫戏水拍,荷红絮袅乱飞雪。　当年平洪泽,红旗卷风烈;千帆破浪,炮轰弹射,蛟蛇蟹鳖一网绝。

孟国钧

孟国钧,民国年间人。石湖乡师首届毕业生。

金缕曲　咏母校石湖师范

暮岁长回顾。少年时、石湖负笈,几经寒暑。黉宇巍峨清溪绕,夹道垂杨无数。门楼上、竿旗飞舞。几净窗明尘不染,绛帐中马氏谈今古。卢郑乐,沾时雨。　　一堂弦诵非纨绔。是江淮、纵横百里,庶民儿女。延水风光频入梦,《春潮》两载声著。情文茂、何愁人妒?警报一声烽火急,燕分飞云散天涯处。征腐恶,气如虎。

田　毯

田毯,20世纪90年代曾来淮安。

南乡子　谒关天培祠

正气壮南天,吓退英夷不敢前。民族精神传代代,绵延,哺育儿孙千万年。

往事不堪言,还我河山壮志篇。港澳行将归祖国,欣然,告慰英灵当纸钱。

陈　衡

陈衡(1924～　),原名居乾,原籍泗洪双沟,在南京工作。高级教师。曾任江南诗词学会理事、编委。

东风第一枝　祝贺盱眙县诗词学会成立

花放盱山,冰消淮水,东风送我消息。今朝社结诗词,都梁俊彦雅集。高歌低唱,自应是梅花玉笛。刮目看,紫电青霜,结绿青萍堪匹。　　苏子昔日踪迹在,而今壁上光犹熠。诸君志薄云天,承先能无业绩?三竿日上,正待才人逞笔力。有羁人,他日归来,共举垂天鹏翼。

欧阳鹤

欧阳鹤(1927～2019),字子皋,湖南长沙人。清华大学毕业,长期从事电力生产建设和政策研究工作,教授级高级工程师,享受国务院政府特殊津贴。中华诗词学会顾问。

菩萨蛮　初访洪泽湖

名山胜水曾游遍,五湖缺一犹留憾。洪泽喜今来,余生痴愿谐。　烟波连浩渺,玉镜青螺绕。清气满乾坤,秋光迷煞人。

八声甘州　洪泽湖放歌

对烟霞万里接长天,时节正清秋。望长堤环曲,澄湖潋滟,夕照当头。远处随波起伏,点点是渔舟。如画风光美,醉我吟眸。　本是江淮腹地,问千秋底事,洪涝无休?为黄河改道,入海夺淮流。任前朝,镇洪拦水,治根难,成效未全收。欣今日,导流疏浚,水患无忧。

鹧鸪天　老子山

万绿千黄抢入眸,秋光一路到瀛洲。风摇老子山头树,浪拍淮河水上舟。
碑塔古,洞天幽。温汤滋润更悠悠。千年胜地如重塑,定比仙源胜一筹。

梁　东

梁东(1932～　),安庆市人。曾任煤炭部办公厅主任、中国书法家协会第三届理事、中国煤矿书法家协会主席、中国煤矿文联主席、中华诗词学会常务副会长等职。获国务院特殊津贴。

南乡子　淮河风光带诗墙

何处醉秋光?一望长淮浴夕阳。桐柏山行千里客,匆忙!梦里中原小麦黄。
放眼对汪洋,奈得沧浪风雨狂。回首千秋多少事,苍茫。叩问临河诗上墙。

长相思

长淮风,洪泽风,吹上都梁第一峰。秋山一点红。
明祖宫,泗州宫,天水遥连一梦通。盱城薄雾中。

周笃文

周笃文（1934～　），湖南汨罗人。历任中国韵文学会常务理事、中华诗词学会副会长兼秘书长、中华诗词编著中心总编辑。原中国新闻学院教授，中外文化研究所所长，是国务院表彰的特殊贡献专家。

唐多令　次韵赠德麟

诗老卧中游，吟情付笔头。压牛腰、旧稿盈丘。妙句鸿篇腾众口，动金石，逞风流。
胜友喜为俦，名花映月羞。听呢喃燕语声柔。好趁东风寻旧梦，举大白，为君讴。

唐多令　再次赠德麟

诗路又重游，心飞天上头。瓣香擎、远访高丘。漂母王孙经国手，光千古，圣贤流。
击节唤吟俦，烹羊荐美羞。红巾劝酒尽温柔。此是人生真乐地，呼曼倩，向云讴。

郑伯农

郑伯农（1937～　），福建长乐人。中共党员。1962年毕业于中央音乐学院。曾任《文艺报》主编、《中华诗词》主编、《诗词之友》名誉主编、中华诗词学会驻会名誉会长，《中国当代诗人词家代表作大观》编委会顾问。

踏莎行　金湖感怀

华夏新城，尧邦故土。平波曲水绕洲浦。荷塘万亩碧连天，风飘英气漫吴楚。
陈粟鏖兵，韩梁擂鼓。湖滨代代留铮骨。而今万众享安康，回眸应记兴邦苦。

浣溪沙　洪泽湖畔看陈毅诗碑

倭寇当年舞战鞭，河山血染迹犹鲜。乌云又起滚南天。
雨骤风狂思劲草，浪高水阔诵宏篇。巍巍浩气荡胸间。

浣溪沙　游老子山

泽畔隐居看大千，修身悟道度流年。骑牛西去杳如烟。
汉字五千涵大智，土台三尺赛高山。遐思不尽忆前贤。

周兴俊

周兴俊(1945～),笔名易行,北京人。中共党员,编审。曾任线装书局总经理兼总编辑、中华诗词学会顾问。先后主编《中国名胜古迹大观》《中国名胜诗文墨迹大观》《苏轼诗文选》《大江东去》《千古绝唱》《千古风流》等。

满庭芳 参观周恩来故居

老榆依然,老屋照旧,庭园肃静祥和。课桌仍在,学子笑如昨。忽有千滴热雨,飘洒在,观者心窝。竟激起,诗情澎湃,泪眼欲滂沱。 高格!如日月,经天纬地,无限光泽。总理国家事,心血消磨。竭虑鞠躬尽瘁,能不比、诸葛还多?人已逝,故居如炬,日夜照山河。

赵京战

赵京战(1947～),笔名苇可,河北安平县人。大校军衔。中华诗词学会顾问,著有《苇可诗选》《苇航集》《中华新韵(十四韵)》《诗词韵律合编》《网上诗话》《新韵三百首》《居庸诗钞》等。

一剪梅 雨中游白马湖

绿浪兼天看翠湖,岸绕菰蒲,水隐龙鱼。迷蒙细雨润如酥,荷叶流珠,苇叶悬珠。
鸥鸟间关声若呼,我在清虚,君在迷途。桃花岛上酒家垆,醉里莼鲈,梦里宏图。

定风波 乘摩托快艇游白马湖

湖面拉开射日弓,轻装小艇浪间冲。左右水墙如壁矗,瞠目。劈波直欲探龙宫。
白马溜缰舒望眼,无岸。接天荷叶绿葱茏。蒲苇点头迎远客,亲热。不知是浪是清风。

望海潮 雨中荷塘抒怀

淮阴佳地,平湖胜景,荷塘遍采芳菲。团叶若招,拳苞似举,参差十万旌旗。云浪卷沙堤。看风拂青碧,微动涟漪。味散馨香,韵添风雅,叹新奇。 丹心未减毫厘。待澄清浊水,荡尽污泥。根藕饱人,花颜醒世,桃源胜景堪期。临岸听黄鹂。奈漫天雾雨,犹锁江湄。数遍莲花朵朵,惆怅不知归。

徐　红

徐红(1947～　),张家港市人。少将军衔。曾任《江海诗词》主编、红叶诗社主编。

沁园春　清江浦

古浦千年,河上明珠,九省水牵。忆粮船衔尾,盐车并辔,豪商接踵,官署比肩。笙管连宵,星灯璀灿,昔日繁华胜应天。长堤决,叹云帆入海,客散如烟。　几多盖世英贤,数一品周公总不眠。列东征良将,西游神笔,边区文武,麒派因缘。淮楚沧桑,城乡锦绣,妙手今朝写续篇。鸿图展,创良辰鼎盛,追梦扬鞭。

临江仙　参观淮安苏皖边区政府旧址

小院旗扬山海动,金瓯一片襟连。争来苏皖艳阳天。若非风雨骤,陕北议南迁。
革故鼎新成伟业,枪林捷报频传。为民执政早开篇。精雕群像在,文武尽英贤。

芳草渡　金湖

淮夷地,帝尧乡;听古韵,感沧桑。接天莲叶好风光。轻舟剪浪,十里藕花香。
鱼万吨,蛋双黄;尝美食,赞粮仓。抓鸭拎蟹市场忙。渔家女,秧歌舞,远飘洋。

王　琳

王琳(1953～　),女,北京人。解放军红叶诗社副秘书长兼编辑部主任,中华诗词学会常务理事。出版有诗集《女兵词草》。

朝中措　洪泽湖望湖楼

平沙岸草藕花塘,鹭啄一湖香。云乱斜侵日涌,蕾羞半露荷裳。　村醪野菜,吟朋挚友,世外红芳。谁甩那钩闲月,钓它镜里秋光。

浣溪沙　观陈毅过洪泽湖诗碑

还是当年那片云,水中映趁马蹄纷。挥鞭一剑雨纷纷。
最是诗情难取舍,且看岸草绕碑文。江山如画慰军魂。

西江月 九月十一日与迅甫葆国兄初临洪泽湖远眺

脚下随樵探路，风中追岸穿林。一瓢云水浸知音，邀得耆翁细品。
共数渔舟唱晚，更谁烟雨同襟。夕阳铺满一湖金，赠我诗囊如锦。

范诗银

范诗银（1953～ ），齐齐哈尔人。大校军衔，中华诗词学会常务副会长，曾任《军旅诗词》主编，有诗词著作多部。

蝶恋花 过洪泽湖碑、周桥大塘

夕照分红勾老酒，风送骄骢，浪湿将军袖。往事沉沉思千绺，斑斑滴滴难成旧。
天水悬刀撕虎口，断稼残禽，浮海离魂走。老石陈墙缝绿锈，环塘种树前人后。

蝶恋花 镇水铁牛及虎鸡

几度晨鸣兼夜啸，相约同君，闲对安澜笑。东海无从修祭庙，音容沉寂波花老。
西去楼观台月小，碧水蹄痕，常把痴心照。又是狂涛将梦搅，一湖帆影连云表。

蝶恋花 洪泽湖大堤

百里高堤千载古，一釜陈汤，尽把乾坤煮。谁解赤诚肝胆苦，斑斑石绿鸣天鼓。
唤取东风吹万树，裁剪晴光，穹外云鹄舞。鸡唱悬瓢牛共虎，玉樽心酹英雄谱！

周文彰

周文彰（1953～ ），江苏宝应县人。哲学博士、博士生导师，中国书法家协会理事。曾任中共海南省委宣传部部长、国家行政学院原副院长等职。创立“主体认识图式”理论和经济特区理论，有专著、译著多部。

菩萨蛮 淮安清口枢纽

三河交汇奔腾急，张徐一线洪灾密。漕运步蹒跚，祖陵愁不安。 布棋高手出，根网稠如织。怒水似情柔，顺从清口流。

沈华维

沈华维(1954～),宁夏永宁县人。在部队服役30多年,大校警衔。现任中华诗词学会副秘书长兼学术部副主任,解放军红叶诗社副社长,《红叶》诗刊原主编。有《自然醒来》《问心斋诗词集》《沈华维诗文选》等出版。

一剪梅　泛舟白马湖

鸥鹭相迎共我游,船靠码头,人上船头。长风鼓浪助轻舟,划破清流,暂却闲愁。万亩荷塘一望收,花色温柔,鸭阵啁啾。水中顾影总难留,来也自由,去也自由。

渔家傲　洪泽湖

万顷碧波抒画卷,红荷绿苇迷花眼。燕语鸥鸣齐点赞,犹惊羡,涛声直拍长堤岸。容纳溪流从未满,敢教利害随人愿。烟雨疯狂谁遣散?征帆远,渔歌一曲情无限。

陈廷佑

陈廷佑(1954～),河北人。中华诗词学会常务理事,国务院参事室、中央文史研究馆办公室副主任。

水调歌头　老子山

莫谓此山小,我仰此山高。老子当年曾住,名势自嶕峣。洞里乾坤擘画,墩上凤凰起舞,千载尚闻箫。淮水胸中过,鱼乐正逍遥。　　仙人杳,青牛去,涌波涛。兴亡百代,总是彼此举霜刀。或有升平年月,想起无为而治,大道领风骚。且纵登临目,天地一鸥翱。

宋彩霞

宋彩霞(1957～),女,山东威海人。中共党员。中国作家协会会员、中华诗词学会常务理事、《中华诗词》杂志副主编,诗词中国"最具公众影响力诗人"奖获得者。著有《白雨庐词》《宋彩霞作品选·诗词卷、评论卷》《当代诗词鉴赏》等。

卜算子　金湖观荷

袅袅绿衔红,朵朵盈盈笑。若摘娇娇戴满头,衬衬红颜老。

瓣瓣露晶莹，款款清姿好。颤颤依依别样情，脉脉情难了。

朝中措　游金湖荷花荡

且将汗水筑诗廊，日子便芬芳。朝看粉红蓓蕾，知她韵味多长。
满湖波荡，千墩绿放，对对鸳鸯。向晚一帘幽梦，醒时又见朝阳。

减字木兰花　洪泽感赋

滨城洪泽，早有因缘添彩色。再结诗盟，令我重来喜气盈。
水乡多媚，春燕秋鸿拼一醉。大坝如斯，沧海能填水可移。

卜算子　大湖秋荷

我有一怀情，漠漠烟波里。不计霜花酷暑侵，未觉秋风起。
守住画堂春，不羡天仙子。匿迹寒塘不负君，自信春将至。

潘　泓

潘泓（1957～　），湖北红安人。中华诗词学会理事，《中华诗词》编辑部主任。著有《复言诗词集》。

菩萨蛮　望湖楼晚宴

摇鲢动鲤湖风小，东家说是秋菱老。试水觉微寒，轻鸥远近天。　鲈鱼何处得，帆棹来洪泽。心镜忽然春，渔歌隐约闻。

水调歌头　洪泽湖畔暮行

岛浴黄昏雾，帆鼓早秋风。鸥凫嬉处波动，渔火映波红。到此但欣未晚，得识一湖菡萏，舞在画图中。蟹老菱肥否，直欲问渔翁。　一勺水，酽似酒，见情浓。长淮落日，佳景能有几回逢。却说羁蛟驯鳖，名字便教漶漫，仍可仰英雄。回首看人境，春意正无穷。

张晓虹

张晓虹（1958～　），女，山东滨州人。现为中国人民解放军国防大学中华军旅诗词研究创作院创作部主任、副总编辑；中华诗词学会理事，《诗词中国》网络影响力诗人。出版有《虹影集》《晓虹词》。

临江仙　洪泽湖大堤

来借天风弹古韵，悠悠都是遐思。清泠九曲碧琉璃。放舟天宇阔，列岸柳烟迷。
莫向大千量尺度，高帆悬与云齐。等闲识得水东西。梦回千叠浪，心漾一湖诗。

蝶恋花　水上人家

隐约炊烟生暮景，片片秋帆，片片斜阳影。汽笛归来千万顷，碧荷塘畔谁家艇？
鱼蟹满舱风满衿，笑把艰辛，煮进开心鼎。置酒呼邻同酩酊，一帘酣梦呼难醒。

临江仙　云　帆

谁唤天鹅衔碧水，长淮一勺称雄。黄河曾也荡晴空。不知禾稼绿，唯见浪花红。
折戟沉沙湖桨老，豪情分与秋风。今生后世续重逢。趁风题好句，撒向白云中。

临江仙　洪泽湖食蟹

穿越污泥呼浊水，鱼虾知尔豪雄。横行霸道忽成空。三分蒸汽过，通体鹤头红。
本是一腔腴汁腻，都分雪月花风。闲愁若许与君逢。千金方最好，印在紫钳中。

临江仙　湖边遐想

诗笔如刀难断水，真情也是英雄。接天巨浪拍虚空。信风荷叶碧，落日蓼花红。
心曲无弦天作乐，余音都入西风。相思揾泪梦频逢。遐思和断想，写向哪篇中？

卜算子　游老子山

为探老君来，不见君何去。唯有牛蹄石上痕，引我寻仙路。
一座炼丹炉，日月炉中煮。沉水浮云憾不知，老子当年语。

布凤华

布凤华（1960～　），女，山东阳谷县人。中共党员，中华诗词学会理事、山东诗词学会副会长、中华诗词研修班导师、中华诗词论坛高级顾问。著有诗词集《岁月如歌》。

念奴娇　金湖

水天一色，看鸥翔鹭掠，帆危风急。细雨潇潇凝望处，渺渺万顷烟碧。蜃影沉浮，红莲清浅，更有仙人迹。金湖神韵，声声穿透今昔。　　我驾云汉罡风，来寻尧酒，玉盏添冰魄。几许喧嚣都散尽，只作逍遥沽客。佳境如斯，归期未卜，锦梦真堪织。桃花源里，不闻槐国抽泣。

李静凤

李静凤(1964～)，女，南京市江浦人。中国金融戏剧协会副会长，中华诗词学会常务理事，江苏省诗词协会副会长。著有《散花集》。

采桑子 雨中至金湖

虾青茭白村味好，风满渔蓑，风满渔蓑。曾醉东坡，夜泊酒船过。

青山寺底横桥荡，映柳依荷，映柳依荷。一桨清波，刚打采莲歌。

*东坡句：酒沽横荡桥头月，茶煮青山庙后泉。

荷叶杯 金湖植莲千载以上莲子别有佳味也

采得一枝鲜碧，谁惜。陂上落红莲。心尖清苦不能删，晴雨幻成烟。

剥出夜珠多好，相恼。何似古相逢。教人长忆水晶宫，月玉正玲珑。

江南好 金湖莲蓬

筒杯底，江北小江南。负笠行船香浸骨，盘珠茎刺寂封函。此物最清甜。

清如水，折罢任人酣。一子一房安稳看，和花和藕出奇参。生死托尘凡。

水调歌头 金湖荷花荡

国在妙香里，虹气可浮天。荷锄谁种寒玉，古佩踏琼仙。倒扣银河宽广，开得花枝十丈，着个小菱船。我欲住花底，霜骨也珊珊。　　风来去，鹭上下，叶田田。红鲜绿湛，同抱清梦夜深眠。漫道和云和月，又恐为冰为雪，飞散露盘烟。一棹生秋雨，洒作水心圆。

高　昌

高昌(1967～)，河北辛集人。现任《中华诗词》杂志主编、中华诗词学会副会长。主要著作有《公木传》《玩转律诗》《玩转词牌》《百年中国的感情气候》《儒林漫笔》等。

一剪梅 洪泽湖之恋

湖是长淮小酒窝，晴也如歌，雨也如歌。万千缱绻绕南柯，天也情多，地也情多。

蛮触鸡虫一笑呵，醒也烟波，醉也烟波。高家堰上记曾过，云也婆娑，月也婆娑。

暗香　洪泽湖记

一湖洪福。有风荷绽粉，雨芦摇绿。隐约银鱼，衔梦飘然弄秋玉。绒蟹青虾美味，自可比，四腮鲈熟。但侧耳、天外云鸥，恰唱此心曲。　　欢沐，野香馥。偶泛范公舟，且骋游目。蓦然脱俗。扬子长淮水晶蓄，脉脉情牵万里。沧海卷、朗声长读。好日子，今正美，美于丝竹。

齐天乐　洪泽湖观荷

望中臬臬青云举，团团下凡仙侣。绰约姿容，娉婷步态，道是红荷吹雾。风携细雨，似茂叔多才，笔挥奇句。外直中通，洒千秋翠绿情绪。　　今来偶逢妙遇，与莲还接续，相约怀古。影淡濡诗，香清画梦，漫解亭亭中趣。心随白鹭，欲浅涉沧波、默停云步。永驻湖乡，伴清圆共舞。

林　峰

林峰（1967～　），浙江龙游人。中华诗词学会副会长，《中华诗词》副主编。

清平乐　金湖翠湖园

西风吹处，绿满林中路。楼倚绛云风欲舞，拾得青红无数。　　归时且弄丝弦，新词细逐花钿。最爱怡心秋水，来照桂魄长圆。

鹧鸪天　赠金湖县委县政府

拂雨穿花次第寻，长天洒落满湖金。秋浮黄穗风生柳，香暖红菱水弄琴。
霞作珮，竹为襟，烟毫一寸动高吟。珠辉淮上千年梦，百里家山鉴赤心。

菩萨蛮　高家堰

长淮鼓振清光晓，大风涌处云帆渺。岸阔白沙明，堤高秋潋平。　　伊谁挥棹去，曾作中流主。人事两茫茫，唯余千树苍。

临江仙　老子山

山下洪波晴外涨，山中秋晚莎深。青牛西去杳难寻。红炉香未了，灵洞古灰沉。
过尽流云天一色，九皋风落松阴。丹崖如梦菊如金。太霄闻玉笛，莫负老君心。

何 鹤

何鹤(1967～),吉林农安人。《文化月刊·诗词版》《中华诗词年鉴》责任编辑。著有《诗词点评笔记》《何鹤诗词选》等。

鹧鸪天 金湖万顷荷花

碧叶田田放眼量,新红错落许南塘。蝶翻作梦斑斓色,露散成珠翡翠光。
花妩媚,句芬芳,诗人兴起一时狂。清风误入莲深处,摇动金湖万亩香。

菩萨蛮 荷花荡纪行

一条水道纵横远,蒹葭封路行舟缓。两岸蓄清风,望中点点红。 自然生态好,市井云烟少。撒网捕鱼虾,渡头三两家。

楼立剑

楼立剑(1968～),浙江义乌人。义乌市华灵拉链有限公司副总经理。中华诗词学会、中国楹联学会会员,浙江省诗词与楹联学会理事,金华市诗词楹联学会副会长,义乌市诗词楹联学会会长。

浣溪沙 金湖荷花荡

百亩烟笼十万姿,花残子熟碧参差。纵然老去也相宜。
招来一霎天边雨,抵得三年枕上诗。不消斟酌已然痴。

蝶恋花 白马湖

一箭艇飞排翠藻,一抹风凉,恰似闲情好。酒舍渔村游屐少,凫鸥占了桃花岛。
杨柳荫中船窈窕,野味鲜蔬,挥箸馋堪笑。满座生风波浩渺,斜阳应被诗倾倒。

奚晓琳

奚晓琳(1969～),女,满族,吉林市人。中华诗词学会会员,吉林市诗词学会副会长。作品被收录于《中华诗词文库吉林卷》《二十世纪诗词文献汇编》等。著有诗词选集《林中小溪》等。

菩萨蛮　微雨荷花荡

曲桥亭榭氤氲里，双双燕子花前戏。玉露叶心凝，香风水面生。　　萦魂仙子雾，湿袂青莲雨。一只采菱船，绿波深处闲。

鹧鸪天　金湖道中

细雨莲塘薄雾蒸，熏风摩诘句中行。水田白鹭寻常见，夏木黄鹂断续听。
红槿妹，绿杨兄，滩头一片牧鹅声。桥横水道接南北，天际云帆点点轻。

喝火令　白马湖泛舟随想

逐鸟犁波去，携风带月还。蒹葭丛里浪花前。鸥鹭晓知人意，飞落小亭边。停棹云深处，泊心荷浦湾。　　桃花岛上枕香眠。梦里轮回，梦里濯清涟。梦里青莲一朵，了我此身缘。

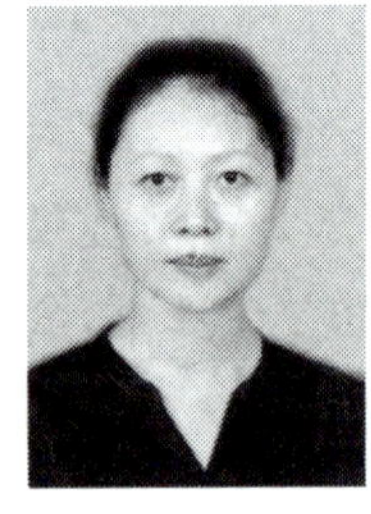

李　璐

李璐（1971～），女，河南开封人，开封市中级人民法院法官，书法家，中华诗词学会会员。

减字木兰花　游金湖荷花荡

小荷低覆，风动凉波青簇簇。幽浦香盟，素影田田玉列屏。
忽来烟雨，翠滴红涵娇欲语。人在何处，怕见晶珠颗颗圆。

木兰花慢　咏刘铁云《老残游记》之老残

望江南漠北，海隅侧，尽苍生。盼寸寸关河，东风吹绿，布谷春耕。峥嵘，壮怀自许，抱冰心，化水镜般清。堂上箫韶不奏，凤凰怎得飞鸣？　　无争，蜗角远输赢，挥手谢公卿。复遣兴哦诗，藏龟蠹简，寂寞书城。飘零。忘忧贯酒，一枝筇，破帽鬓霜蓬。若智如痴独笑，夕阳冷落幽情。

鹧鸪天　咏《老残游记》之逸云

千卷何如一女奇，灵犀清澈美人兮。也知天意同刍狗，不为风尘厌素衣。
惊绝代，叹蛾眉，低回忍说属阿谁？世间无此销魂物，但向维摩觅我师。

刘如姬

刘如姬，女，福建永安人，笔名如果。永安市文体广电出版局副局长、永安市文联副主席。中国作家协会会员、中华诗词学会理事，《中华诗词》第十届青春诗会成员，著有《如果集》。

喝火令 洪泽湖之夏

红藕银鱼戏，青萍白鹭停。縠纹漾漾暮烟凝。谁在绿杨堤岸，斜笠一竿轻？　月上明如镜，潮生卷似绫。　鹢舟何处枕云汀？一夜风吟，一夜度流萤，一夜涛声渔火，摇落满天星。

临江仙 洪泽湖放歌

十里堤杨青翠，一襟秋水苍茫。波摇云影藕花香。天然鱼世界，自在鸟天堂。
霞幻鳞光万顷，网收鲜活满舱。桨声欸乃趁斜阳。渔歌谁唱晚?归鹭正双双。

詹骁勇

詹骁勇（1973～　），湖北红安人。诗词学博士，华中科技大学中文系古代文学教研室任教至今。

长相思 金湖

鱼满湖，鸟满湖，莲叶田田绕里闾。神仙水上居。
金满湖，银满湖，南水迢迢上北都。可携点额鱼。

卜算子 荷花荡

叶舞太阳风，蕊合流星露。都道凌波托日荣，不道根深处。
无意出淤泥，本爱泥和土。拔向净瓶清水中，谁识芳心苦。